MOERXI ZHU
莫尔西 著

鸿羽残烟

中国书籍出版社
China Book Press

图书在版编目（CIP）数据

鸿羽残烟/莫尔西著.——北京：中国书籍出版社，2017.4
ISBN 978-7-5068-6115-1

Ⅰ.①鸿… Ⅱ.①莫… Ⅲ.①长篇小说—中国—当代
Ⅳ.①I247.5

中国版本图书馆CIP数据核字（2017）第066905号

鸿羽残烟

莫尔西 著

责任编辑	许艳辉
责任印制	孙马飞　马　芝
封面设计	展　华
出版发行	中国书籍出版社
地　　址	北京市丰台区三路居路97号（邮编：100073）
电　　话	（010）52257143（总编室）（010）52257140（发行部）
电子邮箱	chinabp@vip.sina.com
经　　销	全国新华书店
印　　刷	北京京海印刷厂
开　　本	789毫米×1092毫米　1/32
字　　数	500千字
印　　张	14.125
版　　次	2017年4月第1版　2017年4月第1次印刷
书　　号	ISBN 978-7-5068-6115-1
定　　价	58.00元

版权所有　翻印必究

卷首语

  你是否也在怀念你的童年，或者少年，那遥远的、已有些记忆模糊的过往？

  那些让你欢喜过的，悲伤过的……

  那有些不知所措的勇气，以及一往无前的迷茫，

  那有些酸楚的笑容，有些甜蜜的刺痛。

  那些，也许是十分平淡的流逝的时光，是否也会让你无由地陷入沉思，让你情不自禁地感慨，让你心潮起伏？

  那些已然流逝的时光，依然还在流逝，当你年岁渐增，皱纹不知不觉占领你曾自以为傲的年轻额头，就在这样的有些惊恐又有些孤独的时刻，你的面前仍有辨不清方向的漫长而又荆棘的路要走，仍有满是苦恼的不眠的夜，以及因惊梦而早醒的清晨，仍有拖着疲惫的躯体踽踽回家的傍晚，红色的晚霞像是一个永恒的笑话。

  那些数不清的因为世事家事的纷扰而郁闷的时刻，总是那么艰难。

  但……

  当你拥抱着年少时的那片记忆，那已经淡漠的曾经的梦想，你的心便如一片宁静的港湾。

  我就是这样的，我就是这样，我的心好像永远都在那里。

目 录

第一章 1
第二章 12
第三章 22
第四章 32
第五章 42
第六章 51
第七章 69
第八章 81
第九章 96
第十章 106
第十一章 123
第十二章 138
第十三章 156
第十四章 170
第十五章 191
第十六章 214
第十七章 228
第十八章 242
第十九章 256
第二十章 267
第二十一章 281

第二十二章 293

第二十三章 303

第二十四章 312

第二十五章 321

第二十六章 333

第二十七章 339

第二十八章 347

第二十九章 354

第三十章 361

第三十一章 372

第三十二章 381

第三十三章 392

第三十四章 406

第三十五章 419

第三十六章 432

卷终题 445

第一章

八十年代的上海，虽远没有现时的繁华，但到了夏末秋初的时节，却大多天高气爽，气候很是宜人。在城市的郊外，坐落着一所知名的大学，名叫 C 大。它有一所在全市也颇为有名的附属中学，自然就是 C 大附中。这天的早晨，天气一如往常的和煦又明媚，教室窗外的阳光甚至有些晃眼，而微风轻轻拂过窗棂，给人带来轻微的凉意。课堂上、讲台边，站着一位小男生，剪得很短的平头，大大的眼睛，不浓不淡的眉毛，微微上翘的嘴角显出些许顽皮，白而微红的脸上则挂着难以觉察的微笑，却又是一副少年老成的模样。不过，从他的眼神里，仍可以看到那种文静的男孩子常有的淡淡羞涩。

"今天让我们热烈欢迎新来的江俊杰同学。"

班主任王老师如此介绍道：

"因他的父母调来 C 大任教，所以，从今天起，他就转到我们学校来念书了。今后，希望同学们能够和他互相帮助、友好相处。"

王老师说着，带头鼓起掌来。于是，引起了课堂里一阵参差不齐的掌声和议论声。

王老师目测了一下俊杰的身高，又望了望教室远端那一位大个子的男孩。

"郑凯亮，你坐到最后面一排去吧。"

然后回头对俊杰说：

"你坐到凯亮的位子上去。"

看得出来，凯亮有些不悦，他瞥了一眼邻桌的那一位女孩，很不情愿地起身坐到了后面。

俊杰坐下后，也偷眼看一下那女孩，便知凯亮不悦的缘由了。只见她剪着一头齐耳的短发，发丝乌黑亮丽，头顶上还用一个彩色的发箍拢住，额头下那一对长长的睫毛，透露出难以言表的灵秀之气，可一双眼睛却目不斜视，还是一副全神贯注的模样。俊杰虽不敢细看，但那一瞥，就足以告诉他那绝对是一位漂亮的女孩。不过，这时的她正倾心聆听着老师的讲课，好像并不在意这位新同学的到来。

"燕子去了，有再来的时候；杨柳枯了，有再青的时候；桃花谢了，有再开的时候；但是，聪明的，你告诉我，我们的日子为什么一去不复返呢？"

王老师音色轻柔又略带忧伤地念着。她是一位年轻的女性，三十来岁，肤色光洁，鹅蛋形的脸上总是挂着和善的笑容，眼神里是那种母亲般温柔又慈爱的光，不由得让人很想亲近。她正教着朱自清的散文，文思里那一缕淡淡的忧愁，柔和着诗一般优美的韵律，深深地吸引着俊杰。他虽然只有十四岁，但由于知识分子家庭的熏陶和略微的早熟，使他已较同龄的孩子更能体会出不停流逝的光阴里，生命变幻不定的无奈与感伤。

"我掩面叹息，但是新来的日子的影儿又开始在叹息里闪过了。"

俊杰也微微地叹了一口气，但很快又快乐起来了，因为窗外的阳光实在是太明媚了，容不得他的心绪里，有哪怕一丝丝的阴影。而且，这学校对俊杰来说，还是颇具新鲜感的——校园的中央，是一个很大的操场，操场四边环绕着整齐的梧桐树。几幢教学楼则散布于周围，在绿树掩映中，显得既典雅又安详。在教学楼门前的路径两旁，则种植着一些葡萄藤，那藤蔓蜿蜒缠绕于高高的棚架之上，一串串绿油油的葡萄垂挂下来，好令人垂涎。当时，俊杰就很想纵身一跳，但那葡萄长得实在是太高了，所以还能高挂在那儿招摇，否则，俊杰想，那些淘气顽皮的孩子们早该将它们全数歼灭了吧。

不知不觉中，下课的铃声响了。王老师便说：

"好了，今天的课就上到这儿了。回去以后，写一篇读后感，分析一下作者的立意在哪里，他又是用了什么样的文学手法，来表达这种立意的。而作为读者的你，觉得最受感动的又是什么。噢，另外，"王老师似乎想起了什么，"倩筠，还有宛星，这学期我们照例要改选班委。你们俩还是要写一份上学期的工作总结，以及对这学期工作的建议。其他同学在这方面有什么想法和意见，也可以向倩筠或者我本人反映。

好了，下课！"

王老师收拾起课本，走出了教室。紧接着，教室里一下子便热闹了起来。同学们纷纷围拢到俊杰这边来，对于新同学的来临，他们还是颇为兴奋和好奇的。

"喂，你叫什么名字？"

一个胖墩墩、长得十分结实的男孩问道。

"你没听老师说啊？他叫江俊杰。"

没等俊杰答话，那邻桌的女孩已经帮他回答了。

"是生姜的姜吗？"

"不，是长江的江，英俊的俊，杰出的杰。"

俊杰这才有了说话的机会。

"噢，就是识时务者为俊杰的那个俊杰喽？"

此时，站在一边有着一张胖乎乎圆脸的矮个子女孩急不可待地接口问道。

"我可不是那样的俊杰。"

听了这话，俊杰的心里有点儿不爽。"识时务"对于他们这个年龄的孩子而言，多少有点太过城府甚至狡黠的味道。便掉头去问那男孩：

"那你呢？你叫什么名字？"

"我叫陆浩强，外号大头鬼。"

他倒是毫不忌讳就说出自己的绰号，还指了指自己的脑袋。俊杰明白，不用再问这外号的来历了。大头男孩又指了指俊杰身旁的女孩。

"她叫杨倩筠，也是个大头子，可那是我们的大班头，外号杨贵妃。坐在这种皇亲国戚的旁边，那可得当心了。是吧？"

他向那位原先坐在倩筠边上、叫郑凯亮的大个子男孩努了努嘴，调侃道。

倩筠听罢，也不知是真是假地恼怒起来，嚷道：

"你个大头鬼，看我怎么收拾你吧。"

她举起手，做出要打人状。浩强连忙作一鬼脸，躲到一边去了。此时，刚才说过话的圆脸女孩趁机凑了过来。

"我叫杜圆圆，圆圆满满的圆。认识你真高兴。"一边说着，一边还伸出手来，俊杰只得跟她轻轻地握了握手，学着她的口气说：

"认识你真高兴。"却不敢笑，心想，她爸妈给她取名的时候，肯定是欠考虑了。

这边说着话，可那大个子郑凯亮却有点不耐烦了，一个劲地嚷嚷起来：

"走啰，走啰，玩去也。"

随着皮球的拍动，男孩子们一窝蜂似地来到了操场上。

课间的操场总是沸腾喧闹的。男孩子们大多在场上玩球，飞也似地追逐奔跑，而女孩子们则喜欢成群结队地在那里议论着每天的新鲜事，也有在附近跳橡皮筋或踢毽子的。俊杰也和同学们一道来到了篮球场上，皮球滚过来时，他顺手操起球，一个定点跳投，球应声入网。

"好球！"

陆浩强赞道，又将球抛了过来，人也随着跟了上来，做出防守状，向俊杰招手。俊杰接球在手，先是在原地运球，人亦左右摇摆起来，忽然一个前冲，然后虚晃一招，敏捷快速地来了个转身上篮。虽然浩强有结实的身体，而且高举着双手，却早已被甩在了身后，只见皮球在篮板上轻轻擦碰，"唰"的一声，轻松地蹦入网内。站在一旁的郑凯亮也不禁拍手叫起好来。俊杰扭头看去，只见凯亮体格略显瘦削，但身材高挑，比起同龄的男孩要高出大半个头。

"玩得不错嘛你，要不要参加我们球队？"

这回，凯亮显得热情而又诚恳。

"什么球队？"

俊杰很有兴致地问道。

"当然是我们的校队啦，凯亮还是队长哩。"

浩强凑上来插嘴道。

"下个月，我们学校正好和师大附中有场比赛，那是市中学生联赛，我们已经进入复赛了，淘汰制，胜者就可以进入半决赛，你要不要来参加？"

凯亮向俊杰问道。

"太好了，没问题！"

正说着，上课铃声又响了。凯亮拍打着皮球，和浩强、俊杰一起往教学楼走去。

"浩强，你觉得这学期，谁会当班长呢？"凯亮问道。

"那还用说？倩筠呗。"

"老是倩筠啊？没劲！我看，这回该轮到宛星了吧。或者选个男生当班长？比方说你，怎么样？只要你一声令下，我保证动用全部人马来支持你。"

"得了吧，还是让女生当吧。"

浩强显出不屑一顾的样子。

"怎么？你喜欢女王统治啊？"

"什么女王统治？那贵妃还不是你我给封的？何况，班长又不是国王，那可是个苦差事啊，还是让女生当比较好。"

凯亮不禁点头。

"那么，你还是选倩筠啰？"

浩强点了点头。

"那我就选宛星。我们打个赌好不好？看谁能选上。"

"赌什么？"

"输的人上学、放学时负责背书包，怎么样？"

"好啊。那你呢？"

浩强转头问俊杰。

"除了那个杨倩筠，我连谁是谁都分不清楚，怎么赌？"

"又不是赌你的命，背背书包而已，有什么好怕的？"

"那——就那个叫宛星的吧。皇帝也应该轮流坐的嘛。"

"说得太有道理了。"

凯亮连声赞同。

这一天，紧随语文课之后的是劳动课。在那个年代，劳动课算是中小学里颇为有趣的设置，并且阴错阳差，成了孩子们仅次于体育课外的最爱。劳动课，顾名思义就是要让孩子们劳筋动骨一番，但又不同于体育。其确切内容不甚了了，但培养孩子们劳动观念的意图却也冠冕堂皇。理想地说，是有点苦其心志以求天降大任于斯人的意思。但除了理想的成分之外，或亦有追求由劳动而产生的价值的目的。若放在今日仁慈又有些苛求的道德观下，或许又要引起不少好事者的争议来。不过，这些属于形而上学层面的东西，对孩子们而言，一点都不重要。他们之所以喜欢，只是因为其中的乐趣。虽然有时确乎是有点苦累的，但这些尚未成年的孩子，本就有使不完的精力，而其中的乐趣和欢愉，远远补偿了那一点点的辛苦。因为劳动课的具体内容通常很难统一界定，所以，各个学校也就自行其便。C大附中作为大学的附属中学，其资金方面能力充裕，又有邻近市郊的便利，其劳动课，便有了特殊而又丰富的内容——饲养猪羊。对于才十几岁的孩子们，这是多么让人兴奋又充满魅力的事啊！是的，C大附中竟拥有一个饲养场，一座独立的平房在学校最内侧的角落处，沿着一条蜿蜒的小径，穿过一片杉树林便可看见。平房有浅灰色的瓦顶，瓦顶上矗立着一个矮矮的由泥灰铺附的烟囱，时常可以看见缕缕炊烟缓缓地飘起来、飘起来，很像在江浙农村随处可见的农舍，在城市的氛围里，显出别样的诗情画意。绿树掩映之下，在树林之外通常是看不见平房的，但那袅袅升起的烟雾，可以让人想见在那隐秘之处像是居有人家似的。与学校其他地方的喧闹相比，这一处确实是很别致、很具有闹中取静之妙的。

这天的天气实在是太好了，而饲养房内为那几只绵羊而储备的草料已经所剩不多了，虽然班上的同学们被分在不同的养猪和养羊组，老师还是决定，今天劳动课的内容是全体出动去割羊草。于是，同学们三五成群，提着镰刀，挎上篮子，掮起麻袋，纷纷走出了校门。

C大的物理楼是一幢U形建筑，其背面，就是那U形的凹陷处，是一片小树林。树林里长满了青草。在陆浩强的带领下，俊杰、凯亮、还有倩筠等几个人来到了这里。鲜嫩的青草在穿过树林枝叶而照射进来的日光下，显得油油绿绿又斑驳陆离。

"哇！这真是个好地方。你怎么知道这里有这么多的青草呵？"
俊杰觉得像是到了世外桃源般兴奋。
"以前我们常来这儿玩，打弹弓仗、摘棕榈果。"
浩强指了指那高矮不齐的棕榈树。
"你看那果子，做弹弓的子弹是最好不过的了。"
他们说着，便开始割草。先是用镰刀，后来干脆就用手拔了，不到十分钟的工夫，就把篮子和麻袋都装得满满的了。
"你看，这是野荠菜。"
一个跟倩筠她们同来的女生指着一簇野菜对俊杰说。俊杰低头一看，那里果然长着几朵青嫩而丰腴的草叶，或者说更像是菜叶，与周围同样鲜绿的野草有着明显的不同。野草的叶子大多很长而且尖锐，显得糙硬且带着啮齿的边缘，而这类似菜叶的叶瓣却柔软而滋润。
"这就是野荠菜吗？我听说它是可以吃的。"
俊杰问道。
"当然可以吃啊。我奶奶就常常带我摘荠菜，然后包荠菜馄饨吃，又香又美，好吃极了。"
女孩答道，声音轻轻柔柔的，听来有如泉水的清灵。
俊杰抬眼看那女孩，只见她梳着一对紧致的猪尾辫，几缕青丝飘荡在耳际。穿着一件缀有粉红和奶黄色碎花的圆领短袖上衣，一条白色纱裙，衣着简单，却有一种说不出来的相配。她那鹅蛋形的脸上，扑闪着一双水汪汪的大眼睛，一点点的羞涩，漾在眉宇之间，却掩不住那散发着恬静又清纯的美丽。俊杰不由得高兴起来，觉得这 C 大附中还真有点人杰地灵的意思，头一天来，碰到的就都是美女。

"你叫什么名字？"

俊杰问道。

"程宛星。路程的程，宛若天上星的宛星。"

"原来你就是宛星啊？我听浩强他们提到过你。宛若天星，好美的名字啊！"

俊杰开心地笑了，他喜欢女孩子有一个悦耳好听的名字，更何况是如此漂亮的女孩。

"你们常到校外来割草吗？"

"没有。我是养猪组的，倒是经常去大学食堂里收泔脚，又脏又累，哪有割草这么轻松好玩？"

"我们学校里还有养猪的呵？我从来没亲眼见过活猪的模样，一定很可爱吧？"

"哈哈哈。"

宛星不禁笑起来，露出一双浅浅的酒窝。

"那你一定要去猪圈里好好看一看，特别是要好好地闻一闻了。"

俊杰也跟着笑了，他想象得到猪圈的气味，一定不会像这树林里的空气那么清爽。

"嗖——"，

一粒棕榈果从俊杰身边呼啸而过，击中了旁边的树干，发出清脆的响声。浩强在不远处嘻笑着挥舞弹弓，俊杰俯身拾起一粒土块，奋力甩了过去，土块也在树干上被击碎了，散开成一团灰雾。于是，男孩们开始了弹弓与土块的混战，女孩们则在一旁观战，时而发出笑声，时而发出惊叫，时而又大声喊着男孩的名字叫他们小心。

这种打仗的游戏，对男孩子们而言，真有无穷的乐趣。虽然有点危险，但他们仍是乐此不疲。当子弹击中任何东西而发出悦耳的声响，那都是一种快乐和喜悦。甚至被击中时的那种遗憾的感受，也成为快乐的一部分。胜利和失败，就在这游戏中轮番地上演，仿佛在为孩子们准备着未来的人生。

时光就在游戏中不知不觉地过去了。当倩筠喊着时间不早了的时候，俊杰抬头看那日光，确实已是日头正当午了。于是，他们只得收拾起玩乐兴奋的心，也收拾起镰刀和剪子，扛着已装得鼓胀的麻袋，提着满满的篮子，一路说说笑笑，回学校去了。

这天晚上,在 C 大附近的一个小巷子里,宛星和她的奶奶和父亲正围在桌旁吃着晚饭。桌上的饭菜是简单而朴素的:一盆水煮花生,一碗青菜,唯一有点荤腥的就是那一碗番茄炒蛋了。他们的家境并不宽裕,她的母亲在她出世不久就去世了,而父亲则在离家不远的港务局码头上开叉车,从船上将一箱箱水产搬运到码头的仓库里,在那里,这些水产又会被冷冻处理,然后运往各地的市场或工厂做进一步的加工。开叉车的那一点微薄薪资仅够勉强维持生计而已,因此,奶奶虽然已过了花甲之年,却仍然在菜市场上工作,以贴补家用。"穷人的孩子早当家"这句话是不错的,宛星从小就显得超乎寻常的懂事和乖巧。不知是什么原因,父亲这许多年来,一直也没有再婚。宛星曾听人说他坐过牢,但因那一次问起此事,父亲大发雷霆的经历,弄得她再也不敢问了。私下里也曾问过奶奶,奶奶倒没否认,但只跟她说,别听外人瞎讲,要相信她的父亲是一个正直的好人,绝不会做任何伤天害理的事情。在那年头,坐过牢的好人确也不计其数,在宛星幼小的心灵里,似是早已明白了世事的乖戾与不公,故而,虽然这个疑似坐过牢的父亲,对她而言始终是个阴影,而且,他那有些难以捉摸的喜怒无常,也总让她担惊受怕,她却从未怀疑过他是个善良的普通人。但正如宛星已知的他的经历所昭示的那样,他显然是个不幸的人。他虽曾是个从乡下出来的孩子,却读过一些书,学的是港口机械,后来也成了一名技术干部,可如今,却沦落成开叉车的工人。于是,他常常抱怨生活,好像世事总与他作对,所有的倒霉,也总是率先落在他的头上。不过,他也曾经叱咤风云,有过一段当造反派司令的辉煌时期,但很快就发现,那是他所犯下的人生大错。不久,他被下放到江浙一带的农村劳动改造,吃了不少苦。在那里,他认识了宛星的母亲。可是好景不长,就在宛星出生后不久,妻子就这样离开了他。好像所有的幸运都与他无缘,哪怕是一点点的幸福,也都与他擦肩而过。他的脾气因此变得越来越暴戾乖张。宛星特别怕看到他喝酒的时候,因为往往在这种时候,就意味着父亲的心情已跌入谷底。酒对于他们这种家庭,应该算是一种奢侈品了,但若父亲竟能一改往日节俭的习惯,开始喝这种不可思议的液体时,这还能意味着别的什么呢?不过,这天晚上的桌上并没有酒,父亲的脸上也不似往日的阴沉,他甚至有心情问宛星:

"今天,在学校里都做了些什么呢?"

宛星想都不用想,今天的头条新闻,当然是新同学的到来。

"今天,我们班里来了一位新同学。他爸妈都是大学的老师。劳动课的时候，我们还一起割草呢。"

"男的还是女的？"

"是男生。不过挺害羞的，像个姑娘似的。"

宛星想起俊杰那简洁而清爽的模样，脸上绽开了微笑。或许她自己都并不明了，说起俊杰时，为何她心中会有一种莫名的甜美感觉。于是，她的微笑里也莫名地流露出那一份简洁清爽和有如陶醉般的甜美模样来。奶奶或许早已习惯了孙女的微笑了，倒也没觉得有什么异样，不过在慈爱的心里面，宛星就是不笑时，那也是另外的一种甜美。这时，奶奶用筷子夹了一块炒蛋放在宛星的碗里，用略带沙哑的声音问道：

"读书累不累啊？"

"不累。"

"觉得难不难呢？"

"还好啦，奶奶。"

宛星也夹了一块蛋放在奶奶的碗里。她看到奶奶布满皱纹的脸上，写满了沧桑。奶奶对她的慈爱，无时无刻不在包裹着她的心。她从小就没看见过母亲，奶奶对她而言，不仅仅是奶奶。她记得小的时候，有一回去杂货店为父亲打酒，在回家的路上，不小心将酒瓶打碎了。当时父亲正醉着酒，因此大发雷霆。奶奶为了保护她，用身体为她遮挡父亲的抽打，还因此挨了一巴掌。当时，她抱着奶奶就哭了。她觉得那一巴掌比抽在自己的身上还要疼。奶奶对着父亲喊道：

"她只是一个孩子，你要打死她，不如打死我好了。"

父亲这才住了手。从他的神情上，宛星知道父亲因此受到了震撼，酒也醒了大半。那时，她就在心里喊道：

"宛星的奶奶是宛星的守护神，宛星要敬她、爱她，把最好的都给她，让她不要再为我受苦！"

奶奶往日的声音总是那么温和徐缓的，但当需要坚决果断的时候，她的声音就会变得似乎坚不可摧。正如要保护自己的孙女不要受到暴力伤害时所发出的呐喊。她最爱听奶奶平日里那温馨的充满了慈爱的声音，虽然有些沙哑——那是因为奶奶在菜市场喧嚣杂乱的环境中，每日大声叫卖各种蔬菜，还要回答无数顾客的询问，才把嗓音慢慢地弄成如今的样子——但那种特别的、带着磁性的声音，对宛星而言，是任何美妙的音乐都无法替代的。那好像已成为流动在她的血液里的、某种与生俱来的东西所发出的共鸣。

初秋的夜晚总是清凉美好的，一轮圆月高挂在空中。虽然这校外的小巷是狭小拥塞的,沿巷的房屋大多低矮而破旧。人们将狭小的屋内放不下的杂物都堆在了门外,使得本已狭窄的巷道显得更加局促。但月光仍如银泻地,毫不吝惜地从天空中渗透下来,直至它可以触及的每一个角落。屋内昏黄的灯光,亦从窗口处泛溢出来,混合着白色的月光,照在巷道破碎不一的石板上。远处传来的虫鸣,如同美妙的歌声。

C大的校园就在不远处,与逼仄拥挤的巷道相比,那里却是绿树丛荫。各处的办公楼、教学楼和实验楼鳞次栉比地散布于空阔宽敞的园区内。月光却是同样的明澈,虫鸣也是一样此起彼伏,悠扬交融于夜幕之中。学校的宿舍区就坐落于校园的旁侧,通过一条蜿蜒的小柏油路相连。路的两旁,长着高大的法国梧桐,宽大的枝干和树叶将小路遮蔽,犹如穹顶,形成了一条浓荫拱道。走到路的尽头,可以看见整齐的宿舍楼。此时,各家的窗户里,正射出温和的乳黄色灯光,透过树叶,在地上留下斑驳的影子,随着微风缓缓地晃动着。俊杰的家,就在一座两层的公寓楼内,从门口的楼梯上到二楼,一边一户的格局。这种公寓小楼,在宿舍区内也是不多见的。俊杰的父母都是知名的学者,父亲是数理统计学方面年轻有成的学术权威,母亲则是外国文学教授。C大为了延揽人才,不惜以极为优厚的待遇聘任了他们。这样三室二厅的住房,在当时算是相当奢侈的了。此时,全家人刚用完晚餐,父子二人在客厅里摆开了棋局,母亲则在卧房里看书,妹妹正在浴室洗澡,哗哗的水声阵阵传来。俊杰的父亲酷爱围棋,他常说,这一方小小空间里,却蕴含着人世间无穷的变化和人生的哲理。俊杰虽然还不太懂得父亲说话的含意,不过,他真的很喜欢这游戏。也许是来自父亲的遗传吧,他学棋的时间不长,棋艺却进步得很快,在授六子的棋局中,已能与父亲不相上下。父亲一边和他下着棋,一边问道:

"新学校还好吧?"

"我觉得蛮好的,班主任王老师,待人挺温和的。"

"我见过这王老师,看起来人很不错,你喜欢就好。"

"她是教语文的。今天,我们学了朱自清的散文《匆匆》,然后,还上了劳动课,你知道我们都干了些什么吗?"

"什么呢?"

"特带劲!我们学校里,居然有个饲养场。今天,我们到校外去割草喂羊,我以前还从来没干过这个呢。"

"原来还有这事!那同学们呢,对你还好吧?"

"我已经有好几个朋友了,我们在一起打球,割草时也玩得很开心。"

"那太好了！有空可以常带他们到家里来玩。"

俊杰从小就特别崇拜父亲，觉得父亲是世上最聪明的人了。他认为超难的题目，到了父亲那儿，就都成了儿童游戏般的轻松。父亲还是个特别温和的人，从来也不责骂他们兄妹俩。严肃的时候，也只是讲道理，声音总是那么沉稳舒缓，但那威严犹在，那种理性的力度，让他觉得不可抵挡。这时，妹妹刚好从浴室里出来，穿着条花色的短裤，披着块大浴巾，手里还提着几件干净的衣服。她咯咯咯地笑着，清脆的笑声如影随形般飘进了妈妈的卧房，接着，便传来了妈妈的责怪声。

"昕悦呀，怎么没穿好衣服就跑出来了？可不能这样的啊。"

昕悦则娇嗔地应道：

"妈——我要你帮我穿嘛。"

"那可不行！昕悦都快九岁了，还要妈妈穿衣服，羞死人了。"

接着，就听见妹妹继续撒着娇，一边好像在穿衣服了。昕悦就是这样，每天都无忧无虑的。红红圆圆的小脸上，总是漾开着那永不消逝的笑容。不知为什么，她总能在任何平凡的事物中发现无穷的乐趣。洗碗的时候，她总是唱着歌，一边还摇着头，两根猪尾辫随着节奏晃来晃去。做功课的时候，又常常会望着窗外，情不自禁地笑出声来，很出神地做着白日梦。这时，你若在她的背上轻轻一拍，她一定会"哎呀"一声，然后嗔怪地说：

"讨厌死了。"

每到家里买了活鱼，妈妈在厨房里张罗饭菜的时候，她才会愁眉苦脸的样子，说：

"鱼儿真可怜，我好伤心啊。"

然后，就在厨房看着躺在砧板上不能动弹的鱼，怔怔地望上半天。不过，这种情绪在鱼下锅后几分钟便会烟消云散，很快就又能听见她的笑声了。妹妹的忘性是很大的，也许快乐的人都是这样的吧。这一点，有时倒让俊杰颇感羡慕。他觉得自己是有点多愁善感的，遇到不开心的事，就不容易再快乐起来，所以，虽然他知道父母也十分疼爱自己，但比起妹妹，总觉得不够，因为父母似乎更宠爱她。家里有一个快乐的孩子，是上天赐予的一个非凡的礼物，父母常常这样说。

夜幕渐深，人家窗户里的灯光渐次熄灭，只有月亮显得更加明亮地高挂于天穹。那静谧的光芒如银泻地，好像黑暗神秘的天幕里睁开的一只眼睛，无声无息地注视着这曾经纷扰而又动荡的世界，并盘算着人们未知的明天该上演的戏剧。

第二章

没想到第二天，俊杰上的第一堂数学课竟是一场考试。不过初中数学对他来说并没多少难处，论之以"应付裕如"还只是个谦逊的说法。他的父亲是数学教授，平常没少拿捏他，而他自己也喜欢，加之聪明绝顶，他在数学上的学业程度，早比同龄的孩子高出了许多。他早早地交了卷，考试结束时，他已在球场上独自玩得汗水涔涔了。

数学考试完了之后，又是语文课。可这次王老师并没有马上进入正题。

"这学期刚开始，和以往一样，我们又要改选班委了。"她宣布道。

"我这里呢，有一些选票。今天只选班长和副班长，班委委员和课代表由班长、班副和我一起讨论决定。大家填完后，请把选票放在这里。"

王老师举起一只盒子，看上去像一只鞋盒，只是没有盖子。她将选票传了下去，一阵喧闹之后，就开始点票了。

"程宛星，杨倩筠，杨倩筠，程宛星。"

王老师念着选票，一位名叫林文娟的女孩在黑板上画着"正"字，记录得票数。

"好了。杨倩筠20票，程宛星19票。还是倩筠当选班长，宛星副班长。"

王老师最终宣布了结果。话音刚落，掌声就响成了一片。只有凯亮在那儿不住地挠着头。

倩筠和宛星是班里出了名的好学生。两人虽然都长得标致漂亮，但性格和外貌却不大相同。倩筠身材略微丰满些，肤色白皙光洁，穿着上时髦得体、婉约有度，颇有大家闺秀的风范。倩筠的父亲是C大数学系主任，也是学术界有名的学者。如此优越的家庭背景，造就了她平日里举止优雅端庄，同时免不了又有些自负高傲之气。但因她样貌甜美、成绩出众，在同学们的眼里，那一点点的高傲，便也顺理成章、不足为怪了。

　　宛星虽是个文静的女孩，平时言语不多，但那一双与众不同的大眼睛，却好像会说话似的，令她那细腻而容光焕发的脸上，仿佛总在传达着一种莫名的茫然与羞涩。同学们都喜欢看她笑的模样，因为她笑的时候，脸颊上便显出一对浅浅的酒窝，带着少女特有的娇羞与关切，再配上那一双神采奕奕的眼睛，让她在文静之中，更添出一份仙然的灵气。不过，穿着上就要简约得多了，虽则朴素，却很整洁。头发总是梳得紧密有致，时常扎成的两条猪尾辫落在双肩，一颤一颤的，很容易让人产生出一种带韵律的美感。

　　一个班里同时出了两位漂亮出色的女生，自然会引人关注。不用说男生，就是女生们自己，也把她俩拥戴成为领袖。只是因为一个住在大学校内，一个则在校外，因而形成了各自的支持者群体。不过，校内的势力还是要大一些，所以每每选举时，班长总是倩筠的，虽然这一次，宛星已经与她在伯仲之间了。

　　第二天，当数学老师将昨天的试卷发下来时，俊杰扫了一眼自己的卷子，就把它塞进课桌的抽屉里，刚好被旁边的倩筠看到了，便好奇地问道：

　　"能看看你的卷子吗？"

　　"有什么好看的？一张普通的卷子而已。"

　　"这么小气啊！"

　　倩筠嘟噜起了嘴，有些不高兴的样子。

　　"看一眼都不行呀？"又有些娇嗔地央求道。

　　"好好好，拿去看吧。"俊杰最受不得女生这种样子。

　　倩筠拿过卷子，不禁轻声叹道：

　　"满分哇，你还真不简单呢！"

　　说得俊杰的脸微微一红。

　　她又看到试卷上如行云流水般的字体，美得像行书字帖里见过的样本，心中不禁泛起一种既羡慕又嫉妒的情绪。

　　"没什么啦。可能只是因为运气好罢了。"被倩筠异样的眼神看得有些不自在，俊杰轻描淡写地应道。

　　俊杰数学考得了满分的消息立刻传开了。这天放了学，浩强和凯亮竟不去玩，却缠着俊杰要看他的试卷。俊杰无奈，只得给他们看了。

　　"没想到，你小子还有这两下子！这回好了，我总算找到帮手了。"

　　浩强嚷嚷着，弄得俊杰更加不好意思起来。

"帮什么忙？我也就这两下子。"

"得了得了，不要假装谦虚了嘛。这次你赌输了，本来，要帮我背书包的，现在，只要肯帮我做数学功课，就免了你这件差事，只让凯亮背得了。"

"那可不行，这也太不公平了吧？搞种族歧视啊，还是得轮流背。"

凯亮可不答应了。

"你们在赌什么呀？"

正说着，倩筠从外面走进来，听到他们的话，便问道。

"哦，没赌什么。"

凯亮见是倩筠，不敢说。

"我们赌这次谁能当选班长。结果他俩都选了宛星，所以都输了，只有我赢了，哈哈哈。"

浩强却得意地嚷道。凯亮和俊杰都拿眼直瞪他，浩强一见，也知是说漏了嘴，赶紧一捂嘴，不再说话了。

"选谁本来就是大家的自由嘛。"

倩筠倒显得很超然大度的样子。

"不过，拿这来赌博就不大好了吧？"

他们三人连忙点头，异口同声：

"是，是，是。贵妃娘娘教训的是。"

这时候，宛星和文娟正结伴回家去。她们俩都住在大学校外，从小就在一起玩，是一对无话不谈的要好朋友。林文娟虽然相貌平平，个头也不高，但一看，就是喜欢户外运动的姑娘。皮肤晒得略黑些，紧致光滑的脸上，透露着健康茁壮的血色。而性格更是开朗率直，因此，在班上也是颇得人缘的。此时，她们又在谈论这次的数学考试。

"哇！这次，我差点掉到水里去了。61 分，好玄呀！宛星，你怎样？"

"也不怎样，刚好 80 分。"宛星答道。

"你平时数学那么好。看来，这次的题目真的有点难噢，不然，你也不该失手。"

"可那个新来的江俊杰考得不错。"

"可不是嘛。听倩筠说，他得了满分，还包括附加题喔，全年级就只有他一个呢。" 文娟露出羡慕的神情。

"这也没什么奇怪的。听说他爸爸是 C 大的数学教授，而他在别的学校时，还得过市数学竞赛一等奖呢。"

正说着，只见对面走来一个个头高大的男孩，他的年纪显然比宛星她们大了二三岁，像是位高中生。他剃着一个板刷头，短发直直地竖立着，四方脸，皮肤比文娟更显黝黑，看上去，却是一副憨厚的模样。见到宛星她们走来，脸上绽开了灿烂开心的笑容。

"宛星、文娟，你们也放学了啊？"

"哥哥！"

文娟看到那男孩，开心地叫着。

"你们班怎么这么早就放学了啊？最近功课不忙吗？"

"怎么会不忙呢？可是，爸妈不是叫我保护你们的吗？"

"可是，爸妈不是更要你好好复习功课吗？明年要是再留级的话，他们不担心死才怪呢！"

"是啊。"宛星也应和道，"文武哥是该多多用功了，不要再浪费时间陪我们，我们知道该怎样平安地回家。"

"这么说，你们都不想要哥哥陪了啰？"

文武做出一脸恼怒的样子。

"那我可要伤心死了。"

"文武哥，我可不是那个意思。"宛星连忙解释道，"我只是担心你的功课。你这样天天等着我们回家，太浪费时间了。"

"好了，好了。别说那么多了。我们还是一起走吧。"

文娟打断了宛星的话。

其实，文娟打心眼里，还是喜欢哥哥能陪着她们一起回家的。放学回家的路，要穿过一条宽阔而繁忙的马路，而后，又要辗转进出几条小巷。那些巷口，时常游荡着一些流里流气的小青年，骚扰女孩的事时有发生。而哥哥长得魁梧结实，读书虽不怎么样，打架却是他的拿手绝活，走在姑娘们的身边，活脱脱就像个保镖似的，一般人都不敢靠近，让她们的胆子，因此壮了许多。

林文娟的哥哥林文武比文娟她们年长两岁，今年早该上高二了，可就是贪玩，又没有颗会念书的脑袋，所以功课老是跟不上，已经留了两级了，现在和文娟她们同级，只是在不同的班里。他们家和宛星家住在同一条巷子里，因此，两家的父母也都熟识。由于文娟和宛星同龄，又一直同校同班，所以情同手足一般。文娟的父母也知道宛星从小就没了母亲，又是独女，而宛星是那么的善良、美丽、乖巧又伶俐，于是，他们就把她当作亲生女儿一样看待，所以，文武也就像有了两个妹妹似的。文武虽然憨厚，又生得魁梧，但因了两个妹妹的缘故，也变得时常是粗中有细。家里的经济状况虽然不佳,但有什么好吃的,他都会省下来给妹妹们吃;有什么好玩的,也都先与妹妹们分享。不用说文娟,就连宛星也常常觉得幸运,能遇见这么一位善解人意又体贴入微的异姓哥哥。

"宛星,来,让我帮你背书包吧。"

文武看见宛星背着个偌大的书包,在午后的阳光下,额头上的细汗清晰可见。

"哥——人家的书包也是很重的嘛。你就知道帮宛星,从来都没想到过我。"

文娟像是有点委屈似的。宛星连忙说:

"文武哥,不用不用。我一点都不觉得累。"

她昂首挺胸,精神那么饱满,红润的脸上,满是灿烂的笑容。

文武看着她,点了点头。

"文娟,看来还是人家宛星懂事。"

"哥,人家跟你开个玩笑嘛。宛星当然好了,所以,我们才成为好朋友。宛星,你说是不是啊?"

"当然啰。从小到大,文娟都是我最好最好的朋友了。"

文娟听见宛星这样说,高兴起来,一下子抱住了她,像是要把她举起来,抛向空中。但她还是太瘦小了,只是把宛星弄得痒痒的,忍不住咯咯咯地笑了起来。文武看着这一对姐妹亲热的模样,也憨憨地笑了,说:

"没关系,不是开玩笑,你们两个的包都给我吧。这点分量,对我来说,就像两团棉花一样。"

说完,就抢过两人的书包,还学着《少林寺》里和尚挑水的架势,张开双臂,一手拎着一只书包,在她们周围转了两圈。文娟知道,哥哥说这话还真不是吹牛,他平时练的那个哑铃,她两只手都拎不动,而哥哥却能拿着它屈臂上百下不带喘气的。于是,文武就这么提着三只书包在前面开路,宛星和文娟则两手空空在后面跟着,一路上说说笑笑,早忘了那考试和分数的事了。

正当宛星她们走在放学的路上,那些住在大学校内的孩子们也都纷纷回家去了。学校和大学的宿舍区通过一个后门相连,所以,当宛星她们从正门离校时,俊杰他们也正从后门走。那是一条人人尽知的捷径。俊杰早早地回到了家,赶紧去做功课,因为他知道,今晚大学里有场露天电影放映。暑期里,他已看过两场了。在宽阔的草坪上,竖起一张大大的白色屏幕，当夜幕降临时，白天的暑气渐渐消散，人们拿着扇子，搬来各色各样的小凳或折椅，坐在草坪上，一边乘凉一边观赏电影，倒是别有一番情趣的。因为都是校内的教师或家属，对大人们来说，那也是难得的休闲与社交机会。于是，电影开场前，可以说是人声鼎沸。孩子们在这种热闹的气氛下，怎能不兴奋？他们四处奔跑，玩着各种异想天开的游戏，欢乐的笑声四处洋溢。俊杰也很喜欢这样的时候，他觉得，这种露天电影，比在电影院里看要生动有趣得多，那种自由自在、无拘无束的环境，是所有孩子们所热爱的。他一直都在盼望着这一场放映。因为天气渐凉，这将是暑期以来的最后一场，如果想要再看，就要等到明年了。妹妹也和他一样的兴奋，不停地问爸爸妈妈什么时候能回来，晚上放的是什么电影。

"《牧马人》。"

俊杰飞快地答道，手上还在写着功课。

"什么是牧马人？"

"就是放马的人啰。"

"那里面一定有很多很多的马了？"

"应该是吧。你看了就知道了。"

"太好了。我好喜欢马喔。"

妹妹说着，双手在空中舞动起来，眼睛里放出向往的光来。

这一点，俊杰是知道的。妹妹喜欢马，她有很多绒毛玩具马，她也喜欢画马，现在，卧室的墙上，还挂着一幅她画的马，高高地扬起前蹄，红棕色的鬃毛向上飞起着，显示出一种奔腾的动感。虽然画技仍然是幼稚的，但那种生动的韵味还真是难以言喻。正如妹妹的性格一样，那是童心和想象所造就出来的美感，连俊杰都自叹弗如。

爸爸妈妈回来的时候，西天的晚霞已经映上窗棂了。听到开门的声音，妹妹飞快地跑到门口，"爸爸，妈妈"地叫着。

"你们可别忘了今晚的电影喔。"

她眨着大眼睛，很认真地提醒着。

"我们怎么会忘？可你的功课都做好了吗？"

爸爸问道。

"老早就做好了，我都有点等不及了。你们怎么这么晚才回来？不会迟到吧？"

昕悦望望窗外，她的心思早已经飞到草坪去了。爸爸又转头问俊杰：

"你呢？功课完成了？"

"我也做好了。"

"那本书呢？"

"读了，不过还没有全部看完。"

"读了多少？"

"还剩下一小半。"

"嗯——"

爸爸似乎满意地点了点头。

"不错。有没有什么问题呢？"

"有一点。不过，今天怕没时间问了。"

俊杰也有点焦急起来，怕父亲问得太多，耽误了夜场电影。爸爸看着这对兄妹俩的神情，不禁哈哈笑了起来。

"好，好。"他说着，"立即开饭。"

今日的晚饭，一改平时的悠闲与拖沓，俊杰与昕悦也不再边吃边说个不停，而是专心致志。但即便如此，等他们走出门外，天色已经有些灰蓝，晚霞的残晕在天边若隐若现。来到草坪时，那残留的霞晕也已荡然无存了。不过，草坪的四周挂了不少汽灯，将这里照得明亮而晃眼。俊杰的爸爸妈妈不停地与熟人们打着招呼。忽然，一个声音从背后传来：

"江大教授——"

爸爸听到声音，忙回过头来。

"啊，原来是杨主任。"

那杨主任转眼看见江教授身后的俊杰兄妹俩，眼睛仿佛一亮，便问道：

"这位公子和这位小姐，想必就是你们的孩子啰？"

"是啊。俊杰、昕悦，快来见过杨伯伯，他可是爸爸的领导哦。"

俊杰他们便齐声叫道：

"杨伯伯好！"

"好漂亮的一对兄妹！你们真是有福气啊。"

杨主任说着，转身拉过自己的女儿。

"倩筠？"

俊杰看见倩筠从杨主任身后出现时，失声叫道。

"你们已经认识了？是同学吧？"杨主任向俊杰问道。

俊杰点点头。

"不光是同班同学,我们还是邻桌呢。"倩筠落落大方地跟她爸爸说。

"那就不用给你介绍了。"

杨主任笑着转过脸来,开始和俊杰的父母攀谈起来。可俊杰、倩筠他们早就待不住了,他们从四处找来许多熟悉的朋友,便在草地上玩开了。不一会儿,就都玩累了,躺在草地上喘着气。

"俊杰,没想到你还有个这么可爱的妹妹。我都很想要个妹妹,却得不到。"

倩筠语带遗憾地说。

"有个妹妹是挺好的。不过,有时她会像条虫似的老跟着你,甩都甩不掉,也很烦人。"

俊杰语音刚落,

"哥哥,哥哥——快来看呀!"

昕悦那带着惊奇的童声就传了过来。

"你看,她就是这样烦人的。"

俊杰不得不从地上爬了起来。原来,昕悦在草丛里发现了一只大黑蟋蟀,皮色十分鲜亮。

"哇,还是个两枚子,个头不小啊。"

俊杰惊喜地低声叫道。他慢慢地蹲下身去,小心翼翼地用两只手前后围拢过去,突然一个扑击,将蟋蟀罩于掌下。也许因为已是夏末秋初的时节,昆虫一类的动物都不再有盛夏时的活力,那只蟋蟀在俊杰的手中蠕动着,可以感觉到痒痒的触动。

"来,帮我拿一下。"

俊杰对倩筠说。可倩筠却面露难色,连连摆手。

"我最怕这种虫子了,千万别叫我碰它。"

"这有什么可怕的?它又不会咬你。"

俊杰为倩筠的胆怯感到好笑。

"我来拿,我来拿。"

旁边的妹妹却急不可待地呼叫着。

"看来,还是有个妹妹好。"

这话说得倩筠有点儿不自在,噘起了嘴。可俊杰却没留意,他说完,就来到妹妹的跟前。

"小心别让它跑掉。"

他将虫子放在妹妹的掌心里,教她攥成一个空拳,然后,从自己的口袋里摸出一张纸,麻利地折成一个小灯笼,灯笼上开着一个小孔,他从妹妹手中接过虫子,将它放入纸灯笼里。四周的孩子们一阵欢呼,都凑过头来看。透过灯笼的小孔,可以看见蟋蟀在其中时而静止、时而窜动,头上两根长长的触须摇晃着,皮色的黑亮在灯光下更加明显。

"请注意,请注意——"

扩音器里传来了提示的声音,

"电影马上就要开始了,请大家各就各位,不要喧哗。"

整个大草坪顿时安静了下来,已经玩累了的孩子们也各自回到自己的父母身边去了。《牧马人》就在这初秋浓重的夜幕下开始驰骋起来。偌大的屏幕所反射出来的光彩,映照在黑压压的人群中,有节奏地变换闪烁着,悠扬而深沉的乐曲飘浮在空中,让人产生如梦如诗的幻觉。

到电影散场时,妹妹已经睡着了。爸爸将她背在背上,走在回家的路上。俊杰却似乎还沉浸在电影的情节之中,变得有点沉默了。手中的小纸灯笼里,蟋蟀还在窸窸窣窣地爬动着,可他却似乎没有兴趣再去关照了。

"爸爸,"

他突然发问道:

"那里就是敕勒川吗?"

"是的,应该是吧。"

"我们学过这首诗的。'敕勒川,阴山下,天似穹庐,笼盖四野。'原来只觉得念起来好听,现在,才知道那是种什么样的感觉。"

"什么感觉呢?"

"好像很辽阔。很重,很苦。也很伟大。"

爸爸微微笑了。

"原来,你还有这么多的感觉,了不起!"

"那你为什么会觉得又重又苦呢?"

爸爸有点好奇似的问道。

"不知道,我就是觉得。否则,那个许灵均为什么要在马厩里哭呢?"

"看来,你还真有不少你妈妈的遗传啊。"

爸爸说着,看了妈妈一眼。妈妈只顾微微笑着,疼爱地摸了摸俊杰的头。

"是啊,"爸爸又接着说道,"这部电影说的就是这样一种人生的滋味,酸甜苦辣,有很多的苦,也有甜。越是苦得重了,尝到甜的时候,就会觉得特别的甜。你们都还小,没有吃过什么苦,但你们从小就要有准备,要知道,人生不是只有一种滋味,懂吗?"

俊杰略有所思地点了点头。

"敕勒川,阴山下,天似穹庐,笼盖四野,天苍苍,野茫茫,风吹草低见牛羊。"

他像是在唱歌似的朗诵着,看着妹妹在爸爸肩头上睡着的甜甜的模样,好像她也已经在梦里到了那个遥远的地方,和她心爱的马儿在一起奔跑。

"将来,我一定要去那敕勒川的草原看一看。"

俊杰自言自语地说着。

第三章

　　时间过得真快,转眼一个多月过去了。秋意已浓,校园围墙边的榆树叶已有些泛黄,在微风中飒飒作响。这天下午,操场上却是一片喧闹。一群群少男少女,已将篮球场里三层外三层地围了个水泄不通。球场中线侧边,立着一个记分牌,上面垂挂着两叠可以翻转的塑料软片,软片上是赫然的两个"0"字,一边为红,一边为黑,在风中轻轻地摇摆。俊杰正在场内练习运球,凯亮和浩强他们也在做些基本的暖身活动,时而一个定点投篮,时而一个快步上篮。他们都穿着红色的球衣和短裤,仿佛像火球一样四处流动着。校名以黄色大字缀于胸前,却又似窜动的火苗。俊杰的心中,除了兴奋之外,还有一点紧张。毕竟是他第一次代表校队参加比赛,对方的实力如何?自己能发挥出色吗?那对面篮下的,就是他们,穿着黑色嵌白条的球衣,令人想起海盗船上飘扬的旗帜。其中有一个,身材特别高大,穿件 10 号球衣,身长与凯亮相仿,却更加强壮,好像是凯亮与浩强的结合体。其他几个,单从他们练习的表现,就看得出是相当灵活且技艺娴熟的。"必有一场恶战"是俊杰心中的直觉。他的心怦怦跳动,紧张和跃跃欲试的心情,混合交融于胸中。

　　随着长长的一声哨响,比赛开始了。对方的高中锋果然不同凡响,跑起来步伐阔大,毫不迟滞。他时而窜入篮下强攻得分,时而又在跑动中分球给队友,制造了不少得分机会。对方的啦啦队大力鼓噪着,他们虽然人少,却显得激动异常。而这边的凯亮则显得有些急躁,一味强攻内线,与队友疏于配合,防守时,又总是没能及时抢到位。当教练请求暂停时,比分已经相差了十分之多。凯亮在一旁擦着汗、喘着粗气,他显然已经尽了力。教练一边拍着大伙的肩膀,一边暗授机宜,要求凯亮多分球给队友。

　　"把球打活!平时不是练过不少配合套路吗?多动动脑子,把练过的功夫发挥出来!"

俊杰亦轻声对凯亮说：

"防守时，你要紧紧看住那个 10 号，不能让他轻易得球。他们的外围并不是很强，主要就是靠他组织内线得分。擒贼先擒王，看住了他，我们就有戏了。"

凯亮会意地点点头。这一招果然奏效，对方中锋被凯亮盯得死死的，他们的进攻随即变得无所适从了。而凯亮在转攻为守之后，反而有了更多得球的机会。他也不再一味强攻，而是经常分球给队友，使俊杰有了许多中远投的机会，频频得手。浩强则靠着身强体壮，强攻篮下时也显得气势如虹。比分慢慢地追了上来。这边，C 大附中同学们的声音开始越来越响了。助威声、呐喊声像惊涛拍岸，此起彼伏。此时，宛星、倩筠等一席女生亦混在观众堆中，校队里有她们班上的三位男生在比赛，多少也让她们感到骄傲与光荣。她们一反常态，喊着、叫着、跳着，一个个脸涨得通红，像是一片片绽放的花朵。俊杰也注意到了球场这边那鲜艳的一群，令他有了一种莫名的激动。不知道是由于荣誉感，或是其他什么，让他忽然有了种冲锋陷阵、英勇凯旋的冲动。那混杂在汹涌澎湃的助威声中的尖细美妙的呼喊，隐隐地让他感觉到某种温馨与甜蜜。

比赛仍在紧张激烈地进行着。对方也不甘示弱，在被打了几个小高潮之后，他们渐渐稳住了阵脚，开始放慢节奏，伺机反扑。比分交替上升着。到上半时结束时，记分牌上那红与黑的两个"36"格外醒目。中场休息时，队员们的头顶上冒着热气，午后的阳光斜射过来，蒸腾成一片白雾。经汗水冲刷过的年轻稚气的脸上，闪耀着竞技所带来的那股活泼朝气。俊杰和凯亮只是不停地来回走动着，好像是已经发动了的马达，再也没法停止。教练仍在一旁喋喋不休地说着些什么，但俊杰却没有听进多少，他只是反复地想着平时早已熟练的那些动作，想着当球从自己手中飞出时的那种美妙的触摸感，那种力量的分寸和把握，想着当球飞入篮网时，那赏心悦目的弧线与音响，以及随之而起的欢呼雀跃的声浪。

女生们在远处观望着，倩筠似乎仍然沉浸在比赛的激动中。

"太精彩了！"她忍不住赞道。宛星也说：

"真没想到，俊杰还有这两下子！"

"凯亮也不错啊。没有他抢到篮板，又传出许多好球，俊杰就算是神投手，怕也没用武之地啊。"

文娟倒是很有眼光，分析得颇有几分道理。

"是啊，"圆圆也兴奋地赞同道，"他把那个10号大个儿也看得太紧了点，瞧他那一筹莫展的样子，哈哈。"

话没说完，又是一声哨响，篮球又开始飞动起来了。此时，双方都对对方的套路有了些感觉，进攻防守开始趋于谨慎，比分仍是胶着不开。日渐西移，场上跑动的身影越拉越长。裁判已在不停地看表，比分牌上显示着："58：59"，C大附中还落后一分。宛星在一旁看着，也禁不住焦急起来，额头上竟冒出些冷汗。凯亮正在中场运球，对方开始全场紧逼了。宛星的心也随着那皮球的起落而怦怦跳动。忽然间，两条红色的身影，如离弦之箭从凯亮身后射出，一左一右飞奔对方篮下。凯亮见机，将皮球如影随形般掷向左方，浩强则高高跃起，接个正着，未等身体落地，他已将球分给从右边窜至篮前的俊杰。俊杰球到人到，身体则像是装入了弹簧似的向上飞起。说时迟那时快，对方十号中锋见势不好，也已冲到篮下，试图用其高大的身躯，阻挡俊杰攻篮。但略微晚了，俊杰的这一跃跳得太高了，当他的胸部与对方的肩膀猛烈撞击的同时，皮球已在篮框上蹦跳了几下，然后，轻轻地落入网内。欢呼声如同炸开了锅似的骤然响起，但随之而来的，却是女孩们一阵惊慌的尖叫声。此时，宛星看见的是这样的一个瞬间：俊杰在撞击后，身躯无可阻挡地向后倒去。他跳得太高也太猛了，那反作用力也就异常剧烈。他的身体完全失去了平衡，最终重重地摔在了地上，并毫无阻挡地滑向铁质的篮架。在他的头部与篮架发生撞击的一刹那，他只觉得欢呼声倏然远去，天上的阳光，恍惚变成了夜晚的星光，然后，连那星光也消失了，眼前有的，只是一片黑暗。黑暗弥漫着，时空都不复存在了，意识如同漂浮于渺无边际茫茫海上的一叶扁舟，随波摇晃着，然后慢慢地，一切终归于宁静，漫长的宁静、空虚、冷寂。

当俊杰的眼前又有一丝光亮，耳旁重现些微声响时，月光正穿过病房的窗户，照射在他的脸上。

"妈妈。"

他睁开眼，最先看到的是妈妈焦虑的脸。他轻轻地叫了一声，感觉到一些意识的回归。但除了意识之外，并没有什么其他的知觉。他有点惊慌。想动，却怎么也动弹不了。

"醒了，醒了！"

他听到妈妈惊喜的叫声，看到她的脸上，一时间变幻出似忧、似喜、似惊、似愁的表情，不过，其中绽开的笑是确切无误的。他又看到坐在妈妈身后的爸爸那张严峻的脸，不过，此时那紧锁的眉结，也正在渐渐松开。

"爸爸。"

俊杰想说些什么。

"别动,别动!"

爸爸紧忙摇着手。

"谢天谢地,你总算醒了。可把我们吓坏了。现在好了,你总算醒了。"

他长长地舒了一口气。平日里那种泰然自若的神情不见了,说话都有点语无伦次起来。妈妈的脸上虽然漾起了笑容,可是疲惫和忧愁仍未褪尽,眼里还是含着泪。她紧握住俊杰的手,俊杰这才感到一股暖流顺着臂膀涌上来,知觉到手脚的健在,同时,一阵阵的疼痛,也开始在身体的四周蔓延。

"俊杰。"

他听到妈妈有点哽咽的声音。

"俊杰。"

妈妈像是有很多的话要说。眼神像是在责备,又像是要安慰,但终于什么都没说,只是一味地叫着他的名字。俊杰渐渐回忆起曾发生过的事。

"对不起。"他用虚弱的声音说道,"让爸妈担心了。"

"好了,什么都不用说,我们都知道了。你什么都不用想,只要好好地休息,你会好起来的。"

爸爸正说着,一位身着白大褂的女大夫推门而入,步履轻盈地走到床前,她替俊杰量了量心跳和血压,接着,转头对俊杰父母说道:

"既然已经醒了,应该是没什么大碍了。不过,检查结果显示有中度的脑震荡,还要住院观察两天。"

女大夫掩门出去之后,爸爸就劝妈妈先回家去。天色已晚,而妹妹此时还托管在邻居的家里。妈妈有些心疼不舍地说:

"闭上眼睡吧。妈妈先回了,明儿再来看你。"

俊杰听话地点点头,闭上了眼。他知道,自己闯的祸一定把妈妈吓坏了。他内疚地想着自己昏迷的这段时间,对妈妈来说会是怎样的折磨。不过现在,只有顺从才是对妈妈最大的安慰。他感到头疼,意识到自己的头上正绑着绷带,厚厚的纱布紧紧缠绕着下颌直至头顶,使他说话时只能微张着嘴。他不想动弹,因为每一次动弹的企图,都使他关节酸痛。他还觉得脸上发烫,四肢发软。他昏昏沉沉地仿佛又回到校园那宽阔的操场上，篮球在空中飞过的弧线，变成了一条条彩带随风飘舞着。篮球顺着彩带滑翔，又变成一个个彩球，落到一位正在挥舞彩带的少女手中。少女身着白色的衣裙，轻盈飘逸地舒展身肢。彩球在她的柔臂上滚动着，球场上喧闹的呼喊声渐渐平息下去，悠悠然变成了曼妙舒缓的乐曲声。少女随着乐曲的节奏翩翩起舞，时而飘摇如仙女，时而淳朴如村姑，时而优雅如少妇，时而幽静如处子，娉娉婷婷，如诗如画。球场倏忽间变作了一片绿色的草地，草地上开满了各色五彩的野花，红的、黄的、蓝的、紫的，漫展开去，无边无垠。那五彩的花朵，又像是镶嵌在绿丝绒上的颗颗宝石，在阳光下熠熠闪烁。太阳暖洋洋地照耀着，让人觉得十分舒适惬意。俊杰看着少女的舞姿，有点呆了，正想上前说话，却见少女轻拂彩带，回眸一笑，俊杰这才看清少女的脸，似曾相识，又想不起在哪儿见过。正犹豫间，少女已经飘然而去，只留下一串银铃般的笑声。少女不见了，可是，那笑声却不断地在俊杰的耳边回响着。俊杰张开眼，蒙眬中，看见两个如梦中一般娉婷婀娜的身影，正站在床前。那笑声，正是来自床前站着的一位少女，另一个则是位年轻的妇人。

"呵，王老师。"

俊杰认出了妇人。

"还有宛星，你也来啦。"

也认出了正在窃笑的少女。

"听见笑声，原来是你在笑啊。"

俊杰似乎尚未完全从梦中清醒过来。

"你睡着时的表情好滑稽哟，又像哭又像笑的，一定是在做梦吧？"

果然是宛星那轻柔甜美的声音。

俊杰未置可否，却问道：

"王老师，你们是来看我的吗？"

王老师在床前坐下，用手摸了摸俊杰的额头。

"是啊。自从昨天下午你受伤之后，全班同学和老师都十分着急。因为今天还有课，所以，就派我们两个代表大家来看望你啦。你现在感觉怎样？"

"我已经觉得好多了。"

"那太好了！喏，这是全班同学送你的花，希望你能早日康复。"

俊杰这才注意到宛星手里捧着一大束鲜花，红的、黄的、蓝的、紫的,如同梦中草地上的花朵一样鲜艳。宛星把花插在床前的花瓶中,花蕊和花瓣轻轻地舒展开来,使屋内一下子平添出一股温馨怡神的气息。

"美不美?"

宛星双手一拍,像是在独自欣赏着一件艺术品,自言自语,似问非问。

"你父亲为你买早餐去了,一会儿就会回来。我去找医生问问你的情况,让宛星陪陪你吧。"

王老师说着,起身要走。

"谢谢王老师。"

他看了一眼绽放在桌上的鲜花。

"你们带来的花,真的很美。"

俊杰说着,心里还真想快点回到校园里去。

王老师走后,宛星坐在了床前的那张椅子上。她默默地坐着,一时无话。少男少女独处一室,她不免有点羞涩起来,眼睛只看着那束娇艳欲滴的鲜花。俊杰也就默默地望着窗外。

"疼不疼?"

她终于开口了。

"有点,还有点头晕呢。"

"当时,我们大家都吓坏了。我看见有血从你的头上流了出来,我觉得就像自己的头,被'砰'地一下打晕了似的。"

宛星双手在自己的头上,做了个锤击的动作,十分夸张,俊杰忍不住笑了出来。

"你还笑,那是真的。"

宛星似嗔似怪地说道。

"真有那么可怕?我倒觉得像是坐上宇宙飞船,一下子,就飞到太空里去了,像做梦一样。"

"你刚才就是在做梦吧?都梦见了什么呢?"

"我听人说,梦是灵魂的映照,要是仔细分析的话,往往会有惊人的发现,所以,不能随便说给人听的。"

"那就算了。"

宛星好像有点漫不经心地说着,眼睛却看着窗外。窗外种着一棵柳树,柔软的柳条在窗前拂动,轻轻地搅动着日光,给人一种动静相宜的美感。柳树之外是一块绿色的草地,这时,正有身着病服的病人在那边散步。宛星似乎陷入了沉思,她那双清澈明亮的眼睛,就那么出神地望着窗外,两条猪尾辫静静地垂于耳畔,落在玲珑有致的双肩上。俊杰从来没有和别的女孩子离得这么近,也从未留意过一个女孩的侧脸,竟可以有这样无可挑剔的美。他正看得出神,忽然间,闻到一阵奇异的香气,如花似雾般地飘来。他不禁轻声叹道:

"好香,哪儿来的香味?"

宛星蓦然一惊,发现自己不知不觉间,竟与俊杰靠得那么近了。她不好意思地挪开身子,说道:

"你闻到啦?"

便从外衣的领里,摸出一个香囊来。那圆圆的香囊用红色的绸布制成,下面还垂挂着一束黄色的丝坠。

"香味就在这儿,你闻。"

宛星将香囊送到了俊杰的面前。俊杰用鼻使劲嗅了嗅,只觉一股药草特有的香味沁人心脾,令人有心旷神怡之感。不由得赞道:

"真的是好香味。一闻,我的头都不觉得那么疼了。"

他伸出手来,将香囊拿到眼前。只见那香囊,一面用丝线绣着一只昂首欲啼的彩鸡,羽毛鲜艳,动感十足;另一面则是一个精致工整的"福"字。俊杰从未见过女孩子家用的香囊,而如此精美的手工绣品,更是头一遭目睹,不由得心生喜欢。便问道:

"是你自己做的?"

"我哪儿有这么好的耐心?这是奶奶为我绣的,说是可以祛病避邪,招来福气呢。"

宛星看到俊杰拿着香囊翻来覆去地端详赏鉴,便问道:

"你喜欢啊?"

俊杰不好意思起来,脸微微一红。只说:

"做得实在是太精致了。"

"那就送给你了。或许,可以保佑你快快好起来,但不要让别人知道哟,不然,就不能给你。"

"那当然,我保证。不过,你奶奶会不会怪你啊?"

俊杰觉得随便拿了人家的一件心爱之物,心中不免有些惴惴不安起来。

"没关系。我奶奶最疼我了,她还会为我再缝一个的。"

正说着话,爸爸和王老师推门进来。爸爸手里端着热腾腾的粥和早点。当俊杰看到食物时，顿时觉得自己确实是有点饿了，眼睛亮了起来。王老师便告辞道：

"俊杰，你的情况，我已经基本了解了。安心休养吧，应该很快就会康复。学校里还有课，我们就先告辞了。"

俊杰目送王老师和宛星出门之后，便试着坐起来，不知是因为和宛星说话使他觉得轻松，还是那香囊的香味使他神清气爽，总之，他觉得四肢已不那么酸疼，头也不再晕眩了。他很快用完早餐，又躺在了床上。阳光射在他的脸上，暖洋洋的。闭上眼，他又想起刚才的那个梦，心里荡漾起一种甜美的感觉。

三天之后，俊杰又背着书包，走进他盼望的校园。当他推门走进教室的时候，教室里突然爆发出一阵热烈的掌声，还夹带着一两声嘹亮的呼哨，那显然是凯亮和浩强所为。原来，同学们早就在那里等候着他的到来。他真的有点感动了。其实，当他一踏进校门的时候，就感到了一点不同。所有的人，不论是学生或老师，看到他，都会和他亲热地打招呼，仿佛是熟识的朋友一般。一个他不认识的老师，竟能不加思索地叫出他的名字；一个看似初一的男孩，还向他挑起了大拇指。这一切，都让他觉得那么亲切，甚至有点飘飘然。他用挂彩的方式，为学校赢得了荣誉，并似乎在一夜之间成了名人。虽然在这过程中，曾有过一点惊心动魄的危险，但在荣誉高于一切的年轻人眼里，一点都不会觉得后悔。现在，这响亮的掌声，和大家脸上那由衷敬佩的灿烂笑容，倒让他觉得不好意思起来，脸上微微泛起红晕。他不由自主地向大伙深鞠一躬，然后挥一挥手，示意大家不必那么恭维他，其实，那真的不算什么。但当他坐到自己的座位上时，大伙还是围拢过来。

"你应该没什么吧？"

是倩筠关切的声音。

"没什么。你看，我不是很好吗？"

"看看这有几根手指？"

浩强张开手掌，在俊杰面前晃了晃。

"哎呀，我看你怎么像是六个指头啊！"

俊杰亦佯装疑惑地打趣道。

"我不是早说了他挺好的吗？看，这两天是不是养得更加滋润了？"

接着的，是宛星轻柔的声音。

俊杰这两天在医院里待着，活动得少了，人略显得柔弱一点，但脸色真的很好，红润而有光。妈妈每天为他炖的鸡汤、鱼汤可没少喝，妹妹来看他的时候也是嘘寒问暖，对他百般怜惜的样子。想到这些，俊杰不禁感慨：

"其实，生病也不一定就是坏事。"

"是呀，"倩筠道，"这样，你就知道我们有多关心你了吧。"

说得大伙都频频点头。

放学的时候，同学们都已经离校了，只有俊杰还在座位上做着功课。因为这两天住在医院里，落下了不少功课。他是个勤勉的孩子，从不愿让功课拖到明天。每当他想稍事懈怠的时候，妈妈时常为他和妹妹所吟唱的明日歌，便会萦绕在耳畔：

"明日复明日，明日何其多，吾生待明日，万事皆蹉跎。"

于是，他又会聚精神，去完成手上的功课。当太阳已经西斜的时候，红色的晚霞从窗外射进来，俊杰伸了一个懒腰。

"总算是做完了。"

他自言自语道。他从书桌里拉出自己的书包，准备回家。不经意间，却看见一张白色的纸片，翩然滑落。捡起来看时，却是一张对折的卡片，显然是手工制作，却相当精美，一点儿也不亚于店里买来的那种贺卡。卡片的正面，用黑细钢笔勾勒出一个健美少年持球上篮的英姿，背景则是由淡淡的红蓝绿三色水彩，幻化出的一种如烟如雾的意境，红的像晚霞，绿的像树影，蓝的像天空，朦朦胧胧，若有似无。翻看背面，却见一只黑蟋蟀正在鼓翅长鸣，其形清晰而俊美，长长的触须飞扬起来，十分逗人。俊杰不禁纳闷：究竟是谁，竟能制作出这样精美的卡片，又为何会出现在他的书桌里？打开一看，一行似曾相识的娟秀字迹映入眼帘：

"愿这小小卡片带给勇敢的你平安与快乐！——给邻桌的你。"

俊杰的心里一动，"倩筠？"他想起今日倩筠看他时那关注的眼神，心里也有了一点朦朦胧胧、若有似无的甜甜的感觉。他小心翼翼地将卡片夹在他的笔记本里，心想道：

"没想到倩筠还是个画家呢，让她教教妹妹倒是不错，不知她肯不肯？"

第二天，俊杰一直想对倩筠说声谢谢，却没有机会。他们虽然是邻桌，但这种事，在大庭广众之下说会显得有点那个。于是，到了放学的时候，俊杰才找到了机会。这时，倩筠刚好一个人往学校的后门走去。那后门正通往大学宿舍区。俊杰也是一路，便独自跟在她后面，

并紧赶几步,叫了声:

"倩筠——"

倩筠回头,看是俊杰在叫她,倒先有点不好意思起来。此时俊杰却显得大方,说:

"谢谢你的卡片。真让我惊奇,那是你画的吗?画得真好。"

"不用谢。随便画画玩儿。你受了伤,算是给你的一点小小鼓励,留个纪念吧。你喜欢吗?"

"那还用说?没想到你能画得那么好!水彩应该不太好弄,你学过画画吧?"

"是呀。都是我爸妈的意思,让我学这学那。你知道吗?周末的时候,除了画画,我还得去上舞蹈课呢。"

"我爸妈也是一样,从小就让我学弹钢琴,算起来,已经有七八年了。不过,还没想到让我去学画,可能是觉得我没那个细胞。"

"是吗?那我们班里,肯定要出一个莫扎特了。画画嘛,应该比钢琴容易多了。我觉得你应该行的。你好像学什么都很在行。"

俊杰笑起来。

"不行不行。你怎么知道行?不过,我妹妹倒是很喜欢画画,改天请你教教她,不知可不可以?"

"真的吗?你妹妹也喜欢画?那不用改天,今天就可以。我的功课都已经做完了。"

于是两人说说笑笑,说好了要到俊杰家教他妹妹画画去。

第四章

就在俊杰和倩筠相伴回家的时候，宛星也正从教学楼里走出来，准备回家去。她看见两人的背影一起向后门的方向走去，一副相叙甚欢的样子。不知为什么，她停下了脚步，默默地望着他们渐渐远去的背影，直到拐过那后门去，再看不见了，才回过头来。此时的她，竟忽然觉得有些莫名的孤单。今天，文娟有事先走了，没有像往常一样陪她一起回家。如果有文娟在，每天放学的路上，就总是她们最快乐的时光。文娟一定会跟她说好多有趣的笑话，她也许就不会留意刚才那一对看似亲密的背影。而即便留意，也不会有这种奇怪的感觉了。不过，那又有什么呢？她知道自己要走的方向，或许有些平淡，却那么熟悉——穿越校门外繁忙的马路，通往宛星所居住的狭窄的巷道，和那一间简陋的家。

宛星回到家的时候，奶奶正坐在家门口拣菜。她花白的头发垂落在眼前，随着微风飘动着，西斜的阳光沿着巷道射来，在地上映出奶奶弯曲的身影。她那饱经风霜的脸，则反射出古铜色的光泽，慈祥而又庄重。她正聚精会神地做着手上的事。看得出来，她的眼神已不太好使，动作也有些迟缓了，宛星早已习惯了奶奶做事时那副专注的神情。那种神情，总让她的心中，漾起深深的幸福感和对奶奶的怜惜。

"奶奶——"她轻声叫着，"我来帮你。"

奶奶见是宛星，连忙摆了摆手。

"不用了，已经拣得差不多了。你还是去屋里做功课吧。"

宛星便把书包放到了屋里，然后又坐在了门槛上，帮奶奶捶捶背、揉揉腰，弄得奶奶的脸上挂满了笑，嘴里却不停地说着：

"行了行了，快去做功课吧。只要你把书读好了，奶奶就比什么都高兴。"

宛星知道奶奶一定会这样说。奶奶从小就没念过什么书，几十年前，从农村出来的女孩子，根本就没有那样的机会。平时，每当看见宛星凝神读书的样子，奶奶就会咧开嘴笑得好甜，宛星不经意时，抬眼看见奶奶笑，便也会跟着笑。这时，奶奶就会说：

"读书多好！奶奶从前要是能像你一样有书念，做梦都会笑醒了。"

宛星知道奶奶的心愿。奶奶希望宛星能拥有她不曾有过的读书的快乐与幸福。于是，宛星听见奶奶又这样说，便顺从地起身回屋里去了。

"那我做功课去了，有什么事就叫我喔。"

"好，好。"

奶奶答应着。

宛星在里屋做着功课，耳朵里听得见奶奶在外屋切菜时刀碗的碰击声。功课快做完了，天色已渐渐昏暗下来。她刚要拧亮桌上的台灯，就听见门口猛然"砰"地一声巨响。她被吓了一跳，觉得像是有人撞门而入。有人抢劫？她正要起身去看，却听见父亲的骂声。

"混账！有眼无珠的东西。"

宛星心中又是一懔。从父亲含混不清的语调，和那时轻时重、摇摇摆摆的脚步声，她已知道，他一定又喝醉了。

"进德，你又喝多了。"

是奶奶责备的声音。

"什么东西？竟敢炒我鱿鱼！曾几何时，老子也不是好惹的。"

"什么？你说什么？"

奶奶吃惊地问。

"我要收拾了这些王八蛋！"

宛星从里屋奔出来时，看见父亲正大力地拍打着桌子，嘴里还在恨恨地说着。

"进德，别再喝了！"

奶奶想去夺下父亲手中的酒瓶，可是父亲却一把将她推开。

"别管我！收拾了这些王八蛋，他们就知道我是谁了。哈哈哈。"

酒瓶在他的手里晃着，脸上是似哭、似笑、似苦、似怨的表情。

"进德，你千万别乱来啊！"

奶奶近乎哀求地叫着。可是父亲却忽然瞪起眼睛，一脸凶恶可怕的神情。他竟用手指着奶奶，大声吼道：

"都是因为你！总叫我忍气吞声，老实做人。有什么用？还不是一样。落到这步田地！"

他说着，脸上竟挂满了泪水。

"进德，你醉了！醒醒啊，不能再喝了。"

他用力推开奶奶想要抱住他的手，让她一个踉跄，险些跌倒在地。宛星看见了，眼泪不由自主地涌了出来。她急忙奔了过去，护在奶奶的前面。不知从哪儿来的勇气，她对着父亲大声哭喊道：

"你丢了工作，不怪自己，却要怪奶奶！你还讲不讲理啊？"

"好哇！小兔崽子，你也敢教训起老子来了。反了，真是反了！"

父亲嘴里念叨着，顺手操起一把竹扫帚，不由分说，劈头盖脸地打将下来。宛星的肩头和腰上重重地挨了几下，只觉得火辣辣地疼，眼泪止不住流了下来，脑子里却似有一把火在燃烧。她哭着跑出屋门去，瞬间便消失在黑沉沉的夜幕之中。奶奶却还在拼命地拉住父亲的手，一边竭力喊着：

"宛星，宛星。"

父亲这才住了手，如梦初醒般呆呆地望着黑洞洞的房门口。奶奶于是跟着跑出屋门，可宛星已不知去向。奶奶回头，对着瘫倒在地的父亲，愤恨地说道：

"宛星要是有个三长两短，我也不想活了！"

宛星跑出屋门时，巷道里已是漆黑一片。虽然身上挨了打，但这时的她，并没有感到太多的疼痛，只有那满腹的愤懑和委屈，像是随时要爆发的火山。她疯狂地奔跑，夜风将泪水从她的脸颊上吹落，而新的泪水，又从她的眼眶中涌了出来。她就这样跑着、喘着气，让清冷的夜的空气吸入体内，略略冷却她心中燃烧的火。跑着跑着，她渐渐放慢了脚步，心情也略微平复了些，这时，她才感到了身上的刺痛。她环顾周围，却是在一片小树林中。月光的碎影，照见树林中蜿蜒的卵石小路。她知道，她竟已不知不觉跑到大学的校园中来了。脸上的泪水已有些风干了，她摸出手绢擦了擦，微微叹了口气。刚才的情形又开始浮现，眼眶又有点湿热起来。她摇了摇头，像是要甩掉那片记忆。这时，小路的那边走过三两个学生，传来絮絮叨叨的聊天声。宛星赶忙又擦了擦眼，沿着小路漫步起来。她熟悉这片树林，有空的时候，她和文娟常来这儿玩耍。虽然是校园重地，不让校外人员擅入，但园内景色之美，比起校外烟尘四起的马路街道，实在是不能同日而语，对那些校外的孩子们来说，有着强烈的吸引力，他们便总能想出各种法子混进来。这树林的旁边，有一个荷花池，池边筑起了若干座假山石，还有些石桌石凳之类。在一块山石上刻有"韵荷"二字，所以，这儿就被称为韵荷园。大学里的学生和老师们常在这里出没。不过到了晚上，林中的人就稀少了,要是有的话,便是耐不住寂寞的年轻人,成双成对地在那里喁喁私语,或是自修归来的学子,从这里穿行而过。宛星来到池边,时已深秋,只有荷花的残枝,稀疏地散立于池水中,在清冷的月光下,显得那么孤单黯淡。池水反射着月光,并微微地摇晃着,像是在诉说着它的心事,又像是在聆听。她不禁想起了刚学过的也是朱自清创作的散文《荷塘月色》。虽然这里的荷塘,已没有什么荷花,月色也远没有文中所写的婉约动人,但此时的她,仿佛能体会到那种心境了。她知道一颗烦恼悲伤的心,在静谧温柔的月色中,所能得到的安慰。她佩服起作者细密如织的心思,竟能将这多愁善感表现得那么丝丝入扣、惟妙惟肖。她便久久伫立在池边,一时间,忘却了方才的恼怒,也忘却了自己身在何处。望着池中泛起的淡淡薄雾,朦朦胧胧地荡漾开去,心中也是一种朦朦胧胧、欲理还乱的思绪。月光照着她,从树林这边望去,宛如一幅美丽的剪影。

再说这天放学后,俊杰和倩筠一起回到家,妹妹昕悦早已在家了,她一见哥哥回来,便欢快地叫着哥哥,要给他看她刚捡到的一块心形的卵石。因为上一回,全家去奉贤海边游玩时,俊杰曾捡到一块这样的卵石。墨黑的色彩中,有些散布的小白点,煞是韵味十足,俊杰十分喜欢。回家后,要宝了好一阵子,让妹妹羡慕不已。那块卵石,至今还锁在俊杰的抽屉里,平时不大拿出来示人的。这回,妹妹也得了一块,却是浅咖啡色的,其上有深浅相间的细长弯曲的纹理,心形比俊杰的那块还要正,确实别有一番风味。俊杰不禁深为赞赏,拿出自己的一块与之相比,问:

"哪儿捡来的?"

"就在韵荷园的池边。他们都没看见,可是,我一眼就发现了。"

妹妹开心地笑着,似乎还在回味着发现珍宝时的快意,脸上像绽开的花朵。

"那要不要跟哥哥换?"

"要是你喜欢的话,就送给你吧。"

昕悦就是这样,她不像一般的女孩子,那么在意自己所拥有的东西,她喜欢与人分享,并从中得到分享的快乐。特别是对哥哥,她一向非常的慷慨。

"不要!哥哥怎么可以要你的东西?"

虽然对妹妹的乐善好施俊杰早已习惯了,但那常常出其不意的赠予,总还是让他感到吃惊。

"妈妈总说我没脑子，搞不好又会弄丢了，还是你帮我保管着它吧。"

妹妹倒反而要为自己找理由了。

"你看，它和你的那块放在一起，像不像也是一对亲兄妹呢？"

倩筠看着他们两个你来我往亲密无间地说着话，不禁对俊杰叹道：

"真是个贴心的好妹妹！"

昕悦这才打量起站在哥哥身后的这位姐姐来。

"原来是你啊，漂亮姐姐。"

昕悦想起那天晚上，看露天电影的情形，她曾见过这位漂亮的姐姐。倩筠被昕悦的话说得心花怒放，不禁摸了摸她的头，问：

"听你哥哥说，你也喜爱画画。要不要和姐姐一起画？"

昕悦看了看哥哥。俊杰便说道：

"这姐姐画得好极了。哥哥请她来教教你，你可喜欢？"

昕悦高兴得直点头，便去拿来自己的画作给倩筠看。倩筠倒真有耐心，一幅一幅仔仔细细地看，不时地评说，哪里好，哪里不好，为什么好，为什么不好，哪里要加深，哪里要淡化，娓娓道来，说得昕悦不住地点头。俊杰看着，心想："她们倒是有缘，更像是一对姐妹。"倩筠看完了画，就叫昕悦拿来纸笔彩墨，开始教她画水彩。怎样泼水，怎样运笔，怎样上彩，甚至怎样利用水势发挥灵感创意，都讲得细致入微，说得俊杰也不得不佩服。最后，还让昕悦自己来试。昕悦便也就撩起袖筒，俨然一副大师的模样，蘸上浓浓的彩墨，落笔就画。

"你妹妹倒是胆大。"

倩筠边看边说。

"不过，画水彩要的就是胆大，该落笔处就落笔，不能犹豫。"

等昕悦画完，一条活灵活现的五彩游鱼呈现于纸上。这时，天色已有些昏暗，倩筠便说：

"时辰不早了，我也该回家去了。"

正说着，俊杰的父母也下班回来了。昕悦欢天喜地地让爸爸妈妈看她刚完成的画。

"我画的。好看吗？好看吗？是姐姐教我的。"

俊杰的父亲端详了一下画作，微微点头。

"是吗？真不错！倩筠，你也会画画？"

"是。我学过几年画。都是让我爸妈逼的。"

"那是望女成凤啊。我这小女也爱画。有空常来家里玩，你爸和我是同事，你和俊杰又是同学，不见外。"

倩筠不好意思地点点头，说：

"伯父、伯母，谢谢了。不过，现在我得回家了，不然我妈妈又要担心了。再见。"

说完，她便出了门。

俊杰的父母含笑目送着倩筠的背影离去。俊杰的母亲对父亲悄声说：

"杨主任的这个女儿，看来温文尔雅、知书达理的，是个好女孩儿。将来，我们俊杰若是能和她做朋友，倒是很般配的一对呢。"

父亲嗤了一声。

"又开始幻想了？你们这些女人啊，哪怕做到教授，也还是改不了这爱幻想的毛病。"语虽嘲笑，但他的心里，怕还是颇为认同太太的想法的。

晚饭后，俊杰照例要去大学图书馆自修，这已成为他的习惯了。一则因为家里空间有限，父母两人在晚上，通常都要工作至深夜，占据着家里仅有的两张写字台；二则大学图书馆里，有提供家属借书的便利，他可以利用图书馆内的许多服务和设施。他喜欢图书馆阅览室内，那种静谧安详的气氛。学生们在那儿，聚精会神地看着书，那些年轻的脸庞和沉浸的模样，真让他产生出一种归属感。灯光像无声的流水，倾泻而下，只有笔尖在纸上划过时，所发出的沙沙声，成了这里特有的音响。每当夜幕降临，白天的烦杂喧嚣，骤然沉静下去之后，图书馆内宁静的一隅，便成了俊杰心灵的港湾。他的许多课外阅读，都是在这里发生的。无论文理，每一本好书都让他惊叹，或是因为世事的博大神奇，或是因为著者的睿智深邃，总之，他常常会情不自禁地循着著作的轨迹，在图书馆内大肆地发掘。这种感受，不亚于探险或游览世界的奇观，让他乐不思蜀。

他刚读完了《微积分初阶》，又看起了张贤亮的《灵与肉》。电影《牧马人》，便是改编自这部小说。自从上回看完了那场电影，他就一直很想读一读原著。没想到只是一个中短篇。他一口气就把它给读完了。他默默地回想，觉得还是电影的情节更加生动，人物也更丰满些。他微微往椅背上靠一靠，长时间的阅读，使他的身体有些僵硬，抬腕看了看表，时针指向九点半了。望望窗外，黑漆漆的什么也看不清楚。他忽然觉得有点倦意，便背上书包，离开了图书馆。到得门外，秋夜已是微寒，校园的路上，依稀还走着若干个行人，各自循着不同的方向。

路旁高大的树木，此时则成了一团团巨大的影子，在微风中飒飒作响。那纷然飘落的树叶，已厚厚的覆盖了街沿，踩上去有种松软的感觉。俊杰便这样听着自己的脚步声，伴随着碎叶的清响，走在回家的路上。这条路要穿越韵荷园的小树林，就在那林间小径上，透过树干与枝叶的忽明忽暗的缝隙，他看见了池边的那幅剪影。那月光下清晰的剪影，令他感到熟悉又陌生，但那有如诗画般的美丽，不由得让他怦然心动。

"那是谁？"他不禁好奇地问自己，"为什么她会独自站在这深夜的池边？"

他不由自主地放慢了脚步，并轻轻地向池边挪移过去，但那轻微的脚步声，还是惊动了池边的少女。当俊杰停下来，想再仔细观望时，少女像是受了惊吓一般，猛地回过头来。

"宛星？"

俊杰看清了那张在月光下的脸。他轻声叫着，声音里充满了惊奇。宛星也是一脸的惊讶，她根本没想到，在这个时候，还会在这儿碰到熟识的人。她下意识地别过头去，想用手绢拭去眼角的泪花。但俊杰已然发现了她在流泪，那晶莹的泪花在月色下的反光，其实十分明显，而且，那回眸一望时的眼神，已经告诉了俊杰她心里的忧伤。他不禁怜惜而且担心起来，平日里看上去那么活泼、那么乐天无忧的女孩，怎么会来到这黑暗的处所，独自垂泪？

"宛星，你怎么了？发生了什么事？"

他的语气里充满了关切。

"哦，没什么。只是有点儿闷，在这儿散散心。你怎么也会在这儿？"

宛星的语音里仍有点哽咽。

"我自习完了，刚好路过此地，真没想到会遇见你。看起来，你不大开心啊。"

"真的没什么，不干你的事，我也该回家了。"

宛星说着，就要转身离开。但俊杰却不知从哪里来的勇气，不及细想，就一把抓住了她的手。

"你哭了，怎能说没事？告诉我吧，也许我能帮助你。"

宛星那只因为夜寒浸侵而冰冷的手，被紧紧地攥在俊杰温热的手中，有一股暖流涌上心房，泪水瞬间又充溢了眼眶。

"你帮不了的。"

她不住地摇头。而俊杰的手却攥得更紧了，身体也不由得靠得更近些，仿佛是要制止她的摇摆，给她信心。

"为什么帮不了？你不说，谁能知道？"

宛星听了这话，忽然间瞪大了眼睛。

"你能帮我爸爸重新找回工作吗？你能让他不再喝酒、不再打人吗？你以为只要读书好，就能摆平天下所有的事了吗？"

宛星的声音在微微地颤抖。

"什么？你爸爸打你了？"

宛星虽没有回答，但眼泪又流了出来。俊杰吃了一惊，怎么可能有这样的事？宛星是一位多么温顺体贴的女孩子啊。

"真想不到，他怎么可以打你呢？"

俊杰说着，匪夷所思地摇着头。

"我爸爸又不是大学教授，大概也不懂得什么教育的道理。总之，我们家可不是书香门第。"

"我要找他谈谈。不管怎样，他都应该知道，打骂孩子总是不对的。"

"你自己一个小孩子，却想和我爸爸谈一谈？"宛星听到俊杰这一本正经的话，有些哭笑不得，但她还是摇着头说：

"那是没有用的。而且，这样做只会更糟，让他更加生气而已。不过，你能这样说，我已经很感激了。"

宛星的眼中含着泪，淡然一笑。那种凄然中流露出来的善良与宽容，让俊杰的心中也产生出一种怜惜与关爱的冲动。这时，宛星的脸上，已不似初见时那般忧愁，但俊杰还是止不住关切，还有点好奇地问：

"你爸爸失业啦？就因为这他打了你？"

宛星点了点头。

"他喝醉了酒，常常会打人。"

"那你妈妈也不管吗？让他打你？"

宛星一下子沉默了。她想起她的妈妈，与其说是想起，不如说是想象。妈妈在她的记忆中，只是个模糊的影子，若有似无。如果不是因为所有的孩子都有一个所谓亲生的妈妈，以及爸爸和奶奶有时也会偶然地提起，她甚至无法确定，妈妈是否真的存在过。但尽管模糊，尽管只是想象，她对心中的这个影子，却充满了一种说不清、道不明的无尽深情。在梦里，在寂寞的时刻，她已经呼喊过妈妈千万次了。而在这样的时候，妈妈的声音就会从空中传来。妈妈会叫着她的名字，会叫她不要害怕，会教她该怎么做。现在，俊杰问起她的妈妈，妈妈在爸爸打她的时候,却是无能为力的。不过,她相信妈妈在看着,她的心也会痛,她的眼中也会噙满泪水。想到这里,宛星的泪又涌了上来,良久才缓缓说道:

"我妈妈已经不在了。我很小很小的时候就不在了。我没有妈妈,只有奶奶,但奶奶年纪大了,她没法管得住爸爸。"

宛星的话语里,有着令人心碎的悲伤。

"原来是这样啊!对不起,非但没帮你,反而又让你伤心了。"

"没什么,遇到你真幸运。和你说说话,我感觉好多了。"

宛星轻声说着,话语里,确乎流露出一点释怀之后的平和。

"你还疼吗?"俊杰很想给她一个拥抱,或许能舒解她身上或心里的疼痛,但他不敢那样做。他自己心里的那份关切,让他的脸上,有了一种热潮初起的感觉,好在天黑,宛星并未觉察。

"真的有点疼哦。"

宛星说着,动了动肩膀,又扭了扭腰,仍然觉到微微的刺痛。

"不过,应该没有像你上次受伤时那么严重吧。"

宛星的话,让俊杰想起在医院里,宛星来看他时的情景,想起她送的香囊。那只香囊,现在还揣在他的怀中。他不禁又端详起宛星来,在夜光下,她的脸显得有点朦胧,依稀的泪痕,仿佛轻述着那份淡淡的忧伤,让平日里活泼的她,再添一种凄楚动人的韵味,使她看来好像成熟了许多。看着宛星沉静而清纯的面庞,俊杰不禁佩服起这表面看似柔弱的女孩,一个从小就没有妈妈、没有母爱的女孩,平日里,却看不出有过一点哀愁,也从没听她有过什么抱怨,待人总是那么和善,笑容总是那么灿烂,而且,无论做什么,都还是那样认真。俊杰想得入神,一时无话,倒是宛星仿佛突然想起了什么,说:

"我得回家了。我就这么跑了出来,奶奶肯定要担心死了。对不起,我得走了。"

俊杰便说:

"那我送送你。"

"不用了。天这么晚了,你爸妈也会担心你的,你还是赶紧回家去吧。"

"没关系。我经常读书读到比这还晚呢,而且,他们知道我是在校内行走,不会担心的。"

宛星想了想,回家的路,确要经过那些漆黑的巷道,心里不免有些害怕起来。想到有俊杰陪着,倒是可以壮壮胆,便说:

"那，我们走吧。"

当他们俩穿越校园、马路，再经过巷道，回到宛星家的时候，奶奶还在门口张望。当她看到两个黑影愈行愈近，而且认出其中一个便是宛星时，就三步并作两步地迎上前来。

"宛星啊，宛星。"

她心疼地叫着，并一迭声地问：

"你还好吗？有没有受伤呢？你都跑到哪儿去了？"

"奶奶——"

宛星见到奶奶，眼泪又止不住流了下来。

"都怪我不好，又让您担心了。我没事，什么事都没有。"

她扑了上去，紧紧抱住奶奶，用手抚摸着奶奶瘦削的背脊。

"这位是——"

奶奶注意到在宛星身后的俊杰。

"哦，奶奶。我是宛星的同学，叫江俊杰。我们碰巧遇见了，就陪她一起回来了。"

俊杰便自我介绍道。

"啊，多谢你了。这黑灯瞎火的，真难为你了。进屋坐一会儿吧，喝口茶再走。"

"不了，谢谢奶奶。我也得回家去了，爸妈也许等得急了，改天再喝您的茶吧。"

"那我得送送你。"

"千万不要！这巷道挺黑的，您年纪大了，走夜路不方便，也不安全。我这就走了，奶奶再见。"

俊杰说完，转身就跑，边跑还边回头喊道：

"宛星，明天见了。多保重，好好睡一觉吧。"

宛星出神地望着俊杰渐渐远去的背影，默默无言。

第五章

　　以后的好几天里,俊杰与宛星都没能说上几句话。虽然俊杰很想知道,这几天宛星在家里过得怎样,她的爸爸是否还是那样的坏脾气?可就是没有说话的机会。他们那个年龄的孩子们,已经对异性有了些异样的感觉。在他们的这个班里,男女同学之间,关系还算融洽,但也只是在合适的时间和合适的地点,才会有合适的互动。男女生单独相处的机会,是少之又少,不然,就会引起众人的侧目。但即便如此,俊杰还是想找机会,向宛星单独问一问。可是,不知怎么了,这两天一放学,便不见了宛星的踪影,弄得俊杰悻悻然,不知她究竟发生了什么事,有些担心,又有点失落。这天,俊杰又没看见宛星,正彷徨间,浩强的声音从背后传来。
　　"想什么呢,俊杰?"
　　俊杰方才回过神来。回头看时,只见凯亮也跟在浩强的身后,两人嘻嘻哈哈地说笑着,显得情绪高昂。
　　"都放学了,还在想什么世界难题啊?别伤坏了脑筋。都星期五了,走吧,我带你们去一个好地方。"
　　浩强说着,拉起俊杰便走。凯亮也在后面吆喝:
　　"走啊,快走。"
　　两人便牵扯着俊杰,一同向校园的那个后门走去。俊杰不时地回头张望,心里还想着,宛星会不会又躲在哪一个角落里,独自伤心?可是,在陆续回家的稀疏的人群中,却怎么也寻不见她的身影。他们出了后门,来到了宿舍区,也不径自回家,而是穿行过与大学校园相连的、由梧桐树叶荫蔽的那一条拱道。俊杰直问:
　　"我们这是去什么地方啊?"
　　但浩强只是说:
　　"到了便知道了。"
　　于是,俊杰也就只得跟着走。到了那拱道的尽头,便看见刻着"韵荷园"的石块。那残荷败叶枯立于水中的情景，比之前晚更是突兀清晰。不知不觉间，已到了一处幽静的树林中。树林的一边，是校园的围墙，围墙上泥色暗淡，潮湿处更是爬满了青苔。一些常青藤攀附于墙头上，绿得鲜灵可爱，摇摇曳曳的，仿佛悠然得意于这僻静深幽的秋意中。另一边，则是一条河，人们叫它"校河"，但它还有一个更好听的名字："俏娃河"。任何的美，若是和一位年轻的女孩联系在一起，便会是不可言喻的，更何况，那是潺潺流水之美。常言美人如水，水美如人，就是这个意思。宽阔的河流，横穿过整个校园，河畔的垂柳，与跨越其上的若干座风格各异的桥梁，便成了校园中独具韵味的风景，而那无与伦比的名字，又让人对之充满了想象。但河水到了这里，却变窄了，又分成几条分支，弯曲盘绕，有些陆地，便成了河水环绕中的小岛或半岛。一些亭台阁宇，坐落于岛上，颇有些明清园林的风情韵致。俊杰搬来C大才一月余，虽然已走过校园内的一些地方，却从未涉足于此，便有些诧异于这里的安宁和随意的美了。秋海棠正在怒放，而那些不知名的各色野花，也像散落四处的宝石一般，闪烁着迷人的光彩。但浩强引领他们来到此处，却不是为了这些景致，他早已熟悉这些，并不像俊杰那般觉得新奇欢喜。他所中意的是，围墙边那一排高高的枣树。此时，那树上已结满了黄黄绿绿的果实，有些已有隐约的酱红色，像是缀在天上的星星。浩强指着上面的果实，道：

"看见没有？"

他兴奋地向凯亮和俊杰夸耀着他的发现。

"我常在河边行走，却从未发现这里的枣树，而且你们看——"

他又指了指地上。那里散落着一些从树上掉下来的枣子，静静地躺在那儿，有些已腐坏了。

"好像还没人发现呢。"

他说着，贼贼地四处一望。那树林遮蔽了河岸，而且，此时并无行人，四周悄然无声。他便从墙根处，摸出一根似乎是他早已藏匿好的长竹竿，开始用它去拍打那些高高在上、看似渺小的枣儿。有几颗被他击落了，连带一些细小的枝叶，掉落下来。他捡了起来，果实青中带黄，油油亮亮。他用手随便擦了擦，便放一个在口中，一边还连声啧啧称赞：

"嘿，味道不错哎。来来，你们也尝尝？"

俊杰、凯亮便也各拿一个放在口中，果然脆爽酸甜，回味深长。

"嗯嗯，真不错。"

他们齐声赞道。于是,便开始轮流去拍打。俊杰觉得竹竿太长,高高地举着,摇摇晃晃,操作起来很不顺手,不一会儿,就弄得手臂酸了。而枣树显得更高,那些果实,一个个都像在嘲笑着他们的拙笨与无奈。他想去摇撼树干,但那树干粗壮稳固,似乎很难撼动。又去捡来石块,瞄准了那果实聚集处,奋力抛去,但也是效果不彰,即便击中了,也未必就能击落。有一石块,还差点掉到凯亮那原本就高、现又伸长出来张望的头上,吓得他赶紧缩回头去,嘴里骂道:

"长眼!你是在砸枣子还是砸我?"

吓得俊杰也是一吐舌头,慌忙笑说:

"对不起,光看见上面的小枣了,没看见这里还有颗大枣。"

俊杰觉得这样实在是太麻烦了,就干脆捋起袖子,开始顺着树干往上爬。浩强和凯亮便在下面观望,看着他爬上一根树枝又一根树枝,渐渐地高了。他脚下的树枝,都有些摇晃起来,浩强赶紧说:

"好了,好了,别再往上了。你看那里,有一大堆。"

凯亮也说:

"小心了,你要是再受个伤什么的,我们可怎么向你的爸妈交待啊?"

俊杰便坐在一根较为粗壮的树枝上,又用脚蹬了蹬另一根树枝,弄得枝叶哗哗作响,哈哈一笑。

"没事儿。瞧,牢着哪。"

他便开始去扯那一串串果实,连枝带叶地往下扔。浩强从书包里,摸出一个准备好的布袋,清理一下枝叶,再将枣子装入袋中,不一会儿就装满了。嘿嘿笑着对凯亮说:

"怎么样?比上回割羊草还爽吧。"

凯亮也乐得咧开了嘴。说:

"好了,够多了,够吃上好几天呢。别太黑心了,留着点以后用吧。"

又抬头对着俊杰叫道:

"你下来吧。够了。"

他向俊杰喊着,举起那只鼓鼓囊囊的口袋晃了晃。俊杰却不理他,而是靠在树干上,伸了一下懒腰,然后闭上眼,用手枕着头,佯装睡着的模样。

"你们看我像不像济公?"

他向下面问道。

"别臭美了。你啊,我看还真像那孙悟空——就是一猴子。"

"对，对。以后，他的绰号就叫猴子。"

惹得俊杰笑了起来。

"这里看出去真的很美喔。"

他四处眺望，越过树梢，可以看见河心的小岛静静地躺着。"那像什么呢？"他心想。河水在阳光下波光粼粼，不知怎地，他忽然想起了徐志摩那首著名的诗来：

"我是天空里的一片云，偶尔投影在你的波心，你不必讶异，更无需欢喜，在转瞬间消灭了踪影。"

眼前便又浮现出宛星的身影，心里就有一点怅然若失的感觉。于是，他又贸贸然向下面喊了一句：

"我像一片云。"更惹起一阵讥诮的笑声。

"那你就别下来了，就地成仙了吧。"

等俊杰从树上下来，凯亮称肚子有点饿了，浩强便说：

"这儿已是大学的后门了。出了后门，沿街都是市场，我们去买茶叶蛋吃，如何？"

两人一致称好。从大学后门出来，是一条不太宽阔的街道，街道的两旁有一些店家，大多是饮食店、杂货店之类，都是因应校内学生的需要而设立的。也有一些零散的个体摊位，卖些水果和日用品。而最让大学生们念念不忘的，却是那一位卖茶叶蛋的老婆婆，守着一个矮墩墩的煤饼炉，红红的碳火，煮着锅里的茶叶蛋，热气蒸腾。那带着茶叶气息的蛋香，随着热气四处飘散，老远就能闻得到。老婆婆坐在一个小板凳上，手里的扇子时不时地扇动一下，火若是太旺，便又会调节一下风门。花白的头发和满是皱纹的脸，总是那么安详又怡然自得的样子。一年四季不论寒暑，一到傍晚时分，她便总是坐在那儿。特别是在冬季的寒夜，那微红的炭火，便成了自修归来的学生们的救星。他们围在炭火旁，吃着香浓诱人的茶叶蛋，那时候，恐怕会是他们此生中最为难忘的幸福时刻。茶叶蛋赶走了夜习之后的饥辘感，炭火驱散了冷风刺骨的寒意。不过，在这秋日的傍晚，夕阳的余晖尚在天边踟躇，空气里虽还没有冬夜的寒瑟，但那炭火的光芒，已让人心暖。俊杰他们吃着茶叶蛋，觉得暖洋洋的舒适。他顾盼周围，熙熙攘攘的行人静静地四处流动，间或的叫卖声散漫而悠扬。忽然间，从不远处传来一个他似乎也熟悉的声音：

"瞧这苹果，又大又红的苹果！"

他循声望去，倏忽间，看见了他心中早已熟识的身影。那身影，正从摊板下摸出一个个苹果放在摊面上，一边还向过路的行人展示她手中那鲜艳红润的果实。俊杰的心中似乎明白了些什么，他转头去看他的同伴，他们正围着炉火，一边说笑，一边吃着尚冒着热气的茶叶蛋，并没有留意到这边的叫卖声。不一会儿，几个茶叶蛋下肚，凯亮拍了拍肚子，说：

"感觉好多了。"

浩强便说：

"天色不早，我们也该回家了。"

俊杰有些犹豫，但被他们俩拉扯着，又不好意思讲出他的心事，便跟着他们循原路进入了大学校园。此时，校园内的行人似乎多了些，大学生们好像也都下了课，有的手里还提着饭盒，往食堂的方向去。时辰果真是不早了。

"明天还来不？"

凯亮似乎意犹未尽。

"当然还来，树上的枣子还多着哪，不摘也都掉了，多可惜。"

浩强立即接口道。

"俊杰，你还来吗？"

俊杰有点失神却又无语地点点头。

"那说好了，明天下午，还是老时间，到我家碰头。"

浩强说着，众人已到了分手的路口，于是，挥手道别。俊杰目送着他的两位朋友高高兴兴地走远了。他的脑海里，又浮现出方才惊鸿一瞥中宛星的模样来。他回头看了看来时的路，虽已走离得很远了，但他还是想去问一问宛星，这几天究竟发生了什么事。便又沿着这条路往回走。

到了大学后门外的街道上，行人比方才更多了些，走在其中，有了点拥挤的感觉。水果摊前，正站着两个人在挑拣水果，可是，这时的摊主却不是宛星，而变成了身材魁梧、肤色黝黑的林文武。俊杰虽到学校不久，还没有和他说过话，但已知道他是林文娟的哥哥。他那高大的身材、憨厚的外表，在比他年幼的同学堆里，还是颇为引人注目的。俊杰上前问道：

"嗨，你好。你是林文娟的哥哥吧？我是文娟的同学，叫江俊杰。"

文武打量一下俊杰，也知道他是新来的同学，便嘿嘿笑道：

"啊，你是新来的吧？我妹妹跟我提到过你。怎么，你也想买点水果？"

"噢，不是。"俊杰答道，

"我刚才看见宛星在这儿，可那时正有点儿事，没来得及过来打个招呼。一眨眼的工夫，她就不见了。"

"原来你是想找宛星啊。"文武显得有点诧异。

"她有事走开了。不过，一会儿就会回来。我和她是邻居，帮忙照看一下摊位。"

正说着，宛星从街道的那边走来。虽然围着围裙，手上戴着袖套，可那翩翩行走的轻盈步态，仍是十分的美丽出众。即便是远远的，俊杰一眼就能认出她，便向宛星挥手。宛星也看见了俊杰，便快步走近，虽然眼神中有点吃惊，但看得出，里面闪现出喜悦的光亮，脸上还是一如往常恬静温和地笑着，说：

"俊杰呵，你怎么会到这里来？"

"只是路过。"

她便对文武介绍道：

"这就是我跟你提起过的那位新同学，他叫江俊杰。"

又转向俊杰，

"这位就是文娟的哥哥，林文武，我们住在同一条巷子里。"

俊杰便笑了笑说：

"我们刚才已经彼此介绍过了。"

文武只是憨厚地笑了笑，问宛星道：

"你爸跟人谈得怎么样了？"

"谈得差不多了。他说马上就过来。文武哥，你先回去吧，谢谢你了，耽误了你好多时间。"

"哪儿的话，干吗那么客气？"

虽然还想留下来，但既然宛星已这样说了，他只得向俊杰点了点头，说了声再见就走了。

俊杰便问起宛星这几天放学后的情形。原来，宛星的爸爸在那晚醉酒打人之后，心里也很后悔，虽然嘴上没说什么，但这几天，变得对宛星呵护备至。宛星对父亲本来就没有怨恨之意，只是一时委屈气急，一家人的事，过了也就过了。她就是这样一个善解人意的女孩，知道自己的父亲丢了工作，心情郁闷，往日的脾气本就有些暴躁，在那种情形之下，一时失了手，作为女儿，又有什么不可原谅的呢？所以，这些天来，父女之间反而较平时更为亲近。俊杰听宛星说完这些，略略觉得心宽。

"那你怎么会在这儿卖起水果来了呢？"

"我爸没了工作，四处找了几天，也没什么着落，所以，就贩些水果来卖。我这是帮他看一会儿摊位，他现在正跟人谈生意呢。"

"怪不得这两天一放学，就不见了你的影子，原来，是在帮你爸做生意啊。那你的功课怎么办？一定很辛苦吧？"

"只好晚一点睡了呀。"

宛星还是那么微微笑着，无奈之中，却还透露着一股她特有的俏皮劲。

"不过还好啦，有文武和文娟他们帮忙。所以，还应付得来。"

"早知这样，我也该过来帮帮你们，你为什么不早告诉我呢？"

"其实，也没什么事。刚开始不知该怎么做，这两天都已熟悉了，没什么事了。"

俊杰打量了一下水果摊。一张长长的方条桌上，铺着淡绿色的台布，上面放着几大篮各种水果，有甜橙、苹果，还有紫色浑圆的葡萄。一把红白条纹相间的大遮阳伞覆盖其上，远远看来，非常的醒目。俊杰点了点头，笑着竖起了大拇指。

"设计得不错嘛。色彩清爽明快，结构简洁实用。一定是你的主意吧？"

宛星不好意思地说：

"你还真会夸奖人。"

"那，我可不可以买点水果呢？"

宛星听说，连忙从篮子里拿出几颗苹果。

"你需要水果的话，就拿几个去吧。不要钱，权当促销广告，下次再来多买些。你看，我们卖的水果还是很新鲜的吧？"

俊杰从宛星手中接过一个苹果，端详了一番，好像很满意似的点了点头，笑道：

"真是好诱人的大苹果啊。那我真要多买些，让我爸妈也尝尝。请你帮我称十斤吧。"

"你就随便挑些去吧，怎么好意思收你的钱？"

"哪里的话？我没有帮你做生意，总不能来破坏你的生意吧。"

俊杰说着，自己拣了些苹果，放在秤上，又把钱塞到宛星的手里，笑说：

"而且，你爸爸也不会让你把水果都拿去送人了呀。"

宛星只得说：

"你这样说，我就不客气了。"

俊杰在掏钱的时候，摸到口袋里塞得鼓胀的枣子，便抓了一把出来，说道：

"你瞧，我这儿也有一些水果呢。送给你尝尝吧。"

"哇，这是什么呀？"

宛星见着这些青青黄黄的果实，有点疑惑地问。

"不认识了吧？"

俊杰促狭似地一笑。

"还做水果的生意呢，看来得补习补习知识哟。这是鲜枣，刚从树上摘的。"

宛星接过枣子，放在手心里，仔细地研读了一番。她那专注又好奇的模样，让俊杰觉得十分的可爱。

"这就是鲜枣子？我只见过晒干的红枣，颜色和样子都不一样呀。"

宛星边看边说。

"哪儿摘来的？"

"就在大学的校园里。离这儿不远，明天我们还要去摘，有好多呢，你要不要来？"

"不了。我还有好些功课没做，周末恐怕没有时间了。"

"那下次你有空的时候，我带你去看一看吧，那真是个好地方。"

说完，俊杰又忽然想起了什么。

"噢，宛星，今天放学后，王老师在到处找你呢。"

"什么事呢？"

宛星听说老师找她，便有点着急地问。

"王老师说，我们养的母猪快要生崽了，要你安排一些同学，到时给兽医做帮手。她说，可能还要守夜呢。"

正说着，一个中等身材、体格瘦削的中年人走了过来。宛星见到，忙对俊杰说：

"我爸爸来了。"

俊杰回头看时，只见那中年人身穿一件蓝卡其布敞襟工作服，头发略略有些长了，而且杂乱地交错于头顶，在风中微微地飘动。走近时，更见其两鬓已有些斑白，脸上也显出些深浅不一的皱纹，似乎是岁月

在那儿刻意留下的印记。他的面色凝重,而眼神却有些茫然。宛星等爸爸来到跟前,就说道:

"爸爸,这是我的同学江俊杰,记得吗?我跟你说过的,新来的同学。"

宛星的爸爸微微颔首,嘴里"嗯"了一声。俊杰赶忙向他深鞠一躬。

"宛星爸爸,您好。我刚好路过这儿,看见宛星,就过来打个招呼。"

"原来是宛星的同学啊。不好意思,让你见笑了。拿些水果去尝尝吧。"

他客气地答道,顺手去拿桌上的水果。俊杰连忙摆手,并提起手中的一袋苹果,说:

"谢谢您。不用了,我已经买了好些苹果了。"

他指了指天空,又对宛星说道:

"天色不早了,我也该回家了。见到奶奶的时候,请替我向她问个好。"

说完,便向父女二人挥了挥手,往大学的后门走去。

第六章

一晃又是好多天过去了，C大附中的饲养场，就是校园内里杉柏林深处的那幢灰色屋舍，又有缕缕炊烟从那里袅袅升起。夕阳的光线越过林梢，将原先白蒙蒙的蒸气，映照成隐隐的桔橙色。那屋舍的滴水檐下，正聚集着一群学生，他们一个个趴在敞开的窗台上向里面观望。虽然屋内散发出来的气味并不让人舒爽，但他们却好像毫不在乎，依旧那么情绪高昂。透过偌大的窗户，可以看见围栏内那只白白胖胖的待产母猪。它正静静地躺在铺了干草的角落里，鼻翼一张一合，呼哧呼哧地喘着气。即将成为母亲的它，眨着一对略显疲惫的眼睛，仿佛是心无旁骛地看着窗台上趴着的那一张张尚未完全褪去稚气的脸。今晚，据说将是它生产的时候了，年级里的一些所谓"劳动积极分子"，就组成了一个特别行动小组。他们将要守候在校内，准备随时应付可能的情况。被褥之类的东西都已经带来了，男生女生将各自教室里的课桌，拼接成一张大大的平台，上面平整地铺盖了厚厚的垫被，甚至一个个的被窝，也已经横七竖八地占据着自认为理想的位置，准备迎接主人的光临。不过现在，教室里面是静悄悄的，孩子们正在猪舍的窗台边议论纷纷：

"怎么还不来呢？"

倩筠焦急地向穿越树林而来的小路上张望。

"是呀，天都快黑了。"

圆圆应和道。

"该不会出了什么事吧？"宛星担心地问。

"要不要去传达室打个电话？"

文娟提议道。

"好吧，那你赶紧去打个电话，问一问兽医站，他们是不是已经在路上了。"

宛星答应道。

"要是它现在就要生的话,我们该怎么办呢?"凯亮挠着头皮发问。

"那时候,就由你们兄妹俩打头阵了。"

浩强指着文武兄妹俩打趣道。

"你就别再吓唬我了,好不好?"

文娟瞪了浩强一眼,便匆匆忙忙地打电话去了。

只有俊杰一声不响地趴在窗台上,静静地看着那只母猪。他从未有过如此近距离端详动物的经历,好一些奇怪的想法在他的脑海中浮现着,一时竟呆呆地出神了,要不是倩筠一阵惊喜而清脆的叫声,不知他还会在那儿怔多久。

"来了,来了!"

俊杰回头望去,只见王老师带着一位身穿短襟白褂的中年男子,正沿着杉林小径姗姗走来。王老师的手里,提着一个大大的保温袋,而那中年男子,则背着一个药箱,显然就是来接生的兽医了。

"都等急了吧?"

王老师一见面,就赶紧解释道:

"路上塞车了,还要给大家买点晚餐,所以就耽搁了,对不起啦。来来,都饿了吧?"

她一边招手,一边就来到杉林边的木桌木椅旁,在桌上放下手中的保温袋。她打开了袋子,一阵温热的饭菜香,从袋中飘散出来。

"哇!好香啊。"

浩强和文武齐声叫道。浩强抿了抿嘴唇,一边发出唧吧唧吧的声响,一边向袋内直探脑袋,惹得刚打完电话回来的文娟,又对他翻了翻白眼。

大伙正吃着饭,兽医从猪舍里走了出来。

"情况还算稳定,看来,要到夜里才会生产了。"

"那就请你到办公室里休息一会儿吧。"

王老师顺手拿起桌上的一只饭盒,递给那位兽医。

"去喝口水、吃点东西吧,晚上还有大事要做呢。"

"好吧。"兽医答道。

两人便向来时的小路走去。

等大伙吃完了饭,朦胧的月亮也已经悄悄爬上了树梢。今日正是月半,月亮那圆圆的脸盘,显得特别温柔静美。只是有片片薄云,在天上飘忽不定,让月亮害羞似的时隐时现。夜寒有些侵人了,孩子们便都聚集到伙房里去。这里有一个硕大的砖砌灶台，灶台上的一口大锅，正在扑腾腾地冒着热气，散发出猪食特有的混合气味。虽然是猪食，但那气味倒并不让人感到讨厌，尤其是那滚沸的蒸气，加之炽热的炉火，让屋内暖洋洋的。昏黄的灯光下，蒸气的白雾缭绕不散，令人有如临异境之感。宛星望着炉腔内跳动的火苗，便从灶台边已劈好的柴堆上，捡起一块木柴，放入炉腔中，引起了一阵噼噼啪啪的声响，溅出的火星让她"哎呀"一声，连忙缩回手去。一旁的文武看见了，便关切地问：

"怎么了？被火烫到了吗？"

说着，就要去看她的手。可宛星却将手放在了身后，说：

"没什么。"

而那只放在身后被烫着的手，却被坐在长板凳上的俊杰看到了。他急忙站起身来，不由分说地拉着她来到水龙头前，打开了龙头，让凉水冲她的手。宛星直说：

"可以了，可以了。一点小小的火星而已，真的没什么的。"

"多冲一会儿，待会儿就不会有大反应。不然，难说会有什么后果呢。"

两人在水龙头前说着话，而文武却在不远处搓着手，脸上现出了尴尬的神情。

冲完了手，俊杰来到炉膛前，从旁边拿起一把火钳，夹起一块柴，慢慢送入炉腔，他试着将柴块彼此依靠着，中间架起一个空隙，空气因有了空隙而涌入，将火势燃得更旺了。便对宛星说：

"火烛要小心。喏，应该这样。"

"也不用这么小心了，只要这样就行。"

浩强的声音从背后传来，接着，就看到一个圆圆的物件，被抛进炉腔的底部，滚入炭灰堆中，引得尚未燃尽的残火，又有气无力地跳动了几下。

"哈哈。"

听见圆圆欢喜的叫声。

"红薯！你居然还带了红薯来啊！"

"是啊，想吃烤红薯的，就快点来排队登记喔。"

浩强嘻嘻笑着，用手拍了拍他拎着的布袋子。大家呼啦地一阵欢呼，纷纷举起了手。

于是，大家你一块我一个将红薯滚进炉底。俊杰便也用火钳夹起一个红薯，伸进炉腔内，放在了火头上。浩强连连摆手，说：

"你想吃木炭啊？像你这样烧，不出五分钟，就全成了炭了。"

他说着，又从袋里摸出一个红薯，像抛保龄球似的（那时，还没人知道什么是保龄球，不过就是那么个动作。）将红薯滚入炉底。

"要烤！要在炭灰中慢慢地烤才行。"

俊杰将钳着的红薯拿出来看了看，果然，皮都有些焦黑了。不过，那烤红薯的香味，却也已经可以闻得真切了。

"说得也是。不过，我是想，这样也许能快一些。"

他挠了挠头皮。

"当然，火候要控制得好才行。"

"这么旺的火，怎么控制？"浩强反问道。

"你看，外面都烧焦了，里面还是生的。你啊，看起来蛮聪明的样子，没想到是个书呆子。"

"是，是。"

俊杰连连点头。

宛星眨了眨那一双水灵灵的大眼睛，望了望窗外渐黑的夜幕，忽然想起了什么，说：

"哎呀！我都差点忘了——今晚的正事了。"

说着，她从口袋里，摸出一个小本子和一支笔。

"得安排几组人，帮忙兽医处理接生的事，从今晚十点到明晨六点。我想，就两人一组吧，我们正好八个人，每组两小时。大家自由选时、自由搭配，你们看怎么样？"

倩筠听宛星说起正事，略微想了想，便提议道：

"我看，还是一个男生和一个女生为一组，男生可以干些力气活，女生则可以帮忙洗洗涮涮之类，各尽所长。"

浩强连忙附和道：

"对啊，对啊。我可以提水呀、送猪食啦，但帮忙接生的事，还是要像文娟这样比较有经验的女生才行。"

文娟被他说得脸红，起而反击：

"你不要自作多情好吗？谁说要跟你一组啦？况且，接生这种事，女生也不一定就比男生在行，你看那兽医，还不是个男的？"

浩强见文娟有些生气了，自知失言，便咂了咂嘴。

"我又不是那个意思。只是说，倩筠的建议，我觉得很好。"

宛星看了看大家，见大家对倩筠的建议都表示赞同，便忽然间有了灵感似的，乐哈哈地说道：

"那就抓阄吧,看看谁会和谁在一组,不是挺好玩的?"

大家都觉得有趣。俊杰便说:

"好啊,四组八张条,宛星你去写吧。"

于是,宛星便到角落里去写好了条子。等大伙抓完了阄,把条子放在灶台上一看,又是一阵哗然。原来文娟和浩强果真都抓到了第一组,气得文娟瞪圆了眼,直摇头,一副不可思议的模样。浩强却依然大大咧咧地说:

"看来,还是我们俩比较有缘耶。"

说得文娟不知该说什么好了,只得叹了口气,把眼往别处看。浩强也顾不得她,只管蹲在炉膛口,拨弄他的红薯去了。宛星和俊杰正巧成了第二组,倩筠与凯亮落在第三组,而圆圆和文武则为第四组。文娟拉了拉宛星的衣角,来到角落里,悄声说:

"帮帮忙,能不能跟你换一换?浩强这个人,我有点吃不消呢。"

"那可不行,这是天意呀。浩强不是挺有趣的吗?就是那张大嘴有点贫,你将就将就得了吧。"

宛星半开玩笑地说着,拍了拍文娟的肩膀,算是安慰。文娟只得无奈地望着宛星,摇摇头。宛星便又去问正在拨弄红薯的浩强和凯亮。

"烤得怎样了?好像有点香味了。"

她嗅了嗅鼻。

"看起来,还需要点时间,红薯这玩意儿,不烤透就不好吃。"

"那时间还早,我们干点什么好呢?"

宛星顾盼四周,像是要找点什么好玩的东西。

"我们玩成语接龙的游戏吧。"

俊杰提议道。

"怎么个玩法呢?"

倩筠听俊杰说要玩游戏,显得兴致雀起,便凑过来问。

"我说一句成语,然后大家按次序接着说,但后面成语的第一个字,必须是前面成语的最后一个字,必须是成语,而且不能重复已经说过的。谁要是说不出来的话,可要受罚的喔。"

"听起来,是不是有点难呵?"

圆圆听说要受罚,便有点胆怯似的。

"那,输了的话罚什么呢?"

俊杰看到她心虚的样子,不禁哈哈一笑。

"也可以不难,比如只要求两个字同音但可以不同字,就不那么难了,对不对?输了的话,就讲个故事吧,或者小时候有趣的经历也行,好不好?"

大家听了,都觉得如果这样的话,应该不算太难,便纷纷点头同意。倩筠有点迫不及待地说:

"那就开始吧。俊杰,你起个头吧。"

俊杰低头想了想,想起刚才看到那只白白胖胖的母猪后背上,有一块明显的大黑斑,好像雪地里落下的一块黑炭,开口便说:

"那就'雪中送炭'吧。"

"真是个好起头。"

正好坐在俊杰旁边的文娟赞道。

"那我就接着说啰?"

浩强举手做了个 OK 的手势。

"叹为观止。"

于是,众人便开始了这个颇为引人入胜的游戏。因为每个人都可能给出不同的答案,这条长长的成语之龙,便似乎是漫无边际地延伸下去。终于,因为最后作答的宛星,说了一个"时不我待",将俊杰给卡住了。因他所能想到的成语,都已被众人说过了,一时答不上来,只得挠着头道:

"那我就讲一段我小时候的事吧。"

听俊杰这么一说,屋内顿时静了下来。俊杰来的时间不长,他小时候的事,一定是大家所不知道的,便都好奇地望着他。

"其实,我们的老家是在浙江湖州,我爸妈年轻时就出来读书了,后来就留在了上海。我爷爷和奶奶去世得早,所以那里的亲戚主要都是我妈妈这边的。每年暑假或春节的时候,外婆都会叫我们回去看他们。特别是暑假,我们总要缠着爸妈,让他们送我们回老家。湖州之所以叫这名字,或许是因为它位于太湖之滨,与江苏的无锡隔湖相望。我们的家就在湖边,透过窗户,便能看见静静的湖水和朦胧的远山,是个蛮有诗情画意的地方。我想,我们的祖先一定是打渔为生的,因为那时我家还有一条旧木船,虽然平时已经不太用了,但我们回去的时候,外公就会吆喝起嗨哟嗨哟的渔家号子解缆开航,带我们去湖中捕鱼。他戴着斗笠、披着蓑衣的模样,真的和电影里没什么两样。我们帮着外公撑船、撒网,还学着他的样子,一边唱着号子,一边拖拉渔网,每当看见船舱里蹦跳着的鲜活鱼儿,心里别提有多么高兴了。"

俊杰停顿了一下,凯亮便插嘴道:

"我家也是外地的，不过我们老家是北京，城里人，倒真没干过这么有趣的事。"

浩强踹了他一脚。

"你那点老黄历，我的耳朵都快听出老茧来了。"

于是，俊杰便又继续道：

"除了捕鱼，我的那些哥哥们，还会带我去江边捉螃蟹。用一根细竹丝，穿上一条蚯蚓或鸡肉什么的，往蟹洞里伸，感觉到有东西咬住了，就慢慢往外引。螃蟹只顾贪享美食，结果一个个束手被擒。不过有一回，我哥哥的手还被一只蟹咬住不放，最后只得将蟹壳砸了个稀烂，才救下了他。我现在都记得哥哥哭喊的情形呢，当然，更忘不了那螃蟹的美味。"

说到这儿，又看见浩强使劲咂嘴，发出咂吧咂吧的响声。凯亮拍了拍他的后脑勺。

"你不要这样子配音好吗？弄得我口水快要流出来了。"

说得大家不禁笑出声来。俊杰又说：

"虽然回家有好多好玩的东西，但最让我怀念的，还是和外婆在一起的日子。她是我见过的最慈祥的老人。因为我是家里最小的男孩，又常年生活在外地，所以，外婆最疼爱我了。虽然她很节俭，可每次回去，她都会把当地最好吃的东西弄来给我吃。她也很会做针线活，每次她都会送给我亲手缝制的新衣服，缝得可精致啦。小时候，她为我做过的一件小棉袄，穿了好多年了，现在已穿不下了，却还好好地放在箱底，一点儿都没有坏。"

凯亮又忍不住了。

"我的外婆倒不大缝衣服，但很能打毛线，我身上的毛衣都是她做的。"

浩强瞪了他一眼。

"打毛衣有什么难的，连我都会来两下子。可裁布缝衣，那才叫真本事呢。"

宛星见他俩又在斗嘴，就说：

"好了好了，还是听俊杰说吧。如果你们实在想说，等会儿再输一把就是了。"

于是俊杰又说道：

"湖州不但是鱼米之乡，而且离莫干山不远，木材资源也很丰富。我们家的房子都是木制的，连屋内的墙壁都是，敲上去砰砰响，隔壁都能听得很清楚。我还记得家门前种着的那一棵无花果树，估计已有几十年了，很大片的树叶子，外婆给我吃过这自家种的无花果，很甜很甜，有种特别的清香味，是我吃过最好吃的水果了。可是，上海好像不大有卖，你们吃过吗？"

大伙皆摇头。

"那是一种热带水果，不开花却能结果，所以得了这个名字。我外婆还养过一只芦花老母鸡，肥肥胖胖的，有非常漂亮的羽毛，虽然不像公鸡那么鲜艳，却也齐整光洁。那时候每天都会下蛋，下完蛋就咯咯地叫个不停。外婆就会叫我去鸡窝里取蛋，然后拿米给它吃。只要鸡一叫，窝内必有蛋，百试不爽，那时，我觉得真是神了。外婆的床下，有个大篮子，母鸡生的蛋，就全都存在这个篮子里。每次放完蛋，外婆的脸上就会绽开笑容，仿佛那便是她一生中最快乐的时刻。然后，她便会念出一个数字，那是篮子里鸡蛋的数目。外婆的记性不好，常常刚做过的事就会忘记，我还因此笑话过她，但这篮里鸡蛋的数目，一百多个就是一个不差。我还真钻到床下去点过呢。后来，那只鸡太老了，不能下蛋了，我的舅舅说要把它杀掉。可外婆就是不肯，就这么一直养着。我的外婆是信佛的。我小时候，信佛是不能公开的，所以到了除夕之夜，过了夜半三更，外婆就会从不知哪里，弄出些佛像蜡烛之类，在厅堂里面供上，在那里做些敬拜诵经之类的佛事。有一次，我睡得迷迷糊糊起来解手，发现外婆在那儿一动不动，着实吓了一跳，以为她出了什么事。后来，我问她为什么要做那些事，外婆说，那是为了来世。我问：'什么是来世？'外婆就说：'就是另外的一个世界，每个人最后都要去的地方。'我又问：'那是什么地方呀？'外婆就不再说了。我再追问，外婆只得说：'现在的年轻人，都不信这个了，但每个人，最终还是要去那个地方。'我发现信佛的老人，都特别的慈善，我的外婆就是那样，从来也不急躁，总是那么温和慈祥。"

俊杰顿了顿，一脸回忆的神情。

"我这辈子都忘不了，在虫鸣四起的夏夜，奶奶帮我扇着扇子，悠悠地用湖州话唱着儿歌，慢慢入睡的感觉。"

说到这儿，俊杰的眼睛里有一点点的湿润。嘴里却哼起了一首儿歌：

"宝儿乖，乖乖睡，莫听鸡仔鸣，莫听狗仔吠，莫听猪仔圈中食，莫听鼠仔梁上追。莫听燕儿筑，莫听鹊儿飞。宝儿乖乖睡，一觉到天光。"

倩筠便问：

"那是外婆唱的儿歌吗?"俊杰点了点头。
"好好听喔,你的外婆真是太有才了。那么,你们现在还回去吗?"
"不是经常都回去了。因为我的外公、外婆几年前相继去世了。自从外公走后,外婆很伤心,不久也生了病。我还记得在外婆去世的前一年,当我们要离开时,外婆哭了。当时,她已经病得很重,大概是觉得活不了太久了,所以伤心。那时我还太小,什么都不懂,但那情景,至今难忘。可是,现在我想报答她对我特别的爱,却已经做不到了。"

大伙听了,一时都变得沉默。过了一会儿,俊杰又说:
"现在,我知道她是去了她说过的另一个世界了,我真希望她在那儿过得快乐。"

他环视四周。
"好了,我的故事讲完了,说是要讲有趣的事,但大概不是很有趣吧。但不知为什么,说起小时候的事,第一个进入我脑海的,就是我的外婆。"

宛星听了俊杰的故事,心中也觉得难受。她不免又想到了自己,想到自己甚至不知道母亲是谁,长得何样,更不用说外婆了,比之俊杰,何尝能及?即便想尽孝心,又何以能够?念及此处,泪水便在眼眶中打起转来。文娟见了,便知她又想起了自家的事,就急忙开口说道:
"俊杰说的,好像就是我的外婆一样,回去我得赶紧给她老人家写封信,告诉她,我是多么多么的爱她。"

浩强也说:
"是啊,我们就和外婆住在一起。现在听俊杰一说,想想她对我也是一样的好啊!可是,我却经常和她捣蛋。如此想来,真是太不应该了。"

凯亮一听,便说:
"捣蛋?你跟什么人不都一样捣蛋,又不分是不是外婆。"
"是啊,所以我说太不应该了嘛。成语不是说:'知错能改,善莫大焉'吗?我想改还不成吗?"

浩强说得倒是一脸的虔诚。俊杰便也接口道:
"看来,你们对成语的兴趣不减啊,还要不要继续玩?"

大家都一个劲地点头。
"那就借浩强的吉言,从'善莫大焉'开始吧。"

于是，倩筠便催着排在浩强后面的凯亮说：

"凯亮，该你了。"

"那我就只好'偃旗息鼓'了。"

圆圆见凯亮接得顺溜，不禁笑道：

"平时看你呆头呆脑的，今晚怎么变得口若悬河似的了？"

凯亮便拍了拍自己的肚腹。

"没听过大智若愚吗？学问在这儿呢，它自己就直往外冒，呆不住。那你怎么接？"

"古色古香。"

圆圆倒也不迟疑。

于是，一条新的小龙，又开始摇头摆尾地成长起来。经过一番斗智斗勇之后，文娟不知怎么，接了一个"井底之蛙"，终于把跟在后面的浩强堵在了那里。

浩强一改那得意悠闲的神态，眼望着文娟无可奈何地摇起头来。文娟只得耸耸肩，两手一摊。再去看凯亮，而凯亮却做出一副事不关己的模样。浩强便说：

"我只好'哇哇大叫'了。"

"不成不成！"大伙异口同声。

"要么我去'挖挖你们的墙角'？"

浩强开始自嘲般地说道。

"更不成了！"文娟、倩筠直喊。

浩强便假装嗅了嗅鼻子，顾左右而言他：

"烤红薯的味道好像出来了，你们闻到没有？我看应该是差不多了，要不要来尝尝？"他走到炉前，用火钳拨弄膛底的红薯。

果然，那红薯经拨弄而散发出阵阵的香味，让屋内的人觉得有些饥饿起来。不知不觉中，时光的流逝总是让人惊奇，而年轻人的食欲，又怎能经得住像烤红薯这样的香味勾引？于是，宛星就替浩强打个圆场说：

"算了吧，你们就别再为难他了。他为大家带来了这么香浓的烤红薯，也算是将功赎过了吧。"

她莞尔一笑，露出那一对标致的酒窝。

浩强就赶紧从炉中钳出一个皮色焦黑的红薯，在大家面前晃了晃，青烟在空中划过了一道弧线，在灯光下慢慢消散开来。

"真的，都有点软了，味道肯定是好极了。"

他把那颗红薯放在手中,好像是因为太烫了,来回抛弄了一番,嘴里发出哈哧哈哧的声响,惹得大家都垂涎三尺起来。他最终还是把红薯放到了桌上,推到宛星的面前。

"好了,已经不太烫了,女士优先吧。"

文娟见浩强那样,又忍不住说道:

"现在知道巴结女生啦?看在宛星的面上,今天姑且饶过了你这一回,不过还是记录在案的喔,留党察看,以观后效。"

浩强见文娟说了此话,心知已经逃过了这一遭,便做出一副虚心领教的模样,心中却想:"其实,只是我运气不佳,这个'蛙'字落到谁那儿,还不都得像我一样求饶吗?"正想着,俊杰也开口说道:

"这个'蛙'字确实不容易,你们有谁能接得上来吗?"

大家都默不作声。

"既然大家都接不上,我们也不好为难浩强,这样才算公平。"

说得浩强频频点头。

"这才像句人话。"

他拍了拍俊杰的肩膀,便又从炉中钳出一只红薯来,放到俊杰的面前。

"还是应该男女平等,大家一起吃吧。"

说得俊杰都忍不住笑了,用手指了指他。

"你还真能朝三暮四啊。"

于是,浩强又忙着到炉膛口翻弄红薯了,不一会儿,桌上便摆满了一只只焦黑中透着褐色的红薯,缕缕青烟微微飘散,屋内弥漫着似乎带着甜味的香气。大家不由分说,各自剥开已经柔软的薯皮,吃着熟黄香浓尚有些烫舌的薯肉,又开始说说笑笑起来。窗外的夜色愈加浓重了,不过,天色应该是变得更加晴朗了,因为那月光,亮晃晃地照射在窗玻璃上,经窗上雾气的折射,形成朦胧的亮斑。宛星忍不住推开窗户,想看看外面的月色,但只觉得一股寒气涌入,令她打了一个寒颤。她看了看天色,又抬腕看了看表。

"哇,到了轮流值班的时间了。"

她正说着,王老师和那兽医也来了,招呼大家去休息。于是,除了文娟和浩强,其余的人都回到教室去了。

教室里静悄悄的,只有轻微而均匀的呼吸声,在静谧中透露出稳健有力的动感来。当俊杰感到有人在推他时,他仍觉得十分困倦,但随即便意识到,这正是他所期待的,于是,很快清醒过来,让他自己都有点惊讶意识支配躯体的力量。

"俊杰,快起床了,换班了。"

浩强的声音也是他所期待的。接着,便是一阵阵哈欠声,黑暗中,可以看见浩强的手捂着嘴巴拍动着。浩强见俊杰这边有了动静,便一头钻进被窝里,再也不动弹了。

俊杰马上爬了起来,用双手把自己那张尚写满了睡意的脸胡乱地抹了几下,然后拿起外套,走出了教室。正好看见宛星从女生住的那间教室里走出来。她披散着头发,也是一脸的慵懒困倦,走廊上虽然灯光昏黄,却足以照见他们彼此的脸。他们对望时,都不禁哑然失笑,因为他们都从未看见过彼此刚刚睡醒时、尚未梳洗的模样,那实在是散漫邋遢到好笑。俊杰有几绺头发高高地竖起,颇像印第安部落酋长所披戴的羽饰,而宛星的袖子,不知怎么变得一长一短,散落下来的头发,遮掩了她半张脸。俊杰只能看见她的一只眼睛,仿佛独眼女怪一般。宛星虽不能看见自己,但从俊杰诧异的眼神中,也能明白,自己的样子一定有些特别。她赶紧用手向后捋起头发,用一根橡皮筋简单地一扎,总算又能让俊杰看到她的双眼了。虽然那神情仍有些倦懒,但她的眼睛,还是那么的明亮而且带着一股子的俏皮劲。她指了指俊杰的头,做了个梳头的手势。俊杰摸了摸头,知道自己的形像一定也够糟糕。他耸了耸肩。他们彼此都不说话,因为走廊里实在是太静了,此时,任何的声响好像都是不适宜的。但他们仿佛总能明白对方,诚如智者所言,有些时候,言语并不是最富有表现力的东西。

他们俩就这样悄无声息地走出了教学楼,黑漆漆的校园显得格外的寂静。时已深秋,夜风带着些寒意阵阵袭来,吹起了宛星的长发,惹得她不由得打了个寒战。"你冷吗?"俊杰这样问着,手已脱下自己身上的外套,披在了宛星的肩头。宛星的衣服的确有些单薄,她没想到这秋凉来得这么快、这么厉害。她的肩上,因此可以明显地感到带着俊杰体温的那种舒适的暖意,她的心,也忽然变得异乎寻常的温暖。虽然有些羞涩、有些迟疑,但她的目光,也像是有了温度似的,暖暖地投向俊杰。而俊杰却只是微笑着,说:"这样就不冷了吧。"宛星轻轻地点了点头,"嗯,谢谢。"寂静的校园里就只有他们俩,过于安静的氛围,反而让人觉得有些心跳。他们肩并肩地走,尽管放轻脚步,却仍可以清晰地听见彼此落足的声响。昏暗的路灯,有气无力地散放出些许光亮,在灯杆下的路面上,留下一个个昏黄的亮斑,却将远处的树林变得更加黑暗而深邃。走近时,人影长短重叠,随着步点变幻旋转，宛星跟在俊杰的身后，童心乍起，便试着去踩他的影子，一步、两步，她嘻嘻笑了起来。俊杰明白她在做什么，便时快时慢、时左时右地操纵起自己的影子来，惹得宛星不得不左右跳动，本已松散的发髻，随着步点摇颤，其身形姿态，如同舞蹈。俊杰侧眼望见她舞动的身影，如此天真烂漫，也不禁呵呵呵地笑出声来。那声音霎时打破了校园的寂静，显得异常的嘹亮，两人如同受到惊吓一般停止了跳动。宛星做了个止声的手势，似嗔似怨地轻声说道：

"你好坏呀。"

俊杰便也嘘声应道：

"你先踩我的，我就不能躲吗？"

"那，谁叫你的影子那么难看。"

"噢，是吗？"

俊杰便止住脚步，回头端详起自己的影子来，又去看看宛星的影子，不禁大感不解起来。

"果然难看得很。可是，你的影子怎么还是那么好看呢？"

宛星那初初发育的少女的身影，确乎已是婀娜有姿了。俊杰的话也许无意，却让宛星的脸有点儿温热起来，赶紧将眼光从身影上挪开。忽而又羞涩地低下了头，平生第一次觉得手足无措起来。俊杰见宛星低着头久久不语，也觉得自己的言语有些唐突，一时不知该说什么好了。两人便不再蹦蹦跳跳，而是默默地往前走。

"你知道吗？"

宛星忽然问了一句。

"什么？"

"那母猪已经生了。"

"真的啊？你怎么知道的？"

"刚才文娟说的。"

"噢，浩强这小子一推醒我，自己就睡着了，什么也没说。"

"那我们赶快去看看吧。"

两人便匆匆向饲养场的方向走去。穿过幽黑的树林，偶尔的几声虫唧，更增添了林中的阴森之感，不过两人并不在意，心已飞向那片屋舍。也许走得急了，宛星的脚被路边突起的树根绊了一下，踉跄了几步，险些跌倒。俊杰回身来扶，刚好抓住宛星伸出的手，她再一次感到了那手的温热，仿佛就在昨天。

"小心啦，你。"

听见俊杰轻柔的声音，在林间飘荡。

"谢谢你啦。"

宛星的回声更加的轻柔，带着少女的羞涩，轻得仿佛从远处飘来。两人都看不清对方，一时间伫立无语。而手手相握，静默中，彼此都能感到对方呼吸的起伏，和眼光在黑暗中的交错。

屋中的那只母猪，已然安详地躺在草垫上。那十来只初生的小猪仔，围拢在它的周围，争抢着最佳的吮奶位置，发出吱吱呀呀的声响，显得热闹而忙乱。宛星和俊杰便倚在围栏外，肩并肩静静地观看着。

"真是神奇！眨眼之间就有这么多的小生命诞生了，你看它们多可爱啊。"

"是啊，"

俊杰应道，

"这就是造物的神奇了。这世上竟有这许多千奇百怪的生物，即便是小猪，你看，也是个个不同，造物主究竟是怎样把它们一一造出来的呢？"

宛星见俊杰认真地有感而发，不禁失笑。

"哇，你真的有点呆啊。真的是因为书读得太多了吗？"

"是吗？我只是疑惑，或许人以为的每一种神奇，其实都是因为无知而产生的疑惑。"

宛星被他说得倒真有点疑惑起来。

"好啦，好啦。大哲学家，现在还是存疑待解吧。我们要开始劳动了，你去添猪食，我去打扫猪圈。"

"是！服从命令。"

俊杰做了个立正敬礼的姿势。

天上的浮云，不知什么时候已散去了，皎洁的月光变得出奇的明亮，照着不远处的杉树林，使那林梢的轮廓，好像镶上了一层银边。干完了活，两人便来到屋外。

"今晚的月亮真美啊！"

宛星到得屋外，便被如此亮眼的月色所吸引，发出由衷的感叹。

"真的很美，圆得好像用圆规画上去的一样，简直就是完美无缺。"

俊杰应道。

他们来到树林边，在长凳上坐下，两人相视而笑，一时无语。对面猪舍的窗口里，流溢出乳黄色的灯光，而窗的周围，弥漫着轻微的雾气，让他们所处的境地里，漫漾着一种既温馨又朦胧的奇异氛围。

俊杰见两人坐着无聊，便从口袋里摸出一副扑克牌来。
"要不，我们打牌吧。"他提议道。
"两个人怎么打？而且，我不太会玩牌，你一定会说我笨的。"宛星摇着头。
"那——"俊杰见宛星这么说，便又提议道，
"我给你变个戏法吧。"
"真的？"宛星的眼里，放出好奇又惊喜的光来，"你会变戏法吗？"
俊杰骄傲地扬起头来。
"你看过就知道了。"
于是，他用手里的那一副扑克牌，让宛星随便抽了一张，看过之后，再放回到那一叠牌中去。俊杰让她随意地洗牌，还给俊杰之后，他竟能毫不困难地把那张牌找出来。如此几次，屡试不爽，看得宛星瞪大了眼，匪夷所思得直摇头。
"除了扑克牌，你还能变些其他什么吗？"
"当然！"俊杰又从口袋里，摸出几枚硬币，在手里倒腾了几下，将一只手里的硬币在宛星的眼前一晃，然后握起拳来。
"你猜猜我的手里有几枚硬币。"
宛星明明看见他的手里有两枚，但如此猜了之后，俊杰再次摊开的手里，竟然空无一物。
"你是怎么把硬币变没了？"宛星好奇地问。
俊杰哈哈一笑。
"这可是独门绝技哦，不过，还是可以传授给你的。可是，今晚怕是来不及了，以后再教你吧。"
说完，俊杰收好了硬币，而宛星则略有所思地望着远处的杉树林。
"俊杰，你来我们学校有两个多月了吧？"她问道。
俊杰略一沉思。
"真有两个多月了，时间过得好快。"
忽然又想起了什么，俊杰问道：
"你爸爸的生意不错吧？"
"还好。"
"你奶奶也好吗？"
"很好呀。她还老是跟我提起你。说你很懂事有礼貌，对你印象挺深的呢。"

"是吗？"

俊杰显得有点惊奇。

"奶奶还记得我？我们只见过一面而已。而且，那时天很黑，什么也看不清楚。但我知道她是一个特别慈祥的人。"

"那天，你一个人回去怕吗？"

"不怕。其实，还是有点怕的。你们那条巷子里也太黑了，怎么连个路灯都没有？"

俊杰想着笑了。

"后来，我是飞跑着出去的。"

"原来这样啊，谢谢你了。那天晚上，要是有今晚这么好的月亮，就不会那么黑了。"

宛星又抬起头，望着天空。月光衬托着她的脸，让她显出一种往日不见的清隽宁静之美。

"天上的星星也好亮，好多喔。那一颗为什么这么亮呢？好像在天上挂了一盏灯似的。"

她仿佛在自言自语。

"你说的是哪一颗？"

宛星便用手指向天顶。俊杰顺着她的手指望去，果然，那里有一颗星，在满天灿烂的星海中，显得特别的明亮。

"那是织女星。"

俊杰不假思索地回答。

"噢，原来，那就是织女星啊。你是怎么知道的呢？"

"因为那是织女呀，你知道牛郎和织女吧？"

"从小就听大人们讲过这故事，不过，从来也没想过织女星在哪里。你怎么知道那就是织女星呢？"

宛星仍抬着脸，疑惑似地端详着天空，仿佛要找出什么确定的理由。俊杰笑了。

"如果知道了，那真是很容易。首先，是因为它很亮，它是天空中最亮的五颗恒星之一，所以在夏秋季节，如果你看到有这么亮的一颗星，很可能就是织女星了。"

"可是，天上亮的星星还是不少，我怎么能确定那就是织女呢？而且，我听说除了北极星之外，所有的星星，都会随着时间季节而移动，没有确定的位置的。"

俊杰又笑了。

"你说得对。可是织女有牛郎呀,只有织女才有牛郎,所以不会错的。你看那儿。"

俊杰用手指向另一颗也是相当耀眼的星星,让宛星看。

"看见没有,那里还有一颗亮星,就是牛郎星。"

"噢,牛郎星,那就是牛郎星啊。可是,你又怎么知道那是牛郎星呢?不会说,只有牛郎才有织女吧。"

"对了,也可以这么说的。不过,还有另一个特征——就是那里。"

俊杰又将手指向另一颗亮星。

"那叫天津四,也很亮吧?"

宛星看见了那颗星,点了点头。

"牛郎星和天津四虽然没有织女星那么亮,可也是天空中前二十亮的星星呢。它们在一起形成了一个巨大而美丽的三角形,看见没有?那是天空中独一无二的。"

宛星听了俊杰的话,不住地点头。

"真的啊,把它们连在一起看,真是很明显的呀。"

"还有啊,故事里说,牛郎和织女还有一双儿女,牛郎正用扁担挑着他们去追赶织女呢,看见了没有?"

"真的,真的!"

宛星兴奋地叫了起来。

"那两颗小星星,一前一后朝着织女的方向。"

"所以,牛郎的这三颗星,也叫扁担星。你看牛郎和织女间,有一条若隐若现的浅浅的亮带,那就是银河,是王母娘娘用头簪划下的。"

宛星回过头来,看俊杰说得起劲,推了他一把。

"真有意思。你还懂的真多啊,连天文你也学过?"

"没有,没有。只不过是传说中的故事而已。你不觉得夜晚的星空很迷人吗?"

"是呀,而且还有那么多的故事。"

"几乎每一颗星,都有自己的故事。从古到今,人世沧桑,永恒不变的,就只有这一夜灿烂的星空。人们望着它,怎能不浮想联翩呢?那些神奇的传说,有埃及的、有希腊的,不过都没有我们的牛郎织女来得凄美动人。"

宛星听完俊杰的话,不由得默默点头。

"其实,我们中国人也是很浪漫的啊。刚刚吃完中秋节的月饼,听完嫦娥奔月的故事,现在又有牛郎和织女,真是太浪漫了。"

宛星说着,双手合在胸前,仰起头,现出一脸的遐想。俊杰望着她,不由得心生欢喜,哈哈笑道:

"我们两个现在一起赏月望星空,不是也很浪漫的吗?"

"去你的!没想到,你也像浩强一样会耍贫嘴啊。"

宛星的脸一红,神情羞态却让她显得愈加娇美动人了。

第七章

　　上海的冬季是乏善可陈的，气候阴冷而潮湿，却又不似北方，时常能见到漫天的大雪，银装素裹，也能让人欢喜心动。上海的冬天，大抵只是阴雨绵绵，像是永远不会停下来似的。偶尔，也会看见些细小的白雪花，如同妈妈炒菜时撒下的盐花一样的细小。当你欢喜地发现雪花来临的时候，随之而来的，便总是失望。因为那雪花落到地上，便立即没了踪影，反而将道路弄得更加泥泞不堪，天气也更湿冷难受。今年的冬天也不例外。自从学期结束后，一直是阴雨不断。俊杰待在家中，除了每天看看书、摆摆棋谱之外，可算是百无聊赖。幸好有个妹妹，成天在屋内跑来跑去的，时而问这问那，给寂寞的生活添些生气。偶尔也会有被她弄得烦的时候，但在大多数的情形之下，他还是颇为享受和妹妹共处的时光。

　　"为什么一年会有四季呀？冬天又为什么这么冷呢？"

　　妹妹的问题一旦开了闸，便会像潮水一样汹涌不断。

　　"因为地球每年要绕着太阳转一圈。夏天时的光线直，冬天时的光线斜，所以，地面上的温度就不一样了。"

　　"那地球为什么会绕着太阳转呢？"

　　"因为万有引力呀。"

　　"什么是万有引力？"

　　"就是不管什么东西，它们之间都会互相吸引。"

　　"那哥哥，哥哥，你会吸引我吗？"

　　"是呀，你也会吸引我呢。"

　　"我怎么一点也感觉不到呢？哥哥，你能感到我在吸引你吗？"

　　俊杰笑了。

　　"是呀，你的小脸、小嘴、小鼻子，处处都在吸引我呢。"

　　昕悦被他说得一脸的茫然，仰起头看着哥哥，心想着自己的小脸、小嘴、小鼻子，怎么能有这么大的吸引力。

俊杰被她的模样逗得愈发地快乐起来,拧了她的小脸一下。

"长大了,你就明白了。"

最后的回答,总是这么一句。因为昕悦的问题,最终总是能把爸爸和妈妈都问倒,更何况是比她大不了几岁的哥哥?所以,最后的回答,也只能是这么一句。于是,昕悦就总是盼望着快点长大,能让自己满脑子的问题有个答案。

寒假的日子总是过得飞快,眨眼春节就快要到了。这天清晨,俊杰醒得特别早。隐隐约约的光线,从窗帘的缝隙间透射进来,让他知道天色已明。他掀开窗帘的一角,想确认一下时辰。只见窗上雾蒙蒙的,霜花覆盖着玻璃,外面的情形看不真切。他用手一抹窗玻璃,却让他惊喜得快要叫出声来——透过玻璃上被抹开的方洞,呈现在他眼前的,竟是一片白茫茫的景象:覆盖了白雪的树木,都成了玉柱琼枝,而原先杂色的连绵的屋脊,却像是起伏的白皑皑的山峦一般。雪花仍在不停地飘落,一片一片,大如蝉翼,漫天盖地,无休无止。

俊杰跳起身来,麻利地穿好了衣服。他来到父母的房门外,伏耳倾听,里面毫无动静。他知道,爸爸妈妈昨晚都工作到很晚,现在应该不会起身。他便轻手轻脚地来到妹妹的房门口,轻轻推门进去。只见小床上的妹妹,还在酣甜地睡着,小嘴抿起,不知又在做着什么好梦呢。

"昕悦,昕悦。"

俊杰不管不顾地叫着,一边还用手摇动妹妹的肩膀。可妹妹只是翻过身去,咿咿呀呀地哼了两声,还是鼾声均匀地睡着。

"昕悦,昕悦,外面下雪了,好大的雪啊!"

俊杰俯身附耳,略为大声地唤道,语音中掩不住的兴奋。又去拍打她那红扑扑温热的小脸,这回总算有了点反应。

"什么?"

昕悦缓缓睁开眼,迷迷糊糊地问道。

"下雪了,好大的雪啊!"

俊杰重复着。

"真的啊?"

妹妹好像一下子就清醒过来了,她的惊喜可想而知。

等俊杰和妹妹来到屋外,天光已经大亮。这是一场罕见的大雪,路上的积雪已可将足踝埋没,走在雪地上,可以听见松软的雪花被踩踏后所发出的轻微的声响。昕悦在前面跑动着、跳跃着,时不时从地上捧起一堆雪撒向空中,她那铜铃般欢快的笑声,在这冬日寂静的晨光中,格外的悦耳。他们四处走动,享受着漫天的雪花和那雪花覆盖下的一幅幅美景。俊杰觉得,就凭这一场雪,今年的冬季已经是可圈可点了。他们来到了大学的中央草坪,就是上次观看露天电影的地方。草坪上已经有不少孩子在玩雪了。毫不奇怪地,他看见了浩强和凯亮,他们正带着满头满脸的雪花碎片,和其他的孩子们一起喧哗欢笑着,互相抛掷雪球。飞来飞去的雪球在空中抛射出来的弧线,和那静静飘落的雪花,构成了动静相宜的景象。他还看见了倩筠和圆圆,也是一对平日里形影不离的好姐妹。两位女孩子居然也和男孩子们一起玩起了打雪仗,她们的头发上沾满了雪花,甚至身上都有些湿漉漉的了。

"漂亮姐姐!"

昕悦看见了倩筠,就欢喜地叫出声来。

她也看见了俊杰他们,便向昕悦招手。

"来,昕悦妹妹,我们去堆雪人,好吗?"

"好啊。"

昕悦欢快地拍着小手。于是,倩筠和圆圆便退出了男孩子们的战群,带着昕悦到一边堆雪人去了。俊杰便捋起袖口,从地上捡起一只雪球,和浩强他们打成了一片。时间在玩乐中过去,不知不觉中,孩子们都已经玩得乏了,俊杰的身上,也已是汗涔涔的了,便一起来到边上,看女孩子们堆起的雪人。

"快来看呀,哥哥,我们的雪人最大了。"

昕悦看见俊杰过来,便指着她和倩筠她们一起堆起的雪人,向哥哥夸耀。

"真的啊,你们的雪人最大了。"

俊杰环顾四周,确也找不出更大的雪人了。

"可是,你们的好像不是最漂亮的喔。"

他指向不远处的另一个雪人。

"看,人家的那个,眼睛、鼻子、身形姿态,做得多美!"

"那有什么稀奇的?我们还没做完呢。等做完了,肯定比他们的更好看。"昕悦不服气地说道。

"是啊,那还不容易?只要按照这位姐姐的样子做,管保是这里最漂亮的了。"

浩强见他们谈论雪人,便忍不住指向倩筠,对昕悦开起了玩笑。

昕悦用眼望一望倩筠,觉得这位哥哥说得有理,便很认真地点了点头。却让倩筠不好意思起来，脸一红。虽然心里喜滋滋的，可嘴上还是不饶人。

"不许耍贫嘴！"

正说话间，远处又走来了两个女孩。俊杰一眼便认出，那是宛星和文娟两人，便招呼她们过来。

"哇，你们已经做了这么多的雪人啦！"

文娟看见了他们堆的雪人，便惊喜地叫道。

"来，我们也来堆一个，保证是这里最漂亮的。"

"那你们得按照这位姐姐的样子做，才有可能赢喔。"

昕悦见她们也想做漂亮的雪人，而新来的这位姐姐，更是有种说不出来的甜美，便学着浩强的口气，指着宛星对文娟说。

"小妹妹，你可有点偏心喔。这位姐姐漂亮，我就不漂亮了吗？"

文娟佯装不悦地对昕悦说。

"不是，不是。你也很漂亮。可是，你们的雪人要想比我们的还漂亮的话，就得按照这位姐姐的样子做。我们的雪人，可是按那位姐姐的样子做的喔。"

她指向倩筠。

"原来如此，我懂了。"文娟认真地点了点头。

"那我们还是开始堆雪人吧。"她说。

于是，俊杰便去帮宛星和文娟她们堆另一个雪人了，而浩强和凯亮也开始去堆一个按俊杰样子做的雪人。这下，大伙可忙开了。

"俊杰呀，你也不来帮帮你妹妹？"

倩筠想招呼俊杰过去。

"你们的都快做完了，有你们俩就够了吧。"

"叫你哥哥过来帮我们吧，你也不想输掉，对吧？"

倩筠便要昕悦去拉她哥哥。可昕悦却拍了拍沾满了雪花的小手，像是善解人意地说：

"让他去吧。可能是他喜欢那位姐姐呢。况且，即便没有了他，我们也不会输掉的！"

看着昕悦一副胸有成竹的老成模样，倩筠无可奈何地摇了摇头。

雪终于停了，朝阳从散开的云层里露出了笑脸，并洒下五彩缤纷的光芒来。偌大的草坪上，堆着十几个大小不一、姿态各异的雪人。而那边上的三个，更是显眼。不仅大，而且精致，甚至看得出是一个男孩和两个女孩在亲热地聊着天。至于聊些什么，就只能凭借想象了。

堆完了雪人之后,宛星她们正准备离去,倩筠却走了过来,向她们问道:
"你们是怎么跑到校内来的?"
文娟便答道:
"混进来的呗,怎么了?"
"你们大概还不知道吧?寒假期间,校内有公告,说是不让校外人员擅入校区,保卫处这几天正在巡察。我觉得你们还是小心为妙,不要随便跑到校内来了。"
文娟吃惊道:
"没那么严重吧?再说,我们也是附中的学生呀。"
倩筠却摇了摇头。
"通告上只说是校外居民,而校内人员必须持有家属证的。"
说完,便从口袋里摸出一张小小的白色卡片,有些得意地在文娟面前晃了晃,又转头对俊杰和圆圆他们说:
"是不是呀?"
俊杰倒是知道有家属证这回事,但平常他都没带在身上。而圆圆则一个劲地点头道:
"是呀是呀,我们都有的。"说着,也从口袋里掏出那张小卡片来。
这么一闹,文娟便有些不高兴了,嘴里嘟哝着:
"有什么好稀奇的,不就是一张小卡片吗?"
倩筠却说:
"我是为你们着想,万一被保卫处的人抓到,那就麻烦了。前不久,物理楼发生了一起盗窃案,现在还在查,保卫处的那些人可凶着呢。"
文娟听了,心中更不服气。
"我们只是来玩玩,又没做什么坏事,有什么好怕的?"
倩筠便说:
"我当然知道你们不会做那种事,可谁知道保卫处的人会怎么想。"
文娟还想争执,但宛星却拉住了她,说:
"倩筠说的也有道理,我们小心些就是了。"
说完,便拉着文娟离开了。
回家的路上,当走得只剩下俊杰兄妹和倩筠时,俊杰问道:
"你干吗跟文娟她们说通告的事?弄得人家怪不高兴的。"
"我真是替她们着想。再说,这里可是大学校园,除了老师、学生还有家属,别人照规矩是不该放进来的。高等学府又不是菜市场。"

于是，俊杰轻轻叹了口气，看了一眼倩筠，好像有点不认识她似的。不过，她所说的通告，倒是确有其事，只是觉得她有点小题大做了。

两人无话。又走了一会儿，俊杰忍不住对她说道：

"我觉得你们女生之间，好像分成两派，校内一帮，校外一派，这样子好像不太好。作为班长，你应该做点什么吧。"

"你总该听过物以类聚，人以群分吧？"

俊杰摇了摇头。

"我不觉得校内和校外的同学有什么不一样。"他笑了笑，又说，"人以前不都是猴子吗？再说近点，五千年前，你我的祖先，可能都在同一块地里干活呢。有什么不同？"

倩筠白了他一眼。

"你好讨厌喔，分明强词夺理。"

"我哪有？就说宛星，她和你有什么不一样吗？"

"当然有不一样啰。人和人是有很大的不同的。"倩筠说着，又仿佛自言自语道，

"不过，我觉得，她其实蛮可怜的。"

"为什么你会说她可怜？"俊杰问。

"你不知道吗？她从小就没有了妈妈，只有一个爸爸，听说，以前是个造反派，曾经搞过打砸抢什么的，还坐过牢。"

"这么说，她的家庭背景不是太好。"

"你知道宛星的爸爸是做什么的吗？"倩筠神秘兮兮地问道。

"做什么的？"

"听说，他是港务局码头上的工人。我还听说她爸爸经常酗酒，喝醉了还会打她。"

"你是怎么知道的？"俊杰惊讶宛星家里的私事，怎么会传到倩筠那儿。

"是这样。有一次，宛星没来上课，说是病了。后来，老师去看望她，才知道其实她是被打伤了。再后来，老师从文娟那儿了解情况后，就跟我说了这些，是希望我能多关心关心她。这事，你可别对别人说啊，怕影响不好。"

"那你还对我说！"

"我是信任你嘛。"

"这么说，我也该好好地关心关心她才对。"

俊杰的话，却让倩筠噘起了嘴。

"人家好心告诉你,你却存心气人家!"

俊杰感到倩筠脸上闪过一丝不悦的神情。他觉得,倩筠和宛星之间好像存在着一种隔阂,也许是由于校内外的分界,也许是由于心灵上的距离,有形无形地横亘在那里。人和人之间的沟通,真不是件容易的事。少年的时光,本应该是无忧无虑的,但就像晴天的时候,难免会有浮云一样,在这种无忧和快乐里面,烦恼的云,也常会飘来飘去。他们就这么默默地走着,不一会儿,就到了分手的路口,他和倩筠挥手道别,各自回家去了。

雪人融化后,那样的大雪,就再也没有出现过。平静的冬天,很快就过去了。虽然空气中,仍然有些寒意,但毕竟春天来了,那冬季里曾经安静的校园,又一次热闹了起来。

"新年好!"

那些在寒假里尚未谋面的同学和老师,彼此间表达着迟到的问候。

"怎么样?春节过得好吗?"

浩强见到俊杰劈头就问。

"还好啦,你好像又胖了一圈嘛。"

俊杰上下打量着浩强。

"嗨,别提啦!我这人喝凉水都长膘,更别说春节里大鱼大肉的,把我给撑的。"

看见凯亮走来。

"哎,凯亮,新衣服、新剃头嘛,来来来,头挓一个。"

"去你的。"

凯亮推开浩强就要拍过来的手。

"这是好几天前就剃好了的,怎么能算是新剃头?怎么,又长膘啦?"

"我正说呢。浩强就是有福啊,吃啥长啥,我们吃得也不少,怎么都打水漂了呢?"

俊杰应和道。

"你们都是'酒肉穿肠过,佛祖心中留'。哪像我?我是'佛祖穿肠过,酒肉身上留'啊。哈哈哈。"

假期后再见面,朋友间像是有说不完的话。

"这学期,是同学们在初中部的最后一个学期了。"

课堂上就不能那么随便了,王老师又在布置新学期的学习任务了。

"这是你们人生中的一个重要阶段。你们即将面临高中升学考，希望大家要努力在本校升学，或者考上其他的重点高中。这对你们的将来，可以说是至关重要的，明白吗？"

"明白——"

在座的学生拉长了声调，异口同声地回答。

王老师满意地点着头。

"我对你们每一个人都有信心！"

这天放学后，刚好是宛星和俊杰做值日生。初春的夕阳红得烂漫，打开的窗外，远远飘来电台里正在播放的歌声：

"黄昏的时候，我散步到小溪边，见到一位美丽的姑娘，纯洁又可爱。我不禁问她，春天的故事，她摇摇头，对我笑一笑，送我一朵小小铜铃花。"

俊杰听着那歌声，不知怎么，觉得颇为感动。虽然那歌词并没什么新奇之处，但它所营造的那一种春天纯洁又美丽的气息，真是无与伦比。

"宛星，你听，那是一首什么歌呀？"

俊杰一边扫着地，一边随着那节奏哼哼着。

"那是《春天的故事》，刘文正唱的。"

"原来，这就是《春天的故事》。电台真会选歌啊，这个时候放，是最合适不过的了。"

"是啊，'春来了，春来了，春天的脚步近了。'"宛星背诵起朱自清的词句来，看起来，她对那曲子也是颇为陶醉的。

"那宛星，这学期，你想要做些什么呢？"

"好好念书啰，别让奶奶和爸爸为我担心就好了。那你呢？有什么打算吗？"

"跟你一样。"

"那你打算直升这所高中了？"

"是啊，C大附中可是市重点呢，这附近没有更好的了。那你呢？"

"我？不知道。"

宛星的回答，让俊杰颇为诧异。附中的学生，大多都想直升。若是直升不了，也对想去的学校有了一点方向了。像宛星这样聪明又勤奋的学生，怎么会对自己的将来没有打算呢？

"不知道？怎么会呢？"俊杰不禁要问。

宛星沉吟了半晌，也没回答。

"你不会也'摇一摇头，对我笑一笑，然后送给我一朵铜铃花'吧。"俊杰打趣道。

"我可没有那么浪漫。"宛星真的摇了摇头，不过没有笑，却缓缓说道，

"我家的经济条件不大好，这你也知道吧？我爸爸希望我能早点工作，或者学点实用的知识。比如护士，或者会计什么的。"

"护士？那也太浪费了你的才学了吧？"

俊杰真觉得好惊讶。

"我哪有什么才学啊？才学，是属于书香门第的东西。"

宛星倒很平静。俊杰匪夷所思地摇着头，一时也不知该说什么才好。

"这没什么呀，春天对于每一个人来说，感受都不一样。就像鸟儿，春天对它们来说，就意味着要开始勤奋地觅食了。"

宛星轻轻地叹了一口气。

"好了，地扫完了，看看还有什么要做的吗？"

她环顾四周，自言自语。

"喏，那里的玻璃窗不太干净，我们一起把它擦干净，好吗？"

"好吧。"俊杰也轻轻叹了一口气，那远处的歌声仍在萦绕不断，可俊杰却觉得听起来，不再那么浪漫了。

他们两个便默默地来到窗前，春天的微风从窗外吹来，吹起了宛星的头发，也吹过来一种奇异的香味。

"你头发的味道怎么这么特别？"

"你闻到的是这个吧？"宛星的脸微微一红，摸出挂在脖子上的香囊来。

"就是嘛，我说为什么这么熟悉呢。怎么，奶奶又为你做了一个？"

宛星点头。俊杰又使劲嗅了嗅，那香味和宛星送给他的香囊一模一样。那只香囊，现正躺在他床前的抽屉里。每夜睡前，他都会拿出来闻一闻，不知为什么，闻过以后，他会睡得很香。

"宛星，"

"嗯？"

"虽然我希望你还能在这所高中继续学业，但看起来，也说不准喔。"

"那又怎样？"

"你不害怕分离吗？"

"跟你吗？"宛星笑了，"我可不怕。"

俊杰的话，或许无心或许有意，但宛星却不想把气氛搞得那么伤感，便语带俏皮地答道。

俊杰也意识到自己没来由的多愁善感，便有些不自在地纠正道：

"不是说我，是说跟学校、跟同学们。"

"那也不用怕呀。即便到了不同的学校，我们应该还会在同一座城市里，总有机会见面的啦。"

俊杰点了点头。

"唉，只是想到分离时，总让人有些伤感。"

"你怎么也这么婆婆妈妈的呢？将来的事，有谁能说得准呢？"

"让我看看你的手相吧，就知道你的将来了。来，伸出右手来。"

"你会看手相吗？"

"是呀，你不信啊？"

宛星有点迟疑地伸出了手掌。俊杰便牵过她的手来，仔细端详起来。

"哇，你的生命线很长，一定能长命百岁的。你的事业线，虽然有些起伏挫折，但最终，也会十分发达。可是你的爱情线就……"

他的话还没说完，宛星就赶紧把手抽了回去。刚才俊杰表现出来的有些异样的情感，让宛星的心还在怦怦跳动，现在又谈论爱情什么的，好让人害羞，但都不至于让她急忙地抽手。她急忙地抽回手来，只是一种本能的条件反射，因为她看见倩筠，从门外冲了进来。

"宛星。"倩筠刚叫出一声，便戛然而止了。因为她看见俊杰和宛星两人站在窗台前，正面对着面，手牵着手，好像很亲密地说着什么悄悄话。

俊杰也回过头来，两人同时迅速地分开来。

"倩筠？"

倩筠反倒红起脸来。

"噢，老师……王老师，叫宛星去一下她的办公室。"

她自己刚从王老师的办公室里出来。王老师跟她谈过的话，正让她激动兴奋着，因为，她已经被推选为市三好学生的候选人了。可现在看到的这一幕，却让她本来高昂热烈的情绪，在瞬间降温了好几度。不知为什么，每次见到宛星时，她都会有种说不清、道不明的奇怪感觉。

自小到大,她总是被围绕在娇宠与赞美声中。无论大人或朋友,待她总是如众星捧月一般。自然而然地,她便颇有些天之骄子的优越感。但自从和宛星作了同学之后,她竟发现这个宛星,无论相貌还是学业都堪称完美,与自己相比,竟毫不逊色。此时,王老师那意味深长的话,又在她的耳畔回响:

"虽然你各方面的表现都很突出,但整个学校,甚至就在你们的班上,有竞争力的同学还是大有人在的。所以,你还是要谦虚谨慎,用行动来证明一切。"

说完这话,王老师就叫她去把正在做值日生的宛星也叫来一下。倩筠本能地觉得,这也许就是王老师所说的竞争了。现在看起来,这竞争已涉及更广泛的层面上去了。此时的她,虽然觉得有些不安、有些伤感、有些郁闷,但她毕竟是大家闺秀,多少见过一些世面,父母从小就传授给她的待人处世之道,让她很快就平静下来,脸也不像刚才那么红了。

"王老师说,有重要的事跟你谈。"

"噢。"宛星却仍有些恍惚于方才的情境之中。跟俊杰说的那些话,本来就让她脸红心跳,而倩筠的突然闯入,不免让她更加不知所措。便默默地低着头,悄悄走出了教室。

"你们在干吗?好像没在打扫卫生嘛。"

倩筠白了俊杰一眼,似问非问没好气地说道。

"别乱讲啊,我们正在一起擦窗呢。"俊杰倒很坦然。

"擦窗?怎么手上连抹布也没有?"

俊杰看了看自己手上,有些不好意思地说:

"刚刚擦完了,顺便聊聊天嘛。"

"好。你要是不老实交代的话,我这就去向王老师汇报了。"

说完就要走,俊杰连忙拉住了她。他知道,这个女班头要是较起劲来,怕真会这么干了。

"好吧,跟你说实话,我是在帮宛星看手相。"

"看手相?怎么看?"

"就是……看看生命线、事业线,还有……爱情线什么的啦。"

"哇!还有爱情线。我快被你电晕了。看来,还真的要向王老师汇报一下了,不过……"

"不过怎样?"俊杰连忙问。

"也可以不说,只要……"

"只要什么？"

"只要这两个星期放学以后，你教我玩电脑游戏。我知道，你爸的教研室刚进了台新电脑，上面有好几个游戏，我看你玩得都挺顺溜的。今天还好是我看见，就算便宜你一回了。"

俊杰听了，不禁觉得好笑。

"原来，你也想玩那些游戏，早跟我说不就得了？没问题！"

"下不为例喔。这种事，要是再让我碰见，绝不轻饶！"

倩筠说完，便抬着高傲的头走了。

俊杰看着她离开了教室，回头看见那尚未擦过的玻璃窗，就真的拿起一块抹布，擦起窗来。窗外的歌声依然在飘荡，却已不是刚才的那首《春天的故事》，而变成了另一首节奏明快而铿锵的曲子了。俊杰也就一边擦窗，一边随着那曲子哼哼着，思绪也像是飞到窗外去了。

而此时此刻，宛星正静静地听着王老师说话。市三好学生的荣耀，对孩子们来说，本是有着十万分的诱惑力，但宛星的心里却是平静的。她是这样的一个女孩，虽尚无先天下之忧而忧、后天下之乐而乐的胸怀气度，但已颇有不以物喜、不以己悲的资质情怀。她说：

"谢谢老师的鼓励！可是，在我们班里，倩筠和俊杰，在很多方面都比我强。我觉得，他们应该更有资格吧。"

王老师笑了。

"宛星啊，谦虚是一种难能可贵的美德，这也是老师觉得你特别优秀的地方。但人也要有进取心，荣誉是应该争取的。公平的竞争并非坏事，相反，它能让人更加进步。我希望你能好好地表现。"

"我懂了。"宛星轻轻地点了点头。

第八章

春天一旦来临,就总是迫不及待地要展现她的风采。几乎没有等待的感觉,所有的花儿就都开放出来,空气里便开始弥漫着暖暖的花草香。天晴的时候,蜂蝶成群地飞舞,也像在迫不及待地释放出更多春的消息。明媚的春光不容错过,正如往年的春季一样,春游便是一个必不可少的节目。这天放学前,俊杰听说他们年级决定去嘉定和南翔,心里着实兴奋了好一阵子。他来 C 大附中已经半年有余,但除了大学的校园和附近的几处商场,却也没去过别的什么地方。放学时,刚好看见宛星从教室里出来,便问她:

"你有没有听说春游的事?"

"有啊。"宛星点头。

"那你知道嘉定和南翔有什么好玩的吗?"

"这两个地方我都去过,不过,已经好多年了。那时我还小,所以记不太清楚了。嘉定我想指的是嘉定县城,有不少值得游玩的地方。听说我们这次要去的孔庙,就是其中一处有名的古迹。南翔也在嘉定县,不过,只是一个小镇而已。可是,却有个有名的园林,叫古漪园。"

"古漪园?什么'古',什么'漪'呢?"

"噢,应该就是古代的'古',涟漪的'漪'吧。"

"原来是这两个字,真是个奇怪的名字。"

"我只是听说,古漪园原来叫奇园,本来很小的,后来,被一个有钱的商人买了下来,便大兴土木,在园中修湖建亭,觉得古园称'奇',有点儿俗气,便想出这么个名字,也算承袭了旧意,又有新的内涵。"

"原来如此啊。这样看来,这名字倒也不奇怪了,反而很有意思。如此大好的春光不容错过,我真想明天就去。你也有好多年没有去了,很想去吧?"

"噢。"宛星却显得有些迟疑。

"怎么了?"俊杰见她并不起劲,觉得有点奇怪。

"没什么。我听说,现在游园的门票贵了好多,加上路费和午餐,每人的费用,大约要五十元呢。不知我爸爸肯不肯给我。"

"你在担心这个啊。"俊杰的心中不由得升起一股怜惜之意。

"我听说,过去有一位伟大的人物,曾决定身无分文地去云游四方,于是,就靠着沿街乞讨,写诗卖字,竟然也游遍了所有想去的地方呢。"

"可是,我从来没想过这样去旅行,也许,这就是为什么我成不了伟人吧。"宛星没等俊杰说完,就接口说道。

"这只是一个故事而已。故事的意思是说,没有钱,也不一定就不能去旅行的。"

"可是没钱,又怎么旅行呢?我不会写诗,又不会书法,即便会,也不见得有人要呢。"

"别担心了。事在人为,面包会有的,一切都会有的。让我来帮你想一想吧。"

宛星看着他一副淡定的样子,以为他只是安慰自己而已。

这天夜里,在宛星家简陋的餐桌上,宛星便对爸爸说:

"爸爸,您还记得南翔的古漪园吗?我小时候去过的。"

"当然记得。"

爸爸今晚的心情不错,听女儿提起这多年前去过的所在,便也起了点兴致。

"不过,那时你还小,我以为你都忘记了。今天,怎么又想起这个园子来了呢?"

"噢,我们年级今年的春游,要去的就是南翔。记得古漪园,我们曾经去过的。"

爸爸听了,略微点了点头。

"原来是这样。那不过是以前有钱人住的一个园子,也没什么特别好看的。好像有个什么湖,里面弄了几只假天鹅骗人。南翔只是一个小镇,和奶奶乡下的小镇没太大不同,是吧?"

他瞥了一眼在旁默默吃饭的奶奶。奶奶也正在听着父女俩的对话,便插嘴问道:

"宛星,去春游是不是要交钱呵?"

宛星默默地点了点头。

"要交多少?"

"听王老师说,大概要五十元吧。"

"这么多啊！"爸爸吃惊地叫道，"都够买两大箱子苹果了。"

奶奶便转头对宛星的爸爸说：

"进德啊，不要这么说呀。孩子好不容易有这么一次春游的机会，你就成全了她的心意吧。"

爸爸听了，皱了皱眉。

"我不是不想成全。只是，我刚进了一批货，还欠着人家的款子呢，手头真的没什么余钱了。"

宛星听父亲这么说，想起父亲每日里奔忙，不论风吹日晒，朝起搭棚，日落撤摊，贩卖那些容易腐烂的水果。她望着父亲日渐消瘦的面庞，心里涌起一阵酸楚，眼泪便开始在眼眶中打转了，可脸上仍笑着，说：

"其实，春游也不是一定要去的。我想利用这段时间，好好复习一下功课，就不去了吧。"

"还是宛星懂事。等爸爸手上有了余钱，下次，我们自己可以再去一次嘛。"

奶奶看着宛星默默低头吃饭的样子，不禁心生怜惜，她摸着宛星的头，说：

"真难为了孩子了。"

她一时竟再也说不出话来。

"奶奶——"宛星抬起头，看见了奶奶那深深负疚的眼神。

"都是我不好，拿这些小事来烦你们。不过就是一次春游嘛，没什么意思的，我真的不想去，奶奶您千万别担心。"

这天夜里，当宛星的爸爸在里屋的阁楼上鼾声如雷地睡着的时候，宛星也躺在床上。她睁大眼睛，望着昏黄的电灯泡，从满是水渍的天花板上悬垂而下。那黑黑的绳索，从顶上破墙而出，仿佛一条长长的蛇虫，竟让她觉得有些害怕起来。好在奶奶就坐在她的边上，靠着床背，正在补缀一双已经有了破洞的袜子。

"在想什么呢？"

奶奶虽然眼望着手里的针线，却清楚地知道，宛星并没有闭上眼睛。

"没有呀，我在睡呢。"

"是不是还在想着春游的事啊？"

宛星没有吱声。而奶奶则继续说：

"你爸爸也真是的，现在都是春天了，水果早已淡了，又贵，人家都改卖些别的,可他还是卖水果。所以,最近没赚到什么钱。唉!"

她轻轻叹了口气。

"听说他刚进了批干货,香菇木耳什么的,希望生意会好起来。可进货真的用了不少钱。"

"奶奶,您别担心了。爸爸那么辛苦,我不会怪他的。都是我不好,非但不能帮你们,却还要给你们添这种麻烦。我真希望自己能快些长大,不要让你们再这么辛苦。"

"宛星啊。"奶奶听了宛星的话,眼眶中竟有些湿润起来。

"是奶奶没用,没有把你照顾好啊。奶奶有你这样懂事的孙女,早就该心满意足了。"

她说完,便从床背上坐起身,下了床,来到屋角的一个樟木箱前。那个樟木箱,立在另一个带弯脚的矮柜上。宛星知道,那是家中唯一带锁的家具,好像也是家里唯一像样的家具了。那大红的外漆,在有光的时候,会反射出鲜艳的色泽来,和周围陈旧的家具相比,显得十分的抢眼。故而平日里,其上总是罩着一块深棕色的绒布。她从未曾留意那箱里究竟装了些什么东西,不过每次打开时所散发出的沁人心脾的樟木香,却让她印象深刻。此时,奶奶又打开了箱子,那股香味再度袭来。宛星不禁深深地吸了一口,她看见奶奶在箱里摸了好一阵子,最后,摸出一个红色的小包,拉开包上的链子,从中取出了一些东西,接着,便又小心翼翼地拉好包上的拉链,将它放回到箱里去。奶奶来到床前,宛星借着灯光,去看奶奶手上的东西,她不禁从床上坐起身子,原来,她看到的竟是几张崭新的十元钞票。

"拿去吧。"奶奶说道,"你春游的钱。"

"奶奶?"宛星吃惊地问,"您哪儿来的这些钱?"

"这是奶奶的钱。其实,都是你的钱,奶奶只是为你保管着。这次春游,用得着它了。"

"不!奶奶,这是您的钱!怎么会是我的呢?奶奶,您年纪大了,留着这些钱会有用的。春游只是小事,我不能拿的。"

可奶奶还是把钱塞到宛星的手里,接着,又用命令的语气说:

"拿着!奶奶还有钱。你要是不听话,奶奶可真的要生气了。"

她的语气又略微缓和下来,轻声说道:

"别让你爸爸知道,他要是知道……"奶奶苦笑了一下,

"这些钱就都又变成马尿了。那奶奶真的要变成一个穷老太婆了。"

宛星见奶奶执意要把钱给她，便顺从地拿了钱，将它放在自己的枕头下面。

"等我长大了，我要挣好多好多的钱，把您变成一个名副其实的富婆，好不好？"

"好，好！当然好了。奶奶就盼着这一天呢。"

过了几天，到了交钱的日子，当宛星将钱交到王老师那里的时候，老师却诧异地望着她。

"你的钱不是已经交了吗？"

"是吗？"

宛星听言，觉得一头雾水。王老师便拿出一个本子来，放到宛星的面前，那上面，在宛星的名字旁，赫然已经画上了一个勾号。

"你是不是跟别的同学说好了一块儿交的呢？"王老师问道。

接着，她迟疑了一下，似乎想起来了。

"对了，是俊杰说，你的和他的一起交了。"说完，她又指了指本子上几个尚未交钱的同学名字。

"去告诉这几位同学，叫他们赶快把钱交来，我们马上就要安排了。再晚的话，到时，恐怕他们就只能待在家里了。"

"嗯。"宛星一边答应着，一边往外走，手里还攥着奶奶给她的钱，心里想着：

"这个俊杰。还说没钱也能去旅行呢，原来，这就是他所想的法子。"心里虽这么想着，头轻轻地摇着，可嘴角却甜甜地笑了。

放学了，宛星沿着楼前的石板路往校门走去。头上的葡萄藤仍然枯干，但那些梧桐树却已绽出新芽，绒绒绿绿的。燕雀在枝头聒噪着，西斜的日光，照在身上暖暖的，偶尔吹来的风，却仍有一丝凉意。她深深地吸了一口气，觉得神清气爽。她不由得快乐起来，想起在她记忆中模糊的关于嘉定和南翔的印象。那是她幼童时的印象，在她的心中，似乎已经十分久远了，不过，那光影仍在她脑海中的某处晃动。好像也是春天，好像有水面上粼粼波光的闪动，好像那绒绒绿绿的枝叶，和她眼前的景象相仿佛。她不禁诧异于自己竟然对这一件其实十分短暂的过往仍存有清晰的印象，而其他的，也是那一时段发生的事，却大都荡然无存。也许，是因为她的童年太孤单、太平淡无奇，而周遭的环境又太狭窄、太暗淡无光了，所以，当那春天明媚的阳光，照射在那样一处美丽的园林里，那些在他处不多见的品类繁多的树木花草以及亭台楼阁，便在受了惊扰的渴望美好的心灵中驻居下来。她想起了俊杰的话：

"如此大好的春光不容错过，我真想明天就去。你也有好多年没有去了，很想去吧？"

她快乐地笑了起来，并想象着，俊杰看见她悄然放在他笔记本里的那些钱，和那段简短的感谢信的时候，会是什么模样。

"是啊，"她轻声自语，"真想明天就去。"

盼望着，盼望着，春游的这一天终于到了。可是，当俊杰一大早起来，却发现窗外的天空中，布满了阴云。他瞪大了眼睛，往楼下的路面望去，还好，地面仍是干的。他在心中默默祈祷了一番，希望老天爷不要下雨。匆匆用完了早餐，他便套上那一件墨绿色的翻领薄绒衫，穿上他喜爱的火炬牌球鞋，精神奕奕地往学校跑去。这时候，校门口已经聚集了不少同学，五颜六色的衣服，在阴霾的天色下，煞是亮眼。好不容易有这么一次集体出游的活动，孩子们都急不可待地换上轻便又好看的衣裳，想让心情也好好地放个假。他一眼就看见人群中的宛星，穿着一件浅黄色带头兜的外套，灰色的卡其裤，虽然朴实，却仍然掩盖不住她那出众的容貌。还是那一对招牌猪尾辫，却用粉红色的丝带扎着，显得精神而又飘逸。她和文娟等一班女生聊得正欢，绽开的笑靥如同桃花般美丽。俊杰想起了她的那封感谢信，会心地笑了。

"江俊杰同学，这就是你替我想的办法吗？没想到，你能想出这么笨拙的法子来，毁掉了你聪明一世的英名。但你的好意，还是让我深深地感动了。虽然朋友间不应该客气，但我想，那是你父母的辛苦钱，不应该用在无谓的地方。这是我春游的钱，还给你。或许有一天，你真的能想出个没钱也能去旅行的法子，到时能否告诉我？谢谢了。

——宛星"

若不是个伟人或超人，没钱旅行的法子还真不好想。但若是有宛星同行，那说什么也得想出个法子来。他在心里嘀咕着。

他又望了望天空，阴灰色的天穹，仍没有丝毫的改变，只是静静地毫无表情般铺展着、笼罩着。同学们越聚越多，嘈杂声也越来越大。

"又在发什么呆啊，你？"

浩强那粗犷而洪亮的声音传来。俊杰回头看时，只见他双肩背着一只偌大的书包，却只穿着一条半长的中裤，结实而略有些汗毛的小腿露在外面，可脚上，却套着一双短筒的雨靴，显得有些滑稽。

"你准备去野营拉练啊？"俊杰不禁要笑话起他的这一身打扮来。

"全是我外婆给弄的，她说，今天肯定要下雨。"

"她怎么那么肯定会下雨呢？"俊杰有些好奇起来。

"她说那些都是积雨云，还说什么'天上灰布悬，雨丝定连绵'。她懂得看云识天气，有时，比预报还准呢。"

"是吗？我刚才还在祈求老天爷不要下雨呢，看来要失灵了。你外婆都给你准备了些啥？这么老大的一包。"

浩强卸下包袱，打开看时，却见里面有一件草绿色帆皮雨衣，一把折伞，一只墨绿色的军用水壶，还有一筒什锦饼干。

"哇呀，你想给我们当总后勤部长啊。"

凯亮不知从何处冒了出来，大声地嚷道。听见凯亮的声音，他俩齐齐回头，只见凯亮穿着那件鲜红的校队薄绒球衣，衬着他那高挑的身材，显得尤其的英俊潇洒。

"还说我？不用问，我们伟大光荣正确的旗手，今天是非你莫属了。大家都跟着你走，是肯定不会迷路了。"

凯亮低头看了看自己这一身球衣，笑着指着胸口说：

"'C大附中'，倒也是，就算是迷路了，人家也会把我们送回来的。"

正说着，一辆大巴士缓缓驶来。"来啦，来啦。"同学们齐声欢呼起来。车门一开，大家便一窝蜂似地挤上车去。不一会儿，校门口又恢复了往日的平静。

当车子停靠在嘉定孔庙门口的时候，天色竟变得有些明亮起来，阳光从灰褐色的云间，撕开了一条口子，挤进些散射的光芒，在铅色云层下，变幻出橙红来，让人产生出一种轻重失衡的错觉。孔庙殿前那几株参天的古柏，却在变幻的天色下，显得愈发静穆苍郁，令人肃然而生敬畏之感。俊杰望了望天空，拉了拉身旁的浩强。

"怎么你说要来的雨，到底在哪儿呢？都出太阳了。"

"不用急。我外婆说的，准不会错的。"浩强还是一副信心满满的样子。

"那我就先向你预定了那把伞吧，反正你还有雨衣。"

他用眼瞄了瞄浩强的大背包。浩强哈哈一笑。

"那还用说。"

于是，他们便开始在园中游走。抬头可以望见高大的牌坊上，有"兴贤""育才"之类的刻字，四顾则又是石龟背负着的巨大石碑，以及石碑上密密麻麻的碑文。俊杰不禁笑道：

"这些乌龟倒是很辛苦。"

浩强便应道：

"真是的，背一天两天并不难，难的是年年岁岁都这么背着，那才叫辛苦啊。"

他们又走上泮池上的曲桥，桥栏杆上的石狮引起了俊杰的兴趣，便问道：

"为什么栏杆上有这么多的石狮子呢？"

这时，凯亮笑道：

"哈哈，原来你也有不懂的时候啊。"

"那是当然的啰。我有这么自命不凡吗？这么说，你知道？"

凯亮得意地一点头。

"那些石狮子啊，可是孔夫子的七十二个贤徒呢。"

俊杰真的数了数，果然是七十二只没错，不禁叹道：

"果真是孔夫子庙，件件有典故，事事讲究精准。"

正说着，就看见宛星等一班女生，在池塘边望着池水，不知在议论些什么。他们便走了过去。原来，池水中有色彩斑斓的游鱼，在清澈的水中显得鲜灵可爱。那些鱼儿们时急时缓地游动，忽而消失在池中的荷叶丛里，忽而又从不知何处窜将出来，而满池的荷叶，嫩嫩绿绿，随着微风缓缓地摇曳，有的荷叶上，竟还有些水珠在滚动，闪烁着晶莹的亮光。俊杰心想，也许，这儿已经下过点雨也不一定。他望着池鱼，瞬间有了一种诗意的冲动，便问身旁的浩强和凯亮：

"你们读过柳宗元的《小石潭记》吗？"

两人齐摇头。

"柳宗元倒是听说过，小什么记的却不知道。"

于是，俊杰便朗朗诵道：

"'潭中鱼可百许头，皆若空游无所依，日光下彻，影布石上，怡然不动；俶而远逝，往来翕忽，似与游者相乐。'说得正是这个景象。"

俊杰摇头摆尾地在那儿忽忽悠悠，像是陶醉在鱼儿无忧无虑的情境之中。浩强和凯亮也学着他的样，摇摇摆摆，口中念念有词。一旁的文娟，看见他们三个在那儿摇头摆尾，便好奇地问他们：

"你们在那儿嘀咕些什么哪？"

宛星便答道：

"他们好像在说鱼儿过得很快乐，就像他们现在这个样子。"

文娟不禁掩着嘴,哈哈笑了起来。

"他们这样子很快乐吗?我怎么觉得,他们像是很伤心似的,不会是在念呜呼哀哉吧?"

于是,宛星便对俊杰笑道:

"喂,子非鱼,安知鱼之乐焉?"

俊杰便把眼一翻。

"子非我,安知我不知鱼之乐焉?"

这时,倩筠也正在女孩堆里,随口便接道:

"我非子,固不知子矣;子固非鱼也,子不知鱼之乐全矣。"

她也学着三个男孩的样子,说话时拉着长音。俊杰听完,不禁跷起拇指赞道:

"善哉善哉,没想到,我们这儿还有一位庄子通啊。佩服佩服。"

听俊杰称许,让倩筠的脸微微一红。而倩筠身旁的圆圆,见他们在那儿之乎者也的,便又笑道:

"你们在说些什么哪?我怎么听得好糊涂。"

倩筠便对她解释说:

"那是出自《庄子》里的一个故事。有一次,庄子和朋友去玩,看见河里的鱼,就感叹鱼的快乐。朋友便问,你不是鱼,怎么知道鱼的快乐?庄子就反问,你不是我,怎么知道我不知道鱼的快乐?可是,那个朋友也很聪明,就说,我不是你,当然不知道你,但你也不是鱼,所以你一定不知道鱼的快乐。你猜最后庄子怎么说?"

圆圆听得睁大了眼,一脸崇拜地看着倩筠,却摇了摇头。

"不知道呀。是啊,人怎么能知道鱼的快乐呢?"

倩筠就接着说道:

"庄子却说,'请循其本,子曰:汝安知鱼乐云者,既已知吾知之而问我'。就是说,'你一开始就问我怎么知道鱼的快乐,就是知道我知道鱼的快乐了'。有意思吧?"

圆圆却还是一脸疑惑地说:

"我听着,怎么像是绕口令?那么,你们说这鱼儿到底快不快乐呢?"

俊杰就说道:

"其实,庄子也没有回答这个问题。他只是说,鱼快不快乐,其实只是问你觉得它快不快乐。如果你觉得它快乐,它就是快乐的,觉得它不快乐,它就是不快乐。这就是所谓的唯心论吧。"

宛星听俊杰说完，频频点头。笑道：

"此地果然是人杰地灵啊，一趟春游，怎么搞成了一场哲学讨论会了呢？"

又指着俊杰，问：

"你刚才说鱼很快乐，就是说，你自己也觉得很快乐啰？"

"是啊。这么美丽的风景、建筑、草木，还有好看的鱼儿，为什么要不快乐？"

时间在不知不觉中流逝，集合的哨声忽地响起，远处传来王老师吆喝的声音，大家便向庙门外走去。车子隆隆地发动了，俊杰透过车窗回头望去，渐渐远去的孔庙，只剩下古柏的树顶依稀可见，刚才在庙宇间的那种苍然肃静的气氛，瞬间就被车厢中欢快的说笑声所替代。在老师的指挥下，继而又响起了"我们是八十年代的新一辈"那亢奋而嘹亮的歌声。

午饭是在南翔著名的包子店里吃的。南翔的小笼果然名不虚传，不但皮薄汁浓，肉鲜味醇，而且回香悠长。一旦吃上了嘴，则除了啧啧的品味声之外，原先叽叽喳喳的喧闹都没有了。吃完了午餐，每个人的嘴唇上，都是油光亮亮的，脸上也因了餐馆内蒸腾的热气，而变得鲜润红艳。可是，出得门来，却看见天空中，真的开始飘下了绵绵细雨。雨不大，那些更像是薄雾般的雨丝在空中飘舞。雨丝敷到温热的脸上时，有一种清凉滋润的感觉，一点也不让人烦腻。于是，浩强便披上了他那件草绿色的雨衣，并且得意地说道：

"怎么样？我说过要下雨的吧。"并把那把折伞递给俊杰。俊杰接过伞，说了声："谢谢。"但他并没有把伞打开，而是迎着雨雾，和伙伴们一起向古漪园的方向走去。

园的正门未见奇特，极普通的园门上，"古漪园"三个字清晰可见，园墙却刷成了棕红色，给人一种佛门寺庙的肃穆神秘感。入得园来，园中安静极了，孩子们也都变得轻言细语起来。俊杰四处张望，便知这是一座典型的明清园林，遍布满园的花草，在细雨的浸润下，绿的苍翠欲滴，红的鲜艳纯正。细细的微风吹来，那枝叶便微微地摇曳起来，似有欲言还休之意。幽然蜿蜒的小径，不知通往何处。俊杰被这清幽静雅的景色所吸引，便自顾沿着小径向前走去，看得入迷，渐渐远离了伙伴们。怪石奇岩时常突兀于路边或眼前，有的更可以让人穿行其间，弯曲盘绕，曲径通幽。景致虽说不上令人惊叹，却也情趣盎然。久居闹市之后，来到这样一处深幽僻静的所在，却也让人有超凡出世之感。

不知不觉间,他来到了一个湖边,视野忽然开阔起来。只见细细的雨丝中,竟有几只天鹅,在远处的水中游弋,那白色的毛羽成了湖中的亮点。天鹅!俊杰的心里惊呼。要知道,那是只在故事里或者图画中,才能见到的禽鸟,印象中该是已经绝迹了吧,可它们竟在那儿浮游,真是太神奇了!加之水面上更有白蒙蒙的雾气一阵阵地飘散开去,随着微风,时急时缓若有韵律。

"这里真的好美呀。"

俊杰被这突然传来的声音吓到,因为他正沉浸于眼前静谧宁馨犹如梦境的意象之中。但那声音轻柔甜美,似乎带着超凡的魔力,从遥远处飘来,将那梦境渲染得更加的缥缈空灵。不用回头,他便知道那是谁了。

"是啊,真的好美。"

他仍伫立在那儿,眺望着湖中的雾色,和那水中似乎缓缓浮动着的天鹅。远处岸边,还泊着一条画舫,融合在岸上垂柳掩映下的楼阁背景之中,俨然一幅唯美的画卷,让人仿佛置身于数百年前官宦人家每日里吟诗作赋的富庶殷实的生活之中。他情不自禁轻轻地吟诵道:

"惟江上之清风,与山间之明月,耳得之而为声,目遇之而成色。取之不尽,用之不竭,是造物者无尽藏也。"

他话音未完,就听宛星接着诵道:

"而吾与子之所共适。"

说完,她嘻嘻笑道:

"你还真想'如怨如慕,如泣如诉,舞幽壑之潜蛟,泣孤舟之嫠妇'啊?"

俊杰这才回过头来,挑起了大指。

"果然是才女,能背得出这篇《前赤壁赋》。"

"你以为只有你才念书的啊。"

宛星便也昂起头来,一副骄傲的神情,把俊杰给逗笑了。他看见宛星的头发被雨雾浸润得有些潮湿了,便打开手里的伞,招呼宛星过来,一起站在伞下。

"真有意思,我们的春游都成了雨游了。"宛星轻轻地叹息。

"雨游不是很好吗?人们之所以对雨天游览感到不悦,大概只是因为道路泥泞、交通不便,而且还需多带一把伞的缘故吧。其实,雨景应该是更美了。你看,不是么?"

俊杰指了指水面上的雨雾和对面岸边的画舫说道。

"是呀,"宛星应和道,"要是没有雨的话,哪里会有眼前这种'如怨如慕如泣如诉'的意境呢?"

正说着,一阵轻风袭来,雨丝便在四周旋动飘舞,好似无孔不入地扑上面颊,钻入衣领。两人不由得靠紧些,宛星的头,几乎靠到俊杰的肩膀上,而有些湿漉的头发,就在俊杰的眼下。不知是空濛的景色使然,还是因为宛星身上特有的气息,忽然让他有亲吻她的冲动。他不禁有些颤抖起来。宛星因此觉到诧异。

"怎么了?"她问道。

"没什么,只是觉得有些冷。"

宛星的手便伸过来,揽在俊杰的身后,身体也靠他更紧些。他不由得也将手包揽过来,抱住了她的臂弯。如此,宛星身上的味道更加强烈,虽风雨吹动,却丝毫未减。

"宛星。"俊杰喃喃道。

"嗯。"

"我……"一时间,他感到言语困难,而他的头,却像不听大脑使唤似的探向宛星的面颊。就在他的唇在宛星细腻光滑被雨水湿润的脸上停住时,宛星也不住打了个冷战。但她既没有转过头来,迎向俊杰的唇,也没有惊扰逃避,这一切,好像是上苍随意的安排,又像是预料中的情节。她只是静静地一如刚才那样的姿势依偎着他,好像是说这样正好,若多一分则太多,少一分则太少,能一直这样就是最好。于是,两个人默默无言紧紧依偎着,初春雨中的寒意不再,只有暖流在身上翻滚流动,而周围的一切,也已被空濛缥缈、如烟似雾、像纱幔一般的细雨遮掩得朦胧不清了。

过了许久,他俩才从那如梦如幻的境界中清醒过来。俊杰抬起头,眼望着远处。

"你看,那边的几只天鹅,为什么老是不动呢?"他问道。

俊杰终于觉得,那几只天鹅有些怪异。宛星笑了。

"你以为在上海的郊外,还能见到天鹅啊?你还真是回到古诗的意境中去了呢。"

俊杰似有所悟。

"那是假的?"

宛星点了点头。

"天晴的时候,一眼就能分辨,通常没有你这样的疑问。只有像今天这样的天气,才会有假作真时真亦假的幻觉啊。"

"你瞧,我说了,这雨游才叫真有味道嘛。"

宛星似有同感地点了点头。四周静悄悄的,只有身后竹林里的滴水声,阵阵传来。

"'莫听穿林打叶声,何妨吟啸且徐行,竹杖芒鞋轻胜马,一蓑烟雨任平生。'你说今天是否有如此的境界?"

"这又是谁的词呢?"

"还是那位豪放洒脱的苏公呀。我最欣赏他的诗词了,他总是能最恰如其分地借景抒怀,阐述哲理。比如'不识庐山真面目,只缘身在此山中',还有'欲把西湖比西子,淡妆浓抹总相宜',简直无人可以超越。"

"看起来,你还是个东坡迷啊。我只听说过东坡肉,还没见识过真正的东坡迷呢。"宛星笑着打趣道。

"东坡迷我怕还算不上。不过,这个苏东坡,倒真是有好多有趣的故事呢。"

说到故事,宛星可来了精神。

"有什么故事?快说来听听。你上次讲的牛郎星和织女星,还真有意思。现在,到了晚上,我常常会去看星星。"

"真的?"俊杰甚至有些感动了,"你很爱听故事吗?"

宛星笑着点了点头。

"我从小就是个爱听故事的人,可我家里却没人会说故事。奶奶最多是说些她的往事,老人家都爱回忆往事。可那些事,我都听了太多次了。"

"是啊,"俊杰应道,"那……你喜欢听什么样的故事呢?"

"什么都成。不是说苏东坡有好多有趣的故事吗?"

"那好吧,你知不知道苏东坡有个莫逆之交的和尚朋友叫佛印的?"

宛星摇头道:

"没有。你可别笑话我孤陋寡闻喔。"

"我哪里敢?"俊杰连忙说道,"不过,这个佛印,确实在我们的课文里出现过呢。"

"真的啊?"宛星有点惊讶地叫道,"那我怎么会不记得了呢?你真的该笑话我了。"

"记得《核舟记》吗?"俊杰又问道。

"你说的,是不是那篇描写由核桃壳雕成小船的文章?"

"就是那一篇。文中写到船上坐着三个人,其中一人,当然就是苏东坡,他们正夜游赤壁呢。另外有一个和尚,袒胸露乳,矫首昂视。想起来了没有?"

"想起来啦。"宛星拍手叫道,"对了,那个和尚,好像就是叫佛印。那时我还想过,这个和尚好狂,居然敢叫这样的名字。"

"佛印倒不是个狂妄的人。那个法号,据说是皇上给封的。"

"原来如此,那苏东坡和这个佛印和尚有什么故事吗?"

"故事可多啦。其中一个,给我的印象最深。"

"那么,快说说看。"宛星似乎有些急不可待了。于是俊杰就缓缓说道:

"苏东坡那是个什么人物?才高八斗,学富五车。平时也很喜欢参禅,不过辩论的时候,却老是输给佛印,可见佛印他老人家绝非等闲之辈。有一次,他去找佛印聊天,说:'我最近学佛有精进,你看看我现在的坐姿如何?'佛印看了看,大加赞赏道:'像一尊佛。'东坡听了,当然很高兴。那佛印也就问东坡,'那你看看我怎么样?'苏东坡为了能压倒佛印,就说:'像一坨屎。'佛印听了,只是笑一笑,没有答话。苏东坡回家后,十分高兴,逢人便说这回他赢了佛印,让他无言以答。可是,当苏小妹听了此事,却对哥哥说:'你不要再四处宣扬了,其实,这回还是你输了。'"

"为什么又是东坡输了呢?"宛星饶有兴趣地问。

"听苏小妹怎么说吧。她说:'因为佛印的心中有佛,所以他看谁都是佛;而你的心中有屎,所以你看谁都是屎。这难道还不是你输了吗?'东坡听了此言,别提心里有多羞愧了。"

宛星听完了故事,默默不语。过了一会儿,心有感触地说:

"嗯,真是一个有趣的故事。就是说言语上的得失,其实,并不是真正的得失,得失是在心里。"

俊杰笑了。

"乖乖!你还真会触类旁通,一语中的啊。在我以前上学的学校,当有小朋友吵架骂脏话的时候,我的老师就爱讲这个故事,所以记得很牢。"

宛星不住地点头。

"这确实是个绝好的教材。不过,我真正佩服的还是苏小妹,她真是聪明绝顶,竟比她的哥哥更胜一等,能领悟这其中的奥妙。"

俊杰便说:

"这个苏小妹的故事也不少。听没听过苏小妹三难秦观?"

"没有。你说的秦观,是不是就是写'纤云弄巧,飞星传恨'的那个秦少游?"

"不错。"

俊杰还想往下说。宛星抬手看表,不禁大惊失色。

"糟了。集合的时间已经过了!"

于是,两人便急急忙忙往回赶。宛星跑得慢,俊杰就拉起她的手。穿过那片林子时,碰动枝叶而洒下的雨水,钻进两人的脖颈,惹得两人同时打了个激灵,两人不禁相视苦笑。无暇安慰,又急急赶路。跑到车门时,王老师正焦急地倚门而望。看到他们俩跑来了,竟然还手拉着手!她的目光里满是责备。两人都不敢正视老师的眼睛,这才意识到手还牵着呢,于是赶紧松了手,低着头上了车。俊杰扫了一眼车厢里的同学,看到各种各样说不出来的惊讶的眼光。有些含着悟到某种情境似的满足,有些又好像流露出些许的羡慕,有些则带着善意或恶意的嘲讽,有些却甚至是恼怒的。王老师虽然没有对他俩说什么,但她那紧锁的眉头,和轻轻摇头的神态,比说什么责备的话,更具有令人胆怯的威力。坐下时,旁边的浩强捅了他一下,轻声说:

"好小子,良辰苦短啊。"俊杰回了他一拳。

"去你的!别胡说。"

第九章

春游之后没几天,学校的布告栏里,就登出了市三好学生的评选结果。倩筠的名字和大头照赫然醒目。这虽然不出意外,更在情理之中,但还是有不少同学替宛星感到惋惜。而王老师找俊杰和宛星单独谈话的消息,也在同学们中不胫而走,并成了大家猜测宛星之所以落榜的缘由了。谈话的事,倒是真的。而谈话的内容,也没出俊杰的意外。老师果真把那次雨游中他俩无意的迟归,当作了两人早恋的证据。于是,免不了一阵阵的苦口婆心、循循善诱、语重心长,让俊杰在压抑之外,甚至生出一丝感动来。不过,老师的话语,还是对他产生了些奇怪的影响。从办公室里出来之后,他真的开始思考起从前未曾想过的与宛星之间的关系。原本只是友谊,因志趣相投而彼此欣赏,后来,或许还真的有那么一点两情相悦,但怎么会和"恋爱"扯上了关系?可不知怎的,一想到"恋爱"这个词,除了像他这种年纪的孩子都会有的羞涩感之外,他惊异地发觉,自己的心中竟涌起了一股异样的陶醉感。不自觉地,他的眼前又浮现出宛星的模样。梳得漂亮紧致的乌黑的头发,荡在耳际的有如诗意般柔美的发梢,以及那一对总在活泼颤动的辫子,光滑细腻的额头下,那一双永远如细语着的眼睛,眸子里闪烁的,像是蕴藏着无限温柔的晶莹的光。一瞬间,他有了一种意想不到的怦然心跳的感动,一股莫名的热浪,像电流般升腾而起,迅速冲向脑门,令他有点晕眩,甚至迈不开步子了。天上的阳光,也像是骤然间变得异乎寻常的光亮刺眼。他不得不闭上眼睛,靠在旁边的葡萄藤架上喘息片刻。许久许久,慢慢地,慢慢地,他终于渐渐平静下来。可脑子里仍然是乱哄哄的,心中仍有如波涛般起伏。"宛星",他在心中默念着这个名字,"宛星,宛星",他就这么默默地念着,他知道了他的心,是因为这个名字而起伏,他的眼睛,也是因为这个名字而变得湿润起来。不过很奇怪,他这么默默地念着这个名字的时候,渐渐地,他的心却越来越安宁、越来越沉静下来,仿佛来到了一处宁静的港湾,湛蓝的海水、明媚的天空，还有那遥远的地平线，还有什么比这个更能使人安详、使人泰然而忘忧的呢？

于是，他离开了倚靠着的葡萄藤架，慢慢往家的方向走去。不知怎样回到了家，妹妹早已从自己的房里蹦跳出来，可是，她那清脆而甜美的叫声，却并不如往常那样，能引来他灿然满意的回眸一笑。他仍然沉浸于那种异样的思念的境地。他默无声息地径直走回自己的房间里去，关上了房门，弄得妹妹一时间没了主张，自言自语道："哥哥怎么啦？也不理人家。"噘着小嘴，悻悻然回房去了。俊杰坐在房间里，仍然有点心烦意乱。想去做功课，却又不能。他坐在窗前，望着窗外的天空，落日的光芒，让天上的薄云都带上一丝淡淡的橙红色。而窗外那株合欢树的枝叶，在眼前摇曳，在亮色的背景上，勾勒出墨绿的轮廓线来。那是一株被俊杰称为'我的树'的树，妹妹的窗外也有一株，不过要略微短矮一些，也瘦小一些，所以，那株就成为妹妹的'我的树'了。此时，合欢树正萌发出绒绿的嫩叶，那繁密互生的细长叶状，仿佛手掌。当微风吹过，枝叶轻拂窗棂时，就如同手的轻拂。俊杰喜欢这种想象，它时常带给他某种温柔的抚慰。他望着合欢树，可今日的心绪却依旧难平。他拉开抽屉，拿出日记本，想写点什么，却不知该写些什么。他怔怔地望着窗外，夕阳在天边留下的红晕渐渐淡去，静静地却又明白无误地变化着。他的心间，骤然涌起一种对生命的沧桑感，那一种莫可名状的情感冲动，竟使他的眼眶有点湿润起来。他俯下身去，竟如龙飞凤舞般狂写起来。天色暗下去，当他抬起头时，窗外已是墨蓝墨蓝的了。他长长地舒了一口气。不知怎地，他觉得轻松了许多，于是，拧亮了桌上的台灯，开始做起功课来。

吃晚饭的时候，不知为什么，爸爸的脸色有点儿异样，一直沉默着不说话。俊杰也只是埋头吃饭，毫无说话的兴致。妈妈则不时用眼瞄着这对父子，脸上显得有些忐忑不安。当饭吃得差不多的时候，爸爸却忽然开口了。

"俊杰，最近，你们学校组织的春游活动玩得怎样？"

他的语气听起来有点严肃，但还是温和的。俊杰刚咽下最后一口饭，嗯了一声，抬头看了一眼爸爸。

"玩得蛮开心的，我们去了嘉定的孔庙和古漪园。"

"没什么特别的情况吗？"

俊杰一愣，不知爸爸所说的"特别"情况指的是什么。

"没有啊。"

他机械地答道。他见爸爸轻轻地摇了摇头。

"听说,你还帮别的同学交了春游的费用?"

俊杰一听,似乎明白了什么。王老师肯定已经跟父母联系过了,不然,他怎么会知道这件事呢?他早明白那些老师啊,整天里神经兮兮的,碰到这类事,总爱小题大做,以至于要让家长们也介入其中。但既然父亲问及于此,他也不便隐瞒什么。他又有什么值得隐瞒的呢?于是,他坦然地甚至有些欣欣然地说道:

"是的。那同学一时凑不到那么多钱,我就先帮她交了。后来,人家都还给我了。"

"是你自己小金库里的钱吗?"

俊杰点了点头,嗯了一声。

"你倒是挺大方的嘛。"

爸爸似乎是赞赏又似乎是揶揄。俊杰却满不在乎地应道:

"你不是常教我们要助人为乐吗?我觉得人家有困难时,有能力的话,就应该帮帮人家。"

爸爸倒没反对,只是问道:

"那同学叫什么名字?"

"程宛星。"

"像是一个女孩子。你和她很要好吗?"

爸爸的话,让俊杰的脸上泛起了一丝红晕。

"关系还不错吧。她各门功课都很好,我们一起参加过数学竞赛,还一起得过奖呢。"

"听说春游时,你只跟她在一起玩,而且,还玩得忘了时间,连上车都迟到了,还手拉着手。有这一回事吗?"

果然不出意料!父亲连这些细节都了如指掌。他想象得出,王老师跟父母描绘这些情景时绘声绘色的样子。敌不住那红晕又泛上面颊,他不由得低下了头。

"看来,老师说的没错!俊杰呀,你年纪小小的,心思要多花在功课上。和女同学交往时,要注意尺度,不然,不光耽误了你自己的学业,也会耽误了人家的。"

父亲在那儿不停地说着。俊杰的脑子里,本来就是乱哄哄的,着实没听进去几句。只听见后来妹妹尖细稚幼的插话声,她大概是看到爸爸在督责哥哥,忍不住要帮哥哥说话。

"哥哥说的那位宛星姐姐我见过,长得可漂亮啦。"

妈妈将食指放在唇口，对着昕悦嘘声道：

"爸爸在说话呢，小孩子别乱插嘴。"

爸爸瞥了一眼昕悦，点了点头。又继续说道：

"看人更不能只看外表。知人知面容易，知心很难，那可不是一朝一夕的事。"

俊杰心想，爸爸说的是不错，但他根本不知道宛星是谁，根本不认识她，又怎能妄下断语呢？于是他问道：

"爸，妈，你们想不想认识宛星呢？下次，我可以带她到家里来玩。她真的是一位很可爱的女生，是不是？"他笑着看了一眼妹妹，昕悦则心领神会似地使劲点了点头。

可爸爸听了，却皱了皱眉，说：

"我已经说过了，小小年纪，不要和女孩子走得太近，你怎么还是不明白我的意思呢？"

"可是，以前倩筠不是常来家里玩的吗？你们也没说不行，为什么宛星就不可以呢？"

这时，妈妈替爸爸回答道：

"倩筠是系主任杨教授的女儿，我们都很了解，而这个程宛星……"

"所以我带她来，你们就可以了解了嘛。"俊杰仍想坚持，可爸爸却有点不耐烦地断然说道：

"我已经一再说过了，不管是倩筠还是宛星，包括你自己，你们都还太小，同学就是同学，小孩子要把心思用在该用的地方。好了，今天就说到这里，我不希望再听到你的这种消息了。"

爸爸的态度是认真的，他的那双在镜片后犀利有神的眼睛，令俊杰感到敬畏。平日里那么通情达理的爸爸，怎么讲到这种事，也变得和那些神经兮兮的老师们一样了呢？他低下了头，不敢再说什么了。

于是，在以后的那些天里，俊杰总是有点儿魂不守舍。见到宛星时，会不知不觉地脸红心跳，又好像突然间得了失语症似的。而宛星呢，眼光总是在规避他，行走时，也刻意避开他的线路，怕是有交会时的慌乱。而那些个不相干的同学最是无情，看他的时候，眼光便也会瞥向她的座位；而在看她时，免不了又顺势向他飘来。正应了所谓"天下本无事，庸人自扰之"的那句话，原本自然天成的交往，就这么变成了好不自在的战战兢兢。因为两人都变得谨而慎之，近来已有些亲密无间的距离，无形间又被拉大了。俊杰虽依然怀着那份懵懵懂懂的盼望，却因为不知宛星如何认定，便也不知该如何自处。

时间过得好快，转眼到了期末，俊杰和宛星，表面上又都恢复成往日循规蹈矩的好学生模样，他们之间，也好像成了一般意义上的同学关系，再也看不出有任何的特别之处。同学们的好奇心，也因为这日日里的平淡无奇、了无情趣，变得淡漠了。上海的夏天里，艳阳开始成天仿佛是不知疲倦地高照着，知了的鸣叫，渐渐地成了躲也躲不了、避也避不开、一切一切的背景之声。空气里的热浪，也是一日高过一日。自从倩筠被评上了市三好学生之后，她总是一脸的春风得意。听说暑假的时候，还可以参加去内蒙古草原的夏令营呢。这可把俊杰给嫉妒死了，那里有他梦里的敕勒川啊！怎么办呢？那是人家的夏令营呀，这回肯定是与他无缘了。即便是有缘，那又怎样？跟倩筠一起同游敕勒川吗？那是他从来都不曾想过的事。如果换作是宛星的话，也许，他会因此而激动几天也说不定呢。可是，宛星还是不跟他说话，确切地说，像是怕跟他说话。若是有了不得不说话的机会，也总是怯怯的，有一句没一句，全不似了昔日的柔言细语、亲情切意。那又怎么办呢？前一段时间，大家都在准备升学考，没有太多的时间做别的。爸妈又事事期待、事事关爱，让俊杰只能凝神聚气，不敢分心它顾。现在，虽然总算考完了试，但究竟各人的去向如何，都还是不得而知。除了那个高高在上的贵妃班长，因为是市三好的缘故，可以免试直升之外，绝大多数的老百姓，还不都是一个个忐忑不安的？虽然考试这种事，对俊杰来说只是小菜一碟，但自从有了那"早恋"事件之后，谁能肯定不会有个什么不良的影响呢？这总是令人有些烦躁的夏天啊，这令人期待又不愿期待的毕业的来临，因了就要告别的、混合着欢喜与遗憾的过去，因了就要接踵而来的彩色却又恍惚的未来，让年少的心灵，领略出某种说不清、道不明的惆怅的感受。好在毕业之前，还是有不少事情可以做。那一场需要筹办的毕业晚会，就着实又让大家忙活起来了。于是，在开了无数次的班委会，又安排了无数次的排练之后，学期的最后一天终于到来了。

C大的礼堂叫翰文堂。附中自己的礼堂太小，所以，一般全校的聚会，都是借用这个翰文堂。它处在大草坪的北首，门前几根粗壮的石柱，突显出一种肃穆庄严的苏俄建筑风格。遥对着草坪南端的，是一座高耸的人物塑像，众所周知的那位建国伟人，一年四季风雨不避地在那儿器宇轩昂伫立挥手。此时的礼堂里，却没有丝毫的肃穆庄严，在黑压压的人头攒动间，涌动着时而热烈、时而沉静、时而欢喜、时

而缱绻的脉脉情流。宛星在舞台中央的前沿,和高三毕业班的一位英俊男生,正在表演着一段诗朗诵:

轻轻的我走了,正如我轻轻的来;我轻轻的招手,作别西天的云彩。
那河畔的金柳,是夕阳中的新娘;波光里的艳影,在我的心头荡漾。
软泥上的青荇,油油的在水底招摇;在康桥的柔波里,我甘心做一条水草!
那榆荫下的一潭,不是清泉是天上虹,揉碎在浮藻间,沉淀着彩虹似的梦。
寻梦?撑一支长篙,向青草更青处漫溯,满载着一船星辉,在星辉斑斓里放歌。
但我不能放歌,悄悄是别离的笙箫,夏虫也为我沉默,沉默是今晚的康桥。
悄悄的我走了,正如我悄悄的来;我挥一挥衣袖,不带走一片云彩。

俊杰因为也有表演,坐在前排。他听着那深沉而徐缓的男女声,在礼堂的上空摇荡。音乐般起伏的诗句,正如康桥的柔波,沁人心脾。他更看见宛星的眼中,有晶莹的泪光闪烁,于是,便觉察到她柔美的声线中,竟有些微微的颤动。顺着她俯视全场的眼光,他仿佛又看见自己来到这所学校的第一天站在讲台前的情形。那一幕幕校园生活的场景,此时如同电影般在眼前晃动。这是毕业前夕行将分离的感伤吗?这是对无法遮挽的时光流逝的无奈吗?于是,俊杰的眼中,也有些湿润起来。时间过得很快,哪怕就是这场旨在让人回味过往的晚会,也好似不愿多做停留,匆匆就到了尾声。俊杰坐在舞台侧后方的黑色三角钢琴前,用心地演奏着《天鹅湖》舞曲。而舞台中央,那美丽飘逸的天鹅仙子,正是倩筠。不愧是受过专业的舞蹈训练,她的舞姿轻盈柔美,时而像一团白色的云朵飘忽不定,时而又像是一块碧玉晶莹透亮。俊杰的琴声,则更是倾情尽意,仿佛要穿过时光的长河,逆流而上,去追溯那沉淀着彩虹的梦。梦境般的音乐,梦境般的舞姿,在舞台上流溢,在半空中飘浮着。俊杰便如醉了般任由十指在琴键上抚动,那十指也好似不是他的了,有如鬼使神差般的随意,便似玉落银盘般流畅悦耳。当他按下最后的一个音符,美丽的天鹅也绽放出那最后的惊艳。当帷幕缓缓地闭合,震耳的突然暴裂开来的掌声,将那柔美悠长的意境戛然中止,俊杰也仿佛从梦里惊醒一般,怔然不动。经久不息的掌声,隔着帷幕也毫不减歇。毫无疑问,这场晚会的终曲,把整个意境带到了高潮。一会儿,帷幕又缓缓地拉开,此时,倩筠已经拉着俊杰的手,向观众频频谢幕。倩筠颀长的身材,细腻健康的肤色,配着白色天鹅的妆饰,堪称完美绝伦。而俊杰一袭黑色的西服,英俊又略显沉稳的神情,搭配得也算无疵无瑕。一对金童玉女,接受着全校师生的祝贺。倩筠一脸灿烂的笑容,写满了此刻的欢喜与幸福。而俊杰却似乎依然沉浸在方才舞乐的境界中。他的眼神,又一次在不经意间,与坐在前排的宛星交错,她正在用力地拍手,脸上依然是清纯的笑意,眼神依然是有些羞涩的,依然带着方才那种朦胧娇羞的诗意之美,但这回,她并没有将眼光回避,而是直直地正视着他。她依然用力地拍着手,依然直直地正视着他。俊杰又一次地感到了那种电击般的触动,他有意无意中好像一直都在默默等待的那种触动,又一次回到了他的身上。他的眼光,便也直直地正视着她,心中满是汹涌澎湃的热浪。他的手竟有些颤抖起来,让身边的倩筠感到诧异,不过,她正沉浸在此刻的欢喜与幸福的情绪中,并没有在意这或许是因为与她配合演出的完美成功,而引发的激动的颤抖。而他的心中,却如清泉般的明晰透亮。他明白地知道他的激动源自何方。他多么期待那样正视着的眼神,那有些羞怯的,却又是勇敢的,那样的隽美,那样的清澈,那样的意味深长。那也是蕴涵着同样的期待吗?那隐隐约约的泪光里,是否也在演绎着往日的画面,能否照射出一些令人迷惘的未来的影子?

  沉沉的夜色里,篝火在熊熊地燃烧,细小的火星随意地飞舞着,在黑色的夜幕上,营造出沉默却动感的温馨韵味。有些同学在篝火旁手牵着手转着圈,唱着歌,有些则与相知的朋友,聚在各处的角落里高谈阔论。毕竟在毕业的时刻,多少有些依依惜别的情绪。尽管有些人可能还会在同一所学校继续念高中,但现在什么都不能确定。人生的聚少离多,年轻的心,多少也能体会得到。夜晚的天气不错,满天的星光清晰可辨,北斗七星依旧亘古不变地在属于它们的位置上,划下那个熟识的巨大印记。

  "没想到你的琴弹得这么好。只知道你和倩筠有个压轴的表演,是想给大家一个意想不到的惊喜吧?"宛星这么说着,一只手还在拨弄垂在胸前的辫梢。俊杰站在她身旁,面前是韵荷园的池水,越过池塘那边的垂柳,依稀仍可以看得见篝火,却听不见那儿的喧嚷。

"好像好久没和你这样讲话了吧。"俊杰却答非所问地应道,"升学考考得还好吗?"

宛星淡淡地一笑。

"老实说,不知道。前些日子,我奶奶的身体不太好,我准备得不太充分,所以,说不定。"

"别总是那么没信心好吗?你不知道自己样样都很出色吗?"

"是吗?"宛星恬然一笑,"你总是那么抬举我。"

俊杰转过脸来,两眼直直地望着宛星。心里想着:

"宛星呀,这怎么是抬举呢?那正是我心里所想的啊,你真的不知道吗?"

他想说点什么,但觉得不管说什么,都将是辞不达意,都会是那么笨拙,那么可笑。宛星在月光下清纯如玉的脸庞,圣洁而安详,她只是静静地望着远处摇曳的篝火,好像一尊沉思的雕像,便又只能不知所措地捏紧了手,一动不动地站在那儿,一言不发。

"你怎么了?"宛星见俊杰不说话,便侧过脸来,看了他一眼。俊杰不由自主地移开了视线。俊杰知道,虽然天黑,但因为太近,他的那种奇怪的、迫切的,甚至有些痴迷的目光,也许是骇人的。

"噢,"俊杰含糊地应道,"没什么。刚才你说,奶奶的身体不太好,是生病了吗?"

"前段时间,一直有心绞痛,最近吃些中药,已经好多了。"

"是吗?怪不得,最近总是见你心事重重,好像闷闷不乐的。"

"我有吗?"宛星不以为然地反问。

"至少,是不太愿意跟我说话了。"说到这,宛星倒也不再反驳。

"也许,我真的有点儿心烦。"宛星这么说着,轻轻地叹了一口气。

"为什么呢?"

可宛星却不作答,弄得俊杰一时不知该说些什么才好。过了许久,宛星才又慢慢地说道:

"上次春游之后,王老师找我们俩都谈了话,我想,她跟我们俩说的内容,应该是差不多的吧。那倒也没什么,可是后来,也许你不知道,你的爸妈还去过我们家呢。"

"是吗?"俊杰吃惊地问道,"我还真不知道。"

宛星点了点头。

"那天,我不在家,是奶奶告诉我的。那天不巧,我爸爸刚好情绪不佳,又喝了点酒。他们谈了我们春游的事,因此闹得不太愉快。奶奶说,你父母对我们家的印象,肯定不是太好。"

"还有这事!一定是王老师跟他们说了我们的事。我爸爸也曾因此把我训了一顿。这些大人们,真不知道是怎么了,听风就是雨的,小题大做!"

"这么说,你那儿是只刮风没下雨啰?"

宛星没来由地问了这么一句,俊杰一怔,随即脱口而出道:

"我是希望,让暴风雨来得更猛烈些吧!"

宛星听了,竟有些莫名的感动,不由得与俊杰靠得更近些。俊杰觉察到她的靠近,忍不住用手揽住她的腰际。古漪园中,雨雾湖旁的那一幕似又上演,只是此时,没有风声也没有雨丝,只有静谧的月色和远处晃动着的篝火,而意境却更加悠远,回味亦更加甜蜜久长。许久许久,待两人慢慢地从那醉人的情境中苏醒之后,俊杰这才又开口问道:

"暑假了,你有打算做些什么吗?"

"没有想好。不过,至少可以帮爸爸多做些生意。夏天了,瓜果还是蛮畅销的。或者帮奶奶做些什么。她年纪大了,已经做不大动了。你呢?你有什么打算?"

"我爸妈打算带我们回湖州老家一趟。虽然外公外婆都不在了,但那里还是有不少亲戚,他们一直要我们回去看看。"

"真是太好了!好让人羡慕呵,有这么好玩的地方可以去。"

宛星将双手合在胸前,一副向往的神情。

"记得小时候,我和文娟他们,一起到家附近的铁路上去看火车。文武哥说,要带我们跳上那开过来的火车,到很远很远的地方去,可把我们都吓坏了。"宛星说着,孩子般咧开嘴笑了。

"文武?他还真是胆大。"

"没有,他哪里敢?他只是吓唬我们而已。"

"这么说,他还真会逗你们开心呀。你一定很喜欢他吧?"

宛星沉默了,接着,又微微点了点头。

"他是个好人……那时候,望着渐渐远去的火车,我就想,那直直的铁轨,能载着我们去哪里呢?那伸过去、再伸过去的、看不见尽头的地方是哪里呢?如果文武哥,真的能带我们跳上火车,那也许会是一次伟大的探险呢。可惜,我们都太胆小了。"

俊杰看着宛星那一脸向往的表情,便问道:

"你很喜欢旅行吗？那让我们来做一个约定好了。"

"什么约定？"

"这样吧，等到我们高中毕业以后，一起去旅行，好吗？"

"好啊，去哪里呢？是不带钱的那种吗？"

俊杰却说：

"我们还是不要做伟人的事了，做凡夫俗子不是也很好吗？你听说过敕勒川吗？"

"'敕勒川，阴山下，天似穹庐，笼盖四野。'"宛星当然知道这首诗，她轻声吟道。

"可那是个很远的地方，对我来说，无异于天涯海角。"

"听说，真有个地方叫天涯海角的。"俊杰应道。

"是吗？听起来，真是个迷人的地方。"宛星的脸上又现出了向往之色。

"好吧，那就是天涯海角了，你同意了？"

"为什么不呢？虽然看起来很遥远，但至少，今天我有了一个梦想。记住喔，这可是你许诺的。"

"当然，拉勾画押。"

当俊杰将宛星送回到家的时候，月亮已经爬到三竿子高了。虽然那儿的巷道，依旧是那么狭窄，可此时的月光，正好沿着巷道流射进来，所以，巷内完全不似上回的漆黑一片，反而可以看见地上拉长的模糊的人影，宛星的、俊杰的，似乎是相互倚靠着的重叠的身影。

快到宛星家门口时，"宛星，"俊杰轻声叫道。

"什么？"

俊杰也不说话，只是将一个东西放在宛星的手中。宛星低头看时，却是一本小书。借着朦胧的月光，看得见封面上有金色的反光，和隐隐约约的一行字。未等宛星发问，俊杰说：

"留给你做个毕业的纪念吧，我这就回去了。"

说完，挥一挥手，就要转身离去。宛星便也举起手中的小书挥了挥。

"谢谢你的礼物。路上小心。"

俊杰指了指天上的月亮，又指了指弯曲绵延的巷道，笑了笑，并没有说话。只见他一路小跑，便消失在巷道的那一端。宛星又低头看了看手中的书，再抬头望着明月，在心里说：

"今晚的月色真迷人。"

第十章

　　暑假的生活就是这样，开始的时候，你觉得这真是太好了，终于从考试中解放出来，浑身上下都是一种无可比拟的轻松感。你觉得，这两个来月的日子，将会是那么的惬意，那么的无忧无虑。可是慢慢的，那种惬意，那种无忧无虑，会渐渐变成一种莫名其妙的空虚感。于是，到了最后，你竟盼望着它快点结束了。

　　俊杰已有好几年没有回来了，而湖州又号称是江南的鱼米之乡，不但物产丰盛，可以让人尽享美馔珍馐，而且风景秀美，地杰人灵，更有不少人文历史的古迹。开始的时候，一家人还花了好几天的工夫，游历了飞英塔、莲花庄，甚至跑到水乡古镇南浔。可是后来，当寻幽探古的心情渐渐消弭之后，那种百无聊赖的感觉便时时袭来。俊杰的心里，总有种惴惴不安的感觉，就像晴朗的天空中挂着的那一片乌云，在看似明媚的旷野上，投下一块令人不爽的阴影。他的心中，好像有着一种盼望，隐隐约约的，总在那儿徘徊。终于，他收到了Ｃ大附中高中部的录取通知书，虽然那并不是他日日期待的东西，但那薄薄的一片纸，还是带给他莫名的快乐。他知道，他是在盼望着早点开学了。

　　"又可以见到宛星了。她是不是晒得黑些了？应该是吧，说是要帮她爸爸卖瓜果的，少不得晒太阳；是不是长高些了？应该会的，就像我一样。"

　　俊杰这么想着，燥热的心里，竟像有凉风吹过般的清凉舒爽。

　　八月底的天空，依然是那么亮晃晃的，热浪滚滚，一点不比七月时的湖州弱。虽然可以隐约地觉得它的那种接近收场时的虚张声势，但在这种阳光下的每一步，仍然需要坚持与忍耐。俊杰便是这样，汗水淋漓地走在那亮晃晃的天空之下，黑色柏油马路上依旧车水马龙，烟尘与路上反射上来的灼浪，让这本已闷热的夏末更加难耐。但此刻，俊杰的心情却是颇为欣喜的。昨天，他刚从湖州回来。而现在，他的手里正提着一个小纸袋，袋里装着一个精致的小木盒，而木盒里面，则躺着一对孔雀木笔杆上分别镌刻着"星云"和"神俊"字样的湖笔。略懂书画的人都知道,湖笔乃是笔中之极品,与徽墨、端砚、宣纸并称为"文房四宝"。该笔产于湖州,故此得名,这也是让俊杰颇以湖州人为自豪的原因之一。虽然他没有太多的钱买高档的礼品,但这一对并不是太贵的笔,却让他一见倾心。"星云"的白色羊毫细腻柔美,"神俊"的棕黑色狼毫则挺拔俊爽。特别是那名字,"星云神俊",有星有俊,好似天作地合般相配在一起,让他觉得有那种意味深长、言犹未尽的浪漫感觉。他要把它送给宛星。他猜想着她见到这礼物时的欢喜表情,她的那种爱不释手的样子,一定会让俊杰更加喜不自禁。他朝着宛星家的方向走,心里想着已经两个月没见的她的模样。是披散着齐肩的长发了吗,或是又梳起她喜欢的那两根猪尾辫?仍穿着初见她时的那件缀花的上衣和白裙吗?依旧是夏天,但一晃一年已经过去了,那衣服也许穿不下了,但她的那种清甜可人的模样,不管穿什么都会是令人难忘的。就这么想着,就这么盼望着,不由得加快了脚步。可是,当到了原先去宛星家的那个巷口时,眼前的景象,却让俊杰怎么都不敢相信:那些破败的甚至有些颓圮的屋墙,现在都已经真正地倒塌了,更确切地说,是已经成了瓦砾。巷道不见了,房屋不见了,任何与人居有关的建筑,都已消失无踪。铁丝网将原本拥塞的住宿区,围成一片堆满了碎砖烂瓦的阔大的工地。远处耸立的打桩机的汽锤,发出有规律的间歇声响,炙热的空气和土地,同时颤动着回应它的每一下锤击。俊杰有点茫然不知所措起来,便只顾沿着铁丝网快步向前走。终于找到了一处缺口,他探身入内,可未行几步,就听到身后一声尖利的叫声。

"站住!"

他回头看时,却是一个头戴安全帽的工人,正向他挥手。那工人指了指挂在铁网上写着"建筑工地,闲人莫入"的醒目告示牌,喝道:

"瞎了眼啦你,没看见这里写的吗?"

俊杰连忙又是作揖又是点头,一迭声地说:

"对不起,对不起!我是来找人的。"

那工人走过来,见俊杰白白净净一副学生模样,虽然满头汗水,却仍十分谦卑有礼,语气便缓和了许多。

"找人?找谁呵?"

"是这样,我有个同学本来住在这里,两个月前还好好的,现在,怎么一下子变成这个样子了?"

"噢。"工人答道,"这一片已经拆迁了。改革开放了嘛,港口要扩建,旧城要改造,现在做事不是都讲究个效率吗?"

"那原先的那些居民呢?他们都搬到哪里去了?"俊杰又忙不迭地问道。

"这个嘛,我们也不清楚。"工人无奈地笑了笑,示意俊杰赶快离开。

"不要在工地上乱窜,很危险的。"

俊杰回到家中,来不及洗去身上的汗水和尘土,就打电话给浩强、凯亮,甚至也问了倩筠,可他们都说不知道拆迁的事。毕竟还在假期,大家也不常见面,而事情又发生在校外。俊杰便又去向王老师打听。王老师见了俊杰焦急恳求的神情,虽还想开导他几句,但终于有些于心不忍,只得告诉他说,录取通知书已经发给宛星了,可仍没收到她会否来注册的回复。她倒是听说了校外那一片正在拆迁的事。已经回复的校外学生,因为大都迁至别处,不能再来入学了,估计宛星也很有这种可能。俊杰问,他们都迁居至何处,王老师说,她也不甚清楚,据说都很远,大约是在闵行或高桥等地。

俊杰的心里,充满了困惑和不安。他有点埋怨宛星,为何不想法给他留下哪怕是一点点的蛛丝马迹。难道她不知道,我是那样地在意她?难道她,就没有一点点的在意我吗?难道曾经说过的喜欢和约定,都只是不经意的玩笑而已?他甚至埋怨自己,不该去湖州消夏,那样,至少可以和宛星保持某种联络,也不至于如今,连她的去处都不知道。后来的几天里,俊杰又去好几个地方打听,都没打听出什么名堂,不是说不清楚,就是要单位的介绍信,俊杰一个十几岁的小孩子,哪来的什么单位啊?再说,一个劲地要找宛星的家,也不好跟爸妈说,他还记得爸爸上回跟他说过的话,他不想自讨没趣,再被他教训一顿。

人生往往就是这样,一些变故总是发生在意想不到的时候。在一切都很美好、一切都按部就班的时候,上天却让你经历某种意外的喜悦或者失落。人生会有这些意想不到的岔路口,有些看起来不大不小,但却引领你去向完全不同的地方。

很快又开学了,高中生活就这样静悄悄地开始了。原先许多校外的同学都没有再来,有一些知道去处,而另一些则就此音讯杳无,而宛星,就在这另一些人之中。学校里又多了许多新的面孔。学习生活依旧紧张而有规律,学业负担和初中时相较,也实在不可同日而语了。俊杰又交了不少新朋友,浩强和凯亮也还是那么生气勃勃,每日里都有使不完的劲头似的。他们俩又特别能想出些新奇好玩的点子，让这青春成长的日子，过得还算生动有趣。但在这生动有趣之余，每到安静的时候，俊杰的心里，却似乎总还有着一份挂念。他总在不知不觉中，感觉到心里存留的那一份盼望。他觉得宛星的消失，只不过是她跟他开的一个玩笑罢了，也许是一种考验，就像一些书里所描写的那样。

又到了秋高气爽的时节，校园边，老榆树的叶子又开始微微泛黄了。日子依旧是那样平平淡淡的，什么都没有发生，也好像再也没有什么可以发生了。俊杰默默地站在球场上，眼前又浮现出那一场球赛时，宛星她们在场边呐喊助威的情景。一切仿佛就在面前。他望着微风轻送的白云，以及地上枝叶婆娑的影子，问自己，为什么老是忘不了那些看似平常的片刻？记忆为什么总是特别眷顾这些片刻，而为之留下深烙的印记？有一天，他甚至跑到宛星提到过的铁路边，静静地等候南来北往的列车。当列车轰鸣着驶来又驶去的时刻，他试图细细体会宛星儿时的那种憧憬、那种向往。忽然，他看见远处的天空中，高高飘舞着的一只风筝。那风筝迎着风挣扎着、颤抖着。突然，大概是线断了，风筝飞快地随风飘去，先是忽高忽低，然后一个俯冲，一头栽了下去，就再也看不见了。俊杰的心里，忽然涌起一阵悲哀，耳边又响起那个熟悉的声音：

"那直直的铁轨，能载着我们去哪里呢？那伸过去又伸过去的看不见尽头的地方是哪里呢？"

他默默地在心里问：

"宛星，你究竟去了哪里？你还记得我们的约定吗？"

偌大的一个上海，城市的边沿不断地外移。闵行，原先只是一个到处是农田沟渠的乡间小镇，如今却也建起不少新的商业中心和楼房民居。宛星搬来这里已有几个月了。那次匆匆忙忙的拆迁，真是个意外。虽然当时她已经收到了 C 大附中的高中录取书，但她仍在犹豫，究竟是继续就读高中呢，还是按爸爸的意思，干脆读个会计中专算了？她是个有理想的人，她也希望像大多数的孩子那样，能够上完高中乃至大学，成为一个有知识、有文化、受人尊敬、有所作为的人。但她更是一个孝顺的孩子，家庭的现状和父亲的期望，也是她必须认真考虑的。而拆迁的事，却在无意中迫使她做了决定。因为他们要搬去的闵行，离开 C 大附中的所在地，实在是太远了，这几乎要穿越整个上海的路程，使得继续上 C 大附中成为不可能，而她更不能扔下仍在患病中的奶奶，住到离家太远的地方去读书。在去闵行看过之后，她选择了闵行的枫林会计中专。自从得到拆迁的消息,到最后搬走,前后只有短短的一个月,着实把他们一家人给忙坏了。最近,奶奶的身体一直不怎么好,而爸爸照例每天要去搭棚卖水果。夏季是销售的旺季,而现如今,这可是家里唯一的生活来源啊。于是,宛星除了帮着爸爸做这摊子的生意之外,还要整理屋里的这点家当。虽然从头到脚,都没什么值钱的东西,但越是穷困的人家,就越要节俭,这已成了家里的习惯了。所有的东西,都要被仔细地检视。奶奶更是谨慎小心,总是说,这个不能扔、那个要留着。所以,坛坛罐罐、林林总总的,竟扎起了十几个大包。到了临走那天,租来的车说好下午到的,上午时,宛星想着要去跟那些校内的同学们打个招呼、道个别,毕竟同学一场,自己好歹也是个班干部。可临了才发现,自己这个班干部做得真是够呛。除了倩筠之外,她竟然连其他同学的地址都不曾记下,包括俊杰的在内,现在连个通讯的方法都没有。她心中暗暗自责,发誓将来一定不能再这样糊涂了。好在还知道倩筠的。因家里没有电话,她想干脆去倩筠家跑一趟算了,也好让她帮忙转告一下自己的去向。她进到里屋,跟奶奶说道:

"奶奶,今天我们就要搬走了,我得去跟同学说声再见。"

话未说完,就看见奶奶躺在那张唯一还没有拆掉的床上,双眉紧锁,脸色煞白,额头上有大颗的汗珠。她心里一凛,扑到床前,抓起奶奶的手。虽然是夏天,可奶奶的手却是冰凉冰凉的,还可以感到微微的颤抖。

"奶奶,你怎么了?"

奶奶微微睁开眼,手指了指心口,干裂的嘴唇翕动了一下。

"这里,好痛。喘不上……气。"

宛星知道,奶奶的心疼病又犯了,可爸爸还在市场上,要到下午才会回来。

"奶奶别着急,我马上就去叫人。"

她跑到了文娟家,刚好文武和文娟也都在忙着整理家什,听说奶奶犯病了,二话不说,立即丢下手上的活。文武去打电话,文娟去通知宛星的爸爸。等大伙再聚到宛星家时,救护车也到了。

医院急救中心的观察室里,躺满了病人,坐着、站着的家属比比皆是。奶奶也躺在一张临时病床上,输液瓶里的药水,正在一点一滴静静地往下落,沿着那一条细长的管子,流入奶奶手臂上的血管。宛星坐在床前,握住奶奶的手。奶奶微闭着双眼,也许药物起了作用,虽然虚弱，但已不似方才那样的呼吸急促和痛楚了。文娟也在一旁陪着她。医生说，奶奶是冠心病心肌梗塞伴随心绞痛，幸亏送医及时，否则相当危险，不过，现在情况已经稳定了。因为今天还要搬迁，宛星爸爸和文武他们都已经回去了，说好晚上会来轮班陪夜。就这么着，奶奶在医院待了两天，就嚷着要出院了。一则，那医药费账单看了让人揪心，多看几张保不准会再犯病。再则，医院这种地方，确实非常人所能久留，各种危重病人，就在你的周围奄奄一息，做着垂死的挣扎。家属们的脸色，也是可想而知的凝重，好像就是地狱之门的景象，神经若不是那么坚强的人，没病也会被吓出病来。三则，她实在不忍心看着大家为她担心操劳，搀扶守夜。

"我这把老骨头，能活到今天都是托了共产党的福了，能再多活一天就是赚的，又不是什么金枝玉叶，不用那么费心地照顾了，都回去休息吧。"

每每说得宛星的眼泪就在眼中打着转儿。

待回到家里时，已经不是原来的家了。新家虽然不大，好歹也是个两室一厅。又是新刷的墙粉，比起旧居，可谓天壤之别。奶奶看到这新家，心里好生欢喜，病也好了大半了。本来这个心脏病，没发的时候，看起来就与常人无异，现在高兴起来，更是神清气爽，就像根本没生过病一般。

"真是托了共产党的福啊，没让我就这么走了，要是真就这么走了，那多可惜，就看不见这么漂亮的房子了。"

于是，又是清洗锅碗瓢盆，又是打扫厨房过道，忙得不亦乐乎。宛星他们拦她都拦不住。

一转眼就开学了，宛星上了枫林中专。爸爸则又开始忙活他的水果生意。奶奶的病，让家里欠了一些债，不赶快多做些生意是不成的。而到了这个新地方，到哪里订货、如何运输、在哪儿去设摊，都得从头开始，真够他忙上一阵子。文武呢，原先能帮不少忙的，但他没考上高中，就是考上了，他也未必想去。本就不是块读书的料，何必勉强自己？况且，同年纪的人，现在都已上大学了，他去上个高中，也不是个事儿。父母拿他没办法，只好认了那是他的命。他便在一家出租车行里当了司机，每天早出晚归。虽然他经常会过来看看，但实在也帮不上什么忙了。于是，宛星在课余，还得帮着处理不少家事，也就没太多的空闲。

又到了周末，功课不多，一会儿就做完了。而爸爸的果摊也已开张，看来生意还不错。宛星终于可以喘口气了,她不禁又想起附中的同学们。她打开了抽屉,看见俊杰暑假前送给她的礼物,就是那一本硬封精装的小书,封面上的书名竟是英文的,写着 Words of Wisdom。封里印着的出版商,是美国纽约的 Helen Willesley。也不知俊杰从哪里弄来的,书中都是些名人名言,还配有好些世界名画,印在光滑漂亮的道林纸上,显得精致而不俗。她翻开其中一页,上面是一句英文版的中国古训:

"Do not fear going forward slowly, fear only to stand still."

看到这句话,她又想起了俊杰那副清爽的模样,以及他说话时,信心满满的语调。

"我该去看看他们,止不定他们怎么怪我呢。"心里这么想着,脚就不由自主地往外走。

上海真是个大都市,从闵行到 C 大附中那块儿,得耗上几个钟头。宛星坐在公交车上,看着窗外变换的街景,时而繁华,时而破落,时而是宁静清洁的林荫大道,时而又是尘土飞扬的建筑工地。改革开放以来,上海在慢慢地变化着,原来熟悉的,会突然间就变得陌生了,而原来陌生的,却又在慢慢地变得熟悉。就像宛星家的这次搬迁,来得突然,她怎么也想不到,一下子他们就住进了楼房,而且,一下子就离开她原先熟悉的地方那么远了。虽然生活条件的改善是实实在在的,这一切,让一家人都满心欢喜,但不知为什么,她的心中,似乎仍然十分怀念那条狭窄的巷道,怀念那走出巷道后,所看见的滚滚车流,以及穿越车流后,所来到的安详宁静的校园,与校园中和她朝夕相处过的同学们。那是一种怎样的情感呢?你所经历的生活,即便是艰苦的,即便觉得很累,却总是会有一种缠绕不尽的悠远浓郁的味道,可以让你静静地品味,永远都不会淡薄下去。好像生活本身无论怎样,只是因为你经历其中,便会留下这种剪不断、理还乱、深远绵长的思念之情。

车子终于到了 C 大的站头。宛星本想去看看她原先的住处,但转念一想,那里早该夷为平地了,或许,已经矗立起个万丈高楼都不一定。原来熟悉的小巷不复存在,又去看些什么呢?徒添伤感而已。便直接往 C 大的宿舍区走去。倩筠的家在一幢别致的小楼里,周围还有为数不多的几幢类似的小楼,环绕在绿树掩映之中,楼旁还种着些绿草鲜花和修剪齐整的灌木丛,环境宁静而优雅。在整个宿舍区里,看得出那是块宝地,应该就是专家楼或高知苑什么的吧。听说,倩筠的爸爸现在已经是 C 大的校长了,住在这儿也没什么可奇怪的。宛星按响了门铃。开门的就是倩筠,她看见宛星站在门口,面露惊讶之色。

"宛星，怎么是你？"

未等宛星开口，她又赶忙招手，笑着说："快进来吧，是什么风又把你给吹回来了？我们都以为，你已经人间蒸发了呢。"

宛星便走了进去。果然是校长的居所，墙上贴有淡雅的墙布，屋顶和直墙之间，贴有深棕色的挂镜线，客厅的墙上，则挂着一幅水墨山水画轴。清一色红木家具，玻璃立柜里，摆放着些寿山石雕和类似古董的盘碗。

宛星坐定后，倩筠拿来一瓶汽水放在茶几上。

"喝口水吧。"她说道，"一定走累了，看你的头上都有汗了。"

宛星说声谢谢，拿起汽水，冰凉爽口，一定是冰镇过的。那个年头，家里有冰箱的人家还是凤毛麟角，不禁让宛星慨叹倩筠家生活的舒适优渥。

"说吧，这段时间都跑到哪里去了，怎么连招呼都没打一声呢？"宛星知道倩筠一定会这样问她的。

"我们原先住的那一片，整个都被拆迁了。因为当时走得太匆忙，所以，没来得及通知你们。"

"匆忙？也不至于音讯全无吧。王老师跟我们说，连她都不知道你们迁去哪里了。"

"对不起。"宛星歉意地微微一笑。

"搬家的时候，我奶奶的心脏病发作了，害得我们好几个星期，都忙得脚不沾地。而且搬得挺远，交通也不是很方便，所以耽搁了。现在得闲，我这不是来说抱歉了吗？怎么样，王老师没有骂我吧？"

"骂是没骂，不过失望肯定是有点儿的。你可是她最得意的学生啊。你下次见了她，可得好好跟她解释解释。"

"是啊，"宛星点头，"王老师还好吧？"

"她已经不教我们了，她还是教初三毕业班。现在，我们的语文老师是顾繁同，就是那个顾胖子，总是把头发梳得油光发亮的那个，成天凶巴巴的。"

"喔，就是那个'顾饭桶'啊。那你们不都得生活在水深火热之中啦？"

"可不是吗？那你呢，你究竟跑到哪里去了？"

于是，宛星便把他们如何搬迁到新居地的情形，以及她上了枫林中专的事都说了。

"真是可惜了。"倩筠有点不解，"你书读得那么好，怎能只上个中专呢?"

宛星倒是很坦然地说:

"以前,俊杰也曾这么说过我的。但每个人都有一条要走的路,大概,这就是我的路。我想,只要自己努力,总还是会有收获的吧。"

说完,她把自己的地址写给了倩筠。又问道:

"你有俊杰的地址吗?我有些事情要找他。"

倩筠听了,似乎有一刻的迟疑。接着,又很快地答道:

"你来得不巧,他昨天到北京参加国际数学奥林匹克竞赛去了,要下个星期才能回来,你要是早两天来就好了。"

宛星却没留意倩筠脸上掠过的那一丝不易察觉的诧异神情。听了倩筠所言,她不无遗憾地说:

"原来是这样啊。俊杰的数学还是那么出色吗?奥林匹克竞赛?真让人羡慕!既然他不在,你能帮忙转告我的地址给他吗?"

倩筠便说:

"这个,没问题。"

于是,宛星便告辞出来。她四处走走,C大附中的门口还是老样子,因是周末,大门紧锁,否则,看门的老大爷一定还认得出她。韵荷园依旧是那么幽静,垂柳在微风中轻轻拂动,池水中静默着的荷叶,大概还是去年的莲子发芽长成的吧。它们会有记忆吗?它们也在思念夏日里,荷花盛开的时节吗?C大后门的市场,仍然非常热闹,虽然没了她自家的那顶篷架,而市场的荣景,却丝毫不受影响。个别认识宛星的商贩,还会匆匆地跟她打声招呼,便又忙着自己的事去了。宛星心想,每个人都有自己的生活要过,有自己的路要走,在漂泊的路上萍水相逢,能够留下那么一点点的印迹,就算是有缘的了。

又过了几个钟头,宛星回到了家。当她打开房门,就听到屋内有人在说话。进到卧房,便看见文武、文娟两人聚在床前。她心里一惊,莫非奶奶又出了什么事?她三步并作两步冲到床前。却不是奶奶,躺在床上的竟是爸爸!脸上青一块紫一块的,口鼻处还有些干了的残血印子,左眼的眉骨上,肿起了一个大包。她急忙问道:

"爸爸,你怎么了?"

程进德的嘴里嘟哝了一声:

"那帮小兔崽子,真是无法无天了。"

文武回头看是宛星,便说:

"宛星,你去哪里了?你爸这是被人打了呀!"

宛星听了，更加弄不清原委，心下着急。

"我爸不是好好的在市场卖水果吗？早上我还帮过他呢，怎么会被人打了呢？"

程进德叹了口气，直摇头，气得一时话也说不出来。文娟见宛星一脸的焦虑，便宽慰道：

"宛星你先别急，幸好我哥及时赶到，你爸看起来只是受了点皮肉伤。"

于是，文娟便把经过一五一十地说了一遍。

原来，文武每日都在外开出阻车。这天，刚好送个客人到了家的附近，一想已经到了午饭时间，何不回家吃个饭？也好休息休息，下午干活更有精神。便把车开了回来，没想到经过市场时，看见一伙人围在一处，里面传出一阵阵吵闹的声音。他心生好奇，停了车，拨开人群进到里边，却看见几个戴着红袖标的年轻人，正在围殴宛星的爸爸。文武心里一惊，赶紧冲了过去，用自己的胳膊和身体，抵挡飞来的拳脚，一边大声喊着叫对方住手。那一伙人见来了个身材魁梧的年轻人挡架，便稍稍停手，但还是摩拳擦掌，一副不会善罢甘休的样子。文武放眼望去，认得对方为首的那位姓卞，是区里工商局局长的公子。仗着老爷子是个领导，不知怎地，他弄了个市场管理处处长的头衔。他还在市场边开了个酒家，平日里呼朋唤友，在里边饮酒作乐，明里暗里还搞些赌博活动。经常喝醉了酒，带着这一帮狐朋狗友，在附近寻衅闹事，街坊邻里见了他，都有些头疼，躲之犹恐不及，是个颇有名气的小恶霸。宛星爸爸怎么会和他有了过节？文武心里暗忖，不过，脸上还是陪了个笑，说道：

"卞大哥，是什么事让你动这么大的肝火？如果他有什么地方得罪，我给你赔个不是。"

那人乜斜着眼瞧来，知道对面的年轻人是新搬来的住户，平时开个出租在外面跑生意而已，便没把他放在眼里。

"哥儿们，你是他什么人？知道我是谁，也敢来管这闲事。"他指了指文武的身后。文武微微一笑。

"我们只是邻居。"话未说完，程进德却在一旁嚷道：

"他们欺人太甚！早上刚刚收过管理费，这才中午，又要收什么清洁费，我才说了一句'乱收费'，他们便出手打人，还讲不讲理了？"

"想讲理是不是？"

那人身旁的一个瘦高个，见程进德不服气，便指了指臂上的红袖标。

"这个就是理。"说完又恶狠狠地冲了上来,想要抓住程进德的衣领。文武见势,顺手一拦,嘴里说道:

"有话好说,干吗动手?"

瘦子见文武拦他,另一只手挥拳便向文武打来,文武不及细想,心中也不禁无名火起,便来了个海底捞月,将瘦子的拳震开。瘦子拳没击中,手臂却被震得发麻,不禁嗷嗷大叫起来。于是,那一伙人又蜂拥而上,一阵拳打脚踢而来,连文武的身上也挨了不少,程进德更是被打得鼻青脸肿。好在文武身强力壮,也放倒了他们好几个,情势还不至于太过失衡。但毕竟寡不敌众,果摊也被砸得东倒西歪了。正混乱间,猛听得一声响亮的"住手",把打得正欢的一群人都给镇住了。放眼看去,只见喊话的,是一位二十多岁的小伙子,个头不算太高,肤色白皙,有些发胖的圆脸盘子,看起来,并不像是很会干架的那种。可是眼光却很犀利,喊话的声音也很撼人。文武并不认识此人,可那伙人见了,倒真的一个个垂下手来,好像一瞬间都改邪归正了。特别是那领头的,对着年轻人又是点头又是哈腰的,一个劲地叫着"坤哥"。"坤哥"便问了当下的情形,也知是那伙人滋事生非而已,便数落了他们几句,那伙人这才唯唯而退。接着,"坤哥"又来安慰程进德。文武觉得,此人虽是来劝架的,但既然认识那伙人,想必也不是什么善类,便没给他好脸色。"坤哥"倒不在意,一边安慰,一边帮着收拾。然后,还和文武一起把程进德扶回家中。临走,非要留二百块钱让他们把果摊修修。只是程进德执意不要这陌生人的钱,这才作罢。

宛星听文娟讲完,看了一眼文武,果然他的脸上和手上,都有些明显的青肿,不禁心生疼惜与感激。

"文武哥,你也受了伤了,疼吗?"

文武大咧咧地一笑。

"这一点小意思,哪能算是伤呢?倒是那个叫'坤哥'的小伙子,看起来有些来头,不过还算仗义,算是救了我们。"

"真是多亏了你们,要不然,我爸真不知会被打成什么样子呢。"

文武摆了摆手道:

"别那么客气嘛。"又转头对文娟说,

"好了,文娟。还是让程叔叔好好休息一下。我们家里,好像还有些云南白药、红花油、正骨水什么的,都拿来给程叔叔敷下伤口。"

说完了,起身要走。宛星便说:

"文武哥，不用了。我知道你外面生意也很忙的，还是赶紧回家吃饭吧。我自己到药房去买点就行了。"

文武便装作不高兴的样子。

"宛星，你要再这样说，那哥哥真的不想理你了。"

文娟也说：

"宛星，你干吗这么见外呢？我回家给你去拿就是了，有现成的，何必去买？"

宛星见他俩这么说，便点点头。

"那好吧，我可不希望失去你们兄妹俩。不然，下次打架的时候，我可找谁来帮忙呢？"

"这就对了。"文武道。

宛星便将他们送到门外，挥手别去。

又过了数日，程进德的伤也已经恢复得差不多了。他想再去摆那果摊吧，又怕那一伙人再来捣乱，生意不成事小，出点什么伤残意外事大。正在犹疑踌躇间，文武却带来个消息，说是现在改革开放，形势一片大好，出租车的业务也是蒸蒸日上，他们车队正准备扩招些新的驾驶员，问宛星她爸爸是否有兴趣。程进德听了，真是雪中送炭，满心欢喜。他原先就在码头上开过各种车辆，驾照什么的一应俱全，而且，他本来就喜欢四处跑动，那卖水果之类的营生都是生活所迫，不得已而为之，本非情之所愿。现在，有了这么个大好机会，对文武更是心存感激，便一口答应了。经过车队的笔试、路试，程进德驾轻就熟，过关斩将，没过几日，便和文武搭档开起了出租车。那时候，路上的出租车数量并不多，而需求正日益上升，虽然辛苦些，经常要早出晚归，但比起做水果生意，收入更好，而且稳定。程进德便把那再去做水果生意的念头抛在了脑后。

就这么又过了些时日，这天下午，学校里没课，宛星早早便可以回家了。她走在回家的路上，忽然一阵风吹过，路旁的榆树上，便飘下几片叶子，那些细碎的叶片，打着圈儿，随风在眼前作颇有诗意的飞舞。她不觉伸出手去，有一片叶子，好像早有约定似的，就这么翩翩飘落在手心。她不禁仔细端详起这叶片，那叶片绿中泛着黄光，有些地方有少许虫蚀的痕迹。宛星的心中，泛起一种莫名的怜惜来，取了那叶片，夹在了自己的书本里。她想着，每一片落叶，都是一个曾经灿烂过的生命，由初春时的细小而鲜嫩，到盛夏时的茁壮与伸展，到了现在，便开始落败凋零了。那是由风里送来的秋天的消息吗？我可以留住这一点秋天的印象吗？时间，总是以种种默无声息的方式，显示着它无可抗拒的力量。宛星又不由自主地想起 C 大附中校墙边的那几棵老榆树来。夏天的时候，她们曾常在那树下避荫，而秋天时满地的榆树叶，又是满园秋意中，最彰显的标志了。现在，它们是否也一样开始落叶飘零了呢？那阳光照耀下的操场上，是否还有年轻队员竞赛时矫健的身影？忽然又想起俊杰的模样来，他的总是挂在嘴角的浅浅微笑，和做事时那种沉稳自信的表情，说话时温柔的语气，走路时那如有韵律般的摇摆，都是那么的吸引人呢。可是，为什么一直都没有他的消息呢？倩筠应该早告诉他我的地址了吧？

于是，坐了几个小时的车，她又一次来到了那一片曾经熟悉的操场。出乎意料的是，此时，操场上竟坐满了师生。正前方的主席台上，还摆上了用白布覆盖的长桌，桌子的后面，坐着几个人，因为离得较远，看不太清楚。校长正对着麦克风讲话，那声音倒是宛星所熟悉的。显然，这是一场全校大会。宛星在后排找了个位子坐下，想再回味一下从前做学生时的滋味。这时，大家都在听校长讲话，没人注意到她。校长的声音，还是那么洪亮，在操场的上空回响。听着听着，她渐渐明白了，这个会究竟是怎么一回事。

"现在，请国际数学奥林匹克竞赛金奖获得者——江俊杰同学，上台领奖，并发表获奖感言。"

从校长的声音里，听得出有一种止不住的自豪与激动。她看见，前排有一个人站了起来，缓缓向台上走去。虽然远，但她还是清楚地知道那就是他，那样熟悉的背影，那样熟悉的步态。台下响起了掌声，校长更进一步补充说道：

"我要向俊杰同学表示由衷的祝贺，因为，这是我校自建校以来，在校同学所获得的最高学业奖励！"

宛星也随着大家拼命地拍着手。掌声刚停，她却听见旁边两个女生在轻声地议论：

"江俊杰，好棒喔。长得多帅！金奖耶，真不简单啊。"

"是呀，他们班的女生，真是太有福了。嘻嘻，好可惜，他怎么没分到我们班上呢？"

"你呀，就别做梦了吧。"

"为什么？"

"人家早就名花有主了。"

"怎么讲？"

"你没看见呀,他们班上的那个杨倩筠,整天都跟他出双入对的。"

"哪个杨倩筠?"

"就是那个,橱窗里那个照片,眼睛大大的,市三好的那个。"

另一个女生"噢"了一声,显然有些泄气,可嘴上仍不服气:

"就算那样,江俊杰也不一定就会喜欢她呀。像这种三好生,整天盛气凌人的,会让人吃不消的呢。"

"哈,酸葡萄了吧?告诉你吧,人家江俊杰对杨倩筠,可不是一般的好啊。"

"别吹牛了吧。"

"真的,我看见过江俊杰咬着人家的耳朵讲悄悄话呢,好亲密喔,只有这么近耶。而且呀,人家杨倩筠的老爸,可是 C 大的校长,我们的校长,还是他的部下呢。说不定人家老爸,早就帮女儿相好了人了,嘻嘻。"

"怪不得!那个江俊杰整天对人不理不睬的。唉,不知伤了多少人的心呢。"

虽知是道听途说,可宛星的心里,还是涌起一股莫名酸楚的滋味来。她默默离开了会场,就像来时一样,并没有人注意到她。她沿着 C 大校园的林荫道信步而行,午后的阳光,透过头顶上梧桐树枝叶的缝隙照射下来,在眼前一晃一晃的,令人有些目眩,而微风轻轻地吹着,吹起了她的长发,吹得思绪像随风飘去似的不知所往。又有些梧桐树叶飘落下来,却是大片的,不似榆树叶那般的细小,却让秋意更加明显。果然是秋天了,而落叶的秋天,确乎是让人有些感伤的。也不知走了多久,不知不觉,来到了一处杉树林。C 大有好多处这样的杉树林,这一处也不知是在哪里,宛星从没有来过。林中阴晦不明,应该是很少有人来的地方。多年的腐殖层,让地面上有点湿漉漉的,还长着点青苔,踩着有种特别松软的感觉。四周静悄悄的,林子的外面是一条小路,阳光照着,路上的景物,却可以看得很分明。此时,沿着小路传来一阵不太清晰的脚步声,渐渐地近了,又听到说话的声音,宛星觉得有点耳熟。抬眼望去,那边路上走来了一对少男少女,来到树林边,便停了下来。宛星吃了一惊,连忙转到一棵树后。只听见倩筠咯咯地笑着,说道:

"转过身去,蒙上眼睛,我要送你一个礼物。"

"干吗要送礼物,不要那么俗气好不好。"俊杰好像不太情愿似的。

"这个礼物一点也不俗气,而且不用花钱。转过身去嘛。"倩筠娇声恳求道。

"不用花钱？什么礼物嘛？"

俊杰无可奈何地转过身去。倩筠便在四处的草地里转了一圈，采来一些杂色的野花，又扯下自己的头绳扎成一束，叫俊杰转身来看。俊杰一转身，倩筠便做了一个摇摆舞步外加阿拉贝斯克俯望式，将花送到俊杰的眼前。

"CONGRATULATIONS！"

俊杰也被她逗乐了。

"好一个别致的礼物。那好吧，我也送你一个特别优秀创意奖。"

俊杰接过花束，摆了个鞠躬谢幕的姿势，然后，又做了个潇洒飞吻的手势，一转手，竟变出个漂亮的蝴蝶结来，送到倩筠的面前。倩筠一脸的惊奇，接着，又洋溢起喜悦的笑容，将那枚蝴蝶结在手中挥舞着。

"向前，向前，向前——我们的队伍向太阳。"她欢快地向前跑去，俊杰便也快步跟了上去。

宛星见两人过了树林，便从树后转了出来，竟不自觉远远地在后面跟着。望着两人的背影，有说有笑地在前面摇摆晃动。就这么七转八弯，时紧时慢地跟着，终于来到了C大的宿舍区。倩筠没有往自家的方向走，而是跟着俊杰，来到了另一幢两层的小楼前。见两人消失在楼梯口，想必是进了房间了，宛星这才来到那楼前。原来，这栋楼和倩筠家的那栋，只有一箭之遥，都是在新村内最安静、环境最优雅的那片小区，两楼彼此甚至可以互望。只见楼梯口的门牌上写着："C大新村386号"。宛星在门口徘徊了一会儿，今天的事，本来该为俊杰感到高兴的，本来可以当面向他表示祝贺的，可为什么所听到的、所看到的，却让她的心里变得烦闷和踌躇起来了呢？那个明月高悬的夜晚，在饲养场前的树林边，俊杰为自己变的魔术，是否也有异曲同工之妙？他曾经那样深情地注视，并拥揽自己在怀里的情景，为什么此时想起，却变得如此贴近又如此的遥远？这一切，究竟是真实还是虚幻？思绪就像潮水一样在心头起伏，想整理，却不知怎样才能理得清，想做些什么，又不知该从何做起。最后，她还是转过身去，回望一眼那栋小楼，一个声音，忽地在心头响起：让它渐渐地远去吧，让它掩没在婆娑摇曳的枝叶间去吧。

宛星回到家的时候，天色已经有些昏暗了。爸爸出车还没有回家，奶奶已经将晚饭准备好了。可宛星却没什么胃口，匆匆地吃了几口，

觉得有点儿头疼,便不想再吃。奶奶也觉出她有些异样,便关切地问道:

"宛星,你有什么地方不舒服吗?"

宛星答道:

"奶奶,没什么,只是有点累了。"

奶奶点了点头。

"大概是读书太辛苦了,那就早点睡吧。"

宛星嗯了一声,便回房去睡了。第二天醒来时,更觉头疼得厉害,四肢乏力,浑身躁热。她心说不好,定是昨天受了风寒,发了烧了。量了下体温,果不其然,已经烧到三十九度三了。奶奶知道后,赶紧喂她吃了些退烧药,又帮她打电话到学校请了假。就这么,又在家待了几天。总算好些了,宛星便急着要去上学了,在功课上,她是从来都不马虎的。于是,忙过了几天之后,一切又回复到往日的平静、平凡、有条不紊的状态中。可宛星的心中,却似乎仍然无法安宁。这一天夜晚的时候,功课都已经做完了,她坐在窗前,望着窗外的夜色。今晚的天气很好,通透明澈的夜空中,繁星点点,月儿正挂在树梢上,温润如玉的模样。她不禁又想到和俊杰一同望着星空的那个夜晚,也是同样的月色,也是同样的星光。可现在的心情,可有不同吗?夜色是多么的美呀,就像梦境一样,这梦境的美,不应该珍惜吗?想到这里,她展开了信笺,信笔而书,信笺上留下了一行行娟秀的字迹:

俊杰,好长时间都没有联系了,你还好吗?你不会因为我的不告而别而生气吧。如果真是那样的话,我要向你道歉了。如果没有,就把我的这封信,当作是一个过去的朋友的真诚问候,应该也是不错的吧。我们那片拆迁得很匆忙,而且,那时因为奶奶病了,所以一直没有机会来看看你们。不过,我想你一定生活得很好、很充实,听说你得了数奥金奖,真该好好当面向你表示祝贺,可惜我错过了机会。我现在搬到了闵行,也许你已经知道我的地址了,所以,如果可以的话,给我一个回音好吗?我记得你曾经问过我,将来会不会想念C大附中这所学校,当时,我说过我会的,这是真的,现在,我真的很想念和你们在一起的日子。所以,如果可以的话,给我一个回音好吗?我相信,我们曾经是很好的朋友,将来,我也相信,我们仍会是很好的朋友。你说是吗?

写到这里，其实还有好多的话要说，不过，觉得写得再多，也是辞不达意的，不如这样就可以了。于是签了名，装在了信封里。

第二天就把信寄了。当她把信投进信箱的那一瞬间，心里是有一丝丝的不安和担心的，不过，很快就被快乐的心情所替代了，她甚至开始欣赏起自己的勇气来。不管怎样，那是她少女时代的一段情感，虽然有些朦胧、有些困惑、有些模糊不清、有些把握不住，但她清楚地知道，那是一段真实的情感，既然真实，她就应该真诚地面对。于是，后来的几个星期里，宛星的心里所怀着的那份期待，变得越来越强烈。可是，时间一天天地过去了，而信箱里仍然是空空如也。她的心情，便也一天天被推进到失望的深渊里去了。那天在 C 大附中所听到的、所看到的，又时不时地响起在她的耳畔、浮现在她的眼前。

"为什么这么多天都没有他的消息？他会不会早就把人家给忘了？"

奶奶说过的话是真的吗？那天，俊杰的爸爸到家里来过后，奶奶就说过：那些知识分子家庭里出来的男孩子，个个都会甜言蜜语，只是为了逗女孩儿开心罢了，没几句是真的，千万不能信。也许，奶奶的话是对的。而且，他不是应该更喜欢倩筠吗？她长得那么的漂亮，家里的条件又是那么的好，他和她该是多么的般配啊。虽然她不愿这样想，但很不情愿地这样想着，却觉得颇有道理，好像有点被自己说服了。但心情却丝毫没有起色，心情是不受道理左右的，心情就是心情，心情有的时候，就像一个暴戾的君王。可是，宛星也还是宛星，不管心情多么的糟糕，她都会微笑地对自己说：

"宛星，加油呀！你已经决定选择过一个快乐的人生了，不是吗？那么，不管怎样，你都要过一个快乐的人生。宛星是绝对不会向暴君低头的。"

第十一章

光阴荏苒,一晃又是两年过去了。随着改革开放,渐渐地,上海地区不仅有了不少外资与合资企业,私人企业也如雨后春笋般出现在大街小巷。就在这样的时候,宛星也从枫林中专毕业了。她已经不是以前那个还有点儿青涩的少女了,现在的她,早已是亭亭玉立、楚楚动人,仅仅用美丽清纯来形容她,或许就太过稀松平常了。她若是走在街上,会像是沉闷的夏日午后掠过的一阵微风,让人清新舒爽不说,更会撩拨起一阵阵眼光汇聚的波澜。快要毕业了,虽然学校想方设法为毕业生们提供各种就业帮助,但也开始鼓励他们自寻出路了。于是,宛星四处奔波,去应聘了好几家公司,希望能找份好的工作。其间,不乏经历一些失败沮丧的时刻,而最后,有一家叫"乾坤贸易"的公司,竟出乎意料地给了她非常丰厚的待遇。每月五百元,这在当时可是个不小的数目,尤其对宛星这样初出茅庐的女孩子更是难得。可把她给乐坏了。想想一般的大学毕业生,若是分配到某些国营企业,大抵不过二三百而已。这怎能不让她高兴呢?况且,专业还对口,是在会计部门工作,所以,当拿到这份聘书后,宛星几乎没怎么考虑,就决定去乾坤贸易。虽然上班的地点离闵行远了点,但冲着这么好的待遇,交通上的一点点辛苦,真的算不了什么。爸爸和奶奶,都为她找到这么个好工作而着实高兴了几天,一家人还因此难得地到鲜得来吃了一顿排骨年糕。之后,又花了好几天的时间,帮她采购那些作为职业女性所需要的服饰用品。

第一天去上班时,宛星穿上了和奶奶一起去买来的漂亮衣服,更加甜美动人、落落大方了。公司位于闹市中心,一栋二十几层铺附着大理石外墙的高楼,耸立于车来人往的街口。门口更有卫士看守,显得器宇非凡。宛星出示了聘书,乘电梯来到了位于八楼的公司办公处。公司占据了整整一层楼面,原本敞开的空间,被质感厚实而色彩典雅的布面隔板,分成一个个小小的格子间。靠墙边,是若干带着厚重落地门的办公室和会议室。而没有办公室的墙边，则是连成一片的气密玻璃窗墙，透过玻璃，可以看见旁边楼群的轮廓，和被这轮廓切割开来的豁亮的天空。会计部就坐落在沿着玻璃墙边的那一块。宛星被领到角落处的一个格子间，虽然也靠着玻璃墙，却因为一根巨大的墙柱，不但让格子间缺了一个角，而且，那玻璃墙面也止于此处，只能看见小半面的天空。不过，那一点亮色，已让宛星高兴不已。她坐在转椅上转了两圈，摸了摸在她面前的弧形工作台面，心里明白地知道，她生命中新的一页，就要在这里翻开了。她清理了一下桌面，把带来的参考书，放在固定于隔板的书架上。她探身一望，透过玻璃窗，可以看见楼下街道上来往的车辆和行人。"这里真好，"她心里暗想，"既可以安静地工作，又能看见外面充满生机的世界，应该一点都不会觉得闷的。"正想着，一位看似比她略为年长些的年轻女子，来到她的格子间外探头向里张望，看见宛星后，便笑呵呵地招呼道：

"喂，你就是新来的吧，是不是叫程……程……"

"程宛星。"宛星迅速接口答道。

她打量一下来的这位女子，只见她中等个头，脸蛋圆圆的，眼睛很大，瞳子乌黑有神，剪了头齐耳的短发，白净净的脸上，不自觉便流露出一种喜乐之气。

"噢，对对，是叫程宛星来着。"她也端详起宛星来，不禁频频点头。"你知道吗？你长得很漂亮耶。"

"谢谢。"宛星被她说得有点害羞起来，她不大习惯人家这么直截了当的赞美。

"我叫朱贝蓓，也是会计部的。以后，我们就是同事了。很高兴能认识你。"她伸出一只手。宛星便从座位上站了起来，和她握了握。笑着说道：

"我刚从学校毕业出来，什么都不懂。这是我的第一份工作，以后，还得请贝蓓姐多多关照。"

朱贝蓓听了宛星的话，忙摆手道：

"别说什么都不懂这样的话。"她回头看了一眼，小声说道："在公司里做事，有时也不能太谦虚了，不然，人家会欺负你的。"

她做了个鬼脸，却又径自笑了起来。

"不过，不瞒你说，我也才做了一年多，懂的也不算多。可就冲着你的这一声姐，如果有什么要帮忙的事，尽管跟我说好了。"

宛星微笑着点了点头。刚想说声谢谢，朱贝蓓却惊奇又欢快地叫道：

"好漂亮的小书呀！"

原来，她看到宛星的桌上，放着一本硬皮封面上写着洋文的小书，那精美华丽的装帧，令她的眼睛一亮，不禁拿起来端详，嘴里还啧啧赞道：

"哇！哪来这么漂亮的书啊？我还是头一回看到。'WORDS OF WISDOM'，是名人名言吗？"

"是的，一位朋友送的。"

"是吗？这位朋友一定很关心你啰？而且，一定是位良师益友，希望你变得聪明又有智慧。"

听了贝蓓的话，宛星不禁怔怔地望着还在她手中的那本小书，仿佛陷入了沉思。

贝蓓见宛星沉默不语，便又打趣道：

"而且，他还让你非常地想念，是吗？"

宛星被她说得微微脸红起来，轻声应道：

"你可真会开玩笑。"贝蓓笑了。

"你说得不错，我这个人呀，就是喜欢开开心心的。好了，不多说了。其实，我是经理派来的，让我带你去见一见领导和同事。"

于是，朱贝蓓便带她来到总经理的办公室。那是在这层楼面另一端的角落处，当然是整层楼面里最大的一间办公室了。办公室的门开着，可以看见半弧形的大玻璃窗，面向楼外湛蓝的天空，视野开阔、阳光充足。总经理办公室的名牌上，写着"魏坤"两个字，这名牌，与公司里别人的都不一样，大一号不说，那字还是烫了金的。办公室的门虽然开着，可里面却没有人。贝蓓自语道：

"总经理大概是开会去了吧。"

于是，贝蓓又带她到会计部的同事们那儿走了一圈，一一作了介绍。最后，把她带到靠近玻璃墙边会计部经理办公室的门口，贝蓓就走了。办公室的门开着，里面坐着一位看上去四十来岁的中年女士。她戴着一副银色细边框的眼镜，打扮颇为入时，一定是在美发厅里弄过的头发，向上卷曲着的刘海，波浪般弯垂而下的浓密的黑发，令人想起护肤品广告招牌上的那种时髦女人。此时的她，正在熟练地翻阅着手上厚厚的卷宗。宛星走进去的时候，她瞥了她一眼，没有说什么，而是继续着手上的工作，纸页在手中发出啪啪的声响。宛星站了许久，总算看见她在便利贴纸上写了点什么，然后，把手上的文件往桌上一扔，

"对不起，让你久等了。你就是新来的程宛星喽？"

宛星点了点头。

"我叫刘文秀，会计部经理。喜欢的话，就叫我 WENDY 好了。"

刘经理看了一眼桌上的文件。

"我们会计部门就是这样，一旦有了任务，就要准时、准确地完成，来不得一点马虎的。你说对吗？"

"对。"宛星赶忙应道。

"我知道，你在学校里的成绩是不错的。可是，实际工作和书本上的东西还是有相当大差别的，所以，你在学校里的成绩好，并不说明工作也能做得好。你说对吗？"

"对。"宛星又同样地应了一声，她想不出还有什么更好的回答了。

"那好吧，我已经交待了 SUSAN，她会告诉你，下一步要做些什么。OK？"

"OK。"宛星心里暗想，这家公司真的是挺洋派的，几乎人人都有个洋名字，说起话来还 OK，OK 的。

"你还有什么问题吗？"经理见宛星还站着不走，便问道。

"噢，是哪一位 SUSAN 呀？刚才贝蓓跟我介绍说，这里有好几个 SUSAN 呢。"

"就在我办公室旁边的那个格子间里，有名牌的。"经理用手指了指门边，"你去找她就行了。"

于是，宛星又来到经理办公室门旁的格子间里。那名牌上果然写着"刘淑娟 SUSAN LIU"，可人却不在。她只得回到自己的办公桌前，继续整理带来的东西。

这时候，那个刘淑娟正在总经理魏坤的办公室里。魏坤刚开完会回来，而刘淑娟正给他送来他要批阅的文件。

"坤哥——"每当有机会和魏坤独处时，刘淑娟总喜欢这样叫他，似乎这样，便可以让她感受到她和她的坤哥，有着那种近络亲密的关系。可魏坤却不以为然。不过，在生意场和情场上都已混惯了的他，依然可以摆出一脸十分柔和的微笑，用沉稳又不乏温情的声线问：

"有什么事吗？我的刘小姐。"

魏坤其实十分年轻，看上去最多也就二十七八岁。只是人有点儿胖，圆圆的脸上泛出些油光，像是营养过剩的那种。肤色白净，剃着短短的板刷头，要不是穿着一身笔挺的名牌西装，单凭那不算出众的相貌，若是走在路上，还真看不出是个公司的老总。他的一双眼睛，却是乌黑发亮、炯炯有神,在他略有些福相的脸上,显得格外的引人注目,可算是一个难得的亮点。不知是否因为这双富有魅力的眼睛,或是因为他年轻有为,他在女人堆里,总是能够呼风唤雨、左右逢源。对于这一点,他自己当然是颇为得意的。是个男人,又在这样的一个年纪,有几个能不以此为傲的呢?

这时,刘淑娟把文件放在了桌上。笑道:
"又有一大堆文件要大人过目啦。"
魏坤看着那一叠文件,摇头苦笑道:
"都说我们是狼心狗肺的资本家,却不知,我们也在辛辛苦苦地为人民大众服务着呢。"
"辛苦辛苦,确实辛苦!那下班后,我请你去吃饭吧,怎么样?"
"又是老一套,你请客,我掏钱。我可不干!"
"总是那么小气!"刘淑娟嘟着嘴说。魏坤便不去理她,只是问:
"嗨,怎么每次都是你来送文件?你们经理整天都在睡觉吗?"
"不要乱讲我姑妈好吗?总经理讲这种话,可是要负责任的哦。"
"好了好了,只是开个玩笑而已,何必那么当真?听说,你们会计部又来了个新人,是位小姐?"魏坤一讲到喜欢的话题,脸上马上会洋溢起真诚可爱的笑意。

刘淑娟又嘟起了嘴。
"花心不改!"
"哪有啊?我只是关心我的员工而已嘛。她长的漂不漂亮啊?嘻嘻。"
"你以为天下的女孩子,个个都像本小姐这么标致吗?我还没见过呢,有兴趣的话,你自己去看看不就得啦。"说完,扬着头走了。

看得出来,这个刘淑娟对魏坤,是很有点那种意思的。但对魏坤而言,她只是他交往过的众多女朋友之一。不过,在他长长的、一直都在变动的女友名单中,她不仅稳居其中,而且一直还名列前茅。尽管如此,正如他过去的交往史所证明的那样,他从来都没有把这种关系当真的。可这个刘淑娟,还是有点特别之处,不然,她也不能老是可以亲昵地叫他坤哥。不用说她长得算得上标致,瓜子脸、皮肤白净,乌黑浓密的秀发,带着卷曲的弧线,眼线眼影,样样都做得几近完美,而浓重的香水味,也总能带给人一些晕眩的感觉。而且,她还是魏坤父亲最知心的老战友的女儿,和魏坤可算是青梅竹马,叫他一声"坤哥",应是毫不为过。她的姑妈,还是这间公司的会计部经理,就是那个宛星已经见过的、洋名唤作"WENDY"的刘文秀。刘文秀在这间公司的工作时间，和公司的年龄一样长，说起来，可算是公司的创立者之一。想当初，魏坤刚从大学里毕业出来，身为市外贸局长的父亲，和他那做医生的母亲，都希望他能出国深造。以他的家世背景，出国留学原本是水到渠成的事。而他偏偏看中改革开放的大好契机，觉得自己所学的工商管理专业，正可以大展身手，便决意留在国内发展，集资开了这间公司。公司草创之初，困难重重，他又是初出茅庐，很多事情都不太懂，还是靠着父亲的面子，才请来了这位老战友的妹妹。刘文秀当时在一间国营大公司做会计主管，能够屈就到他们这个刚刚开张的私营企业里来帮忙，那是一种怎样深厚的阶级感情啊！所以这个企业，虽由魏坤创办，但从某种意义上讲，其实，是他们几个家族共同经营的产业。不知是魏坤的眼光独具，还是时势造就，几年下来，生意竟越做越大，终于有了现在的规模。

出了魏坤的办公室，刘淑娟便拿着厚厚的一大沓发货单，还有收据什么的，来找宛星了。心里还在嘀咕着魏坤刚才说的话。"只要听说新来个女孩子，刚开始总把他乐得跟什么似的，最后，还不是都没个上眼的。这回，肯定也好不到哪里去。"

一边想着，一边已来到宛星的格子间。

"程宛星。"她叫了一声。当宛星回头看她的时候，可以觉察到她眼里跳动出的那种无可掩饰的惊诧神情，一时间，言语好像都不那么顺溜了。

"你就是……新来的……程宛星吗？"

宛星清纯的样貌，在回眸的瞬间，就把一向对自己的容貌颇为自负的刘淑娟弄得有点儿自信崩溃的感觉。

"是的。"宛星轻声答道。

刘淑娟微微地点了点头，咽了下口水，润一润不知为何突然变得燥热的咽喉。

"我是SUSAN，本公司的高级会计师。"

不知是有意还是无意，她把那"高级"两字念得特别用力。

"经理叫我带你熟悉一下日常业务。我想，你初来乍到，就先做些审核账目的事吧。"

她把手上的那些单据放在了宛星的桌上，又匆匆交待了几句。

"保管好所有单据，千万不要弄丢了。"

"请放心，我会的。"

宛星灿烂地笑着，满心欢喜地答应着。虽然，在她眼前的单据，看起来数量不少，但她要把它们处理得又快又好。这可是她第一份工作中的第一件任务啊，她的兴奋和跃跃欲试的心情，是可想而知的。

快到下班的时候，她已经把账目都核实完了，还真让她发现了两个小小的错误呢。她又把自己所做的报表，仔细地复核了一遍，应该是没有任何的偏差了。她长长地吁了一口气，对自己这一天来的表现，还是颇为满意的。

朱贝蓓又来找她了。

"怎么样，第一天的感觉还好吧？"

"挺好的。"宛星乐呵呵地答道，"其实，是很棒呢！"

朱贝蓓看到她桌上的单据和报表，不由得拿起来看了看，竟惊叫起来：

"乖乖！你这一天，就做了这么多啦！"她抖了抖手中的报表，"还说什么都不懂，太夸张了吧？这是专业水准耶，我看，都够上劳动模范的标准了。"

宛星被她说得脸红起来，赶紧叫她别瞎嚷嚷。

"你讲得太夸张了！弄得我都不知道东南西北了。"

"啧啧，还挺谦虚的嘛。好了好了，都辛苦一天了，该下班回家了吧。你家在哪里呢？"

"闵行。"

"哎哟，还蛮远的嘛。真该早点走，不然，高峰时间，不知几时才能回到家呢。我家在徐家汇，我们还可以有一段同路的。怎么样，一起走吧？"

宛星高兴地点了点头。"太好了！没想到，第一天上班，回家都有伴了。"

她俩下了楼，来到了繁忙的街道上。此时，正是下班的时间，路上的人们都是行色匆匆。天色已有些昏暗，刚刚亮起的路灯，发出尚不明显的光晕。她们走向路口，拐过前面的那个弯，就是去徐家汇的公共汽车站。坐上将近一个钟头，等下了那班车，离朱贝蓓的家就不远了。可宛星，却还要再转上两趟车才能回到家，那将是一个不太轻松的旅程。当她们转过路口，在未到车站的中间，却看见一辆出租车停在路边，一个身材魁梧的年轻人站在车旁，就像从前一样，他灿烂地笑着，向宛星挥了挥手。

"文武哥？"宛星诧异地叫道，"你怎么会在这儿？"

"等你呗。"文武看见宛星那惊讶的表情，忍不住要逗她一逗。他看见了宛星身边的贝蓓，便也向她微微地点了点头，算是问候。

"其实，也没有啦。"文武又赶紧否认道，"刚好送个客人到这儿，才走了没多久，停下来歇一歇，就看见你们走过来了。"

他总是这样，虽然心里喜欢，但又不想让宛星觉得有什么负担。

宛星见贝蓓在上下打量着文武，就对她介绍说：

"他叫林文武，我同学的哥哥，也是邻居。"

"噢，原来是这样。"贝蓓应道，"我叫朱贝蓓，"又指一指宛星，"新同事。"

文武点点头。

"看得出来，都是干文化工作的嘛，不错不错。怎么样，我送送你们？"

"不用不用。"宛星赶紧摆手，"你还有很多生意要做，我们怎么可以影响你的生意呢？"

"是啊，"贝蓓看了看周围，"多么热闹的地段呀。再稍等一会儿，肯定会有客人上车的。"

"没关系，"文武对贝蓓说，"反正我也快下班了，今天的生意已经做得够多的了，又是顺路，不打紧。你住在哪里？"

"徐家汇。"

"那就更容易了，真的是顺路。"

他一边说着，一边拉起宛星的手就往车里塞。宛星虽然挣扎了一下，但因为在喧嚷的大街上，又当着新同事的面，不好意思太过执拗，就只得坐到了车的后座上。文武又请贝蓓也上车。贝蓓心想，这个林文武倒是有点奇怪，要么是热心过度，要么就是和宛星关系不一般，要不然，怎么会放着赚钱的生意不做，倒来做这赔本的生意呢？让我无意间得了个便宜，便笑着说：

"借光借光，谢谢了。"

小车子毕竟便捷，在车流里游刃有余，择路而行，不一会儿，就到了徐家汇的地界。

"到了，就是这里了。"贝蓓对文武叫道。

等贝蓓下了车，拐进了前边的那一条胡同里，文武刚想起步，宛星却说道：

"文武哥，你把我送到车站就行了，我还是坐公车回家吧。"

"那怎么行？送都送到这里了，总不能半途而废吧？"

"文武哥，我知道你对我很好，可是，我真的不想影响你的生意。这里的生意应该会有很多的，到了闵行，可能就不太好找了。"

"生意算得了什么？真的没关系的。"

"我知道，现在的生意不错。但谁知道将来呢？趁着现在好做，多做点总是没错的。你总是这样，虽是对我好，却反而让我的心里，过意不去。"

听了宛星的话，文武微微叹了口气。既然宛星觉得有负担，那就算了吧。

"那好吧，"他把手一扬，指着前方，"我想，那里就是车站了。"他驱车向前。

等宛星回到家的时候，已经是八点多钟了。虽然有些疲惫，但不知为什么，心里仍然充满了说不出来的欢喜。奶奶早已把晚饭准备好了，爸爸今天也早早地收了工，甚至弄来了些酒，要和女儿一起，好好地吃一顿开工后第一天的晚餐。他们边吃边聊，奶奶和爸爸的问题很多，而宛星的话则更多，说得奶奶眉开眼笑的，爸爸也总在频频点头。看得出来，他已经很久没有这么好的心情了。

聪明人就是聪明，常人不服还真是不行的。工作了没几天，宛星做起那些事情，已经是驾轻就熟，好像是工作了好几年的老员工似的。不用说朱贝蓓了，就连那个事事都颇为自负的刘淑娟，和不苟言笑的经理刘文秀，都对她的工作效率和质量感到惊奇。看起来，这个新来的、乳臭未干的黄毛丫头，不光人长得漂亮，工作能力也不容小觑。虽然宛星为人谦逊，做事踏实又不张扬，但会计部来了一位漂亮能干的小姐的消息，还是不胫而走。无论男女长幼，只要有个机会，都愿意跟她打个招呼，甚至聊个天什么的。仿佛这样做了，这一天的心情，就像是被毛毛雨滋润过后，又出了阳光的清晨，别提有多么清新、多么舒适了。在这样的环境里，宛星自己也觉得很开心。

可是，有一天早晨，宛星刚到公司，刘文秀就亲自来到宛星的格子间叫她。到了她的办公室里，便关上了门。她脸色阴沉地坐回到椅子里，起先默不作声，弄得宛星丈二和尚摸不着头，连大气都不敢出，也不知到底发生了什么事。沉默良久，刘文秀才总算开了口：

"我早就跟你说过，会计工作最重要的是什么？就是要准确无误，对吗？"

"对啊。"

"可是，你怎么能犯这么简单的错误呢？"

刘文秀说完,把桌上的一份报表,往宛星面前一扔。宛星心里一惊,拿起来一看,原来,是自己前两天刚完成的上季度收支明细账表。这是她进公司以来,做的最大的一个项目了。记得刘文秀在交待任务时,还说过这是总经理急需的,所以,她开了几天的夜车,才终于按时完成了。现在,这份报表的上面,有些地方多了些红杠杠、红圈圈的,可一时也看不出有什么问题。

刘文秀见宛星站在那儿,拿着报表发呆,又接着说道:

"这回,正赶上工商局来查账,你看看你做的,说好听点是错账,说难听点就是假账。你说公司该怎么办,你说我该怎么办吧?"

宛星见刘文秀一副气急败坏的样子,知道一定是她弄的那个报表出了什么问题,只得应道:

"对不起,如果真是我的错,我一定会负责的。"

"怎么负责?怎么负责啊?会计部还从来没有出过这样的差错,你叫我这个经理,将来在公司里还怎么做呀?"

宛星的心里被她数落得七上八下,也不知该如何应对,只能默不作声。刘文秀仍在那儿喋喋不休地说着,最后,连她自己都觉得累了,便将手一挥,没好气地说道:

"去吧,去吧。自己搞清楚到底是怎么回事,再写份报告来!"

宛星拿着那份报表,回到自己的办公桌前,急忙再拿出所有的数据来比对,结果发现,有一张单据她好像从没见过,那些红杠杠、红圈圈的数字,都和这张单据有关。

"原来,是少算了一张!结果明明是盈余的一笔账,却算成了亏损,难怪一查就被识破了。可是,我怎么会没见过这张单子呢?"

她连忙跑到刘淑娟那儿,想再向她核实一下。谁知道刘淑娟听了这话,连数据单都没看一眼,就把脸一沉。

"不可能吧。我从来都没弄错过单据的,你是不是没看仔细?"

宛星给她看那张单据,她瞥了一眼。

"这张我看到过的呀,肯定都给你了嘛。"

听到这边的声响,便有不少人围过来看。会计部的人都知道宛星做事向来仔细,待人也十分温和有礼,几个月下来,人缘是不错的。但那刘淑娟是这里级别最高的会计师,又是经理的侄女,凭着和总经理那层众所周知的关系,向来刚愎傲慢、自以为是,也是个没人敢得罪的主儿。宛星毕竟只是个新来的,便有人借机帮刘淑娟说话,只有朱贝蓓拿起那张数据纸看了看,说道:

"宛星做事向来仔细，这事很难说就一定是她的错。"

刘淑娟白了贝蓓一眼。

"我的贝蓓小姐，话不能这么说。制表人有核实数据的责任，不是吗？如果真发现缺了什么，你可以查呀。不能说自己出了错，就说人家给的数据不对。要不要去找经理评评理？"

旁边那些爱起哄的人就随声附和。宛星想，这件事争出个短长，又有什么意义呢？看起来，也许是自己经验不足，真有什么疏失之处也很难说，做人就应该有担当。便用平缓的语气对大家说道：

"SUSAN、贝蓓，我们不用争了。这件事，我确实有责任，我会去跟经理说的。"

听她这么一说，大家便安静下来，纷纷回到自己的位置上去了。

宛星回到自己的位置后，就立即将报表重新做了一份，又另外写了一份报告，其实，就是一份检讨，除了把出错的缘由叙述一遍之外，在最后，她还写道：

"作为报表制作人，未尽核实纠错、确保无误之责，深感愧疚。错误的根本原因应在我，我愿为所造成的一切后果，负全部之责任。请公司领导依律惩戒，绝无怨言。"

写完之后，就把它们交给了刘文秀。刘文秀看了看宛星重制的报表和检讨之后，脸上露出一丝不易觉察的得意之色，说话的语气也比刚才缓和了许多。

"好了，我会仔细审核一下，再交给总经理的。就是不知道总经理对这件事，会怎样发落？"

宛星自上班以来，这一天的心情，从来没有过的糟透了。

又过了好几天，都没什么动静。可这一天，宛星听说总经理要见她时，心里不禁咯噔了一下，莫不是那报表的事还没完？宛星的心里，着实有些忐忑不安。她是新来的员工，见习期还没过，就犯了这种错，处分、降薪、乃至开除，都是有可能的。虽然她知道，犯了错就应该勇于承担，也做了面对各种后果的心理准备，但当它真的要来了的时候，心里的担心和难过，还是无法驱散。这份工作对她来说，是那么的来之不易，凭着它，她终于可以承担起家庭生计的重担。奶奶和爸爸那发自内心的笑容，总在宛星的脑海里浮现。如果真的就这样轻而易举、又有些不明不白地失去了的话，该怎样跟他们解释呢？那会是多么令人难堪和沮丧的事啊！

她来到总经理的办公室。此时，总经理魏坤正坐在十分宽大的红木办公桌的后面，打量着推门而入的宛星。在眉目相交的瞬间，他的脸上，掠过一丝不易觉察的惊讶。不过，那惊讶很快就消失了，又恢复到正常的表情，就是公司老总们常有的那种神情：有些高傲的、有些冷漠的、有些莫测高深的、淡淡的似笑非笑。他正玩弄着手里的黑色签字笔，一圈一圈地在指间旋转。

"你就是程宛星？"他不急不缓、一本正经地用他那富有磁性的声音问道。

"是的。"宛星略躬了一下身，轻声答道。

"坐吧。"魏坤指了指桌前棕褐色的真皮靠椅。

宛星坐了下来。由于只隔着一张办公桌，面对着这么一位年轻的总裁，而他的目光，又好像特别锐利，那么直截了当地投射过来，令宛星心里觉得有点儿不自在，不过，她还是镇静优雅地坐着，一如她平时的镇静与优雅。

"我听说，你是刚从学校毕业出来的？"魏坤又开始发问了。

"是。"

"哪所学校？"

"枫林会计中专。"

"噢，听说过，听说过。"他微微地笑了笑。虽然是笑，但那种莫测高深的浅笑，还是让宛星感到一点不安。果然，魏坤把桌上的那份报表，推到宛星的面前。

"这份东西是你做的？"

宛星扫了那报表一眼，心想，他要开始兴师问罪了吧。

"真对不起，是我做的。我知道，原先那一份报表出了点问题，让总经理您遇到了不小的麻烦。我想，我是应该承担责任的。"

魏坤摆了摆手，意思是叫宛星不要再说下去。

"我知道，我知道。我已经看过你写的这份东西了。"他拿起宛星的那份检讨，念了起来：

"请公司领导惩戒，绝无怨言。"他开始板着脸念，但还是忍不住笑出声来。宛星的脸一下子红了起来，那羞赧的模样，让魏坤的语气也不再那么矜持，而变得舒缓柔和，甚至有了一丝温情。

"怎么说呢？本来嘛，我是想惩戒一下的。看起来，像是个简单的错误，我们会计部的人，怎么会看不出来？太不像话了！会计部还从来没有犯过这种低级的错误呢。不惩戒一下怎么行？"

他停顿了一下，眼光依然直直地、专注地望着宛星，宛星急忙挪开了自己的视线。

"不过呢，我看了你的这份报告，听了你刚才说的话，我想，我改变主意了。我想非但没有惩戒的必要，公司的全体员工，还应该学习你这种勇于认错的诚恳态度，以及改正错误的决心。我觉得……是不是应该奖励一下，才对。"

听总经理说得恳切，不像是开玩笑的样子，宛星竟有些感动了。

"总经理，您千万别这样说。我没把事情做好，认错本来就是应该的。至于奖励嘛，那就更不恰当了。人家会认为总经理赏罚不明。如果总经理能够原谅我的过错，给我一个继续为公司服务的机会，我就觉得十分侥幸了。"

"那好吧……你说得有些道理。听你说话，不像是个刚从学校里出来的。可你看起来，顶多只有二十来岁吧。喔，喔，对不起，女孩子都不愿意人家谈论她们的年龄，是吗？"

"那倒也不一定，我从小就希望自己能快点长大。而且，看人也不能光看年龄呀，有志不在年高，总经理您看起来，也不像是个老总嘛。"

"是吗？那我看起来像什么？街头混混吗？总经理就该是个七老八十的老头子吗？"魏坤做了个鬼脸，随即哈哈笑了起来。这笑是真诚的，不再是原先那种老总们常有的淡淡浅笑了。

自从宛星与总经理谈了这一次之后，会计部经理刘文秀和刘淑娟本来已经好转的心情，又掉入了谷底。因为总经理魏坤从来都是个赏罚分明的人，对员工的过错，向来不会轻易放过，那是出了名的。可这一回，非但没有对宛星有任何的惩戒举动，而且在公开场合，甚至都不曾提起，只在小范围的高层会议上，提到过这件事，却说是个勇于承担、知错能改的典型。这简直是太荒唐了！唯一的解释就是，这个宛星不简单，她一定是在和总经理谈话的时候，给他下了什么迷魂汤了。这种长得太漂亮的女孩，看似清纯柔弱，骨子里还不知道有多么的蛊惑呢。刘文秀似乎渐渐明白，现在，来了个真正的竞争对手了。看来，无论是她还是淑娟，对宛星都要小心应对才行。

有一次她半开玩笑地对宛星说：

"宛星，说实在的，我觉得，你真的很聪明、很能干，前程无量啊。其实，我觉得那些大公司，也许更适合你。"

说得宛星一头的雾水。只得说：

"经理，你过奖我了。我只是个新来的小员工，哪里会有什么前程无量啊？只希望经理大人不要嫌弃，就好死了。"

刘文秀淡淡地笑了笑。

"将来都是很难说的。你那么聪明，又那么漂亮。到外面去工作的话，应该会有更多机会的。如果有需要帮忙的地方，"她用手指了指窗外辽阔的天空，

"我倒是很乐意效劳的。"

自从那以后，不知为什么，虽然表面上刘文秀对宛星很客气，但却不再将什么大的业务交给她做。她又回到刚来时打零工做杂事的状态。有什么非问不可的事找刘淑娟，见到的，也总是那张冷冰冰、爱理不理的面孔。

没过多久，总经理魏坤又一次请宛星到他的办公室去。这回却让宛星感到有些纳闷，一个已经有了这种规模的公司总经理，有什么理由要多次会见她这么一位小小的会计？她既没有为公司做过什么惊天动地的大事，也没有像上回那样，犯一些令人难堪的错误。她带着惶惑的心情，走进了那间大办公室。但出乎意料的是，她看见魏坤满面春风，那浑圆的脸上，仿佛像开了朵花似的，眼里流露出一种掩饰不住的欣赏和期待的光。他以一种有点迫不及待的热情问道：

"怎么样？我的宛星小姐，工作进展得还好吧？会计部那儿，能发挥你的专长吗？"

"我觉得还不错。"宛星笑容可掬地应道，"我想，会计应该就是我的专长吧。"

魏坤又摆起手道：

"不要那样局限自己嘛，要有长远眼光。你那么年轻，就不想尝试些新的东西？"

"总经理的意思是……"

"噢，是这样，我的行政助理，因为一些个人原因离开了。我现在急需一个助理。到外面去招聘吧，需要时间，还要培训，而且，也不一定合适，等不及了。于是，我就想到了你。以你的资质和表现，我相信，你一定能够胜任。怎么样，愿意考虑一下吗？"

听了这话，宛星有点儿吃惊。她不知道这个所谓的"行政助理"，到底是个什么样的角色。便说：

"谢谢总经理的信任！可是，在这方面，我可能一点经验都没有。我……"

未等宛星说完，魏坤便打断道：

"不用担心经验的问题。没有人生来就是有经验的，包括我，从

没做过总经理，不也就做着呢吗？行政助理只是帮助我处理一些日常事务，比如起草文件啦，接待客户啦，还有，就是代表我出席一些会议等等，并没有什么特别高深的学问，以你的聪明和悟性，绝对没有问题的。况且，这可以帮助你了解公司的运作和管理，对你将来的发展，或许也会有些帮助。"

宛星见他极力地推荐，便应道：

"那好吧，让我考虑考虑。"

"希望你能尽快给我一个答复喔。"

那天下班的时候，宛星便把这事跟朱贝蓓说了。贝蓓一听，拍手叫道：

"真是太好了！那可是个大肥缺啊，好多人盼了多少年都等不到，你还犹豫什么？"

"可我学的是会计，那份工作，好像整天都要和客户应酬什么的，又要和总经理相处，我恐怕做不来。"

"哎！你也真是想不开。会计部有什么好？整天和一大堆数字打交道，又辛苦又没成绩，人都会做傻了。如果出了错，就像你上回那样，还要挨批受骂。而且，我们经理那人，你又不是不知道，成天凶巴巴的，看谁都不顺眼，除了那个刘淑娟，有什么好事也轮不到我们。如果能和总经理相处，那才好啊，才有发展前途啊，有什么不好？"

"他也说，通过这份工作，可以了解公司的运作和管理什么的。"

"就是啊。我觉得，他有点培养你的意思。你应该抓住这个机会。"

"好吧，那我就答应试试吧。"宛星听贝蓓说得那么肯定，也就不想再犹豫了。

"不过喔，总经理那个人，能力虽然很强，这个大家也都知道，就是……有点风流，对女孩子……花言巧语的，和他相处，最好要留个心眼。"

"我知道了，谢谢你的提醒。"

"恭喜你啦。"贝蓓拍了拍宛星的肩膀，"将来发达了，可别忘了贝蓓我啊。"

"贝蓓姐，说哪儿的话？哪能一下子就发达了。不过，话又说回来了，既然我们是这么好的朋友了，确实应该做到'苟富贵，无相忘'才是。你要是发达了，也别忘了宛星我啊。"

两人说说笑笑，往车站走去。

第十二章

　　听说魏坤要宛星做他的行政助理之后，刘淑娟可没少跟魏坤闹。可魏坤就是魏坤，他老爹都拿他没办法的主儿，能听一个还不是正牌的女友的话吗？
　　于是，宛星顺利当上了总经理助理。打那以后，她渐渐远离了那些单据报表。忙依旧是忙的，不过忙的内容，却有了很大的变化。客户会议、生意洽谈、市场调研之类的事，看起来琐碎繁杂，没什么技术可言，可真干起来，却并不那么轻松。宛星发现，与人打交道最要谨慎不过了，更何况，那些生意人个个精灵古怪，你的一言一行、一颦一笑都得有分寸。所谓公关，其实是需要极大的智慧和绝好的耐心的。如何做到精准自然，让人信服又不着痕迹，还真非常人所能为。好在宛星年轻、美丽、聪明，做起这些事来，还算得心应手。就连魏坤都觉得，用了她之后，生意变得好做多了。就越发觉得这个女孩子不简单，不光外貌出众，温柔恬静，还心细如丝，事事都能关心周到，把事情交给她做，尽可放心无忧。
　　某一天，公司里要来一位大百货公司的老总。宛星预感那将是一笔大生意，因为魏坤早几天就叫她好好准备，并且，每天都要过问此事。可是到了这天，本来说好上午来的，宛星还特地预定了酒店包房和工作午餐，却因那位老总临时有事给耽搁了，一直拖到下午才来。那位老总来的时候，带了四五个随从，但由于一时再订不到合适的酒店了，只得在公司里那间不算太大的会议室里开会。那位老总四五十岁光景，个子不高，却有些谢顶了。光亮的脑门心，总在人们的视界里晃动，那有点滑稽的模样，让宛星想笑又不敢笑出来。他的面色却十分红润，精神奕奕的。见到宛星的时候，还特意和她握了握手，指着魏坤说：
　　"哈哈，我知道魏总一向年轻有为。原来，还有这么位年轻漂亮的助理呀，怪不得做起事来，总是那么干劲十足。"
　　魏坤连忙笑道：

"哪里哪里，赵总夸奖了。比起赵总的气魄和胆识，小弟哪里能及？我们都应该向您多多讨教才是。"

会议开得很久，赵总看来是个事必躬亲而又异常谨慎的人，样样事情都问得很仔细。好在宛星准备得够充分，只要魏坤示意，她是有问必答，说得赵总频频点头。魏坤的脸上，自然也是笑意盎然。做生意的讨价还价虽是难免，但气氛还算轻松融洽。到了最后，赵总终于把手一拍，摸了摸他那光亮的头顶，似乎很满意地环视一周，哈哈笑道：

"我是一个爽快人。我们两家过去有过一些合作，应该说，都比较成功。但还从没有这么大规模的。今天，我特别高兴听到你们十分清晰的陈述，看到这么详尽的数据。这一点，我要感谢魏总，还有你的助理。我相信，我们的这次合作，一定会给双方带来很好的收益。"

说着，他向魏坤伸过手去。魏坤连忙欠起身来，和他热情相握。说道：

"是啊，能够和贵公司这样的业界巨擘，有如此大宗的合作，是我们公司莫大的荣幸。我们一定会尽全力把事情办好。请赵总尽管放心。"

"好！我对你们的团队很有信心。"赵总说完就站起身来。

魏坤看了看窗外已有些灰暗的天空，说道：

"会开了这么久，大家都辛苦了。现在天色不早，如果不嫌弃的话，就请到我们公司对面的酒家吃个便饭，让我略尽一下地主之谊，怎么样？我的助理——宛星小姐都已经订好了。"

宛星点了点头。

"是啊，赵总一定要赏脸哟。"

赵总咧开嘴笑道：

"魏总的邀请，我怎敢不从？何况，还有宛星小姐相陪，我更是趋之唯恐不及啊。"

宛星听了这话，心想，今天是文娟的生日，本说好了要一起去吃饭、看电影的。当时跟总经理说过，他未置可否，便说：

"谢谢赵总这么看得起我。可是，今晚我有个约会，恐怕……"

没等宛星说完，魏坤连忙打断道：

"恐怕什么呀？宛星！赵总这么赏脸，还特地点了你的名了，说什么你也得留下来。"

宛星见总经理这么说了，虽说心里不是滋味，但也不能再坚持。便道：

"那，好吧。我得去打个电话。"说完，转身出了会议室。

赵总看着宛星的背影走了出去，笑嘻嘻地看着魏坤，咬着他的耳根轻声道：

"约会？不会是和男朋友的约会吧。多好的女孩子啊，你不会没有点意思吧？"

魏坤微微一笑。

"赵总说笑了，我们只不过是同事而已。况且，人家也许真的有男朋友了。"

赵总很不相信似地摇了摇头，笑道：

"魏总如此年轻、事业有成，怎么可能对这样优秀的女孩子无动于衷呢？你一向风流倜傥，对老哥我何必有所隐瞒？"

魏坤摆了摆手，沉吟了半晌。

"多谢赵总的指教。不过……"话未说完，宛星已经回来了。于是，便不再多言，大家纷纷起身，下楼到对面的酒家去。

酒家虽不是很大，但因地处闹市，到了街灯初上的时分，店堂内还是人影婆娑、人声鼎沸，看得出来，生意十分兴隆。酒店的环境还算清雅，内里更有包房单间，供商贾雅士们在饮食之余，有个能倾心交谈的安静氛围。宛星订的，便是这样的包房。进入那房内，只见铺就饰布的墙上，挂着淡雅的水墨山水画，从屋顶上垂下的玲珑剔透的水晶吊灯，散放着高贵而又静雅的乳黄色光芒。美食珍馐，确乎是一种享受。而在享受的同时，不妨卸下日日提着的心防，与三教九流，推心置腹或高谈阔论一番。这时候，酒就是必不可少的佐料了，有时不仅仅是佐料，甚至唱起了主角也不一定。这就是为什么，大凡能吃饭的地方，叫饭店的却少，叫酒家的反而多。一行人吃了什么，倒也不必细述。无非是生意场上的应酬，免不了觥筹交错，杯盘相叠，酒过三巡，菜过五味。宛星还从没有过这样的经验，也丝毫不知道自己的酒力如何，虽然早先从爸爸的身上，她已领略到酒的不可低估的坏处，虽然她也一再地告诫自己要节制少饮，但在应酬的时候，还是抵不住人家的言语相激与相劝，不免喝得多了。到出来的时候，就有些面飞桃红、目眩神迷起来。不得已，魏坤只得搀扶着她，下阶梯、过马路，还要与赵总他们寒暄道别，难免又引来好一阵子的揶揄嘲笑，弄得他颇为狼狈。不过扶着的是如此佳人，也不算吃亏，还得多少显示出一点绅士风度。于是，待赵总一行走后，魏坤还是小心翼翼地搀扶着宛星，来到自己停在路边的车旁，自言自语道：

"好吧，看来你是不能自己回家了。谁叫我非要你留下来陪人家呢？酒力这么差，却还要爱面子。现在，该怎么办呢？看来，只好我自己送你回家了。那……你家在哪里呢？"

宛星手指了指远方街道的尽头。

"闵……行……"

"乖乖，住得这么远啊！每天还能准时上班，你还真行啊。可是，闵行这么大，你是闵行哪里呢？"

话还没说完，突然从身后飞也似地驶来一辆出租车。随着一声尖锐的刹车声，猛地停在了魏坤的车后。接着，从车上跳下来一个小伙子，嘴里一迭声地叫着：

"宛星，宛星。"

宛星尚有些迷糊地被魏坤搀扶着，回头看时，却是文武。奇怪道：

"你……怎么……会在这儿？"

这时，魏坤也转过头来，看见文武时也是一怔。虽然路灯昏暗，但看着身材魁梧的他，还是觉得有些面熟，却一时想不起在哪里见过。而文武却很快认出了魏坤。

"坤哥？"

虽然他不知道魏坤的姓，但两年前在市场上打架时，这位'坤哥'的出手相助，还是让文武印象深刻。

魏坤听文武叫他'坤哥'，再仔细一打量，便也想起了来人是谁。

"是你？"

便又指了指扶着的宛星，问道：

"你认识她？你是她什么人？"

"我是她朋友。"文武一边回答，一边又责怪道，"怎么能把她灌醉成这样呢？宛星，来，我送你回家吧。"

魏坤不答话，却也不松手，反而俯首在宛星的耳边轻声问道：

"你认识他？他是你的朋友吗？"

因为酒劲尚足，宛星的神智仍有些含糊，误以为魏坤问文武是不是她的男朋友，便使劲摇了摇头。

"不是。我们……只是……"

未等宛星说完，魏坤便断然道：

"她都说了不是朋友，我可不能随便让你送她回家。看来，只好由我来送她了。"说完，就要去开自家车的车门。可是文武一步向前，拦住魏坤，一边向着宛星问道：

"宛星，你不认识我了吗？我是文武呀。"

宛星醉眼迷离地看着他。

"是呀，认……识……文武……哥……"

"你看，她说认识我的。况且，我也不放心由你送她回家，你自己都有些醉了。"

魏坤被文武这么一说，也觉得自己有些晕乎乎的。他虽然知道文武不是坏人，说的也不可能是谎话，但就是不肯放手。两人僵持了片刻，倒是文武先开口道：

"既然你也不放心，不如这样好了，我送她回家，你也上我的车陪着。待会儿，我再把你送回来就是了。"

魏坤心想，这样也好。反正我也不知道宛星的家究竟在哪里。于是，就扶着宛星上了文武的车。文武想去帮忙扶一把，可魏坤就是不让。

就在魏坤搀扶着宛星，坐上文武车的时候，却被刚从大楼里走出来的刘淑娟和另一位女同事看了个正着。事也凑巧，这天，因为手头工作紧，刘淑娟她们几个加班晚了，出来的时候刚好把魏坤对宛星百般呵护的情景尽收眼底。刘淑娟便像是醋坛子翻了似的浑身难受，头上又像燃起了一把无名火。而她的那位同事，更是不合时宜地说道：

"你看，这个程宛星倒是真有一套的哟，把我们总经理都弄成那样了。以你和总经理的关系，怎么能坐视不管呀？"

说得刘淑娟恨恨地跺了跺脚，嘴里哼了一声。

"到公司没几天，就想攀龙附凤了，没一套还不怎么的？只是，她想得太美了！"

文武发动了车，魏坤和宛星则坐在了后座上。宛星刚一落座，便抗不住酒力，昏沉沉地睡去了，而头，偏偏又倚在魏坤那宽阔又有些肉感的肩膀上。魏坤就索性大开八叉地仰靠在椅背上，意思是让宛星能靠得舒服些，而他自己，似乎也颇为享受这一刻让人舒服的感觉。

文武开着车，一路无话，眼睛却不停地瞄着后视镜。那镜子里面，是宛星那一张安详熟睡的脸，和那一个随车颤动的讨厌的肩膀。

第二天到公司后，宛星一直想着，在把昨天的会议记录送给总经理的时候，应该向他说声抱歉，让人家这么晚了还陪她一个小小的助理回家，实在是太不好意思了。其实，既然让文武哥碰上了，让他送自己回去就行了。可是，当她这样跟魏坤说的时候，魏坤却只是微笑不语地望着她，还轻轻地摇着头。弄得她觉得诧异起来。她低头审视自己的衣着，以为有什么不妥。此时的她，穿着一身浅黄色的西服，一袭白色的西裙，米色的皮鞋，衬着肉色丝袜裹着顾长有致的小腿，是年轻上班族女士的典型装扮，看起来干净清爽端庄雅致。可是，魏坤却还是那样微笑不语地望着她，好像很欣赏她的那种疑惑顾盼的神态，直到宛星最终以一种嗔怪的眼神投射过来时，才说：

"好了，别看了，你穿戴十分得体。公司里，怕是没有人比你穿得更加漂亮稳重的了。"

"那你为什么那样子看着我呢？好奇怪，我刚才是在跟你说抱歉的呀。"

"为什么要跟我说抱歉呢？我想，不是该我说抱歉的吗？"

看着宛星睁大眼睛，一脸不可思议的神情，魏坤就自我解释道：

"是我叫你留下来陪人家赵总，又是我害得你的那个'文武哥'没法单独送你回家了。"

宛星的脸不禁有些微红。虽然因为长得漂亮，从小就没少听人家拿这种哥哥妹妹的事跟她开玩笑，但每听到这种话的时候，她仍止不住脸红，更何况，话是出自一位年轻上司的口中。

"他只是我的邻居罢了。我和他的妹妹却是最要好的朋友。"

"原来是这样。看来，我真该让他送你回家。他看起来很想做你的护花使者呢，只是当时，我真有点不太放心。"

"让总经理费心了，对不起。"

魏坤摇了摇头。

"不用说对不起。保证每一个员工的安全，也是我的工作，不是吗？可是，我对你的那个'文武哥'，至今还是不太放心。"

"为什么呢？"

"因为我觉得，他对你好像有些不切实际的想法。"

"？？？"

见宛星一脸疑惑的神情，魏坤淡淡一笑。

"你不觉得他对你颇有好感。而且，有追你的意思吗？"

宛星的脸，被他说得更加红了。

"总经理总是爱开这种不着边际的玩笑吗？"

她的眼望向别处，带着嗔怪的语气轻声说道。而魏坤却像是十分认真地回应道：

"我阅人无数。相信我，我的眼光是不会错的。可是，我为什么要不放心呢？"

他像是问宛星，又像是在问自己。不知怎么了，魏坤自己都觉得有些异样。平时,他觉得自己是那种特别沉得住气的人,无论是谈生意,还是和女孩子交往,都是头脑清醒,进退有度。有时候,他甚至怀疑自己是否完全正常,难道有坐怀不乱的特异功能?但自从宛星做了他的助理之后,他和她说话时,就特别容易跑题,而且,闲扯起来常常会忘记了时间,往往倒是因为宛星的提醒,才让他突然想起还有文件要批,还有会议要开,不得不止住话匣子。昨晚和文武相遇后,才知道上次劝架帮的那位大叔,就是宛星的爸爸。虽然文武很不情愿,但还是架不住他一再的追问,让他约略地了解到宛星的家世背景,不禁对宛星除了好感之外,又多了些怜惜之意。

这初初萌生的好感与怜惜,使他在听到那些不利于宛星的流言时,变得非常不悦。那是刘文秀在闲聊时跟他说起的。虽然魏坤是总经理,但刘文秀毕竟是长辈,他们之间又有那一层特殊的关系,所以闲聊时,还是相当开放和随意的。刘文秀知道侄女刘淑娟对魏坤情有独钟,而魏坤似乎也默认两人之间,存在着某种不一般的关系。刘文秀当然乐见他们之间的关系,可以有进一步的发展。但自从魏坤选了宛星做他的行政助理之后,她便隐隐地意识到这种平衡似乎有被打破的迹象。那次闲聊中,她原本是以关心晚辈生活问题为由向魏坤进言:

"阿坤,你也都二十七八了,该安定下来,好好考虑考虑个人生活问题了吧?"

魏坤笑了笑。

"我妈也挺着急的。"

"是呀,你自己不着急,也该替你爸妈想想。有没有中意的对象呢?如果没有的话,阿姨倒是可以帮你物色物色。"刘文秀忙接着说道。

"阿姨,那您有什么好的对象呢?"

"我们家淑娟为人善良,长得也算漂亮。我觉得,她对你一直不错,有点那个意思,你觉得呢?"

魏坤默不作声。刘文秀又接着说道:

"如果你不好意思开口的话,我可以帮你们牵个线、搭个桥。"

魏坤仍未置可否,却王顾左右而言他:

"对不起,我把你们会计部的程宛星,挖到我这儿来了。你觉得她人怎么样?"

刘文秀听言暗想,看来自己的担心不是没有道理的。便说:

"她来我们公司不久,在会计部的时间更短,不太了解。不过,我倒是听说了关于她家里的一些情况。"

"什么情况？。"魏坤好奇地问。

于是，刘文秀便借机把她从各种渠道了解到的关于宛星的家世背景告诉了魏坤。诸如她父亲是造反派，曾几何时，在港务局系统是红极一时的人物，可后来被下放到农村劳改，又因为刑事案件坐过牢，等等。而她的母亲似乎也是个不安分的女人，后来不知因为什么原因失踪了，有人说，是因为和别人搞不正当关系自杀了，也有人说，是跟她相好的男人跑了，从此销声匿迹、不知所终。刘文秀说这些的时候，免不了添油加醋，说得活灵活现，连她都不由得佩服起自己描摹杜撰、借题发挥的能力来。可魏坤却听得直皱眉头。说到最后，刘文秀以一种长辈特有的语重心长告诫魏坤道：

"阿坤呀，人不可貌相。程宛星毕竟是个外人，哪像我们两家人那么知根知底的？你想让她做你的助理，阿姨也不好多说什么，但你也要小心些，特别是像这种身世背景的女孩。毕竟以她现在的位置，有可能接触到公司内部信息，我们都希望安排一个可靠的人在你身边。"

魏坤听完刘文秀的一番话，皱着眉头点了点头。一方面，刘文秀所说的情况之中，确有些是他所不知道的，而她的顾虑，也在情理之中；另一方面，他对刘文秀热衷刺探员工隐私，并加以渲染传播又感到有些厌烦。而令刘文秀始料未及的是，她的这些信息，反而更加激起了魏坤对宛星的好奇心，特别是在他对她渐生好感之时。只是碍于刘文秀的特殊身份，不便发作而已。

"谢谢阿姨的提醒，看来，阿姨对宛星也是蛮有兴趣的嘛，竟了解到这么多的情况。我会小心的，不过，我想看人还是要看本人，是否诚实、是否胜任。我相信疑人不用，用人不疑。宛星上任以来的表现，还是可圈可点的。"

话说到这里，刘文秀也不便再说什么了。她心想，该说的我都说了，这种事只能潜移默化慢慢来，太着急了，反而会弄巧成拙。

与刘文秀闲聊后的第二天，趁宛星来送文件的当口，魏坤叫住了她。

"你看起来有些疲惫呵。怎么了，有什么不舒服吗？"

"没有呀。"宛星对魏坤那份超乎寻常的关心，还是有些不太习惯。她想，或许是因为每日繁忙又有些枯燥的工作，让自己不自觉地流露出些许疲惫之色。

"也许是累了吧。"倒是魏坤帮她回答了，"是不是我给你太多的事做了？"

他略带歉意的语气，说得宛星有些不好意思，却又不无揶揄地答道：

"发挥员工的潜能，让他们全速前进，不正是老板们孜孜以求的吗？"

"哈哈，你是不是在说，我是个十足可恶的资本家？"

"我哪里敢？"

"好吧，既然你累了，现在也快下班了，我们就不要再为资本家卖命了。就让我请你一起吃个晚餐，怎么样？也算我对你辛苦工作，表示一下感谢之意。"

宛星本想拒绝的，和一位年轻的老总共进晚餐，这是她从来没有想过的事。况且，还有贝蓓曾提醒过的，而她也多有耳闻的关于魏坤的诸多罗曼史。可听魏坤说得那么诚恳，又不好意思驳他的面子，心想，就是一起吃个饭，也没什么好大惊小怪的，就点头答应了。魏坤毫不掩饰自己的兴奋之意，乐呵呵地说：

"我就喜欢你这种爽快劲。其实，我还有些事想问问你，就当是一次工作晚餐吧。"

说完，放下手头的文件，起身就走。

两人来到楼下，街上已是华灯初上。魏坤却不去开车，而是带着宛星，沿着街道，跟着熙熙攘攘的人流漫步。宛星问：

"你想去哪里吃饭呢？"

"别急嘛，吃饭之前先散散步，欣赏一下美丽的街道夜景，不是很浪漫的吗？"

宛星心想，果然是个花花公子，在办公室里还算正经，一到了外面，就原形毕露了。便不答话，只管走自己的路。

时已深秋，空气里已略有寒意。一阵凉风袭来，吹得宛星肩上的长发飘舞起来，她不由得打了个哆嗦。魏坤瞥了她一眼，嘴里问着，"你冷吗？"宛星刚摇了摇头，可肩上却已感到了一双手，正轻轻地将风衣披在了她的身上。她回头望了魏坤一眼，心里微微地一震。那是一种多么熟悉的感觉，那感觉似乎已经被散落遗忘了很久了，本来已经尘封的记忆，怎么这么容易就被唤醒了？只是轻轻的，甚至没有什么接触，但那种感觉，隔空而来，似乎早已在那里等待。宛星迅速地扭转头去，目光迷离地望向车灯游动、路灯闪烁的街道远方。也是一样的秋夜，只是这里的环境有些喧嚣。

"时间过得真快，你到公司有好几个月了吧？"还是魏坤首先打破了沉寂。

"是啊，时间过得真快。"宛星仍有些恍惚。

"已经是秋天了。"魏坤抬头看了看天空，被高楼切割出来的天空，像一条长河，而繁星则像薄雾中的波光，在河中闪烁。

"你喜欢秋天吗？"

"当然喜欢。秋高气爽。况且，我还是秋天出生的。"

"是吗？"魏坤的语气中带着些许惊喜，"看来，我们还是蛮有默契的。没想到吧，我也是秋天出生的。"

"噢？那你是几月？"

"九月。"

"那不能算，最多只能算是夏末。这么说，你已经过了生日了，又长了一岁。"

"是啊，又长了一岁。可是，到了现在这个年龄，就不太希望这么快长岁数了，不像小的时候。那你。又是几月呢？"

"我是十一月十一号。"

"哈哈！那更不能算秋天了，只能算是冬初。不过，你的生日倒是很好记。"

宛星笑了，心想，这个人倒蛮会计较的。

"这么说，你快要过生日了。打算怎么庆祝呢？"魏坤又继续问。

"不知道。也许，请朋友一起吃吃饭，看场电影，大概就是这样了吧。"

"那到时会请我吗？"

"什么？"

"请我。我应该也可以算是你的朋友了吧。"

"又要做上司，又要做朋友，可能会有点困难的吧？"

"不怕。这有什么关系呢？做朋友的时候，就不要当他是上司，不就行了？"

"可是……"宛星话未说完，魏坤就已停下了脚步。

"就是这里了，你看怎么样？"

他们站在一间西餐厅的门口，入口上方的霓虹灯招牌，色彩鲜艳又情绪高昂地闪动着。

"你想请我吃西餐？这里会不会很贵呢？"

"不会的。我和这家的老板很熟，每次他都会给我很好的折扣。所以，每次来吃，都像是赚了钱似的。"他咧开嘴笑着说。宛星也笑了。

"那好吧。这么说，你带我来吃，就可以赚双份了。"

"说得对。"

餐厅不是很大，却装潢得很典雅。墙上挂着些西洋画，虽说是赝品，但用来烘托气氛，却也不会逊色。更不用说有着豪华气派的水晶灯，以其柔和的光，照着幽幽墙纸上的褶皱凹凸，散发出一种宁静安详的味道。铺着地毯的地面十分洁净，座位则是那种高背的车厢椅，面对面的，可以让坐着用餐的人，十分贴近。

他们两个一进门，就有一个伙计上来招呼。

"坤哥，欢迎大驾光临。"瞥一眼他身边的宛星，一脸羡慕崇拜的样子，"是带女朋友来吃饭吧？"

魏坤对着他一瞪眼。

"阿宽，别胡说！小心你们老板扯你的嘴喔。我们这是正经的工作晚餐。"

说完，就走到临窗的一张桌子坐下。那叫阿宽的伙计跟上来，一边把菜单放在桌上，一边对宛星说：

"坤哥是我们这儿的老主顾了。店里人若不是太满的话，这张桌子总是留给他的。"

果然是个好位子，在一个僻静的角落里，隔着窗，可以看见街上的景色，而外面的行人，却不容易看到这边。

"给我来一份黑椒牛排套餐，一份冰糕，你呢？"

魏坤点完了自己的，便问宛星。宛星淡淡一笑。

"不好意思，不瞒你说，我还从没吃过西餐呢。所以不知道该点什么好。"

"如果你喜欢海鲜料理的话，这家的海鲜意粉做得很不错，有虾仁、蛤蜊、扇贝什么的，用葡萄酒煨过后，拌在有番茄酱的意粉中，真是别有风味呢。"

"那就来一份海鲜意粉吧。"

"喝点什么？"

"不用了。"

"那可不行，"魏坤便径直跟阿宽说，"给宛星小姐一杯摩卡咖啡。"

"好勒。"阿宽欢快地叫着，快步向后边厨房里去了。

很快他们点的餐饮就上来了。意粉的味道还真是不错，微微酸甜而温润鲜美。摩卡的幽香，随着悠扬抒情的音乐声和缓缓飘起的缕缕蒸气散发开来。

"怎么样？味道还可以吧？"

"嗯，"宛星赞许地点着头，"你不是说有什么事要问我吗？是工作上的事吗？"

"不是。"魏坤笑着摇了摇头，"本来请你吃饭就是想轻松一下，怎么能再用工作加重你的负担？"

"那倒没什么。你刚才不是说，这是工作晚餐吗？"

魏坤又笑了。

"我倒是很想说，是约会的晚餐，只怕你不认可。"

见宛星的脸有些微微地红了，魏坤又说：

"开玩笑了。我想私下里，应该算是朋友间吃个便饭、聊聊天，这样可以吧？"

宛星只是用叉子搅动着盘中的意粉，低头不语。沉默了片刻，还是魏坤又开始说话了。

"我一直很好奇。"

"好奇什么？"

"我知道，你在 C 大附中念过书？那可是间有名的中学。"

"是的，初中。"

"而且成绩很好？"

"你说的，是我在简介上的自我吹捧吧？"

"不不，这些我是从别处了解到的。我好奇的是，你为什么没在 C 大附中继续升学呢？那么好的一所名校，保管你可以上到名牌大学的。你为什么去读了枫林中专？"

"原来，你是好奇这个。这有什么奇怪的呢？穷人的孩子早当家，我想早点出来工作，好为家里分担。"

"原来是这样。那你家里，还有兄弟姐妹吗？"

宛星摇了摇头。

"那你父母，都在做些什么呢？"

"我妈妈生下我没多久就去世了。我和我爸爸还有奶奶生活在一起。我爸爸以前在港务局码头上做工，现在开出租车，和文武哥一样。我们的家境并不是太乐观。"

"噢，真对不起！你妈妈已经去世了。也许，是我问得太多了。"

"没什么。不是说是朋友吗？那就应该互相了解的嘛。那你呢？你应该有好多的故事吧？"

"你喜欢听故事啊？"

宛星点了点头,眼光又有些迷离地看向窗外。夜幕下的窗外,人影和街灯的晃动,在宛星看来,仿佛是一个个她听过的和没听过的故事的背景。

"以前,我有个很要好的朋友,他特别会讲故事,古今中外的事,他好像都知道一些。听他讲故事,对我来说,真是一种享受。"

"是这样啊,可我不太会讲故事。"

"没关系,那些亲身经历的事,也许更有意思。"

"那好吧。"

"太好了。"宛星快乐地叫道。她只要有故事听,那双美丽的眼眸里,便总会流露出一种快乐的期待。

于是,魏坤便像是得到了机会,开始大谈他的孩童时代、他的学生生涯,以及创业的伟大经历,让宛星听得一脸的沉浸与向往。

"你真是太了不起了!"等魏坤看似讲完了的时候,宛星竖起了拇指,像是盖棺定论似地说道。

"有什么了不起?你太抬举我了,其实,好多事情我都没能做好。"

"总经理,你太谦虚了吧。还有什么事情,你是做不好的?我怎么一丁点儿也看不出来?"

"比方说,我到现在为止,都没有找到女朋友,让我的爸爸妈妈很着急呢。"

宛星一怔,她没想到魏坤会突然跟她说起这些,便有些不自然地说:

"你和Susan小姐的关系不是很好吗?我听人家说,你们是一对。"

魏坤摇了摇头道:

"谁这么喜欢嚼舌头,传这种没影了的话?我和她只是普通朋友。"

"噢。"宛星不知该如何继续这个话题,只是觉得,她不该涉入总经理的私生活,便说,

"Susan聪明又能干,在会计部,可是我们大家学习的榜样呢。"

魏坤淡淡一笑。

"我还想让你成为大家学习的榜样呢。"

宛星的脸一红。

"你总是拿我开玩笑。"

他们俩在这边轻声地聊着天,忽然间,从隔壁隐隐传来别人说话的声音。虽然高背的车厢椅挡住了视线,但那声音,却是他们两人都

熟悉的，那是会计部经理刘文秀的声音。

"当初，我们还是太仁慈了，结果没把她搞掉。总经理竟把她当成正面典型，表扬了一通，唉！"

"就是嘛。"这回是刘淑娟的声音，"现在怎么办？她已经勾搭上总经理了，凭她那谄媚的功夫，止不定还会闹出什么新花样呢。"

"阿坤也是的，本该是见过世面的人，没想到会被她迷住了。我劝他的话都听不进，偏要相信家世背景这么不堪的一个人。"又是刘文秀的声音。

"姑妈，你还是再想想办法吧，说什么也要把她弄走。坤哥要是不理我了，我还有什么脸面在公司里混呀？"

"唉，我曾给过她暗示，如果她想另谋高就的话，我倒乐意帮忙的。谁知人家不领情。她若还在会计部，那还好办，她会死得很难看的。可是现在……不过你放心，姑妈在这间公司里，不是个没分量的人，我一定替你出这口气。"

宛星看到魏坤脸色铁青地坐在那儿，放在桌上的拳头攥得紧紧的，好像随时就要发作。宛星赶紧向他摆手，一边打着手势，一边悄声说道：

"算了，别在意。"

魏坤看着宛星一副担心着急的样子，心想，"宛星的为人真是太善良了，这件事，我可不能袖手旁观。"

第二天，魏坤到公司后的第一件事，就是叫来了刘文秀。

"阿姨，"他直截了当地说，"那天，你跟我讲了宛星的一些情况，我也做了些了解。宛星现在是我的助理，这一段时间以来，工作十分勤勉，也从没有出过什么差错。可当初，你跟我说，她做事马虎，不负责任，上班没多久就搞错过一个大单子，你因此要我中止她的实习合同。当时，我觉得最好还是进一步考察之后再说。后来，我仔细看了一下那份单子，显然，上面是漏写了整整一页数据。会不会有人没把单子给她？"

刘文秀听言一愣，心想这个阿坤，怎么会对这小事感兴趣。便假装惊讶地说：

"怎么可能呢？那都是阿娟给她的呀。阿娟在会计部做了这么多年，也没出过什么差错呀。"

魏坤点了点头。

"我也希望阿娟诚实可靠。你是她的姑妈，希望你平时多提点一下她，最好不要搞投机取巧的事情。"

刘文秀听魏坤如此说，言下之意是认定刘淑娟有嫌疑，便恼怒起来。

"阿坤呀，我们共事那么多年了，你还不了解我吗？我当初放下那么好的待遇，来到这间公司是为了什么？阿娟是我们自己的人，你却怀疑她投机取巧，而不去责问一个初出茅庐的外人，这样做妥当吗？"

魏坤见她真的生了气，也不想把气氛搞僵，想着，只要把信息传达到位就可以了，便缓下了口气道：

"对不起，也许是我言重了。我倒没有怀疑阿娟的意思，只是想提醒一下。就像您说的，为了大家共同的利益，要团结不是？有则改之，无则加勉吧。"

刘文秀听魏坤如此说，自知再多说也无益，但心里的憋屈郁闷，如鲠在喉。回到自己的办公室后，就一直在想，自己这么多年来，为了这间公司也算是竭尽全力，没有功劳还有苦劳，她怎么也想不通，为什么多年建立起来的业绩、名望和地位，却不及一个新来的黄毛丫头，被她不费吹灰之力，就消灭于无形之中。她望着窗外的天空，天色也如她的心情一样灰蒙蒙的，好像快要落泪似的。她的胸中，就像是堵了块石头般，既沉重又气闷。她坐回办公桌后的转椅里，怎么也无法继续工作，脑子里尽是些乱哄哄的奇思异想。一直到天色黑了，才昏昏沉沉地从办公室里出来，打算回家。不知是天意有心与她作梗，还是应了福无双至、祸不单行的箴言，却在电梯口，和刚好也是晚归的宛星不期而遇。真所谓冤家路窄，不看见时还只是恨在心里，看在眼里时，眼里就像要喷出火来了。更可恨的是，那程宛星竟像没事人似的，还对她微微一笑，好似一种意犹未尽的羞辱。

她的嘴里微微哼了一声。可心里窝火，却不知从何发起，那种堵心的感觉就愈发难受。宛星见刘文秀一脸铁青，一副仇人相见分外眼红的架势，便也不敢多言，只好尽量避开刘文秀那咄咄逼人的目光。于是，让刘文秀愈发地怀疑她做贼心虚了。两人一语不发地进了电梯，电梯里面的空气仿佛凝结了，让人有种憋气的感觉。可电梯还是以一种不解人意的匀速缓缓地下坠，在刚刚停稳的一瞬间，宛星眼睛的余光却隐约地发现，刘文秀顺着电梯里那光滑的墙壁往地上蹲了下去。转过头来仔细看时，她的额头上正冒出些冷汗来，并开始口吐白沫，四肢也有些痉挛。宛星立即明白，刘文秀可能是心肌梗塞发作了。她奶奶上次发病时，也是这样的症状。电梯门开了，大堂里空无一人，连那位整天坐在接待柜台后的小姐也已经下班了。好在宛星知道柜台后面的桌上有一部电话机。于是,她赶紧小心翼翼地将刘文秀移到电梯外,让她平躺在大堂的地板上,轻轻在她的耳边安慰了两句,就到柜台边打急救电话去了。

当刘文秀醒来时,已经躺在医院的病床上。年轻的护士正在给她换点滴,见她醒了,便轻声问候道:

"你醒啦?"

窗外的夜色很黑,而病房内的日光灯,却把一切都照得又白又亮,白色的墙,白色的窗帘,以及白色的护士服。虽然一切都很清晰,可刘文秀还是有些迷糊,恍如梦中,不知自己身在何处。

"我这是在哪里呵?"她仍然十分虚弱地问。

"这里是医院的病房。"

"病房?我怎么会在这里?"

"是你女儿把你送来的呀。你犯了心脏病昏迷了。多亏你的女儿了。"

"我女儿?"

"是呀。你好福气呀,有那么漂亮的女儿,而且,对你那么孝顺。若不是她在救护车到达之前处理及时,又是做胸腔按摩,又是人工呼吸的,不然的话,你还真的很危险呢。"

"谁是我女儿?"

"就是送你来的那位呀,姓程,叫程……程什么来的。你先生是不是姓程?"

刘文秀点了点头。其实,她的先生姓陈。

"那就对了嘛。"

"可我没有女儿呀,我只有一个儿子,才十二岁。"

"噢,那就奇怪了。不过,那女孩对你可好呢,我们都觉得,只有女儿才会这样。急得跟什么似的,一个劲地叫我们赶快抢救,把身上所有的钱都拿出来,还把身份证号、电话都留下了,说是取钱去了。一般的女儿,都不见得能做到这么好呢。对了,是叫程宛星来着,身份证上写的。没错,那名字特别好听。"

听了护士的话,刘文秀渐渐地有些清醒起来。她慢慢想起了自己昏迷之前的情景,不禁微微地叹了一口气。

护士见刘文秀叹气,精神仍显萎靡,以为她在担心自己的病情,便轻声安慰道:

"别担心,你现在情况已经稳定,医生说没什么大碍了。好好休息吧。"

　　说完,就退了出去。

　　当晚,刘文秀的家人,包括刘淑娟都跑来看她。只是宛星却再也没有出现。

　　第二天,当魏坤也跑来看她的时候,她已经好多了。打完了点滴,正斜躺在微微摇起靠背的病床上休息。魏坤从昨天半夜宛星打来的电话里知道她患病后,心中不免有些焦虑,更有些内疚,不知他对刘文秀所说的那些话,是否是诱发她犯病的原因。一个晚上都没能睡安稳,一大早就买了些水果和鲜花,来看望她。刘文秀见魏坤从门外进来,便要欠身起来,魏坤连忙摆手道:

　　"别动别动,心脏病人最好不要多动。"

　　说完,将带来的东西放在小桌上,然后,在床边的椅子上坐了下来。刘文秀歉意地笑了笑。

　　"谢谢你了,阿坤,这么忙还来看我。"

　　"说哪里话?应该的。昨晚听宛星说你病了,真把我吓了一跳。我爸爸妈妈知道了,都担心得不得了,说这两天就要来看你。还一直怪我说,没把你照顾好,给你太多压力了。"

　　刘文秀听了这话,轻轻叹了口气道:

　　"唉,都怪我自己身体不争气,让他们两位费心了。"

　　"也确实怪我,昨天还说了那些过头的话,希望你能谅解。千万别往心里去。"

　　"不,不。"刘文秀摆了摆手,"你说的那些话并没错,我知道你是为了公司好。可能……我确实对宛星有些误解,某些方面对她不够公平。"

　　"好了,好了。我们不谈这些了。怎么样?现在好点了没?"魏坤见刘文秀说得很诚恳,也不知她的态度,何以在一夜之间,会有如此大的转变。又怕她为了这事再难过,对病体不好,就忙止住了她的话题。

　　"好多了。"刘文秀答道,"昨晚上多亏了程宛星。听医生护士们说,若不是她及时搭救,我也许就不是躺在这里了。而我以前还那样说她,真是惭愧。"

　　"嗯。"魏坤略有所悟地点了点头,心想:"刘文秀对宛星的态度一向苛刻,可宛星还能不计前嫌、全力相助,这种心胸,确非常人所能及。"嘴里却说道:

"我知道，宛星是个心地善良的人，很高兴你也能看到她的这一面。"

"总经理真有眼光，知人善任。现在我病了，恐怕一时间不能再为公司做什么。我想可以的话，休息一段时间。就让程宛星做会计部经理吧，她虽然年轻，但以她的气度和学识，一定可以胜任。"

"谢谢你病中还在操心公司的事。如果你想休息一段时间，那一定没问题。你就安安心心地休养吧。至于经理的人选嘛……"魏坤沉吟片刻。

"我觉得，还是让淑娟代理更合适些，她毕竟是老员工，资历深、经验丰富。有什么问题，向你请教起来也方便些。你看好不好？宛星嘛，我觉得，还是培养培养再说吧。"

"那也好，还是你想的周到。"刘文秀赞许地点着头。

第十三章

　　好像只有一眨眼的工夫，秋末冬初的时节就到了。刘淑娟当上会计部经理已有一段时间了，她本应好好感谢魏坤的，因为他的坚持与认定，自己才能如此顺利地坐上这个许多人觊觎的位子。可是，这一段时间以来，刘淑娟却怎么也高兴不起来。由于这次升迁，她发现魏坤与她的关系，反而因此变得一本正经起来。以前常有的打情骂俏不见了，甚至连日常聊天的话也说不上两句。她姑妈开始劝她不要太过痴情了，但她却怎么也放不开那份久已沉淀于心的幻想。她仍愿意默默期待命运的转机。是的，命运，那真是个奇怪的东西，谁能保证有朝一日，它不会眷顾与怜惜自己，谁能保证魏坤不会厌倦了拈花惹草的漂泊生涯而回心转意，谁又能保证他最终不会发现她才是最值得珍爱的毕生的归宿呢？

　　但是，魏坤的心意究竟是怎样的呢？这一点，以前恐怕连他自己都不甚明了。他交往过的女孩子这么多，有几个是他中意的？魏坤从来也没问过自己。可能在他的潜意识里，这就像是在问，一趟漂泊的旅程中所见到的众多浮萍，究竟哪一个更让他留恋一样。但自从见过宛星之后，她那份不卑不亢却又不乏真诚的检讨书，她的静静等待发落时的娇羞模样，她开心时总是甜甜地微笑着的脸，和那一对总像是在絮语着的大眼睛，她说话时那带着关切与柔情的明媚的声音，如同清泉潺潺地流进他的心田。特别是在刘文秀发病前后的这一段时间里，她所表现出来的那种超然宽容的态度，以及以德报怨的不俗的胸怀，都让魏坤的心灵受到一种温柔的感动。于是，和她在一起的时候，他便会觉得像是湖面上吹来了一阵阵柔和的清风，湖边杨柳的枝条开始飘舞起来，他的心也有了起伏不定的波澜。好像她的存在、她的气息，都能在他的嘴唇上，品尝出一种甜甜的味道；而她的移动、她的眼神，又总在散发出一种怡神又舒爽的香气，令他的心沉浸在从未有过的安宁与甜美之中。于是，仿佛是跟随着神的指引，他的心灵似乎也有了确定的方向。

　　天气已有些凉了。秋冬时节里的每一天，看起来都是那么普通，安静甚至有些沉闷。这一天，宛星起得很早，她像往年的这个时节一样，穿上了她喜爱的那件浅灰色的风衣。风衣的里面，却是她头一回穿上的一件编织着落叶纷飞图案的米黄色毛衣——那是奶奶买给她的生日礼物。前些时和奶奶一起逛街，看见这毛衣她就十分喜欢，恬静的色彩，特别是那落叶飘舞的图案里所蕴含的浓浓的秋意，让她感到由衷的惬意。也许是秋天出生的缘故吧，她喜爱秋天里那种安宁与满足的气息。只是嫌价格贵了些，所以犹豫着终于也没有买。这一回，是奶奶背着她悄悄把它买下了，昨晚上才拿出来送给她，让她着实惊喜了好久。所以，在生日的这一天，她一定要把它穿在身上。

　　来到自己的格子间，她先脱下风衣，将它挂在门边的挂钩上。那显露出来的米黄色毛衣紧致又合身，将她曼妙的身材衬托得更加妩媚动人了。她回过头来，不由得眼睛一亮。原来，她的办公桌上，多了一个精致的淡紫色薄瓷花瓶，花瓶里插着一大束漂亮的鲜花，而花瓶的旁边，竖立着一张贺卡。她有些好奇地打开了那张贺卡，一时间，飘荡出一阵亲切又熟悉的生日快乐歌的旋律。那清澈的铃声，像泉水般跳跃，如花香之飘散，传递着一种令人感动的由衷的欢乐。原来，这是张会奏乐的贺卡啊！宛星还从未见过这新奇的玩意儿！人的创意与巧思，令她大大地惊奇了。她心想，送礼的人想必是用了心的，才弄来这新奇浪漫的赠礼。她急忙去看卡里写了些什么。伴随着抒情快乐的音乐声，读着那些祝福的话语，真让人有种不一样的温情感受。目光停在了落款处，那是一个写得简洁但遒劲的"坤"字。

　　她不由得想起了那次与魏坤一起吃西餐的晚上，他们曾经谈起过彼此的生日。难得他还记得这个日子，并且早早地送来了这么别致的祝福。今天是自己的生日，她已经约了文武、文娟兄妹，还有贝蓓姐一起下馆子吃晚饭的。她正犹豫着是否要请这位总经理。虽然上次魏坤请她吃那顿价格不菲的西餐时，问过她生日的事，还说了要和她做朋友，但宛星并没有爽快答应，而魏坤也没有再在这个话题上说下去，所以宛星也不知道魏坤说的那些话是出自真心，还是他早已习惯了的应酬。因为那顿美味的西餐，回请本是应该的，但魏坤是这样一位年轻又有着风流名声的上司，主动邀约这种事还是要慎之又慎。然而，今天早晨的鲜花和贺卡，让宛星领悟到魏坤所要表达的友情与诚意，她不能再犹豫了。

她来到魏坤的办公室。魏坤正埋头在桌上写着什么东西。

"总经理早。"她这么叫着。

魏坤今天来得特别早。因为他知道宛星虽然住得远,但几乎每天都是第一个来上班的人,所以他必须起个大早,才能赶在宛星之前,把那些鲜花和贺卡安排好,给她一个惊喜。

这时,他听见宛星的声音,便从桌上抬起头来。可以看见他眼里闪亮的光,就这么直直地投射过来。

"噢,宛星,你来得真早啊。"他看见了宛星手里的贺卡,眉宇间更有了种满足的神情。

"你来得不是更早吗?真是个勤勉的老板。"宛星挥了挥手里的贺卡,"谢谢你的礼物,没想到你还记得我的生日。"

"当然啰。你的生日,多么特别的日子啊。好不容易,终于从夏末秋初到了秋末冬初了,怎么能忘记呢?祝你生日快乐!"

"谢谢。那么,今晚上你有没有空呢?"听到宛星这样问,魏坤的眼里瞬间迸放出更为明媚的光芒。

"当然,当然有空。"他不假思索地回答。

"我想请些朋友来聚一聚,包括会计部的朱贝蓓。如果你不嫌弃,希望你也能赏光。"

"太好了!这么说,你真的把我当朋友了。能受到你的邀请,那是我的荣幸。怎么会嫌弃?"

宛星开心地笑了。心想,虽然是上司,但和这样的一位上司做朋友,看来也不是很难的嘛。

这一天,魏坤的心情就别提有多亮丽了。他甚至十分慷慨地批准了今年给员工加薪5%的提议,这一举措让所有开会的人都惊诧不已。不用说这种加薪的幅度前所未有,就算往年哪怕只有2%的加薪,都会让这位年轻却擅长精打细算的魏老总斟酌上好几天,从没见过他像今天这么爽快。刘淑娟也是与会者之一,她当然注意到魏坤这不同寻常的灿烂心情,不过,对此她却无暇深究。只是暗忖,我们也有很长一段时间没在一起吃饭了,以前吃饭都是叫他掏腰包,因此私底下,常常嘲笑她的小气抠门。今天难得他这么高兴,不妨趁着他心情好,自己破费请他吃个晚饭,既算是回报,也能借机增进一下彼此间日渐冷落的感情。于是,开完会后,当魏坤一路春风地回到办公室门口的那个瞬间,刘淑娟叫了他一声,随即快步跟了进去。

"坤哥,今晚有没有空呀?"

"怎么，有事吗？"魏坤回头问道。

"我们已有很长时间没在一起吃饭了。今晚有空的话，一起吃个饭好吗？这一季业绩这么好，也该好好庆祝一下。"

"哈哈，又要放我的血呀？"

刘淑娟连忙摆手。

"我怎么敢？今晚说好了我请客。"

"为什么？从没见你这么慷慨。"

"今天，你不是也很慷慨吗？就算我代表全体员工感谢你的体恤好了。"

魏坤笑着点了点头。

"这么说的话，也算应该。至少，让我发现自己还不算太坏。不过……"

刘淑娟未等他把话说完，就又接着道：

"其实，私底下，我是要感谢你对我的提拔。以前太不懂事了，总让你破费，真不好意思。"

"呀！今天怎么变得这么客气了呢？对我就不要这样嘛。做这个经理，是因为你有这个能力。现在，你不是做得很好吗？不过今晚，我还有个应酬，真的是没空，对不起了。"

"噢，这样啊。"刘淑娟听了这话，有点意外又有点失望。

"那就下次吧。"

魏坤便点了点头。

"好吧。"

刘淑娟转身要走，忽然想起了什么，便停下来，回头对魏坤说：

"下个月，日本松山芭蕾舞团来沪演出。听说，那是世界顶级水平的舞团。我在上海芭蕾舞团里有个朋友，可以弄到些票子，不知你有没有兴趣一起去看？"

"真的吗？"魏坤显得很感兴趣。可这时，他办公桌上的电话响了。他便向刘淑娟挥了挥手，说：

"到时再说吧。"

刘淑娟见魏坤事情正忙，不便打扰，就退了出去。

而此时，宛星也正在跟朱贝蓓说今晚聚会她请了魏坤的事，贝蓓用一种奇怪的眼神望着她，不停地问："真的吗？真的吗？他答应了吗？"当最终得到了宛星十分肯定的回答后，她竟呵呵地笑了起来，还在宛星的肩膀上用力地拍了拍，说道：

"真有你的！看来，到了你实现'苟富贵，无相忘'的时候了。"

宛星不解地看着她。

"什么呀？"

贝蓓便神秘兮兮向宛星招招手，意思是叫宛星伏耳过来。接着，就在她的耳边轻声说：

"你是不是对总经理有点那种意思呀？"

宛星马上甩开了头，虎起脸道：

"贝蓓姐！你别开这种玩笑好不好？怎么可能嘛！"

"那就是总经理对你有意思啰？"贝蓓仍然不依不饶。

"哪有啊？他只是想和我们交个朋友罢了。"

"朋友？他大概只是想和你交朋友吧。不过，这也没什么不好，和总经理做朋友，对你来说应该是利大于弊的，如果你能够善加利用的话。"贝蓓一副老成世故的模样。宛星便笑着拧了下她在面前晃动着的鼻尖。

"贝蓓姐，你想多了吧？"

"少年不识愁滋味了吧？总经理的风流韵事我可没少听说，虽然不是坏事，但和他交往，你还是要小心点为好。"

宛星无可奈何又不以为然地摇了摇头。

生日聚会就定在宛星家附近一间名叫"沪江风情"的餐馆。魏坤来得晚了些，他的到来，对大家而言，仍是个不大不小的惊奇。特别是文武，总觉得不那么自在。他对宛星的感情，随着年龄与日俱增。小时候的那种兄妹之情，在不知不觉中慢慢嬗变。不知从何时起，他的心，就像春天发芽的种子一样，从黑暗的地底下破土而出，在猛然间见到了刺眼的阳光时，激动又有些不知所措。他不知道该如何表达。虽然有时候，这种情感在他的身体里像小鹿乱撞、像烈火燃烧、像惊涛拍岸，让他觉得快要控制不住了，但他还是强迫自己冷静再冷静。因为他觉得，宛星仍然像一个需要百般呵护的小妹妹一样，那么娇小、那么柔弱，他不想用狂风骤雨、雷鸣电闪去惊吓她。他只想能好好地守护在她的身边，看着她成长，希望她的心里也埋藏着同样的一颗种子，而他便要作那唤醒春天的阳光和雨露。

但是，魏坤的出现好像正在改变这一切。虽然以世俗的眼光，魏坤的家世背景、经济条件都似乎让人难以匹敌，但那倒不是他最担心的，因为他相信宛星并不是那种势利的女孩。他最担心的，倒是魏坤那种生意人擅于花言巧语的特质，他担心宛星那情窦初开的心，会被美丽的外表所迷惑，会因为辨不清真伪而误入歧途。当宛星告诉他们魏坤要来时的那种兴奋和期待的神情，是确实让人忐忑不安的。

魏坤真是个懂得交友之道的人。他来的时候，并没有像平时那样穿得西装革履，而只是在普通不过的T恤外，披了件朴素不过的夹克。他知道宛星的朋友都是工薪阶层或者学生，单从聚会的酒家名字，就知道不是什么高档次的地方，所以，他也应该看上去像一个打工仔才相称。可他的手里，却拿着个盒子，用漂亮的包装纸包裹着，华丽美观，甚至还用丝带挽了个花结，那典雅精致和他身上朴素的衣着却有些格格不入。那显然是个礼物。当魏坤把它递给宛星时，她有点犹豫该不该收下它。因为魏坤早上的时候，已经送过音乐卡和鲜花了。但不收的话，又似乎不太礼貌。

"总经理。"

"什么？谁是总经理？亲切点嘛，叫我坤哥好吗？或者，直呼其名也行呀。既然是朋友，就不要分彼此了。"

宛星觉得叫他坤哥显然不妥，哥呀妹呀的，有点别扭。正嗫嚅着，一旁的贝蓓见了那个礼物，却不管他俩寒暄未毕，就嚷嚷起来：

"好精美的礼物啊！真不愧是总经理，送的礼物都那么好看。宛星，快打开来看看，是什么好东西呀？"

可魏坤却笑着摆了摆手。

"别这么着急嘛，让我留一点悬念，好吗？"

说完，就把那小盒子放在了旁边的桌上。接着，和在场的人一一寒暄。和文武招呼时，还特意像老朋友似的和他用力地握了握手。笑道：

"我们又见面了。"

"怎么？你们认识？"在一旁的文娟好奇地问。

"你就是林文娟吧？"

"是呀。你怎么知道？"

"我不光知道你的名字，还知道你是从小和宛星一起长大的好朋友呢。"

文娟便笑着对宛星说："一定是你说的吧。"又问魏坤，"那你又是怎么认识我哥哥呢？不会又是因为宛星吧？"

魏坤哈哈一笑。

"是也不是。怎么说呢？我和你哥，可算是不打不相识呢。"

宛星听他这样说，便也有些惊奇了。她虽然知道在她醉酒的那天晚上，他们两人见过一面，但并不知道他们之前就已经认识了。而那天晚上，他们两个也没有兵戎相见呀，什么叫作不打不相识？便问道：

"难道……你们两个不光认识，以前还打过架？"

"那倒没有。不过，我真的帮他劝过架呢。"魏坤答道。

文娟听魏坤这样说，心想也不奇怪，便说：

"我哥以前是学校里有名的皮大王，架可是没少打。不过，现在应该是规矩多了。怎么？你又看见他打架啦？"

"哪有啊！"这时，文武自己跳出来嚷道，"我和他头一次见面，就一起帮人家劝架呢。我们可都是助人为乐、见义勇为的好青年哦。"

"是啊是啊。"魏坤附和道，"所以，也可以叫不打不相识。"

"原来是这样。"

正说着话，菜上来了，酒也备妥了。于是，一伙人就开始喝酒吃菜，免不了谈天说地，论古道今。渐渐地，都有些微醺浅醉，借着酒兴，唱完了生日快乐歌，又唱流行歌，唱完了流行歌，再唱民歌。魏坤还真有点艺术细胞，一首"在那桃花盛开的地方"，唱得颇有蒋大为的风采，将大伙的情绪推向了高潮。文武就提议说，要不要来玩点什么游戏。宛星便说：

"要不，我们来玩算二十四点吧，输掉的人必须罚酒。"

文娟嚷道："不好不好！你数学那么好，玩这个不是恃强凌弱吗？"又对大家说，"想当年，我们班上除了那个聪明绝顶的江俊杰，就属宛星的数学最好了。"

"那你说玩什么好呢？"

"成语接龙的游戏你还记得吗？就是那次母猪生仔的晚上，俊杰叫大家玩的那个游戏。"

文娟猛地提起了那段不算太久之前的往事，还两次提到俊杰的名字，不由得让宛星仿佛又回到了那个已有些恍惚但依旧迷人的晚上。那曾经是一个晴朗的夜晚，是的，那夜的天上曾有过灿烂的星光，伙房里曾弥散着温暖的灯火，煮沸的猪食曾蒸腾起朦胧的雾气，窗外的夜色因此而变得晦暗不明。那些常来到她梦境里的仍带着些许稚气的脸庞，就又如同电影里的人物和背景，在她的眼前晃动起来。

"记得吗？"文娟又推了推沉默了的她。

"记得，当然记得。怎么会忘呢？可是，在学校时学过的成语，却已忘得差不多了。"

"还好啦。不管怎样，我觉得玩成语还是比玩数字有趣些。"文娟笑着答。

"不好玩！不好玩！"此时文武却打断道，"我最不喜欢这些伤脑筋的游戏了。要玩，就玩既简单又刺激的。"

"那你说玩什么好呢？"

"如果说既简单又刺激的嘛，那就是真心话大冒险了。"魏坤接口道。

"什么是真心话大冒险？"大家异口同声地问道。

"这个嘛，其实很简单。就是不知道你们敢不敢玩。"

文武听了，兴奋起来，把头一扬。

"不就是游戏吗？有什么不敢玩的。你说怎么个玩法吧。"

"没什么，就是猜输赢。比方说我是庄家，就猜我手里有多少硬币吧，每个人讲一个数字，不能重复。如果我手中的硬币和你说的数字一样，你就中奖了。刺激就在于，要是中奖了的话，就要选择要真心话还是大冒险。如果选真心话，就要回答我的一个问题，不管是什么问题，都要说真话；如果选大冒险，就是要做一件我要求你做的事，不管是多么冒险的事都要做。"

"这个……听起来蛮可怕的。"文娟和贝蓓不约而同地说。

"那，这样吧。因为有女孩子在场，我们就宽容点，还可以有第三个选择，就是喝了这一大杯的啤酒！"

魏坤说完，就把桌上那个最大的杯子推到大家的面前。

"那好吧。"女孩们虽还有些犹豫，但听说可以用喝酒来充数，便还是答应了，毕竟，听起来蛮刺激的，大家都有些跃跃欲试。

"那我先来做庄，怎么样？"文武见大家都答应了，便抢先嚷嚷道。

魏坤见文武一副猴急模样，便笑道：

"本来，应该女士优先的，既然你这么积极，这个优先权就让给你了。"

于是，从口袋里摸出几个硬币，数了数，放在文武的手里。

"我们这儿有五个人，除了坐庄的，就是四人。硬币三枚，0到3，每人猜的都不能一样，这样每轮必有一中。明白了吗？"

"这么说，也可以猜没有啰？"文娟问道。

"对了。你真聪明。"

于是，文武便别转身去，藏了些硬币在手里，又转回身来将握紧了的拳头放在桌上。文娟不等大家开口，就抢先猜道：

"我猜两枚。"又推宛星，"你猜多少？"

话未说完，文武便一边摇头一边摊开掌心，里面果然只有两枚硬

币。惊得文娟张开了口闭不拢,而贝蓓却直拍手,笑道:
"果然是兄妹,心有灵犀一点通。"
魏坤便将脸一沉,用一种阴森森的语气问道:
"真心话还是大冒险?"
文娟只得挠了挠头,心里暗忖,还好坐庄的是哥哥,不然还真不好办。既然是哥哥,选什么应该都无妨。就说:
"大冒险。"
魏坤像是看透了文娟心思,便对文武说道:
"你可不能偏袒自己妹妹啊。不然,待会儿你要是输了,肯定不好办,到时可没人帮你。说吧,想叫她为你做什么?"
"那……"文武略想了一想,"就亲哥哥一下吧。"
虽然文武平时看上去有点傻里傻气,但心里还颇有些灵气。他们两个本就是兄妹,小的时候,妹妹已不知亲过他多少回了。对妹妹来说,亲哥哥一下,应该不算是难题,又能满足大家猎奇的心理。但现在毕竟都是大人了,这种小时候耍玩的勾当,当着众人的面,还是让人有些脸红。不过,文娟还是大大方方地亲了哥哥一下,众人更是一阵喝彩。
轮到文娟坐庄时,这回输的却是贝蓓。贝蓓心想,这下糟了,方才不该笑话文娟,现在不知她会怎样报复。好在文娟本是个大方的人,又和贝蓓初次见面,就不计前嫌,只叫她唱了首歌而已。
风水轮流转,贝蓓坐庄的时候,果然应了魏坤的话,是文武撞到了枪口上。众人问他要真心话还是大冒险,他便说:
"既然刚才你们都选了大冒险,那我就选真心话。"
魏坤不屑地乜眼瞧着他:"这么胆小,不敢冒险啊?"
宛星替文武辩解道:"有时,说真心话比大冒险更难呢。"
文武便说:"就是嘛。不过,我是君子坦荡荡。不怕你问,没什么真心话是不敢说的。"
"那好,果然有点英雄本色。"贝蓓点了点头。
"可是,我该问他什么呢?"
她转过脸去看宛星,宛星一摊手:
"想问什么就问呗,看我干什么?"
"那我就问了,你可别生气哦。"
说完,她向文武问道:
"文武哥,我看你对宛星挺关心的,还经常接她下班回家什么的。说老实话,你是不是喜欢她呢?"

这一问，令文武呆住了。他看了一眼宛星，宛星此时脸已红了，正以嗔怪的眼神看着贝蓓。好在文武毕竟年长些，读书虽然不济，但在外面混得久了，遇事还算镇静，竟随机应变道：

"是呀，像宛星这么好的女孩，谁会不喜欢呢？你们不喜欢吗？"

贝蓓忙摆手道："我说的喜欢，可不是一般的喜欢，是……"

文武打断她道："说好了只能问一个问题的，你不能再改你的问题了。"

文娟见两人尴尬，便帮哥哥说道："是呀是呀，我哥哥已经回答了，这不是真心话吗？"

于是，贝蓓不便再理论，大家继续玩。轮到魏坤坐庄的时候，他不像文武那样背过身去藏硬币，而是当着大家的面，娴熟地来回摆弄双手，就像魔术师那样，然后突然把手一握，伸到宛星的面前说：

"宛星，让你先猜。"

宛星见他一定是握了些硬币在手中，便毫不犹豫地说：

"我猜没有。"

话音刚落，只见魏坤张开的掌心里，真的是一个硬币都没有！

"你中奖了。"魏坤以一种略带嬉戏又有些冷酷的语气说道。

宛星的心里一惊，这似曾相识的手法，又让她想起了什么，那个和俊杰一起数着星星的夜晚，俊杰曾玩过的，不也是这一套小小的把戏吗？

"你也会变魔术吗？"宛星喃喃道。

"不是魔术，是真的没有啊。"魏坤仍然摊开着手，一副很诚实的样子。

"说吧，真心话还是大冒险？"

而此时，宛星的眼光却有些迷离了，从魏坤的身上，她仿佛看见了他的影子，虽然已有些年头，但那影子却依然清晰。

"真心话。"不知是因为从来不愿意冒险，还是因为从来不说假话，她自己也不知道为什么会这样选。

"那好。"魏坤狡黠地眨了眨眼睛。

"就谈一谈你的初恋是谁吧。"他又转头对大家说，"像宛星这样出众的女孩，不会说没有初恋吧？"

宛星的脸，不出意料地红了起来，她可以感到自己脸上的热度，火辣辣的在烧。

"初恋？"

她不由得低下了头，与其说是不好意思，倒不如说是勾起了她回忆的狂潮。她的心止不住怦怦地急速跳动，声音有些微微的颤抖。

"我不知道什么该算是初恋，什么该不算。"

这倒是真心话。她和俊杰之间的这种朦胧不清的情感，虽然有时是那样的强烈，却从来都没有真正爆发过。但那份情感，虽然朦胧，却曾经如此的温馨，一直在她的心目中珍藏着，却是无疑的。

"就是你有没有过最初喜欢的人啦。我说的喜欢，可不是一般意义上的喜欢哦。"魏坤急于让宛星进入正题，就干脆说起了白话。

宛星欲言又止。那属于自己内心世界里未曾开垦的处女地，那种私密的情怀，怎么能在这种场合公开呢？沉默了一会儿，便说：

"我实在不能确定什么是初恋。那么，我还是喝酒吧。"

说完，拿起桌上已盛满了酒的杯子，一饮而尽。这样的举动，固然是有些扫兴的，但魏坤也觉察到宛星脸上写着的尴尬与不悦，便不再穷追猛打，而是摇着头，以匪夷所思的表情道：

"真没想到，我们漂亮的宛星小姐，居然还没有谈过恋爱啊。"

几个人一直玩到餐馆打烊的时间才散。他们来到外面，除了魏坤，其他人都有些醉意了。魏坤那一手魔术伎俩，让他少喝了好多酒。见众人走路都有些飘忽，便提议说要送宛星他们回家。宛星却摆手道：

"我们家都住得不远，一起走回去就行了。只有贝蓓姐，她住得远些，要送，你就送她吧。"

魏坤想想也是，便不再坚持，开着他的那辆宝马车与朱贝蓓一起走了。剩下的三人，便互相搀扶着往家的方向走去。

"今晚喝多了。"文娟道，"要不，我们去公园散散步，醒醒酒？"

文武和宛星都点头同意。他们便来到那个离家不远的公园里。那公园有一个小小的人工湖，湖边垂柳依稀，曲径蜿蜒，平日里，便成了恋爱中的男女常常光顾之地。但因此时已晚，人影寥寥。文娟还在想着刚才玩真心话大冒险时的情景，其实，她心里知道哥哥是真心喜欢宛星的，只是一直不敢表白，怪可怜的。而宛星谈及初恋时的闪忽不定，却也让她猜不透宛星的心思。不过，打心眼里，她还是希望哥哥能和宛星成为恋爱中的一对。她的亲人和她最要好的朋友能在一起，那将是多么令人开心的事啊！此时，她见两人沉默无语，忽然觉得该让他们单独待一会儿，便借口道：

"哎呀！我忘了一件事了，我得去打个电话。我记得回家路上有个电话亭的。你们俩多待一会儿，不用等我了。"

说完，便匆匆离开了。留下两人坐在湖边的长椅上，望着湖面上晃荡着的晦暗不明的月光，一时不知该说些什么。停了一会儿，宛星刚想问文武醉意是否好些了，却不知，此时从他们的身后，过来了几条黑影，其中的一个人，已迅速地扑了上来，试图控制住文武的双手，而另一个人则捂住宛星的嘴，并用力将她从椅子上拉了起来。当他看清了宛星的容貌时，还语带惊喜地跟他的同伙说道：

"嘿嘿，这小妞长得还挺漂亮的呢。"

文武和宛星都意识到，他们大概是遇上了一伙趁着夜深劫色的流氓了。这种事虽不常发生，但也时有耳闻。宛星想叫，但因嘴被捂得很紧，叫不出声；想挣扎，却动弹不得，那人的劲道之大显然非她所能挣脱。文武眼见宛星被人羞辱，一时怒从心头起，也不知从哪里来的一股势不可挡的蛮力，他竟猛然从椅子上蹦了起来，并同时将那几个想要束缚他的人全都掀翻在地。他就势抡起拳头，对准那仍搂着宛星的黑影就是一拳，那人立即撒手捂住了脸，疼得倒退了好几步，和宛星一起跌倒在地。文武见宛星跌倒，不禁心疼起来，慌忙将她扶起。可此时，那几个刚被他掀翻的人已蜂拥而上，于是开始了一场以寡敌众的肉搏战。不知什么时候，一块砖头拍在了文武的头上，打得他眼冒金星，而他也不知从哪里捡起了一根树棍，在那人群中狂飞乱舞，打得他们鬼哭狼嚎、嗷嗷乱叫。那几人见文武神勇非凡，便知今日晦气，遇见了一个不要命的主儿，渐渐有些胆怯了，不敢恋战，嗖嗖一声四下奔逃作鸟兽散。文武还想去追，但见那些人跑得很快，又担心宛星的安全，便以木棍支地，指着那伙人的背影，恨恨地骂了一声：

"他娘的，有种的你们都不要逃！"

宛星再看他时，借着月光，只见他的头上正有些黏稠的液体慢慢地顺着脸颊往下流。

"你出血了！"她惊叫道。忙拉住文武坐回方才的长椅上，凑近了他的脸，仔细审视他的伤势。她迅速从自己的包内，摸出些餐巾纸来帮他擦拭。当宛星拿着餐巾纸的手在文武的面颊上轻轻地滑过，当她脸上带着的那种怜惜与不忍映入文武的眼帘，当她眼角里含着的晶莹的泪珠在月光下闪亮着，似乎在诉说着脉脉温情，而她那柔美细腻的面颊，以及发梢上所飘荡着的那种难以言表的动人气息，如此迫近地侵袭着他的鼻翼，这一切，令仍有些醉意的他，一时间难以自持。他不由得搂住已靠在他身旁的宛星的腰际，他突然感觉到宛星的身体有一刹那的颤抖，而原本在擦拭的动作，也立即停了下来，可他已顾

不得去想别的,只是依然紧紧地搂住她,在她的耳畔如梦语般呢喃着:

"宛星,宛星,你知道吗?他们刚才问了的,我也说了的,我是真的真的喜欢你,不是一般的喜欢,而是那种——爱。你明白吗?"

在他说出了这些话语之后,宛星的身体仿佛一下子僵持住了,然而在数秒之后,又迅速地推开了他的手臂,退到一步开外。文武见她的眼里已不再有方才的那种温柔怜惜的光,而是充满了惊奇甚至是疑惧。

"文武哥,你说什么?你在说什么呀?我一直只是把你当作我的亲哥哥一样,我从没想过,你会是这样想。也许,是我让你误会了。对不起。"

文武听宛星这样说着,一下子像从梦中惊醒了一样,瞪大了眼睛直直地看着宛星的脸。

"误会?你究竟是什么意思?你是说,不喜欢我吗?"

文武的声音里带着颤抖。只见宛星不停地摇着头,急得眼泪都快要落下来了。

"不是的,不是的。我……喜欢你,就像哥哥一样地喜欢你。却不是那种……唉,我该怎么办呢?"

她一边像是问着自己,一边不知所措地跺着脚。文武见她如此模样,不禁叹了一口气。

"我明白了。可这是为什么呢?"

宛星看着文武咄咄逼人的眼光,仿佛终于横下了一条心。说道:

"文武哥,虽然你对我一直很好,虽然我一直敬重你,虽然你刚才还救了我,但我还是没法接受那份感情,因为我的心里已经有了。"

"是因为你的那个老板,魏坤吗?因为他有钱又有地位?"

宛星急忙一个劲地摇头道:

"不是的,不是的。"

"那是因为什么?"

虽然宛星被他令人窒息的阴郁凝重的表情所震慑,但是,从她的心底忽然涌起了一股巨大的力量,她竟然斩钉截铁地说道:

"因为我不爱你!在我的心目中,爱,是无法用别的感情替代的。请你原谅我。"

虽然在心里早有准备,虽然他早知道会是这样的结局,这也是为什么他迟迟不敢表白,因为那样,他至少还能留存一份他可以期盼的幻想,但此时,宛星那种毅然决然的坚定,毫不留情地粉碎了他的幻想。

他的心防骤然崩溃了,自从长大以后还从未流过的眼泪夺眶而出。

"好吧。对不起。"

他一边说着,一边扭过头去,不想让宛星看见他已流到脸上的泪水,而脚下已不由自主地加快了步伐,向着公园旁的一片小树林奔去。宛星想叫住他,但一时却发不出声来。仿佛在她的下意识里,也明白此时说什么都是徒劳的。她只能看着他的背影消失在树林中。她忽然有了一种彻骨的感受:感情既然不能欺骗,痛苦便总是难免的。

第十四章

　　校园的秋色总是带着股忧伤的味道。与城市里其他地方既喧嚣又满是烟尘的街道相比,校园里的街道总是那样洁净、那样安宁,在错落有致的行道树的护卫下,此处蜿蜒、彼处通畅地延伸过去。有时更点缀些急急忙忙去赶课的俊男,或者散漫闲语的刚刚下课的美女,让道路也仿佛有了生命似的,不时地变化着有韵律的画面。是的,韵律,你可以想象蓝色多瑙河的旋律,或者肖邦的钢琴曲在背景上飘荡着。美丽,不可否认的美丽,很难想象这世上还有比校园更美丽的地方了。然而,不知怎地,那些越是美丽的东西,就越容易让人为之感伤。就是这样,秋风吹拂,落叶如雨,这变化着的诗情画意,不可避免地带着股忧伤的味道。春去秋来,夏至冬归,时光飞速流逝,悄无声息,在这秋叶纷坠的景象里,是再彰显不过了。
　　然而,此处的校园却不是俊杰所熟悉的C大校园。这里,可要比C大有名气得多了。F大,不用说是在上海,就是放在全国的范围内,也几乎是无人不晓。虽然从小就在大学的氛围里长大,校园的味道可说是大同小异,但有些东西是不能仅由外观来评判的。他喜欢这所校园,不仅仅是因为此处的风景,这里的人与文化,更让他着迷。有听说过常青藤吗?那虽不是什么稀有贵重的植物,但到了大洋彼岸的美利坚合众国,哪所高等学府若是能和这名字沾上点边儿,便会带上种莫名其妙的贵族气息。这种迷人的气息,是只能意会而不可言传的。在上海地界里的这所名校,就被称作是中国的常青藤。沿着校园的街道走过去,可以看见四平八稳、高矮不齐的建筑,在古木虬枝的掩映下若隐若现。有些楼宇的墙色已有些斑驳了,却丝毫不妨碍那种既有的端庄高贵之气。就好像在这校园里经常能看到的那些老教授、博士生导师,乃至学部委员,虽有时衣着简朴甚至破旧,但行路举止、谈吐神色,或儒雅,或高昂,或轻灵,或凝重,那些人身上所散发出来的渊博恢宏的底蕴气度,与只顾为生计奔忙的芸芸众生相较,如琨玉之与璞石,灵芝之与草莽。

俊杰和从前相比也是截然的不同了。现在的他，个头又高了一大截不说，人也比以前壮实了许多。依然白净的脸上，隐隐有了些髭须。他考上这所远近闻名的大学，本是意料之中的事。但选择了生物工程专业，却有点出乎所有认识他的人的预料了。他的数理成绩在同学之中堪称卓然独步，而在各种竞赛中得奖无数的事实，令所有的人，都认为他的超级智商，若不是用来解决世界上那些高深艰涩的理论问题，岂不是白白浪费了？但当他接触到了生物学，得知这世上竟有那么多的人，在精神和肉体上受着许多疑难杂症的折磨，他小小心灵中的那点济世救人的伟大抱负，就如同朝阳初起、喷薄而出。再者，他也看惯了父亲整天埋头书卷、推演无数如天书般晦涩的算式的苦恼模样，却不知道，他能证明个把猜想或解出某个微分方程，究竟能给尚未温饱的非洲人民带来什么实际的好处。如此权衡，反觉得生物工程和他的理想最为贴近了。

不管选择了什么专业，作为大学生的俊杰怎么说都该算是有福之人。天生聪颖、长相俊美，而到了如今的这个年龄，更是朝气蓬勃、英姿焕发。加之那一双原本就鲜明灵动的大眼睛，如今更有了点沉稳深邃的味道，是那种女孩子见了，就会忍不住脸红心跳的类型。果不其然，头一天到这学校来上课，刚走进教室，就引来众女生的一阵骚动，然后便是交头接耳的窃窃私语，好像追星族猛然看见了心中偶像的情形一般。而那一班男生，则是羡慕嫉妒恨五味杂陈。更要命的是，刚开学的第一次考试，考的竟然是高等数学。要知道名牌大学数学系的那些教授们，个个都是像刽子手般的阴狠角色，见着这一班初出茅庐、来自全国各地、又不知天高地厚的所谓高才生，不狠狠地宰一刀，给他们来个下马威，将来如何收拾？于是，这新娘坐轿头一遭的考试难度，就和数学专业研究生的考题相差无几了。结果是：那些自恃有些才气的才子才女们纷纷落马，一派哀鸿遍野的凄惨景象。老师在大课上用一种既哀婉又有些幸灾乐祸的口气宣布，及格的总人数不超过5%。而那唯一的最高分：98分，不落旁人，正是江俊杰。老师还特地把他叫起来，说是让大家认识认识，其实，是那老教授自己想一睹这位天才后生的尊容。于是这一站，俊杰不但立刻成了班里的明星，更在一日之内，成了全系同学注目的对象。便有些自觉资质不错的女生，暗暗将俊杰的一举一动，都锁住在心里头那一面小小的雷达屏上了。

但是，这种刚刚燃起的热情之火，很快就受到了某种令人沮丧的打击。那是某一天的上午，下课后，教室的门外赫然出现了一位美女，不用说眉清目秀、双眸有神，也无需描画其肤色如何的温润健康，便是那一头乌黑亮丽的头发，就不会输给做潘婷或飘柔洗发水的那些电视美女。一头秀发用一个黄色发夹随意地盘在脑后，丝丝缕缕荡在耳际，顾盼间便已显得轻盈飘逸。身着米色的羊绒上装，下配一条碎花的长裙，色彩样式都有种说不出来的合体，衬托出她玲珑有致的身材，就越发的曼妙动人了。见俊杰从教室里面出来，她的脸上顿时绽放出甜美的微笑。那一笑虽可迷倒一片刚出教室的男生们，却让那一票女生嫉恨得要死。事实是，这位如芙蓉出水的绝代佳人，竟然如此亲切地叫着众望所归的俊男的名字。

"俊杰——"她轻柔的声线有如香气在空中飘荡，听了让人有陶醉之感。而俊杰也看见了她，竟然像见到了老朋友似的挥了挥手，还以一个同样迷人的灿烂微笑。就因为这一笑笑得太过自然、太过真切、太过熟悉了，把那本已嫉恨着的女生们的心，冷到彻骨。

"倩筠，你怎么会在这儿？上午没课呀？"俊杰有些好奇地问。

"没课。就在旁边的教室里头自修呢。"她有些俏皮地向边上努了努嘴，"现在肚子饿死了，等你一起去吃饭呢，好么？"

"好啊！"俊杰爽快地答应着。虽然新学校、新生活充满了新鲜感，但与相熟的朋友共进午餐，在这么一个还有些陌生的环境里，确也是让人惬意与期待的，更何况是和倩筠这样一位公认的美女。

他们两个肩并着肩，很亲热地聊着天，向餐厅的方向走去。这位像天仙般美丽的女孩，和俊杰站在一起，就好像天生的一对金童玉女，美得就像莫奈的画，光影变幻，让人晕眩。虽让人嫉恨，但若是有谁想把它撕开两半，都会令人体会到一种不可饶恕的罪恶感。

毫无疑问，倩筠也考进了这所学校，不过她读的是新闻系。虽然父亲是数学系的教授，她却没有像俊杰那样得到父亲在这方面哪怕是一点点的真传。不过，她文学的底子很好，性格开朗又多才多艺，从事新闻工作，对她来说，倒是个不二的选择。

虽然这校园的景致古色古香，相形之下，食堂的环境就有点让人不敢恭维。偌大的饭厅里，长条桌子排列得还算齐整。桌子的两边，则是用铁杆子焊住的条凳，生冷的铁棍与吸满了油腻的木头生拼硬凑在一起，相配倒是相配，却实在毫无诗意可言。到了吃饭的时间，众多食客便坐在长桌的两侧，有的正襟危坐细嚼慢咽，有的前倾后翘饕餮暴食，或高谈，或细语，或欢颜，或愁容，人头攒动，菜饭香飘，不一而足。但俊杰和倩筠的到来,还是给这有些吵嚷又有些沉闷的氛围里,带来一线亮丽的风光。他们打来了饭菜,在靠边的桌子旁坐下,面对着面。

"俊杰,听说你最近成了名人啦,感觉可好?"

"哪有啊?"

"不然,为什么连我们系里头的好多人都认识你呢?"

"是吗?大概是因为我长得帅吧。可是,若是这样的话,应该有更多人认识你才对呀。"俊杰一边自夸着,一边还不忘恭维。

"好臭美啊你。他们是说生物工程系出了个数学家,叫江俊杰。说是连数学系的老教授们,都很崇拜他呢。"

"邪乎!这话你也信?"

"信!干吗不信?就凭我对你的了解,倒也不算意外。我老爸老是跟我说,俊杰去读生物,真是太可惜了。"她学着她爸说话的口气,还直摇头,逗得俊杰笑了。

"其实,我倒是很喜欢新闻的。那些个记者、主持人,一个个风度翩翩,多有台型。人要是能有分身术就好了。"

"没事!若是将来你生物工程做不下去了,我的编辑部还是会给你留个位子的。"她说着,俨然已是一副总编的模样。

俊杰没有说话,不过心里头却在嘀咕:你觉得会有那么一天吗?他知道,如果这样说的话,倩筠一定又要生气了。他和倩筠在一起时总是这样,倩筠更像是一位姐姐,凡事都是她在主导,她在包容,她在照顾。不管俊杰喜不喜欢,从认识她到现在,她都不是那种小鸟依人的女孩。

见俊杰不说话,倩筠便也埋头吃饭。沉默了片刻,她像是忽然想起了什么。

"你听说过日本的松山芭蕾舞团吗?"

"有啊。他们以前来过中国好多次。毛主席、周总理都接见过的,那可是大大的有名啊。"他学着日本人说话的腔调。

"你知道吗?他们下个星期又要来上海演出了。"

"真的?你能弄到票吗?"

"当然啰。"倩筠得意地仰起头。其实,是他妈妈有个中学时的好朋友在上海舞蹈学校任教,搞几张票应该是易如反掌。

"如果你也想去看的话,我倒是可以送给你一张。"

"为什么只有一张呀?要看的话,也要有个伴的嘛。"

"你好贪心喔。怎么,想请女朋友呀?"

"是呀。"俊杰狡黠地一笑,"你不是说,我现在是名人了吗?请个漂亮女孩一起观赏芭蕾,是不是有点花前月下、杨柳岸晓风残月的情调呀?"

虽然知道俊杰在开玩笑,倩筠的脸还是微微地红了,漂亮的小嘴噘了噘。

"你若是真有那情调,另一张票就要靠你自己努力了,我可是爱莫能助喔。"

过了几天,俊杰真的得到了那张票子,当然只有一张。而那所谓的"另一张票",也正牢牢地攥在倩筠的手中。虽然她还不能说是俊杰真正意义上的女朋友,不过,说是最要好的女性朋友,那是理所当然的。

"说好了,这个星期六,要不要我来叫你?"倩筠问。他们俩本来就是邻居,周末常常一起回家,到了周一也常常一起返校的。

"不用了。这周末我有个PROJECT要做,要去市图书馆查点资料,就不回家了。到时,我们在剧院门口碰头吧。"

"好吧,不见不散喔。"

很快周末就到了。市图书馆里人影晃动,较之平常,显得略有些拥挤。虽然已经找到了他要的参考书,俊杰却还在书架间徘徊,这里看看,那里翻翻。他享受着图书馆里散发着书香的安宁气氛。此刻的一切,都沉浸在和谐与默契之中,时间仿佛也放慢了脚步。可忽然间,俊杰从书本的缝隙间,看见书架的对面有一缕长发飘动的影子,甚至还可以闻到从长发上飘过来的淡淡芳香。那定是个漂亮的女孩!俊杰的心想。而当他念头尚未转动,对面就忽地又闪过一线亮丽的眼光,那是一个专注找寻书名的眼光,并没有飘忽到书架的这一边。但俊杰本不经意的眼光,还是与之相遇于半途中。在书本的夹缝间,那大概只有万分之一秒的交会,不知怎地,竟让他的心头一震。那感觉多么熟悉,那感觉就好像一直都在他的身体里面,从未离去。那清澈如水的眼光,好像在看到之前,就早已印在他的脑海里,而那看到的影像,只是和他脑海中的印象相互契合而已。他急忙想把挡在面前的书本拨开,但那些书本实在太厚重了,又都堆挤在一起,好不容易才弄开一个略大些的缝隙,亮光从对面射过来,却没有了长发,也没有了那惊鸿一瞥、如梦如幻的眼光。他匆忙地沿着书架往中间过道的方向跑,甚至撞到别人的肩踵,惹得在寻书或阅览的读者纷纷投来异样的眼光。

他甚至来不及表示歉意，自顾自快步跑到了书架的那一边。可是目之所及，一如这边的情景，人们都只是在安静地做着各自的事，并没有什么长发飘逸的女子，更没有想象中，那蓦然回眸时惊喜交加的神情。他揉了揉自己的眼眶，不敢相信刚才的一瞬间，只是个幻觉。他仍不死心，又从楼下跑到楼上，再从楼上跑到楼下，用了从侦探片里学来的架势，一层层书架遍地寻找，直到腰膝酸软、气喘吁吁，不得不坐倒在楼梯口的地板上，自嘲似的摇了摇头。猛地想起了胡适的名句："也想不相思，可免相思苦。几次细思量，情愿相思苦。"难道就像别人说的那样，思念也是一种病，是会让人产生出幻觉的病吗？正在无奈失望间，那边书架的拐角处，又忽然晃过一个身影，而那身影带过的，竟又是那一头飘逸的长发，更还有飘飘长裙的倩影。这一眼是如此的确实，绝对不会是幻觉。俊杰顾不得尚未平稳的呼吸，又猛地从地上一跃而起，奔向那拐角处。可好像是有人故意在捉弄他，待他跑到那儿时，又什么都不见了。他茫茫然站在那儿，像是有一块东西堵在胸口，令他喘息困难。只是在心里默默地叫着："宛星，宛星，那是你吗？你究竟在哪里呢？"正在不知所措的时候，他手腕上的电子表突然嘟嘟嘟地叫了起来。那是块进口的多功能表，其时还是个颇为新奇的玩意儿，一边叫唤着，一边还会放出彩色的光来，那是爸爸送给他的生日礼物。他看着表，想起了今天的约会——和情筠的约会。本不该忘的，可这一顿忘乎所以的寻觅，令他把一切都抛在了脑后。他看了一眼书架间依然波澜不惊的景象，很不情愿地向门口走去。

那剧场坐落在市中心，有围墙围住的那种。大门更是能自动开合的铁门，显出一种高贵而又森严的气派。门口有门卫把守着，进入要出示证件或是戏票，是闲杂人等不得擅入之所。围墙之内，则是个很大的花园。剧场大厅就隐身于绿荫葱郁、花团锦簇之间。看戏之前还能观景赏花，就好像老外吃饭之前，先要来点开胃的小菜一样，可以提神助兴，让人得以渐入佳境，不由你不佩服设计者的精心与巧思。

魏坤很早就来了。他是一个生意人，在做生意上，多年来都有个守时的习惯。不过，私下的约会就另当别论了。他通常是不等人的，和女孩子的约会更是如此。其实，他并非那种放浪形骸的纨绔子弟，乐于让女人为他而伤心，他只是惯于独断专行而已。可今天，他不知道自己是怎么了，一早起来就心神不宁，老惦记着晚上的这个约会。

宛星生日聚会之后，他搞到了两张松山芭蕾舞团的演出票，他想请宛星一同去看。票当然不是从刘淑娟那儿得来的，要不然，不是被她缠死,就是把她气死,他是断断不敢再去招惹她了。但他邀约宛星时,宛星却推托有事。自从上次拒绝了文武之后,她不想和魏坤走得太近,怕文武真的误会他们。可是,魏坤毕竟是她的上司,一而再、再而三巧舌如簧地劝诱,说这是公司对她的栽培,只是为了让她亲身体验高层次的文化生活,以期对她未来的公关生涯有所助益云云。宛星经不住他的死缠烂打,不得不答应了。这让魏坤着实高兴了好一阵子。

下午时分,他洗了个热水澡,然后,换上一件平时最中意的浅灰色西装,还对着镜子照了照,仔细端详了一下自己。觉得镜子里面的他,虽不能说貌比宋玉、潘安,但那一脸的福相,也算得上倜傥潇洒、器宇轩昂,再加上这样的装束,好比千里马配上了一副黄金鞍,那种精神气派,说什么也该能迷倒一大片了。可宛星却不是个一般的女孩,她究竟特别在哪里呢?会让自己如此心动?他自己也想不明白。不管它了,就按着当下时髦的说法,跟着感觉走吧。

剧院的铁门外,来往的行人还真不少,可他们大多只是路过。离开演的时间尚早,观众里,并没有太多人愿意像他一样,这么早就呆在门口消磨时光。魏坤站立久了,腿脚不免有些麻木,他便在门外的街沿上来回走动,徜徉在人流里。好在时间似乎并没有非要跟他作对的意思,观众终于出现了,然后就越来越多。他们大多是成双成对的情侣,或是亲密的家人,纷纷进入到铁门内,渐渐让庭院里有了喧闹的气息。

天色昏暗下来。深秋的傍晚,天黑得越来越早,甚至有了些冬夜的凉意。魏坤仍看不见宛星的人影,便有些焦急起来。伸长了脖子,张望着从街道上过来的人群。远远地,远远地,在过来的人群中,忽然闪现出一线红光,看来像是一条红色的围巾在那里晃动。忽地又闪过一点鹅黄色,好像是女孩子头上飘动的束发丝带。这交替闪动的亮丽暖色,在渐渐昏暗的背景上,显得分外夺目。他知道那定是一位爱美的女孩,正步履轻盈地向着自己的方向走来。那颤动的有着韵律的艳色,像是印证着行者自信又活泼的性格,像极了他正焦急等待的人儿。"宛星?"他的心里一阵激动。可当他刚想招手,脚下也有些迫不及待地要迎上去的时候,却发现来人并不是宛星。走近了的她,虽也是长发,却不似宛星那样的直发,而是带着微微的波浪卷。上身穿着件碎花的毛衣,罩在米黄色风衣的里面,下着一条黑色筒裙,无论上下,都看得出衣料上乘且款式新潮,却又不似宛星的简约大方。年龄应和宛星相仿。虽然天色不明,但仍看得出她的脸色鲜润而健康。她也看见了魏坤,虽然魏坤呆呆看她的眼神有些奇怪,她却视若无睹。也许,像她这样的美女,早就习惯了这种有些发呆又有些讶异的眼光,所以,就懒得去表现出寻常女子那种典型的嗔怪神色,而是优雅淡然地一笑,大大方方地走到了魏坤所站立的铁门边,并朝四处看了看,好像也是在找人。但似乎终于没有找到她想要找的,便把双手交叉在腰际,和魏坤一样不停地左顾右盼。

  天色愈发地晦暗下来,而宛星还是毫无踪影。演出马上就要开始了,进门的人已经越来越少,而庭院里的人声也渐渐平息下去。魏坤真的有点焦虑起来,便从腰间拔出那只别着的手机。那时,手机可是个稀罕的玩意儿,还有个别名叫"大哥大"。这名字的形象与真切,恐无出其右者。一来声韵好像电报的发报声,二来其个头超大,虽然携带起来有些不太方便,除了放在包里或提在手上外,至多是还能有些累赘地别在腰间,口袋里是断然放不进去的。但拿在手上、放在耳边,旁若无人地高谈阔论,那种呼风唤雨的领袖气势,若不是个真正的大哥大,也是断然无法营造出来的。

  于是,魏坤便开始拨号。幸好,有心的他上次去查了宛星的档案,记下了她的电话和住址,不然,现在还不知怎样跟她联络呢。

  电话铃声在听筒里不急不慢地响着,过了好一阵子,那一头终于有了反应,可接话的,听起来却像是一位老妇人。

  "请问程宛星小姐在吗?"魏坤不知对方是谁,便谨慎地问道。

  "程宛星是谁呀?"对方慢吞吞地反问道。

  "请问,这里不是程宛星的家吗?"

  "对不起,这里是传呼电话,找人的话,你要讲清楚她住在几号。"

  魏坤有些诧异宛星家里居然还没有装电话。其时,在上海这样的大都市里,没有装电话的人家已经不多了。虽然有些失望没能直接连线到宛星的家里,他还是将宛星的地址报知对方,一边提着他那只与众不同的大话筒,一边仍在不停地四处张望。

  真应了言者无心听者有意那句话。其实,自从站在不远处的那位女孩来了之后,她就一直在注意他。不用说他正穿着挺括的名牌西服,还有那双擦得锃亮的尖头皮鞋,以及洗得干干净净且梳理整齐的头发,便是他那一副长年在生意场上练就的年轻气盛的领袖风范,已很是引人注目的了。而当他拔出那只手机,对着里面说出宛星的名字时,更是让她吃惊不小。

  她不是旁人,正是倩筠。今晚她和俊杰的约会,也在这里。其实,魏坤也一直在注意着她。怎么会不注意呢？她穿着名媛般的服饰，亭亭玉立、美目流盼，那美貌与气质，并不在宛星之下。虽然一眼就能看出她与宛星的诸多不同之处，但毫不夸张地说，那确是一位名副其实的美女。

他看倩筠也在看他，便很自然地对她笑了笑，指了指自己的手机，说：

"等人。"

"等人？是在等女朋友吧？叫宛星？"倩筠便也对他大方地笑一笑，略带打趣地问道。

魏坤见人家女孩说话这样直截了当，仿佛棋逢对手，便坦然应道：

"是啊。你怎么知道我朋友的名字？"倩筠便指了指他手中的大哥大。

"你自己说的呀。宛星，也是我的朋友。"

"真的？你叫什么名字？"魏坤像是吃惊不小。但倩筠却又摇了摇头，自言自语道：

"不可能。"

"什么不可能？"

"我是说，可能只是同名而已。我的朋友，那可是位超凡脱俗的仙女啊。"

"怎么不可能？宛星是我们公司里最漂亮的女孩了，叫她仙女也不为过。"

倩筠心想，如此看来，他等的也许真的就是宛星。但还是装作不相信似的摇了摇头，道：

"那我怎么从没见过你呢？"

魏坤想想也是，自己也从没听说过宛星还有这么一位漂亮的朋友，不然，他早该认识了。便不再深究，又问：

"你也在等人吗？是男朋友吧？"

倩筠毕竟是女孩子家，问人家时倒还大方，被人家问时，却不知该如何应答。便不置可否，抬腕看了看表，皱起一弯柳叶眉来。

"戏都快开演了，怎么还不来，真是的！"

魏坤见她一副着急模样，便忘了自己其实也正急着呢，却安慰道：

"别急，若是有情人，终会眷顾的。"

倩筠听他这样说，心里暗笑。人家说有情人终成眷属，他却说终会眷顾，倒也合乎现时的情境。看起来像是个聪明的人，而且肯定很有钱,不然,也不会打扮得如此衣冠楚楚。还带着个大哥大,怕是宛星公司的老板也说不定,难怪她会喜欢呢。心里正想着,就见俊杰气喘吁吁地跑来了。一边跑,一边嘴里还一迭声地说着:
"对不起,对不起。我来迟了,让你等久了吧?"
倩筠看他跑得额头上都有些细细的汗珠,便知他不是故意迟到,也不嗔怪。
"久等倒是没有,即便有,也不如这位大哥等得久。"倩筠说着,指了指身旁的魏坤。
俊杰这才注意到魏坤。看他那副衣着打扮,手里还提着个大哥大,便知是个阔少。两人打了个对眼,礼貌地点了点头,都没太留意对方。俊杰转头对倩筠说:
"演出快要开始了,我们赶紧进去吧。"
倩筠说好吧,就跟着俊杰往里走,还不忘回头安慰下魏坤:
"别急,若是有情人,终会眷顾的。"
整个剧场里没有一点杂音,只有《天鹅湖》舞曲的乐声,如丝绸般光滑无疵地在空气中流过。舞台上灯光迷幻有如梦境,而这舞曲又让梦境带上点美丽而又忧伤的色调。那些看似纤柔却又灵巧的天鹅,伴随着舞曲翩然起舞,像是要把这梦境,带到无与伦比的巅峰。而那些观者,也像是沉醉其中无人愿醒。可倩筠,今天却有些心不在焉,更确切地说是心神不宁。本来,今天的这场演出是她期待已久的,她本人也曾是个舞者,而天鹅湖又是她最喜爱的舞剧之一。可刚才在剧院门口遇到的那个人,特别是从他口中听到的宛星的名字,却一直萦绕在她的脑际,让她无法静心观赏。那真的是宛星吗?她为什么会来到这里?她果真是那个人的女朋友吗?身边坐着的俊杰,像是在专心观赏演出,但他若是知道,宛星也会来这里观看演出,却不知会有什么样的反应? 当年,他和宛星的那些事,又历历浮现在眼前。与宛星一别后,已有好几年了,宛星也像是忘了他们似的,再也没有出现过,因此,她的心里常常有些庆幸。她和俊杰的相处,一直都算是和睦的,但他们之间的距离,常常虽只在咫尺之间,却从未能逾越过。难道男孩子们,个个都是这样懵懂不开,像块榆木疙瘩吗?

正胡乱想着,座位前排处摸过来一男一女两个人影。剧院里虽然很黑,但在舞台绚丽灯光的背景下,人影却显得很清晰。那男的轻声地说着对不起,一边拉着那女子的手,很快坐到他们自己的位子上去了。瞧那身形,听那声音,倩筠便知是门口碰到的那位哥们儿,而他身后那个女的,看起来体态轻盈、身线娇美,虽已没了小时候的那种纤细单薄,但那动作轮廓,却和宛星有几分神似。她瞥了一眼俊杰,他似乎仍沉浸在舞台上的表演中,并没注意到这边一点点小小的干扰。

舞台上,王子、公主、白天鹅、黑天鹅交替地出现,演绎着变幻莫测的爱情神话。终于,王子认清了魔鬼的真相,而白天鹅,又恢复成美丽的公主模样。就在这一出凄美浪漫、又终于如愿以偿的童话故事快要结束之际,当王子与公主就要"从此后,幸福快乐地生活在一起"之时,倩筠却悄悄地拉了俊杰一把。俊杰看了她一眼,觉得她神情有异,便悄声问道:

"怎么了?"

"我有些不舒服,想出去透透气。"倩筠手捂住心口,皱着眉头。

俊杰虽觉得有些遗憾,但还是扶着她出了剧场。剧场外已是深夜,花园里原先斑斓的色彩,现在都成了墨色,而昏黄的灯光,在叶丛中时隐时现,另有一番境界。夜里的空气分外清爽怡人,倩筠深深地吸了一口。

"对不起,让你错过了最后的高潮。"

"没什么,反正就要结束了。你好些了吗?"

"好多了。刚才突然有些气闷。"

"是吗?也许是因为里面的空气不太流通?"

"不是。大概是因为昨晚功课做得太晚了,又老想着今天的演出,所以没睡好。"

"那我们回家吧。这样也好,散场前,车子应该不会太挤。"

不久后,演出就结束了。剧场外的花园里,顿时人声鼎沸。魏坤和宛星也随着人流来到了外面。魏坤为了避开人流,便拉着宛星,来到花园中一处略为僻静的角落。

"演出精彩吗?"魏坤问道。

宛星用力地点了点头。

"对不起,今天我迟到了,害得你连开场都没看到。"

"这倒没什么。有事耽搁了吗?"

"你不是叫我多学点企业管理的知识吗?我今天去了趟市图书馆,结果在那里一泡,差点忘了时间。"

"什么?你竟敢忘了我们约会这么重要的事?你知道我是几点钟起来的?在剧院门外,又等了你多久吗?"

魏坤听了宛星的解释,实在是有些愤愤不平,一连串的问题,把宛星问得无地自容。宛星这才注意到他的这一身打扮，果然是精心弄过的，心中的愧疚更甚。只得一迭声地说着对不起。

"既然对不起，就得补偿我！"魏坤装出一副不依不饶的样子。

"这，怎么补偿呢？"

"扣了你下个月的工资！"

"啊呀！这哪里是补偿嘛，分明是公报私仇，总经理也太没风度了吧？"

魏坤还是一副生气的模样，可嘴角却露出一丝不易察觉的调皮的笑意。

"不然，就罚你陪我去喝一杯。这点小小的补偿，总可以了吧？"

"可是，现在已经很晚了，明天吧，明天怎么样？"

"不行！这已经是最轻最轻的处罚了。你若再推托，就不是诚心道歉了。"

"那……好吧……可是，这么晚了，哪还有地方让你消遣？"

"这你不用担心。我知道一个好去处，你随我来就是了。"

这间酒吧位于上海的使馆区，在一幢看似坚固伟岸的古旧大楼的底层。外观并不起眼，除了黑漆漆厚重的大门，从街上也看不见窗，不知道的人，根本想象不出这是间深夜营业的酒吧。进到里面，却发现还颇为热闹。虽然灯光昏暗，却看得见人影攒动，听得见絮语绵绵。有些地方的屋梁做得很低，粗壮的横梁和曲意回转的镂空板壁，将空间分隔成大小不一、形式各异的格子。昏暗却五颜六色的光，由镂空处映射过来，彼此交错，形成了一种迷彩梦幻的意境。宛星第一次来到这种地方，新奇之余，还是让她莫名想起公司里她坐着的格子间。只是这里没有那种规整，却多了贵族般的慵懒与随意。而且，梁和壁板都是由原木制成，棕色的漆，在昏暗的灯光下，反射出幽幽滑腻的光来，显现出粗犷而古典的西洋韵味。

魏坤与宛星面对面坐着。他的面前，放着一只高脚酒杯，半杯红酒静静地沉浸在里面，很寂寞的样子。桌上还放着几盘小菜。而宛星则要了杯叫蔓越莓汁的饮料，她并不知道什么是蔓越莓汁，只是因为名字的新奇才叫的。没想到，也是酱红色的液体，和魏坤杯中的红酒，倒很相配，只是装在晶莹剔透的圆筒杯中，再加上了根吸管，才能确定那是果汁而非酒类。虽然魏坤本要她陪着喝酒的，但因为上次醉酒的经历，她是断断不敢再开酒戒了，更何况，今日乃是孤男寡女独处的约会。魏坤倒不强求她，知道她不胜酒力，真要是醉了，也不好办。

宛星之于他，绝不再是往日那些萍水相逢、逢场作戏的玩伴儿，灌醉后再胡闹之类的事，在如此纯净浪漫的夜晚，是难以想象的。

几杯酒下肚，魏坤的话开始多了起来。而这酒吧的氛围，又特别容易让人沉溺于遐想。

"你今天在图书馆看书忘了时间？"

"是啊。"宛星点了点头。

"你倒是很爱读书嘛。"

"那要看是什么书了。就像朋友，和要好的朋友一起聊天，有时也会忘了时间的。"

"那……什么时候你和我聊天，也能忘了时间呢？"

"总经理，你忘了吗？上一次，我在你办公室谈与鸿和的那笔合同时，不就忘了开会的时间了吗？"

"噢，那不过是工作。为工作忘记时间，对于我这种工作狂来说，就像家常便饭，没什么好稀奇的。我说的是你刚才说的那种聊天。说东道西，东拉西扯，张家长李家短。"

"那必须是亲密的朋友，才可以忘情陶醉的。"

"对了，对了。我说的，就是那种忘情陶醉。"魏坤不住地点头。很少见的，他的脸有些微微红起来，呼吸变得急促。刚才喝下去的那几杯酒，好像开始发挥作用了。他突然从桌面上伸过手去，抓住了宛星的手。

"宛星。"他轻声又充满柔情地叫道。令他感到奇怪的是，那似乎不像是自己的声音。

"我们能不能也成为那样的朋友呢？那种……亲……密……的……朋友。"

宛星的手突然被他抓着，有点惊吓，一时不知如何是好。而魏坤只管继续说着：

"你看不出来吗？你难道还看不出来吗？我一直想告诉你，我……我……其实很喜欢你，我喜欢你！"他的手竟愈抓愈紧，弄得宛星有些疼痛，想挣脱却挣脱不开。

"总经理，你别这样。"宛星叫道。可魏坤并不理会，还是自顾自地说下去。

"等你的时候，我的眼皮老是在跳。我想没什么，没什么，一定是有什么要紧的事给耽搁了。现在看起来，真的是没什么，你终于还是来了。我觉得，这是一次浪漫的约会，不是吗？一起观赏芭蕾舞表演，然后在酒吧里约会，真是太美了！"

"总经理，你弄疼我了！"他的手抓得太紧，宛星不得不大声叫起来，不然，她觉得手上的骨头就快要断掉了。

魏坤这才意识到自己的失态，马上松开了手。

"对不起，对不起！没有弄伤你吧？我真该死！"魏坤想审视一下宛星的手，可宛星却边揉搓着边将手缩了回去，说道：

"还好，没什么。"

"对不起，我可能吓到你了。可我说的都是真心话。你能答应我吗？做我的女朋友吧！相信我，我会对你很好的！"

宛星下意识地摇着头。上次和文武的经验并没有给她多少帮助，她从来都不擅于拒绝别人，尤其是涉及个人情感的时候。她低下了头，眼睛看着桌沿。而此时，魏坤的语气变得更加的柔软。

"怎么，你不相信我？"

"总经理，我……我真不知道该怎么说。你一直都对我很好，我想这辈子恐怕再也碰不到像你这么好的老板了。就像你说过的，你更像是我的一位大哥哥。可是，可是，我还小，对感情的事，我……恐怕不能答应你什么。对不起！"

宛星依然低着头，自己也不知道在说些什么，只是下意识地反抗着她觉得荒唐的想法。她知道自己语无伦次，比起魏坤的话，也好不了多少。

"这是拒绝的借口吗？"魏坤显然受到了刺激，不想再听宛星的解释，便打断了她的话。像是责问，但其实他不想责问。他知道这种时候，咄咄逼人对宛星这样的女孩，是最糟糕的策略，于是，又尽量放缓了语气。

"不管怎样，你不用马上回答我，不用立刻做出什么决定，好吗？"

"总经理，我说的是真的。我是……"宛星还想做些解释，她并不想让魏坤觉得难堪，但她真的不知道该说些什么。她没有想到魏坤会突然跟她说这些话，也不知道为什么会觉得如此的为难。魏坤就坐在对面，他那咄咄逼人的目光里，好像充满了期待。可为什么他的这番看似真情的表白，非但没让人有半点的兴奋，却只感到一种无所适从的焦虑呢？虽然大家都说，他是个花花公子，像他这样背景的人，也该是个花花公子才对，若真是那样，倒没什么可焦虑的了，可是，凭着自己这些日子来与他的接触与观察，却怎么也感觉不到呢？是他伪装的高明，还是自己太笨了？总之，他说得那样的诚恳，那么的动情。

可是我……我是怎么了？我该怎么办呢？她低着头，心烦意乱。

"总经理，时间不早了。我该走了。"

她不堪长久的沉默，竟突然说出这样的话来。

魏坤显然是有些失落的。正如他所担心的那样，他的表白并没有达到所期待的反应。虽然他有锲而不舍、孜孜以求的心理准备，但还是期盼着宛星能像在他的梦里那样，给他一个热烈的拥抱，或者，至少有个愿意考虑考虑的表示。他想，也许是他的方式过于急迫、过于莽撞了，让像宛星这样细腻又感性的女孩一时接受不了。于是，他用了尽量温和谦恭的语调说：

"对不起，我表现得太没风度了。我不会再弄疼你了，但你不要走，好吗？"

可是宛星已经站起身，虽然没有再说话，可脸上流露出的，仍是下意识里急于逃避的神情。那种挣扎痛苦的姿态，让魏坤感到了深深的刺痛。他一直在喝着酒，一边喝着一边也在挣扎，酒精的作用不但给了他表白的勇气，同时也让他变得有些冲动。那刺痛的感觉，最终让他愠怒起来，他不耐烦地挥了挥手，低声吼道：

"你走吧，走吧！"

说着，他也站起身来，有些站立不稳，但还是做出一种曲终人散的姿态。宛星看到他摇摇欲坠的样子，又不禁有些担心起来。

"可是……你还好吧？"宛星想去扶他一把，魏坤却很坚决地把她推开了，说道：

"看起来，你还是很会关心人的。你总是这样关心别人的吗？我很好，你不用管我。我是一个浪子，浪子！懂吗？一个经常喝醉酒的人，经常彻夜不归，没什么好担心的。你还是担心你自己该怎么回家吧，我没法再送你了。"

说完，不由分说地把宛星推向大门处，开了门，做了个拜拜的手势，然后自顾自关了门，又回去继续喝他的闷酒了。

宛星被推到了门外，吃了个闭门羹。忽然想到自己父亲醉酒时的模样，如出一辙，无由理论，不禁有些心悲。街上空无一人，时间已是半夜，她想到了魏坤刚才说过的话，她是得想一下该怎么回家了。一般的公交车一定是没有的了，或许，到那边热闹些的路口，还能等到出租车？噢，对了！离这里不远处，应该有辆去闵行的通宵车。虽然等车的时间会长一些，但今晚回到家里，或许还能办得到。可是，魏坤还在里面，看样子再这样喝下去的话，非得烂醉如泥不可。他要是开了个车子，撞到墙上，或是，更不幸地撞上另一个也是彻夜不归的醉鬼，那该如何是好？宛星本是个想象力极丰富的人，尤其不能去想这些可怕的事，一旦想起，就会愈演愈烈，好像即刻就要发生似的。更不能忍受的是，这些不幸的事，还都是起因于她。不行！她不能就这样一走了之，至少得想个法子，把魏坤安全地送回家，就像他上次送自己回家一样。宛星的为人处事，总不至于不如一个唯利是图的资本家吧？想到这里，她拿定了主意，便又来了点精神。她靠在酒吧门旁的廊柱上，望着门前昏黄街灯下的马路，影影绰绰地向远处延伸过去，伸向更加的幽暗里去了。夜晚的世界仿佛是另外的一个世界。

秋夜的凉意有些袭人，刚从酒吧里出来时身上的暖气很快就消散殆尽。宛星不得不开始跺着脚，不停地搓着手，以抵御寒气的侵袭。她忽然看见魏坤那辆崭新的黑色宝马，停在不远处的路边，在路灯混浊无力的昏光下，依然反射出冷峻而高傲的寒光来。它看上去如同一只静静蜷伏着的猛兽，在其冰冷坚硬的躯壳里，蕴蓄着随时都可能跃越而出的激情。这不免引起了宛星的好奇。虽然刚才她坐着它来到这里，但她从未像现在这样仔细地端详过它。在她印象里，这种豪华轿车，一直以来都只是一种遥远的想象。但现在四下无人，她不由自主地走了过去，摸了摸那好似眼睛的车灯，又摸了摸那好似耳朵的后视镜，她拉了拉那好像是蜷缩着双臂的车门，出乎她的意料，那门居然开了。真没想到，魏坤还是个如此马虎之人，这么高档的座驾，居然连门都忘了锁！也罢，反正外面这么冷，既然要等他，既然天意把门打开了，不如就到车里去坐坐吧，别冻坏了自己，他应该是不会介意的。这样想着，她坐到了驾驶座上。方向盘、变速杆、仪表盘，样样都如同工艺品般的细腻精致，那么新鲜，那么不可思议。她东摸摸西看看，越发爱不释手。她想象着自己开着它奔驰在蜿蜒的山路上，时而爬坡，时而俯冲，时而左右盘旋，时而又驶上了广阔的原野，一脉横陈的绿色草原，车窗外美丽的风景，就像电影里的画面般一幅幅地从眼前掠过，风声从耳旁呼呼地吹过，如同动听的旋律。灿烂的阳光，照耀着高低错落的有着缤纷色彩的树木，在蓝天白云的背景上，描绘出这个世界的美妙轮廓。一切都是那么的美好，美好得如同梦境。正当宛星沉浸在驾驶的乐趣中，一阵门轴的转动声响将她唤醒。张开眼，她看见了魏坤那张已喝成酱紫色的脸，满是惊讶地望着她的滑稽表情。

"怎么？你还没……有……走？"

魏坤的舌头有些打结。不过，在经过这一顿闷酒之后又见到宛星，他看起来还是颇为高兴的。

"我是……怕你醉了。没法再开车了。"

宛星的回答,却不比他利索多少,她还没有从方才的情境中完全清醒过来。

魏坤咧开嘴笑了起来,觉得自己确实有些头晕眼花,若是要开车的话,真的会有点问题,他还没有醉到连这点都分不清楚。他点了点头,二话不说,关了车门,摇摇晃晃地跑到另一边,钻进了车。然后,从口袋里摸出钥匙,发动了车。

"开车!"

宛星还没有反应过来,就听见车子马达的隆隆声。

"你疯啦?"她叫道。

"怎么?"

"我不会开车!"

"不会开车?"魏坤诧异地问道,"那你……干吗……坐在驾驶座上?"

"我只是担心你,在这儿等你。况且,车门是你自己没锁,我待在车里,只是为了避避寒而已。"

"……开车!"魏坤用了命令的语气。

"我不会开!"

"除非今晚你想和我一起睡在这车里。"魏坤借着酒力,冲宛星邪恶地笑着说。一股酒气扑面而来。

"你想干什么?"宛星被他的样子吓到,极力避开他的脸。

魏坤便又缓和些道:

"没……关系,我……这车……自动的……油门……刹车……刹车……油门……就……这么简单……踩踩看?"

宛星也不想和他在车里闹,不得已试着踩了下油门,她听见了马达欢快的加速声,又踩了下刹车,她感到了车子制动的力道。试了两下,她觉得自己和这车子有种说不出来的默契,好奇胜过了不会开车的担心。魏坤见她比画得差不多了,就说:

"那我们……走吧。踩油门。"

他扳动了变速杆,而宛星则轻轻踩动油门。车子竟慢慢前行了,车灯照着的黑漆漆的路面以及夜幕下的街景,缓缓向后逝去。那真是种奇妙的感觉!宛星起先还紧紧地抓住方向盘,生怕一松手,车子就会失控飞走。但开了一会儿,就不再那么紧张了。她觉得这车子就像一件电动玩具，很听话、很驯服的样子。好在现在是深夜，街道上空无一车一人，任凭她摇摇摆摆，时急时缓，依旧游刃有余。她不禁想起了刚才做的梦，便扑哧一声笑出声来。魏坤问：

"你……怎么了？"

"我在想，若是现在有个警察看见了，该怎么办？"

"那我们就……去坐牢。只要和喜欢的人在一起……就好……你说呢？"

听他这样说，宛星竟有些感动了。

"那，要是我撞到一棵树上。"

"那就更好了。我就……陪你去住医院。几个月都不出来。"

"那要是撞得重了。"

"别……别……不要再说了。我可不希望失去你。"他的话音里，竟透出一股悲戚与哀愁。

宛星不再说话了，她有点后悔自己刚才问的这些傻问题。她觉得自己有时候太像一个孩子，仍然沉浸在童年的幻想里出不来，又抵抗不住新奇的诱惑。为什么要用这些幼稚的想法，去带给别人无谓的伤害呢？

正想着，突然有一只也是夜不归宿的野猫，从路中急急地穿过。宛星急忙转动方向盘，脚底紧踩刹车，弄得车子差点真要撞到路边的行道树上。惯性让魏坤的脸几乎要贴到她的脸上，她可以感到魏坤嘴里呼出的酒气，想避开却已经来不及。因为在车子戛然而止的瞬间，魏坤的手已将她的肩膀搂住。她看见魏坤如火如炬的眼睛，逼视着她。魏坤大口喘着气，宛星甚至听见他怦怦的心跳。而宛星脸庞上、发梢里所散发出来的迷人气息，将魏坤本已按捺不住的酒性，彻底地激发出来了。

"不要……"宛星感到了马上就要发生的事。

可魏坤的唇，就像万吨水压机似的压了下来。火热，滚烫，从未感到过的窒息。

不知从哪里来的力量，在无可抵御的窒息中，她竟挣脱了魏坤的控制。她大口地喘着气，魏坤也在大口地喘气。可除了喘气声，两人都没有说话，车厢里的空气仿佛凝固住了。

"对不起。"魏坤在这一番激烈的运动之后，酒也惊醒了大半，终于开口了。

"我……真是……醉得昏了头了。"

宛星却什么也没有说。她觉得有点虚脱，连说话的力气都没有了似的。过了好一会儿，心情才略为平静些。可她还有什么可说的呢？接不接受魏坤的道歉其实已不重要，重要的是，他已经吻了她，而在他唇侵袭而来的时候，她比任何时候都明白，那绝对不是她想要的。可是，她想要的究竟是什么呢？她默默无言，思绪就像游丝飘浮在空气里，随时都会断掉。她不由自主地缓缓转动着方向盘，松开了一直紧紧踩住的刹车踏板，车子又开始向前滑动。此时，她并没有刻意要驾驶的意思，可车子就像一匹已被她驯服的野马，任由她摆布似的。连魏坤都感到惊讶，她看起来就像是个老练的驾驶员。车轮在寂静的夜里，划出一道悦耳的声线，而车身则像一道优雅的黑色闪光，倏忽间就消失在茫茫夜色里了。

"到家了。"魏坤长长地吁了一口气，说道。自从他说了对不起之后，一路上宛星都没有和他说话。他知道他的强吻，一定是大大地伤害了她。他心里骂着自己混蛋，但又不知该如何安慰。他知道自己并非安慰她的最佳人选，就像一个盗窃犯去安慰遭到失窃的人家，情形比光是盗窃还要恶劣。但现在，除了他自己之外，也没有第二个人可以援手。他急忙下了车，跑到宛星的那一边，拉开了车门。可宛星还是端坐在里面，没有下车的意思。

"到家了，上去坐一坐吧。"

宛星摇了摇头。

"那你要到哪里去呢？"

"我就在车里坐一会儿，你不会介意吧？我想，天很快就要亮了。"

"当然不介意。这辆车送给你我都不介意，何况只是坐一会儿？看得出来，你和它很有缘，我还从未见过一个不会开车的人，能把它驾驭到如此完美。"虽然这辆车是魏坤少有的几件爱物之一，但在心爱的人面前，任何东西都是微不足道的。况且香车配美女，那才叫物有所值。但宛星却没有丝毫的愉悦之色，依然端坐在那里，一派优雅的冷静。

"这车实在太完美了，所以我和它恐怕没什么缘分。既然不介意，那我就在这儿坐一会儿了。你上去睡吧，我记得明天一早，还有个客户见面会。"

"我怎么可能让你一个人在这里，我自己去睡呢？放心吧，刚才我只是一时昏了头。我保证绝不会再碰你一根寒毛了。"

见宛星仍然没有任何的表示，魏坤又说道：

"大小姐，求求你了！难道还要让我给你下跪吗？"

四下无人，魏坤做出一副真要下跪的样子。宛星没办法，只得说："真拿你没办法，可是……"

"难道你还是不相信我吗？"未等宛星说完，魏坤就抢过话头。"我都保证过了，不然，这辆车就是你的。"

说完，他把车钥匙塞到宛星的手里。宛星推开了他的手。

"你把我当成什么人了？"

"那你就给我一个面子，不然，我真的要和你睡在车里了。"

宛星拗不过他一再恳请。只得说："好吧。"

魏坤的家并不大，只是一室一厅的格局。魏坤告诉宛星，这套小屋是他父母单位里增配的，因为离公司近，他又是单身，这里就成了他的宿舍。他觉得房子虽小，却温馨暖和，又不需要请人打理，乐得逍遥自在，就没有再到别处去找房子。入得屋内，宛星环顾四周，发现小屋装潢得很精致。浮凸有致的乳白色吊顶，在浅蓝色厅墙的围绕中，在水晶吊灯的绚丽灯辉下，有着一股清新脱俗的味道。再加上空气里散发出来的淡淡的茉莉花香，让人轻松舒爽。厅墙一边放着一条淡黄色座垫的长沙发，座垫嵌在深棕色檀香木的椅架内，有着轻重相宜的平衡感。配合在沙发前，那一袭深棕色的茶几，对面厅墙上一样深棕色的壁橱，以及嵌在橱内的平面电视，勾勒出整个客厅的简洁轮廓。地面上一尘不染，若不是请人打理，便说明这小屋的主人，不但颇有品味，而且酷爱干净整洁。

魏坤让宛星坐在那浅色沙发上，便去为她泡制了一杯浓浓的麦乳精，而自己则端了杯热果珍，放在了茶几上。看得见热气从杯子里缭绕而上，于是，可可与桔果的香气，便在空气中缠绕交织着，缓缓飘入鼻翼，让人产生出一种奇异的快感。

"为什么要冲两杯不一样的饮料？"宛星问。

"因为你刚才喝的是果汁，再喝一杯热麦乳精，我想会很舒服的。而我呢，喝了太多的酒，而热果珍最能解酒。我可不想再糊里糊涂地犯错了。"

听魏坤如此说，宛星原先紧张的心情，竟真的放松了许多。

"那谢谢了。喝完了赶紧去睡吧，天马上就要亮了。"

"好啊。你到我房里睡吧。"见宛星惊骇得几乎从沙发上蹦起来，看着她瞪起的双眼，他忙摆手道：

"不是不是！我不是那意思。我是说，你一个人睡。我换了新被褥在床上,你把门栓上,保证绝对安全。"

"那怎么成?你怎么办?"

"我就在厅里的沙发上睡,没事。"

宛星还想争执,但魏坤却不让她说下去。

"趁我现在还清醒,就这么定了。不然,我可不敢保证不再乱来。"弄得宛星没法再说什么。

第十五章

　　第二天早晨，魏坤开着他的宝马去上班，车上载着宛星。宛星原本不想坐他的车，说是搭公车很好，反正魏坤的住处离公司不远，只几站路而已，一会儿就到了。但魏坤坚持说，放着现成的车子不坐，偏要去搭公车，不是自找麻烦吗？生拉硬拽不让她走。宛星拗他不过，只得坐了。当车开到离公司还有一站路远的时候，宛星就嚷着要下车了。魏坤似乎很能明白宛星的心思，便不强留，让她下了车。待她走到公司的时候，魏坤早已到了，还在她的桌上留了字条，叫她到办公室去见他。宛星知道一早有个洽谈会要开，就赶紧来到了魏坤的办公室。现在的魏坤，又恢复成老总的模样，头傲慢地昂着，说话也没了昨晚的曲意逢迎。宛星便也扮演着中规中矩的助理角色。魏坤明白，这第一次的表白，算是以失败告终了。但他不明白为什么宛星会不接纳他，以他的身份地位，虽不能说是凤毛麟角，却也称得上百里挑一，就是论长相，也还算过得去吧。他百思不得其解，最后，只能理解成缘分未到。于是，他决定慢慢地等，等她长大了、成熟了、缘分到了。他想，只要她还在自己的身边，就一定有机会去把这感情、这缘分培养出来。

　　时间总在不知不觉中过去，就像书里说的那样，日子长着脚呢，自顾自地跑得飞快。一眨眼，又是一个秋天了，又一个带着成熟与伤感的秋天。举目望去，漫天飞舞的落叶，金黄色的原野，总像快要坠落的懒洋洋的斜阳，茫茫然昭示着又一个循环的行将结束。于是，伤感就像一只手，轻轻拨动着心弦里的最低音，嗡嗡然在空气中震荡回响。

　　自从上一回在图书馆里，如梦幻般地见过那酷似宛星的身影之后，俊杰像是又添了一段心病。一闲下来的时候，脑海里便浮现出那个影子。于是，秋天的伤感，更加牢牢地攫住了他的心绪。到了周末，若是没什么特别的事要处理，他就常常往市图书馆那里跑。以前，跑图书馆本就是他的习惯，可偏要去市图书馆，倒让父母有点不解。只好认为现在功课日渐高深，对图书资料的要求也越来越高了，市图书馆或许更能满足他吧？便也没太深究。

这一天，图书馆里依然如往常一样，说挤不挤，说空也不空。他先把上回的书还了，再去找自己想借的书。待他找好了那几本书，要去办手续的时候，却在书架与过道的交口，不小心与人撞了个满怀。啪的一声，两人手中的书撒了一地。俊杰连声说着对不起，马上俯身去拾。看见落在地上那人的书，都是些经济学、金融贸易之类，横七竖八地叠在自己的书上面。捡完了人家的书，他顾不得自己的，抬起头把书递了过去。

这时，一双水汪汪的大眼睛，如此清晰又如此贴近地呈现在他的面前。那双眼睛里满是讶异的神情，静静地，却带着雷霆般的震撼，令他的眼前一时间天旋地转。这一惊非同小可，他几乎脱口而出那已经蹦到喉头的名字。但又怕认错了人——毕竟很多年没见了，他们都已长大成人。不消说，这段年龄的变化，应是很显著的——他定了定神，用微微颤抖的声音喃喃道：

"小姐……我们好像在哪里见过。"

没有回答，没有移动，更没有伸手接过已经递到她面前的书。那一双眼，只是静静地注视着他，好像要把他的一举一动，全都毫无遗漏地摄入眼帘，好像怕在一眨眼之间，她面前的景象就会消失不再。俊杰看到她的眼睛先是有些湿润起来，然后泪珠在那里扑朔闪光。

"是吗？你是在哪所中学念的书？"

过了许久，她应了这一句。那声音有些飘忽如天籁，有些颤动如弦音。可那是多么熟悉的声音啊！感谢上帝，这声音还是像第一次听到时一样的轻柔悦耳。听似平静的话语，却如拍岸的波涛，汹涌澎湃。不需要再多的言语了，不需要再多的解释，那眼里的泪光，那和着泪光一起飘来的如梦幻般的视线，早已表达了一切。

"宛星。是你吗？我不是在做梦吧？"

"俊杰，你是俊杰吗？真的是你吗？"

两个年轻人互相唤着对方的名字，然后就这么久久地对视着，就像从前一样。语言再一次变得苍白无力。

在图书馆附近的一间咖啡屋里，俊杰和宛星面对面静静地坐着。再次相见的激情，已经略微平复。他们的面前，各放着一杯咖啡，香气缭绕。

"遇见你，真是太巧了。"俊杰先开口道。

"真是太巧了。"

"其实也不算巧。"

"怎么会不巧呢？我真的没有想到能在这里见到你呢。"

"信不信？其实我早有预感。"

"真的吗？你不会又在卖弄呢吧，就像以前变的魔术？"

俊杰摇了摇头。虽然他很想再变朵花什么的送给她，可现在毫无准备，无可卖弄。

"你知道吗？我想，年前我曾见过你。"

宛星不信地摇了摇头。

"见过我？在哪儿？"

俊杰指了指窗外的图书馆大楼。

"图书馆里？"

俊杰点点头，"你以前有没有来过图书馆？"他问。

"来过，但不经常。"

"那就对了！我见到的一定是你，我的感觉不会错的。只是那次你跑得太快，让你给溜了。你什么时候身手练得如此敏捷了？"

俊杰的眼火辣辣地看着宛星。现在的宛星已是位身材曼妙、婀娜多姿的女子，往日的青涩早已褪去，即便坐着，那优雅的气质与成熟的美貌仍是没法掩盖。但毕竟好多年没见了，她被俊杰看得有点不好意思，低下了头。

"是吗？也许这就是天意。当你想见的时候，偏偏见不着，没想见的时候，却又偏偏撞上了。"宛星不知道是在说俊杰还是她自己。

"是啊，老天总喜欢捉弄人的。不过还好，他又把你送回来了。"

宛星抬头看了一眼俊杰，点了点头。

"是啊，老天又把你送回来了。"她轻轻重复着俊杰的话。

这时，俊杰瞥了一眼宛星手边那些关于金融贸易的书籍。

"怎么？你没有成为护士吗？"

"噢，我现在在一家贸易公司做经理助理。"

"那真是太好了！"

宛星淡淡一笑，说：

"怎么，还和以前一样，对护士有成见呀？"

"没有啊！白衣天使，救死扶伤，不一直都是你的理想吗？"

"那你呢？一定是大学生了吧？"

"是。我现在在F大上学，读的是生物工程。"

"啊，生物工程。太好了！这专业原来也是我的梦想。"

"我知道的。以前，你总是有好多好多的梦想。"

"嗨，小时候，就是喜欢做梦。怎么样，其他同学都还好吧？"

"他们都很好。浩强啊、凯亮啊，都在J大念书呢。一个学船舶专业，一个学建筑设计。"

"还打篮球吗？"

"打。他们运气好，J大的篮球队很棒，所以，他们还能经常打。我们F大的长项是排球，篮球却不怎么流行。我只能在周末时，和浩强、凯亮他们切磋切磋。"

"那情筠呢？情筠在哪里上学？中学毕业后，我们都没有联络了。"

"情筠嘛，也在F大。"

"是吗？"宛星很惊奇地问，"她也读生物工程吗？"

宛星不由得想象着两人肩并肩出入教室的模样。从前的景象又浮现在眼前，那时的他们俩，甚至是邻桌。

"那倒没有。她学的是新闻学，你知道，她是比较喜欢文科的。"

宛星点了点头。

"在同一个学校真好，你们一定经常见面吧？"

"是。我们住得很近，所以到了周末，偶尔也会一起回家。"

他们住得很近是宛星早就知道了的，那时候，有时也一起回家的。但现在？他说是偶尔，但也许是经常也不一定呢。想到这，宛星的心里涌起一股莫名的伤感。不过，她很快就平静下来，她不愿意让俊杰看出她的伤感，毕竟这难得的久别重逢是该让人高兴才对。

"是啊，从F大到C大的路程还是蛮远的。路上有个伴，就不会寂寞了。"

"是挺远的。差不多要穿越整个上海呢。单程就要两三个钟头。所以，有时我都不太想回家，太费时间了。"

俊杰见到了宛星，止不住兴奋，话就比较多些。不过，他更想知道的是宛星的情况，便说：

"好了，不要光说我了，谈谈你自己吧。初中毕业后，你都跑到哪里去了？"

"你不知道吗？"

"不知道呀，我怎么能知道？毕业那一年的那个夏天，我去了趟湖州老家。"

"这个我知道。"

"可我回来后,你们那一片就拆迁了。我去看过,片瓦不留。然后,就再没有你们的消息了。你怎么能就这么一下子消失了呢?"

"是吗?你真的去看过?"

"当然。"

"噢……对不起。那次拆迁拆得很急,我们还来不及准备,就要走了。可奶奶又突然犯了病,在医院里呆了几天。那时,忙得焦头烂额,所以来不及通知。可后来我……"

俊杰听说奶奶病了,便急忙问:

"奶奶犯了什么病?她究竟怎样了?"

"噢,是心脏病。不过抢救及时,后来也没什么大碍了。"

"她现在的身体可好?"

"病是不少。年纪大了都是这样,不过,她是个非常乐观的人,每天照样做好多的家事呢。"

"你奶奶真是个慈祥又勤快的老人家。"

两人正聊得兴浓,可俊杰腕上的那块电子表突然嘟嘟嘟地叫了起来。俊杰抬腕看了一眼,想起妈妈今天叫他回去帮妹妹准备高中会考的事。

"你的表真漂亮,还有个小闹钟呢。"宛星很是惊奇地赞美道。

"那是我们从国外回来时,爸爸买的礼物。他买了好几块不同款式的,如果你喜欢,下次送你一块。"

"不,不。"宛星连忙摆手,"我可不能要这么贵重的礼物。"

"再说吧。"俊杰站起身,"对不起,今天我还有点儿事,得先走了。"

"是吗?"宛星也站起身来,"那我送送你。"

"不用。"俊杰指了指宛星杯中的咖啡,"你再坐会吧。真遗憾。我还有好多话要跟你说,好多问题要问你呢。"

"我也是啊。"

"那你有没有名片?"临走,俊杰不忘问。

"我可不想再让你无缘无故地消失了。以后,你可不要再随便跑掉了,好吗?"

宛星的心被他的话触动了。心想,我何曾想过要跑掉,我不是一直在那里等着你吗?可是,这么多年来,你为什么没给我任何的回音呢?但她并没有问也没有答,只是说:

"有。"宛星从包里摸出张名片递了过去。

"太好了!"俊杰接过名片,"对不起,我还没有名片。"

宛星笑着点了点头，摆出一副老成世故的样子说：

"没关系。我知道，你还是个学生嘛。"

俊杰看了一眼名片上的电话号码，说：

"我会打电话给你。"

宛星目送着他的背影出了咖啡厅，这才发现，他的个头确实比以前高了许多，肩膀也宽阔了，和印象里的稚气又有些纤瘦的模样大有不同，只是走路的步态依然没变，还是带着股自信的潇洒。她看着他的身影，在咖啡厅面街的窗外晃过不见了，才收回目光，心情却久久不能平静。

周末就这么过去了。因为晚上睡得不好，周一上班时，宛星去得晚了些，发现魏坤在她的格子间外晃悠，才想起今早有个重要的会议。自己因为见到俊杰的事，竟把它给忘了，幸好还没迟到。她放下包就要走，可桌上的电话却响了起来。拿起来一听，是俊杰打来的。一大早就能听到俊杰的声音，宛星的心里满是欢喜，只是开会的时间马上就要到了，而魏坤又在边上等她，她想说待会儿再打回电给他，可电话那头的俊杰，却滔滔不绝地说个没完，弄得她没法插嘴。他先说对不起，昨天因为有事不得不先走，没法和她好好长谈一番，实在是太遗憾、太失礼了。接着，又说在图书馆能见到她，真是个奇迹！他说他因此一晚上都没睡好，一直在想着这件事。然后又问她，他走后都去了哪里，是否还留在那儿寻书。这时，宛星才有了说话的机会。她告诉他，因为马上要去开会，不能谈太久，能不能待会儿再打回给他。俊杰却说：

"没事没事。我也是在课前抽空给你打个电话，其实，只有几句话要说。我想请你周五晚来F大参加舞会，不知道你有没有空？"

宛星瞥了一眼边上的魏坤，倒没见他有什么不耐烦的神色，相反却似乎很享受地看着她。便继续说：

"那是你们学生的活动，我一个社会闲散人员，混在里面会不会不太合适？"

"没有的事。"电话那头答道。

"这种舞会并没规定只有本校学生才能参加。我已请了浩强、凯亮他们，我跟他们说了碰见你的事，他们也很想跟你聚一聚，好多年没见了，你不会拒绝吧？"

"那，倩筠也会来吗？"

"当然啰，她可是个舞迷呵。杜圆圆也会来，她和倩筠还是那样形影不离的。我想,她们见着你一定会非常惊喜的。"

宛星有些犹豫,她并不太会跳舞,也不太喜欢那种嘈杂喧闹的环境,但那是俊杰的邀请,多么难得的见面机会,若是错过了,不知将来还会再有吗?可是,一直以来,她都可以感觉到,倩筠和俊杰的关系非同一般。她是个舞的精灵,舞会上的她,一定会是众人注目的焦点。况且,她见了俊杰带自己去,会是怎样的心情呢?她会高兴吗?俊杰说的惊喜,恐怕不过是一个安慰自己的借口,或只是他一厢情愿的想象。好一阵子没听见宛星的回答,俊杰那边的声音变得有些焦急起来。

"宛星?我……真的盼望你能来。若是你想有个伴,就叫上文娟吧。我们也有好多年没见面了。"

不能多想,也没法再犹豫。

"那,好吧。俊杰,我得去开会了,老板还在等我呢。"

听到宛星终于答应了,俊杰的声音变得高亢起来。

"太好了!那一言为定。周五晚七点在F大门口等你,不见不散。"

当宛星接电话的时候,魏坤一直在边上看着,静静地等。看得出来,这不是一个普通的电话,虽然宛星竭力想表现得坦然与沉着,但她那抑制不住的陶醉神情,还是透露出一点不同寻常的讯息。他从未见过宛星说话时,竟可以如此的柔声细语,拿着电话,就像捧着一件精美易碎的工艺品。隐约间听到的谈话内容,竟让他觉得有些不安。

"是很熟的朋友吧?"待宛星挂了电话,魏坤问道。

宛星怔了怔,然后若有似无地轻轻点了点头。

"对不起,耽误了你开会的时间了。我们赶紧走吧。"说完,也不敢看魏坤的眼,径直向会议室的方向走去。

周五很快就到了。本来到了周五的下午,课完了之后,那些上海本地的学生便陆续回家了。随着暮色降临,校园会变得渐渐有些沉寂冷清。但因为有舞会,这周五却变得有所不同。好多慕名而来的校外学子,让校园里非但不嫌冷清,反而愈发热闹了。F大校园里的舞会,可是远近闻名的。一时间,平时难得一见的众多俊男美女,竟不约而同齐聚一堂。其时虽已深秋,可那亭间柳畔,却依然春情萌动、暖意盎然。

虽然前两天已见过宛星,但俊杰再见到她时,还是略略有些吃惊的。与前几天初见她时的那种随意与灰色的打扮不同,她今日剪了个齐耳的短发,那俊俏的脸庞,显得愈发红润鲜艳。看得出来,她是细细打扮了一番。在那件织着秋叶图案的毛衣外,披了件毛料短大衣,半长的黑裙，恰好遮住膝盖，露出一双穿着墨色丝袜的纤纤小腿来。秋装虽有些厚实，却因了合理的搭配，丝毫掩不住她动人的曼妙身段。身旁站着的文娟，也与从前不同，那时的丑小鸭，现在已然成了位亭亭玉立的靓女。她只略施粉黛，虽不及宛星那样容貌出众，却也让人耳目一新。那经典的笑靥依然没变，见俊杰看她，那笑靥就愈发灿烂起来。俊杰笑道：

"二位果然是我们附中出来的仙女，气质实在是太不一般了。"

文娟见俊杰打趣她们，也不示弱。

"没想到几年不见，俊杰说起恭维话来竟这么顺溜了，搞得我都快找不着北了。"

"人家名牌大学的高才生，天天美女相伴，恭维话还不是手到擒来？"宛星也跟着揶揄。

"真的吗？什么样的美女，能让我们大帅哥看上眼的？我倒很想见识见识。"

俊杰见她们直拿自己开心，便打断她们道：

"再好的美女，也比不上附中的好，没听过那首诗吗？"

"什么诗呀？"文娟问道。

"就是那首'附中的女生一回眸，吓倒前面一群牛'的那首诗呀。"

文娟恍然大悟，原来俊杰又在玩中学时，那些调皮男生嘲弄女生的把戏了。便回敬道：

"我倒是听说过'附中的男生一声吼，震倒墙外一排柳'的诗呢。"

俊杰不禁拍手道：

"就是就是。附中女生的文采，肯定是更好的了。那些诗没发表在校报上，真是太可惜了，哈哈。"

三个人就这样互相调侃着，往校园里走去。

F大所谓的舞厅，其实就是学生活动中心，平时学生们搞些小型活动的场所。开舞会时，便装上些音响灯光之类，搞得还算像模像样。俊杰他们到的时候，倩筠、圆圆她们正和浩强、凯亮聊着天。他们都已不是第一次在舞会上相见，所以显得格外热络又随意。可是，倩筠根本没有想到宛星她们要来，俊杰跟她说的，是要带些朋友，她以为就是浩强他们，便没有多问。当见到俊杰带着宛星和文娟进来时，不禁一脸惊异的表情，但旋即便激动得不能自己，飞也似地奔了过来，和宛星紧紧拥抱在一起，然后分开，然后再紧握住宛星的手，上上下下地打量着她，嘴里还一个劲儿地嚷着：

"宛星，宛星，是你吗？真是太不可思议了！"

接着，又转向文娟，拍着她的肩膀。

"文娟呀，我都快认不出你来了。乍一瞧，还以为哪来的电影明星呢。"

文娟连忙道：

"哪能呢？在你面前，我一个丑小鸭，既成不了名，也成不了星的。还是倩筠你一点没变，还是那么超凡脱俗。"

倩筠也不答话，似嗔似怪地瞟了一眼俊杰，然后拉着她俩的手去见圆圆、浩强他们。一边走，一边直嚷：

"唉，唉，看见没，都是谁来了？"

圆圆看见她们，也激动地拍手叫道：

"俊杰，你是怎么把她们找到的？为啥不早点告诉我们呢？"

浩强和凯亮却镇静许多，因为他们早知宛星她们会来，不过，看见两位美女翩翩而来，比之印象中的初中女孩，好似脱胎换骨，青涩虽已不见，可鲜嫩光洁、美艳照人之态，已然是更甚于彼时了，不免都有些心旌摇动，一时看得呆了。还是浩强回神快些，叫道：

"好个俊杰，看你带来的是什么样的阵容！今天，我们这一片，肯定是舞会的中心。"

"当然啰。"俊杰也骄傲地扬起头，"那还用说吗？"

就在此时，音乐声响起。那个悬在屋顶的圆球，开始缓缓转动起来，五颜六色的灯光便在人们的身上掠过，产生出些迷幻的效果。原先有些闹嚷的舞厅，骤然安静了许多。有些急不可待的学生，已经开始轻搂腰肢，翩翩起舞了。俊杰忍不住伸出手，来到宛星的面前，做出一个邀请的姿态。"可以吗？"他轻声问道。没想到俊杰会那么直截了当地第一个邀她跳舞，她的心像是受到了猛然的撞击而怦怦跳动。她下意识地瞥了一眼倩筠，倩筠此时却眼看着别处。可是，毫无疑问，俊杰的手就在她的眼前，在梦中，俊杰就曾这样邀她共舞。这样的情景，在这样的时候，她是怎么都没法拒绝的。她不由自主地牵上了俊杰的手，音乐像美酒醉人心田，灯光如梦境迷幻又绚烂，两人相拥着舞向人群的深处。

此时，倩筠虽然眼在别处，却了然这边发生的事。今天的事来得太过突然，大大超乎了她的想象。上一次看芭蕾演出时，已见过的宛星的身影，像扎下了根似的，时常会萦绕在她的脑际。她不知是该庆幸还是遗憾，与这位多年未见的老同学失之交臂。她明白，若是俊杰知道了她当时心里的念头，一定不会苟同甚至要责怪的。但她觉得安慰的是，这如同神的安排，让宛星来得晚了，让她在昏暗里的身影，没被俊杰认出来。而她，只不过是顺从了这样的安排而已。顺从天意，一向是她信奉的人生哲学。可是现在，现在这突如其来的一幕，难道也是神的安排吗？本来俊杰请她来跳舞，是件值得高兴的事，平时俊杰不太喜欢跳舞，那是她所知道的。平常请他来，还要费些口舌呢。这次他能主动邀约，实属不易，她还在暗暗庆幸他的转变。可是，宛星这如同鬼使神差般的出现，让她似乎明白了俊杰的心思，顷刻间，这难得的喜悦心情被一扫而空。

此时，俊杰正挽着宛星，滑向舞场的中心。

"今晚，你真漂亮！"俊杰的声音在宛星的耳畔轻轻响起。没想到俊杰会这样说，她的脸有些发热。还好舞场上灯光昏暗，只有绚烂的彩光晃来晃去，脸上的红晕没人能够觉察。见宛星没有答话，俊杰又说道：

"怎么不说话？那是默认了吗？"这时宛星才说：

"沉默也许是反对。"

"不会吧，你就不要谦虚了。浩强都说我们是舞会的中心了，我想，那都是因为你。"

"怎么，你们男孩子长大以后，就变得特别会恭维人了吗？"

"怎么会呢？那是真的。"

两人边说着话，边随着音乐的节奏摇摆着。其实，两人都不太会跳舞，只是简单地重复着一些基础舞步而已，但这丝毫没有影响到他们对彼此的感觉。宛星从俊杰的肩膀这边，看了一眼他的侧脸，他现在的脸，轮廓分明，挺拔的鼻子和俊俏的眼眉，愈显英气勃发，昔日的男孩已然成熟。他和自己是那样贴近，她甚至可以闻到他身上的气息。手在他的肩上，可以感到那种挺拔、坚实与宽厚，手在他的手中，可以感到那种抚慰、温暖和柔情。那是幻觉吗？不敢相信，那么多年来，她想象中的他，此时就在面前。她和俊杰在图书馆里蓦然相遇的那一瞬间，像是一幅画似的，永远定格在她的脑海里。虽然无论何时，她总是能够保持平静而矜持的外表，她也非常惊异于自己这种非凡镇静的能力。但那一瞬间，一定是上帝来探试她能力的底线，她已经快要抵挡不住了。

"俊杰。"她的声音有些颤抖，好在音乐为她做了很好的掩护。

"嗯，"俊杰轻声应道。

"怎么会这么巧呢？我原想，这辈子大概都见不到你了。"

"这辈子呀，你也太悲观了吧？不相信我能把你从茫茫人海中给发掘出来吗？"

"发掘？我又不是金银财宝。"

"当然不是！金银珠宝，哪能与你相比？"

"是吗？"宛星笑了，"看来，你爱夸大其词的毛病还是没改，而且，还愈演愈烈了呢。"

"我有这毛病吗？我怎么没觉得？而且除了你，还没谁给我提过这个醒呢。"

"是吗？真的吗？倩筠也没说过你？不过，也难怪，女孩子大都爱听溢美之词。"

"干吗老提倩筠呢？说说你自己吧，这些年都在做些什么？"

"我嘛，平凡又平淡。书也没读好。现在，你也知道了，只是在做些助理之类的无聊事，哪有你们大学生活那么丰富多彩。"

话刚至此，舞曲就停了。那些围绕在周围的舞伴们，又各自散开去。

"怎么这么快呀？真有点意犹未尽。"俊杰轻声叫道。

他们又回到原地。倩筠、文娟、圆圆她们也都回来了。未及多时，舞曲又起。俊杰本想再邀宛星跳一曲，却没想到，刚才和文娟跳的那位男生像是个舞场老手，身手敏捷，不知从哪儿冒了出来，抢到宛星面前邀她共舞。宛星下意识地回望了俊杰一眼，未等他反应，身旁的倩筠就对他说：

"俊杰，我们跳一曲吧。"

俊杰只得说："好。"略带歉意地看了一眼宛星，就和倩筠来到舞池中。

宛星便不推辞，和那男生执手共舞。

倩筠和俊杰跳着，却发现他的手虽然搭在自己的腰上，眼睛却老是飘向别处。

"是在找宛星吧？她好像跳到那边去了。"

她向那边的人群努了努嘴。

"噢，没有。"俊杰发觉自己心不在焉，急忙收回眼光，带着歉意落在倩筠的脸上。倩筠淡然一笑：

"没什么呀，找她很正常啊。这么多年没见，一定很想和她多聊一会儿吧？"

"对啊，说到宛星，那时，你们两个还是正副班长呢，也算是有缘分的。"

倩筠点了点头。

"我有点儿好奇,你是怎么找到宛星的?"

"说来也许你不信。偶遇,只是偶遇。很巧是吧?"

倩筠半信半疑又有点无奈地摇了摇头。

"那你为什么不早告诉我呢?好让我也来分享这偶遇的欢乐。"

"我只是想给你一个惊喜嘛。"

惊喜吗?倩筠的心想,你到底是不懂还是故意?只有她自己的心里明白,这惊是惊了,可喜却在哪里?

见倩筠不说话,俊杰也不知道该说些什么了。一时间,两人就这么默默地跳着。不知是谁轻轻碰了俊杰的肩膀一下,俊杰侧目一看,却是宛星和那男生从身旁盘旋而过。那男生舞步娴熟、花样繁多,宛星似乎也很享受地跟着旋转。刚才,不知是无意还是有意,她用肩肘蹭了俊杰一下,俊杰看她时,她还得意地对他一笑,俊杰便假意有些憎恶地瞪了她一眼。见她吐了吐舌头,就消失在人群中了。倩筠似乎并没觉察到这一段小插曲,兀自沉浸在刚才的思绪中。

舞会结束的时候,浩强总算出现了,还带来一位大眼睛的女孩。浩强还拉住人家的手,嚷嚷着要介绍给大家认识。而那女孩也就乖乖地跟着,一副小鸟依人的模样,惹得文娟直翻白眼,一脸的不屑。

"中文系的,大一的新生。叫……叫……你叫什么?对不起,我还没问你的名字呢。"

"文蕙。"女生声音轻轻的。

"原来你叫文蕙啊!我们这儿有位大姐叫文娟呢。看看还真有点像,是不是你的妹妹?"浩强打量一下文蕙,再指了指文娟问道。

"谁是你大姐?"文娟不满地叫道。

"这么多年没见,贫嘴的毛病还是没改啊?"

"噢,对不起。我还以为自己是在学雷锋做好事,帮你找来多年失散的妹妹呢。"

文娟便不理会浩强,转脸对文蕙道:

"这位大哥小时候发过高烧,部分大脑受过伤害,虽然运动机能健全,但判断力严重受损。作为舞伴尚可将就,作为朋友,可得好好留意了。"

看文娟一副义正辞严的样子,俊杰赶忙出来打圆场道:

"没那么严重啦。高烧可能影响到了他说话的控制力,变得异乎寻常的有趣罢了。"

"你到底是夸我还是损我?"浩强对着俊杰叫道。

俊杰也不理他,只对着众人道:

"没想到舞会这么快就结束了。时间尚早,想不想到后门来点小吃,喝点小酒?我请客。"

浩强、凯亮听说有酒喝,个个情绪高昂,连声叫着:"好啊,好啊。跳完了舞,还有酒喝,蛮有小资情调的嘛。"

可倩筠却问俊杰:

"你今天不回家了?"

"我跟爸妈说了,明天一早回去。"

倩筠有点失望地点了点头。

"我今天不成,我跟爸妈说好舞会完了就回家的。所以,本小姐就不奉陪了,你们好自为之吧。"

圆圆早已觉察到倩筠情绪不佳,她听倩筠要走,便要陪她一起回家。于是,两人和大伙告辞之后,便离去了。

那叫文蕙的女孩,见他们一伙人都是相熟的老友,自己难免拘束,便也要走。浩强留她不住,只得说下次舞会时再来找她。于是,剩下的一伙人便往学校的后门去。

所谓后门小吃,只是在学校后门外的一处排档。一到夜色降临,便一档接着一档,比肩继踵地沿着街道一字排开,绵延上百米,做着各具特色的小吃。从馄饨汤面到小炒砂锅,不一而足。上万人的学校,这种吃的需求是永不满足的,更何况都是些年轻气盛、好像成天都饿着的学生娃。于是,附近的居民,若想要做点谋生的活计,自然而然就会想到排档的主意,所以竞争还颇为激烈,东西便也价廉物美。这时候,夜色已浓,而后门外却依然热闹非凡。烧汤煮菜的热气,在各个摊位的灯火下蒸腾缭绕。几个人跟着俊杰,来到一处摊位,是专做辣炒螺蛳的。在路灯下支起个棚子,放上几张桌子,锅碗勺铲相碰以及螺蛳在锅内翻炒的声响,不知怎地,在这儿都变得悦耳动听了。诱人的香味,也是直扑鼻翼,让人欲罢不能。

"就这儿吧。"俊杰说,众人纷纷称好。

几个人坐下后,便要了几瓶冰镇啤酒,将炒得红油横溢的螺蛳,作为下酒的小菜。会吃的人,用嘴吮就能将螺肉吸出来,那可是件颇有技巧的活儿。几人中,就只有浩强和文娟精于此道,便乐呵呵地教大家如何吃。俊杰和宛星却怎么也学不会,只得用小牙签,将那螺肉从螺壳里挑出来，笨拙又费劲。

"你们两个高才生，也有学不会的时候呀？"浩强笑道。

"很容易的嘛。"

凯亮也在边上附和，还吸出一条螺肉来，在他俩面前晃着，一边嘴里还喷喷地发出些动静，吮着螺壳内流出来的汤汁，一副洋洋得意的样子。

"看我，一学就会了。"

螺肉鲜辣，啤酒甘苦，两者相配，实在是相得益彰。而三五好友，在昏黄的路灯下，与清风共语，揽暮色相看，边吃边聊，可算是人生的一大乐事。

因为俊杰已跟浩强他们讲过宛星的事，所以，几位男生对文娟的近况，更感兴趣些。便问文娟如何。原来，文娟现在读的是 S 大服装设计专业。

"我是下里巴人，只能学点实用的东西，将来混口饭吃。不能跟你们这些阳春白雪相比呀。"文娟介绍完自己近况，故作谦虚道。

"哪能这样比？"浩强叫道，"你将来可是中国的皮尔卡丹，克里斯汀迪奥。而我们——"他指了指身边的凯亮，"只不过是工人阶级而已。"

"对啊，对啊。"凯亮应和，"你是造船工人，我是建筑工人。"

文娟瞥了两人一眼。

"假谦虚！不过，借你们的吉言。将来，你们大婚之时，新娘子的婚纱，就由我全包了。"

"好，好，一言为定！到时不许耍赖喔。"

闹完了文娟，浩强又对宛星道：

"俊杰跟我们说了说你的情况。我们都很吃惊，你可是我们班的高才生，本想着，应该在 F 大这种地方见着你的。怎么这么早就下海了呢？不会是学鲁迅先生弃医从文，干起救国救民的勾当了吧？"

宛星淡淡一笑。

"我哪有那么伟大？文娟不是说了吗？只是想学点实用的东西。人各有命，富贵在天，是吧？"

凯亮问："听说，那是个私营企业，你们老板怎么样？"

"没错。老板嘛，还算通情达理吧。"

宛星想起魏坤时而像个大亨，时而又像个孩子的样子，想到他曾对自己说过的表白，不禁看了俊杰一眼，心里不知是欢喜还是忧愁，不过脸上还是微微笑了，说：
"像他这样的资本家，我想，该算是不错了吧。"
浩强有点不解地看了看她。
"能在生意场上混出点模样的人，大多老奸巨猾。你最好还是要留个心眼才好。"
宛星却不以为然地摇了摇头。
"我那老板，生意场上混了没几年。听说，也是你们J大毕业的，只比我们大了几岁。"宛星说话的时候，不由自主地流露出羡慕崇拜之意。
"这么年轻有为呀！"凯亮也惊叹道，"若是自己创业的，那必是昆仑之材，要不，家里头一定是非富即贵了。"
"家里怎么样，我就不太清楚了。不过，应该算得上是位青年才俊就是了。"
"看来，宛星对他是情有独钟啊，危险了，危险了。"浩强叫道。宛星被浩强这一叫，也意识到自己不经意间流露出对魏坤的好感，脸有些微微红了。倒是文娟指着浩强道：
"只有你，才老把人家往歪处想。"
"哪有啊？"他看了一眼俊杰，"他长得有俊杰那么帅吗？"
俊杰笑说：
"浩强，怎么老也改不了乱开玩笑的习惯？"
"那我们的青年才俊，他叫什么名字？"浩强问道。
"怎么，你对什么人都感兴趣呀？"宛星反问道。
"不是说是校友吗？将来说不定可以提拔提拔我们这些师弟师妹嘛。"
文娟又对他翻起了白眼。
"可你还没说他的名字呢。"俊杰叫道。
"你又不能成为他师弟，干吗也想知道？"宛星笑他道。
俊杰眨了眨眼，只得说：
"谁叫你说他是个人才，再说，万一哪天我转学去了J大呢？"
"没那么夸张吧？好了好了，告诉你们吧，他叫魏坤，魏蜀吴的魏，乾坤的坤。"
"啧啧，就听这名字，多么大气！那肯定是个人才。"浩强点点头，下了断语。
他们随意地聊着彼此的生活，虽然就是拉拉家常，可还是让人乐此不疲。感觉上，时间像是停住了脚步，但夜色终究是越来越浓，人声也渐渐平息下去了。文娟首先说必须走了，因为舞会，她说好了要去离F大不远的姨妈家过夜的，不能回去太晚了。听文娟要走，看看天色已晚，于是浩强、凯亮也说要回家去。

"我们送送你吧。"浩强对文娟说。

"不用，反正也不是很远。"

"那可不成。这么晚了，你一个姑娘家，我们还不放心呢。你看我们俩怎么样，像不像保镖？"浩强坚持道。

文娟笑了，难得他有这样的古道热肠，上下打量一下两人，点了点头道：

"今天总算听你说了句人话。还行，就凑合着用吧。"

俊杰也说要送，浩强却摆了摆手。

"你还是陪陪宛星吧。好不容易把她给找了回来，是不是有很多的话要说呀？"说完对俊杰挤眉弄眼的，弄得宛星有点不好意思起来，也说要走。俊杰便说：

"那你们两个去送文娟，我送送宛星。来日方长，我们就此散了吧。"

因为宛星要去的车站在前门，俊杰便和宛星再度返入校园。离开了后门外的嘈杂喧嚣，秋夜的校园里显得格外的宁静。清爽的凉风微微地吹着，路灯隔着树叶慵懒地照着斑驳的地面。树木、楼房的影子，像童话故事般堆砌出夜的深邃与广大。这让宛星又想起以前在C大附中读书时也徜徉过的校园，不知为什么，在这样的时候，所有的回忆就会像潮水一样涌上心头，而记忆中的一切，都会带着一种朦胧的甜蜜与美好。

"好久没在校园里走了，感觉真好。"宛星低着头走，像在自言自语。

"那就陪你在校园里多走一会儿吧。"俊杰爽快应道，其实，他何尝不想让宛星陪着他多走一会儿。

"要不要去看看我的寝室？"他又问。宛星摇了摇头。

"不用了，还是在这儿走走好。"

"也好。我们寝室里的味道，怕是不太欢迎你呢。我们指导员就常说，我们的房间像猪圈一样。"宛星笑了，想起了猪圈。

"那可难不倒我。要知道，我从小就是养猪的，怎么会怕那味道？"

俊杰也笑了。

"对了，那时候，你可是我们班里的猪司令。"俊杰想起从前养猪、养羊的故事来，轻轻叹了口气。

"时间过得真快，一眨眼，好几年就过去了。这些年，你都去了哪里呢？"

听到俊杰的这个问题，宛星又想起俊杰那天说过，他去拆迁地找她的事。

"你说那年你从湖州回来后去找过我，是吗？"

"是啊。可是我去的时候，那里已经成了一片废墟了。而从此以后，就再没你的音讯了。"

"可……倩筠没告诉你我的去向？你也没收到我的信吗？"

"倩筠？还有信？什么信？"俊杰吃惊地问。

听见俊杰吃惊的语气，宛星的心里涌起的，不知是了然释怀的欢喜，还是因曾经错失而起的忧伤。不知为什么，一直以来，她心里因对俊杰的猜疑而生的那份沉重感，因此变得轻松了许多。她想，倩筠或许是忘了，或许是不想告诉俊杰她的着落，但不管怎样，只要不是俊杰不想跟她联络就好。可那封信究竟去了哪里？

"我搬走后不久，曾给你写过一封信，没有收到吗？一直以来，我以为是你忘了我呢。"

"怎么会？怎么可能？宛星呀，我就是把所有人都忘了，也不会忘了你呀！"俊杰像是在赌天发誓般地说着。

虽然宛星知道，这话里也许夸张的成分居多，但听到了，还是让她满心欢喜。她还是愿意相信俊杰是真诚的。但是，他怎么可能会没收到我的那封信呢？那地址是绝对不会错的。

"真遗憾，那信也许是寄丢了。"宛星只能这样自我解释了。

"你什么时候寄的信？"

"就在你获得奥林匹克数学竞赛大奖后不久。"

"那倩筠又是怎么一回事？"

"其实，我搬走后曾去找过倩筠。那时，你去北京参赛了，我曾让她转告你我的地址。她没告诉你吗？"

"没有。她从来没跟我说起过你。"

"也许是她忘了。是啊，说起来，这事对她而言，也算不得什么大事。"

"这还不算大事？唉，倩筠，这个人也太不牢靠了吧。"

"你也别怪她了，人难免都会忘事的。"

"这么说,你还寄过信?可你知道我家的地址吗?会不会写错了?"

听到俊杰的问题,宛星想起那一天,她曾经跟着倩筠和俊杰找到他家的情形,心里又泛起些许酸楚,但只是说:

"其实,我早知道你家在哪里。那是无意中知道的,离倩筠家很近,隔楼相望,对吗?"

"对。"俊杰应了一声。而宛星又继续说道:

"后来,我听说了你获奖的事,又好久没有你的音讯,于是,就给你写了封信祝贺,顺便联络一下。"

"噢,原来是这样。你寄信的时候,我可能已经出国了。让倩筠他们家帮我们收信来着,可我们回来后,真的没看见过你的信。"

"你出国了?"宛星很是惊讶。那时候,出国对大多数人来说,有点像登月一般的遥不可及。

"那时候,我爸刚好有个机会,到美国伯克莱大学去讲学一年,机会难得,所以,我们全家都跟去了,我也在那儿的高中寄读了一年。"

"你真幸运。美国,那是个多么遥远又神奇的国度,对我来说,就好像做梦一样。"

"去过了,其实也没什么。"俊杰的语气有些轻描淡写,"也许有一天,你也会有机会。"

"说梦话呢吧。我怎么能有这种机会?"

俊杰好像对谈论出国什么的并没太大的兴趣,心思还在宛星那封寄丢了的信上。

"这么说,我回去得好好问一问倩筠,怎么能忘了告诉我你的地址,又怎么会把你的信弄丢了呢?"

宛星连忙说:

"别!不要问了。信也许真的就是寄丢了,你这样问她,她会生气的。"

"你还是一点没变。"

"怎么啦?"

"凡事总是先顾及别人。"

"我没你说的那么好。"

"我可不是说你好,我是觉得,太照顾别人了,会对你自己不好。"

"那谢谢你的批评了,我想,你这样说也是为了顾及我,是吗?"

听到宛星这样说,不知为什么,俊杰的心里,涌起一股怜惜之情。

他岂止是顾及她，顾及这个词，太过轻描淡写，太过敷衍了事了，那只是在忙完了正事之后的闲暇里，料理些琐碎的小事而已。而宛星怎么会是小事？从他再次见到她的那一刻起，他就对自己说过千万遍，不要再让她逃走了。她会逃走吗？原先曾以为她是逃走了的，没有声响，不留痕迹。他曾为此心痛了很久。可他却从未埋怨过她，他只是怪自己太过粗心大意，不曾把自己的心意早早表白，或把自己的地址或联络方式，事先告诉她，这样，他至少还能有所盼望。可她真的曾给他写过信！如果早知道她的信就要到来的话，他也许就不会那么急着出国了。可该死的，那信居然丢了，像宛星一样丢失在茫茫人海里。这是上天对他的考验吗？看来是的，但现在的他，竟喜欢起这种考验来，毕竟考验了这么多年，仁慈的上天终又将宛星带到了他的身边。而他对她的感觉依然没变，甚至是更加强烈了。

"宛星，你知道？那次我去找你时，还带了一件小小的礼物要送给你的。下次见面的时候，我一定记得带给你，可你再不能不告而别了。"

"对不起，那一次让你白跑了一趟。那是什么礼物呢？让我猜一猜。是书吗？"宛星想起俊杰曾送给她的那本精美的外国名言录。俊杰要是送书，肯定是本好书。可俊杰摇了摇头。

"是笔记本？"那年头，同学间最常送的礼物就是笔记本了。扉页上写上几句勉励的话，既表现缱绻关爱，又可满足那种居高临下的优越感，于是，签上大名，便成了友情永久的印证。可俊杰还是摇了摇头。于是，宛星也摇了摇头。

"算了，我猜不出。究竟是什么礼物呢？"

"那是一对湖笔，听说过湖笔吗？"

宛星点了点头。

"就像端砚，湖笔乃笔中之王。产自湖州，故名。"

"那一对笔呀，还有名字呢。一支叫星云，一支叫神俊。"俊杰像在细数家珍。

"星云神俊，好雅致的名字。会不会很贵？"

"记得以前，只要送你点东西，都会问这个问题，还是改不了？"

"穷人家的孩子嘛，那些精美雅致的东西，都会让我有遥不可及之感。"

"一点都不贵。当时，只是觉得名字好听，就想买了送给你。"

宛星点头。她猜得到这名字里的意义，俊杰总是能让沉闷的东西生出许多的意义。虽然耽搁了这么多年,到现在也还没有让她看到,但这一对毛笔里的意义,对宛星来说,真是太非同寻常了。

"谢谢你。"宛星这么说着,不由得跟俊杰走得更近了,一头秀发几乎飘到俊杰的肩上。俊杰也感到了她秀发上的气息,曾经那样熟悉,那样神牵魂绕的气息,就在身旁。他不由得搂向宛星的腰际,当他的手掌,轻触那柔软的腰肢,便有一种仿佛触电的感觉。不光是他,她那边也是一颤。可是没有抗拒,没有躲闪,一切就像安排好了的一样,再自然不过。两人不约而同地放慢了脚步,以一种相互依偎的姿态,缓步走在幽暗的林荫道上,俨然像一对热恋中的情侣。默默地走了一会儿,不觉就到了校门口。这儿的灯光比较亮些,看得见门卫的身影,在门房里晃动着。两人不由得分开来些。待出了校门,却开始有些恋恋不舍。因为车站就在校门外,深沉夜色下,那里空无一人。伫立着的站牌,平时看着就毫无善意,现在更显丑陋。它孤单地立在那里,像在提示着行将来临的离别。两人不由得对望了一眼,目光所及,却还是那张微笑着的脸。

"车站到了。"宛星耸了耸肩。

"是啊,和你在一起,时间总是过得很快。"俊杰也学着她的样子,优雅地耸了耸肩。

"真的吗?为什么你说的话,总是让人觉得好舒服?"

"和你在一起,你不用说话,我就已经好舒服了。"

"俊杰,你真该去读文科,语言艺术越发精进了。是不是跟别的女孩子,也都是这样说的?"宛星用了一种打趣的口吻问道。虽然本意是玩笑,却也因为她之前一直有这样的想象,一时还改不过来。

"宛星!"俊杰一把抓住了宛星的手,声音里竟带着他自己都觉得奇怪的颤抖。

"虽然我不喜欢你这样问我,但却给了我一个回答的机会。我想告诉你,这么多年来,我一直都在想你。其实,自从我第一次见到你,我就已经喜欢上你了。记得吗?你告诉我那是野荠菜的时候,你跟我说你爸打了你的时候,王老师叫我们不要再交往的时候,和你在一起的每一个瞬间,都是我最开心的时刻。我不会跟任何其他的女孩子说同样的话,因为这些话,只是说给你听的,明白吗?"

他抓着她的手很紧,令她完全没有动弹的可能,但宛星却没有觉得痛。此时的她,一切的知觉,都集中到了耳朵里,他说的话语,每一个字,都像是惊雷,把她的脑子震得嗡嗡响。眼睛里,立刻噙满了泪水。她对自己说,别流出来,别流出来,但她知道那是没有用的。热烈的感觉,从眼眶里奔涌而出,滚过面颊,滴到了正被俊杰紧紧攥着的手臂上。

俊杰看到了那滴下的泪水,他慌忙松开了手。

"你哭了?是我弄疼你了吗?"

宛星却仍然痴痴地看着他,眼睛一眨不眨地看着他,好像只有这时的他,才是最美的,她不想错过这最美的时刻,哪怕只是万分之一秒。泪眼蒙眬中,他的神色是有些慌乱的,有些歉疚的,有些担忧的,有些不知所措,就像犯了错误的孩子似的,但这一点都不影响那令她无比陶醉的美感。就这样过了几秒,她终于回过神来,从俊杰松开的手里抽回手来,擦了擦眼角的泪水。

"疼吗?"俊杰又问。

她轻轻摇了摇头,不好意思地淡淡一笑。

"对不起,"她指了指自己依然湿润的眼睛。

"不是因为疼,是因为感动。"她一边说着,一股由心底升腾而起的陶醉感,令她的身体也仿佛飘在了空中。她有些意识模糊地想着:梦是怎样的?现实是怎样的?为什么这活生生站在面前的俊杰,竟和自己千百回梦里的他一模一样呢?

听了宛星的话,俊杰明白宛星并没有一丝一毫拒绝他的意思。他脸上原有的慌乱、歉疚和担忧,一下子都不见了。他一把将宛星揽在胸前。宛星也不说话,只是把头靠在俊杰的胸前,那小鸟依人般的姿态,比任何语言更让人动容。俊杰将脸埋在她散发着诱人香味的头发里,在她的耳畔轻声道:

"这些天来,因为找到了你,我的生活彻底改变了。而今晚,我做了一件也许是今生最重要的事,就是告诉了你——我的心意。"

"我听到了,听到了。"宛星听着俊杰胸口上的心跳,泪水似乎又要涌现,她喃喃地说:

"对不起。其实,我也一直想对你这么说的,只是我没有你那样的勇气。遇见过你,再一次地遇见你,是我今生中最美丽的故事了。"

正说话间,公交车从前面拐角处出现了,在街灯的映照下,摇摇晃晃地慢慢驶来。虽有些不舍,宛星还是从俊杰的胸前离开来,并站直了身子。

"车来了,"她眼望着那辆缓缓驶来的车子说道,"你回去吧。"

可俊杰却还牵着她的手,不愿放开。

"可我还不想让你走。"他说。

"那……我就不走了,在这里陪你吧。"

可俊杰却摇了摇头。

"很晚了,这也许是最末的一班车。你若是不走,今晚可能就走不了了。你就不怕奶奶担心吗?"

说话间,车子已到了跟前。可俊杰的话,让宛星有些不知该怎么办才好。车门开了,宛星还在那里犹豫着。司机等了片刻,却不见有人上来,便扭过头来,以无神又冷漠的眼光,扫了一眼还在车门口欲走还留的宛星,脸上有些不耐烦的神色。只是因为昏暗路灯下的宛星,依然有着掩盖不住的美丽模样,那司机才没有发作。俊杰见状,不由分说拉起了宛星的手,一步跳上了车。车上很空,除了前排座位上坐着的两个人,后面的车厢空无一人。他们便一起坐到了最后一排长椅上。车子摇摇晃晃地开起来,在深秋的夜幕里,像一个醉归的浪人一般,似乎是漫无目的地晃荡着。若在平时,这种慢条斯理的行驶,免不了让人心急如焚,可在这时,却是恰到好处,可以让人尽情享受这摇篮般的美好感觉,仿佛又回到了童年。宛星头枕在俊杰的肩头,眼望着窗外,夜晚的城市像是一场无边无际的梦,在窗外一幕一幕地上演,光影变幻、起伏荡漾、鬼使神差,就像爱情的奇妙,让人欲罢不能。

"真是奇怪,公交车坐了多年,却从没有坐出过如此美妙的感觉。"宛星轻声说。

"那就慢慢开吧,最好永远都不要停。"

"永远都不要停?"宛星想象着这车子一路永远开下去的情形,不禁笑了,"那样,好倒是好,只恐怕我们都要饿死在车上了。"

俊杰便也笑了,道:

"小姑娘不解风情,你要相信爱的力量。"

宛星点了点头。

"你总是有革命的乐观主义精神。看来有你在,我就没什么好担心的了。"

"这就对了。"

沉默了片刻,宛星又问道:

"今晚,你没法再回学校了,怎么办?"

"不是说,不担心了吗?"

宛星又笑了,便自语道:

"也是。我收留了这位流浪汉,不就得了。"

俊杰点了点头，忽然哼起了他自己作曲的那一首歌：

"我愿到你梦里，去梦着你的梦想。
在无边的海，与你一起摇荡。
即便寒冷，即便黑暗，
我只要这样，一直到地老天荒。

我愿到你生命里，成你命中的注定。
为你纯洁心灵，编织无彩幻影。
温存笑靥，抚慰忧伤，
我只要这样，一生与你同行。

我愿无时无刻无所不在地将你守候，
给予你，我怀中所有的爱。
对于我，你可曾也有期待？
柔情的心扉，可曾微微打开？

黑暗中，我不是那转瞬即逝的光亮，
孤独时，请听我为你轻唱。
请再看一眼，凝视你的深情目光，
不要怀疑，不要错过，不要将它遗忘……"

听着俊杰的吟唱，宛星的眼眶里又有些湿润起来。她连连地摇着头，说：
"你不要再唱了吧。"
俊杰有些诧异。
"怎么了？"
"今晚你说过的话，已经太过动人了。若是再唱下去的话，怕我会哭成一个泪人。"
俊杰点了点头，真的不再唱了。只是轻轻搂着宛星的腰，和她一起无声地看着窗外。这座美丽的城市，好像母亲般正在展现她无比的宽大与温情，悄悄哼着催眠曲，怀抱着那一对坠入爱河的人儿，并以一段漫长而亲密的行程，祝福他们。

第十六章

那一晚过后，倩筠便开始后悔她的提前离去。因为在接下来的几天里，她感觉到了俊杰的变化。她发现，他的笑容里不见了从前那种让她觉得甜美的味道；他的眼神里，却多出些飘忽不定的心不在焉。于是，她的担心与日俱增。自从见到宛星后的那种不祥的预感，一天天逼近她的心防。不知为什么，从小到大总是拥有高傲气质的她，在与俊杰相处时，却变得毫无自信。她想起第一天见到俊杰的情景，他站在讲台旁的那一刻，他的清爽又有些调皮的模样，曾让她那颗情窦初开的少女之心，第一次怦怦乱跳。虽然那时的她装作若无其事，但当王老师叫俊杰坐在她的身旁时，她心中的激动，只有自己明白。当她得知俊杰的父亲居然也在数学系，居然在她父亲担任系主任的地方工作，顿时觉得和他之间的距离，一下子缩短了许多。以后的事情也证明了这一点，父母间的往来，造成他们之间有了更多相处的机会。她的父母说起俊杰时，也总是一脸赞赏的表情，在这时候，他们也总会满怀深情地看她一眼，那眼神里充满了不言而喻的期待。她明白这种期待的含意，天下父母的心思，大抵如此。俊杰的家，她也去过好多次了，他家里的格局摆设，甚至俊杰卧房墙上挂着的画、书架上放着的书，以及他小时候玩过的玩具，乃至于他的品位、他的喜好、他生活中的诸般细节，她都能了然于胸。这种得天独厚的机缘关系，恐怕在俊杰的朋友中没人能比。而他们确实也成了不错的朋友，虽称不上莫逆之交，却也几乎可以无话不谈了。俊杰总是有些腼腆，但连这种腼腆，竟也是她喜欢的。不过，随着年龄的增长，俊杰的这种腼腆却毫无变化。这不免让她有些着急，有时甚至会让她心烦意乱。但大多数的时候，她是冷静的，她在慢慢地观察，慢慢地经营，慢慢地等待。她相信以她的资质与美貌，俊杰不可能毫无感觉、毫不心动。可是，在她美丽的梦想天空中，一直漂浮着一片阴云，那就是宛星。宛星，她是怎样的一个女孩呢？为什么让同是女孩的她，总有种莫名其妙的嫉妒感觉？毫无疑问，宛星也是位美丽的女孩，但对着镜子照了又照，她怎么也无法发现，自己在容貌上，有任何的地方不及于她。若论家庭背景、衣着品味以及其他种种被人称之为外在条件的东西，平心而论，她应该都是遥遥领先的。可是宛星，她的身上好像总在散发出一种迷人的气息，难以言喻、无法形容、装不来也学不会。而更令人不安的是，宛星身上的这种迷人的气息，也许已迷住了她心有所属的人。俊杰和宛星眉目对望时的眼神，相互言语时的惺惺神色，他俩做值日生那天，在教室窗前执手相看的亲密模样，郊游时，迟到了却还忘情地手牵着手奔向巴士的那个瞬间，都在无声地展示着这有些恼人的"事实"。她不愿相信那是真的，她把自己心中的那份情感当作圣洁的神，供奉在心灵的深处，精心地守护着，不愿它受到任何的伤害。于是，她对自己说，俊杰和宛星之间，或许不过只是一时的好感而已。大家还都是小孩子，彼此有些好感，是再正常不过的事了，没什么好大惊小怪的。况且，她敢肯定的是，俊杰对自己也是有好感的。而且，上天既然决定让俊杰和自己邻桌，则在冥冥之中必有他的安排。于是——宛星终于搬家了，走得十分匆忙，而且走的时候俊杰不在，而且她竟叫自己转告她的新地址，更让人不可思议的是，宛星的来信，偏偏发生在俊杰刚刚出国之后，而爸妈把委托收信的差事交给了她。于是，那封信现在还藏在她的抽屉底下。就这样，命中注定宛星只能悄无声息地从俊杰和她的视线里消失掉。她要感谢上天的眷顾，让她又可以以一种轻松优越的心情和俊杰交往，又可以开始慢慢地观察，慢慢地经营，慢慢地等待。她相信耕耘必有收获的话，她相信爱情也是可以灌溉的。随着时间的推移，他们长大起来，高中毕业了，又一起来到同一所名牌大学。她觉得她的灌溉，似乎有些效果，只是那爱的花朵，成长得太慢了。俊杰和她走得很近，但那相隔的一层纸，薄则薄矣，却很顽固地横亘在那里，挥之不除，驱之不去。这种若即若离的关系，有些恼人，但俊杰和她，在旁人眼里是绝配的一对。他俩走在一起时，路人投来的羡慕称许的眼光，足以让她感到欣喜与安慰。可是现在，宛星的再度出现，好像已将她和俊杰间本来平静的交往状态彻底打破了。她的担心不是没有道理的，不是吗？那喜悦都清楚地写在俊杰的脸上。那是她不曾见过的沉醉表情，而又偏偏出现在刚刚见过宛星的几天之后。这绝对不是巧合，绝对不是！而且，那天俊杰竟问起她是否见过宛星曾写给他的那封信，着实让她紧张了一阵子。还好，当时她还算镇定，说她只是把所有的来信都收好在那里，而后全部交给了俊杰的父母,她从没留意过那都是些什么信。她说得真诚恳切,相信没有泄露玄机。不过,这件事让她对俊杰和宛星的关系,有了更多的猜疑。多年之后,宛星竟还在惦记着这封信,而俊杰也对这信不能释怀,这还能说明什么呢?多年来,她相信自己有洞悉未来的眼光,这种眼光有时也给她带来些无谓的烦恼,但她还是庆幸她所拥有的这种特质。毕竟很多事情若能早有觉察,便能防患于未然,而防患于未然,往往就是输赢的关键。看来,她是不能再等了。

于是,这天中午的时候,她照例等俊杰一起去吃午餐。午餐的时候,她告诉他,她的二十岁生日就快要到了,她想开个PARTY庆祝一下。俊杰听后吃了一惊,倒不是惊奇她要开PARTY庆生的想法,而是惊奇自己怎么把倩筠的生日都给忘了。往年都是他先想到的,可这两天,心思都在宛星那边,确是把倩筠给冷落了,便不好意思地说:

"倩筠,真对不起!我还没准备好礼物呢。"

"没关系,只要你能来,就是给我最好的礼物了。"

"那是我的荣幸了,谢谢你!"俊杰说完,又去埋头吃饭。

倩筠又说:

"其实,是我爸爸想给我搞个PARTY。他说,二十岁是人生的重要阶段,在他看来,是真正地长大成人了,所以要好好庆祝一番。"

俊杰便打趣道:

"他没请你出去住吗?那才叫真正的独立呢。"

"那也要他能舍得。"

"就是嘛,在父母的眼里,你永远是个长不大的小姑娘。"

"不过,他又提起你了,跟我说,好久没见你到家里来玩了。"

"噢,"俊杰有些难为情地说,"有些时间没去看望他们了。自从你爸当上了校长之后,他的形象,在我的脑海里一下子高大起来,本来就有些敬畏,现在更觉得高不可攀。"

倩筠拍了他的肩膀一下。

"别取笑了,我爸哪有那么可怕呀?"

俊杰却认真地点了点头。

周末,在C大俏娃河畔的小树林边,缕缕青烟缭绕升起。杨校长和夫人正张罗着为他们家新近采购的烧烤炉举行开炉升火仪式。刚放上去的两块牛排,在炉内窜起的火焰下,嘶嘶地冒着青烟,同时散发出诱人的香味。一旁铺着彩色餐布的长桌上,放着些盘子还有纸杯、纸碟之类,有的盘子里,已经装好了水果和点心。周围几棵杉木的树枝上，系着的彩色气球随风摇摆。杨校长几个月前刚从美国访问归来，也许一时不能忘怀于那里潇洒随意的校园生活，特别是在周末或节假日，那些知名的学者教授，在自家的后院里，支起烤炉，以令人难忘的烤肉美味，邀请他们夫妇共襄盛举的美好时刻。于是，在回国后不久，便也去买了这只价格不菲的进口烤炉。这回，因为倩筠的生日会，刚好派上了用场。美国教授们那些绿草如茵、花团锦簇的后院，他虽贵为国内知名大学的校长，却还不能拥有。不过，他有 C 大美丽的校园呢。俏娃河畔，杨柳岸边，清风徐来，烤烟袅袅，也不失为如诗如画的美景。如此看来，究竟是他该羡慕那些洋教授们，还是那些个洋教授们该羡慕他，倒也不好妄下定论。

俊杰一家人早已在那儿了。两家的父母在烤肉香气的薰染下聊得正欢，而俊杰和倩筠也正在炉边拨弄着烤肉。热焰蒸腾着肉香，对年轻人来说，那是件颇为有趣的工作。林中斑驳的阳光，照在两人的身上，平添些浪漫的色调。俊杰那张充满着朝气的脸，以及倩筠在风中轻摇的一头秀发，构成了一幅绝美的图画。两人也正笑着聊天，就好像兄妹似的，看着让人有种说不出来的羡慕。

校长夫人看着两个孩子，带着满脸欣慰的表情，对俊杰的妈妈说：

"时间过得好快，你们刚来 C 大那会儿，他们两个都还是孩子，可现在，已成大人了。"

"可不是吗！"俊杰的妈妈应道，"你们家倩筠，现在出落得更加标致了，又那么知书达理，我真是好喜欢她呢。"

校长夫人淡淡一笑。

"你们家俊杰，不也是一表的人才。书读得那么好，该有不少女孩子追着呢吧？"

俊杰的妈妈摇了摇头。

"别看他人长得高大了许多，脑子里基本上还是个孩子。没看他跟女孩子有什么来往。除了倩筠。"

校长夫人便接茬在她耳边轻声说道：

"我看呀，他俩还挺般配的，你说呢？"

校长夫人能说出这话来，断不是没来由的。俗话说，知女莫如娘，虽从未明说过，但家里一提起俊杰时，倩筠的那种心仪向往又娇羞的模样，只有她这位做娘的最能体会了。俊杰的妈妈听了这话，先是有些吃惊，随后就心领神会又满心欢喜地笑了起来。

"哎呀呀，没想到你能这样说，真是说到我的心坎里去了。我只是一直都没好意思跟你提起。天底下，到哪里去找像倩筠这么好的女孩子呢？只是，不知倩筠她是怎么想的。"

"不瞒你说，倩筠虽没跟我直说，不过，凭我当妈妈的直觉呢，她对俊杰是有相当的好感的。"

"这样说来，俊杰算是有福气了。怎么样？我们两家也来个亲上加亲？"

两人说着，哈哈大笑起来，令正聊在兴头上的先生们，跟着转眼看过来。

"怎么啦？什么事这么高兴？"

两位夫人便把她们的想法一说，两位先生便也跟着笑了起来。其实，两家各自都有相同的想法，只是没机会挑明罢了。这一下，心有灵犀一点通，都乐不可支，又是握手又是拥抱起来。

他们这边正闹着，那边宛星也来了。正弄着烤肉的俊杰见了，便放下手中的铁叉子，刚要跑过去，没想到倩筠的动作更快，已在俊杰之前，抓住了宛星的手，带她到父母的跟前，介绍道：

"爸、妈，这就是我常跟你们提起的宛星，我的好朋友。"

正在聊天的四位长辈，便一齐转眼看来。杨校长点了点头，微笑着说：

"我是倩筠的爸爸，欢迎你来参加我女儿的生日会。倩筠确实常常提起你，说你又聪明又漂亮，今天见了，果然是名不虚传。"

江教授夫妇也听见了倩筠的介绍，便知道来的就是宛星。好几年前，因为俊杰的那场早恋风波，他们去过宛星家，却没见着本人。打那之后，倒也风平浪静，没再听说俊杰和她的事了。曾问过俊杰，只说她已搬去别处，早就没有联系了。可今日怎么又冒了出来？因为以前是只闻其名未见其人，这回，便有些好奇地将她细细打量。这一打量，才明白俊杰的那场早恋，并非没有来由。

"校长呀，老听你说倩筠这样好、那样好的，我还是头一回听你赞扬别的女孩子呢。"俊杰妈妈在一旁打趣道。

校长哈哈一笑。

"你不也老是俊杰这个好、那个好的吗？不过说真的……"

他的心思，似乎还沉浸在刚才他们的谈话之中，压低了声音，在俊杰妈妈的耳边说："我还真盼着有这么个乘龙快婿呢，哈哈。"

声音虽低，但一旁的倩筠，还是隐约听见了。倩筠娇声叫道：

"爸——你在瞎说些什么呀？"

站在她们身后的俊杰,脸露窘迫之色,有些担心地望了一眼宛星。
校长夫人便拉了拉校长的衣袖,轻声提醒道:
"当着小孩的面呢。看,把人家的脸都说红了。"
倩筠的脸确实是红了,不过红里还透着暗暗的欢喜。宛星的脸也红了,却红得有些尴尬。好在这些年来职场上的历练,让她有了处变不惊的本领。她依然稳重,依然沉着,对着校长和夫人微微欠身。
"伯父、伯母好。"
转眼再看江教授夫妇这边,江教授便礼貌地自我介绍道:
"我们是俊杰的父母。我们也早都听说过你了,很高兴能见到你。"
宛星打量一眼江教授,只见他容貌清俊、举止儒雅,一望便知是那种学识渊博、修养深厚的人,却又没有校长身上的那种官宦之气。不知是否因为他身上有着好多俊杰的影子,还是他本人沉稳俊朗的仪态使然,让人觉得亲近许多。宛星便毕恭毕敬地对着他们深鞠一躬。
"江伯父好,江伯母好。"
教授笑着点点头,有些好奇地问:
"我曾听俊杰说,你的数学很好,现在,在哪所大学读书呵?"
宛星便答道:
"我没上大学,现在,在一家贸易公司上班。"
"噢,是这样。早点工作,也好。"他看了一眼自己夫人,又问,"在公司做哪方面的工作呢?"
"总经理助理。"
"是不是就是秘书呀?"俊杰的妈妈随便插问了一句。
没等宛星回答,俊杰就接口道:
"爸、妈,人家宛星是来玩的,又不是来面试,问那么多干吗?"
被俊杰这么一说,江教授便笑着挥挥手道:
"对、对。那你们去玩吧。"
俊杰便挥舞起还在手中的烧烤叉,招呼宛星道:
"宛星,你还没烤过肉吧,要不来试试?"
宛星连忙点了点头,接过俊杰递来的烤叉,一起向烤炉走去,倩筠也忙跟了过去。三个人没烤多久,浩强、凯亮还有圆圆他们也都来了。看见这边青烟袅袅,早闻到了扑鼻的香味,便一路小跑过来,嘴里还嚷嚷着好香好香。他们来得正是时候,肉已烤得差不多了,一伙人摩拳擦掌,便要大干一场。这类似于在郊外的野餐,在风气初开的沪上,对于这些不解西方风俗的年轻人来说,还是怪有新鲜感的。他们在一起说说笑笑，享受着野餐自由随意的快乐，宛星很快忘了方才拘谨甚至还有些不悦的感受。

到了吃得差不多的时候，倩筠招呼宛星来到河边。河那边就是学校的围墙，墙外绿树繁茂、枝叶婆娑，此时夕阳正红，照在那隐约摇曳的枝头，颇有点朦胧的诗意。虽没有喝酒，但倩筠的眼，却也有些朦胧起来。

"你听见我爸爸刚才说的话了吗？让人怪不好意思的。"

宛星点了点头。

"听见了。但他为什么要那样说呢？难道……"

宛星看了她一眼。可是倩筠却没有看她，眼仍然望着对岸的树影，说道：

"我也不知道。不过，你知道吗？我爸爸和俊杰的爸爸早就认识了，只是以前在不同的学校，他俩经常在杂志上发表文章，彼此争论，互不服气。可私下里，他们互相敬重，一直都是好朋友。其实，在学术上，我爸爸未必是江叔叔的对手。不过，正因为如此，他一直都很欣赏江叔叔的才华，说他是个不可多得的人才。几年前，终于有了个机会把他给挖了过来。他升任校长之后，本想把系主任的位子传给江叔叔，可江叔叔还是乐于做学术，无意官职。"

"是吗？看得出来，江叔叔的身上，真有一股儒雅之气。初次见面，我就觉得俊杰和他爸，还真的很像呢。"宛星插了一句。

倩筠点了点头。

"看来，你对俊杰有相当的了解。自从他们来到C大，又因为我和俊杰是同班同学，我们两家的关系，就更加热络了，成了所谓的世交。我爸妈都说，俊杰随他爸，有青出于蓝而胜于蓝之势。"

"看得出来，你爸爸也是很喜欢俊杰的。"

"没错。有时，我都觉得我爸爸喜欢他，更甚于我。他称赞起俊杰时，不知有多夸张呢。"

"不会说他是'前无古人，后无来者'吧？"宛星戏谑地问。

"那倒不至于。不过，他真的说过此生前途不可限量之类的话。"

"看来，俊杰很得长辈们的垂爱呢。"宛星总结道。

倩筠淡淡一笑。

"这也没什么奇怪的。像俊杰这样的，自然大家都会喜欢。你不是也很喜欢他吗？"

"这个……"宛星没想到倩筠会这样问，一时不知该如何应答。

可倩筠却也没等她，又继续说道：
"我就很喜欢他。聪明、体贴，每年我的生日，他都会送我礼物。有时是书，有时是笔。"
"是吗？"宛星的心里又涌起一股莫名的伤感。
"当然啰，我想他是喜欢我的，你们都别跟我抢喔。"倩筠用一种半开玩笑的口吻说道。

宛星听了这话，心里更不是滋味。本想说"你怎么知道，他一定会喜欢你呢？送礼这种事，不是很平常的吗？"但转念一想，今天是倩筠的生日，不要坏了兴致。

可倩筠还沉浸在她的思绪中，不失时机地说道：
"因为是好朋友，我才跟你说这些的。我想，爸爸会跟俊杰妈妈说那些话，会不会是他们都觉得我们俩很般配，你说呢？"
"……"

倩筠的话，搞得宛星脑袋里面乱哄哄的。虽然前些日子与俊杰的意外重逢，在车站上跟她说过的那些话，在一起时的分分秒秒，都是那样的美好。但是说到般配，却又让她的心思有些恍惚起来。原先在一起上学的时候，她就对俊杰颇有好感，但因为年龄还小，好感归好感，却还没想到那么远，想到谁跟谁更般配。虽然现在的俊杰和她，可谓情投意合，她的心里也早认定俊杰是喜欢她的。不过在潜意识里，她还是有些自卑的。喜欢究竟是个什么意思呢？或许小孩子在一起，对你笑一笑，和你说说话，在一起玩一玩，都可称之为喜欢，其实并无太多的深意。可般配就不同，有如天定，俊杰来的头一天，就和倩筠坐在邻桌，两人又都住在校内，两幢小楼彼此相望，同是高知的子女，经常同出同入，走在一起时，更不用说是宛如一对金童玉女了。如此种种，还有什么比他俩在一起更般配的呢？而自己是什么来历？一个普通工人家庭里的小丫头，父亲甚至还有些不光彩的历史。虽然说时过境迁，但在社会上，那些老黄历有时还是会让人抬不起头来的。所以，若不是只看外貌，自己和俊杰，几乎没什么共同之处。现在，倩筠的话显然不是玩笑，她是向来不随意流露内心所想的人，她这样说、这样问，必定已是酝酿很久了。怎么办？我该怎么办？她真想告诉倩筠自己对俊杰的真实情感，这种事怎能不争？可他真的就只喜欢她宛星一个人吗？男孩子的心思，究竟是怎样的呢？俊杰不是也送过书和笔给倩筠吗？那是有意还是无意？唉，真不知该怎样作答。可倩筠似乎也料到了她的沉默，话锋一转，又问道：

"听说，你在一家贸易公司里做事，还好吧？"

"噢，还好。"宛星像是从梦里醒来似的。

"听说你们公司的老板，少年有成，对你还挺好的，是吗？"

"这是谁跟你说的？"宛星吃惊地问。

"还不是浩强他们。那天我走后，你们不是聊了很久吗？"

"该死！这浩强的话怎么能信？"

"别不好意思嘛。你这么聪明漂亮，如果有优秀的人选，还是应该好好地把握。"

"倩筠，没有的事！这种事可不能乱说的。"

倩筠瞥了她一眼，做出一副不信的模样，并有点半开玩笑地说：

"浩强说，那可是难得一见的青年才俊耶。有机会的话，也介绍给我认识认识嘛。老实说，有没有一起看过戏，有没有一起逛过街？"

宛星也看了她一眼，反问：

"既然你那么喜欢俊杰，你有没有和他看过戏、逛过街呢？"

倩筠没想到宛星会这样问她，心里一惊，但转念一想，顺水推舟道：

"是啊，前不久，我们还一起去看了日本松山芭蕾舞团在上海的首演呢。"

这话又在宛星的心里敲了一锤。前不久的那场演出，她也是观赏过的，印象深刻。不全是因为演出的精彩，更因为之后她和魏坤发生的那些令她难堪的事。难道俊杰也去看了那场演出，而且是和倩筠一起？这念头令她的心情一下子变得沉重起来。她怔了怔，没有说话。倩筠却并不在意宛星的反应，继续道：

"俊杰还说，这是他看过的最出色的演出呢。你大概没看过他们的演出吧？"

"不！我看过。"宛星看着倩筠的眼睛，肯定地说道。

"怎么？你也看了那场演出？真想不到！"倩筠一脸惊讶的表情。

"难道只准你们一起看吗？"

宛星看起来神情不悦。倩筠忙解释道：

"我不是那意思，我只是觉得太巧了。如果那天我们能碰到，在那样的场合，还真有些浪漫又怀旧的气氛呢。你是和谁一起去的，不会是一个人吧？"

"和一个朋友。"

倩筠点了点头，心想，宛星这人倒是诚实，至少到现在为止，还没见她说过谎话，真不容易！一边想一边又笑说道：

"朋友?一定是男朋友吧,是你的那位青年才俊吗?"

宛星心想,倩筠这人也怪无聊的,干吗非要往这种事情上扯呢?不过,她怎么猜得这么准呢?好像一直在跟踪我似的。看来,她真的对俊杰有点意思,可能觉察到俊杰对我不错,便希望我也心有他属。这念头令她有点心烦,不愿多想,便摇了摇头,再不言语,抬眼向河的另一边望去。这时候,河水的颜色有些晦暗起来,已没有了刚才粼粼的波光,才觉得天色已不早了。刚好在这时,俊杰也走了过来,他看见她俩独自在河边聊了很久,便也想来凑凑热闹。叫道:

"你们两个在讲什么悄悄话呀,能不能说来听听?"

两人听见声音,一起回头看,倩筠抢先答道:

"说到曹操,曹操就到了。"

俊杰眼看宛星,半开玩笑地说:

"你没说我什么坏话吧?"

宛星便说:

"我怎么可能说你的坏话?"

"那倩筠肯定不会说我什么好话的。"

倩筠便说:

"那也不一定。我们正说你和我一起看松山芭蕾舞团表演的事呢。这算是好话还是坏话?"

"这……"

没等俊杰反应过来,倩筠又说:

"没想到吧,宛星那天也去看了那场演出。"

"是吗?"

俊杰的脸上,现出了更为吃惊的神色。可除了吃惊之外,他有些不安起来。在和宛星重逢之前,他和倩筠确实走得很近,不但一起吃饭、一起回家竟然还一起看过戏,这种事,会不会让宛星多心?没想到倩筠会跟她说起这些。这个倩筠,真是哪壶不开提哪壶。他定了定神,问宛星:

"那天,你是怎么去的?"

"她是和朋友一起去的。"倩筠替她作答。

"朋友?哪个朋友?"俊杰又问。

"她说,是我们不认识的朋友。"倩筠又答。

"好了,你们就别猜了。"宛星打断了他们,对俊杰说:

"朋友一起看看戏,很正常嘛。我觉得那都是不可多得的友情,就像你和倩筠一样。"

俊杰点头："说得对。"

宛星抬眼望天，又说：

"现在时辰不早了，我要先走一步了。"

俊杰、倩筠齐声说：

"再多待一会儿嘛。"

"不了，真的有事，不骗你们。"

俊杰便说：

"那我送送你吧，我还有些话要跟你说。"

"不用了。"宛星摆了摆手，笑道，

"今天是倩筠的生日，你还是多陪陪我们的寿星吧。"

"我又不是不回来了，只是送送你而已，这点面子都不给？"

他又转头对倩筠说：

"要不，我们一起送送她？"

倩筠见俊杰坚持要送宛星，心里虽不太乐意，但嘴上也不能说什么。心想还不如大方地给个面子，便说：

"还是你去送吧，你不是还有话要跟宛星说？我可等你回来哦。"

于是，宛星、俊杰两人便和大家告辞，走出了那片树林。树林外是 C 大校园内的林荫路，因为是周末，校园里静谧安详，树木掩映中，远近各处，还有个别师生在那里走动。这里的风景是两人早已熟悉的，可宛星还是频频环顾，像在自言自语地说：

"好像又回到了学生时代。"

"是吗？我也觉得 C 大的校园比 F 大更美。"

"我是无从比较。那天，我是第一次去 F 大，晚上天太黑，景色如何，看不大真切。"宛星好似遗憾地摇了摇头。

"可那天晚上我说的话，你可听得真切？"

她侧过头，看了俊杰一眼，看见的是俊杰那双闪着光的热切的眼睛。她点了点头。

"是。"她说。

"可是，"她又说，"我怎能肯定那些话不是骗我？"

"宛星，对不起。"俊杰的声音里带着歉疚，"你是在说那场演出吗？你在怀疑我和倩筠？"

宛星又转过脸来，看着俊杰。

"可倩筠的爸爸都那样说了。"

"我也不知道他为什么要说那样的话。"

"很显然，他是非常非常喜欢你才这样说的。而且，看得出来，你爸爸妈妈也很喜欢倩筠。就是说，你们两家，或许都有那个意思。"

"那是他们的事，我喜欢的是你！"俊杰斩钉截铁地说。

"可你知道吗？倩筠她也很喜欢你呢。而且，她认定你也是喜欢她的。"

"你怎么知道？"

"倩筠方才跟我说的，说你一直对她很好，对她体贴入微，每次生日都送她礼物，又是书又是笔的，让她感动得不得了呢。"

"哦，就因为这个？宛星，你是因为这个而怪我吗？对不起，你知道我和倩筠是好朋友，我们两家又是……唉，不提也罢，总之，你不在我身边的时候，我和她……可是，请你相信我，我一直都在等你，一直都在寻找你。现在你回来了，我的世界完全不同了，你明白吗？我会和倩筠保持距离的。不！我要立即告诉她，我喜欢的是你！"

宛星听着，眼泪又在眼眶里打着转。

"我不会因为这个而怪你的。我知道，你和倩筠很要好，长辈们也都说了，你们两家就像亲人一样。这很好啊，要好的朋友总是要在一起玩的。况且，今天是倩筠的生日，对她好一点，别太残忍了。那些话，以后再说吧，好吗？"

俊杰便拉起了宛星的手，放在唇边。

"宛星呀，你总是那么善良，心地那么好、那么美。"他指了指心口。

"俊杰呀，你总能把人说得眼泪汪汪的。你可不能骗我，因为是你，怎么骗我都会上当的。"

"我何曾骗过你？我又何敢骗你啊？"

"我怕你说过的话，就像你变的魔术似的，一眨眼就消失了。"

"那我从此不再变魔术了。"

"别！其实，我很喜欢你变的魔术。只是我不喜欢谎言，哪怕是善意的谎言。答应我，哪怕有一天，你不再喜欢我了，也要径直对我说。我宁愿承受真实的苦痛，也不要虚假的欢乐。"

"我答应你。可我怎么会不再喜欢你呢？那样的话，我怎么可能喜欢我自己！"

听俊杰这样说着，宛星再一次沉浸在幸福的梦境里。她不知不觉主动地挽住了俊杰的胳膊，就像她看见街上情侣们的样子，将头微微侧着，任秀发散落在俊杰的肩上。于是，校园寂静的林荫道上，因为添了这一对俊男倩女的背影，似乎变得更有诗意了。

当俊杰再次回到那河畔树林的时候，天光已经是墨蓝色的了。虽还有些烤肉的气味，但刚才还在的烤炉和桌子都已经不见了，林间也已完全恢复成平常的样子。可是倩筠却还站在河边，她站在刚才站的位置上，好像一直都没移动过。她面前的水面宽阔，墨蓝的天边，还有一些残余的光亮照过来，使得倩筠的身形成了一幅剪影。少女窈窕的身影，在这时候，总是有些让人心动，这令他想起了多年前的那天晚上，他曾在韵荷园里见过的宛星的身影，仿佛也有几分相像。一恍惚间，刚才和宛星的对话，又响起在耳畔，他不禁有些歉意地暗自苦笑。倩筠也察觉有人走近，回头来看。

"倩筠，怎么你还在这里？"俊杰问。

"你不是说好了，还要回来的吗？我在等你呢。怎么去了这么久啊？"

"对不起，我一直送她到车站，是久了点。天都黑了，水边又冷，你穿得这么单薄，干吗不早些回去呢？他们都走了吗？"

倩筠点了点头。

"爸妈也叫我回去，我说要等你，他们还说我傻。"

虽然天有些黑，但俊杰仍可以清楚地看见倩筠眼里闪出的热切期盼的光。

"傻，真傻！赶紧回去吧。"

"不嘛！我还想跟你说说话。"

倩筠一边说着，一边打了个冷战。水面上吹来的风，确有些凉意。

"那我们边走边说吧。"俊杰指了指回家去的方向，倩筠点头。

"今天是我的生日，你有话跟我说吗？"

"生日歌已唱了，蛋糕也吃了，而且，今天不是已说了好多话了吗？"

"就没别的话了吗？你跟宛星都能聊那么久。"

他本想说："那是当然的啰，她是我喜欢的人嘛。"

可又想起了宛星的话，便说：

"和宛星这么多年没见了，话自然会多些。怎么，你还妒嫉呀？"

"妒嫉得很呢。"倩筠点头道。

"有什么好妒嫉的呢？她哪有你那么幸运？那么早就下海工作了，挑起了家庭经济的重担，挺不容易的！"

"我当然要妒嫉她啰。从前，一起上学的时候，你就很关心她，现在还是没变。"

说这话时，倩筠嘟起了嘴。俊杰瞥见她的样子，不知怎地，突然觉得倩筠可爱的一面，心中便有些怜惜和愧疚，想怎样才能让她明白，又不至于太受伤害。头脑一热，便以一种半开玩笑的口吻说道：

"你觉得我关心她吗？是不是因为我喜欢上她了？"

倩筠那边突然沉默了。这是一句玩笑吗？还是他的真心话？不管怎样，这句话无疑在她原本温暖的心头，泼上了一盆冷水。而俊杰也马上就后悔了。虽然以这种半开玩笑的方式，让他说出了本来很难说出的真心话，但他知道，倩筠是个敏感的人，而今天又是这样一个特别的日子，这种话或许是很伤人的，可他一时也不知再如何解释。两人就这样默默地走着，一会儿就到了倩筠家的楼前。

"对不起，"俊杰终于开口了，"本来是陪你聊天的，却没说上几句，就让你不高兴了。"

倩筠摇了摇头，眼里闪现泪光。

"我没有不高兴，真的！只是……你怎么总是不懂人家的心呢？"

"对不起。"

"别说对不起！"倩筠将手指堵在俊杰的嘴边。

"别说对不起，你喜欢谁都没错，错的也许是我。也许我就是很傻，真的很傻，但是……我……我还是喜欢你！这已是没法改变的了！"

说完这话，她突然在俊杰的额头上吻了一下，然后迅速地掉转头跑到楼门内，很快地爬上了楼梯，在俊杰还没有回过味来的时候，就消失不见了。

俊杰怔怔地望着空荡荡的楼梯口，脑海里一片空白。

第十七章

　　和倩筠分开后的晚上,俊杰一夜都没睡着。被倩筠吻过的额头像被烙过似的,有种热辣辣的感觉。他想起了与倩筠的诸多过往,她的矜持与修养,她的仪态和风度,她的略显高傲的秉性,以及对于俊杰自己,却总是谦逊内敛的态度。但他和她之间堪称亲密相知的关系,却从未被他认定为关乎恋情。然而现在,这额头上的一吻,让一切都变得明朗起来了。尤其是她昨晚说话时,那双含情又含泪的眼睛,掉头跑开时,好似绝决但又恋恋不舍的颤动身影,这一切,给了他的心刺痛的感觉。他不由得责怪起自己来。自从宛星音信全无地离开之后,他对宛星的思念,麻木了他的心,让他觉察不到倩筠在他身边所带来的陪伴和安慰。他想,也许是他理所当然地拥有了倩筠的陪伴和安慰,才使得倩筠认为他也是喜欢她的。这想法让他觉得内疚,甚至发现自己好像是一个玩弄他人感情的混蛋。不过在责怪之余,心里迫切的念头,是别让这种错觉再继续发展下去了。虽然对倩筠来说,这无疑会是伤害,但他知道,如果不这样做的话,他就会成为一个真正的、实至名归的大混蛋了。下了这样的决心之后,他早早地起了床,伏案窗前,写起了给倩筠的信。但写来写去,总觉得词不达意,他想尽了一切委婉温柔的词汇,最终还是发现那所谓的委婉温柔,读来更像是虚情假意。于是,只好不再苛求词藻,在浪费了不少纸张笔墨之后,总算凑成了一篇。大意就是感谢对方的垂怜,也真心愿意彼此能继续成为相知的好友,但因自己心有所属,不敢有所隐瞒而欺骗彼此的感情云云,最后还衷心祝福对方能找到属于自己的幸福。虽然对这种堂而皇之又软弱无力的说辞很不满意,但此时天光已亮,再不容他字斟句酌,便将信封了口,放到了书包里。

　　去学校的路上他寄了信。寄信的时候,那封轻如鸿毛的信,在手里却仿佛千斤,而那绿色的邮箱,看来就更像是一个仇人。他忽地想起了李商隐"相见时难别亦难,东风无力百花残"的诗句,倒是颇能描摹他此刻的心境。但他不愿多想,终于把心一横,将信丢了进去,然后掉头离开,再也不想回头去看。

在学校的时候,他很怕见到倩筠,因为不知道相见时该说些什么才好。越是这样想,越是让他六神无主,好像做了什么坏事似的。好在天可怜见,倩筠像是明白他的心思似的,不知躲到哪里去了。一天总算波澜不惊地度过了。吃完了晚饭,回到寝室,刚定下神来,想拿出作业来做,看楼的阿姨却跑来说有他的电话。跑去一听,竟是宛星。原来,此时她正在F大附近的一个客户那儿,刚谈完了事出来,问要不要一起吃个晚饭。

"可是,我刚吃过了。"他有些遗憾地说。

"那我吃完了再来找你好了。"宛星那边答道。

"你先去吃,还是我来找你吧。"虽然他刚吃过饭,但此刻想见宛星的心情,更胜过其他时候。宛星倒也没再多说,就约好了在学校附近那一间加州牛肉面馆见面。俊杰到那面馆的时候,宛星却还在门外等。

"怎么不进去吃呢?天这么冷。"俊杰见宛星的脸被风吹得红红的,不免有些心疼。

"不见着你,我怎能进去吃呢?"

"好了好了,快进去吧,你一定饿坏了。"

面馆里热气腾腾的,食客还真不少。不过,因为已过了晚餐的高峰时间,店堂里还是有些空位。两人便找了个靠窗的位子,坐了下来。

"对不起,接到你的电话我就出来了,可还是来晚了。"俊杰说着抱歉,而宛星却一笑。

"别不好意思,打电话的时候,我就在那儿,很近的。"她指了指窗外对面的一座高楼。虽然窗上雾气蒙蒙的,看不真切,不过,还是能看见那楼上霓虹灯的绚丽光彩。

"就你一个人吗?"俊杰问。

"没有,是和老板一起来的。"

"就是J大毕业的那个老板?"

宛星一怔,随即笑道:

"是啊,怎么你还记得这一茬?"

"那当然啰,"俊杰答,"人家是青年才俊嘛。"

宛星便打趣道:

"这么说,你有点嫉妒人家的意思啰。"

"哪有？我这是敬佩。"

宛星却摆出一副不相信的神情，瞥了俊杰一眼。

俊杰便又问：

"既然和老板一起来的，这么晚了，老板居然不管饭吗？"

"你可别怪人家。他本说要请我去吃饭的，我却想，这儿离你的学校很近，就跟他说要会个朋友，他还老大不高兴呢。"

俊杰便说：

"哎哟，误了你蹭饭的机会了。看来，这顿饭该我请你。"

俊杰招手叫来了服务生。帮宛星叫了碗大号的，自己则叫了杯饮料。不一会儿，面来了，热气在面前缭绕升腾，带着诱人的香味，宛星不由自主地闻了闻。

"你快吃吧。"俊杰看着她馋馋的样子，笑着说，"看来你是真的饿坏了。"

"那我吃了？"

"吃吧。"俊杰亲昵地拍了拍她的头。

宛星便开始大口地吃着面，偶尔还发出一点呼哧呼哧的声响。因为从没见过宛星如此香甜地吃面的模样，俊杰竟看得有些呆了。宛星时不时抬头看他。

"我吃面的样子，是不是不太淑女啊？"俊杰被她逗乐了。

"不管你怎么吃，对我来说，你都是淑女 No.1。"

宛星却摇了摇头。

"这方面，倩筠肯定比我强多了。怎么样，她还好吧？"

俊杰没说话，可眉宇间不免流露出一丝淡淡的忧愁。

"怎么啦？"

"没……没什么。"见到宛星心无旁骛地吃着面，一副很开心的样子，俊杰不想让她跟着烦恼。

"没有骗我吧？你肯定有什么心思，可别瞒着我喔。"

俊杰想了想，还是忍不住说道：

"还不就是倩筠的事嘛。"

"怎么了？"

听说是有关倩筠的，宛星的心里难免有些不安。但问话的语调平稳，表情依然平静。

"她生日那天，我送你回去后，又碰到她了，她真的跟我说了……那些话。"

俊杰此时的表情，更像是个做错事的孩子，而宛星则淡淡一笑。
"她说她喜欢你，是吧？"
俊杰点了点头。
"你的命真好！现在，有两位美女都喜欢你，你该怎么办呢？"
"我刚给她寄了一封信。"
"真的？在信里互诉衷肠？"宛星故作惊讶地问。
"别取笑我了，好吗？我正烦着呢。"俊杰脸一沉。宛星连忙说：
"对不起。你在信里都说了些什么呢？"
"我只是说，我不可能和她在一起，因为我有喜欢的人了。"
宛星停下了手中的筷子，眼光直直地看着俊杰。
"真的，你这样说了？"俊杰点了点头。
"难怪你要担心，连我也要担心了。"
宛星说着，不由得握住了俊杰的手。俊杰感到她的纤指，在自己的手背上轻轻地抚摸过去，有些滑爽的凉意，又有些温润的柔情。他不禁反握住她的手，他手里的暖热令宛星的身心有了一丝颤动。那是既遥远又熟悉的感觉。他们都不再说话，仿佛执手相看，便已明了对方的心意。

吃完了面出来，俊杰要送宛星去车站。宛星说：
"不了，我陪你走一段路回学校吧，那里不是也有车站吗？"俊杰点了点头。

此时夜色已浓，不过天气很好，蒙蒙的天上，依稀看得见星星在闪烁。从面馆到F大有大约一站路的距离，虽没什么好看的风景，却很安静，很适合朋友们一块儿散步。若是厌倦了校园内有限几处小小花园里的拥挤，那些想安静独处的学生情侣们，也时常会在这段路上出没。

"你冷吗？"刚好一阵风吹过，秋夜的凉意，扑面而来。俊杰问着，便要脱下外套，宛星忙说：
"不用。"说完，从包里取出一条长围巾，裹在了脖子上。然后，将围巾的末端朝身后一甩，同时甩过来她身上一股很特别的香味，那香味让俊杰又陶醉了一会儿。抬眼看见夜幕下勾勒出来的宛星的身影，较之从前，更显婀娜多姿了。俊杰看着她，有些出神，竟忘了挪动脚步，宛星侧过脸来，看见他呆呆的模样就笑了。
"嗨，又不是在上课，干吗这副表情？"
俊杰这才如梦方醒，不好意思地笑了笑，自嘲说：

"上课时，才没有这么专注呢。"

"这是专注吗？不像！"宛星打趣道。

"其实，那是在幻想。你知道男孩见到漂亮女孩时，会想些什么吗？"

说得宛星有点害羞起来。

"我可不想知道。"说完就自己往前走。俊杰赶紧跟了上去。

"别生气嘛，开个玩笑而已。"

"我没生气。"宛星瞥了一眼已走在身边的俊杰。

"其实，刚才我看着你，想起了你以前的样子。想起在韵荷园偶遇的晚上，想起在饲养场一起守夜，想起我们在一起的每时每刻。"

"是吗？现在有什么不同吗？"

"当然是更漂亮了。"

"真的吗？你又在骗人。现在，我最怕你的这种甜言蜜语了。"

"都说过不再骗你了，你还是不相信！"俊杰显出有点生气的样子。

"好了好了，你说什么我都信你，行了吧？"

于是，俊杰又牵住宛星的手，她的手，比之方才在面馆的时候是更凉了。俊杰便将它握得更紧。俊杰手中的温暖再度传到宛星的身上，这是她熟悉的感觉。虽然，从前俊杰没牵过她几次，但每一次的感觉，都是那么清晰，而且，每当这样的时刻，她都觉得特别的安心，像是一艘漂泊的船，找到了可以停靠的港湾。她希望这只手，可以一直这样牵着她，她希望时间可以停下来不要走。她问自己，这样的感觉，是不是就是爱？

两人就这么默默地走着。这时，他们都不想说话，因为说话的声音，反而会打破那份宁静。他们都希望在宁静中，那种手在手中的温馨感觉，可以持续得更长久。可是，一站路的距离，实在是太短了，没一会儿，他们就来到了校门口。车站就在前面，像是在向他们招手。他们停了下来，却都不朝车站的方向看，而是对望着，心想着把对方的样子深深地印在脑海里，于是，在不能相见的时候，就仿佛还能看见彼此。可是此刻，宛星在俊杰的脸上，还是读到了那份忧愁。

"怎么，还在想倩筠的事吗？"

"没……有……"

"要不，哪天我去看看她？"

"不要。虽然我没有说，但她也许能猜到那个人就是你。你去了，岂不更糟？还是我自己跟她谈吧。"

"要不，我让文娟去看看她？"

"算了。倩筠是个自尊心很强的人，这种事，知道的人越少越好。而且，我想她也是个豁达的人，我会处理好这事的，放心吧。"宛星点了点头。

"有什么事要跟我说喔，别闷在心里。"俊杰点头。

"到校园里走走好吗？"他提议道。

"不了。"宛星迟疑了一下说，"车站到了，我该走了。"

"为什么不多待会儿？"

"已经和你待了好一会儿了。不是说，两情若是久长时，又岂在朝朝暮暮？"

俊杰点了点头。

"我送送你。"

两人又继续往车站走去。

"我开始有点恨这个车站了，看到它，就想到分离。"俊杰说。

"为什么不喜欢它呢？它也可以带给你重逢的盼望。"

"你说得真好！那么……"俊杰想起了什么，"我们就来计划下一个重逢吧。明晚有空吗？看电影好吗？"

"好啊。什么电影？"

"你看过法国电影《初吻》吗？"

"没有，只是听说过。是不是苏菲玛索演的那一部？"

俊杰点了点头。宛星显得很高兴。

"听说很好看的。但这片子好像是内部片，你能搞到票子吗？"

俊杰又点了点头。

"明天等我电话。"

俊杰的妈妈是外国文学教授，知道新光电影院这两天正在上映这部片子，前几天问过俊杰要不要看，她本意是想让俊杰约倩筠一起去。妈妈唠叨着倩筠如何如何好，片子又是如何如何好看，再适合他们两个不过。听得俊杰有点心烦，当时便没吱声。他从没听说过这部片子，也不知苏菲玛索是谁，现在想着如何安排和宛星的下一个约会，便又记起此事。听宛星也说好看，看来是错不了。当晚便打了个电话给妈妈，妈妈说明晚的票子还有，只是不知该怎么给他送过去。俊杰便说：

"明天我自己回家来取。"

妈妈便埋怨说，当时说了不答应，现在却又要多跑一趟。最后还

不忘问他:
"是不是因为倩筠想看,所以你才想起来了?"俊杰便说:
"妈——您把票子给我留着,其他的就别管了。"
新光电影院坐落在上海市的中心地带,如同市中心大多数的地段一样,其周围的马路窄小,而路边的房子却直愣愣地耸立着,让天空看上去成了一条边缘如齿的带子。天上的太阳,随着时间转移,便总是会在路上留下一边亮、一边暗的景象。影院的门口,也像路一样并不宽阔,幽暗的门洞,深缩在宽大的房檐之下,即便是阳光照在路的这一边,也丝毫改变不了那种幽深又有点奥妙的感觉。不过,这种设置似乎很适合影院的情调,尤其是新光这种专放所谓内部电影的影院。电影开映前,影院的门口,已有不少人聚在那里,大多是些年轻人,看起来,是在等着自己的情侣或友伴,脸上颇有些期盼或陶醉的神情。内部电影的票子一向是不易搞到的,"初吻"本是个挺诱人的名字,又来自法国这样一个浪漫的国度,不让人期盼是不大可能的。陶醉更是理所当然的了,和自己的情人一起,观赏一部关于初吻的浪漫故事,还有比这更让人陶醉的事吗?宛星也不例外,她今天打扮得特别的鲜艳迷人。紫色条纹的略有些紧身的毛衣,衬托出其曼妙的身材,而系在脖间的红色围巾,更成了一道亮丽的风景,在人群中直跳眼帘。她的脸上,带着微微的笑意,眼光迷离地望着街的拐角。她也在期盼着这样的画面:俊杰从那拐角处突然出现了,他翩翩向她走来,阳光在他的身后,留下一条长长的影子。然后,他看见了她,脸上现出了喜悦的神情。接着,便以轻松又俊美的步态向她跑过来,就像从前一样。她陶醉在这想象中,不!这并非想象,这是几分钟后,就要出现的真实画面。偶尔注意到别人的目光,向她这边飘过来,她知道她的相貌,总是会吸引不少路人的眼光,更何况今日的打扮。她想要显得端庄自然些,至少不能让人觉得她奇怪或轻薄,可是,笑却像是抑制不住地往外溢出来。好在像她这样恋爱中的少女,在这影院的门口倒不少见,这样的有些痴傻的表情,并没引起太多怪异的眼神。俊杰终于来了,正如想象中一样向她跑来了。他今天也刻意装扮了一番,穿了件深蓝色的西装,系了条红色的领带,和宛星的围巾不约而同、相映成趣。人群中的宛星,向来是无须辨认的,她今天的样子,更让俊杰的眼睛一亮。她的清新脱俗,总像一阵阵带着香气的微风扑面而来,让俊杰有醉了的感觉。他们俩手挽着手,走进影院门口的时候,同在等候的人们的目光,便像闪光灯似的闪个不停。虽不是真的闪光,但那是完全可以感觉到的，羡慕中或许还有些嫉妒。不过，他们俩却顾不得这些了，兀自沉醉在牵手相偎的感觉之中。

《初吻》果真是部好电影，他们出来的时候，就像刚从梦中醒来，一时不知身在何处。此时，天色已有些昏暗了，两人便漫无目的地沿着街道往前走。

"饿了吗？"俊杰问。宛星点了点头。

"我知道前面有家西餐厅，你喜欢吃西餐吗？"

"你不觉得太贵了吗？吃碗面吧，就像上次，就很好。"宛星答。俊杰却摇了摇头。

"喜欢就吃西餐吧。看完法国电影，应该吃法式西餐，才更有情调呢。"

"那——好吧。"

西餐厅就在街角处。果然是法式的，虽然不大，却布置得很典雅，颇有些异国的情调。若分不清法式和普通欧式的差别——就像俊杰和宛星此时的情形——说是如同置身于一间法国本地的餐厅内，也不会错到哪里去。起先，宛星还有些犹豫，从外观上看，这间餐厅的收费必然不菲，但俊杰不由分说，就将她拽了进去。他们找了张双人桌的位子坐了，面对着面，就像上回吃面时的情形，只是这里要清静得多了。优雅的钢琴曲，在背景上轻轻地弹奏着，是宛星喜欢的曲子，只是一时想不起叫什么名字了，便问俊杰：

"多好听的曲子，你知道叫什么名字吗？"

"怎么，想考我呀？"

"没有啦，这是我喜欢听的一首曲子，只是忘了名字了。"

"你算是问对人了，我可是练过钢琴的。这也是我喜欢的曲子，名叫'破晓'。"

宛星乐得一拍掌。

"对了对了，就是叫'破晓'。不过，倒没觉得天快亮了。"

"是啊。"俊杰接口道，"现在，该称之为'入夜'也是不错的。"宛星白了他一眼。

"只是听着让人陶醉，有种说不出来的感觉。"

"或者就改叫'初吻'吧，或许还更贴切些呢。"

说得宛星有点儿羞涩起来。不过，她不得不承认俊杰的点评，还是颇为确切的，那曲子演奏的，仿佛正是她现在的心情。看完了电影，让她想起了自己的初恋，而初恋的情人就坐在对面，这是一种怎样的感觉！更好的是，现在不用说话，那乐曲像是在倾诉着她的心之所想，曼妙绵长，情深意切。

"电影好看吗？"俊杰问。

宛星点了点头，脸上还留着那份陶醉的表情，心想那还用问吗？俊杰说：

"我特别喜欢那首主题曲，DREAMS ARE MY REALITY …"

他轻声地摹仿着电影里配曲的调子唱起来。

"A DIFFERENT KIND OF REALITY…"

宛星也跟着他轻声地吟和。

这时，服务生刚好走过来，问他们要点些什么，弄得两人不好意思地相视而笑。服务生递过来菜单，宛星看着几十元一份的餐点，不禁咋舌，不知该如何点。想起她唯一吃过的意粉，味道不错，便问有没有意粉。未等服务生答复，俊杰先摇头道：

"这是法式餐厅，哪来的意大利面？"说得宛星也不好意思地笑了。

"可是，我们也有法式面条，奶油培根面或海鲜蛤蜊面都很不错的。"

"那就来份海鲜面吧，我爱吃海鲜。"宛星答。

"那小姐要不要来一小碗汤呢？我们这儿的南瓜蘑菇汤很好喝，又十分养颜。"

这服务生看上去很年轻，和俊杰他们年龄相仿，说话却十分老练，很是精通生意之道。

"不了。"宛星刚要拒绝，俊杰却道："来一份吧。这汤确实好喝，和你的面也很相配。"

服务生便在纸上写着。

"那先生您呢？您点什么？"他转向俊杰，又顺便加了一句道：

"你们俩看上去也很相配。"

说得宛星有点脸红，而俊杰却得意地淡淡一笑。嘴里却说道：

"话可不能乱说。如果我们只是同事，普通的朋友呢？什么相配不相配的，多尴尬呀。"

服务生不相信似地摇着头，嘴里嘟哝着：

"同事？不像。你们看起来，更像是大学生，是同学吧？"

俊杰不禁笑了出来，心里还颇为敬佩这小伙子的眼光，嘴里却不置对否地说：

"给我来份法式菲力牛排吧。"

他们这边正点着菜,俊杰忽然注意到,对面宛星的脸上,瞬间掠过一丝惊异的神情,像是看见了什么不可思议的事。他顺着她的眼光回头望去,看见店门口进来两位年轻的男士。走在前面的那位,有着一张胖乎乎的脸,像是在哪儿见过,却一时想不起。显然那人也看见了这边,脸上现出和宛星一样的惊讶表情。不过,他的眼光却没有落在别过头来看他的俊杰的脸上,而是直勾勾地望向宛星。他迟疑了一下,便径直走了过来。当他的眼光很快在俊杰的脸上扫过时,也怔了一怔,仿佛在辨认,不过很快就将目光移开了。他来到宛星的面前,宛星急忙站了起来。

"总经理,你好。"

"你好。"魏坤很有风度地笑着,"在这儿见到你,真是太巧了!记得以前,你是不大吃西餐的,今天怎么会有这么好的兴致?"

宛星有点尴尬地笑了笑:"和朋友出来玩,肚子饿了,刚好路过这里,就进来了。"

"朋友?"魏坤这才又瞥了一眼在一旁静静看着他俩对话的俊杰。

"上回你过生日的时候,怎么没见过呢?你早该介绍你的朋友给我认识。"

"噢,"宛星转头向俊杰,"这位就是我们公司的老板,魏坤,魏总。"

俊杰赶忙站起身来,和魏坤握了握手,觉得他的手掌肥硕而温暖。

"久仰大名。"他欠了欠身,"宛星跟我们提起过你,说你是个难得的好老板。"他看着魏坤的脸,仍想不起是在哪儿见过。魏坤淡淡一笑,瞥了宛星一眼。

"可宛星却从没跟我说起,她还有你这么个朋友,真有点不够意思啊。"

俊杰忙自我介绍道:

"江俊杰,是宛星的中学同学。"

魏坤频频点头。

"果然是名如其人,看着还有点面熟呢。噢,想起来了。我见过你,就是上次看芭蕾舞剧天鹅湖的时候!"

经魏坤这么一说,俊杰也想起来了。虽然只是一面之缘,但魏坤当时那衣冠楚楚的样子,还是让人有点印象。

"是啊,是啊。"俊杰点了点头,"那时,你像是还在等人。"

"没错。可那天,你的女朋友也等了你很久啊。"

魏坤这么一说,俊杰的脸上有了一丝羞愧的神色。他看了一眼宛星,轻声道:

"对不起,你误会了,那不是我的女朋友。"

魏坤却笑了:

"不是?别不好意思嘛,那女孩都没否认,她等的人是她的男朋友。"

他不顾俊杰一个劲地摇着头,继续道:

"当时,我还和她聊了一会儿。她真是一位漂亮又聪敏的女孩。"

"你说的一定是倩筠。"这时,宛星接口说道,"她也是我的同学。"

宛星镇静平稳的语调,让魏坤有些吃惊。

"怎么,你还有我不认识的朋友?她叫倩筠?"

魏坤想起那天,那女孩确实说过宛星是她朋友的话,当时觉得或许只是同名,并没深究,现在看来是真的了。宛星点了点头。

"可是那天,那个倩筠说她等的男朋友就是他耶。"他指了指面前的俊杰。

"你为什么不承认呢?"他目光如炬地盯着俊杰问。

"我已说了,那是你误会了。"俊杰以十分严肃的口吻对魏坤道。

"宛星才是我的女朋友。"

"什么?!"

魏坤睁大了眼,一脸的错愕。弄得俊杰也是一惊,还以为自己说错了什么。魏坤马上掉过头来看着宛星,问道:

"他说的是真的?"

宛星脸上的神情变得很凝重,可她还是毫不犹豫地点了点头。她知道,这也许有点难堪,但那也是她早就想跟魏坤表明的。此时,她看到魏坤的脸上,像是刮起了飓风,一时间乌云密布,变幻莫测。

"太可笑了!太可笑了!"他叫道。

"他和不是女朋友的女朋友一起,而你和不是男朋友的男朋友一起,在同一个剧院里……看戏……而你们两个,却是男女朋友?"

他的嘴里,突然发出了一阵宛星从未听过的匪夷所思的笑声。

"你不会是在开玩笑吧?"他的眼火辣辣地瞪着宛星。

"没有!我没有!"宛星使劲地摇着头。

"你曾问过我,我也跟你说过的,我有喜欢的人。那人就是他。"

她顾不得魏坤脸上变得越来越痛苦的表情,不由自主地站在了俊杰身旁，拉起了他的手。

宛星的话，一下子让魏坤恍然大悟了。那次在宛星的生日聚会上，她有点儿醉眼蒙眬地谈及她初恋时的那种遐想神情。面前的这位年轻人，他有着挺拔的鼻梁，端正的脸廓，更不用说眼神灵动，眉宇间透着一股飒爽英气，加之肤色鲜润，举止端庄，谈吐不俗，确是那种让女孩一见倾心的主儿。想到这儿，不由得一股戾气已在腹腔内暗涌。而俊杰和那位叫倩筠的漂亮女孩在一起时，看似亲密无间的画面又浮现在眼前，更令他生出一种鄙夷之心。虽然自己也曾拈花惹草，且每每得逞，但他从不以此为荣。更何况，自从认识了宛星之后，他觉得自己早已脱胎换骨，再也非此同类。可如今，他看到宛星那样毫无心防地依偎在这么一个花心男的身旁，却不知已经身临悬崖深渊！他怎么还能忍受？

想到这儿，他不禁一把抓住宛星的手，硬把她拽向自己的身边。

"宛星！"他叫着她的名字。

"这种人你能相信吗？一边说你是他的女朋友，一边却和别的女人约会！"

宛星被他拽着手，想挣脱又何以能够？便回头看着俊杰。俊杰也被魏坤这突如其来的举动惊呆了，见宛星回头看他，方才如梦初醒。大吼了一声：

"放开她！"

便一头扑了过去，猛推了魏坤一把。可魏坤还是不撒手，这一推，便将宛星也推了个趔趄，她哎哟了一声，显然是手被魏坤弄痛了。宛星的叫声，将俊杰彻底激怒了，他挥起一拳，打向魏坤的侧脸。在那拳将要落在脸上时，魏坤已将手放开了，却不是想要招架，而是因为宛星的叫声，让他意识到他拽着的手将宛星弄疼了。还没等他弄清状况，自己的脸上已挨了一拳。他从小也是个顽皮的主儿，架是没少打过，可都是他领着一帮哥们打别人，还从没挨过这么重的拳。本来对俊杰就是一百个不乐意，现在正好发作，便也抡起拳头，和俊杰打成了一片。那跟他来的哥儿们，见魏坤被打，在一旁看得真切，哪有不帮之理？便也加入了战群。虽然俊杰打球、短跑样样在行，可论起打架的勾当，却没什么经验，再加上是以一对二，便有些招架不住，脸上身上挨了不少拳脚，渐渐处在下风。宛星在一旁看着，只是干着急大声喊叫，别无他策。幸好有几位店员，跑过来劝架，费了好些工夫，总算拉住了魏坤他们两个。魏坤还在那儿挣扎，喘着粗气，那挨了拳的脸上，已然青了一块。可俊杰更惨,鼻子下面已经挂了彩,殷红的血流到了嘴角边。他还想再冲上去,可宛星死死地拉住了他,眼却望向魏坤那边。

"总经理,你们下手也太狠了吧!"她质问道。

"宛星小姐,我可是为了你好呀。"魏坤辩解道。

"为了她好?还对她动粗?"俊杰指着宛星的手。

"我什么时候动粗了?你这才叫动粗呢。"魏坤也指了指自己的脸。

"可你们两个打人家一个,算什么本事?"宛星一心护着俊杰。

"他不服气的话,可以单挑呀。"

"单挑就单挑!"俊杰还想上前,宛星忙拦住他。

"算了算了,都是我不好,害得你们打架。我们走吧。"她说着,拉起俊杰就走。

"可你们点的菜?"那个服务生小伙的手里还端着菜,叫道。

"留给他们吃吧。"宛星头也不回地应道。

"宛星,宛星。"魏坤一迭声地叫着。可宛星他们已经出了门走到街上。魏坤站在那儿,不禁想起那次他把宛星推出酒吧的情形,而宛星竟还在外面等他。可这回,却是宛星自己走的,走得那样的坚决,那样义无反顾。他非常沮丧,后悔自己也许不该那样冲动,可见到宛星和俊杰在一起的那种情形,他又怎能不冲动?

宛星拉着俊杰急忙忙地往前走。俊杰叫着"慢点嘛,慢点嘛。"可她还是不睬,只顾往前走。直到来到一处僻静地,才停下了脚步。她端详着俊杰的脸,问:

"疼吗?"俊杰摇了摇头。

"怎么会不疼?"她拿出一张纸巾在俊杰的脸上擦了擦,反而弄得他龇牙咧嘴,真的觉得有些疼了。

"看,都有血了。"

"总算见识了你老板……的拳头。"俊杰自嘲似的笑了笑。

"没想到,我们的第一次见面,会是这样的开场。"

"可是,是你先打了他的。你不知道他是我的老板吗?"

"对不起,我当时没想到那么多。只是,他那样拉着你的手,我怎么受得了?"

听宛星这样说,俊杰也觉得问题有点严重,搞不好里面还有饭碗的问题。

"怎么,他会报复你吗?"俊杰不安地问。

宛星一把抓住了俊杰的手，看着他，眼里含着泪。俊杰更加地不安起来。

"怎么了？对不起，是我太莽撞了，害得你……"

宛星却摇了摇头。

"害得我工作不保？傻瓜！"

她竟扑哧一声笑了出来，随即依偎在俊杰的胸前，轻声地说：

"为了我，你竟敢把我的老板给打了，你表现得非常英勇，你知道吗？"

"你不怪我？他也许会报复你，也许会解雇你，那可怎么办？"宛星轻轻地摇着头。

"其实，自从再次见到了你，我就不想在这间公司里做了。老板人虽不错，但他有时也是很讨厌的。你也看到了，他……"

"他对你有意思。"俊杰接口道，"那次，陪你看芭蕾舞演出的，就是他吗？"

宛星点了点头。

"就是他。是他邀请我去看的，那时，我还没遇见你。"俊杰摆了摆手。

"没什么，我能理解。但愿他是个有肚量的人，不会因为我打了他而把你怎样。"

"别担心了，他不会把我怎样的，放心吧。"宛星说着，挽起了俊杰的手。

"走吧，我们还得找个地方吃饭呢。"

"真的哦。刚才打得正欢，还不觉得，现在真的饿了。"俊杰应道。

"本来是场浪漫的约会，却来了那么一段不愉快的插曲。"

宛星有些遗憾地摇了摇头。

"没关系，我们可以再让它有个浪漫的结尾嘛。"

两人便又沿着街道往前走。这时，天已完全黑了，街边楼群上，高矮不一的霓虹灯交替闪烁着，照着他们两人，仿佛他们的身上也有彩光闪烁。城市的夜晚，每一处的角落，不管动荡着怎样的激流暗涌，不管演绎着怎样的悲欢离合，此时此刻，对相爱的人来说，却都是美好的。

第十八章

第二天清晨,宛星一大早就到了公司里,把准备好的辞职信放在魏坤的办公桌上。魏坤还没有来,这正是宛星所希望的。在他看到信之前,她不想和魏坤打照面,免得彼此觉得唐突。可是,就在她离开魏坤的办公室,还没有走到走廊的尽头,那"程宛星"的叫声,就尾随而至了。她吓了一跳,那是她熟悉的声音,可此时听起来,那声音里似乎多了些威严,甚至有些恐吓的意味。魏坤来了,来得这样的早,虽出乎宛星的预料,却也不是没有来由。昨晚的事,一直搅得他心神不宁,一夜都没睡好,好像老有什么不祥的预感似的,所以早早就醒了。望着天花板,脑子里面依然乱哄哄的,宛星的影子在那里飘来飘去。她站在俊杰身边时,静静说着的话,像针一样刺在他的心窝里。"宛星啊,宛星。"他在心里叫着,可又不知道下面该说些什么。于是,胸口就像是堵了块东西般难受。忽然,那天花板上又现出俊杰清秀的模样,他的嘴角不经意间流露出来的淡淡微笑,自信又高傲地冷眼瞥向他,那仿佛嘲弄的眼神,令他浑身燥热难耐。他一骨碌从床上爬了起来,随便洗漱了一下,镜子里,那脸上的瘀伤还在,不过,已没有昨晚那么明显了,可眼圈却有些肿,而且泛着些青晕,不知是打架的后遗症,还是一晚没睡好的缘故。他冷笑了一声,想起俊杰那小子漂亮的小白脸上,也挨了他好几拳,鼻子上还挂着血的样子,是此刻唯一能让他感到安慰的景象了。他真后悔当时没有用更快更猛的速度再多加几拳,虽不一定能让他跪地求饶,但至少也该把他打倒在地,那样的话,他此刻的心情,或许就不至于这么糟。不过,随即出现了宛星心疼地看着俊杰受伤的脸时,那副幽怨的神情。他的心情,又变得苦不堪言。来到客厅里,随手从酒柜里取出一瓶白兰地,就着瓶口喝了几口,那温热的酒感,瞬间顺着喉咙弥漫进他的胸腔。酒真是个好东西!他想,有时竟有如此强大的安抚作用,他感觉好多了。便提着酒瓶,带上了门。他要早点到公司里去,第一时间,就把宛星抓来好好地盘问一番。

可他没想到,在自己办公室门前的走廊里,会看到宛星的背影,她好像刚从他的办公室里出来。她怎么会来得这样早,又在办公室里做了什么呢?她会不会也跟他一样,因为昨天的事而烦躁不安?她会不会因为昨晚对自己的冷漠态度而后悔,想来道歉,或找自己表白一番呢?

他叫住了她。他看见她慢慢地转过身来,脸上带着些不太自然的神色,有点像被老师发现作弊的学生,虽有些被惊吓的成分,但更多的,好像还是横竖横大不了给我零分好了的无知无畏。

"你在我办公室里干了些什么?"果然是一副盘问的口吻。可其实,魏坤本不想这样跟宛星说话,他自己也不知道这是怎么了。

"没什么。我放了一封信在你桌上。"

"信?什么信?"

"辞职信。"宛星的声音是轻轻的。其实,她是有些胆怯。第一眼看见魏坤时,就觉得他的脸色不好,更见他手里提着个酒瓶,从小到大,那都是她最怕见到的景象了。

"什么?"魏坤简直不敢相信自己的耳朵。他眼睛直愣愣地望着她,竟怀疑刚刚喝了的一点酒,是否让他的神智变得不清了。可是,宛星却没再回答他,只是在那儿静静地站着,像是那个作了弊的学生,在等待老师的发落。

"你说什么?你要辞职?"魏坤又问了一句。

宛星点了点头。这回,魏坤看清楚了,那头点得明白真切,虽然咬着嘴唇,但看得出来,她的意思很坚决。

"为什么?为什么呢?"他叫道。声音在寂静的走廊里回荡着,好在时间还早,公司里并没有其他的人。

"是因为我对你还不够好?是公司里有谁得罪了你吗?"

宛星摇了摇头。

"没有。"

"那究竟是为什么呢?"

"总经理,我想你是明白的。我不想欺骗你,也不想再欺骗我自己了。我是觉得,我已不适合在这里做下去了。"

魏坤冷笑了一声,晃了晃手里的酒瓶子。

"原来,还是因为昨天的事。是!没错,昨天我太没风度了。可是,我真的是为了你好啊。我觉得那小子表面文绉绉的,但我看得出他满肚子的花花肠子。相信我，我是怕你上当。"没等魏坤说完，宛星就打断道：

"总经理，劳你费心了。但那是我和他之间的私事，我和他认识很久了，知道他是什么样的人。"魏坤也不等她说完，就摇了摇手。道：

"是！你们是同学嘛。可那又怎样？我们也是同事，是朋友，对吧？没必要非要辞职嘛。"说完，不由分说，拉起宛星的手。

"来，还是到我办公室里谈一谈。"宛星被他拉着，自知挣脱不了，也没想挣脱，只得进了办公室，就急忙甩开了他的手。魏坤反手将门掩上，示意她坐下，然后，坐在了他自己的靠背椅上。就着瓶口又喝了一口，再把那喝得只剩下半瓶的酒，放在了桌上。他看见了宛星的那封信，静静地躺在那儿。他拆开信，扫了几眼，也没看宛星的反应，就把它撕碎了，丢进字纸篓里。宛星惊得张大了眼，刚想质问，魏坤却摆了摆手，未等她开口，自己却说道：

"说吧，要怎样的条件，你才能不走？"

"条件？"宛星除了吃惊之外，又多了点困惑，"辞职不辞职还有条件？我记得雇用协议上说，双方都可以无条件地结束雇佣关系。"

"我说的不是那个意思。"魏坤说着，从身后的柜子里，拿出个玻璃酒杯来，将它斟满了酒。也许此时，他觉得在办公室里拿着酒瓶喝，太没风度了。他细细地抿了一口，这才觉得有了点滋味。于是，将身体往椅背上靠了靠，做出一副要长谈的样子。

"我的意思是让你再考虑考虑。要知道，公司开办至今，还没有员工主动辞职的呢。没想到，你却成了第一位。这对公司的影响太坏了！况且，我认为你刚才说的，不成其为理由吧。"

"让我考虑？那你干吗把我的信给撕了？"

"就是让你考虑得更干脆、更彻底些。"

"你是在强迫我吗？"

"没有。所以叫你提条件嘛，只要你能留下来，什么都好说。"魏坤自己都不明白，本想好了要盘问宛星的，现在怎么会变成了好似央求。

"可我没什么条件要提，只是想离开。"

"不要这样说，不要这样说好吗？我们之间的交情，就只剩下这些了吗？连考虑一下都不值得？也让我太伤心了吧。"魏坤说着，好像眼泪快要掉下来了。

"你知道，现在我已经离不开你了。"

这一句倒是他的真心话。他本想晓之以理、动之以情，他自知于理也许难说清楚，但他有的是情。而那情，确也弄得宛星有点却之不恭的踌躇。可那最后一句的弦外之音，说得越是情真意切，就越让宛星觉得不能再犹豫了。

"对不起。"她说道，"这件事我不能再考虑了。总经理，这是不可能的。"

她想说得坚决些，但看着魏坤那双火辣辣逼视的眼睛，她的声音语调，就总是那么轻轻软软的。魏坤的脸一下子涨得通红，刚见宛星时喝的那一点酒，尚没什么作用，但见了宛星之后，他又喝了不少，那股热乎劲，已不止在他的腹腔里徘徊，现在更直冲他的脑门。他想竭力控制住自己，但还是站起身来，走到宛星的面前，然后，竟自蹲下身来，仰视着她的脸。

"宛星，"他叫着，"做我的副总经理吧。只要你肯留下来，我答应给你相应的公司股份。这点我能办得到。"

他以近乎哀求的语气说着。这些话太出乎人的意料了，惊得宛星从座位上跳了起来。她急忙拉住魏坤的手臂，想拽他站起来。可魏坤还是蹲在那儿，以一种半跪的姿势蹲在那儿，嘴里喃喃地说：

"宛星，答应我留下来吧。请相信，我对你是真心的。对我来说，没什么是比你更重要的了，不要离开我！"

宛星拉他不起，只得也蹲下身来，与他对视着。她的眼里，竟也噙满了泪水，一半是因为感动，一半却是因为不知所措的着急。她不住地摇着头，对魏坤说：

"总经理，你叫我说什么好呢？你的情谊我都心领了。但感情是没办法勉强的，我没法欺骗我自己，更不愿意欺骗你。"

没等她说完，魏坤就一把将她揽在了怀里。他抱着她，紧紧地抱着她，令她有些动弹不得。她能听见他急促的呼吸声，感觉得到他胸口的起伏，她闻见从他嘴里喷发出来的酒味。她想挣扎，但他仍紧紧地抱着她。她知道挣扎也许是没有用的，便只是紧绷着身体，试图防范可能发生的粗暴举动，那已不是第一次了。可是，出乎宛星的预料，这次，魏坤并没有其他的动作。他只是静静地揽她在怀里，久久不放而已。宛星抬眼看他，只见他紧闭着眼，眼角上竟也挂着两滴泪珠。

"我能吻你一下吗？"

他终于开口了。他说得那样的平静，丝毫不像一个刚喝了不少酒的人，倒像是一个大病初愈、刚从医院里出来的病人。宛星没有说话，但仍警惕地望着他，戒备着。魏坤仍闭着眼，嘴角现出一丝惨淡的笑意。

"还记得那次文武吻过文娟吗？就像兄妹一样。"他说着，微微睁开了眼。

"对不起，自从上次吻了你之后，我就发誓不再吻你了，除非是你愿意的。"

宛星吃惊地望着他，显然被他安静的表情和平稳的语调所感染，身体的紧张也有些松弛了。

"可以被认为是告别之吻，好吗？"他依然平静地说着。于是，宛星闭上了眼，仰起了头。慢慢地，魏坤的唇贴上了宛星的额头。他的手轻拂过她的头发，他嗅着她身上的气息，仿佛要用一瞬的光阴，来收纳关于她的全部信息。然后，他松开了手，站起身来。

"你走吧，不要再来找我了。"他别转身去，坐回到自己的那张高背靠椅上，再次闭上了眼，不再看她。宛星也站起身来，有些迟疑地看着他。

"你还好吧？"她问。可是没有得到回答。

"那我走了？"她见他微微地点了一下头。

"请多保重。"她说了最后的一句，就退出了办公室，带上了门。

魏坤这才睁开眼，眼泪顺着脸颊流了下来。他死死盯着那扇已经关闭的门，一仰头，将杯中的残酒一饮而尽。

后来的几天平静地过去了。俊杰没有再接到宛星的电话，也没见到倩筠。他正有些奇怪，那原本就有些忐忑的心，更加不安。他终于鼓起勇气，跑到倩筠的宿舍里去看了看，听同寝室的同学说，她病了，都一个星期没来上课了。俊杰这才明白。急忙打了个电话给圆圆，圆圆告诉他，倩筠真的病了。俊杰问是什么病，只说起先是感冒，后来就肠胃不适，拉了几天肚子，可能是生日那天，吃烧烤吃的，再加上受了点风寒。俊杰连忙问：

"她现在怎么样了，好点了吗？"

圆圆答说：

"现在好多了，下个星期应该就可以回校上课了吧。"末了她问了句：

"你是不是和倩筠闹什么别扭了？一说起你，她总是有点闷闷不乐的。"

俊杰嗯了一声，说：

"我周末就去看看她。"

俊杰去看她的时候,是倩筠自己开的门,见是俊杰,她头也不回就进了自己的房间。俊杰跟了进去。她还穿着睡衣,虽有些宽大,但还是隐隐现出她略略丰腴的身材。她上了床,斜倚在床头,一副倦懒的样子。看得出来,确还有些虚弱。俊杰便在床边的一把椅子上坐了。

"你爸妈不在家吗?"入得门来,就觉得家里很安静,他便问道。

"他们出去了。"倩筠面无表情地答道。

"听说你病了,"他说,"想来看看你。好点了吗?"

听俊杰这样说,倩筠原本绷着的脸上,眼泪止不住地流了下来,让俊杰有点不知所措。

"有什么不舒服吗?不要哭嘛。"

他说着,便从床头柜上取些纸巾递过去。可倩筠也不接,俊杰的手伸在半空中,有点尴尬,只得帮她擦了擦。倩筠却借机一下子抓住了他的手,按在自己流满了泪水的脸上。感觉到她温热的泪水浸润在滑嫩的肌肤上,俊杰有点吃惊,想抽回手来,可倩筠的手还颇为着力,弄得他不能强来。

"干吗还要来看我?反正你已不要我这个朋友了。"倩筠说着,又有一股热泪流下来。俊杰便帮她擦了擦,借机收回手来。说:

"我什么时候说过,不要你这个朋友了?我想永远都做你的好朋友,只是……"

"没有只是。"倩筠打断了他,"难道我有什么地方不如她?"

她的眼直勾勾地盯着他。

"你能告诉我吗?我有什么不好的,我能改的。"

倩筠的话,说得他心怦怦乱跳,却不知该如何说了。

"别这样说。你很好,真的!你怎么会不如人家?"他这样说着,自觉言语得绵软无力,但也并非虚妄。

"别安慰我了,最终,你还不是不喜欢我?"

俊杰迟疑了一下。

"怎么能说不喜欢呢?只有彼此喜欢,才能成为好朋友的,不是吗?"

"那你为什么要写那样绝情的信?"

"那不一样。"俊杰觉得脑袋里有点乱,想解释一下,虽知必定辞不达意,但他还是勉为其难地说:

"你一直都是个非常出色的女孩,我们都很喜欢你。可是,喜欢有很多种,人世间的缘分也各不相同。我们可以就像好朋友一样的彼此喜欢吗？"这是俊杰真诚的愿望，可倩筠并不理会他。

"俊杰，既然我很好，既然你也喜欢我，那你为什么不能给我机会呢？"

"我只是不想骗你。把我的真心话告诉你，也是好朋友应该做的呀。天涯何处无芳草，真正喜欢你的人一定会很多的。"

"我不要！我不要。我只喜欢你。我会一直喜欢下去，无论如何，我都不会变的。你知道吗？我是这样的人！"

说完，她竟张开手来，抱住俊杰的脖子，头也倚在了他的肩头。她穿着的轻薄睡衣，挡不住那柔软的胸脯，在俊杰臂膀上摩挲的感觉，俊杰还是第一次被少女如此亲昵地搂抱着，一时间身不由己，甚至有了些生理反应。但他瞬间意识到这情形中潜在的危险，想摆脱倩筠已然扑伏在他身上的躯体，可四肢却如同被冰冻了一般不听使唤，只得僵持在那儿，重重地喘着气。而倩筠依然无比温柔地捧住俊杰的脸庞，她的脸上写满了万千的柔情，痴迷的目光，静静地凝视着他的眼。就在这一切都像是凝滞了的时刻，门外却响起了几下清脆的敲门声。这声音的传来，像突然接通了刚刚断开的电源开关，让两人如从梦中惊醒一般，猛然地分开了。

"谁啊？"

倩筠的声音里有些慌乱。

"是我。"

那一声清脆的应答，让两人都稍稍松了一口气，从那带着明显特征的声线里，不用问，来人定是圆圆了。俊杰出去开了门。

"原来你也来了。"圆圆见到俊杰，不无惊奇地叫道。她止住了脚步，瞥了一眼里屋的门。

"那你们先聊着，我等会儿再来好了。"说完就要退出去。可俊杰却一把将她拉进门来，心想，这救兵来得正是时候。

"你不是说倩筠病了吗？我来看看她。你也是来看她的吧，既然来了，干吗又要走呢？"

"嘻嘻，我可不想当电灯泡呀。"

圆圆的话，让俊杰想起方才的情形，脸上不免微微一红。他知道，圆圆是倩筠无话不谈的好友，倩筠怕是已将他俩之间的这些纠葛告诉她了。但他还是瞪了圆圆一眼。

"你再胡说，我只好走了。"说完就要走。

圆圆忙拉住了他。

"别走，别走。Just Kidding! 你要是走了，倩筠不整死我才怪呢。"

便拉着俊杰一起进到里屋去。倩筠此时已端坐在床头，依然穿着那件睡衣，却用一条毛毯盖住了上身。

"俊杰昨天还打电话问你的情况呢，我说你病了，这不，他就来看你了。"

圆圆进门后便像邀功似的嚷嚷道。

"谢谢你来看我。除了你，还有谁会念着我呢？"她瞥了一眼俊杰。俊杰默默地听着，却不答话。

"好几天没来看你了，好点了吗？每天都按时吃药吗？"圆圆关切地问。

"好多了。"倩筠应道，看了看钟。

"噢，多亏你提醒，我这一顿药还没吃呢。"

她看了一眼俊杰。

"你能帮我把药拿来吗？"

俊杰便说：

"愿意效劳，可药在哪里？"

"书房的桌上。"

俊杰进了书房，可在那书桌上，却没有找到药，便又回过头大声问道：

"桌上没有药呀，你没记错吧？"

"可能在抽屉里。"

于是，俊杰便又去翻抽屉。那抽屉里东西还真不少，除了书、笔记本，还有些信件，杂乱地堆在一起，却仍没看见药瓶之类的东西。他随手翻了翻，不经意间，被他翻开的一只信封上，有几行熟悉又娟秀的笔迹，印入了他的眼帘。他大吃了一惊，那无疑是宛星的字迹，而信封上收件人的姓名，竟是他自己！寄件人落款处，赫然写着"程宛星"三个字！他拿起那信封，信封已被拆过了，一张信纸仍静静地躺在里面。他迅速抽出了信纸，扫了几眼。几年前的那个夜晚，宛星写给他的那篇短信，一字一句地在他的耳畔响起。那如涓涓流水般温柔的话语，此刻却让他的心沉入冰冷的深穴，若干年的迷惘失落，如潮水般再度涌起，渐渐化作了一股怒气。

"药找到了吗？"

此刻从隔壁传来的询问声，让他的怒火更加难以遏制了。他的手里拿着信，砰的一声撞开了倩筠卧房那扇虚掩着的门。圆圆和倩筠，同时看到了俊杰那张扭曲得已变作煞白的脸,她俩被他突然间粗鲁的举动和怪异的神情吓呆了,而当倩筠注意到他手里拿着的那只信封时,她瞬间意识到她的疏忽大意,已铸成了一个致命的过失,脸色也在顷刻间,变得和俊杰一样的煞白!

"这是什么?它怎么会在你的抽屉里?"俊杰仍强压着怒气,低声问道。

"这……"倩筠嗫嚅着,不知该如何自圆其说了。往日那种随机应变的自如不见了,代之以惨白之后又涨红了的脸。

圆圆看着两人怪异又激动的神色,不知究竟发生了什么,便试图安慰道:

"这究竟是怎么一回事呀?别激动,有话慢慢说嘛。"

可俊杰却不理会,双眼仍直直地盯在倩筠的脸上。

"你还有什么可说的?你说从没见过宛星的信。可它却静静地躺在你的抽屉里。我没想到,你竟是这样的一个人!"

他一甩手,将手上的信,扔在倩筠面前的毛毯上,转身便走。

"俊杰。"倩筠带着哭腔叫道,眼泪已唰地流了下来。

"你听我解释嘛。我不是故意的。"

可俊杰已冲出了房门。她的话音未落,就听见外面传来的重重的关门声。那绝决的声响,令倩筠打了一个激灵,不禁失声痛哭起来。圆圆从未见过倩筠如此撕心裂肺地哭过,不免手足无措。她一边搂住仍坐在床上的倩筠轻声地安慰着,一边偷偷拿起那张散落在床上的信纸读了起来。从信的内容和刚才两人的对话中,她隐约猜到了俊杰发怒的缘由。她和倩筠向来无话不谈,故也约略知道倩筠对俊杰的好感,但显然,这事完全出乎她的意料,打心眼里,她开始责怪倩筠做事的偏狭与私心。但因倩筠此刻哭得如此伤心,作为好友的她,又于心不忍,等倩筠慢慢平静了些,便借机询问道:

"是你偷藏了宛星给俊杰的信?"

倩筠倒不再隐瞒,默默地点了点头。

"我还不是因为喜欢他,才出此下策?"

"可是,现在……他不是会恨你吗?"

"肯定会的。可我宁愿他恨我,也不能轻易将喜欢的人,拱手让人!"

圆圆无奈地摇了摇头。

"倩筠,我听人家说,强扭的瓜不甜。俊杰大概是真的喜欢宛星,既然他已这样了，你又何必非要。以你的条件看，哪会比宛星差嘛。听我一句劝。"

"圆圆，其实你说的我都明白，可你不知道，要放下有多难。"

"我知道，我知道。"圆圆一边说，一边摩挲着倩筠的背。

"你的病刚好，还是身体要紧。也别太伤心了，好好歇一歇，睡一会儿觉吧。一切都会好起来的。"

倩筠便点了点头说：

"谢谢你来看我。你走吧，我真的想睡一会儿了。"

圆圆便站起身，向倩筠告辞。

"有什么事的话，就打电话给我。"她叮嘱道。

倩筠看着圆圆的背影消失在门口，屋内又回复到往常的寂静。俊杰弃门而去的身影，那一瞬间里所蕴含的绝望意味，却再度袭来。心里的伤楚便像是决了堤的洪水，让她无处可逃。虽没有再哭出声来，但眼泪并不听她的话，只是流个不停。脑海里，一再地涌起和俊杰一起时的一幅幅画面。虽然她清楚地知道，今日所发生的事，已将俊杰推至离她更远，甚至到了无可挽回的境地，但她那生来倔强的性格，以及心中难以排遣的眷恋情怀，让她的心仍在痛苦中挣扎。忽然间，她想起了魏坤，想起他提着大哥大给宛星打电话的情景，有一丝念头闪过她的脑际。

"对呀，我怎么没想到？那人定是对宛星很有意思的。况且，他又是宛星的老板，若他能发挥点作用的话，也许，结果会很不相同。"想到这儿，她止住了泪水。下了床，来到电话机前，开始拨号：199-369-8888。她暗自庆幸，那无意中听到的魏坤大哥大的号码真是太好记了，想忘还忘不了。

"喂。"果然有个声音从听筒里传来，那声音有点懒散。

"请问是魏总经理吗？"倩筠尽量控制着自己的语调，让它显得轻柔舒缓。

"是呀。"魏坤听是个陌生女孩的声音，懒散的音调略微振作了些。

"噢，我叫杨倩筠，是程宛星的同学。我们曾见过一面，不知你还记得我吗？"

一听"倩筠"这名字，又是宛星的同学，魏坤马上知道对方是谁了。他顿时来了点精神。

"当然记得！"他立即答道，"那次在剧场门口见过的漂亮女孩，就是你吗？"

"是呀是呀，你太抬举我了。"

"怎么，找我有事吗？"魏坤问。

"是有点儿事，关于宛星的，你有几分钟时间吗？"

"没问题。"关于宛星的，魏坤还是有抵挡不住的兴趣，即便她已绝尘而去。

于是，倩筠便开始描述她和宛星还有俊杰之间的关系。虽然有一些魏坤已经了解，但他还是饶有兴味地听着。末了，她说：

"不瞒你说，我喜欢俊杰。可是，宛星却来跟我抢。我跟你说这事，是因为我看得出来，你和宛星也不是一般的关系。所以……"

"所以，你希望我能和宛星在一起，这样的话……"魏坤是多么聪明的人，早已明白了倩筠的意图。

"对了，就是这个意思。在这件事上，我想，我们应该有共同的愿望。"倩筠倒也直率。

魏坤心想，这女孩看似美貌贤淑，却还颇有些心计，想到这么个围魏救赵的办法。不过说实话，还真是个不错的主意。我若能帮她搞定了那个俊杰，宛星还有可能回到自己的身边，岂不是两全其美，我又何乐而不为呢？于是他说：

"你的主意是不错。可是，宛星已不在我的公司做了，我怎么才能帮到你？"他想听听这女孩还有些什么主意。

"是吗？"倩筠听到这个消息，心想定是宛星觉察到魏坤的意思，便有意避嫌，那她更应该早点行动了。她想了想，便问：

"是她自己走的吗？"

"是。"魏坤答，"那么出色的女孩，难道我会赶她走？"

倩筠便又问：

"那你一定有朋友也做你们这一行，是吗？"

"当然有啊，还不少呢。"

"那就太好了。宛星辞职了，一定还要找工作。她家的经济状况不太好，容不得她不做事。能不能想办法，让你的朋友把她招了去，再把她派往外地？俊杰是在校学生，没办法经常去外地见她。而你呢，出差做生意是常有的事，如果清楚她的行踪，交往起来，不是也方便很多了吗？。"

魏坤点了点头。心想这女孩反应还算机敏，一下就能想出这么个主意。虽有点不够仗义，倒也没有违法乱纪，更在情理之中。商场之上，我们不也是各出其招，以求一逞的吗？

"好吧,让我试一试,不过,你那边也得抓紧了。"
"一言为定。"

他们这边商量着计谋,而宛星这几天还真没闲着。她不想告诉家里她辞职了,免得奶奶和爸爸都担心她。于是,和往常一样,她总是早早地起床,早早地出门。去人才市场,去相关公司,询问有没有工作的机会。可好多天过去了,都不成功。她的心里不免有些着急,瞒着家里几天问题不大,可日子久了,难免就会露馅。光是下个月没工资这一件事,就够她伤脑筋的。这一天,她还是一大早就出了门,刚到新村的门口,就看见告示牌上,贴了张偌大的海报,怪鲜艳夺目的。仔细一看,还是个招聘广告呢,也是家保健食品贸易公司,招的也是总经理助理,各项要求仿佛是为她量身定做的一般,说不出有多合适了。宛星心中暗喜,忙抄下联系电话、地址之类的信息。打了个电话过去,对方很热情,一听宛星的名字,仿佛是老朋友相见,不管宛星问什么,都一个劲地说好。最后,宛星还怯生生地问,要不要寄份简历过去。对方说不用了,方便的话,直接过来面谈吧。挂了电话,宛星的心里别提有多高兴了。虽还有些担心,但此刻跃跃欲试的心情,远盖过那一点点的忐忑不安。她想起当初刚毕业时,到魏坤公司面试的情景,要是这次也像那次一样的顺利,就太好了。

面试果真进行得很顺利。公司的赖总经理还亲自接见了她,详细询问了她的教育背景,特别是在乾坤贸易的经历。宛星高高兴兴地出来,觉得今天是她幸运的一天。机会从天而降,而且整个面试的过程也都十分顺畅。她望了望天,天蓝蓝的,印象里上海的天空,好像还从没有这么蓝过。

没过几天,宛星果然收到了公司的录用通知,没想到,工资甚至比在乾坤贸易时还多了些,让她有点始料未及。这意外的惊喜,不禁让她感谢上天对她的又一次眷顾。也巧,刚好俊杰打传呼到家里,说这几天打到她公司的电话总是没人接,担心她出了什么事。宛星便把自己辞职的事告诉了他。

"什么?你辞职啦?是不是因为那天打架的事?"俊杰十分吃惊,语气里还满是自责。

"不是。是我自己不想再做了。"

"为什么呢?不是说那间公司的待遇挺好的吗?你家里知道这事吗?"俊杰有些担心地问。

"别担心。"宛星反倒安慰起他来,"我又找到了新工作,是做保健食品贸易的,待遇很不错。而且,离我家还近些。"

"真的吗?你还真行啊。这下我可就放心了。不然,我总觉得这事我是脱不了干系的。你可别骗我喔。"

"真的,没骗你。"

宛星在新公司的工作很快就上了轨道。有一天,赖总把她叫到了办公室。

"最近还好吧?"他亲切地问。

"挺好的。"宛星快乐地答道,"承蒙关照。您有什么事,就尽管吩咐好了。"

"那好吧。小程啊,其实,我们公司和乾坤贸易在业务上有不少往来,你的情况,我们也向魏总经理做过了解。没想到,他对你大加赞赏,而且,凭我这几次和你交谈下来,他说的倒也不错。也许,助理这个职位,对你来说,有点屈才了。"说到这儿,他停顿了一下,看了一眼宛星。宛星忙说:

"没想到,你还认识魏总!他太抬举我了。不过,我在那儿工作期间,还是很愉快的。"

"那你为什么要离开呢?"

"只是……想换个环境,看看外面的世界有多精彩。"

赖总笑了笑,点了点头道:

"年轻人多见见世面总是好的。现在,我这儿就有个让你见世面的机会,不知道你有没有兴趣?"

"当然有啰。"宛星爽快地答道。她知道,总经理问她有没有兴趣,那只是客套而已,其实,是要布置任务给她。看来,这将是她来公司后,要干的第一件正经事儿。原来,公司在苏州有个分部,随着工业园区的启动,那儿的业务发展得很快,急需各方面的人手。赖总希望宛星能去那儿做个销售部的经理。

"有了魏总的推荐,我相信,你的能力是没有问题的。不过,这是去外地,不知道你有没有其他方面的顾虑?"末了,赖总不忘关切地问一句。

去外地工作对宛星来说是个意外的事。她找工作时,从没想过找外地的公司,倒不是不愿接受挑战,实在是她有家庭需要照顾,尤其是奶奶。但总经理如此郑重其事地来询问她,又给了她经理的职位,对她这个涉世未深的女孩子而言,其器重与期待,是不言自明的。她点了点头。

"谢谢总经理,我当尽力而为。不过,这事我还得跟家里商量一下,不知可不可以?"

"当然可以。想清楚了再告诉我。"

从办公室里出来,她就给俊杰打了个电话。俊杰听了,倒也没多想,说:

"当然去了!一下子就进入了管理层,换了别人,不知要奋斗多少年呢。这么好的事,有什么好犹豫的呢?"

"我是担心奶奶没人照顾。"

"别担心,我会经常去看你奶奶。有什么事,我们都会帮忙的。况且,还有文娟、文武他们呢,对吧?只是……你去了之后,就不大容易见到你了。肯定会很想你。"

"真的吗?"

"当然是真的。而且,我还有些担心。"

"担心什么呀?"

"担心你又会不声不响地消失了。"

"这次不会了。有单位、有地址的,怎么会找不到呢?不过,你要是真的担心,我就不去了,一直呆在你的眼皮底下好了。"

"算了吧,还是你的事业为重。况且,我是那么儿女情长的人吗?"

宛星笑了。

"不害臊!还儿女情长了。"

俊杰便大言不惭道:

"本来是英雄气短,因为遇见你,才变得儿女情长了。"

宛星的眼中微微有些湿润了,应道:

"放心吧,有空我会常回来看你的。"

第十九章

去苏州的火车上，宛星遇见了一位和她同座的年轻男士。闲聊间，发现他是苏州瀚海集团采购部经理，名叫苏涛。那人谈吐温文，待人友善。当得知宛星是上海外派的销售部经理，便给她介绍了不少苏州地方的风土人情，还给了她自己的名片，说是在苏州有什么需要帮忙的，可尽管找他。宛星对他印象不错，不由得心生欢喜，为刚来的头一天，就认识了新朋友而感到幸运。

到了苏州没几天，宛星果然爱上了这座城市。虽然以前早听说过苏州的园林如何的精致，吴侬细语如何的好听，但一旦身临其境，还是不免有些意外的新鲜感受。毕竟是座有几千年历史的城市，迎面而来的风，都像是有种古朴的味道。人们耳熟能详的越王勾践的故事，唐朝张继的枫桥夜泊，以及那些明清才子们的风花雪月，好像一下子都在不远处晃动似的，让宛星不禁惊诧于处境之妙，竟能如此地拉近人与历史的距离。她的办公地就在金鸡湖畔，虽只是座不太起眼的两层办公楼，比起上海的高楼大厦，气派上不可同日而语，但那白墙青瓦的格调，仿佛还保留着数十年乃至百年以前不变的遗风，却是在上海难以觅见的景色。园区刚刚启动，沿湖望去，烟雨迷蒙，好些楼房正在建造中，那气锤的声响，伴随着偶尔传来的寺庙里的钟声，好像现代与古老的撞击，在宛星的面前，绽放出绚丽的火花，让人不免有怀古思今的感触。这是一片生机勃勃的大地，让她既兴奋又有些迷茫。

到了分公司后没几天，宛星已做了不少调研工作。她觉得业务上确有些可改进之处，便把自己的促销计划和想法，写了一份企划书，交给分公司的叶总经理。从叶总的办公室出来，她忽然想起了苏涛。这几天太忙了，竟把他给忘了。现在终于可以喘口气了。于是，一个电话过去，刚说了声"你好"。

对方就兴奋地叫起来：

"是宛星小姐吗？我等你电话好几天了，我还在想，是不是你早就把我给忘了呢。"

弄得宛星一边羞愧,一边惊奇他怎么一听声音,就能断定自己是谁。

"你怎么那么肯定就是我呢?"她问。

"没人告诉过你,你的声音很好听吗?自从那天在车上跟你聊过之后,你的声音就总在我的耳边萦绕似的。怎么样,在苏州这几天还习惯吧?"

"挺好的。"她便把自己的电话和联络方式也告知了对方。

苏涛接着问:

"你具体都在做哪方面的工作呢?那天没来得及问。"

宛星就把自己这几天做的事,简略地说了说。

"原来,你们做的是这一行。我有好几位朋友,也是搞食品供销的,需要的话,我倒是可以帮你介绍介绍。"

"那真是太好了!谢谢你啊。"

"我说过了,对朋友你不用客气,如果我还能算你朋友的话。"

"当然!认识你这位朋友是我的荣幸。"宛星很开心地答道。

过了几天,苏涛真的约了几个朋友,把宛星也叫了去。酒家不是很大,装修也不算豪华,却坐落在金鸡湖畔,晚间可以看见湖中的灯火,多少有点江枫渔火的味道。宛星的出现,自然把众人的注意力都吸引了过来。她身上的那种温婉气质,就像是一股清风飘然而至。那些人,便像是在幽暗巷子里走久了,突然闯入到春光明媚、花朵摇曳的园林中。苏涛见大家看得呆了,忙大步迎了上来,将宛星拉到众人的面前,得意地介绍道:

"这就是我跟你们提过的程宛星小姐。怎么样,漂亮吧?"

宛星看见,站在众人之前的,是一位较为年长、像大哥模样的人。此人看起来四十开外,人虽生得矮小,身板却很壮实。脸上除了沟壑密布之外,最明显的,就是那一只硕大的鼻头。眼睛却很小,不过眼光锃亮。他看见宛星时,眼里更是精光四射。见苏涛对他毕恭毕敬,宛星便也微微欠身。

"您好。"算是打了个招呼。

经苏涛介绍后,才知道他也是某家公司的老总,姓薛。

"听说,你是盛昌公司的销售部经理?"他见了宛星就问,倒也直率。

宛星应道:

"是。"便把自己的名片递过去,顺便也给众人发了发。
"我们公司做的是保健食品。还有……"
薛总瞥了一眼名片。
"知道,知道。"他没等宛星说完,就接口道,
"你们赖总近来还好吗?我们早已是老朋友了。"
宛星听他提起赖总,心想,此人来头不小,怪不得他在场,大家都规规矩矩的。
"原来,您是赖总的朋友,那一定是业界的前辈了,我一定要向您好好讨教。"
"讨教谈不上。不过,在苏州做保健品生意,确实不太容易。"
宛星听他这么说,便虚心地问:
"为什么呢?前辈能不能指点一二?"
薛总哈哈一乐,招呼宛星在他的身旁坐下,一边又招呼大家。
"来来来,我们边吃边聊吧。"
宛星注意到,此时,桌上已经摆满了菜肴,还有一瓶瓶燕京啤酒。众人已等得有些不耐烦了,听薛总发了话,便纷纷落座。一时间就推杯换盏、人声喧嚷起来。席间,虽然有点儿含糊其词,但宛星还是从薛总的口中,听出了一点名堂。原来,他所谓的生意不好做,是因为随着工业园区的启动,不少做药品和保健食品的厂家纷纷落户此地,有的还有深厚的国际背景,而宛星他们公司,由于研发能力不足,自主产品与潮流存在代差,在这一块竞争激烈的领域里,销售自然难有起色。目前,还只能靠代销别家的产品,维持着微薄的利润。今后,竞争还会越来越激烈,如果不思改变,生存恐怕不易。
"那么,怎样才能改变这种状况呢?"她问。
薛总听了,只是笑了笑。
"你只是个销售经理,能有什么办法?那是你们赖总要考虑的事。"
"可是,基于目前这种状况,还是得想点法子呀。"
薛总点了点头。
"这就要看销售人员的素质了。销售嘛,不能光看产品本身。即便是代销,也要观察市场走向,还有广告策略,还有人际关系,最重要的,就是如何善用你已经拥有的资源。"
他说着,意味深长地看了宛星一眼。见宛星仍有些疑惑地看着他,便又说道:

"这方面，如果你愿意的话，我倒是可以帮你的。"说完，便顾左右而言他了。

那天聚会后又过了几天，宛星没见叶总找她谈企划书的事，想自己去问吧，又觉得唐突。这两天，虽也接过几笔生意，但都谈得不太顺利，没能敲定任何的交易。正焦虑间，忽然接到薛总那边打来的一个电话，说有个机会，问她愿不愿意过去谈谈。

"当然！"她爽快答道。在这样的时候，她觉得任何可能的机会都不要放过。

这次约会的地点，是一间高级宾馆的餐厅包房，比起上次聚会要高档了许多。宛星去的时候，薛总已在房内等她了。这次，他穿了件笔挺的西装，却没打领带，领口敞开着，脸上显然整理过了，至少胡子刮得很干净，只是那张布满沟壑的脸上，岁月无情的印痕，还是没法掩饰。见宛星来了，他特意站了起来，迎到门口，弄得宛星怪不好意思，赶紧欠身问候。她瞥了一眼屋内，见房内并无旁人，不免有些迟疑，心想，这位薛总看来城府颇深，又是长辈，和这种人谈生意，自己心里没底。但转念一想，既然承担了销售经理的角色，便也算是踏入了江湖，纵然有些风浪，那也是在所难免的。便稳住心神，故作轻松地笑道：

"承蒙薛总看得起，百忙之中，还专门抽时间与我约谈，真是让我受宠若惊。今晚是个好机会，可以向薛总单独请教了。"

薛总听了，哈哈一笑，做了个请进的手势，让宛星进了屋子。坐定后，薛总先开口道：

"苏涛跟我说，你是他新近认识的朋友，又在赖总那儿做事，可算是朋友兼同行。你初来乍到，有什么需要帮忙的，就不要客气。"

"是啊，是啊。还请薛总多多指点。"宛星答道。

"你看，又客气了吧？来来，我们还是边吃边谈。"

说完，他给宛星斟满了一杯红酒，并举起杯说：

"干！"

宛星见着酒，心里虽不情愿，但与薛总初识，不能驳了他的面子。只好也举起杯子，和他小碰了一下，抿了一口。

"你喝酒的样子很好看，像是专业的品酒师，酒量一定错不了，来来，吃菜吃菜。"薛总一边招呼着，一边将身体往宛星这边挪了挪。

"宛星小姐今年贵庚啊？"他接着问。

"二十一了。"

"风华正茂啊。难得见到像你这样聪明又漂亮的小姐,一定有不少追求者吧?"

"那倒没有。"宛星对他的问题有些反感,只得勉强应对,可薛总还在继续。

"我的年纪大了点,但我还是很仰慕宛星小姐的风采,不知你肯不肯和我做个朋友?"他刻意在那"朋友"二字上加了重音,然后咽了下口水。

"薛总,您太客气了。上次您带来一起见面的,不都是朋友了吗?"宛星只得这样说。

"那可不一样喔。"薛总摆出一副十分诚恳的样子。

"那些人都是酒肉朋友,而我和小姐却是一见如故。苏涛跟我说了你的事,我是打心眼里想帮你。那可不是一般朋友都能办到的。"

宛星虽然觉察到他的言辞中,颇有些骚扰的意味,但在商场之上,权当在所难免吧。便淡淡地说:

"那谢谢了。"

见宛星有些不悦之色,薛总便又开始劝酒,天南海北地聊些不相干的话题。可宛星就只是慢慢地抿,说是红酒要品才有滋味呢。可就是一小口、一小口,慢慢地也喝了不少,一边应酬着薛总的话,一边免不了面红耳热起来,渐渐竟觉得有点晕乎了。心想,怎么搞的?已经很小心了,为何还是有点儿醉意了呢?没想到在这时,薛总却开始说起了正事儿。

"宛星小姐,我想你也知道,现在市面上,乳酸菌饮料非常流行,大家都爱喝。"

宛星说:"是呀。"

"我有个很熟的客户,跟我说,他有一笔至少五百万乳酸菌饮品的采购计划,正在寻找供货商家,不知道你有没有兴趣?"

虽有些头晕,但五百万这个数字,她还是听得很清楚,免不了兴奋起来,忙点头道:

"当然有兴趣了!"

她知道,公司新近开发了一种乳酸菌饮品,在上海最初的销售还算不错,正筹划如何开拓外地市场呢。

"那太好了!"薛总趁机与她靠得更近些,竟拍着她的肩头道:

"我知道,你们公司有一款新产品。既然是朋友,我很想帮你拓展这边的市场,你愿不愿意跟我合作?"

"好啊！如果你能帮忙销售我们的产品，我一定设法给你最优惠的价格。"

宛星一边挪开身子，一边应酬道。可她见薛总摇了摇头，把脸凑得更近些，一口的酒气，快要喷到她的脸上。她不得不继续往后退去。

"钱不是问题，我是因为你，才跟你合作的。只要你愿意和我进一步……发展……个人关系，以后。我们一起赚钱的机会多的是呢。你明白我的意思吗？"薛总还在步步进逼。

宛星一惊之下，蒙眬的醉意骤然醒了。她一甩手摆脱了薛总的纠缠，立即从椅子上站了起来，正色道：

"薛总请自重，我不是你想的那种人！"

薛总见宛星不从，便暂时止住了那些猥琐的动作，可一双眼，依然色迷迷地盯着宛星，他已是场面上的老手，借机顺水推舟道：

"宛星小姐别生气，有话好说嘛，我只是仰慕小姐的美貌与才华，才愿意和你交个朋友。如果你觉得不合适，那也没什么，生意还是可以做的。"

说完，倒了一杯果汁递给宛星。

"你先解解酒，消消气。关于那批乳酸菌饮料，你们可以提供的底价是？"

宛星见他有所收敛，还有继续谈生意的意思，心想，不管怎样，生意归生意，只要他不再那么不规矩，面子上也没必要弄僵，便接过薛总已递到她面前的饮料，喝了一口道：

"都是苏涛的朋友，价钱好说。我明天一早，就可以给你一个报价，保证是市面上最低的。"

说完，便坐到离薛总稍远些的座位上。薛总果然规矩了许多，没有再硬凑上来，只是仍然嬉笑道：

"苏涛就没有向宛星小姐表达过仰慕之意吗？他恐怕也不是什么正人君子喔。"

宛星有些厌恶地应道：

"薛总，请别再开这种玩笑了，好吗？"

薛总识趣，转而去谈论其他话题。可谈着谈着，宛星渐渐觉得醉意非但没减，反而愈来愈重，浑身上下，甚至有些躁热难耐之感，最后，在她还没弄清状况之前，就已伏倒在桌上，很快不省人事。

见宛星倒在了桌上，薛总笑了笑。

"没想到这么快，我还以为你能撑得久些。"

一边说着，一边忍不住上下打量着宛星那凹凸有致的身材，还撩开遮在她额头的秀发，端详她沉睡着的漂亮脸蛋，止不住一阵阵春心荡漾，淫邪地自言自语道：

"做生意，就不要假正经了，有谁知道我们不是你情我愿的呢？"

在酒店的客房里，宛星静静地躺在床上，洁白的床单，衬着她合身又漂亮的裙装。她安详地合着眼，长长的睫毛，因为饮酒而微微泛着红晕的脸庞，就像一幅画。她睡得很熟，一路折腾上楼，都没把她弄醒，倒是有点出乎意料。薛总看着她，得意地笑了。心想，自己在饮料里才下了那么一点点，就已经有这种效果，看来，让她再熟睡几个小时，是没什么问题的了。她匀称地呼吸着，发育良好的胸部缓缓起伏，裙摆下露出的穿着黑色丝袜的纤长性感的小腿，让薛总看得血脉贲张。他迫不及待地解开自己的衬衫扣子，刚想扑到宛星的身上，却听见自己包里的大哥大忽然叫了起来。他嘴里骂了一句，很不情愿地拿出了那只大哥大。

"薛大哥，近来可好啊？我是魏坤呀。"手机里传来了清晰的问候声。

"原来是魏总呀！这么晚了，怎么还有空给我电话？"

"想你了呗。"魏坤半开玩笑地说，"听说，你最近生意不错，又做成几笔大买卖了？"

"还不是托魏主任的福嘛！当初，若不是他帮我渡过难关，又全力栽培我，哪会有我的今天？"薛总嘴里说的魏主任，就是魏坤的父亲。

"嗨，你老提过去那档子事干什么？就凭老爷子和你爹的关系，当初，哪有不管之理啊？"魏坤那头说着，"不过现在，我倒真有个事，想请你帮个忙啊。"

"有什么事尽管说，兄弟我一定赴汤蹈火，在所不辞。"薛总拍着胸脯。

"没那么严重啦。不过，最近盛昌赖总那边，派了个销售经理到苏州，是一位叫程宛星的年轻小姐。她是位新手，因为跟你是同行，所以，想请你多多关照一下。"薛总听了，心里一凛，瞥了一眼正躺在床上熟睡着的宛星，定了定神，开玩笑道：

"叫程宛星吗？怎么，又换女朋友啦？真的假的？"

那边传来魏坤嘿嘿的笑声。

"不瞒你说，这回是真的啦。她可不是一般的女朋友喔，可以说，是我的红颜知己，不骗你。"

"原来是这么回事。好吧,小事一桩,有机会我一定帮她就是了。"
"不过,你可别告诉她,我给你打过电话。小姑娘还挺要强。"
"知道了。"

挂了电话,薛总心里念着阿弥陀佛,还好这电话来得及时,要不然真的闯了大祸。他虽有些色心,却还是个讲义气的人,想那魏主任当初是怎样帮自己赔了欠债,摆脱了官司,要不然,如今的自己,恐怕还在监狱里呆着呢。魏坤的红颜知己,是自己能碰的吗?想到这里,不禁又出了一身冷汗。

当宛星醒来时,发现自己躺在一间陌生房里的床上。她突然觉得有些心慌,不知自己身在何处。她依然有些头疼,而印象中,薛总那张丑陋的脸还在眼前晃动着,他居心叵测地谄笑着,正向自己步步进逼。她下意识地挣扎了一下,那张脸就消失了。四周好像很安静,她努力地抬起头来,看了一眼自己。还好!自己仍然穿着方才约会时的裙装,而且还算齐整。她揉了揉眼,蒙眬间,看见那边书桌旁坐着一个人,背对着她,台灯的光照着他,让他背影的轮廓显得很分明。他显然听见了床上的动静,扭过头来。原来是苏涛!

"你醒啦?"他问。宛星点了点头。
"这是哪里?"她问。
"这是我的宿舍。"
"我怎么会在这里?"宛星大吃了一惊。
"薛总刚才打电话给我,说你喝醉了,叫我去接你回家。可我又没你的地址,也不知该往哪儿送,所以,只能把你接到这里来了,好让你歇一歇,醒醒酒。怎么样,好点了吗?"

虽然仍在疑惑刚才发生的一切,但似乎是有惊无险。而苏涛温和有礼的态度,也让宛星稍稍安心了些。

"那,薛总呢?"她仍然心有余悸地问。
"他回去了。他是有家室的人,不像我,单身汉一个,弄到多晚都没关系。"

宛星听了,不知是因为酒力尚在,还是别的什么,突然有点想吐。
"那我也该回去了。"她说着,就想爬起来。
"别,别。"苏涛摆着手,想制止她。
"现在刚刚凌晨,你还是再休息会儿吧。等天亮了,有公车时,我再送你回去。"

宛星听苏涛这样说,觉得一贯以来,他对自己都是如此温文尔雅又设身处地,和薛总不像是一路人,至少,到目前为止,自己的一切还是安然无恙的。她看了看夜色依然浓厚的窗外,也就不再坚持。她环顾四周,这屋内,就只有这张狭窄的单人床,便还是坐起身来。

"对不起。"她说,"让你一夜没睡吧?我起来了,你躺会儿吧。"说着,她的脚已经落了地。可苏涛依然摆手说:

"别管我了,照顾好小姐,是我应尽的责任。"

宛星笑了。

"你倒是很有绅士风度,只是苦了自己。"

苏涛却轻松地答道:

"有钱难买我愿意。"

看着苏涛谦和又有些俏皮的样子,宛星不禁想起了俊杰。他的身上,还真有些俊杰的影子,不知俊杰若是做了销售的话,会不会也是这个样子?

两人沉默了一会儿,见宛星没有再睡的意思,苏涛便继续跟她聊天。

"刚才薛总跟我说,你们俩谈得很好,他很乐意跟你进一步合作。只是聊的时间太短,来不及深谈,你就醉倒了。"

"是吗?"宛星还在困惑中。

"不好意思,也许刚才酒喝多了,不知他讲的合作,是什么意思?"

"他也没跟我细讲,我猜,是想买你们公司的产品吧,不是吗?"

宛星没再说什么,反而问道:

"你跟薛总好像很熟,你了解他吗?"

苏涛却摇了摇头。

"不能说很熟。都是生意场上的朋友嘛,因为他也做保健品这一行,而且非常成功,就想给你们牵线搭桥,希望对你能有所帮助。"

"那真是太谢谢你啦。"

"其实,我还有几个做这一行的朋友,有机会,也介绍给你认识认识?"

"那真是太好了!不过,你也知道我的酒力差,老实说,今天我有点儿吓到了。以后单独约会时,我可不敢再饮酒了。"

苏涛看着宛星说:

"明白了。女孩子嘛,孤身在外打拼,确实不容易。不过,在外面应酬,喝酒之类的事,总是难免的,有机会,你还是得练练酒量才行。"

两人聊着天,渐渐天光有些亮了。宛星见时间差不多了,想让苏涛还能有些时间休息，便起身告辞。苏涛执意要送她到车站，拦也拦不住，宛星只得随他。

没过几天，薛总果然又约宛星谈了几次。宛星不敢再单枪匹马，而是带上了助手。薛总那边，也总有若干人参与，毕竟要谈具体采购事宜，加上经办手续等等。如此盘桓了数日，不但谈成了这一笔五百万的生意，薛总竟还给她介绍了其他几位业内的朋友。于是，免不了吃饭聊天，交际应酬，如此种种，不但销售业绩有了起色，渐渐地，宛星也建起了自己的人缘人脉，即所谓的生意圈子。但她没有意识到的是，薛总的人品在业界也是出了名的，他如此热心地帮助一个初来乍到又年轻漂亮的女子，在旁人看来，必定不是没有来由的。于是，有好事者开始捕风捉影，渐渐传开了他们之间所谓"特殊"关系的流言。

这一天，出乎意外地，叶总竟派人来找宛星了。她忙从抽屉里，拿出这几天刚写成的另一份建议书，可心里又有些犹豫起来，上回的企划书还没下文，要不要再把这份建议书交上去呢？带着吧，见机行事就是了。

进了叶总的办公室，就见叶总笑眯眯地看着她。

"小程呀，来公司这几个月，辛苦了。"听得出来，此刻他的心情很好，宛星还是头一回听他对自己说慰劳的话。

"哪有啊？辛苦真的谈不上，做的都是我份内的事嘛。"

"都签了好几份大单子了，这和你辛勤工作，肯定是分不开的。赖总刚给我打了电话，对我们近来的业绩很满意。"

"谢谢您的夸奖。这是您的领导和大伙共同努力的结果啦。"

"哈哈，小程你真会说话。还有一个好消息要告诉你，你上回给我的企划书，我做了些修改和补充后，交给了总部。他们研究之后，认为很有创意，希望再增加些具体实施的细节。他们同意以此为蓝本，在咱们苏州这里先试点起来。"

"那太好了！"宛星高兴地叫了起来。她还想着怎么开口问这事呢，没想到叶总自己先说了，而且，还得到了总部的认可，看来她可以大展拳脚了。见叶总乐呵呵的，宛星便取出准备好的建议书，一边递过去，一边说：

"叶总，最近我和业界的朋友有些接触，对市场也做了些分析，又有一些新想法写在这里面了，请您指教。"

叶总接了过去，看了一眼，把它放在了桌上。

"很好啊。"他说，"我就喜欢你这种积极的工作态度。说说看，你都有哪些想法呢？好让我在读之前，先有点概念。"

于是，宛星就把自己的想法概略地说了说。大意就是，现在大家生活水平提高了，人们越来越重视身体保健。而现今市面上的保健品品种单一，远不能满足这种需求。苏州之地毗邻上海，是中国联系国际的金融和信息中心，具有得天独厚的科技、人才和市场优势。现在又值工业园区开发的契机，有许多可利用的优惠政策，在苏州拓展保健品的研发生产，如今是一个千载难逢的好时机，公司应该在这方面加大投资力度。叶总听宛星侃侃而谈，不住地点头。

"你的建议很有意思。不过，这牵涉到公司未来的战略部署，我会将你的意见向上面表达。噢，对了！过几天，赖总会来苏州视察工作，届时，你也可向他反映反映。"

第二十章

夏天很快就来临了。烟波浩渺的太湖边，新建成的水上乐园，到了周末总是热闹非凡。果然是被称作人间天堂的地方，不消说眼前一望无际的水面，早已让人心旷神怡，而那习习微风，随着波浪一阵阵地袭来，更让人的身心有了无限的惬意；便是背后那秀美如画的峰峦山脊，缥缈如幻的一抹烟云，就总像是在默默吟诵着千年来永不厌倦的诗章。太阳还在那儿明晃晃地照着，不过，在这美景之中，也好像变得温和了许多，不再那么咄咄逼人了。宛星在湖面上浮沉着，她身穿一件红色的泳衣，戴着一顶红色的泳帽，远远望去，像极了一朵花儿随风摇曳。俊杰就在她的不远处，倒像是一片浮动的叶子。暑假刚开始，他就迫不及待地来到了苏州。宛星见到他，也是迫不及待地把她所喜爱的苏州介绍给他。带他游了虎丘、园林，还爬上了灵岩的峰顶。又听说太湖边新开的水上乐园好玩，便相伴来戏水了。

宛星的泳技真不怎样，但她却非要游到远处的水上滑梯那边去。

"我看还是算了吧。"俊杰看她游得吃力，有点儿担心。可宛星一边用力扑腾着，一边很坚决地说：

"不！我非要游到那儿去。"话没说完，就差点儿呛了口水。俊杰忙游到她身边，专心陪她。功夫不负有心人，总算到了距那滑梯还有二三十米的地方了。可就在这时，只听到宛星"哎哟"一声，身体直往下沉。那件红色的泳衣不见了，只有那顶泳帽还在水面上。俊杰一惊，连忙从背后拉住了她，并用力将她拽出水面。宛星这才惊慌地说了句：

"我的脚好像抽筋了。"

俊杰说："别怕。我来帮你。"

便顾不得许多，一只手从宛星的腋下伸过去，揽住了她的腰腹，一面仰起头来，手足并用拼命划水。宛星的背，贴在俊杰的前胸，她柔软的身躯，顺从地依偎在他的身上，而胸前如波涛般的起伏，让俊杰仿佛有触电的感觉。他定了定神，不敢多想。毕竟带着另一个人游，是颇为费力的一件事。他从来没有在水里救人的经历，只是凭着从书上得来的知识和直觉在做。他的手必须用力地揽住她，不能松开哪怕一点点。好在宛星并不惊慌，配合着俊杰在水面上稳稳地前游，似乎很快就能到达不远处的滑梯了。俊杰的心神稍安，便更真切地感受到宛星身上湿润又柔软的细腻肌肤，脸上不由得漾起一股热浪。可宛星却没什么特别反应，仍在认真地配合着俊杰的动作。好不容易总算到了，当宛星的手拉住了滑梯的栏杆，俊杰刚松了一口气，宛星却扑哧一声笑了。俊杰一边甩着又酸又疼的手，一边说：

"你还笑？我都差点被你吓死！累死我了。"

宛星却假装不经意又有些娇嗔地说：

"我也被你弄疼了呢。"她揉了揉胸口，胸前的波涛又涌动了几下，俊杰的心，便也跟着荡漾起来。她又揉了揉自己的后腰，那里曾经那样紧贴着俊杰的腹部，红着脸瞥了他一眼。

俊杰也被她说得脸红了，他知道她说的是什么。

"你的腿好些了吗？"他定了定神后，转而去问宛星，宛星却摇了摇头。

"还僵在那儿呢，动不了。"

"我帮你揉揉吧。"

俊杰便游到宛星的身边，让她坐在滑梯的梯级上，抱起她那条抽筋的腿，放在胸前揉了起来。那腿纤长而白皙，因水的浸润而变得更加的光滑细腻，有如丝绸般的肌肤，不用说俊杰，就连宛星自己都觉得好美。俊杰的手，在上面揉搓着，那有些酸疼又温热的刺激，让宛星有种说不出来的惬意。她微微闭上了眼，太阳在她的眼帘上，留下红色的光晕。她喜欢闭着眼对着阳光的感觉，光的温暖和那片投射在脑海中的红晕，总是能让她陷入一种温馨的迷思，仿佛回到初生的时刻，似乎她还能记得一些残留的片断，蒙眬而美好。而此刻，俊杰的一只手，正托着她的腿，另一只手，在那儿轻轻揉搓着，她优雅的姿态和肌肤上甜蜜的感觉，让她的幻想中，融进些现实的成分。也许，这就是幸福吧！她想，幸福也许就是如此简单，也许就是幻想中的美好，能在现实中有所体现而已。人生中有太多的时刻，都不会留下什么印记，可宛星知道，此时此刻会是那为数不多的、可以记住一辈子的瞬间。虽然她还想在这温暖惬意的感觉里多待一会儿，但她还是睁开了眼，她知道，俊杰一定累了。

"好了，我的腿应该已经恢复了。"她说。

于是，俊杰放开了她。她的腿，便在空中划过一条弧线，然后轻拍在水面上，溅起些灿烂的水花来。

"真的好了。"她点了点头，笑了。

"你若是去表演水上芭蕾，或许能得冠军呢。"俊杰有感而发。

"我看，我们还是上去体验一下水上飞翔的感觉吧。"她指了指上面的滑梯。

于是，真的就像鸟儿在飞翔，他们一次又一次地顺着滑梯，飞翔在波光粼粼的水面上。湛蓝湛蓝的天空，无远弗界，那种随心所欲、那种畅快淋漓，实在是无可比拟。所以，即便到了夕阳西下，远处那一轮红日，在浩渺的湖面上，展现着它博大精深、无与伦比的壮美之时，两人都没有丝毫的倦意。游完了泳，上了岸，两人又坐在湖边的竹楼茶寮里饮茶。这间茶寮具有敞开式的结构，内里装饰都是用竹子做的，竹墙竹板，通向二楼的是竹梯竹栏，人们用的是竹桌竹椅，四面放着的盆栽，不用问都是竹子，令人有置身竹林间的清雅感受。凭窗望去，远处沙滩上已有点燃的篝火，一群人围着篝火跳着圈舞，喧闹的音浪隐隐传来，那红红的火苗、晃动着的人影与湖面远处墨蓝色的天际，映照成又一幅色彩和谐又动静相宜的画面。

"好美，让人想起我们初中毕业的那个晚上，一样的篝火。"宛星感叹道。

"是啊，好像就在昨天。时间过得真快，一眨眼就是好几年了。没想到，你已是大经理了，工作还顺利吧？"

"还行，几个月下来，做成了几笔生意。虽然人在江湖上，总会有些不太愉快的经历，不过，就权当是锻炼吧。以后有机会，我再慢慢说给你听。"

"我知道你很能干，但一个人在外面，还是要多加小心。"俊杰不忘叮嘱道。

"嗯，我会的。"

正当两人继续热聊的时候，这茶寮楼上的雅座区里，还有另几个人也在饮茶。他们在靠近栏杆的桌边坐着，从栏杆边上，正可以清楚地俯瞰下层朝向沙滩的那半边。魏坤悠然地品着茶，他身边坐着的人当中，有一位正是苏涛。魏坤此次来苏州办事，便趁空约朋友们来这里散散心。苏涛是魏坤在苏州的好友，正因为这一层关系，魏坤才请他帮忙，一路陪宛星来到苏州，并如此热心地帮她介绍生意。只是，这一切宛星并不知情。这时，魏坤的眼光肆意地扫视着楼下的人们。这个位置的视角很好，下面的一切，均在视野之内，颇有些君临天下的感觉。楼下的人，却看不清灯光昏暗中楼上的情形。魏坤的目光，在宛星坐着的地方停了下来，他揉了揉眼，没错！那正是宛星，还有那个他再也不会忘记的、叫俊杰的毛头小伙子。他的脸色，瞬间阴沉了下来。苏涛见了，问道：

"坤哥，怎么了？"

魏坤指了指下面，苏涛也看清了，却有些诧异。

"那个小伙子是什么人？"

魏坤便在他的耳旁，嘀咕了几句。苏涛会意地点了点头，站起身，朝楼下走去。

他慢慢从宛星的身边走过，又突然回过身来，像是看见了熟人般地叫了起来：

"这不是宛星小姐吗？你好！"

宛星抬起头，见是苏涛。

"呵，苏经理，能在这儿遇见你，真是太巧了！"

"就是嘛！怎么样？那天，一大早离开我家后，一切都还好吧？"苏涛满是关切地问。

宛星免不了皱了皱眉头，瞥了一眼坐在她对面的俊杰。

"还好。"她轻声应道。可苏涛仍一个劲热情洋溢地聊着。

"薛总没再把你灌醉吧？听说，他已给你介绍了好几笔生意了。现在，除了你，他对谁都不理不睬的。你跟薛总的公关，搞得有声有色啊，恭喜恭喜！"说完，像是突然发现了一旁的俊杰。

"这位是——。"他看着俊杰问道。

"我的男朋友——江俊杰。"这回，她答得却很爽快。

"噢，幸会幸会！我叫苏涛。"他很客气地对着俊杰自我介绍道，并递上名片。

"和宛星是生意上的伙伴。"

俊杰接过名片，看了一眼。

"原来是苏经理。宛星来苏州不久，多谢你们关照。"

"哪里哪里。宛星小姐那么年轻漂亮，品貌出众，是不可多得的人才啊。你是她的男朋友吗？真是太幸运了！可是，你可得小心些才好。现在，我们这儿，仰慕她的人可多着呢。哈哈哈。"他半开玩笑半认真地说着，宛星连忙打断了他。

"苏大哥，你可真会开玩笑！怎么样，一起来喝一杯？"

"不了，我还有些应酬。你们继续聊，继续聊。"说完，便匆匆离去了。

这没来由突然出现的苏经理，让俊杰颇感诧异。他不禁对宛星道：

"看来，你在苏州的朋友还真不少，这么大的游乐场里，都能碰到熟人。"

宛星怕俊杰疑虑，忙坦率跟他解释道：

"不是跟你说了吗？生意场上难免会结识三教九流、吃喝应酬的。有一回不小心醉了，苏涛照顾了我一晚上，你不会在意吧？"

俊杰摇了摇头。

"不会，你自己小心就好！"

"你放心好了。后来我很小心了，就再也没醉过。"

俊杰回到上海之后，一眨眼又是几个月过去了，冬季来临。虽然江南的冬季阴冷潮湿，并不是令人舒爽的时节，但苏州新区的发展，却不因季节的变换而停滞，相反更是日新月异。那种热火朝天的场景，将时时侵袭而来的北方的寒意，驱散了许多，心情也好像变得不再有冬天里的那种落寞。宛星来到苏州后，公司的业绩大幅增长，她已成了名副其实的功臣，而由她建议投资的新厂也已开工，她被升任为分公司的副总经理，除了分管销售这一块，还要兼管新厂建设。俊杰当然约略知道宛星在苏州的情形，除了替她高兴之外，多少也有一些思念与担心。毕竟相距那么远，而世上的事，从来都不是一成不变的。

果然，在快放寒假前的一个周末，他和浩强约好了去打篮球，浩强犹犹豫豫地问他说：

"你有没有听说，宛星如今在苏州是个红人？"

"是啊，她在那儿干得不错，已当上副总经理了。"俊杰应道。

"你不觉得，她升迁得太快了吗？"

"怎么，你嫉妒啦？"

浩强摇了摇头。

"哪儿的话！我知道，你和她在谈朋友，好心提醒你呢。"

"怎么了？"

"我听说，她在苏州傍上了个大款，所以才会……不过，这只是传言，不知是真是假。"

俊杰吃了一惊，瞪大了眼睛问浩强：

"你是听谁说的？"

"杜圆圆告诉我的,她说苏州那儿,好多人都在传这事呢。但她是怎么知道的,我也不太清楚。不过,我知道,她有不少亲戚住在那儿。"

俊杰虽然不愿相信这是真的,也从不觉得宛星会是那样的人,但事实是,她确实升迁得太快了,作为一个初上职场的小姑娘,这种表现,确乎令人难以置信。因此,他的担心还是与日俱增。于是,刚放寒假,他又来苏州看宛星了。

这回,苏涛没有像上次那样,将这重要的情报给忽略了。他把俊杰什么时候要来,可能会待几天,都搞得清清楚楚,并及时向魏坤做了报告。

俊杰来的那天,刚好是周六。本来不用上班的,可是,就在前一天晚上,赖总忽然来了个电话,说是上海方面,有位大老板于次日要来苏州考察,可能会有大笔生意要谈,让宛星作为苏州方面的代表,为他接风洗尘,并共进晚餐,总部连宾馆都已帮客人订好了。宛星问,究竟是哪路神仙,要谈何事?可赖总只是说,到时她就知道了,弄得宛星也不好细问。俊杰要来的事,只得请苏涛帮忙,去火车站接一下。苏涛当然乐意,问:

"那么,到时我送他去哪里?"

宛星想了一下。

"这样吧,"她说,"麻烦你先把他送到他住的旅馆,然后带他逛逛市容。自从上次他来过之后,城市面貌又有了许多新变化,我想,他会有兴趣的。"

苏涛点了点头。

"是啊,这两年,我们苏州这块儿,可谓是翻天覆地啊。然后呢?"

"然后……到晚上十点左右,带他来我和客人约会的宾馆门厅里等我吧。估计那会儿,我们的晚餐也该结束了。只是,又要辛苦你了。"

"哪儿的话?我这里肯定没问题的,你放心吧。"

周六傍晚,当宛星赶到宾馆时,服务生告诉她,客人已经来了,并将晚餐地点,改到了泳池旁的法式餐厅。那里有一个露天的阳台,非常开放的环境,还可以看到温水泳池里,绚丽的灯光和戏水的人们,是外国客人最喜爱的用餐场所。宛星心想,是什么样的大老板这么讲究,还喜爱西洋情调?好在今天自己还是细细打扮了一番的,一则因为俊杰要来,二则也是因为这个所谓的大老板。今天,她穿着一条深灰色的羊绒裙,绛红色的女西服,罩在米色的毛衣外,娇美的身材若隐若现,既妩媚又大方,既华丽又不失稳重,就算到了这种高档法式餐厅,也够得上大家闺秀的风范了。按照服务生的指引,她来到泳池旁的露台上,服务生指了指那边一把遮阳伞下的餐桌:"就是那位先生。"说完,就转身离开了。

那位先生背对着她坐在那儿。不知为什么,宛星觉得那背影有些熟悉。他穿着件笔挺的深色西服,放在桌上的左手腕上,露出衬衫雪白的袖口,手指优雅地轻敲着桌面。身体却纹丝不动。不知是沉浸在自己的思绪中,还是被泳池里那几位身着比基尼的外国姑娘所吸引。宛星刚才从下面走上来时,蒸气缭绕的泳池旁,那几位身材火辣的性感尤物,曾让她大为惊讶,甚至令她的脸上泛起了红晕。

她静静地走到他的身旁,为了不过于惊扰到他,她用尽量轻柔的语气说:

"您好,先生。我是……"

他转过头来。

"宛星小姐,你就不用自我介绍了吧?"

"是你?"宛星这一惊非同小可。

"是我!没想到吧?"虽然魏坤的声音里有一丝促狭的意味,但仍听得出他的喜悦和兴奋。说完,他站起身,为宛星拉开椅子,示意她坐下。宛星坐下后,先定了定神,问:

"你怎么会来这里?"说实在的,她还不能马上适应魏坤此时神奇的出现。

魏坤笑了。

"我不能来吗?现在苏州发展得这么好,大家都想来呢。"

宛星点了点头。

"赖总跟我说,从上海来了位大老板,真没想到会是你!"

"他非要把我也拉上你们这条贼船,还给我看了发展规划。我想了想,觉得这主意还真不错。赖总跟我说,还是你在这儿主持,那我就更要过来看看了。"

"是这样啊。你跟我们赖总很熟吗?"见宛星那一副狐疑的神情,魏坤可不想让她想得太多,便说:

"生意场上嘛,无所谓熟不熟的。能在一起时,最好还是做朋友,不是吗?"

"看来,这地球还真小,转来转去,又转到一起去了。"

"你说得太好了。有钱一起赚嘛,你不会排斥吧?"他的眼睛热烈地看着宛星,他注意到,宛星现在不但容貌更美了,还多了份成熟和自信。

"我干吗要排斥呢?"宛星潇洒应道,"我不会跟钱过不去的。况且这种事,也不是我个人能决定的吧?"

"那就对了!今天能见到你,我真是太高兴了!怎么样,要吃点什么?"魏坤把已经放在桌上的精致的菜单递了过去。宛星却说:

"这话应该我来问你的。虽然你是大老板,但这次,毕竟我是主、你是客,我该尽地主之谊的。"

"那好吧,我就不客气了。"魏坤点了份牛排,和一瓶波尔多红酒,说要和宛星痛饮一番。宛星听了,不禁打了个冷战。她向来与酒无缘,但想到自己是东道主,而魏坤不光是昔日的朋友、顶头上司,还是赖总特意交待了要款待的客人,便只得勉强一笑,翻了翻菜单,为自己点了份奶油葱烤三文鱼,和一小碗法式洋葱起司浓汤。

"这么一段时间不见,你确实又进步了。"魏坤评论道。

"何以见得?"

"你看,你现在点起西餐来,多么熟练!"

"你就别取笑我了。"宛星说,"这次到苏州来,想要考察些什么,尽管跟我说,我会尽力为你安排。"

"哈哈!果然是进步了。说起话来,颇有些领导的风采了。"

"哪有啊?我就是个跑腿的。"

"可是,今天我不想谈生意。"魏坤接着说。

"不谈生意,那谈什么?我们这顿饭,可是赖总特批的公款喔。"

"老朋友见了面,不可以先叙叙旧吗?等感情建立起来了,什么生意不好谈?这道理你不会不明白吧?"

"好吧,我说不过你。那就问问你,这段时间以来,过得还好吧?"宛星便趁机问道。其实,分别后,她对魏坤的情况,还是颇为挂怀的。魏坤却摇了摇头。

"不怎么好。"

"怎么啦?是身体不好,还是事业挫折?"

"我这样的身体,看上去有恙吗?"魏坤挥了挥手臂,又晃了晃肩膀,一副舍我其谁的气概。宛星这才仔细端详了他一下,点了点头。

"看起来气色不错,那是生意不顺啰?"

魏坤轻蔑地斜视了宛星一眼。

"像我这样精明能干的,生意怎么会不顺?"

宛星听言,便也轻蔑地回瞥了他一眼。

"如今国际上政经风云变幻,世事诡谲难测,谁能保证,精明就一定能成事的呢?"魏坤本是戏言,却被她说得无语,便也就哈哈一乐。

"小姐训诫得有理。"

这时候,他们点的餐饮上来了,法式西餐特有的醇厚悠长的奶香味四散飘溢。魏坤为自己和宛星各斟上了一杯酒,举起杯来。

"好吧,祝你事业发达,也祝我们久别之后,能再次重逢。干!"一仰头,一饮而尽,而宛星只小抿了一口。

"怎么?这么不尽兴!"魏坤见了,责怪宛星道。

"你知道的,我不胜酒力。而且,晚餐之后,我还有点事,你也不想把我灌醉了,还要再送我回家吧?"

魏坤露出了一丝遗憾的表情。

"原来是这样。本来,还想和你痛饮一宵呢,什么事这么重要?"

"是……"宛星欲言又止。

"不方便说就算了吧。"

魏坤说完,又自斟了一杯,拿起刀叉,去切盘中的牛排。一时无话,宛星便也开始享用她盘中的那片三文鱼。

话说苏涛那边,从下午起就没闲着。他肩负着双重使命,既要帮宛星接送俊杰,又要向魏坤报告他俩的行踪。俊杰是傍晚时候到的,出了车站,远远看见苏涛向他招手,俊杰奇怪,怎么会在这儿遇见他。

"我是来接你的。"苏涛见俊杰神情诧异,就解释道。

"那宛星呢?"

"噢,她今晚有个应酬,一时来不了。具体我也不太清楚,是她叫我来接你的。"

"是这样呀。"俊杰有些失望,"那就麻烦你了。"

"别那么客气。"苏涛说着,就带俊杰往停车场方向走。俊杰跟着他,上了他的那辆桑塔纳。

车子上了路。俊杰望着窗外,街景变换,时而熟悉,时而陌生。路过的这些景色,已让俊杰感觉到这座城市的变化,虽只有仅仅几个月的时间,但变化还是很明显。

"你们这儿变化真快呀!甚至超过了上海。"俊杰赞叹道。

"是呀,宛星就说你会感兴趣的。待会儿,我带你四处逛逛。"

"太好了!宛星近来怎么样?一切都顺利吗?"

"她没告诉你吗?她又高升啦,现在是分公司的副总经理了。像她这么年轻的女孩子,能有这样的成就,真不简单!我们都快羡慕死了呢。"

"是吗？怎么能升得这么快呢？"俊杰像是自言自语道。

"别看她年轻，她很有头脑，善用资源，各方面的关系，都处理得很顺畅。而且，她运气不错，总是有贵人相助。"

"贵人相助？"苏涛的话，又唤起俊杰心里的隐忧。

"我听说，她在本地颇有名声，得到过一位前辈的很多帮助，是吗？"

苏涛一愣，没想到俊杰远在上海，竟也听说了这些传言，不禁越发地相信人言可畏这句话。不过，既然俊杰已有所耳闻，倒省去了他不少麻烦，便直言道：

"你说的，大概就是薛总吧？不过，你也别在意坊间的那些传言，难辨真假。做生意嘛，搞些公关之类的，也是在所难免的。这不，今天来的这位客人，听说也曾帮过她呢。"

俊杰听着，虽然心里不太舒服，可嘴里却还轻描淡写道：

"没想到，她的人缘真好。"

苏涛点了点头。

"那还用说？她有内涵、有见识，可说是品貌双全，没人会不喜欢她的。"

俊杰见苏涛说得眉飞色舞，好像宛星是他的女友似的，心中更不是滋味。

将俊杰送到旅馆，安顿好了行李之后，苏涛便问俊杰：

"想去哪里逛逛？"

"哪里都行，要不就去古城区？听说那儿建了不少新宾馆。"

"没错。宛星也在古城附近的宾馆里，待会儿逛完了街，我就带你去见她吧。"

俊杰点头："行。"

于是，他们便到了观前街。两人边走边聊，身临其境，免不了谈古论今。从伍子胥到越王勾践，再从春申君到枫桥夜泊，越谈越投机，一时间，竟有些惺惺相惜之感，也让苏涛不得不对俊杰刮目相看了，觉得他年纪轻轻，就对这些典故了然于胸，如谈家事，其学识见地，确实不凡。怪不得宛星会对他情有独钟呢。想到这儿，不免对自己如今所扮演的角色有些不耻。心底下微微叹息。一边想着，不知不觉已到了华灯初上，苏州古城的外貌轮廓，渐次披上了由星光和灯光交织而成的华衣，既古朴又时尚，让人有穿行于交接古代与现在的时光隧道中的梦幻感觉。
"看,到了。"
苏涛指了指前方不远处,那座霓虹闪烁的高楼。
"就是这家宾馆。"
俊杰知道他说的,就是宛星应酬的地方了。当他们进入门厅,俊杰的眼前一亮。这里的装潢富丽堂皇,与街道外的古朴迥然不同。大理石地面光滑亮丽,连接着由同样质地精美而色彩凝重的羊毛地毯铺就的通往四处的走廊。高大威武的柱石,也由大理石装饰,浑然天成,其斑斓色泽,在正厅高处垂下的巨大灯饰的辉映下,熠熠生光,显得高贵不群。这气派,令俊杰想起曾在国外见过的高档宾馆,恍然似又回到他怀念的加州海岸,只是那弧形长柜台后面墙上的那幅巨大的红木浮雕,满是东方古韵的鸟兽虫鱼、草木花卉,其风情万种,才让人不至于错以为身在异域。
见俊杰饶有兴趣地四处张望,苏涛看了看表说:
"时辰还早,要不要四处走走?"
"好啊。"俊杰应道。
两人便穿过那铺着华丽地毯的走廊,通过一处角门,来到了后院天井。顿觉豁然开朗,只见夜空中繁星闪烁,习习的微风,吹动着高大棕榈树的叶片,发出沙沙的声响。更让他有种置身于他曾熟悉的加州风情中的感觉。透过错落有致的各种树木花草的间隙,传来楼层各处泻落的灯光和院内散漫的人声,让幽静的夜,有了些慵懒的诗意。曲折回转,两人沿着花草间的碎石路,来到一处高台上。此时,苏涛腰间的手机,忽然响了起来,苏涛明白,那是他和魏坤的联络暗号。
"不好意思。"他对俊杰说道,"我要接个电话,你在这儿等我一下。"
说完,便提着手机下了高台。
俊杰倒没在意,他扶栏而望,这才发现,此处高台却是一个绝好的观赏点,不但可以将园中景色尽收眼底,且刚好可以看见泳池里晃荡的光影和仪态各异的泳客。而瞬间吸引住俊杰目光的,却是不远处的另一座平台。那儿的光线更明亮,空间也更宽阔,在国外常见的户外用餐的布置,让他一眼便知,那是一间西洋餐馆。大概是因为现时冬夜的寒意,虽有若干取暖灯红红火火地照着,平台上的食客,仍是寥寥无几。矗立于台上的几把白色遮阳伞,宛若片片白云,在灯影下浮动,却是一道不错的风景。靠近栏杆边的一把伞下,坐着一男一女,从这边看过去，尤其清晰。那女的背对着这边，而那男的，则坐在她的对面，其举止神态，看起来有些熟悉。俊杰揉了揉眼，定睛望去，那不是魏坤吗？灯光下的那张脸，那张曾挨过他一拳的脸，他是不会忘记的。不由得一念闪过，再去看那女子的背影，他恍然领悟到，那必定就是宛星了。虽然只是背影，但那独一无二的韵致神采，是不会错的。不知怎地，苏涛曾说过的话，忽地又在他的耳边响起来：

"今天来的这位客人，听说也曾帮过她呢。"

看得出来，两人正谈得很热络。那伞下的圆桌本就不大，而魏坤前倾着上身，看起来与宛星颇为贴近。他正比画着夸张的手势，虽然看不清他脸上的表情，但仍可猜见，他应是在聊着什么令他得意的话题。俊杰的心里，忽然涌起一阵异样的感觉，那感觉尚未平复，而下面的一幕，却将他完全地惊呆了。只见魏坤忽然从桌上的花瓶里，拿出那一枝插着的玫瑰花，单腿跪地，并把那枝花献于宛星的面前！而宛星居然没有任何拒绝的表示，而是微笑着接过那枝花，还放在鼻下闻了闻。接着，魏坤从地下站了起来，俯身靠向宛星的脸部，从俊杰这边望去，就像是轻轻地吻了她的面颊！俊杰感到有些晕眩，腹部泛起了阵阵酸痛。

"走吧，这里好像没什么好看的。"

那是苏涛的声音。他显然是打完了电话，又回到了高台上。他说完，便拉着俊杰往阶梯下走。下了阶梯，苏涛偷眼一瞥，见他脸色难看，便问：

"怎么啦？不舒服吗？"

俊杰摇了摇头，没有说话。

"估计你也累了。我们还是去门厅那儿，休息一会儿吧。"

门厅里光线明亮，俊杰的脸色更显凝重。苏涛东拉西扯地说些无聊的话，免得气氛尴尬。而俊杰只是胡乱应着，完全没了方才的谈兴。可是突然间，他向苏涛问道：

"今晚宛星接待的这位老板，是不是常来苏州？"

苏涛一愣。

"我只知道他们公司和盛昌有许多生意上的往来，是否常来，就不太清楚了。不过，做生意嘛。"

正说话间，宛星来了。她匆匆忙忙地走来，脸上泛出饮酒后的红晕，甚至连眼圈都有些异样。脸上显然刻意化过妆，让她本已俊俏的脸上，更显出迷人的光彩。看见了俊杰他们，她显得十分高兴。

"你们来啦，等了很久了吧？"她问。没等俊杰答话，苏涛就抢

先说道:
"没有很久啦,你来的正及时。"
他和俊杰方才的对话,让他的心里颇有些愧疚,不想再扮演这不光彩的角色了,便一语双关地说:
"宛星,我算是完成任务了,你们聊吧。"说完,就赶紧和他们告别。
"辛苦你了,谢谢。"宛星便向他摆了摆手。
见苏涛出了门,宛星回头对俊杰说:
"对不起,今晚突然有个应酬,让你等久了。"
"什么应酬?生意上的还是私人的?"
"当然是生意上的应酬了。"
"是吗?为什么不早点跟我说?我到了苏州,才知道今晚你有事。"
"我也是刚接到的通知,还没来得及告诉你。"
俊杰冷笑一声。
"噢,原来是这样!你现在是副总经理了,我早该明白的,这样的应酬,自然少不了的。像我这种小人物,实在是不敢劳你的大驾。"
看似恭维的语气里,带着他平时说话罕有的轻蔑意味,宛星当然听得分明,以为他还在为自己没去接他而生气。
"你这是怎么了?是在怪我吗?"
"我怎么敢怪你呢?只能怪我自己来的不是时候。"
宛星不明白,为什么俊杰会突然变得如此激动起来。和魏坤的会面,来得突然且出乎意外,奇怪的是,他却不谈生意,只跟她叙旧,更谈了不少社会上的八卦新闻,因而消耗了不少时间。但这种场面上的应酬,本就是身不由己的事,更何况,魏坤毕竟是自己的老朋友,又是赖总请来的贵客,只得耐着性子与之交谈。但后来,他又莫名其妙地跟她聊起新近上映的一部外国电影,更模仿片中男主人公向心仪女子求爱的片段,就有些无厘头了。但因宛星没看过这部影片,而他的表演竟也惟妙惟肖,让宛星看得入迷,却没意识到其中会有任何的不妥。最后,他还在她的耳边窃窃私语,说当初若是早看过这部影片,也学着这样的技巧做的话,他对宛星的表白,也许就不至于那么失败了,弄得宛星尴尬了好一阵子。好在最终,她终于找到机会,结束了这次漫长又有些无聊的会面,但还是让俊杰等得久了。
"俊杰,为什么不高兴了呢?我虽然没去接你,但你也知道的,这又不是什么私事。"

"不是私事吗?是呀,我怎能不高兴呢?你在这样高级的宾馆里,接待一位期待已久的贵客。一起喝着洋酒,共同品尝西餐,那是多么浪漫的风情韵致呀。我真该替你高兴才对!"

宛星的心里一惊,听得出来,他的话里有话。心想,洋酒、西餐,他是怎么知道的?一时语塞,脸上不免有些不自然。见宛星说不出话来,俊杰越发觉得自己的猜疑没错,心中的愤愤然,便愈加地强烈了。

"真没想到!我怎么能在这种时候,来搅乱你们的约会。他送你的玫瑰,一定让你心花怒放了吧?给你的亲吻,就更加温馨难忘了吧?"说完,便往门外走去。玫瑰,亲吻?宛星这才如梦方醒,但又不知该说些什么,便只是叫着俊杰。

"你别走嘛,能不能听我解释?"

俊杰停下脚步,回过头来说:

"解释?你早就可以解释了,为什么非要拖到现在?"

"我也不知道这是怎么一回事。"虽然是句实话,但宛星答完就后悔了,刚才喝的一点酒,弄得她头晕晕的,也不知该怎样答才好。

"不知道?这就是你的解释吗?你曾说过,你最恨欺骗了,我又何尝不是?你怎么能这样,和那个姓魏的一起来骗我?"

"姓魏的?我……"

宛星情急之下,虽有千言万语,却不知从何说起。

而俊杰已然夺门而出。

"俊杰,俊杰。"宛星的叫声,被关闭的门挡在了宾馆那华丽温暖的大厅里,俊杰却已在寒夜的风中,飞奔而去了。

第二十一章

宛星拉开宾馆的大门,来到外面。门外的寒意不禁令她打了个冷战,而俊杰早已不知去向了。她觉得脸上凉凉的,原来,泪水已不知不觉挂满了面颊。方才的一切如同梦幻,又好似上天刻意安排的一场捉弄。和魏坤的不期而遇,实在是太出乎意外了。而他竟编排了这一出求爱的戏码,岂不是一个天大的冤枉?她越想越觉得委屈,眼泪便流得更凶了。

她恍恍惚惚地走在街上,也不知是什么时候招呼了出租车,也不知是怎样回到了住所。总之,她看见魏坤,竟又坐在了她住所小楼的楼梯口。这是个颇为安静的小区,离她的公司不远,公司在这儿租了几间房,给他们这些单身的员工住。此时,夜已深沉,楼门外的灯光昏暗,夜风有些凛冽地吹着。虽然他穿着件呢大衣,但在这样冬季的深夜里,还是略显单薄些,看得出来,魏坤有些瑟瑟地抖着。宛星有些吃惊,但她没说什么,就从魏坤的身边走过了,只管往楼上走。可刚踏上楼梯,便觉得眼前一阵晕眩,不由得抓住了楼梯的扶手。魏坤见状,急忙站起身来扶住了她。

"你怎么了?"魏坤问道。宛星却不答话,喘息了片刻,又继续往楼上走。魏坤便跟着上了楼。来到房门口,宛星停住了脚步,却不去开门。魏坤看她时,见她满面愁容,面颊上有着明显的泪痕,便小心翼翼地问:

"你……到底是怎么了?"

不知是怨怪还是委屈,宛星本已收住的泪水,又涌了出来。魏坤这才说道:

"是不是因为那个江俊杰?刚才,我看见你们吵架了。"

"所以,你特意跑来看我的笑话?"

"不!我是不放心你。但是,你们为什么要吵架呢?他是特意从上海来看你的吗?"

魏坤问着这问题时,心里却开始鄙视起自己来了。

"还不是因为我们的约会吗?"宛星瞥了一眼魏坤,"你干吗要跟我模仿那电影里的情节?看起来,倒像是一个阴谋似的。你知道俊杰今天会来苏州吗?"

宛星说着,心里不由得也开始怀疑,为什么这一切会发生得那么巧。魏坤只得赌天发誓道:

"我怎么可能知道他的行踪?而且,今天的约会,不是赖总安排的吗?"

经魏坤这么一说,宛星这才点了点头,说道:

"既然是这样,那你回去吧,这事与你不相干。"

"怎么会不相干?难道他看见我们约会聊天的情景了?"

宛星点了点头。

"这小子也太没风度了吧,连这点气量都没有!你怎么能看上这种肤浅之人?"

魏坤对俊杰的贬损,反而让宛星生起气来。

"说过了跟你不相干,又何必在这儿说这些无谓的话?你还是回去吧。"

魏坤听了,脸上现出痛苦又无奈的表情,眼神也变得哀怨起来。此时,若有个旁人在,必定会可怜他的。

"宛星,你为什么老是那么排斥我呢?说什么,我也是你的老朋友了,看见你不高兴,我只想来安慰安慰,陪你说说话而已,就不能请我进屋坐一坐?"

宛星却摇了摇头。

"我也不知道俊杰这是怎么了,我得跟他好好解释解释。可是,你和我,不是说已经放手了吗?你何必还要来苏州,跟我谈这该死的生意呢?"

魏坤听了,忽然变得激动起来。

"是!我是说过。但我真的放不下!对不起。放开你,为什么会是这样的难呢?"他说着,仿佛就要哭了。宛星一下子怔住了。不知怎的,看着魏坤的样子,她再也说不出狠话来了。可是,泪水仍不听使唤地流出来,反而弄得魏坤手足无措。其实,宛星也不知道自己这是怎么了,回来的路上浑浑噩噩,脑海里翻来覆去的,一会儿是俊杰生气的样子,一会儿是魏坤献花耳语的殷勤模样,可是俊杰,她那心有所属的人儿,却为何总让她觉得心酸?而魏坤,虽然一直都是想要推开去的,却时时让她体会温暖？过了一会儿，宛星总算收住了泪水，开了门，示意魏坤进去。

"可以吗？"他仍有些战战兢兢。宛星点了点头，进去开了灯。

魏坤进到屋里，发现屋内的陈设很简单。房间本来就小，除了一张单人床和床对面一个颇为陈旧的书架，就是书架旁，一张也是颇为陈旧的书桌。屋内唯一的亮点，要算那条床单，漂亮而洁净，棉被也叠得齐整，够得上军营的规格标准。宛星坐在床头，魏坤便拉过那把书桌前的靠椅坐了。宛星从床下摸出一瓶矿泉水，递给了他。

"没热开水，你就将就着喝点吧。"

魏坤也不客气，一口气喝了半瓶。因为刚才喝了不少酒，又一路赶过来，他确实有点渴了。

"你怎么知道我住这儿？"宛星问。

见宛星的神情温和了许多，似乎已不再气恼了，魏坤便挤眉一笑道：

"其实，我一直都很关心你在苏州的一切，当然也包括你住在哪里。"

"是赖总告诉你的？"魏坤点了点头。

这时，宛星总算露出了一丝微笑。

"不管怎样，都要谢谢你的关心，还特意跑过来看我。"

"说哪儿的话！你的事不就是我的事吗？可江俊杰那边，你打算怎么办？"

"本想去找他的，可今天太晚了，再说，他还在气头上，未必听得进我说的话，还是明天吧。"宛星答道。

"那明天我陪你去，帮你解释解释。"

宛星连忙摆手道：

"不要！你这不是给我添乱吗？"

魏坤心想，我这次来不就是来添乱的吗？要是再见到江俊杰那小子，如果他还那么颐指气使，再让宛星伤心生气的话，就借机再把他揍一顿，也好解解自己心里头的这一口恶气。不过，看到宛星一提起俊杰就魂不守舍的样子,魏坤便又是嫉恨又是心疼,他不由得挪动身子，坐到了床沿边，揽住宛星道：

"好吧，我绝不再给你添乱了。"

不知是该崇拜呢，还是鄙视自己，明明知道心里所期盼的，正是将他们两人的关系破坏掉，而此时此刻，却不知从哪儿来的博大心怀，又去好言相劝，试图弥补那被自己弄出来的裂痕。他忽然发觉，他所期盼的结果，他的嫉恨和算计，在宛星的痛苦面前，就如同一股清烟一样微不足道。他发现自己完全错了，只是一时还没法坦白承认而已。

宛星发现魏坤不知何时已坐到了身边，还揽着自己，她想要挪开身子，并试图推开他，可是，竟觉得浑身无力，推出去的手软如绵柳。而魏坤触摸到她的手时，也觉得有些异样，再一摸她的额头，如火烧般的烫。

"你发烧了。"他说道。

宛星这才感到身上果真有股灼热感，脑袋里仿佛灌了铅似的沉重，昏昏欲睡。魏坤赶紧找了退烧药给她吃了，然后照顾她躺下，给她留了自己的手机号码，对她说：

"好好睡吧，有事打给我。"

躺在床上的宛星点了点头，轻轻说了声"谢谢。"

他退出了房门，并帮她锁好了门。

楼道里依然安静。他摸了摸别在皮带上的大哥大，微微叹了口气。心想，今天的这一出，好像是达到了预期的效果。可这真的就是自己想要的吗？想着宛星痛苦的神情，她哭泣时的伤心模样，甚或因此而病倒了，他还真想狠狠抽自己几个嘴巴子。可是，现在该怎么办呢？折腾了一晚上，他也觉得乏了。回宾馆吧，恐怕也叫不到车了，又不放心宛星一个人在这儿，万一电话响起来，他又得赶过来。干脆就在这儿将就了吧，他便坐在宛星的房门口，倚着门打起盹来。

当宛星醒来时，天光已大亮。光线从窗帘的缝隙间射进来，照在她的脸上。醒来后，她脑里闪过的第一个念头，就是俊杰。她一骨碌坐了起来。虽仍觉得虚弱，但烧似乎是退了，人也清爽了许多。于是，起床穿衣，匆匆洗漱一番后，便出了门。可刚出楼门口，在灿烂的阳光下，跳入眼帘的，却是魏坤的身形。他站在那儿，向她招手并微笑着。他还穿着那件呢大衣，头发有点凌乱，隐约可见因为没有刮而留在唇上的髭须。昨晚的事，这才又回到她的脑海里。不知怎地，她的心中忽然涌起一股深深的负疚。显而易见，他在这儿呆了一宿，他本可以回宾馆去美美地睡上一觉，可为了守护自己，偏要留在这寒冷的冬夜里，受刺骨的折磨。而自己，却一心只想着俊杰。

"你怎么还在这儿，一夜都没回去吗？"她担心地问。

魏坤却不答话，递过来一袋热牛奶和两只尚有些烫手的包子。

"哦，你看起来好多了。吃吧。"

宛星接在手里，泪珠不由得又在眼眶里打转了。她心里暖暖的，又有些酸酸的。她知道，魏坤是真心对她好，她又何尝希望让他伤心呢？人非草木，孰能无情？可不知怎地，魏坤越是对她好，她的心就越发沉重。她就这么站在那儿，心里头五味杂陈。

"还是你吃吧，我不饿。"她下意识地又把包子递了回去。

"我已经吃过了，你就别客气了。"

停了一会儿，见宛星仍不吃，魏坤便说：

"看见你好多了，我也就放心了。我知道，你还有要紧的事要做，我就先回去了。"说完了，挥手就要走。宛星连忙说：

"让我送送你吧。"

"不用了。"他头也不回，一路快步地走去。他的心里也是酸楚的，若不是宛星就在身后，他也许会倒在地上，痛哭一场。他知道，宛星一大早起来，饭也不吃，不顾自己的病体，急急地往外跑是为了什么。痴情如此天知晓！他是太能体会那份着急、那份盼望、那份执着了。他想，成全了她吧，也算是成全了自己！想到此处，便也有一串泪珠挂在了面颊。

宛星没有看到这些，也难想见他的心思。她只是怔怔地站在那儿，望着他远去的背影，脑子里面一片空白。

再说那晚俊杰回到住处后，心绪烦乱。本来兴致勃勃，期盼着满心的思念，能化作相逢时的甜蜜，谁曾想，竟见到这样的一幕。事后，宛星的吞吞吐吐，更令他觉得不可思议。她就像变了一个人，让他觉得陌生。难道这生意场上的磨炼，真能将人脱胎换骨，变得面目全非吗？他越想越是气恼，一夜不曾安眠。思前想后，往日里藏匿于下意识中的那一些事，此时，却像是排好了队似的一一浮现。与魏坤在西餐厅里干过的那一架又隐隐痛来；第一次见到苏涛时，他说的那些不着边际的话语；每每谈及苏州的生意时，宛星总是匆匆一笔带过的轻描淡写；而现在亲眼见到魏坤的真身，竟出现在宛星嘴里的所谓应酬的私人晚宴上。这看来颇为温馨浪漫的相逢，却不是发生在他和宛星之间。他那惯于推理的大脑，飞快地旋转着，当把这一切联系在一起时，结论是那么的显而易见。他一早起了床，心境仍难平复，头脑一热，胡乱收拾了行李，便去了火车站。

等宛星来旅馆找他的时候，他已登上了去上海的火车。而当她赶到车站，只看见偌大的候车厅里汹涌的人潮。她站到高处，哪里还有俊杰的身影？她在人群中挤来挤去，终究一无所获，直到确认下一班发往上海方向的列车已离去,这才悻悻地离开了火车站。

这一天,她的心情糟透了。要怪是魏坤惹出的是非吧,却又被他那一番悉心照料和安慰所感动;要怪俊杰浮躁没耐性吧,又明白他如此反应本在情理之中。若换作是她看见俊杰和倩筠这般情形,又当如何?于是,最终只能责怪自己,可又觉得很无辜,便似有一肚子的苦水,无处倾吐。

后来的几天,就在这样的心绪中度过了。打给俊杰电话,他却总不在家,不知是在故意回避,还是又忙着学业上的事了。好在她每天的工作日程满满,也没时间细想。魏坤又来考察了几次,她便陪着参观了他们在建的新厂,和相关的项目组开了几次会。因为总有他人在场,她和魏坤也没说上什么私话,而她也不愿再提那晚的事了。魏坤走了之后,总算有了些空闲。这一天,她在办公室里发呆,刚想再拨个电话到俊杰的宿舍里,可桌上的电话却先响了起来。原来是赖总打来的。

"祝贺你啦!魏总认为,在苏州的谈判十分成功,已决定与我们合作了!"

"真的吗?"虽不是很意外,但这消息来得也太快了些,而宛星这几天,没再去想魏坤的事。

"当然是真的!"赖总仍然沉浸在喜悦的情绪中。

"你有很大的功劳!我该怎样犒劳你呢?尽快回趟上海吧,和乾坤公司的合作,还有很多细节要展开,离开了你是不行的。下周怎么样?"他半是询问半是命令地说道。

赖总的话,让宛星的心里喜忧参半。魏坤的投资,无异于雪中送炭,对公司、对她本人的事业来说,都是巨大的帮助。但她并不希望这投资来自魏坤。好不容易从乾坤公司里出来,就是为了躲开他,可如此一来,他无形之中,又成了自己的老板。自己都觉得好笑,几个筋斗翻到了苏州,不曾想,还是跳不出如来佛的手掌心。但转念一想,现在马上可以回趟上海,倒是求之不得,至少可以搞清楚,俊杰那边到底是怎么了。她便说:

"好啊,有段时间没回上海了,真有点想家了。"

"那好,我马上叫他们给你办票。"赖总那头说道。

冬季的沪上,天气总是那样,阴阴沉沉的,要不然就是细雨绵绵。回到上海好几天了,俊杰的心情也和这天气一样,毫无生气。他整天都泡在图书馆里,只有把自己埋在书堆里,他才能不去想苏州的那些事。好不容易盼来了个晴朗的天气,便想出去走走。不知不觉,来到了俏娃河畔，出神地望着水中粼粼的波光发着呆。

"俊杰！"一个声音在背后叫他。回头一看，却是倩筠。她如往日一样，打扮入时，此时，最跳眼的，就是那条色彩艳丽的丝巾，随着微风轻舞，衬托着她那细腻又鲜润的脸蛋。上回在病中的憔悴，已然一扫而空，如今是更加娇美动人了。她穿了件黑白相间的格子呢短大衣，看上去比平时清瘦些，但仍掩不住她出挑的身材。

"是你呀。倩筠。"

自从上次在倩筠家中发现了宛星的那封信之后，两人便没有再联系。虽然心中仍有芥蒂，但已隔了这么久，多少有些淡忘了。俊杰知道，多年以来的同窗情谊，倩筠对自己算是有情有义。现在，既然倩筠主动叫他，他也不想再那么较真，便也跟她打了个招呼，又回头去看那河水。

"今天的天气真好。"倩筠一边说着，一边挪到俊杰的身边。俊杰嗯了一声。

"咦，怎么了？好像闷闷不乐的样子。"倩筠瞥了一眼俊杰。

"哪有？"俊杰摇了摇头。

"听说你去了趟苏州，怎么这么快就回来了？"

俊杰便又嗯了一声，没有回答。

"宛星还好吧？不知她在那儿做得怎样？"倩筠仍小心翼翼地问着。俊杰这才看了一眼倩筠，以一种事不关己的语气说：

"她很好。又升官了，当上了副总经理。好像生意做得还不错。"

"是吗？那你该高兴才对呀。怎么反而……"倩筠一脸的惊讶，接着，又显出崇拜羡慕的样子赞许道：

"宛星平常文文静静的，没想到，她的能耐还真不小呢。"

俊杰的嘴角撇了一下，淡淡地说：

"或许，只是运气好，有贵人相助罢了。"

"哈！你还替她谦虚了。一个女孩子家，即便是有贵人相助，那也是自己争取来的，这天底下，哪有免费的午餐啊？想想我自己，简直没法比了，唉！"倩筠摇着头，一副自惭形秽的样子。

"你和她各有千秋，何必去跟她比？"俊杰说着，不知自己是真心这样想，还是为了安慰她。

"别安慰我了。"倩筠笑着说，"你比我还了解我自己吗？怎么，是不是和宛星闹矛盾了？"

俊杰皱了皱眉，没言语。

"她是不是当了官，瞧不起我们这些老同学了？"

俊杰摇了摇头，欲言又止。倩筠瞥了一眼俊杰。

"如果还把我当朋友的话，就跟我说说吧。"

"我怎么会不把你当朋友？"

"真的吗？自从上次你从我家跑了之后，我以为你再也不会把我当朋友了呢。有你这句话，我就放心了。对不起，那件事都是我的错。"

俊杰没等她说完，便摇了摇头道：

"别说了，既然你已知道错了，过去的事就算了吧，别再提了。"

"那么，我们还是好朋友啰？"

俊杰点了点头：

"当然！"

倩筠开心地笑了，看着俊杰依然严肃的表情道：

"开心点嘛。站在这儿看风景怪无聊的，不如去散散步？"

不知怎地，跟倩筠说说话，俊杰觉得心情好多了，便点头道：

"好吧。"

两人沿着河岸往校园的方向走。虽然还是冬季，但河畔的柳枝依然婀娜，丝丝缕缕好似美人的秀发，随风轻摇。阳光在水面上的闪光随波晃动，也颇有风姿。冬日暖暖，或已有些初春的意味了。

"放假后，你都在忙些什么呢？"俊杰边走边问。

"睡觉呗，我觉得做梦是最有趣的。你呢？"

"瞧你这点出息！你就没干点什么正经的？"

"噢。不要说，我还正经去做了几次采访呢。"

"采访？什么采访？"

"不过就是寒假作业啦。要写一篇新闻稿，报道在沪外地民工的生活状况。"

"真的吗？一个人去采访吗？去那些地方可要注意安全了。"俊杰想象着平日里打扮得漂漂亮亮的倩筠，出入那些民工聚居的地方，不免替她担心。

"别担心，我们是一个小组。我可是有保镖的，人家可比你强壮多了。"倩筠不忘嘲讽他几句。

"噢，看来，我的担心是多余的了。你们班上的男生，想必都争着给你当保镖呢吧？"

"怎么，吃醋了？"倩筠笑着问。

俊杰只撇了撇嘴。

"别不好意思嘛！其实，我很喜欢你吃醋的样子呢。"倩筠娇嗔道。

俊杰见她越说越不着边际，便不再理她，扭头又去看河边的景致。倩筠见俊杰不语，又问道：

"昕悦还好吗？放假后，她都在家里吗？"

"在家。挺好的，还在学画画。常念叨倩筠姐姐是她的师父呢。"

"是吗？我有一套水粉颜料想送给她。"

"不用了，她有。"

"我留着也没有用。现在功课忙，没工夫画画了。不用的话就干掉了，反而可惜。待会儿我去拿给她吧。"

"那好吧，替我妹妹谢谢你啦。"

两人说着话，又走了一段。倩筠问：

"听说，学校后门那儿开了家重庆火锅店，都说味道不错，你去吃过吗？"俊杰摇了摇头。

"那待会儿，我们一起去吃吧。带上昕悦，我请客。"倩筠便提议道。

俊杰便说：

"那怎么成？你一个请俩。还是我请你吧。"

"没事。我爸给我的零花钱太多了。我在愁怎么才能用得了呢？你们是帮我解决难题。"

"倒新鲜！世上还有这种难题。那么，我帮你就是了。"俊杰被她说得终于露出了笑容。

他们回到了家。昕悦已长高了许多，已是初中生了，出落得水灵灵的。见了倩筠送她的水粉，高兴得不得了。又听说请她去吃火锅，更是笑逐颜开。

"好久不见倩筠姐姐，你是越发漂亮了。如不嫌弃，就让我哥做你的男朋友吧，怎么样？"她还是大大咧咧没心没肺的样子，弄得俊杰拿眼直瞪她。倩筠也被她说得脸红，虽然心里欢喜，可嘴上却说道：

"怕是你哥哥瞧不上倩筠姐姐。"

昕悦便看看哥哥，又看看倩筠。不解地说：

"哪会呢？我爸妈都说你们俩是最般配的。"

俊杰不得不骂道：

"小姑娘的嘴就是贱！再胡说，看我回头怎么收拾你！"吓得昕悦直吐舌头。

吃完了火锅出来，他们又回到了新村里。到了分手的地点，倩筠又说：

"君悦商城里，刚开了间麦当劳，要不我们周六再去那儿吃，好吗？要帮人就帮到底嘛。"

昕悦听了，直拍手道："好啊好啊。"

俊杰却说：

"好是好。不过，这回我来付账，不然不能去。"

"那好吧。只要你肯去，就听你的。"

俊杰却又掉头对昕悦说：

"你周六不是有画画课吗？"

昕悦这才想起了这一茬，一脸的遗憾。倩筠便说：

"那我们改个时间好了，周日也行呵。"

这回倒是昕悦懂事，她像个大人似的摆了摆手，一本正经地说：

"别改了。你们两个约会，我就别当电灯泡了。要不然，哥哥回来，哪能放过我呢？"

说完，还对着俊杰挤眉弄眼的。俊杰又气又恼，又拿她没办法。却说得倩筠心里喜滋滋的，觉得还是昕悦最懂她的心了。他们说完了话，彼此分手回家。走到半路，俊杰突然想起妈妈今天交待过，家里头酱油没了，要他去买一瓶，便对妹妹说：

"你先回家，我得去帮妈妈买瓶酱油。"

昕悦便独自回到了家里。刚进家门，就听见桌上的电话铃声在响。跑过去一听，却是文娟打来的。

"请问这是江俊杰的家吗？"

"是啊。您哪位？"

"我叫林文娟，是俊杰的同学。你能叫他接电话吗？"

"哥哥他不在。有什么事跟我说好了，我转告他，可以吗？"

"喔，你是俊杰妹妹呀。是这样，我们几个同学，周六中午想聚一聚，不知俊杰他有没有空？"

昕悦听了，想起刚才倩筠和俊杰说好的约会，也在周六中午，便说：

"周六恐怕不行，我哥哥他有个约会。"

"噢，是这样啊。真是太不巧了！"文娟的语气里满是遗憾。

"这事，我会转告哥哥的。"

"那谢谢了。"文娟便挂了电话。

其实，文娟是因为宛星从苏州回上海，想约同学们见个面。没想到，第一个电话打给俊杰就没约成，不免有些失望。而此时，宛星也正在她家里，刚跟她谈了与俊杰的那些误会。文娟对她摇了摇头，说：

"不巧,俊杰周六有个约会,来不了了。"
"你没跟他说,我回上海了吧?"宛星问。
"我没提你。"
"那就再约别的同学吧。"
"要不然,俊杰那边,我帮你去解释解释?"文娟问。
"不用。这些事,我会跟他单独解释的。"
于是,文娟又给浩强、凯亮、圆圆他们几个打了,却都顺利约成了。最后,拨通了倩筠。倩筠一听是同学见面的事,便满是遗憾地说:
"对不起,我真是太想来了,好多日子没见面,我都想死大家了。可是,这周六我刚好有个重要的约会,实在是抽不开身啊。这样吧,改日我再请你们吃饭,反正寒假还长着呢。"
挂了电话,宛星便问:
"怎么啦,倩筠也来不了?"
文娟点了点头。
"她说有个重要的约会。"
"约会?俊杰也说有约会。真是太不凑巧了!"宛星沉吟道。
周六很快就到了,君悦商城是集商贸、餐饮、娱乐于一体的大型商城,人气本来就旺,而麦当劳又是新开张,到了周末,食客更是络绎不绝。好在俊杰他们有先见之明,来得略早一些,占到了店堂靠里的一张双人桌。俊杰点了份巨无霸,一杯橙汁,又点了份蔬菜沙拉和倩筠分享。倩筠则要了份麦香鸡和一杯可乐。俊杰曾在美国呆过,早已熟知麦当劳的口味,可倩筠还觉得新鲜,边吃边赞。俊杰觉得好笑,便道:
"在美国,这些都叫 JUNK FOOD,懂吗?"倩筠却不以为然。
"哪有这么好吃的垃圾食品?"
"这就是麦当劳的伟大之处啦。"
"管他呢,只要好吃就行。"
"他们就喜欢像你这样的,不过,吃太胖了他们可不管啊。"
倩筠看了看自己略显丰满的身材,不禁皱了皱眉。
两人正聊在兴头上,倩筠却看见餐馆门口处,闪过一个熟悉的身影。那人也看见了他们,他一边向身后招呼着,一边径直走了过来。原来是浩强!而在他身后的,便是约好聚会的那一帮同学们。
"哈哈!我还以为有什么大事呢,原来都在这里,躲进小楼成一统啦。"

他走近小桌就嚷嚷道。两人不由自主地站起身来。

"哎呀呀，怎么宛星也回来了呀！"倩筠吃惊地叫道，看向文娟。

"你怎么没告诉我呀？不然……"

俊杰也轻声道：

"是呀，我妹妹给我传的话，也没说宛星会来。"

文娟看了一眼两人用餐的那张小桌，桌上的餐点挤成一堆，可以想见两人亲密聊天、耳鬓厮磨的景象，心里便替宛星叫屈，没好气脱口说了一句：

"就算告诉了你，那你就会来吗？"

说得俊杰一脸的尴尬，不知该如何回答才好。宛星见状，心里虽不乐意，但还是拉了拉文娟，打了个圆场道：

"同学聚会，也不是什么非来不可的大事，别那么当真嘛。"

俊杰瞥了一眼宛星，但宛星并没看他，说话时，脸色阴沉沉的。他心里很不是滋味，甚至有些担心起来。自从苏州回来后，慢慢地，心境平和了些，又总想起宛星来，觉得她不该是那种蝇营狗苟的人，便开始怀疑自己也许是太冲动了，竟没有给宛星解释的机会。但因为自尊心的缘故，他也没有主动再和宛星联络。现在，大家都看到自己和倩筠在一起，虽然不是有意的，但宛星会怎么想？可此时众人在场，他也不知该说些什么。只得将眼光扫向众人，凯亮见他看自己，便也责怪道：

"俊杰呀，最近，你是有些不太像话啊。叫你打牌也不来，叫你打球也不来，现在，更是整个儿脱离集体啦。"

俊杰只得赔笑道："下次不敢了，一定随叫随到！"

于是，浩强便叫道："好了好了，你们不是老说，知错能改，善莫大焉吗？还是让人家好好用餐吧。"说完，一边向俊杰挤眉弄眼，一边招呼众人走了。

第二十二章

　　傍晚时分，俊杰拨通了宛星家的电话。
　　"喂。"对面传来的是他熟悉的声音。
　　"宛星，我是俊杰。"电话那头一下子又没了声音。等了两秒，他又说：
　　"你还好吧？"隐隐传来了轻微的叹息声。
　　"你怎么了？不高兴了吗？"他用了尽量温婉的语气说着。那边总算有了点反应。
　　"没有。"宛星的声音轻得几乎听不见。俊杰连忙说：
　　"对不起，好长时间没联络了。我想和你见个面，有时间吗？"
　　"为什么突然又想要和我见面？"语气仍是淡淡的，波澜不惊。
　　"我想……也许我们之间有些误会。"
　　"误会？"宛星反问道，明显提高了声调。
　　"你觉得有误会了吗？你是什么时候觉得有误会的，是今天吗？"
　　"不是。"俊杰忙解释道，"在苏州的时候，我是有些冲动了，回来以后，我一直后悔没有冷静些。"
　　"可是，你走了之后，我打了好几个电话给你，你都不接。"责怪之中夹带着些委屈。
　　"是吗？真对不起！回来后，心情一直不太好，没怎么在家待。在苏州时，我见到了你和魏坤在一起。或许，是我想多了。我有些话想跟你解释，我跟倩筠她……"
　　"你跟倩筠那是你们的事，没必要跟我解释呀。"宛星打断了他。话虽是这么说，但听得出来，她还在赌气。
　　"这么说，你还是生气了。就算给我个机会，向你赔礼道歉好了。"俊杰的语气里充满了焦虑，"你真的不想再跟我说话了吗？"
　　对面沉默了片刻。
　　"那……好吧。"令俊杰释然的声音还是传了过来。

他们约在了宛星家附近的一间咖啡馆里。俊杰早早就到了，他想用诚恳主动的姿态表明他的歉意。宛星说，苏州别后就一直打电话给他，而自己却不曾主动和她联络，相形之下，怎么都觉得自己像个心胸狭隘的小人。冷静地想一想，宛星和魏坤的那些纠葛，他本是早就知道的，那曾是魏坤的一厢情愿。这些事情，宛星既不曾瞒过他，又何必远到苏州去安排这么一出约会？她不就是因为和魏坤的关系，才执意离开了乾坤公司吗？由此看来，自己的疑虑和猜忌，实在是太感情用事，太不成熟了。

宛星终于来了，穿了件短大衣，大衣里面，是那件她喜爱的绘有秋叶图案的毛衣。看得出来，她仔细打扮过，脸上光滑而精致。见俊杰站起来，她莞尔一笑，示意他坐下，让俊杰忐忑的心绪稍安。坐下后，宛星叫了杯拿铁咖啡，没等俊杰开口，就先说道：

"苏州一别后，看起来气色不错嘛。"俊杰苦笑了一声。

"不会吧，我一直都在苦恼来着。倒是你，风采依旧。"

"是吗？"宛星摸了摸自己的面颊，"恐怕只是强颜欢笑而已。那你都在苦恼些什么呢？"

"还不是因为那件事？当然，这不能怪你，都怪我自己太冲动，没问清状况就不告而别。回来后，我也一直在反省。请你原谅我。"

"可我怎么觉得这段时间不见，你过得还是很滋润的嘛。"宛星半开玩笑半认真地说。

"你是说我和倩筠的事吗？也是怪我，一时心绪不佳，倩筠约了说一起吃个午饭，便答应了。只是朋友聊聊天而已，你不会介意吧？"

"我当然会介意！"宛星果断的语气，让俊杰有些吃惊。但她又接着说道：

"那是因为我在意你！就像你看见我和魏坤在一起，会不高兴一样。你能理解吗？"

俊杰点了点头，说：

"以后我会注意的。"

宛星却摇了摇头。

"我跟你说这些，并不是要求你和倩筠怎样。我只是不想骗你，我想告诉你我的真实感受而已。"

"谢谢你一直以来待我以诚！其实，我也是因为在意你，才会……"

"我知道，我知道的。其实，我跟魏坤在一起的那顿晚餐，真的只是公事,而且,在这之前,我也不知道要接待的老板会是他。那天晚上,他的一些举动,我也不曾预见到。那是他在……"

俊杰抓住了宛星的手。

"我相信你!都怪我总是以小人之心,度君子之腹,你能原谅我的草率鲁莽吗?"

"其实,从你打电话给我的那一刻起,我就已经原谅你了。我想,你也不会再生气了吧?"

"不会了!"俊杰马上应道,"这些天来,一直想听见你说话的声音,你知道吗?你的音容,你的笑貌,还有疗伤的功效呢。"

宛星分不清俊杰的话是真是假或是半真半假,但她并不在意,她更愿意处在现在的半梦半醒之间,相信着他说的每一句话。她喃喃地像在重复着俊杰的话。

"你知道吗?其实,听到你的声音,对我来说,也有同样的功效!"

俊杰将她的手抓得更紧了。

"你是想安慰我吗?还是让我感到羞愧?原谅我,只希望我不曾将你伤得太深。"

俊杰没有想到,他们之间的问题,会解决得如此轻而易举。他虽然如此地期盼,但宛星的善解人意与宽宏大度,还是略略出乎了他的预料。而在宛星那一边,自从见到了俊杰,看见他自责歉疚的模样,她心中的那份纠结,便也在瞬间融化了。

俊杰送宛星回家的路上,宛星跟他说:

"这次回上海,其实还是有些公事的。"

俊杰问:

"什么公事?"

"魏坤已决定投资我们在苏州的项目了,我是来上海参加谈判的。"

"是吗?"虽然还是有些吃惊,但现在,俊杰的心境已经平静了许多。

"这么说,他又成了你的老板了。"

宛星有些无奈地点了点头。

"是呀,这世界就是这样的小。不过,你能相信我吗?"

俊杰很认真地点了点头。

"我相信你!大胆去做吧。不要怀疑自己,更不要怀疑我对你的信心!"

听了俊杰的话,宛星释然道:

"有你这句话,我就放心多了。魏坤的鬼点子很多,我不希望再有什么误会。"

"不会了。"

两人又走了一程。宛星有些好奇地问他:

"若不是被我们撞见了,你会那么快就打电话给我吗?"俊杰想了想说:

"说句老实话,也许不会那么快。但我一直都在想你,其实,我已经耐不住了。"

"可是,那么久了,都没听到你的声音。"

"对不起,让你担心了。我不该那么迟疑的,还不是因为那该死的自尊心。"

宛星点点头。

"我理解。不过,若是真心喜欢一个人,自尊还是可以放得下。"俊杰看了一眼宛星。

"谢谢你,这么宽厚,这么包容。而我,很惭愧。"

"别再自责了。你不是也主动道歉了吗?对我来说,这就够了。"

俊杰又看了宛星一眼,觉得她的侧影更美。那是种恬静柔和的美,不言不语不卑不亢,包容万物,海纳百川,好像能吸引光线,让他总也看不够似的。他瞬间明白了这些天以来,他总是心神不宁的缘由了——因为他害怕再见不到她,再见不到她的这种美,他怕失去他曾拥有的幸福,哪怕曾是短暂的、却总也忘不了的那些相聚与分离。以前,每次和宛星在一起,他只是觉得舒服,她说的话舒服,她做的动作舒服,甚至她坐在那儿什么都不做,就是她的那份姿态,也让他觉得舒服。他从没去多想。可这段时间以来,他想了许多,他似乎明白了,虽然有很多的如果、很多的可能,但有一点是终于而且肯定的,就是他已经离不开她了。

这一晚,俊杰睡得很香,多日以来的忐忑一扫而空。第二天醒来时,太阳已经高高地挂在天顶。父母早已上班去了,只有昕悦在家。见了哥哥,她问他昨晚去哪里了,又告诉他昨晚倩筠来过,说是搞到两张今晚新上映的电影票,问俊杰要不要一起去看。俊杰问:

"你是怎么跟她说的?"

"我说不知道呀,然后,就求她让我和她一起去看好了,可她却不肯,说是今早还要来找你呢。"俊杰听了,吓了一跳,赶紧草草洗漱一番,匆匆吃了早饭,跟妹妹说:

"今天，我有要紧事出去，倩筠姐姐若是来了，就跟她说今晚我没空，让她找别人去看吧。"

可昕悦却在后面追着说：

"还是你自己去跟她说吧，昨晚上你不在，我觉得她有点不太高兴呢。"

俊杰头也不回，一边带上门，一边说：

"好妹妹，帮哥哥一把，回头请你吃冰淇淋。"

谁知刚一出了楼梯口，就和倩筠撞了个正着。倩筠的手里，还捏着那两张电影票呢，见了俊杰，笑逐颜开。

"好你个俊杰，昨晚上逮不着你，一大早又想往哪里跑？"

俊杰吓了一跳，心中暗暗叫苦，可脸上还故作镇静，嘴里忙不迭地抱歉道：

"对不起，对不起。正有点儿急事要出去。"

"什么急事呀？连我都不等了。你妹妹没跟你说吗？人家是来请你一起去看电影的。"

她晃了晃手中的票子。俊杰只得说：

"谢谢你啦。我妹妹跟我说了，可今晚我真的没空。要不，你让凯亮陪你去看吧。"

倩筠听了，噘起嘴来。

"人家只请你一个人的嘛。怎么这么不领情呢？"

"不敢不敢。"俊杰一个劲地作揖，"跟同学早就约好了，今晚真的没空。"

倩筠沉下脸来，埋怨道：

"你总是找借口推托，还说是好朋友呢。"

俊杰听倩筠这般说，只得把心一横，说道：

"倩筠，我不是不懂。真的！我想和你一直做很好的朋友，就像以前一样。可是，我喜欢的是宛星，你明白吗？"

倩筠一下子瞪大了眼，柳眉高挑，白皙的脸上，顿时布满了红晕，眼眶中更闪现出晶莹的泪光来，她用带着呜咽的哭腔道：

"为什么，为什么这样狠心？偏要破碎人家的梦呢？"

"倩筠——"俊杰叫道，他想上前安慰，但终于还是站在原地，继续说道：

"对不起，我总是让你伤心！在苏州时，是和宛星闹了些小矛盾。回来后，我的举动，可能又造成了一些新的误会，请你原谅我！但人不能老活在梦里，梦总是要醒的，你懂吗？我是真心希望你好，不想耽误你追求属于自己的幸福呀！"

但这些话并没让倩筠平静下来，反而让她泪流满面。

"你还是不能原谅我！觉得我是那种不诚实的女孩。对不起呀！我一定会改的！"

"不是的，不是的！倩筠。谁没有犯过错呢？我一直相信你是个好女孩。可是，我的感情，自己也勉强不来，你知道吗？我爱她！"

倩筠怔住了，一句话都说不出来了。她直愣愣地看着俊杰，看着他那张线条清晰又英俊的脸庞。那脸庞，是她第一次见到时就喜欢上了的，虽然那时的她，还那么矜持、那么高傲，即便就坐在身边，她也装作毫不在意，甚至不曾瞥他一眼。可现在的她，却像是变了一个人，她从不曾想过，自己竟可以如此奋不顾身地为爱表白。可是，她得到了什么？她是多么不情愿就此认输，她还想从他的脸上，能够看到一丝转机。可是她没有！从他的神情里，她看到的是深切的痛苦，看到的是慈悲同情甚至怜悯，看到的或许还有一丝茫然无措的忧愁，但就是没有任何可能的退让与妥协。他的目光坚定又执着，如同他的言语冷峻而决绝。于是，她慢慢地转过身去，不再去看俊杰，她不想再看他了，也许一辈子都不再想。她慢慢移动脚步，走向背离他的方向，虽然泪水已像瀑布般洗刷着面颊，她也不想让他看见。此时，她的痛楚远甚于他，但她不需要他的慈悲同情或是怜悯，即便是心碎了，她也不想有茫然无措的忧愁。她知道，时至今日，她已经完全地失去了他。但她只想一个人，深藏起已弥漫周身的痛楚，慢慢地为自己疗伤。

"你还好吧？"俊杰的声音在背后响起。可她并不回头，只是举起手挥了挥，像是回答，又像是告别，然后加快脚步，迅速地跑开了。

俊杰站在那儿，无法上前再去安慰。他只能站在那儿，看着倩筠远去的背影，背影里似乎微微颤动的双肩。心想，上帝啊！也许我真的是太狠心了，宽恕我吧！但是，若不是这样，又能如何？他抬起头，望着湛蓝的天空。天空依旧清澈澄净，阳光普照，但他的双眼茫然，看不见任何启示。他唯一能明白的是：他说的这些话，已然深深地伤害了倩筠，也伤害了自己。此时，他可以感到椎心的痛，渗透血液，翻覆肺腑。

后来的几天里，倩筠再也没来找过他。他虽有些担心，却不敢去问，只得祈祷上天，让她能平安地度过这一段。宛星则忙于与乾坤贸易的谈判，每次打电话找她，总也讲不上几句，更无暇约会了。到了宛星要走的那天，俊杰去车站送她，总算见上了一面。她看上去有些疲惫，俊杰问：

"一切都顺利吗？"宛星点头道：

"还算顺利吧。今天把合同都签了。只是以后，可能就要更忙了。"

"又见到魏坤了？"宛星看了俊杰一眼，感觉他说话的语调平静而坦然。

她摇了摇头道：

"没有。你说奇不奇怪？他是乾坤的老板，可整个谈判，他都没来参与。"

"是有些奇怪。不过，这有什么问题吗？"俊杰问。

"怎么，你还是不放心吗？"

俊杰摇了摇头，笑道：

"我总是那么没风度吗？我的意思是：对我不要有什么顾忌，放手去做吧！"

"谢谢你的鼓励！"宛星话没说完，俊杰却又道：

"只是……"

"只是什么？"

"虽然忙是好事，可你一个人在外面，还是要多当心身体啊。看这几天把你忙的，憔悴了不少呢。"

他拍了拍宛星的头，从包里拿出两大盒洋参冲剂，递给她。

"有空时，要记得喝喔。"

他说话时那一副心疼怜惜的样子，令宛星有些动容了。她知道，俊杰在生活上并不是一个十分细心的人，在表达情感方面，甚至还有些木讷，此刻所展现的温柔体贴，算是罕见的了。她接过那两盒冲剂，拉起了他的手，依偎在他的身旁。

"你读书也很辛苦，这些该留给你自己喝的。"

俊杰摇了摇头。

"读书嘛，对我来说，算是轻松的事啦。看你这两天忙得没日没夜的，才知道谋生才是真的辛苦啊！"

"也就是你，才能说出读书是轻松的话。"

宛星说着，扭过头来看了一眼俊杰，俊杰忍不住把她揽在怀里。他看见了她眼里闪烁出来的异样的光芒，闻着从她的头发上散发出来的特别的香气，忽然有了一股亲吻她的冲动。借着她看他的瞬间，他飞快地吻了一下她的额头。宛星的脸红了起来，不过，却靠得他更紧了。

火车的汽笛声响起来，在月台上回荡着。

"我得走了。"

宛星说着,从俊杰的肩上仰起头来。

"那,再见了。"

宛星上了火车,在门口处回过头来,她凝神看了俊杰一眼。俊杰站在那儿,也在注目于她。她挥了挥手,做了个打电话的动作。俊杰点了点头,没有说话。

火车缓缓开动了,俊杰还站在月台上,看着车厢一节一节地从眼前驶过,直至整个列车渐渐消失在远方。刚才那一吻的感觉还在唇边,而宛星却已经看不见了。离别,其实总是发生在瞬间,在一挥手之间,在回眸一望间。而每次的离别,都将开启一场漫长的等待。借着这一吻,他想留住一点宛星的气息,使他在等待中,能有些甜蜜的回味。

宛星离去后的日子里,俊杰只能通过电话和她联络。虽然经常打电话,但热恋中的男女不能执手相看,不能耳鬓厮磨,而只能听着远方传来的模糊的声音,想象着对方虚幻不实的音容笑貌,其实是更让人煎熬。好在寒假很快就过去了,春天转眼来临,开学之后的繁忙,让那躁动不安的心境,稍稍平静了些。

几个月一晃又过去了。这一天到了周末,吃晚饭时,父亲突然问俊杰:

"最近,怎么都没看见倩筠到家里来玩了呢?"

"是呀。我们……有段时间没碰面了。"俊杰有些奇怪,父亲怎么会突然问起倩筠来。

"你们俩,不是经常一起上学、一起放学的吗?"

俊杰嗯了一声,想了想说:

"也许是我们的专业不同,现在兴趣啦、朋友啦什么的都变了。"

父亲有些疑惑地点了点头。

"我听她爸爸说,她最近在搞出国留学的事呢。"

"是吗,我怎么不知道呢?"

俊杰有些吃惊,想起前段时间拒绝了倩筠的事,心里不免敲起小鼓来。以前,从没听倩筠说过她有这种打算,会不会是因为……不过,现在搞出国留学的人还真不少,也许,她只是赶潮流而已。于是,吃完了饭,他便给杜圆圆打了个电话,想问问她倩筠的近况。

"倩筠不让我告诉你的,但你既然问了,就不瞒你了。倩筠真的在搞出国的事。"

电话那头,圆圆的声音不响,但很清晰。

"以前，怎么从没听她提起过？"

"是啊。她最近像是变了一个人，整天闷闷的，不太爱说话了。我都有些担心她了。你们俩以前不是蛮要好的吗？有机会关心一下她吧。"

听起来，倩筠并没有告诉圆圆他俩最近发生的事。

"最近一段时间，我和她都没见过面。"

"是吗？我们也是前几天才见了一面，她就跟我说，她要去美国留学了。学校啦、担保啦什么的都已办妥了，说是过两天，就要去办签证了。"

"她什么时候走？知道的话，告诉我一声，我一定要去送送她。"

"好吧。"

挂了电话，俊杰的心里不是滋味。毕竟曾是那么要好的同学，现在，说离开就要离开了。不管原因是什么，总有些不舍，更何况，俊杰的心里，还有些深深的愧疚。他想打个电话给倩筠，可又不知能说些什么，况且，圆圆都说了不让告诉他的，想来想去，手却不听使唤地拨通了宛星的电话。可电话铃响了很久，也没人来接，心想，也许她又在忙着生意上的事吧。

到了倩筠走的那天，俊杰的出现，还是让她很吃惊。看得出来，她消瘦了些，不过和以前的丰满相比，反显得更加靓丽了。她穿着一身碎花的连衣裙，披着件编织的红色小坎肩，在偌大的候机厅里，无疑是引人注目的一道风景。她正和圆圆及另外几位大学同学聊着天。而她的爸爸妈妈，就在不远处站着。倩筠看见俊杰走过来，她脸上的笑容有瞬间的凝结，但很快又舒展开来，并和俊杰打招呼：

"没想到你会来。肯定是她告诉你的吧？"她瞥了一眼圆圆。俊杰也不回答，指了指倩筠身边的女孩们说：

"她们能来，我为什么不能来？出国是件大好事，我也想沾沾喜气呢。"说完，就把手里的一小盒礼物递了过去。

"一只电子表，本来就是在美国买的，没想到，现在又让你带回去。希望你在那儿，能珍惜时间，学业有成！"

圆圆见俊杰来了，便说：

"你们俩聊聊吧，我们去和伯父伯母说说话。"

说完，便拉着那几位女孩，往倩筠爸妈的身边去。她们走开了，反而弄得俊杰有些不自在。停了一会儿，他才问：

"好久没碰面了，你还好吧？"

"还好。不是都在忙出国的事吗？一忙起来，什么都忘了。"

"你真了不起！出国留学，那可是很多人的梦想啊！"听着俊杰的恭维，倩筠淡然一笑。

"却不是我的梦想，也许，只不过是因为无奈。"俊杰被她说得低下了头。

"不管怎样，还是很让人羡慕的。是在哪所学校？"

"UCLA，学习电影。"

"好学校！离好莱坞很近，我仿佛已经看到一颗巨星正在冉冉升起。"

"你一向就喜欢这样取笑我的吗？我又不是学表演，怎么能成为巨星？"

倩筠反问道。接着，她话锋一转，又说：

"倒是宛星，名字里就有星相，有成为巨星的潜质。"

"还说我喜欢取笑，我的这些小道道，还不都是从班长大人那儿学来的？"

倩筠摇了摇头。

"你这种栋梁之材，哪还需要向我学？说真的，宛星近来怎样？"

"挺好的。在苏州那儿大干快上呢。"

"替我向她问声好。希望……你们两个能幸福。"

俊杰看着倩筠，点了点头。

"我会努力的。谢谢你，真的！"

"是我该谢谢你。"倩筠挥了挥手中的礼物，"这段时间以来，你让我懂得了一个道理，那就是：人生要学会放下。"

俊杰没有说话，他怔怔地看着倩筠，他突然觉得，她一下子长大了好多，成熟得像是变了一个人。在她的面前，自己仿佛还是个孩子。

倩筠走了，也带走了俊杰的烦恼和担心。虽然有时候，他觉得倩筠是一个颇有心计城府的女孩，但在这件事上，他还是打心底感激她。她不但使她自己从这份纠结中解脱出来，其实，也帮俊杰解脱了。在经历了这些事情之后，她依然珍惜他们之间的友情，这让俊杰很感动。她的所谓放下，对俊杰而言，也是一门功课。他想起了倩筠要他向宛星问好的事，便也想把倩筠的情况告诉宛星。他再一次拨通了宛星的电话，可是和上回一样，只听见铃声，却没人来接。一连几天，都是如此。俊杰不免真的担心起来，并陡然生出一丝不祥的预感。曾经有过的经历，令他的这种预感，随着时间的推移，变得越来越强烈了，宛星那边究竟发生了什么呢？

第二十三章

　　俊杰一直没有宛星的消息，虽然着急，却也无奈。因为临近学期结束，期末考试迫在眉睫，一时无法抽身。他想起了文娟，她是宛星最要好的朋友，也许会知道些她的消息。他给文娟打了个电话。可是，在电话里，文娟对他的问题也是支支吾吾、语焉不详，说她也有一段时间没跟宛星联络了。

　　好不容易熬到了学期结束。俊杰买了张车票，就奔苏州来了。顶着烈日，走在苏州的街道上，让他回想起那年从湖州老家回上海之后，也是在这样的炎炎烈日下，去宛星故居找寻她的情景来。令他不明白的是，仿佛历史也有灵性似的，不然，为何总是在重复着似曾相识的画面？

　　终于找到了宛星的公司，从原先不起眼的小楼，现在，已搬到一幢光鲜亮丽的大厦里。听说是宛星的同学，叶总在公司会议室里接待了他。他坐在靠窗的椅子上，侧头就可以看见金鸡湖粼粼的波光和湖那边一带缥缈的远山。

　　"宛星病了。"叶总的声音低沉而飘忽，可却像一声惊雷将俊杰的耳朵震得嗡嗡作响。他扭回头来，睁大了眼看着叶总的脸。

　　"病了？什么病，她到底是怎么了？"

　　"你不知道吗？你不是说，是她的同学吗？她得了一种奇怪的病，说是在脑子里面，发现了一种罕见的肿瘤。她已经请了长假了。唉！这么漂亮又有才气的女孩，真是太可惜了。"

　　"是吗？我人在上海，一直都在找她，可就是联系不上。"俊杰指了指桌上的电话。

　　"那么，她现在在哪里？我得去看看她。"俊杰焦急地问。

　　叶总却还在叹息着，摇了摇头，说：

　　"她已经回上海治病去了。应该是住在她自己的家里吧。听说，是她的同学帮她联系的医院。"

"同学？哪些同学？你知道吗？"

"我只记得，有一位叫林文娟的女孩，来过苏州好几次了，帮宛星做了不少事。"

从公司里出来，俊杰的心里一直在犯嘀咕。曾打过电话给文娟，说是没和宛星联系，自己却跑到苏州许多次，显然是在骗人。但那是为什么呢？而宛星就更奇怪了，得了这么重的病，却为什么偏偏只瞒住他？他来不及多想，他得赶快回上海去见她才是。

回到上海后，俊杰干的第一件事，就是打电话给文娟，告诉她在苏州所了解到的情况。

"宛星到底怎样了？你为什么要骗我？"

文娟在电话那头叹了口气，说：

"是宛星不让我告诉你的。她现在已不在上海，去美国了。"

"什么？美国？这到底是怎么一回事啊？"

俊杰觉得自从和宛星再度失联后，整个世界好像都变了。

"一言难尽！这样吧，晚上约在我家附近的那家梦咖啡吧，你知道的。"

梦咖啡是俊杰和宛星喝过咖啡的地方。俊杰去的时候，文娟已在那儿等他了。俊杰见了她，刚要开口问，可文娟却摆了摆手。

"你先别着急，宛星现在的状况还好。你先点杯咖啡，我们边喝边聊。"

俊杰便按捺住急切的心情，点了杯他平时爱喝的拿铁，坐在文娟的对面，听她缓缓道来。

原来，自从宛星告别了俊杰回到苏州后，工作的繁忙自不必说，与乾坤贸易的合作项目已经启动，而她又是项目的负责人，事务繁多、千头万绪，搞得她每天只能睡四五个小时。有一次开会时，她正做着报告，竟突然晕倒了，弄得同事们好一阵紧张。可将她抬回到办公室的沙发上，刚要打电话去叫救护车，她却又醒了，便只当是工作太累了，因此，公司还专门放了她两天假，让她好好休息休息。可打那以后，她就经常有头晕、呕吐的现象，即便是休息过后，也不见好转。直到又昏厥过几次，她才意识到，也许是病了。经过医院的一番检查之后，诊断是一种极为罕见的脑瘤，学名叫 OPNET 型脑瘤，据说全世界也没几个人得过。这消息如同晴天一声霹雳，震得她天旋地转。她不由得想起自己的母亲，据长辈们的说法，也是得了什么怪病走的，莫非自己也……她不敢多想。此时，脑海里首先浮现出奶奶的身影，接着是父亲的,对她来说,他们是她唯一的亲人了,而且是垂垂老者。她努力工作,一半是为了这个家,为了她的亲人们可以在将来不要为生计而忧心,可是现在……她平生第一次想到了死,原先如此遥远,似乎永远不会来的,却在一刹那间,直愣愣横亘在她的面前,意欲斩断她一切的憧憬和盼望,甚至连吃饭、睡觉、走路,一切的行为,一切的念头,在顷刻间,都变得毫无意义了。面前浮动的,只剩下死亡的阴影。她想到了俊杰,想象着他听到这消息时的样子,他吃惊而痛苦的表情,必定和自己此刻一样的万念俱灰。那是她多么不愿意看到的啊!可是,在死神的面前,人所能做的一切,却又是那么渺小,那么脆弱,那么微不足道。

她拨通了文娟的电话,此刻,她能一吐衷肠的,也只有这位从小和她一起长大的闺蜜了。她把一切都告诉了她,说完后,忍不住失声痛哭起来。文娟一时也被她说得懵了,只知一个劲地安慰她。

"别怕,别怕,回上海吧!现在医学这么发达,有什么不能治的?"

"医生也叫我回上海。"

"是呀是呀!"文娟在电话那头嚷道,"我发动一下同学们,找找看哪家医院的脑神经科特别好。"

"这事,先别告诉我家里,还有俊杰,好吗?"宛星恳求道。

"好吧,你家里我肯定是不会说的,但为什么不能告诉俊杰呢?你们俩不是在谈朋友吗?"

"我也不知道,我只是不想让他看见我现在这个样子。"

"好吧好吧,你先回来再说吧。"

就这样,宛星回到了上海。跟家里说是公司为了表彰她的业绩,给她放了长假,让她好好休息休息。而其他与她要好的同学得知了消息,也纷纷帮着联系医院,此事唯独瞒着俊杰。去医院看过几次之后,病症得到了进一步的确认。医院的专家们都认为,最根本的解决方法是手术切除,但因为这种脑瘤极为罕见,国内无人做过此类手术,完全没有把握。如果真的实施手术,风险自然是极大的。专家们让宛星好好考虑考虑。不过,有一位老专家提供了一个信息,说是在美国加州斯坦福大学,有位著名的脑神经外科权威,是名叫瓦格纳的一位教授,曾经成功地做过几次此类手术,并在国际知名的医学杂志上发表过有关论文。宛星听老专家如是说,只当是参考消息,并没在意。美国对她而言,已如同月球一样遥远,而要请斯坦福大学的教授,为她这么一个无名无识、身无分文的小姑娘诊治,更无异于天方夜谭。可这话,却被当天陪她看病的凯亮记在了心里。

凯亮回去后，先把听到的消息告诉了浩强。宛星此时的情形，看起来颇让人感到绝望，他们两人正因不知所措而干着急。于是，这一丝渺茫的希望，便成了汪洋浮沉中的那一根稻草。他们合计着，能否利用J大新建的互联网，找一找关于瓦格纳教授的信息。果不其然，这一找，竟发现还真有这么一位教授，而且的确是一位大名鼎鼎、德高望重的医学大师，在脑神经外科领域，乃是举世闻名的巨擘级人物。于是，他们俩战战兢兢地给教授发了份电子邮件，除了介绍一下宛星的情况，还希望能得到教授的指点。出乎他们意料的是，教授很快就给他们回音了，不但不厌其烦地详细介绍了有关此类脑瘤研究的最新进展，甚至还表示，愿意帮忙在美国的互联网媒体上发布信息，希望能筹到一些善款，以帮助宛星到美国来医治，还询问关于宛星更为详尽的资料。教授的回音对他们而言，无异于久旱后的甘霖，黑暗洞穴中的一丝光亮，让浩强和凯亮兴奋了好久。

第二天，他们就把这消息告诉了宛星，可宛星的脸上却未见喜悦之色，只是淡淡地说：

"太谢谢你们俩费心了。可是，听说在美国看病的费用惊人，即便这一切都是真的，又哪能那么容易就筹到这么一大笔钱，足够支付医药费？"

听了宛星的话，凯亮和浩强原先的热情，仿佛被当头浇了一盆凉水。想想也是，能得到教授如此热心的回复，已属意外，他所说的筹款之事，并没有具体的数目，即便能筹到满足旅费之类的款项，于事也无大补。去到那里之后，还有吃住生计，就更别提医药费用了。仔细想想，这事的难度之大，远非他们所能想象。但还是安慰宛星道：

"别担心。事在人为！我们也可以在国内的互联网上发动筹款。现在，各高校都在建网，触及面还是挺广的。众人拾柴火焰高。况且，教授都说了，这病能治！这就是希望嘛。"

宛星点了点头，含着泪说："真是太谢谢你们了。"

凯亮和浩强回去之后，便忙着将有关宛星的资料寄给瓦格纳教授，又将宛星患病的情形，写成了一篇报道发布到互联网上。在后来的几个星期内，竟陆续收到了一些回应。有热心人士介绍说，哪里哪里有哪位出名的中医师专治脑瘤且无须开刀；也有人来信提醒说，哪里哪里哪位病人因开刀手术后最终成了植物人；林林总总，不一而足。更有善心人士，直接寄来了善款，几十元、一百元，虽然数额有限，看起来杯水车薪，但那份悲天悯人、救世济困的善心，还是让凯亮、浩强他们感动不已。

这一天，他们终于收到了来自瓦格纳教授的电邮回复。电邮中先是说已收到他们寄去的资料，又说他已在网上发布了关于宛星患病情形的消息，然后，进一步确认让她赴美治疗的必要性，最后，他说有一个好消息要告诉他们，让他们读一读电邮附件里的另一封邮件。而这邮件的内容，果真让他们两个大大地惊讶了。

那是一段写给宛星的话：

"宛星小姐，从瓦格纳教授发布的消息里，我们得知了你患病的情况，也了解到一些你生活和工作的情形，并且看到了你的相片。你是那样年轻、美丽、事业成功，本该有灿烂美好的前程。我们非常喜欢你，也非常同情你的境遇。

我是美国加州一间生物制药公司的创始人兼总裁，也是玛丽亚基金会的主席。我们公司和基金会一向以救死扶伤、悬壶济世为宗旨。根据瓦格纳教授的建议，你应该尽快来加州的斯坦福医院医治，我们愿意无条件承担你在加州生活和治疗的费用。如果你愿意接受我们的帮助，请与我的助理张先生联系。"

落款是：

Maria Ouyang

CEO

Maria Biopharmaceuticals Inc

President

Maria Foundation

落款的后面是地址、电话以及电子邮件地址。

这邮件的内容简直让人不可思议！他们两人反反复复念了几遍，每句话、每个字都写得清清楚楚，称得上言简意赅。据此，原本一件看似不可能的任务，一下子就变得近乎完成了。但他们脑海里的狐疑念头，还是没法被轻易地抹去，总觉得像是有什么圈套在里面。人就是这样奇怪的动物，当一件日盼夜盼、却明知不可思议的好事突然出现时，反而不敢相信了。"TOO GOOD TO BE TRUE"两人异口同声地说着，又不约而同地打开了各自电脑上的浏览器，开始在网上搜索有关 MARIA（玛丽亚）制药公司的资讯。一番忙碌之后，他们惊奇地发现，该公司非但是真实存在的，而且还是间财力雄厚、规模庞大的制药集团，联系地址、电话等也都相符，看起来毫无疑问。仔细想想，邮件由瓦格纳教授转来,应该已经过他本人核实,不会有什么问题的。两人悬着的心终于放下了,不禁大喜过望!连忙给宛星挂了电话。起先,宛星也不敢相信这是真的,以为他们只是为了安慰她,为了让她不要放弃希望而编的一个故事,但经他俩对天发誓说绝无虚言,又言之凿凿地再三论证,终于不得不信了。不过,她仍要求他们与瓦格纳教授本人再确认一下,并想法了解捐助人更为详尽的资料。

于是,经过几番邮件往来,了解到的情况是:那位名叫Maria Ouyang的总裁,其实是一位早年从香港移民美国的华裔女士,公司总部就在著名的加州硅谷附近,她本人在那边的华人圈中,早已是位知名人士,不仅事业成功,还热心公益,其捐助过的款项,岂止千万。关于这位女士的那些善举事例,让宛星由衷地敬佩,那颗原本悬疑不安的心也稍稍平静。

她赴美治病的计划,就这样开始具体实施起来。一切都是那么的顺利,没过多久,邀请函寄来了,机票也寄来了,签证所需的各种文件也都齐备了,甚至那边还往宛星的银行户头里汇了一笔款,说是让她购置些必要的生活物品,那么悉心细致,那么无微不至,让宛星觉得即便是亲人,也未必能做到如此的周全。她在心中默默地感谢上苍,虽然这事的起因是不幸的,但因了这不幸,却让她经历了这许多幸运的事。世事就是如此的奇妙莫测,那是上天要让她拥有一个不平凡的人生吗?不管怎样,这样的经历都是弥足珍贵的。尽管此行生死未卜,但无论如何,她都不会觉得有什么遗憾了。她拥有这些如此爱她的同学,而此生中竟又让她遇见了这么一位有着菩萨心肠的至善之人,这是多么难得的际遇啊!

临行之前,她想给美国那边挂个电话,虽然话费很贵,但她觉得这个电话必不可少。她很想听听那个人的声音,至少让她脑海中那个模糊得如同神灵般的影像,有点可供触摸的实际感受。但除此之外,向那位无私无偿捐助她,并试图挽救她生命的恩人,表示由衷的感谢,也是最起码的礼节。

电话铃声不间断地响着。宛星是有点紧张的,因为那毕竟是一位陌生人,她不知道该怎样开口。

"Maria Biopharmaceuticals, How can I help you?(玛丽亚生物制药,您需要帮助吗?)"一位年轻女士的声音传了过来。

"噢,"宛星连忙答应道,"My name is Wanxing Cheng, I am calling from Shanghai, China... May I speak to...(我叫程宛星,我是从上

海打来的,我能和……)"她尽量放慢语速,害怕自己不流利的英文会给对方造成误解。可对方没等她说完,就似乎明白了一切。

"Hold on, Miss Cheng, Let me transfer your call to Ms. Ouyang. (等一下,程小姐,让我将您的电话转给欧阳女士。)"

接着,就听见切换电话的按钮声,然后电话里又变得很安静。宛星默默地等着,脑子里想象着将要响起的会是怎样的一种声音。那会是热情洋溢的还是柔声细语的?会像是王老师朗诵散文般轻盈美丽的年轻女声,还像是奶奶那样苍老却又慈祥的沙哑音色?她就这么等待着,幻想着,心怦怦地跳着。可不知为什么,等了许久,也没有回音。当宛星觉得自己的手心里,都有些汗津津了的时候,突然一个声音响了起来。

"你好,是宛星小姐吗?"那声音既非年轻女人也非年迈老者,而且说的是中文,让宛星顿觉轻松了好多。但那声音很轻,有些飘忽不定,甚至还有些颤抖,让宛星想起自己初次上台做报告时,那副胆怯的样子。她不敢相信和她说话的,会是一间大公司的总裁,但她来不及细想,连忙答道:

"是啊是啊,我就是您资助的患者,我叫程宛星。"

"噢,宛星呀。"那声音有些含糊、有些沉重,但仍是轻轻的,仿佛从遥远的地方吹来的风的呜咽。但很快地,那声音又变得振作了些。

"你感觉怎样,还好吗?是不是一切都准备妥当了?"虽然声线平稳,但仍可听出那声音里所充满的关切,这关切的意思,让宛星觉得和电话那头的人,一下子亲近了许多。但她仍然尽力用谨慎又礼貌的语气答道:

"是,都准备好了。欧阳女士,我只是想跟您说声谢谢。其实,说什么都是不够的。但……我只能说,您是我的救命恩人,太谢谢您了。"

她说着,声音有些哽咽,打心底涌起的感激之情,混合着对命运的感慨、与疾病抗争的勇气,以及对前途的疑惧不安,各种难以言表的情愫,瞬间交织在了一起,好想要对她的恩人倾诉,却又无从说起。这时候,对面的声音,却变得更加沉稳、坚定而且清晰起来。

"宛星,千万不要说谢。不要说!不要有任何的负担,好吗?你只要把一切准备好,就行了。不要担心,不要害怕!瓦格纳教授能彻底医好你的病,相信我,我们会尽一切力量帮助你。"

似乎什么都不用说了,那人声音里有如天籁般神奇的魔力,让宛星的面前,一下子变得阳光灿烂起来。多少日子以来,那一直徘徊在不远处的死神,似乎也被这明媚的阳光,驱赶到看不见的远方去了。

到了要走的那天,文娟早早地来了,帮着打点行囊。她眼睛红红的,一直也不说话,只是默默地做着事。到了一切都妥当,没什么可做了,宛星拉起了她的手,坐在床边,自己的眼里也是湿漉漉的。

"文娟,从小到大,我们都在一起,没想到,此刻却要分离了。以后,还不知道能不能再相见?"

文娟也攥紧了她的手,说:

"别那么伤感嘛,坚强些,我等你治好了病,再回来就是了。"说着,自己却去抹眼泪。宛星点了点头。

"就是为了你,还有你们这些同学们,我也要好好地活着。"

"就是嘛!你吉人天相,我相信你一定会好起来的。到了那边,记得寄些照片回来。"

"我会的。"宛星一把抱住了文娟,"谢谢你!这些日子以来,帮我做了这么多,认识你,是我这一生最大的幸运。"

"刚才还说呢,怎么又弄得跟生离死别似的?我们姐妹,还要言谢吗?我怎能离得开你?所以,帮你也就是帮我自己。你一定要记得喔,健健康康、快快乐乐地生活。"

宛星拍了拍文娟的肩膀。

"好!我记住你的话。今天,凯亮、浩强他们都有课,没法来送我了。你也记得替我谢谢他们。没有他们,我也不可能会有这样的机遇。"

文娟点了点头。

"只是,俊杰,俊杰到现在都不知道你的情况。你们之间发生了什么吗?为什么偏要瞒着他呢?你究竟想瞒他多久啊?"

宛星松开了文娟,静静地看着她的眼,轻轻叹了一口气。

"你也知道,俊杰是个死心眼的人。起先,我是怕他受不了,而现在,我觉得我的这种状况,也没资格再谈情说爱了。"

"可是,现在的你,才更需要他的支持和鼓励呀。况且,俊杰也不是那种……"

宛星摇了摇头。

"我知道俊杰是个重情重义的人,正因为如此,我才希望他能放开我。你知道,倩筠一直很喜欢他。你不觉得,他们是很般配的一对吗?"

经宛星这么一说,文娟终于明白了宛星瞒着俊杰的原因了。虽然她被宛星的情怀所感,但又觉得,她这样做未必就能成全俊杰什么,况且,她想起倩筠已经离开上海了。

"你还不知道吗？倩筠已经出国了。"

"是吗？"宛星惊奇地问道，"最近，一直被这个病困扰着，都不知道还有这事。她为什么要出国？"

"我不清楚，她也没说起。不过依我看，倩筠或许就是你说的那个，放手了吧。"

宛星沉吟了片刻，问：

"她去了哪里？"

"是洛杉矶吧，好像也在加州，不知将来，你们会不会在美国见到？"

"斯坦福在旧金山附近，两座城市，恐怕不是那么容易见到的吧？"

"那以后，俊杰问起你，我们该怎么说呢？"文娟又问。

"就说，我找到了一个老外，非常相爱。我……我已经飞到美国结婚了。"

"……"文娟惊愕得张大了嘴，说不出话来。

第二十四章

　　俊杰被这故事深深地打动了,他坐在那儿久久不能言语。一直以来的焦虑、担心和苦闷,化作两行清泪挂在了面颊。自从在苏州听说宛星病了,他不能相信这是真的。如此健康活泼的宛星,如此年轻美丽、活力四射的宛星,怎么可能会与死神有染?可是,不然的话,她又会去了哪里呢?虽然他已有所准备,但文娟所传递的消息,还是如此令人震惊,让他感到了一种撕心裂肺的痛,那种绝望的感觉,如同决堤的洪水,一下子淹没了一切。他想象着宛星听到这判决时的心境,他如同自己患了绝症般痛不欲生。从苏州赶回上海时,他唯一的念头就是尽快见到她。她如此长时间的消失,留下他一个人孤独地思虑,那些原本要责备她的话,此时却想好了决不再说。他只想见到她,把她抱在怀里,用最轻柔的语言,跟她说爱你爱你爱你,用最温柔的抚摸,安慰她呵护她鼓励她,用最坚强的意志,与她一块儿战斗。可是现在,现在宛星走了,丢下他一个人孤独地走了,她想独自去面对死神的挑战!他不由得感叹起她的勇气来。但是宛星啊,宛星!他心里念着,你那瘦弱的肩膀,可能挑起这如山的重负?你那柔弱的灵魂,可能承受死神的侵蚀?你为什么不让我与你并肩战斗?为什么不让爱与你同在?

　　从咖啡店里出来时,夜色已深。晚上的天气却好得出奇,难得能看见满天的星斗,在那儿闪闪烁烁。可俊杰的心底,却忽地涌起一种莫名的伤感来。他觉得宛星之所以离去,是对自己信心不足所至。而这多少又和自己过去的猜疑妒嫉有关。思念与自责,混合着多日来未解又更甚的焦虑,如洪水般滚滚而来。望着满天的星斗,想象着宛星就在那遥不可及的星海深处,在死神的魅影前,她会是怎样的孤独徬徨?想着想着,心头恍惚若有音乐之声响起,他便随着那韵律,对着灿烂的星空,随口吟道:

　　天上的星星哪一颗是你?

你回答还是我问自己?
淌过岁月的河流,
翻过命运的山脊,
遥远,是我要穿越的距离。

天上的星星哪一颗是你?
浩瀚银河中你在哪里?
你的眼宛若星辰,
你的颜美如仙子,
你是我夜夜纠结的愁丝。

天上的星星哪一颗是你?
我的呼喊可能唤回你的记忆?
如果你能听见,
我的思绪在风里,
思念,也许就会创造奇迹。

他反复吟诵着自己的诗作,竟被莫名其妙地感动了。也许,就是思念所创造的奇迹,他瞬间打定了一个主意:

"我要去美国留学!"

他的心底里喊出了这样的一个声音,这声音越来越大,一下子充满了他的脑海,甚至连周围的空气里,都飘来海风特有的咸涩却温暖的味道。

恍恍惚惚地,不知是怎样回到了家,俊杰如同经过一场洗礼。他知道,自己再也回不去以前的心境了。他曾去过美国加州,那里气候宜人,环境也十分清洁舒适。以前,爸爸妈妈也曾问过他,是否对留学加州或海外的其他地方有兴趣,他总是一笑了之。他是个颇为念旧的人,虽还很年轻,没有太多的往事可供追念,但他还是喜欢上海,这是他唯一认可的故乡。他童年时曾经有过的欢笑与哭泣、追逐和迷惘,都留在了这片土地上,那种刻骨的眷恋,已深深地融入到他的血液里。美国,虽然是许多学子的梦想之地,却从不是他的向往之乡。可是现在,他突然对美国产生了一种无法抗拒的迷恋。因为宛星在那儿,他要即刻飞到她的身边去,在她疲惫的时候,递过去一个肩膀,在她孤独的时候,为她吟唱一首歌,在她害怕的时候,静静陪在她的身旁,哪怕只是在那里和她一起害怕。他不要她一个人去面对这一切!

几天之后,找了个机会,俊杰便跟父母谈了留学的打算。俊杰的父母以为,他是受了倩筠留学的激励。俊杰的学业那么出色,想要去世界上最好的学府深造,那是理所当然的。他们听了俊杰的要求,自然不会反对,反而颇为高兴,以为他终于开了窍,开始规划起自己的未来了。于是,协助他了解办理出国手续的诸多细节,还帮忙联系了几所学校。

俊杰则比以往更用功地读书了。他想尽快完成大学课程,尽快完成托福和GRE考试,尽快入读斯坦福大学研究生院。对他而言,斯坦福不仅仅是一所举世闻名的一流学府,更是宛星接受治疗的地方。他一定要考上这所学校,这样,他才能有找到宛星的机会。父母虽知他是个好学上进的孩子,但一时也无法理解,他为何突然对出国留学如此着迷。只当是年轻人在外面受了刺激,便开始勤奋苦读,为了要实现某种梦想。这种事,古往今来不胜枚举。在他父母的眼里,便没必要过于担心挂怀。

功夫不负有心人,俊杰终于收到了斯坦福大学的录取通知。爸爸妈妈送他登机的时候,他看见了妈妈流泪的眼睛,忽然间,竟觉得一丝歉疚。他去留学的真实意图,一直瞒着父母,他深爱宛星的事,父母也并不知晓。他一时有向父母告白的冲动,但最终还是忍住了。他明白,这时候,讲这些话非但于事无补,还会惹得他们无谓的担心。便想着去了美国之后,一定要用功读书,绝不能辜负了父母的一片苦心。

飞机呼啸着刺入蓝天,虹桥机场瞬间就消失在云雾之中,那些摩天大楼以及纵横交错的街道,先是若隐若现,最终也消逝在舷窗之外。"别了,上海。"俊杰在心里默念着,思绪已飞向加州的海边。他记忆里那些高大的棕榈树,伸展开来如绸缎般细腻的沙滩,梦幻般的海风轻拂面庞,那种久违了的舒适的感觉,翩然而至。他幻想着在这样的背景下,一个漂亮的女孩挥动着双手,欢天喜地地向他跑来,她穿着那件点缀着粉红和黄色碎花的短衬衣,泡泡纱的白裙,风舞动在她的裙边,那女孩灿烂地笑着,叫着他的名字,一步一步踏在波浪的韵律上,向他跑来。可来到他的跟前时,却又羞涩地垂下眼帘。此时,背后的沙滩,又幻化成一片绿油油的草地,让女孩身上鲜艳的衣着,显得格外的醒目。女孩红润的脸庞,就像草地上绽放的最娇艳的花朵,美不胜收。俊杰不禁伸出手去,想抚摸她的脸,想把她拥入怀中。他的嘴里喃喃地叫道:"宛星,宛星。"可宛星却向后退去,趁他的手在空中划过时，把一束绿叶放在他的手掌上，并以一种既熟悉又遥远的声音轻轻呢喃："你看，这是野荠菜。我奶奶常常带我摘荠菜，然后包成荠菜馄饨，又香又美，好吃极了。"那声音是那样的柔美、那样的亲甜，令俊杰心旌摇动，魂牵梦绕，不能自己，觉得眼眶都有些湿润了。他想用手去擦，别让泪光模糊自己的视线，好把宛星看得更真切些。可忽然一阵狂风吹来，吹得大地颤动，隆隆的雷声由远而近，滚滚而来。他不由得睁开了眼，却发现自己仍坐在机舱内。飞机正在缓缓地降落，刚才那颤动的感觉，正缘于此。透过舷窗，他看见了机翼下湛蓝的海水，和远方那一带蜿蜒的海岸线，以及海岸线那边，罩在雾霭之中的隐隐约约的高楼轮廓。

"San Francisco！（旧金山！）"他的心里惊喜地叫着，"I am coming again。（我回来了。）"

斯坦福的校园，就像美国其他许多知名学府一样，美而不艳，静而不寂。那是一种浑厚深沉之美，洒脱宽广之静。俊杰上次随父亲已来过这里，不过那次，只是慕名前来游览而已，并没有看得太过真切。那时，父亲是以客座教授的身份，受聘于加州大学伯克莱分校，而他，则借读于伯克莱附近的高中，离斯坦福还有数十英里的距离，并非常常能够到访的。虽说来过，已没了初时的新鲜感，但俊杰还是颇为兴奋的，因为现在，他已成了这儿的研究生，不再是蜻蜓点水、走马观花的过客了。办完了入学手续，他便利用尚有的一点空暇，到图书馆去查找关于瓦格纳教授的资料。

这一天，俊杰很容易就找到了教授的办公室，他轻轻地敲了敲门，问:
"Is this Professor Wagner？（我能见一见瓦格纳教授吗？）"
"Come in。（请进。）"里面的一个声音应道。

他推门进去。办公室并不大，而四壁是垒满了厚重书籍的高高的书架，将有限的空间弄得更加局促。不过，靠窗边的那张书桌还算大，桌上一样堆满了书。桌子的后面，正坐着一位长者，其头发大部已斑白，而面色却很红润。他戴着一副银丝边的眼镜，镜片后的一双眼睛犀利而有神。他打量了一眼俊杰，稍稍有些吃惊。

"How can I help you？（我能帮你什么吗？）"长者还是很和蔼地问道。
"Are you Professor Wagner？（您是瓦格纳教授吗？）"俊杰问道。
"Yes。What can I help you with？（我就是。你找我有什么事吗？）"教授点了点头，继续问道。
"Professor Wagner，（瓦格纳教授，）"俊杰连忙上前几步，热情地伸出手去。教授见状,便也大方地和他握了握,不过眼睛却还是狐疑地望着俊杰。

"My name is Junjie Jiang. I am a newly enrolled graduate student in the Department of Genetic Engineering and Biotechnology. I came here to ask you about one of your patients.(我叫江俊杰,是刚入学生物及遗传工程研究院的学生。我来找您是想向您打听您的一个病人。)"

"Of my patients? But I have never met you before.(我的病人?可是我并不认识你呀。)"

俊杰点了点头,笑道:

"But I know you so well. You are one of the most well known and respected professors in neurological science. Although you don't know me, you must know your patient, a young lady from Shanghai.(不过我可是非常认识您的。您在脑神经外科上的杰出造诣,实在是太让人敬佩了。虽然您不认识我,但您一定知道您的一位病人,来自上海的一位小姐。)"

教授听俊杰这么说,便点了点头。

"Are you referring to Miss Cheng?(你是说一位姓程的小姐?)"

"Yes, Miss Wanxing Cheng.(对了,程宛星小姐。)"俊杰见教授自己说出来了,心中不免一阵激动。

"Miss Cheng and you are ...(那您和程小姐是……)"

"Oh yes. We are classmates. Actually we are middle school acquaintances ... In fact, I am her boyfriend.(噢,我是她的同学,确切地说是初中同学……其实,不瞒您说。我还是她的男朋友。)"

"Boyfriend?(男朋友?)"教授不太相信似的摇了摇头,"No, no! I asked Miss Cheng before, she told me she doesn't have a boyfriend. I was kind of surprised, she's such a brilliant young lady.(不,不,我问过程小姐这个问题的,可她告诉我说她没有男朋友。我当时还很奇怪,她是那么一位年轻又聪明的小姐。)"

"Really? She didn't tell you?(是吗?她没告诉你吗?)"俊杰非常不解地叫道。不过,他也不想争辩什么,他只想知道宛星现在怎么样了,人在哪里。

可是,教授听了他的一连串问题之后,却仰起了头,望着天花板,像是在思忖着什么。然后,慢条斯理地说道:

"I can't verify whether you are a classmate or boyfriend of Miss Cheng. So unfortunately, I cannot disclose anything about Miss Cheng to you.(我没

法确定你是否和程小姐是同学,或是男朋友什么的。所以,我没法告诉你关于程小姐的任何情况。)"

"Why? why is that?(为什么?这究竟是为什么呢?)"俊杰这回真的是不解了。

"It's a matter of privacy。(关于隐私权的问题。)"教授还是耐心地解释道,"Because the sponsor, who also happens to be Miss Cheng's guarantor, has signed a privacy protection agreement with us. We can't disclose any information about Miss Cheng to anybody, unless they are direct relatives on record. (因为程小姐的资助人,也是担保人,和我们签有一份隐私保障协定,除非直系亲属,我们不能透露任何关于宛星小姐的治疗情况和相关信息。)"

"Can you at least let me know where she is living right now? Please don't say no. (那您能告诉我她现在住在哪里吗?这不至于也不可以说吧?)"

"Unfortunately I have to say no. I don't know where she is living and even if I did know, I still wouldn't be able to tell you. The agreement is very strict. (很遗憾,不行。我不知道她住在哪里。即便知道,我也没法告诉你,因为那份协定真的很严格。)"

"But...has she recovered? Is she good now? The only thing I want to know is whether or not she is fine. I beg you! (那她现在康复了吗?她一切都好吗?我只想知道她没事了就好,求求您了!)"俊杰说着,眼泪都快掉下来了。教授看着他着急上火的样子,动了恻隐之心,只说了句:

"She is not in the hospital any more... This is the most I can say. (她已经出院了……我只能说这么多了。)"

从瓦格纳教授的办公室里出来,俊杰的心情很复杂,可说是五味杂陈。没打听到宛星的下落,多少让他有点沮丧。不过,值得庆幸的是,毕竟他找到了教授本人,而且,至少知道宛星还没有去见上帝,也没有像人们描述的那样变成植物人,否则,她是绝对出不了院的。谢天谢地!他在心里祷告着,这两个他认为最可怕的结局,都被排除在外了。只要她还在这世界上的某一个角落里活着,那么,就总能想办法再找到她的。他这样想着,这样安慰着自己,忽然觉得心情好多了。

从医学院到他的住处,要穿过整个校园,他去找教授时走得匆忙,没太留意周遭的景色。现在往回走,心情已不那么急迫了。斯坦福真是个美丽的地方,他想,人说校园像一座象牙塔,就是用来形容此地此景的吧?高而粗壮的洋棕榈,整齐地排列在路的两旁,习习微风从树叶间吹过,引得枝叶摇曳晃颤,仿佛带着诗意的韵律。清新的空气里,似乎还夹带着花草的幽香,让人忍不住要多吸几口。街道上一尘不染,干净得如同刚刚洗过一般。他从小就待在校园里,C大的校园也很美,但从整洁的角度而言,就远不如此地,倒不是无人打扫,校园的整洁,实在是要靠人们的维护。斯坦福著名的中央大草坪呈现在眼前,绿色如染,俊杰从未见过如此宽阔的草坪。草坪背后的大教堂,有着雄伟厚重的建筑风格,而建筑旁散布的铜雕,令人仿佛置身于雅典或罗马的街头。俊杰从草坪向着教堂走去,拾级而上,来到教堂的近前。教堂被回廊环绕着,回廊粗而高大的柱石,撑起穹顶,形成深邃而幽长的拱道,阴凉的风,顺着拱道吹来,和廊外热烈明媚的阳光交相呼应。在大礼堂的不远处,可以望见著名的胡佛塔。那是斯坦福又一标志性的建筑,为纪念也是从斯坦福毕业的第三十一届美国总统胡佛而建。高耸的胡佛塔有着红色的瓦顶,米黄色的墙面,和斯坦福校园内其他建筑物融合一体,令人恍若置身于一座巨大富贵的庄园之中。那种既田园又现代,既富贵又质朴的风格,让俊杰欣赏不已。

  本来他是往住处的方向走,而校园静雅纯美的景色,却不知不觉让他的行走,变作漫无目的的徜徉。经过图书馆前的喷水池,伫立于罗丹所作思想者的雕塑前,他想象着宛星坐在轮椅中被缓缓推来,虽有些苍白的脸上,依然挂着令人着迷的淡淡微笑,她穿着医院特制的宽大病服,却难掩其青春澎湃的身材。她的有些倦懒柔弱的神态,只是让人更加地怜惜。俊杰忽然想起,多年前在南翔古漪园中曾经拥揽着宛星,观赏雨中湖面缥缈雾色的情景来。那时候,那时候心动过的感觉,倏忽又回到了身上。宛星她若是看见如此的美景,是否也会想起这些?想起在她额头留下过的他初吻的唇印?

  他漫步游走,脑海中交织着各色各样关于宛星的念想。宛星啊,宛星!你会不会忽然地出现,出现在前方拐角处的花丛边?你会不会从轮椅中站起来,像在飞机上的那场梦中一样,翩然跑来,然后扑向我的怀中?你会不会和我一样地流着泪,用颤抖的声音叫着:"俊杰,俊杰,是你吗?"如同那次在图书馆中的邂逅相逢?俊杰这样地幻想着,不知不觉,眼中竟有些湿润起来。

  其实,宛星就在不远处。却不是在斯坦福的校园中,而是在校园近旁一座豪宅的阳台上。毫宅位于PALO ALTO(帕拉阿图)山麓的一处缓坡,从婆娑的树影间,刚好可以俯瞰斯坦福的全景。她真的是坐在轮椅上,而推着她的,却是一位中年妇人。那女子,虽已中年,却颐养得当,无论从仪态气质还是衣着打扮上看,都绝非佣人。她眉目清秀,皮肤白皙而细腻,若是和宛星同样年龄的话,那容貌神形,活脱脱是一样的美人儿。她高挽起的发髻盘在头上,偶尔的几缕青丝飘荡在耳际,她穿着一件丝质碎花的开衫,浅灰色亚麻质的筒裙,微风轻袭,衣袂飘飘,犹如仙人风韵。此时,宛星正指着前方的一处景致问那女子:

"那是什么?"

"胡佛塔呀。"

"是赫伯特·胡佛吗?第三十一届美国总统。"

"是呀,是呀!没想到,你对美国的历史也有研究。"说得宛星有点不好意思起来。

"哪能说有什么研究呢?只是略知一二而已。"

眼前,胡佛塔的塔尖隐约可见,但宛星肯定看不见正在塔下行走着的俊杰,不然,她会发出怎样惊奇的叫声呢?

"那边呢,就是斯坦福有名的椭圆形大草坪,那边是纪念教堂,再那边,就是你动过手术的斯坦福医院了。"那女子不厌其烦地指向各处,为宛星一一介绍着。宛星听得饶有兴趣,不住地微笑点头。

"斯坦福大学!以前是只闻其名,未知其实,没想到,我今生还有缘身临其境,真是太美了。"宛星赞叹道。

"这段时间以来,一直想让你康复得彻底些,没敢让你多走动。现在,既已痊愈了,有机会,我带你去校园里好好逛一逛。"

"谢谢。"宛星说着,有些歉意地微微一笑。

"这几个月来,您一定累坏了吧,真对不起!"

没想到听了宛星的话,那女子反而沉下脸来。

"宛星呀,你要是再说这样的话,我可真的要生气了!"

说完了,她盯着宛星的脸,手还在宛星那漂亮的鼻尖上,轻捏了一把。

"好好好!我不再说了。"

那女子这才又展开了笑容。

"家里住着还习惯吗?"她问。

宛星想了想说:

"说实话,不太习惯。"

"怎么啦?是佣人照顾得不好?是吃得不习惯?还是,晚上睡得不好?"她有些焦急地问道。

宛星连忙摇了摇头。

"不是不好,而是太好了!什么都不需要做,衣来伸手,饭来张口,所以不习惯。"

那女子嗯了一声,点了点头。

"可以理解。不过,你会慢慢习惯的。"

"恐怕,不是那么容易吧?"宛星说着,眼望向远处。

"我小的时候,住在一个破旧的巷子里,巷道只有这么宽。"她用手比了比,大概比她坐着的轮椅略宽一些。

"地面上坑坑洼洼的,常常有好多的积水。家里只有一间房,奶奶、爸爸和我住在一起。后来,搬到新房里,总算有了两室一厅。其实,所谓的厅,就是厨房兼饭厅,就那样,奶奶还高兴得几夜没睡好呢。我怎么能想到有一天,会住在这样大的房子里,光浴室就有五六间。这么好的空气,这么好的景致,我怎么能习惯呢?"她悠悠地说着,却把旁边的女子,说得眼泪汪汪的。

"宛星,让你受苦了!现在,这里就是你的家了。"

宛星沉默了。说起家,宛星想,恐怕没有比这更舒适的了。她从没有想象过一个有八个卧房、六个浴室和四个厅堂的家会是什么样子。对于她这么个来自中国底层百姓家的孩子来说,那是远远超乎于她想象力之外的。但鬼使神差地,她还是住进了这样的一个家。进门的大厅有弧形的穹顶,穹顶的四边,是用来采光的天窗,光线由窗外射入,令顶壁上的浮雕,呈现出凹凸有致的影像。厅墙四周,有高过一人的落地窗,由色彩浓重的帏幔装饰,显得高雅而华贵。往里走,便看见漆色亮丽的楼梯,通向高起的平台,楼梯的扶手,再以一种优美的弧度,分向左右,并延伸至视线之外的二楼去。那平台正面的墙上,悬挂着一幅巨大的油画,画面上,是宛星在户外阳台上所看见的斯坦福校园的景色。令宛星印象深刻的是,每间卧房里,都铺附着不同图案的墙纸,但都色彩雅淡。整座宅第中,凡有地毯之处的地面,都柔软而厚实,而浴室厨房里,则都是由大理石铺就的地砖,光滑亮丽,纤尘不染。总之,在宛星的心目中,那简直就是一座宫殿!而那位推着她轮椅的中年女子,便是这座宫殿的主人。在宛星赴美之前,她根本不认识她,而现在,却和她如此亲密无间,她甚至叫她把这里当作自己的家一样。这期间发生了太多的事了。而这一切,对宛星来说,与其说是一次不凡的经历,不如说更像是一场梦,而且比梦更神奇,更让人惊异!此时,宛星眼望向天边飘浮的一朵白云,思绪便也像那云般一样飘荡起来,飘回到她刚到美国的那一天。

第二十五章

　　这是宛星第一次坐飞机旅行。和其他头一次坐飞机的人一样,当飞机轰鸣着冲入蓝天,宛星感到了一种前所未有的新奇和震撼。但她并没有太多的心情去回味,她的心里,有着太多的忐忑不安,甚至是忧惧。她此行没有人陪伴。美国的慈善机构虽愿意帮忙办理陪同人员的签证,但却只能承担她个人赴美的费用。这是可以理解的。当宛星在机场与父亲和奶奶告别时,她颇有些壮士一去不复还的悲壮情怀。可是,当她坐在舷窗旁,看着机翼边的云雾被疾风吹动,飞快地向后飘去,而那蓝色的天光因此忽明忽灭的时候,她忽然有了一种在天堂里飞翔的感觉。不知怎地,她又想到了死。虽然这些天来,她已无数次地想到这个字了,但很奇怪,这时,那个曾一直让她感到神秘恐惧的概念,却没有让她再一次地战栗,没有让她的心,再一次有如坠深谷的空虚感,相反的,她感到了从未有过的安详和宁静。也许,那令人忧惧的死,就是以一种难以想象的速度,在未知的境地里飞行罢了,或许,就是一种飘然欲仙、如幻似梦的感觉而已。想到这里,她的嘴角竟绽放出一丝微笑来。她深深地吸了一口气,精神为之一振。在这一刻,她打定了主意,在这未知的世界里,无论等待着她的将是什么,她都要用这种在天堂里飞翔的心情去迎接它。

　　当她正沉浸在自己的思绪中,旁边忽然响起来一个声音:

　　"Excuse me, are you Miss Cheng?（对不起,您是程小姐吗？）"

　　宛星抬起头,原来是一位黑人空中小姐,正在和她说话。她脸上那棕褐的肤色,在机舱内温和的灯光映照下,现出丝绸般的柔光,让宛星感到了异样的新奇,那是一种宁静中的狂野,狂野中泛溢出来的美艳。

　　"Yes...?（是的……？）"宛星应道,一脸诧异的表情。

　　"Could you come with me?（您能跟我来一下吗？）"那位空姐说得十分的谦和有礼,微笑着做了个邀请的手势。

宛星不得不站起身来。虽不知发生了什么，但还是跟着她，来到了机舱的前部。那里是商务舱的所在地，座位看起来不仅比宛星刚才坐的舱位大了许多，而且，座椅前后的空间也更加宽敞。见宛星一脸疑惑的神情，那位空姐这才解释道：

"Miss Cheng, we just got a message from the U.S. about you, they asked us to upgrade your seat to business class, so……please.（程小姐，我们刚从美国方面得到关于您的消息。他们要求我们将您的座位升级为商务舱，所以……请。）"

她欠了欠身，指了指旁边的空位，示意宛星坐下。宛星惊讶得张大了嘴，心想，他们一定是弄错了。

"I am sorry,（我很抱歉，）"她用有些生硬的英语说道，"I don't think I have paid for the upgrade. Is this very expensive? Actually I feel quite comfortable back there。（我不认为我曾支付过升级的费用。这是否很贵？其实，我坐在后面那儿很舒服。）"她回头望了望刚才走过来的通道。

可那空姐还是微笑地看着她，以温和但十分肯定的语气说道：

"Don't worry. Your upgrade has been paid by your sponsor. Please sit down. I hope you can rest better here during the trip. On behalf of the entire crew, I welcome you to be our VIP.（别担心。您的升级已由您的资助人支付了。请坐。我希望您能在此次旅途中得到更好的休息。我代表全体机组人员欢迎您成为我们尊贵的客人。）"

她说得彬彬有礼、真心诚恳，宛星不得不坐了下来。

一路上，那位空姐一直对她嘘寒问暖，不仅为她提供舒适的枕头、温暖的毛毯，还不停地为她带来各种各样她从未喝过的饮料，以及风味各异的世界美食，一时间，宛星觉得自己恍若摇身一变，成了皇室的公主了。受宠若惊之余，不免又觉得不安了，作为一个慈善捐助的受益人，她一直诚惶诚恐，绝没想过会得到如此高规格的礼遇，这多少让人觉得蹊跷。不过，因为这些天来准备旅行的忙乱，让她的身心俱感疲累，坐在舒适的机舱里，她决定不再去想那些想不明白的事情了。她闭上了眼，飞机的轰鸣声渐渐平息下去，四周的一切变得宁静安详，只有缥缈的云雾，从她的身边一片一片地闪过，就像难以捉摸的时光一样，无声无息地流走。她想伸出手去遮拦，张开手却总只看见虚无。她便觉得有盈盈的热泪，开始在眼眶里打转了。又想起了朱自清他老人家，想起了他的《匆匆》，想起了他笔下无与伦比的春色，以及那一片月光下静谧如梦的荷塘。她忽然觉得，其实，生命更像是在飞翔，只有在天空中俯瞰它的时候，才会发觉，它竟有如此难以割舍的美丽动人。

当飞机降落在旧金山机场时，已经是晚上了。虽然舷窗外的点点灯火，让人觉得有一种神秘莫测的美，但那宽敞整洁的候机厅里，却一如既往的明亮如白昼。远远地，宛星看见一个写着她名字的大牌子，在拥挤的接机人群中晃荡着。那牌子比别人大一号不说，还举得特别高，所以，一眼就能看得很清楚。她便推着自己的行李车，走了过去。走到近处，她终于看见了那个为她接机的人。那人长着一张典型的圆脸，有些骄傲却有神的眼睛里，露出些许调皮的光，向一边微微翘起的嘴唇，显露出一丝冷峻又促狭的微笑，在与他的目光交会的一刹那，宛星不得不怀疑，刚才十数小时的飞行，以及这看似明亮却又恍惚的接机大厅，是否是一个连环套里的梦境。

"魏坤？"

她以如置身于梦境里的惊疑语气不由自主地叫道。

那个被她如此呼叫的人，便欢快地跑了过来。

"程宛星小姐，是你吗？Welcome to America!（欢迎来到美国！）"

他一边呼喊着，一边给了宛星一个美国式兄长般热情奔放的拥抱。

"怎么会是你？我不是在做梦吧？"宛星依然难以置信眼前所发生的景象。

"怎么能不是我？"魏坤熟练地接过宛星手里的行李车把，"你那独一无二、举世无双的坤哥，怎么可能会是假的？"

说完，也不管宛星仍瞪着那双大眼睛呆呆地站在那儿，自顾自推起行李车往出口的方向走去。宛星不得不机械地跟在他的后面，一边走一边不停地自己念叨着：

"这究竟是怎么一回事？"

魏坤终于回过头来，笑看她那一副可爱有趣的疑惑表情，说：

"惊奇吧？你先别急。其实，我也差不多。几个小时之前，我也不知道要接的人，竟然会是你！我们还是先回住处，有话慢慢再说，好吗？"

听了魏坤的话，宛星也就慢慢安静了下来。这几分钟的时间，魏坤说话的声音，他的举止神态，已让她渐渐地适应了。她已不停地揉过自己的眼睛，掐过自己的手臂，可以确认的是：这一切虽然让人惊奇，却是真实无误的。

汽车在机场匝道上绕了几个弯之后,很快上了高速。与上海城区内拥堵的交通相比,这里的公路宽大笔直,视野也更加宽广了。虽然是夜晚,宛星还是能看见路边繁密的树丛,和远近各处时而灿烂、时而悠远的灯火,如同置身于乡村的原野。

"不是旧金山吗?怎么没看见什么高楼大厦呢?"此时,宛星已不再惊疑,而是有些好奇地问。魏坤笑了。

"虽然你到了旧金山机场,但地点,却不在市内。"

"我们这是往哪儿开呢?"

"你不是要去斯坦福吗?"

"那——今晚我会住在那里?"宛星还有点不太放心。

"欧阳夫人已经安排了一间公寓,就在大学附近。放心吧,一会儿你就知道了。"

"欧阳夫人?你说的就是 Maria Ouyang 吗?"

"是呀。"魏坤答道,"她是我们基金会的主席。"

他们一路聊着天,魏坤不停地介绍着沿街的景致,很快就到了目的地。果然,那间公寓的设施完善,不但有电视、电话、冰箱,居然还有一间小厨房,餐饮炊具一应俱全。魏坤此时则更像主人一般,不但帮着宛星办理入住手续,还帮她搬运行李到楼上,开了灯,又开空调,将它调到适宜的温度后,再仔细调整了室内各处光源的配置,直到柔和的光线,营造出一种温馨和谐的氛围,这才拍了拍手,满意地环顾四周,问宛星道:

"怎么样,还满意吧?"

宛星一直看着他的身影,晃进晃出,忙里忙外的,神志竟又有些飘忽起来,觉得那身影,更像是一个从天而降的幻影,直到魏坤走到她的面前问她,才回过神来。

"噢,是呀,真挺好的。"

"冰箱里有牛奶,还有些冷冻的早点,明天早上,你可以用微波热一下。"他指了指冰箱和微波炉交代道。

"谢谢你了。"宛星看着他额头上残留着的细汗,诚恳地说道。

"不用谢我,都是欧阳夫人交代的。"

"那你就代我谢谢她吧。"

魏坤笑了笑,微微点了点头。

"先休息一下吧。"宛星示意魏坤坐下,"那么,你能告诉我……"

魏坤没等她说完,自己已坐在了餐桌旁。

"我知道你要问什么。这……说来有点话长。长话短说,自从我们苏州一别后,说实话,我有点万念俱灰。虽然我要求乾坤贸易继续与盛昌洽谈合作的项目,但我已没什么心思做生意了。刚好,人家介绍了一个出国进修的机会,说是美国加州斯坦福大学有个 Program(课程计划),专门提供一些 MBA(商业管理硕士)课程给海外的企业家,我便申请了。本来只是想出来散散心,没想到真被录取了。所以,三个月前,我就过来了。"

"怪不得和乾坤贸易谈判时都没见到你。没想到,会有这么多的变化。那,你的公司怎么办?"宛星仍有些负疚又有些好奇地问。

"不用担心。那是个家族产业,总会有人照顾的。"

"那么,你又是怎么和玛丽亚基金会扯上关系的?"

"读 MBA Program(商业管理硕士课程)嘛,自然有不少实习的机会。欧阳女士是本地知名的企业家,又是个慈善人士,我在她的公司里实习,便有幸也在她的基金会里帮帮忙。"

"原来是这样。"宛星点了点头,"刚见到你时,我还以为自己是在做梦呢。"

"那你怎么样?欧阳女士跟我说了你的情况。我真的很担心你呀。"这回,轮到魏坤问她了。

宛星耸了耸肩,试图用一种轻松的语气道:

"人食五谷杂粮,难免会有些贵恙啰。还好,我有那么多好同学,帮我联系了这么个难得的机会,来美国治病。当然,更要感谢欧阳女士和那么多的善心人士。"

魏坤点了点头道:

"生病固然不幸,但却有幸让你遇见了欧阳女士。她真是一个大好人,帮助过许多人。而且,她对你的事特别关心。我听基金会的同事说,还从未见过她如此亲力亲为地关注过一个资助案呢。"

"是吗?这是为什么呢?我只是一个和她素未谋面的陌生女孩呀!"宛星疑惑地问道。

魏坤摇了摇头。

"不知道。不过,我刚刚看见她的办公桌上,放着一张你的相片,可能,是因为你长得漂亮,让她想起了自己年轻的时候吧。"

魏坤端详了一下宛星的脸,不由得笑道:

"真的喔,你和她长得还真有点像呢。"

宛星瞥了他一眼。

"你就爱开玩笑。"

"好了,你先休息吧。有什么事的话,打电话给我。"

魏坤说完,递给宛星一张名片。宛星望着他缓步走出去的背影,思绪又开始翻涌起来。她刻意瞒着俊杰,终于,把他推到了万里之外,没想到无意间,却和她本该推到万里之外的魏坤,近到咫尺。

说实话,宛星这一晚都没怎么睡着,总在迷迷糊糊间。虽然四周很安静,卧床非常舒适,而魏坤调好的温度,也恰到好处,但她的心绪却无法平静。宛如一梦,仿佛在一瞬间,她就置身于一个完全陌生的境地。正如她一路走来的感觉,她觉得从现在开始,每一个明天,都将是旷野里明灭的灯火,不知道什么时候会亮起,又在什么时候会消失。梦里面全是她熟悉的影子,忽而是奶奶那双忧虑的眼神,忽而又是爸爸冷峻又无奈的脸色,忽而是魏坤站在面前微笑招手,忽而是俊杰絮絮责怪她再一次的不告而别。而每当俊杰出现时,他的影像,总是变得很模糊,连他说话的声音,也仿佛是从遥远处飘来,忽断忽续。每当这样的时候,宛星就会变得很挣扎,因此醒了好几次。就这么,天总算又亮了。

洗漱完了,用了早点,她穿戴齐整,想趁着天早到楼外走走。早点的味道还真不错,那是一碗她自己煮的荠菜馄饨。虽然昨晚上魏坤跟她说,冰箱里有只要用微波热一下就可以吃的早点,但她发现,其实冰箱里的存货还真不少呢。当她发现了这几袋荠菜馄饨之后,她觉得毫无疑问的,这就是她想吃的早餐了。虽然和奶奶亲手包的相比,味道差得远了,但这虽不神似、却还形似的故乡的风味,还是让她十分满足。她自己都觉得奇怪,怎么刚到异域才一天,就已经开始思乡了。

她刚想出去,而门上不经意地响起了几下叩门声。轻轻的,但在清晨的寂静中,却清晰无比。她有些惊奇,不知是谁这么早就来找她了。她首先想到的是魏坤,这是她在这边唯一认识的人了。可是,他昨晚弄得很晚,不该这么早就起床的。或许,是来整理房间的侍者,但未免太早了些。她满怀好奇打开了门。原来,门外站着的,是一位中年女子。说是中年,只是从她深邃的眼神和鬓角上隐隐的几丝白发上看出来的。她脸上的肤色鲜润柔嫩,宛如少女,虽打扮入时,却难掩端庄沉静之美。

"您是?"宛星一脸疑惑地问。

那女子却不答话,只是一个劲地从上到下、又从下到上地打量着宛星,仿佛不是在看,而是用她的目光一寸一寸地度量似的。等到她的目光终于又回到宛星的脸上，并与宛星的视线在空中相遇时，那无形却可以清楚感知的震荡开来的光亮，让两人都不由得一震。那是一种令宛星感到非常遥远、却又非常熟悉的闪光，好像古老经典的黑白电影的画面，以非常快的速度在脑海里闪过，并间杂着尖锐和混沌的噪音。她不知道自己这是怎么了，总之，她待在那儿，不知该说些什么。倒是还站在门外的女子，很快镇静下来。

"你就是程……宛星小姐吧。"

那声音有些飘忽不定，但显然是绵软柔和的，仿佛是从天空深远处飘来，却有着一种令人舒解的魔力。于是，宛星的那颗莫名惶然的心稍稍平静。她点了点头。

"我可以进去坐一坐吗？"那女子非常有礼貌地探询道，却依然没有回答宛星最初的问题。宛星不由自主地挪开了挡在门口的身子，让她进了屋。那女子略略打量了一下四周，便走到客厅的桌前，本想坐下，却看见桌上依然放着的、宛星刚吃完馄饨的空碗筷，她一声不响地将它们收拾起来，端在手里，向厨房走去。宛星连忙赶上前去，从她的手里抢过碗筷。

"您到客厅里坐，让我自己来收拾吧。"

那女子却不争执，也不言语，只是优雅地站在那儿，看着宛星把东西都放进水池里了，才转过身去，回到了客厅里。

"你一定觉得很好奇吧：'这老太婆是谁？她怎么知道我的名字？她怎么知道我住在这里？'是吗？"当她俩都坐在客厅的餐桌前了，那女子才开口说道。宛星点了点头，这时，她已从刚才惊异的状态中基本恢复了。

"不过，您看起来一点也不老呀。我不知道该叫您姐姐好呢，还是阿姨？"宛星这么应道。没想到这话却把她逗乐了。

"没大没小的。"她嘴里这么说着，脸上却笑了，笑得很甜美、很满足的样子。宛星发现她笑的时候，脸颊上便现出两个浅浅的酒窝，让她本已姣美的脸庞，变得更加好看了。可她很快就收敛了笑容，目光直视着宛星，神情又回复到刚才在门口时，那种深邃执着的样子。

"我叫 MARIA（玛丽亚），我们曾经通过电话的，你还记得吗？"终于，她缓缓但十分清晰地介绍了自己。

"原来您就是欧阳女士啊！怪不得我听您的声音，觉得很熟悉。"宛星惊奇地叫道，"见到您真高兴！"

"昨晚睡得还好吗？"欧阳女士问道。宛星用力眨了眨仍有些惺松的眼，不加掩饰地说：

"并不太好。可能是因为时差，或者只是……太兴奋了。"

欧阳女士便又端详了一下宛星的脸。

"真的睡得不好。看，眼眶都有些肿肿的呢。这怎么行呢？手术之前，你必须好好地休息，养足了精神才行啊。"

她说着，显出颇为心疼又担心的样子。说得宛星都有些感动了，倒是她反过来安慰道：

"别担心，过几天就好了。我的适应能力很强的，在国内的时候，我就是一个人跑到苏州去工作的。"

欧阳女士点了点头。

"我知道。小姑娘终于长大了，真了不起！"宛星被她说得都有点不好意思了。

"你家里还好吧？他们担心你吗？"

"担心总是有的。况且，这又是我第一次出这么远的门。但他们也明白，对我而言，这是最好的选择了。真的要感谢基金会无私的帮助，真的很感激！"

说着，宛星站起来，给欧阳女士深深鞠了一躬。欧阳女士连忙也站了起来，扶住宛星的身子，将她揽到自己的怀里。宛星闻见她身上一种非常别致的香水味，感受着从她的臂弯里传来的温暖慈爱的触摸，她心底里莫名地涌起一种异样的感动。从没有中年女人这样温柔体贴地拥抱过她，可是在梦里，她已被这样拥抱过无数次了，但如此真实、如此贴近的拥抱，这还是第一次。第一次的感觉真好，第一次的拥抱，原来可以这样地让人享受不尽。她抬起头，看见欧阳女士的眼里，竟盈满了晶莹的泪光。

"您怎么啦？"她有些吃惊地问。

"没什么。看见了你，我想起了我的女儿。我和她已经分离很久了。"

"是吗？她在外地工作吗？"

欧阳女士摇了摇头。

"还是先说说你吧，家里的人身体都还好吗？"

"我爸爸身体很好。但我从小就没妈妈，我从没见过她，她在我很小的时候就去世了。"

听了这话，欧阳女士低下了头，不再看宛星，也不再说话，好像在沉思什么，弄得宛星一时不知该说些什么。

"那么，你爸爸没有再婚吗？"

沉默了一阵之后，欧阳女士突然问了这么一句。

"噢，没有。我爸爸现在是个出租车司机。说起他来，话可就长了。他说自己没有女人缘，但我想，他也许是为了我。"

"为了你，所以，没给你再找个后妈？看来，你爸爸还是很疼你的，是吗？"

"平常还算疼我的吧。但他喜欢喝酒。喝醉的时候就……"

"就完全变了一个人。"欧阳女士接口道。

"您也猜到了？"宛星叫道，"我最害怕他喝醉的时候了。"

"我也是。"欧阳女士点了点头。

"你家里，也有酗酒的人吗？"宛星好奇地脱口问道。

"曾经有，现在没了。你奶奶，还健在吧？"

宛星愣了一下，不知道为何她会突然问起自己的奶奶。她从没跟美国方面的任何人谈起过奶奶。欧阳女士是怎么知道她有个奶奶，而且，又为何专门问起她呢？

"您……知道我奶奶？"她疑惑地问道。欧阳女士点了点头。

"其实，我还知道。你爸爸叫程进德，你奶奶叫王宜珍，是吗？"

宛星张大了嘴，她完全没法相信眼前发生的事，只是机械地点着头。

"我还知道，你的膝盖上有个疤痕，那是因为小时候，你摔倒在一块石头尖上，落下的伤口。"

"是呀！您是……怎么知道的？"宛星嗫嚅着，脸涨得通红，而刚才的点头，此刻变成了不停的摇头。可欧阳女士却不理会她的惊异，仿佛仍沉浸在自我的思绪中，与其说是在叙述，还不如说是在不停地自言自语。

"你知道你为什么叫宛星吗？那是因为你出生的那天晚上，天气真好，满天的星斗，好像是在迎接你的到来。所以，妈妈就给你起了这个名字，是希望你的将来，可以像星星一样的灿烂美丽。"

"您……究竟是什么人？为什么知道得这么多？您叫什么名字？"宛星此时已是急不可待地问道。欧阳女士抬起头，直勾勾地望着宛星，宛星看见她眼里的泪花，已然变成了两条细流，顺着脸颊不停地往下淌着。

"我的中文名字叫忆云。其实，原来我不姓欧阳，我姓崔。"她极力控制着自己的感情，一字一顿地说着，生怕自己的哽咽，会让说出的话里有一丝的含糊。

"崔忆云，你有没有听说过这个名字？"

宛星的眼里瞬间噙满了热泪。这是个她既熟悉又陌生的名字，可以说一直融入在她的生命里，可感觉上又极其遥远。那个被唤作忆云的人，曾只在梦里与她相见，而相见之后的每次醒来，除了看见被泪水浸湿的枕巾，她却从未能捉摸到其虚渺的音容。可是现在，那个以为早已去了天堂的人，那个在梦里无数次呼唤她的、而唤醒后又不知所在的人，竟活生生地站在她的面前！她不得不怀疑自己是否仍在梦中。

"妈妈？"她脱口而出地呼唤着，虽然在梦里已呼唤过千百次了，但她还是惊异于此刻真实的呼唤，竟可以这样的充满柔情、这样的甜美、这样的令人陶醉。她不由自主地再一次扑向那个叫忆云的人的怀里。二十多年来，她一直想象着这样的一个时刻，她一直以为这将永远停留在她的幻境里，只是一个无法兑现的梦而已。可是，感谢上帝！让世间能有如此奇妙的安排，竟可以让她在这样一个毫无先兆的宁静的清晨，把多年来萦绕在梦里的情境，如此真实地演绎一遍。

"妈妈，您就是我的妈妈吗？这怎么可能，我不是在做梦吧？"

她不停地叫着，她不知道还有什么，比这样不停的呼唤，更能释放蕴藏在她心中的万千情愫。而欧阳忆云，则紧搂着依偎在怀里的宛星，她俯下头，吻着宛星的一头秀发，那秀发上散出的淡淡清香，和那身上漾起的少女特有的气息，都让她百闻不够。和宛星一样，她沉浸在此刻那种难以言表的幸福之中，此时的分分秒秒，仿佛都胜过永恒。可是，当她一早来到这里之前，还有点忐忑不安，她不知道该怎样告诉宛星，而宛星又会有怎样的反应。毕竟，这是差不多二十年的分离啊！现在，她不再担心了。很显然的，宛星的心里，还装着关于妈妈的美好印象，仅就这一点，她已是无比的满足了。

"宛星，你有没有怪我呢？这么多年了，一直都没有找到你。"

她一边抚摸着宛星的肩背，一边柔声地问。宛星并没有说话，她其实有太多的话要说，有太多的疑问要问，只是不知从何说起。她先要让自己的心情平复些了，才理得清这纷乱的思绪。

她抬起头，看了看欧阳忆云的脸，这才发现，自己和她真有许多相似之处，怪不得刚才初见面时，她会有那种莫名的吃惊感觉。

"我一直以为，我的妈妈早已不在人世了。他们都是这么说的，我也从没有怀疑过。"她说这话的时候，不知不觉，眼里又噙满了泪水。

欧阳忆云也在流泪,只是说:

"那时,你还是个婴儿嘛,怎么可能记得?"

"真让人不敢相信,您就是魏坤说的那位基金会主席——欧阳夫人吗?"她自己都觉奇怪,在她仍然纷乱的思绪中,冒出的第一个问题会是这个。欧阳忆云点了点头。

"魏坤跟你提到了我?"

"是呀。他说他是你的职员,接机呀、宿舍呀,还有早点什么的,都是您吩咐安排的。"

"他是个不错的小伙子。"

"那么,在飞机上,那商务舱的座位,也是您的安排?"

"是呀。我可不能让我的女儿千里迢迢而来,一路上会有任何的不舒服。"

"其实,经济舱已经很好了。当时,我觉得很不习惯,很怪异的,我想,他们干吗对我那么好?"

"不是他们,是妈妈呀!你会慢慢习惯的。"欧阳忆云抚摸着她的头,郑重地说道。

"看来,魏坤说的没错了。您也是制药公司的老板了?"

"怎么,你觉得我不像吗?"

"不不不。"宛星忙摆着手道,"只是觉得太突然了。本来,我只知道自己是个没娘的孩子,可突然间……太不可思议了!您是怎么找到我的?"

"其实,自从中国搞了那个改革开放以后,我一直都在打听你们的下落,可总也没能找到。这次,多亏了瓦格纳教授,他在网上发布了你的消息,自然也会向我们基金会求助。他说有个中国的女孩得了这个病,需要资助,因为我们基金会多年来也确实资助过一些来自中国的病人,所以才找到了我。真是天可怜见,他知我多年来一直自责又不断地祷告,才又把你赐还给我。你知道,我听到他说了你的名字时,我差一点晕过去吗?"

"这真是太神奇了!我的同学跟我说,有个机会能去美国治病,我还以为他们只是想安慰我。没想到不光能来,还能找到妈妈!"

"是啊。有机会,我也要好好谢谢你的那些同学们。"

"可是,您原来不是姓崔吗?怎么会变成了欧阳?还有,为什么奶奶还有爸爸,他们都说你已经过世了呢?这究竟是怎么一回事啊?"

好像早已料到了宛星会问这问题,欧阳忆云看着宛星急切的神情,搂了搂她的肩膀，柔声安慰道：

"不要着急，宛星，这是个很长的故事，让我以后慢慢跟你说吧。而且，我也有好多问题要问你呢。不过今天呢，我已约好了瓦格纳教授，还是让我们先处理你看病的事吧。"

虽然宛星很想知道这段有关自己身世的谜，但也觉妈妈说得有理，便顺从地点了点头。

"我们今天的事，你先不要告诉你爸爸和奶奶，我会慢慢跟他们沟通的。"

欧阳忆云如此交代道。宛星虽不知道在自己还是婴儿的年代里，父母间究竟发生了什么，为什么爸爸和奶奶都要骗她说自己的母亲已不在人世，但怎样告诉他们这件惊人的发现，倒也须仔细斟酌。还是等弄清事情的原委之后再说吧，她这么想着，便又点了点头。

"那么，"欧阳忆云十分满足地拍了下手，"收拾一下你的行李，我们走吧。"

"到哪里去？为什么又要收拾行李？"

"回家呀。"欧阳忆云答道，"女儿当然要住到家里去。"

"这儿挺好的，说是离斯坦福医院还近。"

欧阳忆云轻轻拍了拍她的头。

"跟妈妈还有点儿陌生？怕住着不习惯？"

宛星点了点头。欧阳忆云笑了。

"别怕，会习惯的。况且，你住在这儿，基金会还要付额外的租金。我家里很大，房间不用也是空着，反而浪费了。住在家里，我也能更好地照顾你呀。"

听妈妈这样说，宛星不得不同意了。

第二十六章

斯坦福医院离宛星的住处还真不远,坐上欧阳忆云那辆漂亮的宾利车,在绿树掩映下的街道上转了几个弯之后便到了。宛星终于见到了瓦格纳教授。教授虽已头发斑白,但精神和谈吐都不输于年轻人。

他和欧阳忆云随意寒暄了几句之后,便转过头来看着宛星。

"Welcome to Stanford!(欢迎来到斯坦福!)"他大声和宛星打着招呼。

"How do you feel? My little angel。(你感觉怎么样?我的小天使。)"一边说着,一边还张开双臂和她拥抱了一下,他那种西方式的热情微微吓到了宛星。她还是头一次和长着如此大胡子的老外医生接触,不免有些拘谨。

"I am ok。(我还好。)"她怯生生地答道。

"Oh, oh。(噢,噢。)"瓦格纳笑道,"You don't look very excited。That is fine。Don't worry,we have the best technology and best doctors here to take care of your case. Believe me. Let's fight together against that little enemy in your brain. I need you to be a soldier and fight with me, can you do that?(你看起来不太高兴。那没什么。别担心,我们有最好的技术,最好的医生来照顾你。相信我,让我们一起和你脑袋里的那个小小敌人干上一仗。我要你成为我最好的战士,行吗?)"

宛星被他自信乐观的情绪所感染,也略略提高了声调,说了声:

"Yes Sir!(是,先生!)"

瓦格纳满意地点了点头。"Alright. Let's do it!(好,让我们干吧!)"他看了一眼欧阳忆云,继续说道:

"You are really lucky. You have the best sponsor in the world。(应该说,你很幸运,你遇上了这世界上最好的资助人。)"

这一天,瓦格纳安排宛星做了一系列的检查。在开完了一堆形形色色的单子,又不厌其烦地交代了一通之后,终于把她们从医院里放了出来。于是，宛星平生第一次，来到了她做梦都不曾见过的家。与欧阳忆云离奇的相逢，已让她心潮澎湃，而见识了她那座豪华又不失典雅的家，则更让她惊诧不已。从阳台上望去，澄碧的天空万里无云，清澈如洗，而远处连绵起伏的山麓，则郁郁葱葱有如墨染。欧阳忆云告诉她，山那边就是浩瀚的太平洋了。这不禁又让她浮想联翩，思绪飘回到大洋彼岸的中国去了。这两天恍如一梦，从国内拥挤的街道、汹涌的人潮中，忽地坠落到这寂静空旷的山谷，从工薪白领、平民阶层，忽地升格为富二代公主，享受着豪宅、豪车，以及各种贵族般的礼遇。虽然新奇又兴奋，却也着实让她很不习惯。她想象着爸爸仍在满是烟尘的马路上，招揽过往的旅客，而奶奶或许还坐在客厅的饭桌前，呆呆地望着房门，等待她的出现。文娟他们又在做些什么呢？俊杰，俊杰他现在在哪里？他是否已经知道了自己远赴他乡，只是为了要与他分别，为了要忘记和他曾经有过的一切？他会否因此也想要把她忘却，或者，和她现在一样，带着些隐隐的心痛？对不起，对不起！如果真是那样，我不是存心要把你伤害，那只是因为爱，因为爱而选择的放弃！我不希望你和我生活在生死未卜的前程里，我只希望你抖落掉身上的阴影和负担，轻松地去寻找你应得的快乐和幸福。如果你因此而要忘了我，忘了我吧！让我独自去面对这从天而降的命运的考验。但无论如何，我都会把你记在心里，无论时空的隔离，无论天意的顺逆，无论生与死，那份记忆都将与我同在！

那个被欧阳忆云称为家的地方，确实与众不同。不光每天会有人定时来为它打扫，到了傍晚时分，还会有专门的厨师上门来做饭。可今天却不太一样，厨师走了之后，欧阳忆云又亲自下厨，做了几样小菜，都是宛星爱吃的。葱爆鳝背、面筋塞肉，还有炒得油亮碧绿的鸡毛菜。当然，那些菜色是在和宛星聊天时，欧阳忆云悄悄记下的。宛星看着桌上丰盛的晚餐，特别是欧阳忆云亲手烹制的上海风味菜，不禁颇为感慨，多少让她从这座难以与家相联的豪华居所里，找到了一些家的感觉。那一套地道的本帮烹饪手艺，又多少让她把欧阳忆云，与她想象中的妈妈拉近了距离。

晚餐后，欧阳忆云带她来到了她的卧室。与豪宅其他各处的格调相一致，那卧室里富贵高雅的装潢，在宛星的记忆中，是只在电影里才见过的。那些帝王将相、王公贵族的寝居，看起来应不过如此。但此时的她，已经不再那么惊奇了。当她钻进松软温暖的被窝，斜靠在高高的红木床头时，欧阳忆云则坐在她的床边，默默地看着她，好像总也看不够似的。

"忙了一整天了,累不累啊?"她问。

宛星摇了摇头。

"不累。只是太激动,好像还没完全恢复过来。"

"妈妈今晚恐怕也要睡不着了。有太多的话想跟你说,可又怕你太累了。还是以后再说吧。现在,就让妈妈好好看看你。"

她亲抚着宛星的脸,一边又在喃喃地说:

"一眨眼,我的女儿已是个大姑娘了。好漂亮!真遗憾,我没能陪着你长大。对不起。"她说着,眼泪又从眼眶里往外涌。宛星看着,也觉心疼。

"妈妈,别难过了。我不是又来到您的身边了吗?虽然我是来给您添麻烦的,但是……"

欧阳忆云忙用手堵住了宛星的嘴。

"你怎么会是麻烦呢?你是上天赐给我的礼物啊。她既然把你送还给我,就不会再让你离开了。别怕,你的病一定会好起来的。"

"谢谢妈妈。我不怕!能见到您,见到您活得那么健康、那么富足,我已经觉得很幸福了。"

欧阳忆云已是泪流满面。

"好孩子,好孩子!好好休息吧。你知道吗?今天,是妈妈这一辈子里最快乐的一天。"

经过几天的休息,宛星身上因旅行所带来的疲惫渐已恢复,而与妈妈意外相逢的激动,也慢慢平复了。终于到了要住院的时刻了。这天晚上,欧阳忆云又来到宛星的卧室。不知怎的,她此时的心情,却变得有些忐忑不安起来。毕竟明天,宛星就要离开这个家了。虽然这离开,并非真正意义上的离别,但对欧阳忆云来说,任何形式的分离,都是令人不安的。私底下,瓦格纳教授已把宛星的病况和手术的风险,跟她做了详尽的分析。虽然手术的必要性毋庸置疑,但危险性是现实存在的。她知道,宛星的心里也很清楚。欧阳忆云很想安慰她,但通过这几天的观察,她知道,宛星是个非常勇敢又善解人意的女孩,她的安慰也许是多余的,更多的,可能只不过是安慰她自己罢了。但是,她还是想在宛星离开之前,把自己想说的话,都跟她说了,把宛星该知道的,都让她知道了。那是二十年来,一直憋在心里的话。上一次的分离,已留下了无法弥补的伤痛,她不想再有什么遗憾了。

宛星正在整理明天要带去医院的衣物和日用品之类,见妈妈进来,便放下了手中的东西，以一种轻松又欢快的语气说道：

"妈妈，明天我就要和瓦教授一起上战场了。您看我，像不像他说的好士兵？"

"当然了！那还用说吗？而且，你们一定会凯旋而归的。"

她拉起宛星坐在床沿，又把她上下打量了一番。她看上去精神好多了，脸上带着微笑，一点看不出是个即将住院动手术的病人。

"妈妈，手术之前，我想把我的近况跟爸爸和奶奶报告一下，免得他们担心。"

"其实，我一直以基金会的名义，将你的近况告诉他们。当然，你若能写封信什么的，就更好了。他们看见你的亲笔字，会更安心些。你真是个孝顺的孩子。"

"当然，我先不提您的事。"宛星加了一句。欧阳忆云笑着点了点头。

"这个不急。你真懂事。"

"可是，我还是很难把您和我爸爸联系在一起。这对我来说。太难理解了，就像是两个不同的世界。"

"不同的世界？"欧阳忆云觉得宛星真是太聪明了，"你是不是很想知道，这两个不同的世界是怎么走到一起的？"

宛星点了点头。欧阳忆云拉起宛星的手，宛星的手柔软而纤细，她的手心，仍如孩童般的稚嫩。于是，欧阳忆云的耳边响起了那划破寂静长夜的啼哭声，那哭声仿佛从久远年代的深穴中隐隐传来，令她的身体不由得微微颤抖起来。她闭上了眼，努力回想着那一幅幅的画面，也许借助着与宛星相通的血脉，她能带着宛星，一起回到那个曾令她挣扎、令她疼痛，而如今又时时令她怀念的另一个世界里去。

于是，时间便像回溯的流水，而忆云的叙述则变成了流水中的孤帆，带着宛星，一起流回到一九四九年的上海。那一年，欧阳忆云出生了，她的父母是上海滩上显赫的大资本家。在她出生后不久，上海解放在即，正当她的父母准备搭机逃往台湾时，小忆云却突然染上了重病，那架满载着货物与人员的逃亡飞机上，有不少国民党高级官员在座，患有传染重病的婴儿是绝对不被允许登机的。忆云的父母在万般无奈之下，只得将孩子托付给了家中年轻的女佣刘潇湘和她的丈夫小崔。解放后，忆云便跟着刘潇湘夫妇生活，并被养父母改名成了崔忆云。由于两岸三地的隔绝，她与亲生父母失散了长达二十多年之久。

忆云长大以后，赶上了知识青年上山下乡运动。在乡下劳动插队时，忆云遇上了因为打砸抢而被下放到当地、也是来自上海的一位年轻人————程进德。程进德虽然犯过错误，但为人憨厚正直，而且极富同情心。当他看到忆云被好色又不怀好意的村支书欺侮时，忍不住挺身而出，出手相救。共同的遭遇和在清贫苦难生活中的相互帮助和倚靠，终于让两个年轻人互生情愫。

村支书因为他们的相互爱慕而恼羞成怒，想方设法地整治程进德和忆云。终于，在一次偶然的冲突中，程进德为了保护忆云而失手杀死了他！从此，程进德被迫走上了逃亡之路。

程进德逃走之后，忆云因卷入了这桩案件，一再地被坏人侮辱，在悲愤之下投河自尽，不料，却又被好心人搭救了。几经周折之后，她最终逃回到上海的家中。可是，没过多久，她却意外地发现自己怀孕了。因为程进德仍然下落不明，公安人员不断地上门追查他的线索，弄得忆云只好东躲西藏，有家难归。为了避开他人的眼目，她只得将刚出生不久的宛星，送到了乡下她奶奶的身边。正当公安局确定成了同案嫌犯的忆云已逃回上海的事实，派人前来缉拿时，已移居到香港的她的亲生父母，也刚好派人到上海找到了忆云的下落。她因此终于明白了自己的身世。于是，她被偷偷地接到了香港，然而，她与她的女儿宛星，也因此失去了联络。

宛星睁大了眼，久久注视着妈妈的脸。妈妈如涓涓细流的话语，在她的心中汇成了波涛起伏的浪潮。记忆中关于妈妈的那片空白，瞬间变得色彩斑斓了，二十年遥远的距离，也在顷刻间化作咫尺。她从未想到过，那位在她生命中已然逝去、再也无缘的妈妈，竟会突然间这样鲜活灵动地重现，并带给她如此动人的体验。

"妈妈，"她说道，"谢谢你告诉我这一切，让我明白了自己的身世，以及你所经历过的那些风风雨雨。可是，你为什么不让爸爸他们一起来美国呢？"

宛星听完了妈妈的叙述，终于问出了这个一直萦绕在她心中的问题。忆云移开了注视着宛星的目光，脸上掠过一丝不易察觉的痛苦表情，她沉吟了片刻。

"宛星，你知道，我已经结婚了，而且，你也有了一个小弟弟。对于你爸爸，我觉得很羞愧。可是，我还没有准备好。你会怪我吗？"

听了妈妈的话，明白了她心中的挣扎，宛星同情地点了点头。

"我明白。你和爸爸并没有婚约，而这几十年的分离，彼此隔阂得那么久了。你是应该去追求属于自己的幸福。"

"宛星——"

忆云抱紧了宛星。

"你真是个善解人意的好孩子！可是，这么多年来，你爸爸他受了好多的苦，他会原谅我吗？我有点害怕。我想，以后，我一定要想法得到他的谅解。到时，你会帮我吗？"

宛星也紧紧搂住妈妈。

"当然！爸爸他也许不是很有见识，但毫无疑问，他是一个好人。这样的世事难料，他应该会谅解的。"

第二十七章

宛星住进了斯坦福医院,经过了手术和数星期的治疗之后,终于康复出院了。手术非常成功,她在住院期间所表现出来的乐观和坚强,也给瓦格纳教授留下了深刻的印象。

"You are the best soldier I've ever seen!(你是我见过最好的士兵!)"是他对她的评价。

在宛星住院的这段时间里,魏坤经常来看她。从宛星的嘴里,忆云得知他俩竟然早已相识。虽然宛星并没有告诉她他们之间曾经有过的雇佣关系和情感纠葛,但从他俩言谈间的那种随意与融洽,也猜到两人的关系非同一般。小伙子看起来相当机灵,而对宛星也处处用心,便乐得有这么一位得力的帮手。

此时的魏坤,尚不知宛星和忆云间的这一层关系,但几个月来加州阳光的普照和清风和煦的熏陶,让他以为洋人地盘上的慈善,都是这样尽心竭力如待亲人一般。而他来时还郁闷纠结的心绪,便也似受了洗涤一般,一下子清澈宁静了许多。对宛星的热情依然不减,但用他自己的话来说就是:

"已升华到了纯粹的兄妹之情、手足之情了。"

宛星看着他说话时纯真的眼神,不禁在心中暗想,这兄妹之情,她真该好好地珍惜。

到了宛星出院的那一天,忆云亲自来到了医院,并带来无数五颜六色的鲜花,将宛星出院时会经过的走道,全都装饰成一条条花的河流。魏坤彻底地惊诧了,他不明白如此阵仗究竟是为了哪桩?宛星虽然甜美可爱,毕竟只是基金会的受益人而已。当他陪同载着宛星的车队,第一次来到坐落在帕拉阿图山麓的那幢豪宅,当忆云亲手推着宛星的轮椅,进入她那间饰满了鲜花的美轮美奂的卧房时,他愈发不敢相信自己的眼睛了。不过,他的惊异和疑惑很快得到了解答。欧阳忆云在她宅第宽敞明亮的门厅里,向所有来宾和医护人员发表了致谢感言,她以激动却清晰的口吻，宣布她达成了此生最大的一个心愿——终于找到了失散多年的女儿！就是这段日子以来，大家全力挽救并悉心照料的来自中国的女孩——程宛星小姐！程小姐的到来和康复，是上帝最仁慈的怜爱和最慷慨的礼物！说完这些话，所有的人都看见她的脸上挂满了动情却已然释怀的泪珠。

仪式隆重而简短，忆云并不希望宛星因此而过于疲累。当所有的人向忆云和宛星表达了祝贺之意而纷纷告别离去，宛星却独独叫住了魏坤。忆云见状，便识趣地离开了，好留下他们俩在一起说说话。

"当初，我问过你，为什么欧阳女士会待我那么特别，现在你明白了吗？"

魏坤点了点头，没说话。

"那时，我也不知道。可现在，我好像还是在一场梦中。"

"祝贺你。找到了自己最亲的人。连我都觉得像在做梦呢。"

魏坤这才应道。

"是因为像灰姑娘的故事吗？"宛星眼望着漂亮的雕花穹顶，幽幽地问。

"有点。可灰姑娘，那显然只是个故事，而眼前发生的，却是那么真实！可还是让人难以相信！"

"我可比灰姑娘还幸运呢。"

"？"

"灰姑娘没有哥哥。可我有！"

魏坤笑了。

"你还当真了。现在，我正想着怎么展开新一轮的追求攻势呢。"

"为什么呢？你说过的话都不算数！"

"你这么个亿万千金小姐，我怎么能轻易地放过？"魏坤笑道。

"以我对你的了解，你不是那样的人。"宛星摇了摇头，认真地说道。

"还是不能接受我？因为那个江俊杰吗？"

宛星被他说得脸红了，魏坤看在眼里，笑道：

"哈哈，被我说中了！可你为什么偏偏要瞒着他关于你的一切呢？"

宛星摇了摇头。

"你猜错了，不是因为他。"

"那是因为什么？"

"因为我自己。"宛星神色严肃地说道。

"我会一直是个病人。瓦格纳教授说,虽然手术很成功,但我的病还是随时有复发的危险,我可不想耽误任何人的前程。"

魏坤看着她,点了点头。

"好吧,我只好一切随缘了。可不管怎么样,我这个哥哥呢,是当定了。"

"那说好了。我们就是结拜的兄妹了,签字画押。"

宛星笑着,做了个打手印的动作。

诚如宛星所说,她虽然出院了,但对病情仍不可掉以轻心。除了每天必须按时吃那些五颜六色的药丸子,还得定期回医院做检查。虽然她很想去看望父亲和奶奶,但遵医嘱不易远行,所以只能经常打打电话,定期写信问安。每次写信时,她必会附上几张她的近照,好让他们看见她健康快乐的模样。家里的来信也总是安慰她说,能留在那边养病就安心地养吧,只是让人家破费好多,实在是过意不去,千叮万嘱要她好好谢谢她的恩人们。她好想告诉他们她在这儿奇异的经历——她和妈妈这段激动人心如戏剧般神奇的相遇,但既然妈妈有她自己的安排,她也不能贸然地打破这一默契,只是,她心中倾诉的渴望,依然与日俱增。

除了思念国内的亲人们,宛星还惦念着她的同学们,尤其是文娟。第一次给文娟挂电话时,文娟的声音惊喜而欢快。

"总算又听见你的声音了!谢天谢地,知道吗?我每天都在为你祈祷。"

"谢谢你,我一切都好,手术很成功,现在正在康复中。"

"那真是太好了!"文娟的声音真诚而激动。

"怎么样,你都好吗?还有浩强、凯亮他们。"

"我们都挺好的。浩强、凯亮他们也快毕业了。我们已说好了,到时要好好聚一聚呢。"

"真想能和你们在一块儿,可是,医生说,我暂时还不能离开。"

"没关系的。我们也很想念你,但还是你的身体最重要,你就安心好好在那儿养病吧。"

"俊杰,他还好吧?"宛星不无担心地问。

"你还不知道吧?俊杰到美国留学去了。"

"是吗!怎么会呢?他大学还没毕业呢。"宛星听了,十分吃惊。

"前一段时间,我听浩强他们说,俊杰突然像发了疯似的学完了大学课程，提前毕了业，还申请去了美国。我想。他可能会去找你。对不起，我还是忍不住告诉他，你是去美国治病的。"

文娟的语气里既有歉疚又有不忍。

"原来是这样，你没遵守诺言。"

"对不起，我实在不忍心看见他着急的样子。"

"算了，这事也不能怪你。可能，是我太狠心了。"

宛星一边宽慰文娟，一边又像是在自责。

"可是，你真的不希望再见到他吗？"

文娟的话，让宛星的心里涌起一股莫名的酸楚。她沉默了片刻，然后缓缓说道：

"不是的。其实，我的病并不是那么简单。瓦格纳教授说，手术虽然成功，但即使用了最好的药物，五年之内，它仍然有百分之二十五复发的概率。如果复发的话，痊愈的机会就渺茫了。如果五年之内没有复发，才可以认为是基本痊愈了，将来复发的机会才会很小。"

文娟听了，在电话的那头叹了口气。

"你是怕？"

"或许，俊杰是真心喜欢我的。可是，我却不能用残缺的健康去拖累他。我希望他能得到完整的、健健康康的爱。"

"如果五年之后，你一切都好。可他却找了别人，那不是很可惜？"

文娟充满了想象力的问题，让宛星惨然一笑。

"那不是很好吗？"她的回答，让文娟沉默了好久。

"可如果……那时候，俊杰仍在等着你呢？你会接纳他吗？"

文娟仍沉浸在悠远的想象中。这时，宛星深深地吸了一口气，一字一句地说：

"那样的话，我还有别的选择吗？"

"上帝保佑！到那时，我肯定会感动得泪如雨下的。"文娟答道。

"这回，你可要信守诺言，保守我们之间的秘密。"宛星叮嘱道。

"好吧，我答应你。"

时间总在不知不觉中悄悄地流走。一眨眼，几个月就过去了，又到了落叶纷纷的深秋时节。旧金山湾区的气候总是那么温和怡人，即便到了深秋，阳光却依旧灿烂明媚，只是在从海上吹来的习习微风里，略有些凉意罢了。就在这样一个空气澄澈如透、温度凉爽宜人的天气里，宛星依约来到斯坦福医院复查。瓦格纳教授仔细审阅着宛星的各项检查报告，看完之后，面露喜色地对宛星说道：

"Congratulations! Everything is good.（祝贺你！一切都很好。）"

接着,又不忘以关爱的口吻叮嘱道:

"But, you still need to take your medication regularly. And watch what you eat, do exercise and rest well. OK?（但是,你还是要约束自己正常吃药,并且注意饮食、运动和休息,明白吗？）"

在一旁的欧阳忆云忙接口道:

"Yes, definitely. We will take a good care of her! Thank God! She is recovering so well! And thank you Professor Wagner.（是的。我们会好好照顾她的！感谢上帝！她恢复得那么好！谢谢您,瓦格纳教授。）"

宛星也以坚定而自信的语气说道:

"Yes, Sir. I promise!（是啊,我保证。）"

瓦格纳抚摸着她的头,笑道:

"My best soldier, one of a kind.（我最棒的士兵,不同一般的士兵。）"

告别了瓦格纳教授,她们俩高高兴兴地出了医院,上了车,往家里开去。

而此时,就在不远处,俊杰正在那儿游荡。来美好几个月了,学业已渐上正轨。虽然功课和科研工作令他颇感繁忙,但只要有空闲,他喜欢在校园里骑车或漫步,常常不知不觉就逛到这医院的附近。医院就在学校旁边,又与著名的斯坦福购物中心毗邻,自然是容易造访的地段。或许是潜意识里的那个盼望使然,每到医院的附近,他的眼光便不由自主地开始搜寻,在那些来来往往的行人和车辆里,仿佛都隐藏着一个他所熟悉的影子。果然！远远的,他看见了那一个在心目中已出现过千百次的身影,正在跨上一辆黑色的、却在阳光下熠熠生辉的轿车！他的心中一惊,忙用力揉了揉自己的眼睛,可当他再睁开眼时,那身影已然不见了,而轿车也在慢慢地移动。他急忙去取了自己停在近旁的自行车,跟着轿车的方向骑去。好在那车开得不快,他脚下用足了劲,勉强还能跟得上,多亏了他在上海时经常骑车横跨市区所练就的脚力。七转八弯,没一会儿就出了医院的地域,进入到帕罗阿图茂密的林区。那山路变得上下起伏,让骑行颇为吃力,而那辆黑色豪华轿车却显然加快了车速,在静寂空旷的林间,沿着蜿蜒盘旋的山路,优雅而流畅地疾驰而去。转过几弯之后,俊杰的目界里已没了那辆车,只留下山路依然蜿蜒曲折地向前延伸而去,不知还有多远,也不知会引向何处。景色幽静而深远,似有魔力般吸引着俊杰依旧前行。阳光时不时从路边高耸入云的红杉木的梢头投射下来,闪烁着他的眼,似乎在有意捉弄。而蓝鸟的鸣啭,及它们疾飞而过的影子,给在林间的骑行,带来不少惬意的生趣。每骑一段路,路边便会出现一处宅第,路边的粗壮门柱和形式各异的铁门,显示着这些宅子的豪华与尊贵。俊杰意识到,他或许已进入帕罗阿图著名的富人区。所谓的硅谷,其实就是发源于斯坦福的。Hewlett-Packard(惠普)以及众多早期的高科技公司,都曾在这所知名学府的摇篮里成长,因此也造就了无数的亿万富翁聚居在校园的附近。毫无疑问,此刻他正与他们相邻于一墙之隔。然而,他无法想象的是,他所认识和寻找的那个人,怎么可能会和这里有任何的关联?他不由得摇了摇头,自嘲地笑了一笑,甚至觉得有些荒唐。又骑行了一段,仍旧一无所获,不免觉得有些累了,便掉头打道回府。

今天,宛星的心情真不错,复查的结果和教授的话,都让她顿觉信心倍增。回到家后,妈妈叫她上床休息一会儿,她却不听,偏要到露台上去,说是想呼吸呼吸林间新鲜的空气。正午的阳光明媚,天空澄碧如洗,纤尘未染,校园里那座胡佛塔的塔尖,较之往日更显清晰。宛星半倚在露台的栏杆上,目光随意地在树梢枝头游移,尽情地享受着灿烂阳光洒下的温暖和徐徐清风带来的舒爽惬意。她时而看见几只小鸟从茂密的林丛中飞起,并传来欢快的鸣叫声;时而又有调皮的松鼠在枝上追逐跳跃,惹得枝叶摇曳乱颤。此刻,宁馨怡人的景致,让她如处梦中,一时间,竟觉得世间若有极致的美好幸运,大抵不过如此了。正当她怡然自得,忽见宅前林木掩映下的山路上闪过一个影子。那影子沿着下坡路滑行而去,倏忽不见,但那一瞬间,已足以让她辨明那是一个骑行者。虽然是不经意的一瞥,虽然完全无法肯定,但那影子与她深藏于心中的影像,有着某种似曾相识的契合,倏忽让她想起了文娟曾告诉她的俊杰的消息。当她知道他已来到了美国,心底里,她曾是那样的激动!她忍住了不去找他,她为自己找了千万种的理由,却不知是好是坏。俊杰啊俊杰,对不起!每当这样的时刻,她的理智总是强过情感。但是,情感也从不欺骗她,因为她总是能感到那种深深的刺痛。她默默地回到了自己的房间,镜子里,她看见了自己脸颊上挂着的泪珠,她打开了笔记本,在纸上留下了她此刻的冲动:

> 我心深处怀有一个念想,
> 有朝一日能伴你身旁。
> 回首往昔,或已成虚妄,

望前路，却依旧崎岖漫长。

在此刻，咫尺却如同天涯，
幽然，又闻见昔日醉人的芬芳。
挥挥手，让我剪一缕云彩，
厮缠，成一片痴心荡漾。

荡漾，摇一叶扁舟入汪洋，
星空里，又望见了梦的模样。
为何，为何全是你深情的目光？
原来，原来我的心早已痴惘！

　　写完了这些，她依然怔怔地坐在窗前，望着窗外依然明媚的蓝天。此时，却听见妈妈叫她的声音，原来已到了午餐的时间了。她忙揉了揉眼睛，又照了照镜子，拿纸巾擦了擦脸，想让自己看起来不至于过于失态。餐桌上，忆云发现她有些闷闷不乐，奇怪刚才还高高兴兴的她，怎么一会儿就像变了个人似的。
　　"你怎么了，不舒服吗？"她关切地问。
　　宛星忙展露出笑意。
　　"没什么，我好着呢。"
　　忆云这才放下心，夹了些菜，放到宛星的碗里。
　　"宛星，这段时间以来，你的身体状况好多了。怎么样，你爸爸和奶奶一定很想你吧？"
　　宛星便说：
　　"是呀，他们来信时，总是问我好不好。我呢，也总是跟他们说，我恢复得很好。所以，他们又开始问，我大概什么时候可以回国呢。"
　　忆云点头道：
　　"都好几个月了。不用问，他们一定很想见到你现在的样子，但医生还是说不宜远行。我考虑了很久，是不是该邀请他们来美国探望你？"
　　"那太好了！我很想念他们，只是不敢说。可是，这样的话，你也会见到他们了。"
　　忆云认真地点了点头。
　　"其实，我也很想见一见他们。过去的事，该有个交代了。"

"妈妈,你放心吧。如果他们知道了那些发生在你身上的事,会理解的。况且,还有我呢。"

"那就这样定了!我马上以基金会的名义,邀请他们。"

"你还是不想告诉他们你的真实身份吗?"

忆云摇着头说:

"不,我不想把事情搞得太复杂了。还是让他们怀着探望儿孙的单纯的心愿来吧。"

宛星听了,觉得妈妈或许有她的道理,便也表示同意。

"这样也好。"

第二十八章

在玛丽亚基金会那间精致漂亮的会议室内。当宛星看见爸爸搀扶着奶奶，从门外缓缓走来时，她的眼眶里顷刻噙满了泪水。隔着偌大的会议桌，她依然能够看清奶奶原本已花白的头发，现在是更加的苍白，而布满皱纹的脸，也显得更加的黯淡衰老了。奶奶也看见宛星从椅子上站起来，她像是突然间来了精神，眼里闪现出晶莹的亮光，此时，她更是甩开了爸爸的手，有些跟跄地快步向宛星走来。宛星急忙迎了上去，将奶奶紧紧搂在怀里。

"宛星！"

"奶奶！"

"让奶奶好好看看你！"

奶奶说着，搂住宛星的肩膀，上下打量着她。一边看，一边不住地点头，语气里带着那种由衷的满足，说道：

"好，真好！气色不错，比以前更漂亮了。阿弥陀佛，总算又见到我的宝贝孙女了，阿弥陀佛！"

然后回过头去，招呼程进德道：

"进德，快过来看看你的女儿吧，是不是更漂亮了？"

程进德此时已站在奶奶的身后，便也一迭声地应道：

"看见了，看见了！宛星呀，你奶奶每天都要念叨你几十遍呢，真是想死你了！"

"我也很想你们呀！这不，我们又见面了。"

爸爸环顾四周。此时，偌大的会议室里，只有宛星一个人在等待着他们。

"是啊，我们能见面都得好好感谢这个基金会。怎么，只有你一个人吗？我们能见一见他们的领导吗？就是你说过的那位女士，叫什么来着？噢，对了，玛丽亚。我带了些好茶，虽然只是些小礼物，但那是我们的心意。我怎么能想到，世上会有这么好心的人呢。"

"当然啰！"

宛星接过爸爸手里的袋子，放在了桌上。

"我这就去叫她。"说完，便要往外走。

"是不是该我们去见她？"爸爸有些忐忑不安地问。

宛星摆了摆手。

"你们安心在这儿等着就是了。"

没过一会儿，忆云出现在会议室的门口。当她和程进德的目光相遇时，两人都怔住了，程进德不由自主地浑身一颤。而宛星搀着妈妈的手，也能感到她在微微颤抖。

"你是——"程进德犹如梦呓般地问道。

"你还能认出我吗？"忆云亦如梦呓般答道。

"忆云？是你吗？"

程进德的声音里充满了巨大的困惑，在他的脑海里，瞬间翻滚出昔日与忆云在一起时的画面。那些以为早已忘却、早已尘封的记忆，此刻何以变得这样的清晰？这一切难道会是真的吗？为什么看起来恍如隔世？而他此刻看见的是：忆云坚决地点了点头。

"是我，我就是忆云呀！"

她快步走了过来，站在程进德的面前。

程进德这才如梦方醒，他看了一眼站在忆云身旁、正搀扶着她的宛星。

"你们已经……"

宛星点了点头，强抑着激动，走过来，拉起了爸爸的手，而另一只手，则仍紧紧地拉住妈妈。此刻，她仿佛感到一股巨大的电流，正流经她的身体，把父母连结了一起，那感觉是如此的温暖，如此的让人沉醉。

此时，奶奶仍坐在会议桌旁的椅子上。她虽然老眼昏花，但当她第一眼看见忆云时，还是吃了一惊，觉得像一个她早认识的人。她虽从未见过忆云，但从程进德给她看过的、有限的几张忆云的相片上，还是对她有些印象。当程进德叫出忆云的名字，而宛星又是如此异样的反应，她立刻明白了眼前发生的一切。她的心里五味杂陈，脑海里涌现出的，却是那一天晚上，刘潇湘抱着仍在襁褓中的宛星，到乡下找到她的情景。虽然她经历过不少苦日子，但那一件事，无论如何，对她都是一个震惊。那时，她已知道儿子正被通缉中，且正窝居在朋友安排的一处她也不知道的藏身之地。她每日都在焦燥不安，乃至诚惶诚恐。可就在这样一个本已难眠的夜晚,这一个没娘的孩子,从天而降竟成了她的孙女!刘潇湘跟她说了这事的来历,但以她简单淳朴的农妇的思维逻辑,断不能完全理解这荒唐事情的来龙去脉,更何况,就连刘潇湘本人,对其中的细节也是不甚了了。

刘潇湘跟她解释,说她自己是泥菩萨过河自身难保,而把宛星托付给她的亲祖母,是最安全稳妥的办法了。看着宛星娇小可爱的模样,她的水嫩水嫩的脸上,多少可以捕捉到程进德孩童时的影子,尤其是那一把戴在她脖子上的长命锁,让她认定,那绝对是她的亲孙女无误。于是,她的简单淳朴的母性之光,那蛰伏已久的恻隐怜爱之心,又再度被唤醒了,便不再去追究事情的来由。但从那以后,她对孩子的妈妈,产生了一种根深蒂固的轻蔑与不屑:随手抛弃一个尚在襁褓中的亲生孩子,无论如何,都不是一个母亲、一个女人所应该做的事!

而此时,那个曾令她轻蔑不屑的女人,就站在她的面前!

"进德,这是怎么一回事啊?我们宛星从来就没有妈妈!"

程进德回过头来。

"妈妈,从前,我也一直以为忆云已经不在了。可是后来,不是你告诉我的吗?说她还活着,只是去了香港。"

奶奶听了程进德的话,却使劲摇头道:

"这都是那个叫刘潇湘的女人跟我说的,谁知道是真是假?这二十多年来,宛星有过妈妈吗?这和她死了,又有什么区别?"

虽然说的是大实话,但听起来还是十分的刺耳。宛星再次感到了妈妈身体的颤抖,她连忙焦急地叫道:

"奶奶——"

并使劲给她传递眼色。可奶奶却装作看不见,依然不依不饶愤愤地说着:

"而且,我也从没记得,你和那个叫忆云的女人拜堂成亲过!"

虽然很久以来,都没有被如此严厉地呵斥过,但忆云已是过来之人,且多少有些准备。她来到奶奶的面前,试图拉住她的手。可是,奶奶却还坐在那儿,一动不动。忆云只得收回手来,她学着宛星的口吻,极尽温和谦卑地说道:

"奶奶,对不起!你恨我是应该的,是我没尽到一个母亲应尽的责任!你和进德一起抚养教育了宛星这么多年,受了很多累,吃了很多苦,我都记在心里。现在,我看到的她,不仅长大成人,而且还那么出色懂事,都是你们的功劳,我是真心感激你们!这么多年了,我也一直在寻找你们的下落。这回，总算是找到了。"

她说着，眼泪已止不住流满了面颊。可她并没有去擦，而是继续说道：

"这次请你们来，就是要向你和进德认错，想说一声对不起，这一直都是我心里的愧疚。虽然说出来有些俗气，但我还是会尽可能地补偿你们。希望能得到你们的原谅。"

说完，她给奶奶深深地掬了一躬。此时，宛星也来到奶奶的身旁，并依偎在她的怀里。

"奶奶，妈妈说的可都是真心话啊！况且，几十年以前，好多事情都是情非得已的。不是吗？"

见宛星这么说，便知她们母女俩早已一条心，而忆云方才的话，听来真诚恳切，也并无虚情。奶奶本就是个刀子口、豆腐心的人，便也将宛星搂在怀里，叹了一口气道：

"宛星呀，奶奶可不像你们读过书的人，什么事都能找出一大堆的理由来。奶奶就是一个直肠子，心里想什么，嘴里就说什么。你找到了自己的妈妈，本来就是一件好事，而且，她还那么有钱，如果能帮忙治好你的病，让你健健康康的，奶奶高兴还来不及呢。奶奶刚才说的话，你就别往心里去了。"

说完，她也忍不住揉了揉有些湿润的眼睛。

"奶奶，你真的不恨妈妈了吗？"

宛星见奶奶的脸色，依然冷峻甚至有些悲楚，仍有些担心地问。可奶奶却未置然否，而是转过眼，对程进德说：

"进德，你们也有好多年没见面了。我呢，有点累了，想去休息一会儿。"

忆云连忙接口道：

"宛星，你先陪奶奶回宾馆休息吧，叫魏坤开车送你们去。"

宛星便搀扶着奶奶，出了会议室。

忆云这才又回过头来，对程进德说：

"看起来，你妈妈还是不能原谅我。"

此时，程进德已不似刚才那样诧异与激动了，他的面色变得有些凝重起来，听了忆云的话，便幽幽地说道：

"二十多年的时间啊！发生了那么多的事情，留下了那么深的印记，哪能是一时一刻就能抹去的？"

"这么说，你也不能原谅我？"

忆云的眼里又涌起一些泪珠,而程进德却摇了摇头。

"那年头,能活着就不容易。现在,都已这把年纪了,还有什么不能原谅的?况且,你想必活得很光彩,说明那时你的选择是对的。不像我,唉。"

他深深地叹了口气,眼里竟也现出些晶莹的泪光。

"对不起!你一定吃了不少苦。而我……"

程进德摆了摆手。

"都是造化弄人,怪不得你。人本来就是各有天命,苦不苦的,都已经过去了。只要你还活着。对我来说,就是一种安慰。当初,我还真以为你已经……他们说你跳了河。当时,我还一直责怪自己,不该只顾着自己逃命。"

程进德说完,不禁又看了忆云一眼。虽然二十多年过去了,可她看上去还是那么年轻,虽已没当年的那股青涩稚气,却依然光彩照人,依然让人见而心动。岁月似乎只是与她擦肩而过,却忘了在她的身上留下应有的痕迹。为什么上苍会变得如此呵护关照于她,让她在经历了这样多的风雨之后,却更显风姿绰约,气度亦远胜于往昔?这些念头不经意而起,却只在程进德的心中一晃而过。不知为何,此时的他,在蓦然相逢的情境中,面对着曾经如此亲近过的她,却感到了某种从未有过的隔阂、某种不明就里的踌躇。

"你说你逃到香港,是因为你父亲的缘故?可我从没听你说起过——你在那边还有亲人。"程进德问道。

"我也是在逃回上海后,才听说了自己的身世,所以,从没对你说起。"

忆云便把程进德尚不明了的自己的身世,跟他说了一遍。

"原来是这样。"

程进德愈发地感慨了。他这才明白,自己在二十多年前,糊里糊涂交往的,竟是一位大资本家的女儿,这在当时,是几乎可以断送前程的举动。若早知如此,不知自己还会不会有那种追求的勇气?好在当时两人都不自知。可时与境迁,谁又能想到,这样的事若放在今日,又会是怎样一种令人羡慕的艳遇呢?他不敢在这条思路上多作停留,却鬼使神差地问道:

"看起来,你现在的生活非常安逸,有了新的家庭了吧?"

他问这话,不知是心里早有预感,还是依然怀有某种企望。不出意料,他看见忆云踟蹰地点了点头。

"我的先生是一位律师,一位来自香港的华人。十年前结的婚,我们已有了一个男孩。我听宛星说,你还是一个人,为什么不找个伴呢?"

虽然忆云的应答在意料之中,但几句话之间,程进德还是感到自己的心里经历了几重的跌宕,他竭力保持着男人所应有的从容镇静,以一种压抑着的声音,缓缓答道:

"既然你问起了,就不瞒你说了,开始,是没人看得上我这么一个刑满释放人员,找工作都不容易,更何况是找老婆?后来,是慢慢习惯了一个人,不想再去找这个麻烦了。"

忆云听了这话,不免一阵心酸,眼圈红红地说:

"都怪我,是我害了你。你该好好地骂我一顿。"

程进德虽也心酸,却依然大度地摆了摆手。

"那时候,我到处逃,后来又坐了牢。出来以后,很长一段时间都找不到工作,在那种情形之下,我都没有怪你,我知道那不是你的错,要怪也要怪时事弄人。现在,一切都好了,我怎么还会怪你呢?那时候,都是两厢情愿的事,打心眼里,我一直都在感谢你能瞧得起我呢。我觉得,一切都是命,到了这把年纪了,不认命是不行的。"

忆云点了点头道:

"顺应时势是没错,可你还没那么老吧?总该替自己想想将来。"

程进德低下了头,不知该如何回答。多年来,他确乎总在时势的潮水中随波逐流,从没有仔细地想过将来。和忆云的重逢,又能给他带来怎样的将来呢?他不知道,也不愿多想,可脑中忽然闪过一念,便轻声问道:

"这么说,你的先生是一位律师?他知道宛星的身世吗?他知道你邀请我们来美国吗?"

忆云点头道:

"他知道的,你不用担心。他是一个开明的人,一直都在美国受的教育,我们彼此的过去从无隐瞒。他早就知道,我有一个失散的女儿,并且一直都在寻找你们。这次,他还一再关照我,要照顾好宛星,尽可能给她创造最好的康复环境呢。"

"这就好,这就好。"

程进德说着,长长地叹了一口气。此时,忆云终于鼓起勇气,拉住程进德的手。

"谢谢你如此宽容大度,不计较过去的是是非非。如果你愿意的话,我可以帮你留在美国生活,说不定,还能物色到一个合适的人做伴儿,我们这儿,华裔女子还是蛮多的呢。"

程进德听了,沉默不语。这一天,他的情绪有如过山车一般剧烈起伏,到了现在,已让他颇感疲惫。而忆云所说的,他完全没有心理准备,一时不知该如何回答。忆云见他没什么反应,又说道:

"宛星虽然好多了,但离完全康复,还有很长的路要走。目前,也只有美国这边,才有技术和条件给她治疗。她也很想和你们相聚相守。如果你们能留下来,对她而言,那是最好不过了。"

程进德点了点头,心知忆云说的是真心话。但这不是件小事,也非他一人可以定夺,便说:

"谢谢你的盛情好意,容我好好地想一想吧。今天,我有点累了。"

忆云从他一脸的倦容上,也知他旅途劳顿,又经历了这一场久别重逢的惊诧与震撼,或许还未能恢复完全清晰的神智,便不再勉强,带着程进德用完便饭之后,就送他回宾馆休息了。

第二十九章

程进德回到房内见到宛星她们时,她们刚吃完了饭。奶奶正半躺在床头,而宛星,则坐在床边的靠椅上和奶奶唠嗑。见爸爸进来了,她起身奔过来,给了他一个美国式的拥抱。父女俩还从未有过如此热烈的拥抱,想着这一日所经历的事,程进德又有些热泪盈眶了。他忍不住轻吻着宛星的额头,端详着她那张精致而仍有些稚气的面庞,无意间,又捕捉到一些昔日忆云的影子来。没错,是这样的眼神,是这样的浅笑,二十多年的光阴,又在一瞬间来回地流动,令他本已有些湿润的眼里,真的涌出几滴泪珠来。宛星还从未见过父亲流泪,便有些吃惊地问:

"爸爸,你这是怎么了?"

程进德迅速擦去眼角上的泪滴,摇着头道:

"没什么,爸爸见到了你,高兴的。你和妈妈的事,怎么不早些告诉我呢?"

宛星红着脸说:

"是妈妈不让说,大概是怕你们有顾虑,不肯来。"

程进德便也低下头,有些愧疚地说:

"你会不会也怪我,没把妈妈的事早点告诉你呢?"

宛星摇了摇头,没有说话。程进德便继续说道:

"说实在的,我和你妈妈的关系,在从前的那个环境里,并没什么光彩,相反,还会给你带来麻烦。而且,我们真的不确定,你妈妈是死是活,究竟去了哪里。"

"爸爸,我知道,我不会怪你的。"宛星安慰道。

"妈妈问起我从前的生活,我都跟她说,虽然日子并不富裕,但我觉得很幸福,奶奶和你,总是把最好的都留给我。"

"真是个好孩子!"程进德将宛星揽在怀里,抚摸着她的头道:

"爸爸对不起你啊,自从你生了这病,我一直都在责备自己,平时对你太苛刻了。"

说着，他的眼里又现出泪光。宛星忙拍着他的肩膀道：
"爸爸就是爸爸，对小孩子管得严些是应该的，不然，我怎么会这么听话呢？"

这时，奶奶忍不住插嘴道：
"好了好了，进德呀，还从没见过你这么婆婆妈妈的。你若是真想对宛星好，当初就该少喝点酒，也不至于今天后悔了。好在我们的宛星不记仇。"

程进德点头道：
"妈妈说得对。不过，稍稍喝一点应该没什么大碍吧。刚才，忆云就请我喝了点这儿的葡萄酒，味道还真不错呢。"

"这儿附近有一个举世闻名的酒乡，叫纳帕谷，盛产世界顶级的葡萄酒。妈妈请你喝的，肯定是最好的。"宛星听爸爸说到酒，便介绍道。

"怪不得。"程进德不住地点头，似乎还在回味着刚才那酒的味道。

在后来的这一段时间里，忆云和宛星，将几乎所有的余暇，都用来陪程进德和奶奶游览各处引人入胜的风光，她们俩都试图将加州乃至美国西海岸最美好的一面尽力呈现，希望他们能喜欢并留下深刻的印象。虽然每到一处，奶奶都对所见所闻赞不绝口，可这一切，似乎仍不能改变她那颗思念家乡的心。两三个星期之后，她便开始念叨何时回家了。花红酒绿、富丽堂皇或许能诱惑那些年轻幼稚的心灵，而对饱经风霜、早被乡土尘泥浸润了数十年的老根老皮，则完全没有作用。程进德跟奶奶说了忆云想帮他们办移民的打算，但话还没说完，就被奶奶断然否决了。

"你想留下，你就留下吧。我这把老骨头，是一定要待在自己的家乡的！"

程进德本来也犹豫，他还没有老到对世事的新奇趣味失去了应有的兴致，对能在美国这样一个许多人梦想的国度里生活，又怎能无动于衷？但也深知自己早已不再年轻，移民到一个言语不通、风俗迥异的陌生的国度，对他而言，无疑会是一个巨大的挑战。更何况，他曾经的忆云，早已嫁为人妇，虽然从宛星的身上，还能寻着维系往日记忆的一缕情怀，但他若仅仅因此而留在这里，怎么都有些难圆其说。所以，奶奶的这一句断语，算是帮他做了决定。

爸爸和奶奶的离去，让宛星闷闷不乐了好几天。妈妈安慰她说，既已联系上了，便可常常通讯，而且，现在交通这么发达，无论是回国探望，或是再度邀请他们到访，也不过是一日之功。如此想着，宛星的心境才慢慢恢复了常态。

随着宛星身体的逐渐康复，忆云便想给她找些事做。跟她一商量，宛星希望能再去读些书。这当然不是问题。于是，在社区学院里上了大半年的课程之后，她居然以优异的成绩，转学到斯坦福大学商学院学习金融与企业管理。

一眨眼又是几度春秋。宛星居然只用了人家一半的时间，就完成了在斯坦福的学业。并且，获得的还不是普通的本科学位，而是正儿八经的MBA（工商管理硕士）。毕业之后，宛星开始了她在玛丽亚生物制药公司的职业生涯。她要求忆云不要特意为她安排什么，也不要暴露她和忆云的关系，她选择从先前比较熟悉的市场部做起。以她的的聪明和适应能力，工作很快得到了同事和上级的赞赏，并迅速建立起在业界的名声与人脉。凭借着卓越的业绩和不同凡响的领导才能，她又被调到人力资源部，成为该部门为数不多的总监之一。

又到了春暖花开的时节，而刚刚过去的雨季，将空气洗涤得澄澈通透。不知是从近处的海湾，还是阿拉斯加的远方吹来的微风，悠然荡漾着，让人呼吸一口，便觉犹如甘露的清甜，又有冰雪的凉意。明媚的阳光，又开始不知疲倦地照耀着，让一览无余的天空，也更显其灿烂与亮丽。每年的这一时节，人力资源部照例又要忙碌起来了，因为夏季就要毕业的各校学子们，此刻都开始考虑他们将来的职业选择和人生规划了。于是，各个公司都会在这时派出诸多人手，去各个大学开办人力市场以招聘新人，玛丽亚公司当然也不例外。因为宛星算是斯坦福的校友，便成了公司专管斯坦福、加大伯克莱分校等加州学校招聘工作的负责人。此时，她正坐在坐落于圣马丁市的总部大楼里。她的办公室位于大楼的第十层，巨大的落地玻璃窗，面对着旧金山湾向内陆延伸的那一部分，从旧金山机场方向起降的飞机，时不时从她窗外碧蓝碧蓝的天空中缓缓掠过，让人在宁静中，依然可以感受到那座举世闻名的城市所蕴涵着的繁忙与生气。今天，宛星的心情不错，从斯坦福大学回来的人力资源部职员，刚向她汇报了这几天招聘会的情况。此刻，她仍沉浸在那职员绘声绘色的描述之中。今年，学生们递交的申请和个人履历创纪录的多，而且，应聘学生的素质，也比往年更高，特别是那职员提到一位即将从斯坦福毕业的博士生，曾来到玛丽亚公司的展位前，递交了一份比所有人都要厚得多的履历，让人印象深刻。而那份履历，现正放在宛星的办公桌上，应聘人的姓名是：

Joseph Jiang。宛星饶有兴趣地读着,而读着读着,她不禁陷入了沉思。那履历上不但详尽叙述了他个人的学业经历、研究兴趣和方向,光是罗列所著述的论文,就有七八页之多。宛星的眼前,竟又浮现出俊杰的模样来。还是老样子,还是那一张带着稚气、略有些顽皮的脸,不知道这几年的光阴,究竟会给他带来些怎样的变化?她这么想着,忽然发觉,眼前的这一篇履历,怎么像是俊杰的?以她对他的了解,他是有这种超乎寻常的能力的。但想完之后,又不禁摇起头来,在心里暗自嘲笑道:

"哪有这么巧的?恐怕又是自作多情了。"

可是那张清俊而总是充满诗意的脸,还是流连不去。非但如此,她的脑海中,又出现了她在帕拉阿图豪宅阳台上所看见的一幕:那一辆顺着山坡飞驰而去的自行车,和那骑车人看似熟悉的身影。这些反复出现的影像,交叠放映着,让她心旌摇荡。一阵阵的心潮,让她再一次感受到那份隐藏在心底的深深眷恋。只有她自己明白,平日里,那个看上去如此稳重、矜持、理智且大度的宛星,其实都是伪装,而另一个怀着难以自持的爱恋、憧憬、甜蜜、向往并因此总是惴惴不安的女孩子,才是真实的自己。她又想起瓦格纳教授曾说过的五年之限,好在五年的时间,很快就要过去了,最近的一次检查,显示一切正常。于是,这份该死的履历,不失时机地如期而至,像是专门跑来,为了再度勾起她心中的那份莫名的企盼。虽然人们说,时间是让人类淡忘一切刻骨铭心的良药,可是,对宛星而言,再长的时间,也不能淡化那已融入她血液中的怀念,那份怀念,更像是一瓮醇酒,时光的流逝,只会让其酝酿得更加浓烈罢了。她又想起了文娟,她昔日的女友和玩伴,而如今,已是沪上有名的服装设计师,不但有自己设计的品牌,更已是自创公司的老板了。她算了算时间,此时的上海,应是阳光初起的早晨。她拨通了文娟公司的电话。

"这么早就已上班了?"

在听到文娟的应答声之后,她便直接问道。虽不常与文娟通话,可文娟一听,便知是她。

"宛星,是你吗?你不也是这么早就来上班了吗?"

"我这儿已经是下午,都快下班了。"宛星笑着提醒道。

"噢,又搞错了。怎么老是以为你在上海呢?好久没听见你的声音了,我还以为你把小妹妹我给忘了呢。"

"哪能呢?都怪我,一直忙着这事那事的,有段时间没联络了。

你很忙吧？上回，你说过要把你设计的品牌卖到美国来，那事进行得怎样了？有什么需要我帮忙的地方，你可别跟我客气啊。"

"嘻嘻。"文娟那边传来一阵似乎是早有默契的笑声。

"我正琢磨着给你打电话呢，没想到，说曹操，曹操就到了。我的第一批货，正要发往奥克兰，就在你们那块儿。我想请你帮忙查收一下。"

"没话说！只要你授权，我是很乐意听你的号令的。"

"那我就不客气了，我马上就把授权书快递给你。"于是，文娟就把要做的事的细节交代了一遍。然后她问道：

"这些事不会累着你吧，近来身体还好吗？"

"哪儿的话？我的身体可棒着呢，没问题的。"宛星提高了语调，精神抖擞地应道。

"掐指算算，自从你去美国治病到现在，也快要五年了，时间过得好快啊。你……还没有俊杰的消息吗？"文娟像是知道宛星的心思似的。

"没有。我也正想问你呢。俊杰，他究竟是去美国哪一所大学留学的？"

"对不起，除了听说他去美国留学之外，其他的，我也不太清楚。你曾叫我不要去问的，所以……不过，我可以去问问浩强他们，他们或许知道。"

"噢。不用了，如果你不知道的话，就算了。这事，以后再说吧。"

"你还是不想见俊杰吗？还在担心自己的身体？"

宛星嗯了一声，没再说下去。她岔开了话题，又聊了些彼此工作、生活的近况，然后挂了电话。她望着窗外，此时，夕阳已在海湾远处的地平线上徘徊，如同玩具模型般的飞机，依然间歇地出现在窗外那一幅美不胜收的画图之中，而天边的一抹深红，又为这幅图画平添些忧郁的颜色，恰好烘托映衬着她此刻的心情。她清楚地知道自己心中的渴望，她多么希望她心中的王子，能像天使一样，顷刻降临到这间宽敞明亮的办公室里，和她一起分享这窗外的美景，就像小时候一样，无忧无虑地畅谈各自的心里话，各自描摹着那如梦的将来。可是，她为什么还是不敢面对他？是如文娟所说的，自己仍在怀疑残缺的身体，不足以承载一颗完美的灵魂，抑或是害怕记忆中曾是如此熟悉、如此美好的纯情，会发生她意想不到的变故？她自己也找不到解释，她只是觉得眼前的路上仍有阻隔，让她不能坚定地迈开步子去。她只得慢慢地平稳住自己的心境，目光又落在了桌上的履历上，她拿起笔来，在"Strongly Recommended（强力推荐）"一栏上打了一个勾，然后签上了自己的名字。

　　第二天一大早，宛星又坐在了自己的办公室里。昨晚，她一夜都没睡好，便早早地起了床。实践证明，将自己掩埋在没完没了的工作中，总是一剂颇为有效的、能让自己忘却烦恼的良方。可是今天，她还来不及开始她的工作疗法，便已被一阵清脆的敲门声打断了，来的不是别人，正是魏坤。魏坤的光临，对宛星而言，无疑是个惊奇，倒不是因为他今天也来得特别早，而是没想到他会来。魏坤比宛星早一年就从伯克莱加大 MBA 毕业了，而毕业之后，也留在了玛丽亚公司，因为忆云早看中了他的才华与能力，刚一毕业，就给了他很高的薪水和职位。而魏坤也有自己的打算，他想在美国的大企业里干上几年，一方面将所学知识加以运用，另一方面是想进一步了解美国跨国企业的运作模式，好为将来自己回国再创业积累经验。不过，虽然留在了玛丽亚，忆云却没让他留在旧金山湾区，而是将他派去洛杉矶参与销售部门的管理，因为那时候，那边更需要优秀人才去拓展市场。所以，他已在洛杉矶工作经年。宛星看见他推门而入，红光满面，还带着不常见到的喜悦神情。

　　"坤哥，怎么会是你？"

　　自从上回认了异姓兄妹之后，如今这么叫着，宛星觉得自然多了。

　　"想你了呗，所以特意来看看你。"

　　魏坤语带戏谑地应道，可宛星却是一脸的不信。

　　"别开玩笑了，一定是有什么喜事。是不是董事长又给你升职加薪了？"

　　魏坤眨了眨眼。

　　"这种事可不是天天都有的，况且，你应该比我更清楚才对呀。有什么好消息？透露点给我，好吗？"

　　"哈哈，无可奉告。董事长她可是个公私分明的人，在家里是从不谈公事的。可她那么爱才，你又怕什么呢？"

　　魏坤点了点头。

　　"那倒也是。像我这种知识渊博、风度翩翩又能力超群的精英，就算在硅谷，那也是可遇而不可求的呢。"

　　"在我这儿，你尽管臭美好了，不用上税。"宛星笑道。

　　这时，她注意到魏坤手里，拿着的一个红色的信封。

"那是什么?"她好奇地问道。

"就是你说的喜事了,我要结婚了。"

魏坤一边说着,一边把那只装着请柬的信封递了过去。宛星将信封接在手里,一时惊得目瞪口呆,好一会儿,才说:

"保密工作做得这么好!还没听说你有正式的女朋友呀,怎么一下子就要结婚了呢?"

"怎么,不想给哥哥我一个祝福吗?"魏坤直视着宛星的脸问道。

"我说嘛,今天肯定有喜事!这样的大喜事,怎么能不祝福呢?"

宛星站起身来,走到魏坤面前,给了他一个热烈的拥抱。

"恭喜你啦!只是,不知道是哪一位小姐,能有这样的福分?"

"你看一下,不就知道了?"

魏坤示意宛星打开信封。待宛星打开了信封,读到请柬上那位新娘的名字时,她不禁失声叫了起来:

"倩筠?"她揉了揉自己的眼睛,"我不是在做梦吧?"

她抬起眼,满怀疑惑地望着魏坤。魏坤微笑着,异常坚定地点了点头。

"这一切虽然像梦一样,但真的不是梦。"

第三十章

我们生活的这个世界很大。我们从大洋的此岸飞到了彼岸,觉得终于离开那个曾经熟悉的世界很远很远,远到即使有时候悔恨当初那轻率的抛舍,却再也无法企及。于是,我们以为从此便可以不再纠缠于往日的情怀,无论它是令人烦厌或是令人怀念的。但是,有时候,这个世界似乎又在一瞬间变得那么的狭小,以至于一个不经意的抬头,便又与我们往日的记忆不期而遇了,也许是在梦中,也许是走在街道上。魏坤便是以这样的方式,再一次遇见了倩筠。那是他被派遣到洛杉矶工作之后不久,有一次,他去加州大学洛杉矶分校,参加一场生化科技新专利的发布会,开完了会,他从 Royce Hall 那个著名的会议厅里走出来,走在 Powell 图书馆前,那一片绿得永远像春天的草坪旁,正当他欣赏着无与伦比的校园美景,心想着在该校近百年的历史中,在如此漂亮的景致里,又曾发生过多少浪漫的故事呢?他的眼光,却在一刹那定于一处。那是个熟悉的身影,正坐在草坪旁的石凳上,专心地读着书。虽然一头乌黑的秀发,遮住了她半边的脸,魏坤还是毫不费力地认出了她。不知怎么搞的,在他的脑海里,总还是清晰地留存着她那与众不同的样貌。

"倩筠?"

他试探着轻声呼唤了一声。他惊喜地看见她抬起了头,眼睛里同样充满了惊奇。于是,两个多年未见的朋友,又在异国他乡相逢了。看得出来,倩筠也非常高兴,他乡遇故知,毕竟是人生的一大幸事,更何况,是在去国万里的另一个国度。

"还没有吃饭吧?我可以请你共进午餐吗?"

倩筠坦率热情地邀请。魏坤的脸上漾起了满足的笑意,拍了拍自己的肚皮道:

"我正求之不得啊,确实饿了。不过,怎么好意思让你破费呢?看起来,你还是学生吧?"

倩筠笑了笑。

"我今年就要硕士毕业了。你就不要假装客气了，反正我的 Meal Plan（预支膳食费）总也用不完，到时候一样要作废，还不如请了朋友，今天算你运气。"

于是，没过多久，两人就坐在了加大洛杉矶分校那间最具规模的布菲餐厅里。虽然只是学生餐厅，但菜色却很丰富，因洛杉矶分校亚裔学生众多，餐厅里的饮食品种，便也中西合璧，口感还相当纯正，完全不亚于外面正规的酒家餐馆。环境氛围恬静而雅适，令人有回归学园、再做学子的怀旧之感。他俩各取美食，落座之后，魏坤便问倩筠：

"这么多年没见面了，你一直都在洛杉矶加大读书吗？"

"是的。我原先在国内不是学新闻的吗？到了美国，就在这儿学习电影。"

"学电影？乖乖，多么高大上的专业啊！毕业之后，肯定就是好莱坞的大明星了。"

"多年后初次见面，你就别取笑人家了，好吗？当初出国前，俊杰就是这么取笑我的。其实，我学的不是表演。"

倩筠说着，眼望向别处。

"是吗？你，有你的那个同学，俊杰的消息吗？"

魏坤这么问，多半是为了宛星。他也曾这样问过宛星，可她从来都是摇着头，一言不发。虽然不能完全确定，但他相信，宛星肯定还想念着他。可倩筠也是一样地摇着头。

"我也很多年都没有他的消息了，我还想问问你呢。"

"噢，是这样，你学的不是表演，那你学的是什么？对不起，关于电影，我完全是门外汉。"

"Screenwriting and Producing，就是编剧和制作，和我过去学的新闻，多少还有些联系。"

魏坤点着头道：

"挺适合你的。你从来都有那种高雅的文艺气质，不过，如果你去学表演，以你的悟性和长相，肯定也不会差的。"

"多谢你的鼓励。不愧是总经理，说话总是那么让人觉得舒服。那么，现在的你呢？是来美国做生意的吗？"

魏坤摇了摇头。

"和你一样，也是来读书的。"

"读书？"倩筠十分好奇地问。

"都做到总经理了，为什么还要出国读书？"

魏坤笑了。

"不是说，知识就是力量吗？真要把一个企业做大做强，我总觉得自己的知识还是不够。"

倩筠不禁以一种异样的眼光，打量起魏坤来。

"果然是有抱负的，就是不同于常人！不过，这几年不见，你好像变了许多。"

"真的吗？"

"变得谦逊内敛，不像以前那么张扬了。不过，自信还是没变。"倩筠以欣赏并赞许的语气评价道。魏坤连忙作揖道：

"多谢姑娘垂爱，小生受宠若惊了。我也觉得你变了许多，变得更加成熟，也更加漂亮了。"

说得倩筠脸色微红，略带羞涩地说：

"好了好了，我们就不要互相恭维了，又不是做秀给别人看。"

"我真的不是恭维，看来，加州的阳光和空气，果然名不虚传，很能滋养我们东方美女的嘛。"

倩筠不想再和他抬杠，便顾左右而言他，开始聊起这些年来，发生在彼此身上的故事，以及各人所到之处的见闻。于是，从魏坤的嘴里，她得知了宛星的事。必须承认，这位昔日的情敌，在她出国前后的一段时间里，曾让她心怀嫉恨，但时至今日，她的心境已然平复了许多，渐渐放下了那份纠结，并早已想通了感情勉强不来的道理。总之，在听到宛星的名字时，她的心里泛起的，竟是暖暖的温情，而当她了解到宛星所遭遇的这些变故，心情竟也经历了惊奇、同情、终又释然。然后，她对魏坤说：

"代我向宛星问个好吧，我若有机会去旧金山湾区的话，一定会去看看她。"

这么说着，她的心里真的涌起一阵冲动，想要像过去那样，再度挽起宛星的手，和她并肩走在校园的林荫道上，去重续那一段间断了的友情，去共同回忆那些年在一起的青葱岁月。

两人这么聊着，几乎忘了时间。自从出国以后，倩筠都不记得是否曾经这么尽兴地与人聊过天了。在国外，她当然交了许多的朋友，其中不乏颇为出众的异性，但却没有一个能让她心动的人。或许，她还没有完全逃脱那个曾让她如此深陷的情结？或许，那个能开启她心扉的小小精灵，还在别处贪玩而迟迟不归？但当她于突然间，再次面对魏坤这个原本以为只是生命中的过客、这个至多在经过时会不经意地对望一眼、彼此礼貌地颔首、然后就各奔前程的普通朋友,她从没有想到,会在他们各自人生轨迹的这个交点上,如此长时间地驻足留望,并交心深谈。于是,从他已然蜕变的、褪去了傲慢、浮躁和自以为是的商人气息,变得沉稳、温和且自然诙谐的举止谈吐中,她竟领略到久违了的儒雅、知性及胸怀博大的迷人风度,甚至隐约地感到了某种异样的心动!

临分手时,他们各自留下了彼此的电话号码,然后走出了餐厅的大门。

"那么,你和宛星就没有进一步的发展吗?既然你们在同一家公司工作,既然你们都没有俊杰的消息。"

魏坤波澜不惊地淡淡一笑。

"现在,我们是兄妹。"

"兄妹?真的假的?"

看倩筠惊得张大了嘴,魏坤连忙摆了摆手。

"不是亲兄妹,是结拜的异姓兄妹。你知道,我想,大概很难找到另一个像宛星那么执着的人了。或许,她的心里已经装满了,或许,她只是不想连累别人。但我早已明白,我和她是没有可能的了。"

听魏坤这么说着,倩筠自己都觉得奇怪,为什么心里会涌起一种莫名的释然之感。她点了点头,像是忽然明白了什么似的自言自语道:

"其实,祝福与放手也是一种福分。很多时候,我们都只是在作茧自缚,一旦能够放下了、放开了,天空还是那么一片湛蓝。"

说完,她真的抬起眼,望了望那片晴朗无云、总是那么阳光灿烂的一望无际的天空。

没过几天,倩筠果然等到了魏坤的电话。他说,这一天,他又会到加大洛杉矶分校附近处理公务,顺便想请她一起吃个晚饭,算是回请,上一次,让她这么一个学生妹破费,实在是不好意思云云。倩筠听了,淡然一笑。不过,这天她刚好有一个电影拍摄的实习任务,便说,收工时间可能会比较晚些,怕魏坤不方便,不然就算了,反正都在一个城市,将来有的是机会。谁知魏坤一迭声地说没关系,只要她乐意,多晚都没问题。他会在第一次见面的地方等她,不见不散。倩筠便用略显无奈的语气答应了。其实,到加大洛校附近处理公务只是个借口,洛杉矶虽然大,但若开车在高速公路上奔驰,一座城市的范围之内,再远也不过是个把钟头的事儿。自从与倩筠再度相逢后的这几天里,魏坤竟然每天都会想到她。从前,两人各自心有所属,也并无深交,魏坤只是觉得,这小姑娘心高气傲,不易相处,且颇有些城府,但自那一日平心静气、促膝谈心之后,却突然发现,她不但外貌迷人出众,若论知识谈吐、气质内涵,都不在那些所谓的才女之下。不知是这几年在海外学园的熏陶使然,抑或是因为过去的他,只认识她比较负面的东西,而忽略了她的心性中,那一片灿烂美好的天地。

　　魏坤早早地处理完他的"公务",再一次来到加大洛校的校园里。这一次,他并不急于去 Royce Hall 和 Powell 图书馆间的那一片草坪,而是在校园内闲逛,因为他知道,倩筠不可能那么早就去那儿。加大洛校的校园颇大,且地势跌宕起伏,有人说,若在加大洛校学满四年,腿脚都会变得粗壮些,恐怕并非虚谈。他先来到 John Wooden Center(约翰·沃顿中心)门前的广场上,亲手抚摸那作为加大洛校标志的布伦熊的雕像,那熊的形神威猛雄壮又憨态可掬,因为曾被成千上万只手摸过,鼻吻处光滑锃亮,闪烁着黄铜特有的光芒。他进入约翰·沃顿中心,读着关于约翰·沃顿这位美国篮球史上最为传奇的教练的生平,他曾经带领加大洛杉矶分校球队,连续七年获得美国大学生联赛冠军。魏坤在沃顿的塑像前站立良久,回味着他关于成功的名言:"成功是一种心灵的安宁,它直接来自你的自我认知和满足,即——你曾经努力过,并最终成了你所能成为的最棒的人。"是啊,关于成功,人们的认知里有太多的误区,但静心思之,似乎没有人比沃顿说的,更贴近成功的真谛了。

　　出了沃顿中心,魏坤继续在校园内徜徉。不知不觉,他来到一处被称为 Murphy Garden(墨菲花园)的园林。在碧绿如茵的草坪和风姿绰约的树丛间,零星散落着一些铜质的雕塑。那些雕塑形态各异却都精致而富有创意,一时间,让人误以为非在学府,却好似驾临于艺术的殿堂之上。魏坤忽然有一种感觉,他所造访过的美国名校,都有一种说不出来的别致,或者说是不落俗套,或者说是富于个性,某种意义上讲,就是有意无意地体现着一种独立创新的精神。高等学府致力于教育的至高境界,与其说是授业解惑,毋宁说是传道——即传递那一种追求真理的精神。有了这样的一种精神,人类的创造力,其实是无穷的。魏坤沉浸在自己的思绪中,当他再度回过神来时,早已不在墨菲花园中,他自己都觉得奇怪,为何在这校园里随意的漫游,竟引发了他多年不曾有过的遐思。

　　此时,他发现前面的山坡上,聚集着一群人,而阵阵隐约的声浪,断续传来，他们似乎正在热烈地议论着什么。这景象，在静谧的校园深处是不常见的。魏坤的心里，不免起了些好奇，便快步上了山坡。

他的眼前，出现了一座哥特式的建筑，与加大洛校周遭颇为统一的红色砖墙风格相当迥异，其整体的灰色调和高耸的尖顶，让人如置身于中世纪的欧洲。不错，那一群人在议论的，正是眼前那一幕中世纪欧洲的场景——在那哥特式建筑前被围拢起来的空地上，由另一群人和各种移动支架所支撑起来的若干台摄影机，及放置于不同角度上的幕布所营造的场景。魏坤的眼睛，开始不由自主地搜寻起来，令他惊奇却又不出意外地，他看见了倩筠。很显然，她正非常忙碌，不停地和导演、摄影师以及各类仪器的操作员交流着，时而四处走动、大声呼喊，时而停下身来，在本子上记录些什么。她太专注于工作了，完全无意于山坡这边的动静，更不会知道人群中又出现的另一个身影。魏坤便自得其乐地观赏着这免费又难得一见的拍摄场景，而更加难得的是，倩筠也在其中。看了一会儿，他便注意到有一位年轻的老外摄影师，似乎与倩筠关系密切，不但和她互动频繁，有时甚至还会摸摸她的头，拍拍她的肩膀。而尤其令人讶异的是，倩筠竟然毫不在意，似乎非常享受那份亲密无间的感觉。她依然那么灿烂地笑着，快乐地忙着她手头的事。魏坤看在眼里，心头竟涌起一阵酸楚。而此时，旁人的议论，也不失时机地钻入他的耳朵。

"Do you think the actress is pretty？（你认为女主角漂亮吗？）"

"Kind of...but not as pretty as the camera assistant, in my opinion.（还行。可是我觉得不如那位场记漂亮。）"

"You mean that girl？（你说的是那女孩？）"

"Yes.（是啊。）"

"Agreed...seems to me she is the cinematographer's girlfriend...hmmm lucky guy！（同意。她好像是那位摄影师的女朋友。好幸运的小子！）"

"Why？（为什么？）"

"I saw her having dinner with the guy at La Bruschetta.（我上次见她和他在拉布希塔餐厅用餐呢。）"

"Alas! you guys no chance...hehe.（真遗憾！你们这下没机会了。嘻嘻。）"

魏坤转身离开，并回头瞪了那两个嚼舌的年轻人一眼，令两人颇有些惊愕地对望。当魏坤在那一片大草坪旁，再一次见到倩筠时，已是黄昏时分。徘徊在天边的红色夕阳，将本已美轮美奂的校园，装点得更有些深邃而浪漫的意味，并多少沾染上些许淡淡的忧伤。倩筠的脸上，虽带着些疲惫，但不同于此地此刻景物的色调，她的情绪，似乎依旧保持着方才的昂扬与快乐。

"让你久等了吧。那么，你打算去哪里让我大快朵颐呢？"

"La Bruschetta 怎么样？"

倩筠吃惊地看着魏坤的脸。

"乖乖，你已经在我们学校潜伏了很久吗？竟然知道这家意大利餐馆！"

"只是耳闻。那么，你去吃过吗？"

倩筠点了点头。

"吃过，味道还挺不错呢。"

"跟谁？"

倩筠瞥了一眼夕阳下看似有些落寞的魏坤，然后扬起头，颇有些得意地应道：

"当然是跟朋友啰。"

临近周末的夜晚，餐馆里颇有些拥挤，不过，他们还是很快找到了座位。他们点了些可以分享的开胃菜，又各自点了自己喜欢的主餐。比起头一次见面时的滔滔不绝，这一次，两人都显得略有些拘谨了。还是魏坤先开口：

"我看见你拍电影了。"

"是吗，让你撞见了？今天，恰巧是在洛校校园里拍的。"

"是的，撞见了。你说过，这是你的实习工作，你都在做些什么呢？看似很忙的样子。"魏坤语带好奇地问。

"我干的是摄影助理兼场记，说白了，就是跑龙套的。不过，在电影的拍摄过程中，这个角色很重要。因为电影是一门综合性的艺术，牵涉到影像、音响、道具、布景、人物、对白、情节等等，方方面面错综复杂，基本上，一部好的电影，靠的就是协调。"

一谈到电影，倩筠的兴致马上变得高昂起来。

"你们的工作团队，看起来很团结啊。"

"必须的！如果配合得不够默契，到了影片里，就会成为瑕疵的。"

"你是摄影助理，和摄影师，很熟吗？是不是也常像这样，一起共进晚餐呢？"

倩筠有些诧异地瞥了魏坤一眼。

"怎么了？为什么问这样的问题？"

魏坤漠然地说：

"没什么，只是好奇，在一起工作的帅哥、美女究竟会亲密到什么程度。"

倩筠的脸微微一红，她似乎意识到了什么，却不知该如何解释，便只顾埋头吃着盘里的餐点，变得默不作声。过了好一会儿，魏坤才又开口道：

"对不起，我这人说话比较直，可能侵犯到你的隐私了。"

倩筠这才抬起头来，轻声说道：

"没什么，你别介意。在国外，朋友之间确实都比较坦率些。即便不是男女朋友，也常常拥抱啊、亲脸啊什么的。而在艺术界，就更加开放了，有时候，你不得不入乡随俗。"

变得坦然一些的魏坤，看了一眼也正注视着他的倩筠，淡然一笑。

"理解了。不过，我还是有些好奇。"

"什么？"

"以你的姿质，就没有一位看得上眼的？我很怀疑，你真的对你的那位老同学不再牵挂了吗？"

倩筠狠狠地白了他一眼。

"你倒很会顺水推舟，刚说了可以坦率，就开始得寸进尺了。"

"嘻嘻，我这人说话比较直，请姑娘不要介意就好。"

倩筠想了想道：

"完全不想是不太可能的。人又不是那么容易失忆的，虽然很多的文艺作品里爱写这个。但是，我想，我可以说是放下了。就像你和宛星，不也成了兄妹了吗？"

"那倒也是。"魏坤点头应道。

"那么，这么多年了，自从和宛星成了兄妹，你就没再梅开二度？"

这回，轮到魏坤翻了翻白眼。

"我还想问你，有没有梅开二度呢，你倒先将了我一军。"

"不许耍赖喔，"倩筠嘻嘻笑道，"我先问的。我这不也是关心你吗？大哥！"

"谢谢关心。好吧，既然今天说了可以坦率，而我这人说话又比较直，就实话告诉你吧，我呀，至今仍是孤家寡人一个。"

"哎哟，天涯何处无芳草耶，以你出了名的好人缘，怎么可能？"倩筠不以为然地侧目叫道。

魏坤惨然一笑。

"真的，我是芳草不知何处去，寡人依旧笑春风。那么你呢？"
倩筠以略带俏皮的语气应道：
"我嘛，和你一样，如同闲云野鹤，独自漂泊在异国他乡，无依无靠，好想找到一处温暖的港湾靠岸啊。"
魏坤看着她那佯装凄惨的神情，不禁哑然失笑。
"那么，我们可不可以算是：同是天涯沦落人，相逢何必曾相识呢？"
倩筠的脸，瞬间红得就像枝头挂着的苹果。魏坤这么看着，这么说着，他好像真的有了点这样的感觉。而且，他觉得好像又发现了倩筠的另外一面：俏皮可爱。

时光荏苒，几个月的时间眨眼就过去了。其间，魏坤和倩筠又约会了几次。他们一起去玩了迪士尼乐园，去环球影城观赏未来水世界的表演，并体验了那远近闻名的"回到未来"的飞行模拟器。后来，他们甚至一起去了圣地亚哥的海洋世界和赌城拉斯维加斯。感情便在耳鬓厮磨中，悄悄地酝酿成长。可是，不知是因为在追求宛星时所受过的挫折，还是因为经年的历练，让他变得更加成熟和稳重了，魏坤并没有很快和倩筠明确彼此的关系。他们总是在老朋友和好朋友这样模糊定位下交往着。终于，在快到圣诞节前的某一天，魏坤对倩筠说：
"公司要举办一场圣诞节的聚餐及舞会，想请你做我的舞伴，好吗？"
"怎么会想到请我？你们公司那么大，难道就没有美女了吗？"倩筠佯装不解地问。
魏坤连忙作揖道：
"像我这种高龄剩男，至今还没有女朋友，最怕人家笑话。公司里美女虽多，但无论找了谁，又怕引起误会。再者说了，又有什么样的美女，能比得上倩筠小姐呢？所以，我才壮着胆请你帮帮忙，替我挣个面子。"
"就只想着替自己挣面子，就没想过人家的感受吗？"倩筠噘起了嘴，埋怨道。
"怎么了？"魏坤见倩筠不悦，还真怕她不答应。
"只要你肯帮忙，到你毕业的时候，我请你去比佛利山庄的Urasawa吃日本料理，怎么样？"他拍着胸脯许愿道。
倩筠见他一副信誓旦旦又傻不愣登的模样，只好以无比同情、心有不忍、慈悲为怀、普度众生的博大胸怀点头答应了。

玛丽亚公司洛杉矶分部的圣诞节晚会在好莱坞著名的劳尔饭店举行。当作为销售部主管之一的魏坤，带着衣着盛装的倩筠出现时，自然引起了一阵不小的骚动。一则因为魏坤正值成熟成功男士的佳龄，又外传一直单着身，早已成为不少中外年轻女士倾慕倾心的对象；二则是倩筠的这一身打扮，平时就已样貌出众的她，现在更是光彩照人，完全不亚于好莱坞女星走在红毯上的那种惊艳。宴会席间，便有不少各种年龄的男士，主动上前打招呼，一边称赞魏主管的女友漂亮，一边趁机和倩筠聊上几句，近距离地一睹她那仙女般的芳容。而那些年轻的女士们，则大抵躲在远处，在各个角落里窃窃私语，对倩筠评头论足。更有几个胆大的，忍不住走到近前，一边和魏主管打情骂俏一番，嗔怪他为何金屋藏娇，不早点将他的丽姝佳人介绍给大家认识；一边假借着和倩筠寒暄，与她唇枪舌剑几句，以试探这位看起来似乎是无可匹敌的对手，究竟实力如何。没想到，倩筠彬彬有礼又仪态万千地以一口流利的英语，兵来将挡，水来土掩，不但应付裕如，更常常锋芒犀利，让那些乘兴而来的女子们，自惭形秽，悻悻而归。

待到舞会正式开始时，倩筠自然成了今晚的舞会皇后。邀她共舞者如过江之鲫络绎不绝。虽然名义上是魏坤的舞伴，却没能和他跳上几曲。对倩筠而言，这倒没什么奇怪的，自从大学时代起，她便早已习惯了作为舞会中心的那种滋味。不过，到了美国之后，她倒没参加过几场舞会，一则心智已渐成熟，不再似学生时代那么轻浮躁动；二则孤身一人在异国他乡，对学业和事业前程的忧虑，让她没有太多的时间和心绪去过多娱乐。不过，今晚的舞会，不但环境情调高端大气，而且，那些从事生物高科技的职业男士们，个个温文尔雅、气度不俗，与之共舞让她颇为陶醉。现在，又临近毕业前夕，这舞会无疑如同她毕业舞会的预演一般，而每每瞥见魏坤一脸嫉妒地在远处盯着她翩翩起舞的身影，如此优雅地旋转并流畅地滑行着，看见他有些落寞地举着盛满了红酒的酒杯浅斟慢酌着，她更加如鱼得水，将她从小练就的非凡舞功，尽情地挥洒并烂漫地绽放。是的，绽放，她已然成了今晚最灿烂、最艳丽的花朵。

待一曲终了一曲未起之时，趁着那一群如江水滔滔、后浪推着前浪的邀舞者尚未抵达此岸，魏坤早已一把将她拽出了人群，她因舞的兴奋而变得温热而柔软的掌心，被他强有力的手紧紧地攥着，而整个的身体，则被不由分说地带到了舞厅侧门外的廊台之上。此时，身后的音乐声似又响起，然而已变得有些遥远了，而满天的星光，静穆而庄严，晚风轻拂，又浪漫如同细水柔波的絮语。面对着洛杉矶夜晚一城灿烂的灯火，恰如站在一个面对宇宙洪荒的舞台上，一双炙热的唇，沸腾着滚烫地落在倩筠同样炙热却有些惊慌而不知所措的唇上。但她没有抗拒，那尚未从舞中完全恢复过来的呼吸，现在变得更加的急促了，她剧烈的喘息，令她的胸脯也随着剧烈地起伏，而魏坤的吻，因此变得更加的如醉如痴。许久许久，才渐渐停息。他终于松开了倩筠。

"做我的女朋友，好吗？我爱你！"

他呼喊着，目光如炬地直视着倩筠那惊慌的噙满了泪水的眼。

"不仅仅是舞伴吗？"倩筠的声音里略带着颤抖。

"不！自从在你的学校里第一次见到你时，我就已经爱上你了。只是，我一直不敢，怕你会拒绝。"

魏坤重重地喘着气，每一个字，似乎都说得艰难。他慢慢地垂下眼帘，蹲下身去，以单膝跪地，继续着他的表白：

"但是，现在……"

倩筠一把拉住了他的手，将他从地上拉了起来。

"别说了。"她指着眼前那一片看似已让天地融合的星光与灯火。

"我明白。只要你能对天地发誓，一辈子只爱我一个人。"

"我发誓——"

魏坤举起一只手，仰望着静穆深邃的天空，如此说：

"无论岁月流逝，无论寒暑冷暖，无论是健康还是疾病，无论富有或者贫穷，我，魏坤，都只将深爱着你，倩筠一人，至死不渝！"

语音刚落，倩筠已扑向他的怀里，依偎在他的胸口，双手搂住他的脖子，轻声却满怀深情地说道：

"我也爱你！我答应，将只深爱你一个人，至死不渝！"

第三十一章

"这就是我们的故事了。"

魏坤在结束了关于自己情感经历的叙说之后,轻轻地舒了一口气,这一段他最新的、也是期许能成为永远的情感,让他的脸上依然带着一股陶醉其中的神情。而宛星也一直以肘支头,静静地听着,似乎仍沉浸在那颇似只在影片中才能感受到的情节之中。

"这真是太不可思议了!"

当她的神志终于又回到现实中来之后,她如此感叹道。魏坤则淡然一笑。

"神奇吗?其实,说神奇也不神奇,回想起来,一切都有如天定。听来像是杜撰的情节,却又真真实实地发生在我们的身上。"

宛星信服地点了点头。

"我该怎样准备我的大礼呢?你们两个,都是我最好的朋友,一般的祝福肯定是不够的。"

魏坤摆了摆手,又指了指宛星手中的请柬道:

"我给你送来请柬,是想让你高兴的,千万别因此而担心了。只要你能来参加我们的婚礼,并为我们祝福就可以了。什么样的大礼,能比得上我们的兄妹之情呢?"

"那还用说?婚礼我是一定要来参加的,礼物嘛,也不会让你们失望。"

宛星笑着许诺道。

说到这儿,魏坤便要告辞。宛星突然想起了什么,回到自己的办公桌前,从抽屉里拿出些东西。

"知道你是美式足球迷,我这儿刚好有几张超级杯的票,你想不想去看?"

魏坤听到这话,顿时大叫起来:

"你说的是后天49ers(四九人队)对Charger(闪电队)的比赛吗?"

"当然。搞到这些票子还真不容易呢。"

"太好了！"魏坤手舞足蹈起来。

"我可是Steve Young的铁杆粉丝啊。正想着到哪里去弄些票子呢，没想到你这儿就有！真是太幸运了。那么，你也去吗？"

宛星点了点头。

"当然要去啰。我这里多了几张，你可以再找几个朋友一起去，咱们也热闹热闹。"

魏坤兴奋地抱住宛星的肩膀。

"今天来得真是时候啊！要不然，你会不会把它们送给别人了呢？"

"酒逢知己，它们专门等着你呢。"宛星微笑着调侃道。

随着一记轻轻的关门声，宛星目送着魏坤的背影消失在她办公室的门外。宛星回到办公桌前，慢慢坐回到自己的椅子上。整个办公室，回复到刚才静穆安详的氛围中。一眼瞥见那尚未关上的抽屉里，还躺着那一本小书，她又把它拿在手中，静静地读起来。《Words of Wisdom》，那烫金的书名，仍像当初一样的鲜明闪亮，书页依然光滑如新，字迹也还是那么的清晰悦目，好像它从不曾记忆岁月的流逝，也完全不会改变初衷。那么多年了，这本书她一直带在身边，并总是放在触手可及之处，每当寂寞孤独的时候，她都会把它捧在手里，细细地品味其中的滋味。那里面的言语，无疑是精辟而且励志的，也每每让她深思并因此得以振奋。然而更多的，她似乎是在眷恋那本小书上所带着的一股迷人的气息。那气息仿佛从遥远的年代深处隐隐飘来，绵延不绝，即便物是人非，它还是一样的精致、一样的执着、一样忠实地伴随在她的左右，从不曾远离。合上书本，她又开始怔怔地望着那扇已然关闭的门出神。魏坤与倩筠在美国再度神奇相遇的故事，在她的脑海中反复地演绎，令她心潮起伏，不能自已。她一边替自己亲近的朋友所拥有的那份浪漫而喜悦，她知道那喜悦发自心底，一边又止不住羡慕他们能如此幸运地沐浴到上天的恩典，就着冥冥之中宿命的指引相知相爱。反观自己，却心意孑然，所归不知何处，不禁唏嘘叹息，心底又涌起一阵莫名怀念的思绪。随着她的视线飘向窗外的远方，那远方明媚却有些模糊不清，那是旧金山湾边的一片细软的沙滩吗？那是硅谷之内临山面谷的一片碧绿的草坡吗？或许就是她熟悉的斯坦福校园内，那总是静得如在画中的林荫道。

俊杰离开那片校园已经好几个月了。临毕业前的这几个月，如同进行着另一场战争，四处寄简历不说，还要预约十几场面谈。以俊杰处事的认真劲头,每一场都必须细心准备,他可不想让任何一个未来事业的机会,因为自己的疏忽而失之交臂。现在,总算是尘埃落定了。玛丽亚公司是远近闻名的跨国制药企业,而且,不但给了他远高于一般的薪水,还许诺让他加入公司里最尖端的新药研发团队。在他的聘任书上,竟对他在学期间所发表的科研成果,给予了一段不同寻常的高度评价,惜才爱才之意溢于言表,令他颇有受宠若惊之感。综合考量之下,他觉得玛丽亚公司似乎是一个可以发挥才干的理想之所。其实,他选择玛丽亚,还有另外一个重要的原因,那就是玛丽亚的总部,就在加州著名的硅谷地区,离斯坦福很近。在斯坦福这几年的学生生涯,已让他热爱这里的阳光、来自太平洋上柔和的海风、四季如春的温暖气候,以及四处弥漫着的自由创新的空气。另一方面,在他的心底,说不清道不明地还留存着那一份看似渺茫却依然执着的企望:宛星!毫无疑问,她曾在这里出现过,那么命运,如果它真的尚有一丝的仁慈,就一定会再一次把她带回来!

第一天去上班,他就爱上了这家公司。那幢高耸的大楼,就在旧金山湾延伸至内陆的最里端,湛蓝的海,平静得就像湖面,细细的波纹,反射着天上的阳光,如同有千万只眼睛在闪烁。从旧金山机场起降的飞机,时不时在远处的天际边,静静地划过,让人如置身于诗与画的意境之中。他的办公地点,在这幢十层大楼的第六层上,是一个临窗面海的格子间。从他的办公桌旁,竟可以看见海面上的波纹和如同散布在蓝色绸缎上的点点白帆。看着如此景色,俊杰的心里,忽然冒出这样的一个念头:如果宛星真的来到过这里,她一定会爱上这地方,绝不会舍得再离开。

格子间的尺寸不小,偌大的办公桌和宽敞的书架,足以容纳他为数不少的各类专业书籍和资料。他布置好自己的桌面:放上一台最新的手提电脑(倒不是由于他喜欢追求时尚,而是因为他看重效率,总是要尽力取得最好的工具)、一盆他一直十分喜爱的万年青(只因他同样喜爱那一句"绿是生命的颜色"的名言),以及一面放着一张年轻女子相片的相架(一位俊男桌上的美女照,其意义应是不言自明的)。一眼看去,便知那是一位风姿绰约的漂亮女子,脸廓鲜明却不失柔和细腻,鲜亮的双眸和因淡淡浅笑而微微上翘的嘴角,都显现着隐约的调皮和难以掩藏的聪明俊俏。可是,那相片中人却不是宛星,虽然俊杰也有她多年前的照片,但宛星是用来深藏于心底的,若是拿来放在桌上,有人问起时,他还真不知道该如何解释这来历呢。

那相中人其实是他的妹妹——昕悦。如今的昕悦，已是二十多岁的大姑娘了，也正在美国留学，不过是在东部的另一所知名学府，修学金融学硕士学位。在那里，她遇到了她的真命天子，并刚在年前与之喜结连理。可是俊杰仍喜欢在自己的书桌上，放上她的这一张漂亮但依然稚气未脱的独照。在他的心目中，她好像永远都是那一位总在蹦蹦跳跳、总是缠着他问这问那的小妹妹。

公司里年轻人很多，这在硅谷高科技行业是司空见惯的景象。没过几天，俊杰就已经有了好几位不错的朋友。他们看见他桌上的相片，总免不了称赞几句，说你的女朋友真是太漂亮了，怎么认识的，有机会一定要给大家介绍介绍。这时候，俊杰总要费些口舌，解释说，那其实是他的妹妹。于是，那些朋友便会去仔细端详，赏心悦目一番之后，就不断地点头道：确实有点像。然后，继续他们关于兄妹俩容貌的溢美之词，再然后，便以半戏谑半艳羡的口吻调侃他道：以你们家族如此强大的美貌基因，应该试试去追求那位刚到人事部的年轻女总监、传说中的董事长千金、公司里所有年轻男士的梦中情人——Michelle（米雪儿）。

Michelle？这固然是一个很甜、很美，又很好记的名字，但俊杰从不相信这世上还有比宛星更甜、更美、更让人心动的姑娘了。不过，既然这么多人都这样说，应该不完全是虚妄之谈，因此，俊杰还是对这名字留了些印象。新工开张的头几天，总是充满新鲜感的，然而，职业生涯也总是会恢复其平凡而略显枯燥的样子。几天之后，俊杰的格子间就变得格外的宁静，波澜不惊。可是，年轻人在工作中消耗不去的热情，又总会在业余时间里找到各种发挥的途径，这就是为什么湾区的年轻人中，会有如此之多的四九人队的球迷。四九人队，不仅是美国橄榄球俱乐部中最知名的球队之一，而且，它几乎就是旧金山这坐古老城市的另一个标志，旧金山人对它的挚爱之心是可想而知的。这几日，因为国家足球协会（NFC）的冠军赛鸣锣在即，这赛事，自然成了公司里年轻人茶余饭后的热门话题。俊杰经不住那些初识不久、但已然成了好友的人们的怂恿，头脑一热，竟花了好几百块钱，买了张球赛的门票。随即意识到这几个星期的伙食费，顷刻之间就灰飞烟灭了，便又心痛起来。但这毕竟是件史上留名的体坛盛事，且因此能和朋友多些相处的时间，回头一想，又觉得物有所值了。

Candlestick（蜡烛棒）是一个颇为可爱且温馨的名字，但用它来命名一座可容纳七万人、每当有赛事时就会让与之毗邻的旧金山湾都为之震撼的球场，就别有一番意境了。那是旧金山四九人队的主赛场，坐落于海湾的西岸边。刚听到这名字时,俊杰以为那是因为球场的所在地,有一处伸入海湾的角地,而故人们觉得形似一根木棍而得名。但从地图上观之,怎么看都更像一只向前探出的蛇头,很难让人想到和蜡烛棒有什么关联。而朋友的解释,也证实了他的疑问。其实,那名字的由来,是因为海湾中常见的一种被当地人称为蜡烛棒的海鸟,因其有着细长且略微弯曲的喙而闻名。

这一天,旧金山的天气一如往日,阳光灿烂、微风和煦。此时,整个球场已如一片波涛汹涌的海洋。场上那些戴着头盔面具、粗壮如牛的运动员,看起来像是古代斗兽场里的斗士。随着橄榄球的飞动,那些健硕的身影,不断变换着阵型,时而缠斗在一起,时而又如脱缰野马,进攻与防守往往在瞬间便已转换,每一寸地域的控制与争夺,俨如战场的惨烈与激越。而每一个或将导致取胜或溃败的关键时刻,都会引起在场观众如狂风骤雨般的声浪。俊杰也在那已如疯了的观众群中,和他们一起呐喊、顿足、狂笑或者痛哭流涕,那真是一种非凡的感受,非亲临现场而不可知。几个钟头之后,比赛正如人们所期待的那样,以四九人队的胜利而告终。于是,全场欢乐的人海,又变成了汹涌的浪潮涌出赛场,洋溢着欢笑的各种肤色的脸,则如波涛中时隐时现的浪花,喧嚣的声浪,向着场外更为辽阔的空间散去了。俊杰也和他的朋友们一起,随着人流向场外涌去,他的同伴们,似还沉浸于赛事的高亢情绪之中,手舞足蹈地谈论着刚才激动人心的那一个个难忘瞬间。可就在这时,俊杰的目光,无意间瞥见前面的人流中,也有和他们一样正高谈阔论的另一群人,只是他们之中,多了一名看似亚裔的年轻女性,被她的朋友们簇拥着。她留着齐肩的长发,而乌黑的长发之上,系着一条色彩亮丽的丝带,在人群中颇为醒目。虽然只是一个背影,虽然因为距离而看不真切,但俊杰的心里还是微微一动,那无疑是一个让他感到熟悉的背影,虽则熟悉,但他又不能完全确定,因他已犯过无数次这样的错误了:去追逐那些似曾相识的背影,而最终总是以错认收场。他想往前挤,但那拥挤的人潮并非他能驱动,此刻,他所能做的,只是随波逐流,与她的距离,便总是那么遥远。而那女子也一直没有回头,好像正与她的朋友们聊得热络,根本没意识到在身后的远处,正有一双热切的眼睛,如此专注于她的动静。待到俊杰他们也出了球场,那些已各自散开的人潮里,却不见了方才的那一群。俊杰四处张望,还是一无所获。他的朋友们见状,一边责怪一直走神的他,一边强拉硬拽着他往停车场的方向走去。临上车之前,他还不死心,又将目光往四处寻觅一回,却再度与那熟悉的身影相接。

这一次，他看见了她的侧脸，秀发遮掩，但轮廓依稀，那女子正跨进一辆在远处拐角停靠着的黑色高级轿车。这一眼，已足够让他激动不已，太像了！他几乎要叫出声来，可不及反应，他已被同伴推搡着进了车子，并跌坐在了后座上。从车窗里望去，那辆黑色轿车已经开动，正缓缓地向着出口驶去。俊杰赶紧叫同伴发动了车子，请求他去跟踪那辆黑色高级轿车。同伴们被他诡异的举动弄得摸不着头脑，询问之下，才知道那车里坐着的年轻女士，很可能就是俊杰失散多年的故知（当然，他们都猜那一定是昔日的女友或是情人）。于是，这类似浪漫言情或诡谲侦探影片中的情节，让这伙年轻人欲罢不能，特别是刚刚被一场激烈赛事洗礼之后。

　　车子在高速公路上飞驰。巧的是，那辆黑色高级轿车也正开往帕拉阿图方向，倒没让俊杰他们多走什么弯路。那辆轿车显然性能优异，且驾车人技艺娴熟超群，在高速公路上如鱼之戏水，又如鹰之翔空。俊杰他们的车子，只是一辆二手的旧版本田雅阁，马力差强人意，能够跟着不让目标在视野里消失就属不易了，更别说能超越。好在路上车辆颇多，遇上拥堵之时，凭着初生牛犊不怕虎的流氓车技，尚能凑得近些，不过那辆黑色轿车染了车窗，不但让它看起来更具高贵神秘之感，也让俊杰完全看不清里面的状况。识货的朋友惊叹说，那是一辆加长版宾利豪华轿车，非一般人所能拥有，并羡慕地问俊杰，何以能认识这类豪门女子。这话让俊杰忽然想起，这车子似曾相识。那是他刚到美国不久，在斯坦福医院的停车场里。不同的是，当时他是骑着单车去追逐的。没过多久，那辆黑色豪车从斯坦福大学出口下了匝道，俊杰他们的本田车便紧随其后。斯坦福大学附近多是丘陵地带，且丛林茂密，车道蜿蜒起伏。或许是那豪车中人，意识到后面有车跟踪，而这或许也是这类豪门中人常常遇见的事，早已驾轻就熟、应对裕如。只见那车明显提高了车速，沿着曲折的车道，犹如一道黑色的闪电，倏忽而逝。在如此地势之下，车辆性能的优劣分别则更加显著，本田老爷车完全失去了状态，呼呼地喘着粗气，勉力前行。待到终于爬上了一段山坡之后，却再也看不见任何车辆的踪影。不得已，朋友将车停在了路边，问俊杰该何去何从？俊杰便说，既已来了，而此处的景色又如此优美，何不下车一游？众人齐声叫好。于是，他们将车熄了火，一窝蜂地下了车，开始了一段意料之外的周末郊游。

　　帕拉阿图果然是人杰地灵之处，不光有像斯坦福这样知名的学府，其山麓的景色，也总能让造访者百看不厌：自然、宁静、恬淡、优雅。

而那些坐落于丛林树梢间的豪宅巨屋，每每都在叙述着跌宕起伏、却又不尽相同的创业故事。俊杰他们沿着山路盘旋曲转，朋友们早忘了来到这里的最初缘由，一边欣赏着沿路美不胜收的景色，一边又开始谈论起刚才球赛里的那些激动人心的时刻。而俊杰则默不作声，心里仍在回想着那辆车、那个身影，以及记忆中总是让他梦牵魂绕的那个她。没过多久，他们又到了一处上坡路，当他们向着高处走去时，那一座在路边的岩崖高处，巍然耸立的红瓦白墙的巨宅，随着峰回路转又渐渐呈现于眼前。似曾相识的感觉，在俊杰的心里再度油然而生。他的脑海中，浮现出那一日骑着单车，努力追随一辆豪车往山坡上攀爬的景象，一切犹如梦幻般的飘忽，一切又犹如预言的神奇。俊杰的心底，似又听到了那来自远方的呼唤。为什么是同样的背影，为什么是同样的豪车，为什么要带他来到同样的地方？难道……

没错，俊杰远远看见并一直跟踪到帕拉阿图山麓的正是宛星。她和魏坤及若干朋友看完了四九人队的比赛之后，便由魏坤驾车送她回家。那辆宾利轿车，原本是忆云的座驾，后来，因为宛星喜欢，便成了她的座驾。魏坤更是爱车一族，借着与宛星的特殊关系，每当有一起外出的机会，他总是自告奋勇地成了代驾司机，故而对这辆宾利，早已是驾轻就熟。因为车子比较炫酷拉风，引来狗仔队跟踪的事时有发生。每当这样的时候，魏坤便总会借机施展其顶级车技，将那些好事者甩到九霄云外。然而，宛星并没有注意到这些，当车子如行云流水般盘旋回转时，她正专注于聆听那首她喜爱的钢琴曲——破晓。

不一会儿就到了家，宛星请魏坤上楼坐坐。魏坤本想推辞，可宛星说，她妈妈也想见见他，便只得答应了。上了楼，果然忆云已在客厅里等着他们了。一见面，忆云便问：

"怎么样，球赛好看吗？"

"当然！"宛星兴奋地答道，"我们赢了，而且赢得很精彩！"

"是吗！"忆云笑着点头，并慈爱地将宛星拉到自己身边坐下，一边对着魏坤招呼道：

"来，我们坐着聊。"

等魏坤也落了座，忆云便对他说：

"前些日子，有朋友送我几张四九人队的票子，而我又不懂球，就把票子给了宛星，让她找些年轻的朋友去看,她就说：'如果魏大哥在，他肯定会喜欢，他可是个超级球迷呢。'没想到这么巧，你刚好有机会回湾区。"

魏坤看了一眼宛星,笑道:

"我也跟宛星说,我的运气很好。谢谢你们了。"

"那么,你也是四九人队的球迷啰?"忆云问。魏坤却摇了摇头。

"我不应该代表洛杉矶的 Raiders 吗?"

"可是,我听说 Raiders 也快要搬回湾区了,不是吗?"忆云又问。

魏坤点头道:

"没错。真遗憾,偌大的一个洛杉矶,竟没有自己的球队。看来,以后我也只能当四九人队的球迷了。"

忆云便半认真半开玩笑似的说:

"如果你真想回来当球迷的话,我可以把你调回来。"

魏坤便说:

"只要是好的机会,我是没什么问题的。我本来就是居无定所、漂泊四方的嘛。"

忆云听了,点了点头。

"其实,我身边很需要一个得力的助手。现在,洛杉矶那边稳定多了,我会考虑一下。"

宛星见妈妈如此说,便插嘴道:

"那太好了!我们欢迎你回来。"

忆云看着他们两人,笑吟吟道:

"等你魏大哥回来后,你是不是可以多参加些有益身心的户外活动啦?我一直跟你这样讲,可你都不做,非要等到像我这样老了,什么都干不了了吗?"

"您哪有那么老嘛?"宛星娇嗔道。

"我看您每天日理万机,精神气力比我强多了。"

魏坤也说:

"董事长看起来,真的和宛星形同姐妹一般。"

忆云笑着摆手道:

"你们尽管安慰我好了。不过,我还是很爱听。"

说完,她看了一眼宛星,问魏坤道:

"你觉得,宛星的身体是不是比以前好多了?"

魏坤点头道:

"是呀,现在,她看起来很健康,应该算是完全康复了吧?"

"医生也说快五年了,各项指标都正常,应该算是完全康复了。这些,都要感谢你一直以来帮忙照顾她。"

"董事长您不要客气,都是我应该做的。我跟宛星在国内的时候,就是很好的朋友了。在国外还能相遇,也算是有缘。这点小忙,不足挂齿。"

忆云赞赏地点了点头。

"不光是跟宛星,你跟我,跟我们公司也是有缘的。在宛星来美国之前,你就已经在基金会做事了,能不算有缘吗?"

"这还是要多谢董事长您的垂爱。"魏坤谦恭地应道。

忆云便又接着说道:

"你也不是外人,关于宛星,我其实还是有些担心的。"

"她现在那么好,您有什么担心呢?"魏坤不解地问。

"她的病是好了。可是,这些年来,因为身体上的缘故,我觉得她变得越来越孤独了。我知道,你们俩是非常好的朋友,如果你有机会回到湾区,希望你能多带她出去玩玩。她现在身体很健康,我希望,她的感情生活也能更丰富多彩些。"

魏坤和宛星都听出忆云话里,有些弦外之音,不禁对看了一眼。宛星连忙道:

"妈妈,魏大哥和我确实关系匪浅,我们两个,早就是结拜的兄妹了。而魏大哥这次回来,还给我送来了请柬,他很快就要结婚了。"

"是吗?"忆云吃惊地瞪大了眼。

"结婚?我怎么一点都不知道?"

"人家的私生活嘛,又不是公司的业务,没必要都向你汇报吧?"宛星半嗔半怪地对忆云道。而忆云则佯装不悦地问:

"可是,我也算是长辈,怎么都没收到请柬呢?"

魏坤连忙应道:

"本想着是自家小事,不敢惊动董事长,如果您能赏脸来参加婚礼,那是我们三生有幸。我马上将请柬给您送来。"

忆云这才点头道:

"这才像话嘛。哈哈,你的新娘必定是位出众的女子,哪天介绍给我们认识认识?"

"有机会带她来湾区,一定带来给您认识。"

这时,宛星又插嘴道:

"您想不到吧,他的新娘子,竟然就是我中学的同学呢。我们班著名的大美女。"

"是吗?那我更要认识认识了。"忆云的脸上现出了些惊讶的神色。

第三十二章

　　宛星他们在豪宅的客厅里相叙甚欢，直至夕阳西斜，忆云便留魏坤在家中共进晚餐。他和宛星既已是结拜兄妹，也算是她的心腹之人，她很愿意待他如子。然而这一切，俊杰是无从得知的。整个下午，他都在豪宅附近的山径上与友人一起漫游攀爬，虽然一直疑惑于自己所见的虚实，但毕竟无法考证，而帕拉阿图岩岭秀色之美，着实引人入胜，便只得放下那份不安的心思，及时行乐罢了。

　　周末过后，工作又是一如既往的繁忙。多日的研究之后，俊杰总算获得了一个令人满意的结果。虽然只是阶段性的，却是他加盟公司以来，第一个颇具意义的科研成果。而昕悦刚生了小孩，他们已约好下周会带着她的孩子一起回国，去探望他们的父母。机票都已订好了，而且，一去就是两周。他可不愿因此而耽误了这一件重要的工作。他长长地出了一口气，伸了伸因长时间伏案工作而变得有些僵硬的腰肢，想去休息室泡一杯咖啡，放松片刻。当他走在过道上时，无意间，发现在拐角处的地毯上，躺着一个小小的物件，镀金的表面，在过道明亮的灯光下闪着荧光。俊杰好奇地将它捡起来，却是一本小书，似曾相识。翻过来一看，Words of Wisdom 的书名映入眼帘。那装帧、那设计，令他心中不免一惊，思绪在一瞬间，就被拉回到了十多年之前。那是在初中毕业的篝火晚会之夜，他精心为宛星准备了这一件看似轻微却寓意深长的纪念品。然而，命运似乎偏好捉弄于他，从那以后，却让他经历了与她长达数年的分离。而再度的相聚，又变成再度的离散，他和她总是阻隔于无形的屏障，咫尺天涯。众里寻她千百度，却只见渺渺人海，音讯杳无。可是现在。是因为上天的怜悯吗？或是她的另一场捉弄？这昔日旧物的重现，难道是神意的昭示？他感到冥冥中的一只手，在他头顶上方悄然划过，拨动了一根看不见的长弦。他可以听到那颤动的弦音，悠然回荡在耳畔、在心间。他凝视着手中的那本书，视线变得模糊。毫无疑问，这是一模一样的一本书，而书上似乎还带着他的体温,他似乎又回到了站在宛星面前的那一夜,就在他从怀里将它奉上的那一刻。此时,他已完全忘了自己为什么会站在过道的这一处,拿着这从天而降的、如同带着仙气的神符,他魂不守舍地回到了自己的格子间,坐回到椅子上,望着窗外的蓝天,久久地发着呆。过了好一会儿,他才回过神来,像是从睡梦中突然苏醒了一样,想到应该尽快找到这书的主人。不管怎样,既然这东西落于此处,就必定和公司里的人有着某种关联。若真是这样,寻找应该不是难事。于是,他迅速打开自己的电脑,想要群发一个邮件给公司的全体员工。然而,就在他想着该如何措辞之际,已见到另一个邮件,在他的邮箱中闪现,标题是:"Looking For Lost Property(寻找失物)"。他急忙打开那邮件,果不出所料,正是那失主发出的。说是不小心丢失了一件心爱之物,即书名为 Words of Wisdom 的小书,若有拾到者,请速回函告知,定有重谢云云。落款是:Michelle Cheng。

"Michelle Cheng?"一时间,俊杰的心中又开始波澜起伏了。"Michelle"让他联想到不久前朋友们和他开过的玩笑,而"Cheng"则更让他浮想联翩。他急忙打开内联网上公司员工的名册。果然,Michelle Cheng 正是那一位人事部总监。他望着电脑屏幕上的那个名字,发了好一阵子呆,最后却无奈地摇了摇头。

"不可能。"他自言自语道。

心想,虽然她姓 Cheng,但她不可能是宛星。因为宛星的家人是他所知的,从未听说她在海外有任何的亲人,更不可能成为董事长的千金。便是宛星本人,虽然天资甚高,却也不可能在数年之内,就莫名其妙地成为偌大一家跨国企业的高层主管之一。这么想着,虽然心有不愿,却也不得不面对现实。他自嘲地笑了笑,觉得这无疑又是他的一次自作多情。这种公开发行的励志小书,虽然发行量未必很大,但拥有者应不在少数。偶尔见到一本,按理是没什么好奇怪的。静下心来之后,他便开始着手回函,先是介绍了一下自己,然后直言他捡到了她的失物,又说,如果她没空来取的话,他可以将书送过去。发完了邮件,他这才想起,还没喝上原先他要泡的那一杯咖啡呢。待他泡好了咖啡回来,也没见 Michelle 那边有什么反应,直到他喝完了咖啡,又等了半响,电脑屏幕上的邮箱里,仍然静无一物。他又查了查员工名录,发现这个 Michelle 的办公室,也在这栋大楼之内,不过是在十楼的顶层。

"怪不得她会把东西丢在这儿。"他心里暗想着。

"或许，她正忙于工作，无暇查阅邮件。好人做到底，不如就把东西送上去得了。"

他便拿着那本书，乘电梯来到十楼。他还从未上过十楼，看起来，像是公司首脑部门的所在，因那楼面的过道不但宽敞，装潢摆设更是富丽堂皇，远不似他所在的六楼，虽也整洁明亮，却怎么都没有此地的那种金碧辉煌之感。不及细想，他已到了 Michelle 办公室的门前。那门虚掩着，门缝里透出里面仍亮着的灯光。他轻轻扣动门扉，却不见动静，他略等了数秒，再敲了几下，可依然静默无声。于是，他轻推房门，探头一看，见室内空无一人。

"Are you looking for Michelle?（你在找米雪儿吗？）"

一个清脆甜美的女声，在他的背后响起，将他吓了一跳。回头一看，是一位年轻的亚裔女子，笑吟吟地站在他的身后，看那神态相貌，颇有些似曾相识之感。那女子见了俊杰，也是一怔。

"原来是你呀，斯坦福的高才生！"

她用中文大声地叫着。听她这一说，俊杰便也想起，曾在那一次玛丽亚的招聘会上，与她有过一面之缘。

"是呀，我捡到了她丢失的东西，上来送还给她。"俊杰挥了挥手中的书。

"那太好了！"那女子高兴地叫道。

"还记得我吗？我叫 Helen（海伦），人事部总监助理。我们都看到了 Michelle 发出的邮件了，想必这一定是她的心爱之物。"

俊杰点了点头。

"那么，你知道她去哪儿了吗？"他指着空荡荡的办公室问道。

"噢，周末了嘛，今天，她早一些回家去了。听说，她最近正在忙着筹办婚礼的事呢。"

看得出来，Helen 是一位颇为健谈的女孩。

"婚礼？"俊杰好奇地问，"是她要结婚了吗？"

"只是听说，"Helen 略带神秘地压低了声音。

"她是我们的老板，我可不敢多问。不过，她那么年轻漂亮，事业有成，她的对象，肯定是非富即贵的啦，结婚总是迟早的事嘛。"

她看着俊杰，眼里放出异样的光来。

"是吗？"

俊杰被她看得有些局促起来，又不想跟她深究其上司的个人隐私，只想着快点把这好事做完。

"那么,等她回来的时候,我可不可以请你将这本书转交给她?"

"放在她桌上好了,她一回来,不就看到了吗?"

Helen指了指室内那张精致而宽大的办公桌。

"她要是问起,我就说是你送来的。别担心,我知道你是谁。"

"那好吧。"

俊杰说着,便进了办公室,来到那张宽大的办公桌前。走近一看,那桌上居然也放着一盆万年青,也长得枝繁叶茂,比他自己桌上的那株,更显生意盎然。而在那几片肥美鲜嫩的绿叶遮掩下,居然也有一个相架,相架里放着的那张相片,居然也是一位年轻的女子。虽然看不清脸部完整的轮廓,但那一双明亮清澈的眼睛,正带着无限的深情、饱蓄着万千不尽的言语,如此专注地望着他。仅这一眼,已足以将他震撼了,那熟悉的眼神是无须反复审视的。他拨开挡着视线的万年青叶片,宛星那张靓丽而精致的面庞,豁然呈现在他的眼前。依然带着她所特有的浅浅微笑,眉宇间依然闪烁着那份善良甜美的光芒,无论何时何地,那光芒总能一次又一次地将俊杰的灵魂摄取,让他的心中响彻起她美妙的声音。手中的书,不由自主地掉落在桌面上,俊杰的眼前,不由自主地变得模糊起来,他甚至有些晕眩,不得不扶住桌子的边缘,强迫自己站立并保持头脑的清醒。这似乎是神已昭示的、却终于落在意料之外的重逢,虽然只是和一张相片,但那冲击的猛烈,已让他无力自持、茫然若失,乃至于不知所措。他停在那儿,让神志恢复了好一阵子,这才慢慢转过头去。他想去问问Helen,关于这位"Michelle"的来历。可是,Helen早已不在他的身后了。大概她以为此事已毕,又去忙她自己的事了吧。俊杰望着已然空无一人的门外,整个楼层都静悄悄的,似乎在有心无意地观看着他的失落与无奈。他转念一想,即便找到了,又能问些什么呢?即便问清了来龙去脉,又能改变什么呢?宛星早已今非昔比,她是富豪千金,她是企业高管,更何况,她马上就要结婚了。不是吗?婚礼都已在筹办之中,或许就在数日之内了。早已听过所谓的情随境迁,早已明了这世上从没有一成不变的事物,既然这样,又何必苦苦地追问,让彼此徒增痛楚与烦恼呢?

俊杰不知怎样回到了自己的格子间,此时的窗外,已有些暮霭沉沉了。旧金山方向依稀亮起的灯火,仿佛深谙他此刻烦乱的心绪,变得飘忽不定。刚才所发现的事,令他的整个身体像被掏空了似的倦怠乏力。然而,他却无暇多想,因他若不能在下班之前完成那份实验报告,他便不能在明天告假还乡。好在他具备超乎常人的意志力,在波澜壮阔的心境中，依然能够凝神屏息，驾驭着他那艘科学方舟，驶向正确的彼岸。于是，在一个小时之内，他终于完成了报告，并如期将它发送了出去。而此时，昕悦打来的电话铃声响了起来，电话里，她的声音欢快而兴奋。那是可以理解的，毕竟经过了多年的苦读，她很快就要毕业了，非但找到了一份满意的工作，又和心仪的对象建立了美满的家庭，更有了自己的孩子。现在，总算有机会和哥哥相约回国省亲，看望多年未见的父母，那是多么的难得，心情能不高兴吗？她滔滔不绝地谈论着有关上海的各种趣闻、父母的家事，以及她刚出生不久的孩子的种种，可俊杰却无心聆听，有一句没一句地敷衍着。最终，让昕悦都觉察到他的异样，颇有些担心地问：

"哥，你怎么了，是不是有什么不舒服呀？"

"没有。"

"快回国了，你可要多保重身体，不然，让爸妈见到你生病的样子，岂不要担心死了？"

"我知道。"俊杰略有些不耐烦地应道。

"昕悦，我快下班了，回去还要收拾行囊，就不跟你多说了。你自己也多保重，我们上海见。"

"那好吧，上海见。"两人便挂了电话。

魏坤和倩筠的婚礼下周就要举行了。那一天，宛星和妈妈约好，下班后，就去订制她们参加婚礼所穿的礼服。自从她发现丢了那本小书，自然焦急万分，便发了那个信息，想要快些将它找回。她一直关注着自己的邮箱，怎奈直到妈妈来电催她，也没见任何回函，只得怀着不安的心情离开了公司。那一个周末，为了婚礼的事，她忙得不可开交，再无暇顾及那本丢失的小书了。周一回到公司，她急忙赶到自己的办公室。一进办公室，就注意到那本小书静静躺在桌面上，而就在此时，Helen已出现在了门口。

"Michelle，你的失物找到了！是那位斯坦福的高才生Joseph Jiang送来的。你要怎样谢他呢？"

"Joseph Jiang？"

宛星先是一愣，随即便想起，她读过此人的履历，并曾十分欣赏其表现出来的禀赋与才干。

"谢谢你及时告诉我。"宛星笑着答道。

"你说，我该怎样谢他呢？"

"请他吃个饭吧。"

Helen 倒颇具率真的个性,也不忸怩作态。

"他还真是个超帅的小伙子呢。"

"嗯。这倒是个不错的主意。"

宛星坐到自己的皮质转椅上,打开了电脑。她读到了俊杰的回函,那一次读他履历时的奇怪感觉,忽又回到了她的身上,而这一次,竟是他帮她找回了俊杰的这份珍贵礼物。她有点坐不住了,查了查员工的名录,便匆匆来到了六楼。

俊杰的格子间里,静悄悄的空无一人,而首先映入眼帘的那一株万年青,却仍一如既往地碧绿着。宛星的心里,不由得泛起了波澜。自从第一次读到他的履历,便觉得这人和俊杰那么相像,而他发来的电子邮件,措词语气又与俊杰如出一辙,现在,他的桌上,居然也放着俊杰最喜爱的万年青!这千丝万缕的联系,为何会越扯越多?她跑到隔壁问了问同事,说是刚刚休假回中国了。不由得遗憾错失了一次相识的良机。她回到这个挂着 Joseph Jiang 名牌的格子间里,想再找找还有什么蛛丝马迹,人的好奇心有时还真难抗拒。果不其然,她发现了那个拥有着迷人笑容的年轻女子,正在绿叶丛中,对着她灿烂地微笑着。她虽曾见过昕悦,但那已是十多年前的事了,彼时的昕悦,还只是个十来岁的小女孩,和现在这位风情万种的少妇,怎能同日而语?于是,以她的直觉,便认定那必是这位 Joseph 先生的女友甚或太太也未可知。如此想着,不禁觉得自己未免可笑,何必去深究一个素未谋面的陌生人的私事?刚欲转身离去,不经意又瞥见桌上放着的笔记本。她停住了脚步,想着该不该去翻看一下,虽有侵犯他人隐私的嫌疑,但谁叫他公然将它放在桌上,也不避讳,故而应该是无伤大雅的吧?于是,好奇心的驱使,此时远胜过那一点点微不足道的道德律。她打开了笔记本,上面写满了各种各样五花八门的方程式、实验步骤及草图。然而,宛星根本没去留意其内容,而是被那些天马行空、龙飞凤舞的飘逸字体完完全全地镇住了。那是她多么熟悉的字体啊!那是只有俊杰才写得出来的独门绝技呀!眼泪不由得流了下来,她想起当初女同学们不知从何处搞来了俊杰的作文册,饶有兴致地互相传阅,她也曾这样,忘了阅读文章本身,而只被他那俊逸的字体所震摄!

这果然是上天刻意的安排,鬼使神差地让俊杰来到了她的公司,在同一幢大楼里,天天面对着同一片海湾!

然而,她马上意识到这安排里的一个巨大的隐忧,巨大到她或许根本无法逾越。因为俊杰可能早已不是从前她所熟悉的那个俊杰了,他已有了心上人！不然，谁会把一个不相干的漂亮女子的相片，放在案头，日日端详？既然如此，这样的安排，是对她的眷顾还是惩罚？这真是人生的一大难题。我们爱着的人或许不爱我们；我们不爱的，却天天要和我们长相厮守；我们常常将爱着的人忽略一旁，却总是惦记着不相干的人的喜怒哀乐；我们对爱我们的举动视而不见，却总在追逐那背弃我们、远远飘去的美丽云朵。不过，宛星也算是经历过风雨的人，在生病期间，她都能坦然地面对死神，更何况，这只是健康活着的人才会在意的问题？虽然心智上的一番挣扎在所难免，但最终，她总能静下心来。而静心思之过后，她发现，其实这一切都只是自己凭空的臆想，众多可能中的最坏之选罢了。只要等俊杰回来，一切便可明了，大可不必现在就妄下定论。而退一万步说，即便她所预料的全是真的，即便她必须再一次无奈地选择放弃，这不也是她最初的祝福与本愿吗？到时，她应该可以笑着挥手道别，优雅地转身离去。

  魏坤和倩筠的婚礼，如期在洛杉矶郊外的一处私人庄园里举行，宛星终于见到了久违的倩筠。两个昔日的好友，在经历了多年的隔阂之后，又在这样一个特殊的盛典上再度相逢。于是，免不了执手相看泪眼，竟无语凝噎了片刻。情随境迁，如今的倩筠，正披着婚纱，早已心有所属，加上一脸幸福的模样，比之往日，更加光彩照人了；而这些年以来，宛星虽经顽疾，常与死神携行，却因此得与亲人相聚，并终于痊愈康复，如今的容貌风采，亦不输当年。两人相叙甚欢，一时间，几乎冷落了其他宾客。华人在美，婚礼的仪式也免不了中西合璧，既有牧师宣读那段无论顺境或逆境、健康或疾病，都要照顾她／他，爱护她／他，对她／他不离不弃，相恩相爱，直至永远的誓词；也有拜天地、拜父母、夫妻对拜的传统中式礼仪。而其后，宛星那一段声情并茂的致辞，更成了整个婚礼的高潮，她为倩筠终于得到的美满归宿，表达着她由衷的欢喜与祝福。演讲中所叙述的两人童年的趣事秘闻，也让不谙就里的亲友们听得兴致盎然、笑逐颜开。看来，倩筠让宛星来做伴娘，倒是个聪明之选，非但没有盖过她的光芒，反而为她增色不少呢。婚礼结束之后，忆云和宛星本想在洛杉矶多呆几日，除了休假放松之外，顺便还可以会一会当地政商界的朋友们。却不料一通从中国打来的电话，让她们不得不连夜赶回了旧金山。

  那是宛星的爸爸打来的，告诉了她们一个不幸的消息：奶奶中风了！从程进德说话的语气里，听得出他正强抑着巨大的悲伤和慌乱，或许他担心宛星会过分焦急，对她刚刚痊愈的身体不利，试图将情形说得尽量委婉，可他不善言辞的笨拙遮掩，仍隐瞒不了基本的事实，那就是：奶奶现正躺在重症监护病房内昏迷着，随时都有生命的危险！宛星听了这消息，如五雷轰顶，当时就忍不住痛哭失声。奶奶，那是她此生至亲至爱的人啊！或许更胜过亲生的父母。从她懂事的那一刻起，她只知奶奶是她不可或失的护身符，无论在外面还是家中。漫长的没娘的日子里，那甚至是她唯一的心灵倚靠和寄托。每次父亲的醉酒和打骂，奶奶总是她赖以躲藏的避风港。那是经过多年建立起来的情感的堡垒，虽身在万里之外，宛星仍心系于家，那是她以为真正的家——奶奶住着的地方。然而现在，这个曾经是坚不可摧的堡垒，这个虽然狭窄局促却温暖无比的家，却在瞬间之内，有了崩塌的危险！怎不叫她焦急万分？

忆云和宛星回到旧金山之后，立即收拾行囊，登上了回上海的飞机。上海，那一座宛星一直魂牵梦绕的城市，几年不见，就已经脱胎换骨，变得完全不敢相认了。原先低矮陈旧的房屋，被鳞次栉比的崭新的高楼所取代，而狭窄破败的街道，变成了立体的宽阔通畅的高速公路，繁华的商业、似乎永不停歇的人潮，在城市的各处汹涌澎湃。对宛星而言，整个城市，就如同昨日的佝偻老妪，在一夜之间，演变成一位活力四射、风情万种的俊俏少妇，令人目不暇接。然而，此刻的宛星，却无心欣赏更无意深究，这本该让她好奇又感动的属于家乡的蕴涵，她的全部身心，现只牵挂着奶奶的病况。说也奇怪，已昏迷多日的奶奶，在宛星来到的这一天，竟有神助般突然苏醒了。她睁开了眼，当看见宛星站在病床前，虽不能动弹，却喃喃地发出呻吟之声，像是在唤着宛星的名字。宛星俯下身去，泪水不知不觉挂满了面颊。她紧紧握住奶奶那一只冰冷的手，只想把自己的体温尽数传递给她，让她能有重新复原的能量。可奶奶的手上，显然毫无知觉，只是呻吟之声，变得略微急促些，眼神里似乎蕴蓄着责备与期待。宛星便将自己的脸，更加地贴近，试图辨明她的意思，然而这也是徒劳的。她又抬起了脸，心如刀绞，觉得奶奶那颗挚爱着她的心与灵魂，正在离她远去。然而，从奶奶那有些呆滞、却从未离开她的眼神里，她忽然明白了什么。于是，她擦干了泪水，脸上绽放出平静安详的微笑，虽然这或许就是告别，但她不能悲伤，她只有表现出乐观与坚强，奶奶才会放心。她静静地注视着奶奶的眼睛，在她的耳边轻轻地说：

"奶奶，宛星来看你了。我不会悲伤，也不会懦弱，我的心，只会永远永远快乐地和您在一起。"

这么说着，奶奶闭上了眼睛，脸上竟现出了释然的笑意。

就在这一天的夜里，奶奶走了，在宛星的陪伴下，走得宁静而安详。去者已矣，是无可阻挡的，而生者，除了接受命运的冷酷，除了默默地怀念之外，又奈其何？宛星便如答应奶奶的那样，竭力保持着一脸冷静沉着的微笑，既是安慰别人，也权当安慰自己，然而，心中深埋着的伤痛，是只有自己才知道的。但时间总是一剂万试不爽的疗伤之药，虽然它从无例外地引领着人们走向那个无可逃避的终点，但也总是能让人在路途中见到阳光、见到风景，从而忘记伤痛，并领略到些许的美好和虽然短暂却意义深远的欢乐。

在奶奶的墓前，宛星回顾起奶奶的一生，竟发现她的一生是如此的平凡，甚至找不到任何一点与众不同的地方。但是奶奶，却依然在她的心中留下了不可磨灭的印记，一个与她如此紧密相连的生命消逝了。此时此刻，她的心中充满的，不仅仅是对奶奶的祈祷和感恩，更多的，则是对生命深深的眷恋与感悟。她相信，每一个生命都是一个动人的故事，无论是轰轰烈烈的还是平淡无奇的，因为每一个生命，同时也是一条不会回头的河流，就像那一首叫作《river of no return》的歌曲所唱的，每唱一次，便是一个生命的故事，每唱一次，又是一个生命的故事，所以，每唱一次，它总是那么的动人！

奶奶的葬礼过后，忆云便启程回美国了。作为公司的总裁，缺席的时间不能太长，这便是成功人士的烦恼，虽然偶尔有颇为风光的时候，却也承担着常人所不堪的重任。她这次回到中国，名义上，算是探望重病之中的这位曾经的婆婆，但除此之外，更多的还是不放心宛星。她知道奶奶未必想见到她，但也知道，奶奶在宛星心目中的分量非同小可。而在这样的时候，她这位母亲在身边的扶持，就显得尤其重要。她想尽一切的可能，来弥补那二十年来的缺失，虽然做这一切，在此刻无论如何总是有些晚了，但对她而言，也因此变得更加的义不容辞。现在，一切都过去了，虽然那隐藏的伤痛，不会因为宛星挂在脸上的笑容而消弭，但忆云知道，她已经好多了。当宛星说，她还想在国内多呆些日子，多陪陪父亲，也好去墓地为奶奶多烧几炷香，而后，也可利用这段时间，去探访那些昔日的友伴，忆云便答应了她，自己只身回美去了。

宛星又盘桓了几日，心绪已渐渐地恢复了。这一日，天高气爽，便想去C大附中的故地，拜望昔日的老师。不辜负她一片尊师感恩之心，这一趟，还真见着了王老师。已有十多年没见面了，王老师却还记得她。这倒也不奇怪,毕竟是班上出了名的好学生,还长得那么标致,没有人在看过一眼之后,会不记得她,更何况是亲手带过她的老师。她还在附中任教,不过明显老了许多,从记忆中意气风发的年轻教师,已然成了拥有高级职称的教育界老前辈了。时间最是悄无声息,只在看到多年前的老相识,才惊觉时光已逝,容颜易老。从王老师那儿出来,日头竟已西斜了,渲染着已然荡漾的怀旧之情。便又漫步到 C 大的校园里,那曾如此熟悉、梦中数度造访过的校园,却依然保持着往日的模样,也算是另一种惊奇。不知不觉,又来到了俏娃河畔,看夕阳照着垂柳在水面上投下的倒影,竟与往日无二。不禁感叹起在沪上一日千里的变化中,难得这里尚能留住那一丝光阴的痕迹。宛星沉浸在自己的思绪中,茫茫然沿着河岸信步闲庭。正漫步间,忽然发现,已来到俊杰和倩筠的故居附近。如果没有记错的话,倩筠二十岁生日那天的聚会,便是在这一片树林中举行的。一念及此,心思不由得又开始飘忽起来。这几日,俊杰也该在国内吧,会不会还在那家中?会不会忽然在前面的树丛边,蓦然出现?她的心底,猛地涌起一阵莫名的冲动和苦涩,好像突然明白了什么叫近在咫尺的遥远。正在胡思乱想着,却听到前面那片她幻想着有人出现的树丛外,真的传来絮絮的声响,像是婴儿的啼哭,时断时续,纤细而飘忽,其间还夹杂着像是母亲安慰的哼吟。宛星好奇地走上几步,隔着繁密的枝叶望去,这一望,竟将她惊得差点叫出声来。

树丛的那边是一片空地,被茂密的柳林环绕着,却开向宽阔的河面。河岸边,放着几段原木锯成的长椅,颇有些原始而粗犷的韵味。椅子前,站着一位年轻的女子,而那哭声,正是来自她怀中抱着的婴儿。那长椅上,还坐着一位男子,背对着宛星这边。那女子一边哄着正哭闹的婴儿,一边和坐着的男子说着什么。因为距离有些远,又隔着些枝叶,看得不太真切。但宛星总觉得那女子似曾相识。随着那女子转动的身躯,她的面貌朝向宛星这边的一刹那,宛星忽地想起那不就是俊杰桌上的相中人吗?这一惊非同小可,宛星连忙再去看那坐在长椅上男子的背影——没错,就是他——俊杰!

他虽然坐着,虽然只是背影,但那人的身上,果然是有所谓的气场的,只要你和他足够地相知,熟悉他的秉性,并与之心有灵犀,那感应的真实与强烈,就是毋庸置疑的。

此时,俊杰站起身来,其身形姿态,更令宛星确认无误。他来到那女子的跟前,低下头去,与那婴儿絮絮地说话,并用手抚摸良久,然后,轻轻从女子怀里将他抱起,纳入自己的怀中,一边又和那女子窃窃耳语着,其亲昵无间又甜蜜怡然的神态,宛若夫妻而更无出其右者。目睹如此情形,宛星的心里可谓五味杂陈,酸楚、苦涩还夹杂着隐隐的刺痛,眼泪最不听话,早已流满了面颊。虽然这一切并非意外,但她心里总还留存着一丝盼望,人都是怎样的执着啊,不肯轻易地接受不愿的现实,直到现实就在眼前!不用等俊杰回到美国了,她心里默默自语着,忍不住微微叹了一口气。此时,一阵微风吹来,眼前的枝叶摇动,或许是她轻微的动静使然,或许是她的气场,一样让远在河岸边的人得到了感应,透过模糊的泪眼,她看见那两人都朝向这边张望。宛星连忙后退了几步,隐在更多的枝叶后面,直到俊杰他们完全消失在视线之外。虽然自知心中的不舍,但她还是强迫自己别转头去,别转身去,心中蓦地响起了她曾经最爱的别离的诗句:

轻轻地我走了,正如我轻轻的来,我轻轻地挥手,作别西天的云彩。

第三十三章

离别,往往就是人生的主旋律。聚少离多,也常常是人们对生活的感叹。以宛星小小的年纪,便早已领略了这所谓的别愁离恨。她自小就没有母亲,虽一直以为她死了,但没有的缺憾,并不会因此而减少。最后,终于发觉那原来是一场生离,却已到了再聚的时候,曾经的痛竟化作了喜悦。但那些失去的岁月,并不会再回来,在岁月里所承受过的苦,也早在心上烙下了伤痕。而刚刚离去的奶奶,却是确凿的死别了。其痛未消,现在,又不得不再度默默地与俊杰说再见。虽然他近在咫尺,但那又有什么用呢?她决定马上离沪返美了,她想要快些离开这似乎只能带给她伤心的地方。

然而离别,虽是如此的令人不堪,但为什么,人们还是那么迫切地想要留存那一个心酸的时刻?用音乐、用诗文、用影像、用种种匪夷所思的行为艺术,乃至于用秘而不宣,只在心灵深处才可听见的祈祷。古已有之,如今亦然,而以宛星柔若游丝的心性,更不能例外。在离别之前,她注定会想起曾与俊杰的相约:

"去天涯海角吧,让大海作见证!"

俊杰那尚有些稚气的声音,又在耳边响起。"去天涯海角吧。"她也在心里这么说。那里海天一色,那里巨石兀立,那里是情侣们终成眷属的圣地,而她,却要千里迢迢去赴一个无法实现的相约,只为了见证与他的离别!

"天涯海角",确实是个充满诗意又让人浮想联翩的地方。自从唐代韩愈始作"一在天之涯,一在地之角"之句,天涯海角,便成了文人墨客想象中遥不可及的所在,漫无边际、虚无缥缈,好似另外的一个世界。及至近代,更有好事者穷皇天后土之极,在海南琼崖海边的巨石上,镌刻下"天涯"与"海角"的字样,活生生将那自古以来无拘无束的诗情画意据为己有。不过从那以后,人们也就约定俗成,将那一片海滩,当作了传说中的天涯海角了。虽有些落入俗套,但芸芸众生，人人的心中，都有各自的一片天涯，而在身外之地，能找到一处印证，也不失为一种绝妙的精神寄托。于是，趋之者若鹜。

此刻，宛星便是站在这一片海滩，倚靠着镌有"天涯""海角"字样的巨石之下。她望着那几个苍劲雄浑的大字，心想：它们在巨石之上，已呆了上百年了吧？它们见证了多少忠贞不渝的爱情，又目睹过多少背叛与分离呢？而真正相爱的人们，又有多少能像那海水中，如日月相倚的爱情石一样，长相厮守，不离不弃，与山河共存与日月同在呢？这些默默无语的石头啊，静静地注视着脚下的匆匆过客，从没有表情，也毫无声息，却又似饱蓄着千言万语，诉说着古往今来，它们所见识过的那些或甜蜜、或苦涩、或平凡、或悲壮的人间世事。而我今之来，又何尝不是一位过客？我满怀的伤情、不堪的故事，于巨石相较，也不过是其间一段不起眼的插曲罢了。念及此，她不禁苦笑。

"留张影吧。"她心想，"虽然不如从前的相约，却也算是了了那见证的心愿。"

她拿出相机，对着自己和那一对日月相倚的石头背景，想自拍一张，却总觉一臂之长，人像过近而背景又太远，不管从什么角度，都不完美。正踌躇着该如何拍才好，却听见身后一个声音响起：

"要帮忙吗？"

回头一看，是一对学生模样的年轻情侣，大概是刚好路过，那小伙子便自告奋勇想要帮她的忙。

"谢谢！"

宛星便将相机递了过去。于是，随着快门的闪动，宛星那无与伦比的倩影，带着一脸若有所思的神情，便与那两块寓意隽永的石头一起，定格在时光的这一刻了。宛星见这一对情侣，无时无刻不在相依相偎，很有些如胶似漆、甜蜜如饴的模样，便也想起了自己的当初，不由得好想为他们送上祝福。她忽然心里一动，想起了什么，便从自己的手袋里，掏出那一本总带在身边的小书。

"送给你们吧。虽然我们不曾相识，但能在天涯海角相遇，也算是有缘的了。如果不嫌弃的话，就权当是一位失恋的姐姐，给你们的祝福和纪念吧。"

"你失恋了？"那姑娘匪夷所思地叫道。

"姐姐这么漂亮，就像天仙一样的美人儿，追求的人，都该排成长龙了吧，怎么可能会失恋呢？"

宛星看着她天真懵懂的样子，无奈地摇了摇头。

"谢谢你的夸奖。不过世事难料,没有定数的,但愿你们能相亲相爱,天长地久。"

说完,就把那本书放在姑娘的手中,然后挥手与他们作别,又去继续她沿着沙滩的信步漫游了。

这世上的海滩众多,能担当起天涯海角之名的,必有其独特之处。这一处的海滩,果然与众不同。除了那些奇岩怪石之外,更有高大的椰树林,在海风的吹拂下,轻摆身躯,袅娜如美人之曼舞,而澄碧净澈的蓝天,又好似一块巨大的帆布,将巨石、沙滩、椰林和大海,错落有致地纳入画中。宛星爬到一块垒石之上,视野更加开阔。刚才拍完了照,送掉了她的小书,不知怎地,她仿佛一下子轻松了许多。她放眼远眺一望无际的大海,看潮涨潮落、云起云飞,那是怎样的意境!她的心仿佛在瞬间就融化了,她原本满腔的离愁,也被大海博大无边的胸怀吸纳了,并似乎获得了某种异乎寻常的启示——世界如此的辽阔,而我们平日生活的空间却是那么的狭窄,我们的目光乃至心境,总是滞留在盈尺之间,纠结于锱铢之较,却不曾想到,可以跳出那桎梏,投身到大自然的怀抱之中。所谓退一步海阔天空,说的不就是眼前的景象、眼下的情境吗?宛星这么想着,心中的愁云已然散去,明媚的阳光,又开始暖暖地照耀在那一片曾经阴冷晦暗的角落。

宛星走了,带着她被海风、海水洗涤过的心境,踏上了归途。而刚才帮宛星拍照的那一对年轻情侣,却还在那儿流连忘返。夕阳照着他们追逐浪花的身影,却又是另一幅令人心动的景色。

"你觉得刚才的那位姐姐漂亮吗?"女孩子总爱问些看似幼稚的问题。

"那还用问吗?"而男孩的回答,则往往模棱两可。于是,无论女孩怎么理解,便都总是正确的答案。

"那你觉得,是她漂亮还是我更漂亮呢?"显然她以为自己也是漂亮的。

"那还用问吗?"男孩子还有另外一个绝招,便是以不变应万变。

但女孩很快觉察到了男孩的伎俩。

"到底是谁更漂亮嘛!"

女孩子的娇嗔一句,便是降万物的利器,男孩的招数再多,大抵也只能缴械投降了。

"当然你最漂亮了,没人可比的。"信誓旦旦,发自肺腑。

"骗人!"

女孩子其实是有自知之明的。她的纠缠，往往只是为了满足一下索求被爱的虚荣心而已。这时，男孩便百般疼爱地搂紧了女孩，亲吻她的额头，抚摸她的秀发，在她的耳边呢喃：

"没听过情人眼里出西施吗？"

于是，爱如潮水，奔涌而至。女孩的手中，还拿着宛星送她的那本小书，一番缠绵缱绻之后，忽然又开始发问：

"那位姐姐为什么要送给我们这本书呢？好精致哟！"

她来回翻弄着书，却看不懂上面的英文。男孩便将那书接在手中。

"Words of Wisdom。"

他自言自语地念着书名，"智者箴言"，他翻译给女孩听。他打开了书本，那一段段闪耀着人类智慧光芒的文字映入眼帘，在他沉浸着爱意的心绪中，平添出一抹圣洁庄重的色彩。他一句一句地翻译给女孩听，而女孩便依偎在他的怀里，一边静静聆听着，一边又以一种仰慕着、崇拜着、满足着、甜蜜着的眼神，凝视着被那些文字深深吸引的她的情郎。

就在这时，他们的身边，出现了另一个孤身的游客。那人本是在随意地漫步，却也注意到这一对年轻的情侣。因为时近黄昏，沙滩上游客渐渐稀少，他们在水边亲密嬉戏的情景，便格外地引人注目。当他走近时，夕阳的光，照在男孩手中那一本书的烫金封面上，折射出异样的光彩来，落在那游客的眼中。游客甚觉诧异，便好奇地问：

"是什么样的书，竟然这么亮眼呀？"

那小伙子打量着来人，见他年龄比自己稍长，穿着随性的T恤衫裤，长得浓眉大眼，甚是英俊。便大方地将书递了过去，嘴里念着书名："Words of Wisdom。"那人听了，先是一愣，见到已接在手中的书，竟半晌说不出一句话来。小伙子见他呆了，便有些不安地问道：

"你怎么了，还好吧？"

那人这才回过神来，叹了一口气道：

"我和这本书有些渊源，不想今日又见到了它，触景伤情。对不起！"

那女孩听了，甚觉新奇，便问道：

"这是本英文书，怎么会和你有什么渊源？"

那人看了一眼女孩，淡淡一笑。

"不怕你们笑话，我曾经留学美国，买了这本书，回国后送给我曾经的女友，而现在，往事不堪回首了。"

"失恋了？"女孩接茬问道，"今天真是奇了，失恋的人可真多。"

"怎么？今天你还见过其他失恋的人吗？"

女孩点了点头。

"这书就是刚才一位陌生姐姐送的，说是失恋了。我猜，这或许是她恋爱时的信物，怕睹物思人，就送给了我们。现在又遇见了你，说曾经送过同样的书给你的女友。不觉得很巧吗？"

那人听女孩这么说，显然有些吃惊，忙问道：

"那她人呢？"

"已经走了好一会儿了。"女孩四处张望，可宛星早已没了踪影。

那人正是俊杰。这次，他陪妹妹一起回国省亲，在料理完诸多杂事之后，妹妹夫妇决定利用剩余的假期，去云南西双版纳玩玩，而他却想起了天涯海角。他也没有忘记和宛星的那个约定，算是心有灵犀。虽然时至今日，早已物是人非，但他还是忍不住要去完成这一场曾经许诺过的旅行。那也是他深爱过的情感的纪念，或许大海能为他留下一丝虽然心酸却不愿抹去的痕迹。于是，他来了，带着颇为落寞的心境，却不曾想，竟有如此离奇的遭遇。虽然还不能确认，这遭遇究竟和宛星有任何的关联，但就是其中所显现出的神奇，冥冥之中的万缕千丝，已足以让他感慨万千了。

"我能买下这本书吗？多少钱都可以。"

他如此地恳求着，他的声音颤抖，双手将那书埋在胸口。

"那么，就转送给你吧。"

那女孩大方地说道。

"既然你和它那么有渊源，说不定，还真就是多年前你送出去的那一本呢。"

她说着，眼里竟也闪动着泪光。很显然，这故事里所蕴蓄的神奇与天意，让她颇为感动。

于是，那饱含着智者箴言的小书，又回到了俊杰的手中，世间万物的因果循环，便似乎也在他的手中流转迁延。那书似乎也是有热度的，它似乎是一个精灵，似乎知道它所承载的尚未完成的爱的使命，不愿就此散落天涯。

俊杰谢过了那一对好心的情侣，便在海滩上奔跑起来。海滩虽长，他还是跑了一个来回，直至暮色降临，海面上也成了墨色，只剩下稀疏的点点渔火，而沙滩上早已空无一人，他还是没有发现任何宛星的踪影。

回到位于三亚的酒店，已是暮霭深沉。他洗完了澡，手里依然攥着那本书，倚在窗台，望着窗外同样的那一片海，思绪万千，久久地出神。忽然间，他情思翻涌，一刻不能自已，忙回到书桌旁，展开纸笔，龙飞凤舞地写下了一首题为《风景》的小诗：

当我见你远远地离去，
挥手已来不及表达我的思绪，
眼眶里噙满了泪水，
喉头鲠结住千言万语。
是什么让我心碎？
是什么让我心醉？
这一道风景，
将只在梦里相对。
无望可追，无语相随，
这一道风景，
好像你的美。
你已然远远地离去，
夕阳也只留下点微红残余，
天边弥漫的全是你的影子，
诉说着无缘的相聚。
是什么让我梦飞？
是什么让我梦回？
这一道风景，
永远刻在我心扉。
无酒可醉，无爱相偎，
这一道风景，
浸满我的泪。

写完之后，竟长长地出了一口气，眼里居然真的噙满了泪水。心里想着，离别果然心痛，但又何尝不让人心动？就让我把这份纪念，深藏在心底。人总是在不断地告别过去，又总是要不断地面对未来。是的，未来！他正有一个充满了潜力的事业，一个阳光灿烂的未来，需要他去倾注时间和心血。下一个星期，即将在优山美地举行的生化科技国际峰会，他是受邀去宣读论文的嘉宾之一，那是一项他以为意义重大的新发现。当务之急,他应去好好地准备一番。是的,他应该尽快收拾起儿女情长,荡涤掉落寞颓废的心绪,去迎接人生更大的机遇和挑战!这便是告别的意义,这便是心痛的意义,它若不能让人倒下,则必促人成长,让人重新认识这个世界和自己在其中的价值。

告别了天涯海角,如同告别了自己的过去。俊杰回到了美国,又开始了他以为全新的生活。他倾尽心力,准备着他的论文稿,并以他卓然敏锐的洞察力,将业内高手所能想到的问题和解答,一一加以审度与论证。他要达成一篇完美的论文,与其说是为了填补科学界的一片空白,不如说是为了填补他心中的某种缺憾。果不其然,他在优山美地的生化科技峰会上的表现,不但可圈可点,甚至达到了屈指可数的优秀。他的论文,被评为该领域的最佳论文。他原本阴霾的心情,总算拨开乌云,见到了一线晴天。

峰会即将结束,与会者纷纷离去。他们几位获得最佳论文奖的嘉宾,却受邀参加组委会举办的一场小型酒会暨颁奖仪式,一时还不能走。因为前来参加会议时,与之共乘的那位同事已先期回去了,俊杰不得不知会公司方面这一个小小的"意外"。而公司方面立即通知他,会安排其他人与之共乘返回,叫他安心领奖就是了。毕竟有员工在举世知名的峰会上获奖,是公司莫大的荣耀,还开玩笑说,没派架专机来接,就已是对他的大不敬了。

酒会在一间不算太大的会议厅里举行,虽不大,却也放了十来张古朴的餐桌。对应每个座位的桌上,放着设计精美的名牌,表明参与酒会者特殊的身份。柔和的灯光,从美轮美奂的水晶吊灯里散放出来,让环境显得温馨而典雅。无论是餐桌还是餐具,都质地优良,桌上的餐点,都精致而极具特色。桌上少不了的,是各色各样的葡萄酒。因地处加州腹地的缘故,这倒不出意外,葡萄酒在加州,就像是近水楼台之下晃荡的月光,俯拾即是。

俊杰坐在离讲台颇远的一张餐桌旁,看着桌上的餐点,颇有些垂涎欲滴之感。然而此时,大家都毕恭毕敬地坐着,目光一致地朝向正在讲台上侃侃而谈的会议执行主席。俊杰也不得不将双手静置于自己的膝盖之上,学着那些几乎可以称为他的长辈们的样子,凝神屏息,专心致志。在一番热情洋溢的欢迎辞之后,主席开始宣读获奖者名单,而颁奖者,则是本次峰会的主要赞助商的代表。当叫到"Joseph Jiang"俊杰的名字时,他诚惶诚恐地站了起来,从会议厅的远处,快步向讲台的方向走去。此时,他看到贴近讲台的另一张餐桌旁,站起来一位年轻的女士，衣着入时，风度翩翩。虽然背对着他，但就在那一刹那，惊鸿一瞥的余光，已令他几乎踉跄跌倒。就在这时，主席适时地宣布，他的颁奖嘉宾，就是来自玛丽亚生化制药集团的 Michelle Cheng。他赶紧定了定神，幸好大家的目光，仍集中在讲台那边，并没有注意到他的失态。他努力调匀自己的呼吸，然而，胸中那怦怦跳动的节奏，却不会因此而有任何的减缓。他来到讲台旁，面带着矜持却和善的微笑，此时的他，已在众人的注目之下，听到了座位里传来的几声惊叹，那或许是因为在如此规格的颁奖仪式上，还从未出现过如此年轻又如此英俊的获奖者，也或许是因为颁奖的嘉宾，竟会是如此美貌、如此端庄的翩翩少妇。总之，这造就了一个特殊的时刻，形成了一个特殊的场景，更像是国际电影节上，男女主角演绎的一个片段。会议执行主席仍在介绍着俊杰的基本概况和他的研究成果，观众群里，时不时响起些不规则的掌声，而讲台旁的男女主角，则早已四目相望。

"Congratulations!（祝贺你！）"

宛星的手里，拿着那一面精美的奖牌，她款款来到俊杰的面前，将它放在了他的手中。

"Thank you.（谢谢。）"

俊杰礼貌而轻声地应道，接过奖牌的手微微颤抖着。而宛星的双眼，仍紧紧注视着他，并进一步压低了声音问道：

"你住在哪一个房间？我有些话想跟你说。"

"2548。"俊杰同样压低了声音应道。

"会后，我还有些公务活动，你能等我一下吗？"

宛星语速急促地接着问道。俊杰点了点头，刚想再说点什么，可那位会议执行主席，也注意到两人不同寻常的近距离轻声细语，便向着众人打趣道：

"Are they from the same company? Oh yes! No wonder they have so many inside secrets! Hey Michelle, if you don't mind, can you share with us?（他们是来自同一家公司吗？哦，是的！怪不得他们有这么多的悄悄话！嗨，米雪儿，如果不介意，能跟我们分享一下吗？）"

宛星不得不转过头去，微笑地看着他道：

"No secrets. I am congratulating him. Ah yes, I am proud of the achievement in his research work initiated from inside of our company.（没什么秘密。我正在祝贺他呢。是的，我为我们公司所孕育出来的他的研究成果而感到自豪。）"

说完，两人便各自返回了自己的座位。桌上的美食，依旧散发着诱人的香味，但俊杰已没了方才的那种食欲。他的目光，时不时地飘向宛星坐着的方向，心里忐忑不安地琢磨着，她究竟还有些什么话要跟他说？他不由自主地想象起两人在宾馆房内私会的场景，他和他的曾经，该保持怎样的距离？还可以毫无顾忌地挽起她的手吗？还可以贴近她的耳边，说些轻松的玩笑吗？当她推门而入时，他该如何开口说欢迎她的言词？当她坐下时，他该坐着还是站着？该如何保持一种看似洒脱实则必定拘谨的姿势？他这么胡思乱想着，当他突然间发现桌上的食物，都已被吃得差不多了的时候，却完全想不起来，那都是些怎样的滋味。宴会终于结束了，俊杰果真看见宛星被人引领着去了另一间会议厅，他便循着与宛星的约定，回到了自己的房内，静静地等候着她的光临。时间一分一秒地过去，他还从未感觉过，时间原来可以走得这样的慢，仿佛每一秒钟，都被再度切割成千万个瞬间，而每一个瞬间，似乎都清晰无误地在他的面前驻留，并带给他前所未有的沉默却煎熬的知觉。在他与宛星四目相望、窃窃私语的那个短暂的时段里，他本想告诉她，今晚九点之前，他必须退房去酒店的大堂里，等待与他共乘的同事。但那个不识时务的会议执行主席，却不怀好意地打断了他们，害得他没能将这个重要的信息传递给宛星。此时，九点钟很快就要到了，而房门上依然没有任何的动静。他不得不整理好自己的行囊，并准备好一张便利贴，然后走出了房门。门外的走廊里，静悄悄的空无一人，他将那张给宛星的留言贴在了房门上，心意索然地乘电梯下了楼，来到了酒店的大堂。此时，九点已过，富丽堂皇的大堂上灯光明亮，却没有见到公司为他安排的共乘同事。他连忙去柜台退了房，然后，坐在大堂一处显眼的沙发上等待。想象中与宛星私会的种种细节，果真只能成为他的臆想了，这里宽敞通亮，人来客往，与酒店客房私密的氛围迥然不同。但不管怎样，他还是迫切地希望，宛星能及时去他的房间，看到门上他所留下的字条，在他不得不离开这里之前，从那边电梯的出口处奔跑过来。他甚至想到，在那共乘同事到来之后，该如何跟他解释尚需再稍等片刻，而在他的旁观之下，又该如何与宛星交谈。忽然间，另一个念头，在他的脑海中闪现，令他激灵灵地打了个冷战。或许她根本不会来，因她已改变了主意？是啊，彼此的曾经，除了让人平添些回忆的痛楚和烦恼之外，又有什么有益的价值呢？作为一个已在生意场上混迹多年的公司高级主管之一，她早该明白这现实而又浅显的道理。然而，这一切的揣度，在一瞬间戛然而止，因为宛星的身影，果真就在电梯口的那边忽然出现了。她匆匆忙忙地来到大堂之上，四处张望，很快便看见已从座位上站起身来的俊杰。

"对不起，我来晚了。"她来到俊杰的面前，仍有些上气不接下气地说道。

"不晚。"俊杰试图安慰她，"我的那位同事还没有来，你不必那么着急。"

可宛星却指了指她手里的手机，对俊杰说道：

"你的那位同事不会来了。"

俊杰吃惊地问道：

"你怎么知道？"

宛星微微一笑，稳了稳自己尚有些急促的呼吸道：

"我也是刚接到公司总部打来的电话，说为你安排共乘返回的那位同事，因家里突然有些急事，不得不先行离去了。他们把接你回去的任务交给了我。"

俊杰一听，心里一下子轻松了许多。

"原来是这样。"他松了一口气道。

他不用再担心那位同事何时会来，而且，他和宛星显然也有了更充裕的时间，可以在私下里倾心交谈了。实在有太多的话要说，一时间反而不知道从何说起。两人站在那儿，相对无言。还是宛星先开口道：

"时间不早了，我们还是先上车吧。从这里开到湾区，大概要半夜了。"

俊杰点了点头。

"好吧，要不要我来开车？现在，你可是我的老板。"

宛星白了他一眼。

"你是在取笑我吗？"

俊杰忙摆手道：

"我怎么敢？从前，我有取笑过你吗？"

宛星想了想，"没有吗？想不起来了。"

她一边说着，一边考虑着俊杰的提议。从这里去湾区的路，有一段颇为崎岖，她不是很熟，而且，现在又是夜晚。可不知是什么原因，她还是说道：

"不过……还是不用了吧，我的车，还是我自己比较熟些。"

俊杰见宛星坚持，便只得说：

"那么，就辛苦你了。"

于是，两人出了宾馆的门，上了宛星那辆看似颇为硬朗的路虎越野车。没过多久，便已驶入度假村外茫茫的山林夜幕之中。

"真想不到，世界原来是这样的小！"在沉默了一阵之后，俊杰终于开口说道。

"是啊，没想到我们还能见面。而且，还成了同事。"

宛星开着车，双眼紧盯着路面，说话的语调波澜不惊。

"那时候，听说你病了。怎么样，这些年，你过得还好吧？"

俊杰接着问道。他尽量用平缓的语气，压抑着他急切的心情。

"我挺好的，至少现在如此。那么你呢，你是怎样来到美国的？"

听到宛星终于开始发问了，俊杰的心里，漾起了一阵波澜。他背向宛星，望着侧窗外，微微地叹了一口气。

"说来话长。自从你走了以后，我一直都很担心。后来，还是文娟告诉我一些关于你的消息，但仍不确切究竟发生了什么。你也知道，到美国来求学，一直是我的愿望，我便申请到了斯坦福深造的机会。据文娟说，你的手术很可能会在斯坦福医院做，所以，我想这样的话，或许能找到一些你的踪迹。但是，很显然，我并不成功。"

俊杰的话，让宛星原本看似平淡的表情，有了一些变化，她也微微叹了一口气道：

"对不起，请原谅我的不告而别。给你带来了不少麻烦，我这样做……"

"不要说对不起。"俊杰打断了她的话。

"我们曾说过，互相都不再说对不起的，还记得吗？"

宛星点了点头，没有再言语。而俊杰又继续说道：

"不管你做了什么，不管你为了什么这样做，我好像都能理解。或许，是为了不拖累别人，或许是为了尊严和体面，但你自己一定吃了很多的苦吧？我本想在你最困难的时候，能呆在你的身边，可是，我也没能做到。不过，现在好了，我又见到了你，还和从前一样的健康、一样的快乐。这样就很好了。"

俊杰说着，眼眶有些发酸，他瞥了宛星一眼。虽然车窗外很黑，但车灯照射在路边岩石草木上的反光，已让宛星那柔和白皙的脸廓，看起来足够的清晰。她看起来面色沉静，可不知何时，眼角处却挂上了一滴泪珠。她或许也意识到从俊杰那边飘来的眼光，迅速用手抹了一下。

"谢谢你，到现在还能这样说。你是想安慰我吗？"

"我说的都是真心的。要说安慰,也许是安慰我自己吧。不管怎样,我还是要感谢命运能够让我们再度相逢。"

"是啊,命运。好像总有着某种神奇的安排,时而娱人,时而弄人,时而又相当的残忍。"宛星感叹道。

俊杰见她语带悲戚,以为她仍未能忘怀命运曾带给她病痛。便说道:

"我可以体会你在病中所经历的苦痛。可是,现在不是一切都好了吗?"

"好吗?"宛星反问道,"为什么命运总是让人彼此错过呢?"

俊杰忽然明白了宛星的言下之意。而就在这时,他注意到她握着方向盘的手上,闪耀出一线晶莹的亮光,那是一枚看似颇为硕大的钻石戒指,正散射着来自窗外跃动的灯光。原本隐藏在因这意外重逢而有些激动的心情之下的那份憾意,油然而起。是啊,这命运安排的重逢,是不是来得太晚了?他便也无奈地感叹道:

"那么,人在命运的面前,又能做些什么呢?不过,只要你觉得幸福就好了。"

"你觉得幸福吗?"宛星问道。

戴着那枚价值不菲的钻戒的宛星,却问起他的幸福,令俊杰的肺腑内,蓦地澎湃起汹涌的浪潮。

"幸福?你手上的戒指,在黑暗中也还是那么的耀眼,那是幸福的象征吗?一定是他送给你的吧?"

他语带挖苦地问道,虽然话一出口,他便有些后悔了。宛星这才注意到,俊杰正盯着自己手上的那枚戒指。那戒指正戴在她的中指上,但在黑暗中,这或许很难分辨。那颗钻石,其实并不算大,只有两克拉而已,却是最上乘的品质,难怪在黑暗中,仍能吸引俊杰的眼光。而整个戒指,更是出自名家的设计,因为那是妈妈送给她的生日礼物,当然不会是件平常之物。

"他?哪一个他?"宛星疑惑地问道,而随即,便意识到俊杰可能因此而产生的误会。

"你是指我的男朋友吗?"

宛星没想到她的问话,却让俊杰的误会更深,以为他的猜测,得到了宛星的认同。

"不只是男朋友了吧?听说,你刚刚举行了婚礼。"

可他的话音未落,宛星却已高声叫了起来。

"你听谁说的?我根本没有男朋友,又哪来的婚礼呀?哦,你是不是在说，我上星期去参加的那个婚礼？可那是倩筠的啊！"

宛星的话音刚落，俊杰已惊得目瞪口呆。

"那么，你的戒指？"

宛星将手伸到俊杰面前。

"那是妈妈送我的生日礼物。"

她听到俊杰长长地出了一口气，然后匪夷所思地嘿嘿窃笑了两声。

"这么说，是倩筠结婚了，而不是你。我知道，她也在美国留学，却一直没有机会见面，你是怎么找到她的？"

"因为魏坤，现在是她的老公了。他是我们公司在洛杉矶的销售主管，你和他有过一面之缘的。"

俊杰点了点头。

"岂止是一面之缘，应说是不打不相识呢。"

说完，心中漾起的一股热流竟让他热泪盈眶。

"宛星。"他深情地唤道。宛星侧目而视，看到了他噙着泪水的眼睛，便诧异地问：

"你怎么了？"

"我真是太高兴了！"

"噢，"宛星略有所悟地点了点头，"是啊，倩筠是我们的老同学了，她能有如此美满的归宿，真应该为她高兴才是。"

"还有你！"俊杰仍怔怔地注目于她，高声应道。

"我？我又没有结婚，有什么值得高兴的？"

"是呀！这才是真正令人欣喜的事啊！"

俊杰说着，语气忽然变得深沉柔和起来。

"宛星啊，"他说道，"我一直觉得，思念其实也是一种福，正是因为思念才会有盼望，每当夜深人静之时，我的心中时常怀有一种盼望，望着那一轮明月，她像镜子一样明亮地挂在天穹，照着我，照着你，于是，我在里面能看见你的脸，你的略带忧伤的眼神和难以察觉的浅浅的微笑，都是那么的清晰。我会对着明月问：你也能看见我吗？你能看见我的思念吗？"

俊杰的话，让宛星蓦然陷入一种奇异的梦境，激动与苦涩同在体内沸腾，握着方向盘的手竟有些不听使唤了。她赶紧镇定一下自己的情绪，以一种貌似平淡的语气应道：

"你还是和从前一样，一点没变！你的话总是让人好感动，只可惜。我们已没有机会了。"

"为什么？为什么说我们已没有机会了？"俊杰听了宛星的话，一时又慌乱了起来，以为其中还有他所不知的变故。

"难道，你想背叛你的家庭，还有孩子吗？"

宛星万分惊讶地问。她不能想象，俊杰竟会说出如此不负责任的话来。

可这回，却轮到俊杰万分地惊讶了。

"家庭？孩子？你在说些什么呀？"

"我见过他们，就在不久前。你不是回国了吗？而我也回去了，就在俏娃河畔。你为什么要瞒我呢？"

宛星说着，思绪又飞回到万里之外那座熟悉的校园里。

"我为什么要瞒你，我为什么要瞒你呢？"

俊杰重复着宛星的问题，这真是太可笑了！

"俏娃河畔？那是我的妹妹呀！而那个小孩，是我妹妹的孩子！你该知道，我有一个妹妹，昕悦，还记得吗？而我，怎么可能会有家庭，会有孩子，在还没有找到你的时候？"

俊杰赌天发誓一般大声叫着。而他的话，也让宛星如梦方醒，一瞬间，激动的泪水流满了面颊。世间的事，往往转瞬即变，原本以为是早已错过的彼此，忽然间，又变成了令人惊喜的天作之合。而喜之不禁，转眼或可成悲。就在这一时刻，她所驾驭的路虎，刚好驶入一条弯道，被俊杰的话语所感染，突然沉浸于激情之中的她，甚至忘了减速，而前方转弯处原本漆黑的路面上，却忽然闪现出一道刺眼的灯光，那是一辆大型载货卡车，呼啸着迎面而来。宛星大惊失色，而仍噙在眼里的泪水，却模糊了她的视线，她不得不尽量远离那似乎是扑面而来的灯光。俊杰，虽然意识到这倏忽即至的危险，却已无能为力，随着两人同时发出的惊呼和卡车长鸣远去的巨大黑影，路虎果真如同一匹下山的猛虎，在与陡坡上碎石与灌木碰撞而发出的骇人声响中，滚向黑魆魆的谷底。惊骇于这迅猛、惨烈、无可阻挡的翻覆，宛星放弃了继续驾驭的企图，下意识地扑向俊杰的怀抱，俊杰也完全不敢去看窗外，只得将宛星的头揽在胸口，一意埋头护着她，任随车的坠落。轰隆一声，俊杰的眼里浮现出十年前，他在学校球场的那个篮架上坠落的瞬间，而在这似曾相识的瞬间之后，记忆中的欢乐或痛苦、喜悦与悲哀、对于生的眷恋，以及对于死的不可名状的惊恐，便完全地消失了。

第三十四章

　　陡坡的谷底是一条溪流，从山间倾泻而下的湍急的流水，冲击着斜卧在河床上的路虎的车身，发出一阵阵哗啦哗啦的响声，在深夜的幽谷里回荡。俊杰恢复的第一个知觉，便是听见这声响，而随即，周身四处的痛觉，慢慢地也像这水声一般，开始一阵阵地袭来。他的理智尚未完全清醒，脑海中已浮现出刚才随着车子坠落的情景。"宛星！"他惊觉自己或许仍在险境，却更忧心与他共乘一车的宛星的境况。他略动身躯，感到了仍枕在他臂弯里的宛星的头，用手一摸，她的头上有些湿漉漉的，不知是由破损的车身渗入的溪水，还是伤口流出的血。而头却是沉甸甸的，对他的动静，没有什么反应。试了试她的鼻翼，还好！呼吸轻微而平稳，像是仍在昏睡之中，他的心因此而稍安。他顾不得自己身上的疼痛，赶紧拨开已充溢于四周的安全气囊，轻轻解开系在两人身上的安全带。心想，多亏了现代车辆的这些安全装置，不然，此夜今生或许就这样匆匆地交待了。他不敢多想，立即小心翼翼地将宛星从她的座位上抱起来，抱向自己的怀中。他轻轻拍打她的面颊，并呼唤着她的名字。反复几遍之后，终于听到宛星虚弱的回应。

　　"俊杰，俊杰。"

　　"我在这儿呢。"他连忙应道。

　　幽暗中，他看见了宛星扑闪出来的眼光，她似乎还在搜索着记忆。

　　"对不起，我闯祸了，你还好吗？"

　　"我还好。你呢？"

　　"我的头好晕。这是在哪儿呢，怎么这样黑呀？"

　　"我想，我们的车已滚到谷底了，不过，车子好像还没有散架，我们还在车里。"

　　俊杰简洁地回应着，试图让宛星尽快明白现况。

　　"听，这是不是流水的声音？它会不会把我们冲走呀？"

　　宛星的知觉，也在慢慢地恢复中，开始担心所处的境况。俊杰望了望窗外,看见了淅淅沥沥的雨滴,在窗玻璃上溅起的水花。而流水的声响,似乎比刚才更加清晰。他忙摇下车窗,借着微弱的天光,探头一望。溪流果然十分的湍急,摇下的车窗,令那浩荡的水声,听来更加骇人。车身的周围,已满是翻滚旋涌的水流,却不知其深浅。好在那车子,恰好落在两块巨石之间,其位置,看起来还相当的稳固。

"别担心,水势不大,这里暂时是安全的。你好好躺着休息一会儿吧,我先打个求救电话。"

俊杰以尽量平稳的语调说着,一只手揽住宛星,而另一只手,则迅速地掏出手机拨打911。可试了几次,都毫无应答。

"怎么了?"宛星着急地问。

"可能是这荒郊野外的,信号不好。"

"那怎么办?"

"别着急,我们先休息一下,恢复些体力,等会儿再爬上去就是了。"

俊杰一时也想不出什么办法,只得故作轻松地安慰她道。此时,宛星已完全清醒过来了,俊杰开窗的瞬间,她已听见那咆哮的水声,便略直起身,望向窗外。被雨雾蒙蔽的窗外,景象晦暗,不过那朦胧中翻涌着的浊流,以及随着声浪而微微摇动的车身,已足以让任何略有神志的人,意识到所处的险境。不过,她并未觉得惊慌。虽然她刚从昏迷中苏醒过来,仍感到气力的虚乏,而窗外的水浪,似乎也越来越凶蛮强暴,但俊杰已然包揽着自己的怀抱,如此的坚实而温暖,就像她寻觅了多年的避风港,一旦停泊其中,便是有再大的风浪,也不会让她感到任何的不安。于是,她又闭上了眼睛,既然俊杰说先休息一下,就必定是有道理的。此时,没有什么比依偎在俊杰的怀里,更让她觉得心安和舒适的了,那些迫在眉睫的所谓危险,隔在那虽不威猛强壮、却温热可靠的胸膛之外,便如远在千里。他曾经的拥抱,早已是多年前的回忆了,那时的他们,都还是情窦初开,虽然对拥抱的渴望或许更加强烈,却总是碍于羞涩,浅尝辄止。而后又是多年的分离,种种的误会与错失,令再度的拥抱,成了不可企及的奢望。然而此刻,这意外的重逢,犹如神意启引的相叙以至相知,倏忽之间,便将那看似不可逾越的隔阂,化解得烟消云散了。这怀抱中真切确实的温暖,让尘封多年的回忆,变得那么的清晰,宛若就在昨日。而那些甜蜜温馨且略带感伤的回忆,又让这如梦幻般的相拥,变得益发的难舍难离。

那是爱情吗?那是爱情吗?宛星在心底呼唤着。可那是不用问的,她从未如此真切地体会过爱意的感受。

"俊杰。"她忍不住轻声呼唤着。

"嗯。"

"当我们分开的时候,你想过我们会是如此的相聚吗?"

"没有。"俊杰惨然一笑。

"在荒野幽谷中的相逢是超乎想象的,我甚至不敢奢望与你再有任何形式的相逢。虽然我曾努力地找寻你,但最终,却以为你已经和别人厮守终生了呢。"

"这不能怪你,要怪,也是怪我不好。"

"你又来了,说好了不要再自责了。不管怎样,上帝又让我们在一起了。不管怎样,我都不会再感到孤独了。"

宛星点了点头。

"俊杰,"她动情地说道,"我原想,我的病,或许会让我不能生育,而你这异乎寻常的智商,若没有了传承,岂不是太可惜了?或许,我的生命已如烛炬,随时都会因一阵微风而熄灭,而你却为我耗尽了青春,岂不是太不公平?可是,我不要你孤独,因为那样,我也会一样的孤独。因为思念、盼望、苦苦的等候,我们等待了那么多年,现在好了,我不要再分离,无论如何不要再分离了!"

俊杰听了,不由得将宛星搂得更紧了,同时长长地舒出了一口气,仿佛那些多年来深沉心底的郁闷,一下子就烟消云散了。而宛星又继续说道:

"我不知道上帝究竟要对我们做些什么,但只要是将我们带到了一起,我还是由衷地感激他。"

俊杰点了点头。

"哪怕是在悬崖的边缘,哪怕是在洪流的旋涡中。"

话音刚落,恰有一股巨大的水流,撞击在车身上,发出又一阵沉闷的声响,而车身竟因此而晃动了两下。可宛星却丝毫不为所动,依然静静地依偎在俊杰的怀里,以一种超凡脱俗的语气缓缓说道:

"俊杰呀,我觉得到目前为止,我的人生中充满了奇迹。首先是认识了你,然后是得了一场不是凡人能得的大病。"

"这也能算是奇迹吗?你可真是个乐天派。"

"可我却因此找到了以为早已不在人世的妈妈,这难道不算是奇迹吗?"

"当然!那么,还有什么其他的奇迹呢?"

"原以为早已错失的你，竟会出现在我们的公司里，并和我在同一栋大楼里工作，这算不算另一个奇迹？"

俊杰点了点头。

"我真幸运，能参与到你人生的奇迹中。现在，就让我们再来创造一个奇迹吧。"

"嗯？"

"从这荒谷险地里逃出去，然后幸福地生活在一起。你，愿意吗？"

"我愿意！"宛星甜甜地应道。

不知怎的，她感到了自己脸上泛起的红晕，一时间，仿佛又回到了少女的时代。

"那么，现在，我们需要的是勇气和力量，你准备好了吗？"

"准备好了。"宛星说着，已从俊杰的怀中坐起，并挺直了腰杆。

俊杰打开了车门，不知何时，车外的小雨已变成了瓢泼大雨，而溪水现已没过了半截车身，随着车门的开启涌入车内，瞬间就湿了他们的双脚。俊杰试探着出了车门，身上的衣服，顷刻间便已浸透至肌肤。他顾不得这些，脚踩住溪水中仍夹持着车身的石块，站稳了身子，然后回手来搀扶宛星。

"来，水涨得好快！我们得赶紧离开这里，往高处去。"他大声地叫道。

宛星便跟着他出了车门，两人互相扶持着，抵御住湍流的冲击，顺着车旁兀立的那块巨石，向上攀援。经雨水洗刷过的岩面，坚硬而滑腻，将两人的手足肩膝各处，磨蹭出无数的伤痕，在淤泥及浊水的浸泡下，有如被蝎虫嚼啮般疼痛。然他们却无暇停歇，只一味地往高处用劲地爬去。因为他们都明白，此时倘若稍一松懈，便有可能再度滑落到那湍流中，恐难脱离被冲走的命运。几番周折，两人终于攀上了岩岸。回首望去，不禁倒吸了一口凉气。刚刚远离了的脚下，已奔涌起更为浩荡的浊流，像有无数条虬龙咆哮缠斗着。而那辆车子，现只露出了车顶，像一只被擒伏的猎物，在那些虬龙的撕扯之下，无助地沉浮摇摆着。此时，两人都已气喘吁吁，顷刻便瘫坐在岩石上，任凭倾泻而下的雨水，继续冲洗着他们身上早已湿透的单薄衣服。

历经寒夜寒雨，又在精疲力竭之后，宛星止不住打起了冷战。俊杰见状，便又紧紧地抱住了她。虽然他自己的身上和宛星一样，浸透了冰冷的雨水，但此刻，那肌肤上感知的寒冷，其实已变得微不足道，因他深知自己的内心，正有一股烈火燃烧着。而宛星，虽然还在他的怀里微微颤抖着,但他还是可以清晰地感觉到她体内涌动的热流,随着她深沉的呼吸起伏着。这感受绝非寻常,无论宛星的身上如何的冰冷,无论她的颤抖表现出怎样的虚弱,对俊杰而言,她的存在就像太阳的光芒,虽在亿万里之遥,却可以穿越时空的阻隔,并炽热于心。

过了一会儿,雨似乎完全没有停歇的意思,而环顾四周,他们坐着的岩石附近,也找不到任何可以避雨的地方。俊杰指了指高处隐约可见的公路护栏,对宛星说:

"好点了吗?看来,我们还得再努力一下,爬到公路上去,或许就能找到帮助。"

"好吧。"

宛星强打精神应道,并试图站起。但不知怎地,忽然袭来的一阵晕眩,令她几乎又要跌倒在地。俊杰连忙扶住了她,让她的头靠在自己的胸膛上,却感到她的额头火烫,与她周身的冰冷迥然相异。

"你发烧了!"

俊杰叫道,并用双手搂住宛星有些瘫软的身子。虽然他自己也感到有些虚弱,却必须极力支撑着,好让宛星的身体有坚实的倚靠。

"唉,"宛星叹了一口气道,"我的身体总是不争气,每到关键的时候,就……"

俊杰将手放在她的唇边,止住了她的话,并抚摸着她的脸颊道:

"别担心,人都有生病的时候。有我在,就是背,我也能把你背上去的。"

说完,他真的蹲下身来,好让宛星趴在他的背上。嘴上虽然这么说着,其实,他的心里也不知道那通向公路去的、看似颇为陡峻的山坡,是否可以就这样爬上去。宛星也在犹豫着,她知道俊杰的运动机能虽然不错,但却算不上超乎寻常的强壮,若是单枪匹马攀上那段陡坡,或许尚可为之,但要是背着自己,恐怕难以成事。可是现在,雨依然在狂泻着,而山谷间刮起了一阵阵阴冷的怪风,夹带着令人发怵的啸声和刺骨的寒气,似乎在警示着,这里绝非久留之地。于是,她还是顺从地趴在了俊杰的背上。俊杰抬头望了望雨雾之中,那一条虽然看不真切,却又宛如分隔着光明与黑暗世界的公路护栏,然后深深地吸了一口气,倔强地从地上站了起来。可就在这时,从远方的天际,忽然传来一阵隆隆之声,既不像打雷,更不见闪电,隐没在漫天飘舞的风雨声中,起先听不真切,既而渐渐变得清晰起来。俊杰和宛星不约而同地抬头望去向那声音的来处,却什么也看不见。正疑惑间,忽而在那舞动着万千雨丝的天幕上，闪过一线亮光，模模糊糊地似乎有一点黑影，携着那亮光，在黑色天幕上摇曳划动，慢慢地迫近而来！直至那团黑影飞临头顶，才发觉那隆隆之声，分明就是发动机的轰鸣，而原先那一线浮游着的亮光，现已变成了一条明亮的光柱，射向他们正站立的岩石。那竟然是一架直升机！

直升机上的人显然也发现了他们，在他们的头顶盘旋了几周之后，便稳稳地降落在离他们不远处的一块略为平坦的碎石地上。从直升机上跳下来的人，都穿戴着头盔和救生衣，手上还提着些救护用的装备。到了跟前，他们迅速地打开一副折叠式担架，将已有些站立不稳的宛星抬上直升机。如释重负的俊杰，此时早已忘记了伤痛和方才不知所措的沮丧心情，步履敏捷地跟在救援人员的身后，守护着担架，也跳上了直升机。

随着舱门的关闭，直升机又骤然轰鸣起来。从如注的雨水洗刷下的舷窗里，俊杰看见机顶的巨大旋翼，加速地转动起来。而飞机也随即腾空而起，如他想象中的黑夜骑士一般，在暴风雨的裹挟之下，翩然而去。

次日清晨，斯坦福医院的病房里，一如既往的宁静。初升的阳光，将窗外翠竹的枝叶，映射在帘上，摇曳生姿，如同一幅动感的水墨画卷，令病房在安宁之中，又平添些明媚与生气。宛星躺在病床上，望着天花板发着呆。她刚刚醒来，便发觉自己又睡在她曾如此熟悉的病房里，虽然不怎么喜欢这感觉，但回想起昨夜发生的事，和此刻身上依然明显的虚弱，躺在这儿，便也没什么好奇怪的了。只是昨夜发生的一切，似真似幻恍如一梦，她甚至不知道，自己是如何来到这间病房的。只依稀记得暴风雨中，天上那一束刺眼的光亮，好像是天降的神兵，将自己从俊杰的背上，扶上了担架，而后是一阵隆隆的巨响，在剧烈的振荡摇摆中，有人在她的耳边，絮絮地说着什么，再然后，便看见许多从山坡上滚落的碎石，以及最终浮沉于汹涌洪水之中的那辆越野车。俊杰，他依然顽强地攀爬在岩壁之上，却还要伸出手来，拽着她一起吃力地向上挪动身躯。最最清晰的是，当两人终于攀上了岩岸的顶部，如此欢欣又精疲力竭的感觉。各色杂乱无章的画面交替浮现，却又自然神奇地衔接得天衣无缝，组成了一部跌宕起伏、回味无穷的惊险剧目。

"俊杰！"

她在心中轻柔地呼唤。虽然此时回味的惊悸，让她依然感到阵阵心跳和虚汗涟涟，但她最最牵挂的，还是剧目中与她共度惊险的那一位男主角。

"他还好吗?他现在在哪里?"

而就在这时,忽然传来了门轴转动的声音,她正思念着的那个熟悉的身影,出现在门口。

"俊杰!"

此时,她真的叫出声来。俊杰听见宛星在叫他,便快步来到了床边。

"感觉好点了吗?"他轻声问道。

宛星点了点头,却看见俊杰的头上缠着纱布,而手肘处还缚着绷带,不禁向他伸出手来。

"你受伤了。"

"都是些皮外伤,不碍事的。倒是你,昨晚烧得厉害。"

俊杰一边说着,一边伸手试探宛星的额头。

"嗯,好多了。"

"昨晚,怎么会有直升机来救我们?后来又怎么了?我有些记不清了。"

宛星仍在想着昨晚的事。

"他们说,是那位卡车司机报了警,他大概意识到,有车子坠落到山谷里,所以才……后来在飞机上,你不知是睡着了,还是昏迷了,总之,医生说你有严重的脑震荡,要留院观察些日子。"

宛星点了点头。

"那么你呢?你有没有也检查一下?"

"医生说,我也有些脑震荡,不过比较轻微,只要回家观察就可以了。可能是因为我以前震过,有了抵抗力,多震几次也没关系了。"

俊杰微笑着答道。俊杰的话,让宛星想起从前俊杰在球赛中受伤的事。

"上一回,是我来医院看你,这回,却轮到你来看我了。"

"是呀,多么温馨的回忆啊!虽然受伤总是件坏事。特别是你还送过我一个香囊,记得吗?"

俊杰说着,竟从自己外套的内兜里,摸出那一只香囊来。因岁月的消磨,那香囊的绒布和绣花,都有些陈旧破损了,不再有当时的那种鲜亮色泽,可是在他将它拿出来的那一瞬,宛星的眼里已盈满了泪水。

"谢谢你,俊杰!这么多年了,你还一直把它带在身边。"

俊杰笑了笑道:

"原先的药香味已没了,我换了其中的内容,不过药换了,汤却还是原汤。"

宛星将那香囊捧在手中，放在鼻子上闻了闻。

"薰衣草，我喜欢的味道。"

"也是我喜欢的。"俊杰说，"在我住处附近，生长着成片的薰衣草。每到夏秋之季，便开满了淡紫色的小花，我随手摘了些放在其中，每天闻一闻，据说可以舒心怡神，并兼具清热消毒的功效呢。"

宛星听得入神，仿佛又看见昔日的俊杰。

"你还像当年那样，凡事都爱究其因缘吗？"她问道。

俊杰不好意思地笑了笑，没有说话。宛星却忽然自责道：

"我却不如你，没有常性。非但荒废了学业，就连你曾送我的礼物，都没能留住。"

"你说的，是那本《Words of Wisdom》的小书吗？"俊杰问，"我不是捡到后，还到你的桌上了吗？"

宛星不无遗憾地答道：

"对不起！前段时间回国时，我又将它送给了别人。"

俊杰听了，非但没有显出吃惊或不悦的神情，反而眼睛一亮，问道：

"是不是给了一对年轻的恋人？"

"是呀！你是怎么知道的？"

俊杰的问话，让宛星大大地吃惊了。俊杰却不管宛星的表现，继续问道：

"你回国的那段时间里，是不是去了海南的天涯海角？"

"没错！我就是在那儿的海边，将那本小书送给了一对陌生的年轻男女。不过，可不是因为不再怀念我们曾经的过去，而是当时，觉得我们之间，已不再有可能再续前缘，可那一对年轻人，却是那么的情深意浓，又那么的活泼天真，好似多年前的我们。我想，这书里所蕴涵着的我俩曾经的情感和思念，或许能借由他们的情缘而得以延续。"

俊杰听着，又回想起在天涯海角与那一对恋人相遇的情景。他似乎完全可以理解宛星当时的心情，其实，那时候的他，又何尝不也是这样想的？他便从原先放着香囊的衣兜里，又摸出那本书来。

"喏，我想它应该物归原主了。"

宛星又见到这一本金灿灿的小书，似乎与那日离别时的光彩一般无异，在从窗外射入的晨光下，熠熠生辉，不由得又将它捧在手中，揽在了胸口。

"真是太不可思议了！我说了，我的人生充满了奇迹。这是怎样的神奇，将它又送回到你的手中？"

"我想，那是因为我们俩总是心有灵犀。"俊杰满怀深情地说道。

"我们或许是抱着同样的想法，去了天涯海角。我想去那里和你告别，因为我们曾有过这样的约定，因为我是那样地爱你，而那时候，你却似乎离我那样的远，好像在海的另一边，在天的尽头。只有到了那里，我才能和你说话，和你的心意相通。"

俊杰的话，让宛星热泪盈眶，她伸手拉住了俊杰。

"俊杰，俊杰！"她柔声地叫道。

"那两位年轻的恋人，或许是上天派来的天使，他虽然不断地磨炼我们，用一次又一次的分离，锤炼我们的情感，却不忍让我们就此错过一生，便派了他们，来接受我的赠予，然后，又把它转赠与你。让这书成了彰显神意的信使，使我们终能相聚相守。既然上天都要成全，就让我们遵循他的旨意，好吗？"

俊杰紧紧抱住了她，亲吻着她的额头。

"我不是说过的吗？我们会再创造一个奇迹，然后幸福地生活在一起，从此不再分离！"

说完，两人都不再言语，只是久久地相视着。情到深处，一切尽在不言中了。

过了良久，俊杰忽然想起了什么，问道：

"今天一大早，我就来医院了，你猜我见到谁了？"

"我怎么知道？"宛星摇着头。

"瓦格纳教授！"

"怎么，你也认识他？"宛星好奇地问。

"只有一面之缘。那是我刚来美国之时，为了要找你，去见过他一次。不过，他因为对病人的保密协议，并没有让我知道关于你的任何消息。"

"他是斯坦福医学院的教授，也是这一家医院的医生，在这里见到他，倒是没什么奇怪的。"

"可他居然还认识我，主动和我打招呼，并提到了你。他好像知道我俩昨晚发生的事。"

听了俊杰的话，宛星叫道：

"真的？这消息传得好快。"

俊杰接着道：

"他说，你妈妈很快就会过来看你。"

宛星这才点头道：

"原来如此。我想，是他们核实了我们的身份后，通知了妈妈。肯定是妈妈告诉了他，因为他是给我治病的医生。"

他们正说着话，那扇门又开了，忆云出现在了门口。

"宛星，宛星。"她一进门，便一迭声叫着宛星的名字。

"你究竟怎么了？"

话音未落，人已来到了床前。

"听说你出了车祸，还发了高烧，都快把妈妈吓死了！"

宛星连忙欠起身，抓住妈妈伸过来的手。

"妈妈，我不是挺好的吗？若不是医生非让我住院观察的话，我想，我该像俊杰一样，可以回家了。"

她看了一眼退在一旁的俊杰。

"噢，忘了给您介绍了。这位就是江俊杰，刚在生物科技年会上，为公司拿了最佳论文奖的青年才俊。"

忆云听了宛星的话，脸上却不见有喜悦的神情，反而有些愠怒地瞥了他一眼。

"你就是和宛星一起乘车回湾区的那一位？你开车怎么能这么不小心，害得她受伤躺在这里。你知不知道……"

宛星见妈妈不分青红皂白，就责怪起俊杰，忙打断她的话，解释道：

"妈妈，不怪俊杰！是我自己开的车。昨晚天黑路滑又下着雨，是我不小心，才跌落到山坡下，害他跟着我一起受了伤。"

俊杰见宛星替他说话，忙摆手道：

"你妈妈批评得没错，车本来就该由我来开。而且，一路上也怪我话太多，害你分心才出了事。"

说完，转过脸来，对着忆云深深鞠了一躬。

"欧阳阿姨，对不起，是我没有照顾好宛星，我知道，她的身体并不是太好。"

忆云见他称自己"阿姨"，又似乎知道些宛星的身体状况，便觉得有些诧异。她在商场多年，早已形成了察言观色的职业习惯，从两人之间互相亲昵的称谓，眉目流盼间的默契与相配，便猜到两人或许是熟识的朋友，只是奇怪从未听宛星提起过。此时，既已明白了并非俊杰肇事，也不便深究其责，便缓了缓语气道：

"唉，你们年轻人做事，一定要小心谨慎才是。"

说完，便坐在宛星的床头，端详着她的脸，抚摸着她的额头，有些心疼地问：

"你感觉怎么样？痛不痛呢？"

"妈——不是说了吗，我好着呢！"

忆云却不理会，继续说道：

"既然住进来了，就安心休养一段时间吧。"

"我不要！"宛星用撒娇的语气道，"我还是想早点回家。再说，公司里还有好多事等着我呢。"

"不急，还是身体重要。况且，瓦格纳教授也说，到了该给你好好检查一下的时候了。"

俊杰见她们母女俩说着些私己的话，自己在一旁不便叨扰，便说要去给宛星买些早点来吃。忆云却说：

"医院会提供早餐的。不过，你自己还没吃早餐吧？"

俊杰点头道：

"是的，一大早就赶过来了。那……我先去了。"

说完，便告辞出去了。

俊杰走后，忆云便问宛星：

"这年轻人你以前认识吗？"宛星点头。

"在公司认识的？"宛星又摇头。

"那我以前怎么没听你说起过？"忆云好奇地问。

"是呀，我为什么从没有提起过他？"宛星自问。

这时，忆云注意到宛星的脸上起了些变化。

"他是我初中时的同学。自从我出国治病以后，就再也没有见过他。没想到，他会出国来念书，更没想到，他斯坦福博士毕业后，会选择在我们公司就业。妈妈，你说，是不是很巧呢？"

忆云点了点头。

"那你，是怎么知道他在我们公司的？"

宛星没有马上回答，却拿起此时躺在床边桌上的那一本小书。这却也是忆云熟悉的物件，她经常看见宛星手捧着它，细细地阅读品味，她知道，那是宛星从国内带来的少有的几件心爱之物之一，只是从未问过它的来历。奇怪的是，现在，它为什么会出现在病房里？

"怎么，你去优山美地开会还带着它？"忆云有些纳闷地问。

宛星摇了摇头。

"俊杰呢，那时，是我们班上最出色的学生。长得帅气不说，他还得过奥数竞赛的金牌呢，作文竞赛也得过奖，我们班上的女生，十有八九都暗恋过他呢。"

宛星说着，脸上掠过一丝浅浅的笑意。

"这本书，是他送给我的毕业礼物。它曾丢失过，丢失在天涯海角。竟又是他将它找了回来，还到我的手中。它似乎是上天赐予的神奇和许诺。我和这本书的渊源和故事，以后再慢慢跟您说。"

忆云似乎有些明白了。

"这么说，我的漂亮女儿也曾暗恋过他啰？"

"我喜欢他，我一直都喜欢他！可以说，那是我的初恋。"

宛星带着遐想和满足，坚定地说。

"那么，你为什么从没去找过他？"

"从前，我没那么自信。我以为，他会喜欢倩筠的，他和倩筠看似天生的一对。那时候，我家的条件很差，跟倩筠没法比。而后来，我又得了这种怪病。"

"倩筠不是已经结婚了吗？"

宛星点了点头。

"虽然倩筠也喜欢过他，但他的心中却另有所属。所以，我想，倩筠是放弃了。他说，他来美国念书，其实，是为了来找我。"

"冷静！宛星。"忆云打断了她，"你怎么知道呢？或许，是他了解到你现在的情形和背景，才这么说的。"

"我想，他不是这样的人！"宛星肯定地说。

"在国内时，他就知道我们家很穷，而他，却生在书香门第。"

"宛星，有些男生很会逢场做戏。作为女孩子，谨慎和矜持总是不错的。"

宛星笑着，看了妈妈一眼。

"妈妈，宛星已不是初出闺房的小姑娘了。你不相信我辨真伪、识善恶的眼光吗？"

"我信，我信！"忆云摸着宛星的头道，"不过，他知道你生病的事吗？"

"他知道。刚来美国时，他就去找过瓦格纳教授。不过，教授因为保密协议的关系，并没有告诉他我的情况，所以，他一直没能找到我。"

忆云点了点头。

"那你应该去找他，既然你那么爱他。"

"妈妈，你有没有过这样的经历：你十分怀念的、从不会忘记的一个人，但你却从不与人说起，宁愿将他深藏在心底？我原想，我的身体是很难再好起来了。即使还能活在世上，难免会落下残疾，而爱一个人，不就是希望他能幸福吗？我不能去打扰他，不想用我残缺的身体，去影响他的幸福。"

宛星的话，令忆云想起了她年轻时生活的那个压抑的年代。她有过这样的经历吗？或许没有，或许她有的只是无奈，只是内疚，只是随波逐流。但是，虽然那时候，她的情感未曾得到最基本的满足，她还是深深地了解一个少女对爱情的渴望。

"女儿，你真是太善良了！"

"可是现在，上天又把他送回来了。他依然是一个人，他说，他依然爱着我。你不觉得这是一个奇迹吗？所以，我决定不再压抑自己，我想遵循着自己心声，勇敢地去爱了。况且，瓦格纳教授说的那个五年的期限，不是很快就要到了吗？"

"是的。你现在是越来越健康了。"

从宛星的话语里，忆云感受到她心中荡漾着的温情。自从女儿来到美国，母女虽然相认，但她总觉得和宛星之间，有着某种莫名的隔阂，淡淡的，却挥之不去，在眼前，却又捉摸不定。宛星时常表现出来的沉默，每及深谈，便不由自主地闪避，总让忆云有些头疼，似乎在宛星的心中，有一片只属于她自己的堡垒。而今天，她像是终于敞开了心扉。

"妈妈，你会祝福我们吗？"她听见宛星在问。

忆云深深地点了点头，双手合十在胸口。

"希望上天能继续和你一起创造奇迹，继续地保佑你，保佑你永远平安快乐！"

第三十五章

五年是一个神奇的时间跨度。人生能有几个五年，是我们常说的一句话。这句话深深地烙印在我们的脑海里，只因为那是父母从我们的儿时起就不断训斥的话语。五年的时间，说长不长，说短也不短，许多的事业，在五年的时间之内便见端倪，或者发达，或已凋敝。而对于一个孩子，五年却是个漫长的过程，盼望长大的岁月，总像是没完没了。从五岁到十岁，才从幼儿化作童年；从十岁到十五，算是从童年变成少年；从十五到二十，则终于从少年跨入了青年。但自从成年之后，时间似乎莫名其妙地获得了某种加速度，五年的时间，忽然变得不再那么漫长，等待的感觉也不再那么显著了。一个庸碌者的五年，一晃而过之后，好像什么都没变，职位没变，工资没变，一切都还和从前一样。但是不，其实皱纹已悄悄爬上了额头，而眼睛里原有的那份新奇的光亮，也渐渐地消失了。令人百思不得其解的是，医学上，五年的时间，似乎也有着非凡的意义，癌症患者的五年存活率，便是人人皆知的一项重要指标。似乎那是一道门槛，是否能跨得过去，决定了一个疗法的成功或失败。于是，瓦格纳教授所界定的五年之限，便像是一个穿着一身黑色长袍的神父，坐在高高的祭坛之上，宣读着那一份晦涩难懂的符咒，试图决定宛星生命中的一切——事业、爱情、快乐或悲伤——是否可以延续。

忆云是在她的办公室里，接到瓦格纳教授的电话的，说要跟她谈谈关于宛星的近况。在过去五年左右的时间里，她已接到过数次瓦格纳这样打来的电话，因此也没觉得奇怪。他是一位敬业而谨慎的老头子，对待每一个病人就像他的孩子一般，可是，他从不在电话里，谈论有关病况或治疗的信息，或许是怕因为见不到彼此的表情和对言语的反应，而忽视了可能存在的误解甚至误会。作为一个在医学领域实践多年的专家，他深深地知道，在医疗上的误解乃至误会，甚至比疾病本身还要致命。听到电话以后，忆云马上放下手头的工作，驱车前往瓦格纳教授在斯坦福的办公室。

五年的光景，可以让一个儿童变成少年，便也足以在一个老者的身上，留下它显著的痕迹。教授原先花白的头发，现在已经全白了。不过，保养得还算不错，满是皱纹的脸上，依然透露着健康的红润。他和忆云早已是老朋友了，便也不做多余的寒暄，示意她在他堆满了各类文件、书籍的办公桌前落座之后，便直截了当地说了起来：

"Dear Ouyang, I have to tell you something about Michelle.（亲爱的欧阳，我必须跟你谈谈米雪儿的事。）"

他两眼直视着忆云，语气低沉。

"Forgive me, this is not a good news.（原谅我，这并不是个好消息。）."

教授的话，让忆云大吃了一惊，一种不祥的预感，瞬间笼罩了她的整个心境。

"For quite a while, she was recovering pretty well. But recently, according to the examination, somehow she started to develop a few new tumor cells again.（一段时间以来，她都恢复得很不错，可是最近，根据检查的结果，她的身上又开始出现新的肿瘤细胞。）"

"What？（什么？）"

忆云的脑袋里嗡的一下，但她迅速镇定了一下自己的情绪。

"Do you mean her past disease is now coming back?（你是说她过去的疾病又回来了？）"

教授点了点头。

"Her fever after the accident was actually a symptom caused by this new development. From the examinations, I am pretty sure they're the same kind of cells.（她在事故之后的发烧其实是这新发展的病症。根据检查的结果，我颇为肯定它们是同一类细胞。）"

"How serious is the situation?（情况有多严重？）"忆云紧接着问道。

"The cells are still in an early stage of development. Actually we discovered them earlier than usual. But unfortunately, this time, it's a recurrence, which means it will be much more difficult for us to reach a complete cure.（细胞仍处于早期发展阶段。实际上我们发现得比正常为早，但不幸的是，这次是复发，意味着将很难完全康复了。）"

"What kind of treatments are available now according to the situation?（根据现在的情形，有哪些可行的治疗方法呢？）"

忆云的心变得越来越沉重，但她仍竭力克制着自己不因这突如其来的不幸消息而崩溃。作为一个经历过风雨的人,她知道,任何时候都需要保持冷静,没有什么事是应该绝望的,现在,最重要的是,弄清楚下一步该如何处置。

"I would prefer conservative ways of treatments first. We need to perform more examinations and continue to observe. (我倾向于先做保守的治疗。我们需要进一步的检查和观察。)"教授答道。

"How about surgery? Is it still necessary? (手术呢?是否仍然需要?)"

"She did surgery before which was not completely curative. It's always an option, but I don't recommend it right now. If it's necessary in the future, I will let you know. (她以前已做过手术,看来并未完全治愈。手术总是一个选项,但我现在并不建议使用。将来如有需要,我会告诉你的。)"

他停顿了一下,又继续道:

"I know it's a difficult time. But I want you and your family to be informed and prepared for the worst situation possible. (我知道这是个困难的时候,但我还是希望你和你的家庭知道并对可能的最坏情形有所准备。)"

教授说这话时的脸是阴郁的,甚至有些痛苦。作为一个脑神经医学方面的专家,他经历过太多令人绝望的病症,见证过无数次的生离死别,本该习以为常了。但这些年来,他与宛星之间,已建立起某种不同寻常的友谊,他喜欢她的聪明、可爱、乐观与善解人意,他常用Sweetheart(甜心)来称呼她,就像称呼自己的孙女一样。显然,如今宛星的病况,也有些出乎他的意料之外了,他对所了解的各种治疗方案可达致的最终效果,似乎也失去了把握,这种无能为力的挫折感,是很让人沮丧的。虽然很不情愿,但作为一名医生兼朋友,他还是不得不将自己真实的想法告知忆云。

从瓦格纳教授的办公室里出来,重回到加州灿烂的阳光之下,可忆云却感到如同投身于另一个阴暗的世界。她开始责备自己,当初不该将宛星一个人留在国内。虽然这样的责备已持续经年,但此时为甚。瓦格纳教授的话,就像一个宣判,让她一直以来存于内心、而近来越发强烈的希望,在一瞬间濒于破灭。这宣判,虽然只是初期的,虽然还有上诉的可能,虽然还有些时间可以等待,但翻盘的希望,看来十分渺茫。现在,她更强烈地觉得,宛星会得这样的怪病,就是因为从小到大,都没有得到悉心完全的照料,而这又全是因为她当初毅然决然的离去，让一个尚在襁褓中的婴儿，从此失去了母亲的荫庇。

她想着，如果再让她选择一次，她定会选择留下。这样做，虽然或许会导致冤狱之灾，或许她从此没有机会与亲生的父母团聚，但是，她的骨肉就不会流落在不知何处的天涯，遭遇不知多么难耐的没有母爱的岁月，而因此，便也不会有如今这样的结局。这难道是上天对自己的惩罚？让一个不顾自己亲生骨肉的母亲，从此不能摆脱心灵悔恨的煎熬？

忆云这么想着，痛与苦涩，在心底如同爆裂般弥散开来，直至浸润到身体的每一个细胞里。但她终于还是渐渐冷静了下来。她想起在宛星初到美国时，就与她达成的那个约定：无论如何，她都不能对她隐瞒关于她病情的真相。因为宛星说过，她知道自己病症的凶险，任何时候，她都不会过于乐观，也永远不会悲观绝望，既然上天将她带到了这样的一个战场上，无论成败，她都要像一名战士一样，勇敢昂扬地战斗下去。

话虽是这么说的，可是，可怜的宛星呀，她刚刚和她心目中的白马王子久别重逢，刚刚以如此神奇的方式，重拾初恋的甜蜜，刚刚开始又相信神爱世人，相信那些磨难不过是他精心设计的锤炼与眷顾。幸福好像就在门外，好像触手可及，她刚要打开房门，可迎接她的，难道就是这么冷酷无情的所谓的真相吗？忆云的眼泪，忍不住流了下来。不！这是任何人都不愿意揭示的真相，更何况是一位母亲？

忆云驾着车，行驶在帕拉阿图蜿蜒的山径上，她不知道究竟要往哪里去，任由那辆宾利车和她的思绪一样如野马狂奔。不知不觉，已到了自家附近的街道上。当她驶近那扇通向宅第前院的黑漆铁门时，却发现那儿站立着一对年轻的男女，定睛一看，认出是魏坤和他新婚的妻子倩筠。她下了车，和他们打了个招呼之后，便神情落寞地将他们引入到自家的客厅里。落座之后，倒是魏坤先开口问道：

"董事长，您看起来气色不太好，有什么不舒服吗？"

忆云摆了摆手。

"没什么，是因为最近宛星出了点事。"

魏坤忙道：

"我们回到湾区后也听说了，所以，刚刚去医院看望了她。医院离这儿不远，便顺道过来看看您，跟您道个别。"

"怎么，这么快就要走了？"

忆云虽知道魏坤自从结婚之后，便有携妻回国创业的打算，却没料到,这一天来得这么快。

"是呀,"魏坤答道,"这些年,多亏董事长的器重和栽培,我从公司里学会了许多。其实,我来美国求学工作,也就是想学习跨国企业先进的管理经验,现在,也算是学成了吧。再说,倩筠也毕业了,她也想回国去做些事。"

忆云点了点头。

"年轻人敢闯敢拼当然是好事。只是,我又要失去一员大将了,而宛星……在美国也将失去你们这一对最好的朋友,真是可惜!"

"我们会常保持联络的。"倩筠插嘴道。

"宛星虽然出了车祸,听说又病了一场,但她看起来精神不错,想必已康复了吧?"

"是吗?"忆云看了一眼倩筠。

"你们也算是宛星的知己了。不瞒你说,宛星的这一场病,其实……不简单。"

"怎么了?"魏坤和倩筠异口同声地问。

忆云便把今天在瓦格纳教授那里了解到的情况,跟他们俩说了。一方面,自从知道了这个不幸的消息,她自己的内心正十分痛苦,很想找人倾诉;另一方面,在潜意识中,她也希望他们在临行之前,还能多陪陪宛星,给她些精神上的支持和慰藉。

听忆云说完,倩筠的眼里,不禁流下泪来。魏坤跟她说过宛星的病况,不过,大多是艰难已过、康复在望的好消息,却不曾想,还有这一番意外的变故。而魏坤此时的脸色,也变得十分的凝重。倩筠看了一眼魏坤道:

"坤,宛星现在最需要朋友的陪伴了,我想留下来陪陪她,暂时不回国了,行吗?"

"我也这么想着呢。"魏坤点头道。

忆云听他俩都这么说,心中涌起一阵感动,但又觉得,自己情急之下的一番话或有些不妥,影响了这一对年轻人本已规划好了的宏图大志,便又劝道:

"你们没必要因此而改变计划,只要在临行前多陪陪她,我就很感激了。"

魏坤却安慰她道:

"董事长,您别担心。我们本来也没什么计划,只是推迟一下行程而已。这样,反而能有更多时间可以规划未来,一点都不碍事的。"

倩筠也附和道：

"魏坤说的没错。其实，在这里，我也有好多实习的机会，放弃了也蛮可惜的。我留下来一段时间，刚好可以继续学习。"

忆云见他俩诚心实意，便说道：

"那我就谢谢你们啦。不过，我暂时还不想把这事告诉宛星。"

接着，她转过头来，看着倩筠问道：

"宛星有没有跟你们提起过一个年轻人，叫江俊杰的？"

倩筠点了点头。

"当然，他是我和宛星的老同学了。没想到，居然在这里出现了，想起来，觉得这世界真的很小。"

"他现在在我的公司里工作，算是一位年轻出色的科研人员。宛星刚在生物科技年会上遇见了他，后来，和他在回程的路上，出了车祸。"

"宛星见到了他，一定很激动吧？"

倩筠还在想着，刚才宛星谈论着他们的重逢时，那种兴奋的神色。

"你怎么知道的？"忆云问。

"江俊杰是我的中学同学，也是我们F大的高才生，不但人长得英俊，书还读得超好呢，而且，身上带着一股儒雅的书卷气，是许多女孩子喜欢的类型。不瞒您说，想当年，我们都喜欢过他。不过，我没能坚持下来，不然，又怎能遇见我的如意郎君呢？"

倩筠瞥了一眼魏坤，可魏坤依然面色凝重，沉默不语。

"你说得没错，宛星也跟我提起过。"忆云应道。

"很显然，宛星依然爱着他！她曾想逃避这段感情，因为她得了这场病。可是，瓦格纳教授所设定的五年期限，渐渐临近了，她以为她快要好了，快要彻底地好起来了！可以想见，她心中的盼望有多强烈！她说，江俊杰的再度出现，是上天对她的怜爱与成全。我是多么地希望，她能如心所愿，那是她祈盼多年的感情归宿啊！可谁曾想，竟得到这样不幸的消息。作为一位母亲，我怎么忍心用这样的残忍，去破灭她刚刚燃起的希望呢？"

忆云说着，眼眶里不禁盈满了泪水。倩筠拉住她的手，动情地说：

"阿姨，我明白您的心情。我们会和您一道护持她重新燃起的希望。虽然我不能肯定，宛星的病究竟会怎样，但我知道多年以来，俊杰也一直深深地爱着她，我曾经是多么地嫉妒呢。以我对俊杰的了解，他不是一个见异思迁的人。如果他知道宛星如今的情况，他一定会和我们一道，加倍地护持她追求幸福的希望的。"

忆云噙住泪水，点了点头。

"你们都是好孩子！宛星能有你们这样的朋友，应该心满意足了。"

第二天，在旧金山市区新开的那一间星巴克咖啡屋内，新鲜磨制的咖啡味，伴随着怡人的奶香，在屋内的空气中，悠然飘荡着。但俊杰却无心品尝放在桌上的那一杯拿铁。坐在他对面的倩筠，正叙述着她从忆云那儿得到的关于宛星病况的消息。她说的每一个字，就像一记又一记的铁锤，而他的心，则像是裸露在那一块冰冷的铁砧上，渐渐地被敲碎了。但那铁锤，却仍在不停地举起又落下。虽然他早知道，宛星曾得过那一场不同寻常的病，但他也知道，她正在康复之中，而且，所有的迹象都表明，她已康复得与健康人无异了。再见她时，她那依旧美丽的容貌，肤色细腻如初，而双颊上淡淡的红晕，衬着永远那么灿烂的笑容，她曾跟他说起的那些奇迹般的经历，让他和她一样，对未来充满了坚定而热切的期盼。难道这只是上天开的一个玩笑？难道这只是他的一个荒诞不经的幻觉吗？但是,透过他有些湿润的眼睛，无论如何的眨眼，无论如何的摇头，倩筠都实实在在地坐在他的对面，有些忧郁、有些不安，但十分清晰地诉说着，目光中带着探询和关切地望着他。

"好吧，"他说，"我们暂时不要告诉她。但我们能做些什么呢？命运为什么要这样的残忍？"

他像是在问倩筠，又像是问自己，或者像是问在窗外静静聆听的某一位神灵，但他知道，他注定得不到任何的回答，他只能跟随着自己的内心，去寻找答案。

"你能陪我一起去看看她吗？我想去看看她，又害怕不能控制自己的情绪。你在的话，或许能帮帮我。"

俊杰向倩筠请求道。

"当然！"倩筠答应道，"我也很想再去看看她。"

于是，宛星的病房里，出现了他们两个的身影，而宛星见到他们时，脸上兴奋喜悦的表情，就像春天盛开的花朵。

"你们来啦！"她欢快地叫道。

"你们俩同时出现，是否意味着好运就要降临了？"

倩筠却不理会这个无意却让人揪心的玩笑，而是面带微笑地问她：

"上次之后，你感觉还好吗？"

"好极了！"宛星情绪高昂地应道，可随即，又有些委屈地说：

"可他们总是拿瓦格纳教授来搪塞我,说教授要我多查些项目,因此,耽搁到现在,还不让我出院,真是急死人了!"

她一边说着,一边看了一眼跟在倩筠身后进门的俊杰,却发现他的脸上,没了往日常见的笑意。

"怎么了?俊杰,见了我,还这么没精打采的?"

她语带埋怨地问道。俊杰连忙勉强挤出一丝笑容。

"没什么。昨晚上没睡好,这两天,工作上碰到点困难。"

"是什么样的难题,能让我们的天才神童都失眠了?真是前所未闻呢。不过说真的,要是真觉得累了,你也不必天天都跑到医院里来。再说,我也快回家了,不是吗?"

俊杰点了点头。

"当然!"

宛星便又转过头来,问倩筠:

"你和坤哥,打算什么时候回国啊?唉,到时候,还不知道我会怎样地想你们呢。"

"我们暂时不回去了。"

倩筠的回答,让宛星现出吃惊的神色。

"为什么呢?你们不是早计划好了吗?"

"因为魏坤公司里出了一点事,一个原本他已搞定的客户,忽然出了点变故,你妈妈希望他能帮忙处理好了再走,毕竟那是他熟悉的人脉和业务。"倩筠解释道。

"原来如此。"宛星会意地笑了笑。

"早知他是个负责任的好同志,那我替我妈妈谢谢你们啦。"

"别客气了,本来就是分内的事嘛,再说,又不是白做。"倩筠诚恳地说道。

"不过,这样也好。"宛星接口道,"自从我们在美国见面以后,还没好好地玩过呢。等我出院以后,让我陪你们到处走走,好好领略一下美利坚合众国壮美恢宏的风光,你说好吗?"

她看了一眼在一旁静静聆听的俊杰说道。此时,俊杰的神色已自然多了,他望着宛星那张洋溢着喜悦和憧憬的脸,一派总如少女时天真烂漫的神情,心中不由得又生出万千的怜惜与不忍,他只得说:

"好呀,好呀!那你可要好好保重身体了,让这愿望早日实现。"

他们在一起又聊了一会儿。可没过多久,有两位护士进门来,说要给宛星做个什么检查。

"这几天我可忙啦，比上班时的事情还多。"宛星打趣着说道。"不过，最好都是白忙，我可不希望再查出点什么东西来。"

俊杰和倩筠都不敢再说什么，又不想打扰了护士的工作，便向宛星告辞了。

以后的若干天里，俊杰都不敢再去医院看宛星，虽然心里惦记，只是没这个勇气。从前读书考试，如今科研攻关，都觉得驾轻就熟，可唯独不擅长演戏。而宛星向来心细如丝，又敏锐善察，只怕一不小心，露出些蛛丝马迹，破坏了忆云和他们几个达成的默契。可就是因为俊杰没来，宛星在医院里，也越来越不安心了。难道俊杰真的被工作搞得疲惫不堪，而听从了她的劝告？还是有什么别的原因？这些可爱又可恨的男孩子们啊，总是猜不透女孩的心思，人家叫他别来，不过是疼惜他，却并不意味着不思念他了嘛。而且，这几天在医院里，每天都要做些奇奇怪怪的检查，偶尔地，她竟又出现了与那一晚类似的晕眩感，偶尔地，她的眼睛会突然间变得视线模糊，虽然这些感觉很快就消失了，却也令她开始怀疑，自己是否真的又有什么新的病症。教授说她原有的旧疾，需要一段时间来复查，到现在，也该查得差不多了吧，却为什么还不放她回家呢？

这一天，她忽然想起，正是瓦格纳教授来医院驻诊的日子。他在医院里，有一间独立的诊室，以前，她曾去过那里接受治疗。她想，她应该去那儿看看，如果碰巧教授在，她或许就能解开这些疑惑了。于是，她偷偷溜出了自己的病房。在经过医院大门的过道时，透过那扇硕大的自动玻璃滑门，她忽然瞥见那一辆她熟悉的黑色宾利轿车，就停在门外不远处的树荫下。她环顾四周，却不见妈妈的影子。她来医院干什么呢？本来说好了，明天她才会来医院看望她的。她一边想着，一边又自嘲地笑了笑，妈妈或许安排了什么例行的身体检查，她没必要事事都向自己报备的。宛星这么想着，便仍向着瓦格纳教授的诊室走去。到了门外，她刚想敲门，却已听见教授说话的声音，他像是在向一个人解释着什么事情。宛星停住了，她不想打扰教授的工作，便站在门外，想静静地等一会儿。可教授的声音，仍在时而清晰、时而模糊地传来。他说，各项检查结果都证实了他之前的诊断，而那些新生的肿瘤细胞，位于脑颅较深层的部位，十分接近中枢神经区，所以，手术看来并非首选，可是，现行的化疗或放射疗法，对这类肿瘤细胞又没有完全确切的疗效。于是，另一个声音响了起来。那声音里，无疑带着某种近乎绝望的沮丧，但更多的，是心急如焚的不安与惶惧。

宛星一下子怔住了，虽然她好像已听过这声音无数次了，但平日里，那都是温柔甜美的轻声细语，从不曾有过这样焦躁的语气，但无论如何，她都能分辨出那声线、那音色，无疑就是日夜伴随她左右的妈妈的声音！她问，难道真的就没有其他有效的治疗方法了吗？无论如何，教授都要想办法救救她的女儿！教授的回答是，很遗憾，保守疗法，看来是目前最佳的选择，虽然疗效尚不确定，但也不是完全没有治愈的可能，但愿奇迹能够发生。可以肯定的是，保守疗法可以维持患者的生命，至一个相当长的时间。目前，对该病的研究，确有一些令人振奋的进展，但都仍处在实验阶段，不敢说可以立即投入医用。

宛星顿时明白了，两行眼泪，不知不觉从眼眶中涌了出来。她不再停留，转身匆匆离去。她已忘了是怎么走来的，便也不知该如何走回去，只好漫无目的地游荡在医院大楼里那些纵横交错的过道间。她的心，好像已脱离了她的躯壳，漂浮在光影晃动、忽而嘈杂、忽而寂静的幽深长廊里。她出众的美丽和她那魂不守舍的挂满泪水的脸，还是吸引了过往路人异样的目光，有人驻足，有人回首，有人甚至开始窃窃私语，这时，有一个人突然跑过来一把抱住了她。

"宛星，你怎么了？"

那声音里充满了惊恐和焦虑，却也将宛星游荡在外的魂魄招回。透过泪眼望去，她看见了那张轮廓分明却被愁云遮蔽的脸。

"俊杰，俊杰！你终于来了！"

是的，他终于来了。深知自己不擅演戏的他，也深知自己是这幕剧中不可缺少的演员，而他的角色不可替代。但同样地，他也深知，不管在怎样艰难的境遇里，爱总是能给生命以更充沛的活力，所以无论如何，他都要坚持下去，他的坚持，或许能将爱酿成一剂良药。

正当俊杰鼓起心底的勇气，匆匆赶到医院，如同奔赴一场决斗，却看见宛星像一个迷路的孩子，无助地在梦中游荡。他的心瞬间沉入谷底。他的第一反应就是：宛星一定知道了什么！不然，在斯坦福这样著名的医院里，没有任何理由，会有任何人去欺负一个住院的病人。更何况，宛星还是这样一个稳重坚强的姑娘。

俊杰抱紧了她。

"宛星，你怎么会在这里？你为什么要哭呢，为什么会这样的伤心？"

此时，宛星依偎在他的胸口，或许是他带着磁性的声音，或许是他胸膛的温暖，给了她某种镇静的力量，她抬起头，望着俊杰的眼里，竟倏忽放出明亮的光来。

"没什么，俊杰。我好像刚刚做了一个噩梦，现在醒了。"

她擦了擦依旧挂着泪水的眼睛。

"我们回去吧。"

俊杰便搀扶着宛星，回到了病房里。俊杰想让她上床休息，可宛星却摇了摇头，让俊杰和她一起坐在床边。

"俊杰呀，"她轻声地呼唤着他，"当初，我知道自己生病的时候，我选择了离开你，你有没有怪我呢？"

俊杰摇了摇头。

"那你有没有觉得难过？"

俊杰又点了点头。

"那你为什么还要来找我呢？"

"因为爱！"

宛星低下了头，那最后的一个字，令她颤抖了一下，痛苦的感觉，似又回到了她的身上。

"是呀，没有比这更好的理由了，可你为什么要爱我呢？"

俊杰搂住了她，抚摸着她头上此时有些凌乱的头发。

"你不知道吗？你是那么的温柔、善良、美丽、善解人意。总之，一切的好，都聚在你的身上，没有什么比和你在一起，更让人开心的事了。"

"可是，有一天，我可能会变老，而没有了美丽。"

"我也要和你一起变老，这是多么令人向往的事啊！"

"可是，有一天，我可能会看不见了、听不见了，或许连牵手也没有了感觉，所以，哪还会有什么善解人意？"

俊杰怔了一下，他似乎明白了宛星想要说什么。

"但是，你的温柔善良是不会变的，那是与生俱来的。我想，这就足够了，你知道，我从不奢望太多。"

宛星摇了摇头。

"温柔善良或许也会消失，有谁能保证呢？我可能会变得脾气暴躁、性格乖戾，甚至不近人情。我可能会忘记过去、忘记你，甚至忘记了我自己。我若变成了那样一种令人讨厌的人，你又凭什么来爱我呢？"

她说着，眼里又现出了晶莹的泪光。宛星似乎要用自己所面临的挑战，来挑战俊杰，但对于生死而言，这又算什么挑战呢？俊杰知道她所面临的挑战,他似乎早已准备好了答辞。

"其实,人活着只是为了一种信念。爱就是这样的信念!虽然一切的美好,都有消失的一天,但那种信念会伴随一生。我若能拥有那样的信念,至死不渝,那么,对于这样的一生,我会因此而感到满足。"

俊杰的话,显然让宛星得到了感动,她的眼泪流了下来,可她仍然静静地说道:

"对不起,俊杰!我的信念曾经没那么坚强,因为我觉得,我的病不会完全地康复了。可是后来,我又那么热切地盼望,它可以彻底地好起来。直到现在,我才发觉,我可能还是过于乐观了。"

"你知道了什么?"

宛星点了点头。

"我听瓦格纳教授跟我妈说,我的病复发了,而且这次……似乎是更严重了。"

果然不出所料!这便是宛星所说的噩梦了,但这并不是梦,而是残酷的现实!俊杰不知道该如何安慰,他只是紧紧地搂着她,在她的耳边喃喃地说道:

"宛星,别怕!你不是说,你的人生中充满了奇迹吗?我相信奇迹一定会发生,就像从前一样!让我和你一起,再来创造一个奇迹,好吗?"

宛星便也紧紧依偎在俊杰的怀里,流着泪说:

"好吧!这一次,我不想再让你难过了。姑且,就让我再相信一次。不管以后的日子,有多么艰难,我都不会再放弃你了。"

"我也是啊,我也是一样的。不管发生什么事,让我们都不再放弃彼此!"

俊杰说完之后,埋下头,亲吻着宛星的额头。宛星则凝视着俊杰的脸,两人互相倚靠着,坐在床边,一时间默然无语。尽管时光仍然在不停地流逝,尽管生命依然以它固有的方式默默地前行,但他们都只想在心中,深深地铭记这一刻。因为人生中珍贵的时刻,实在太过稀有,尽管有时候发生在艰难困苦的境地里,但当它们到来时,还是让人难舍难离。

过了许久,宛星这才又开口问道:

"还记得我们初中毕业的篝火晚会吗?"

"怎么会忘呢?记得当时,我们还有过约定呢。"

俊杰的思绪,又被带回到多年前的那个夜晚。

"是呀,"宛星接着道,"那时,我们说过要一起去远方旅行,但是很可惜,一直都没有过这样的机会。"

"是啊,虽然我们都去了天涯海角,却不是一起去的。"

想起在天涯海角与宛星失之交臂,俊杰仍感到说不出来的遗憾。

"我记得,你说过,想去敕勒川——阴山下的那一片蒙古草原,体会那种天似穹庐,笼盖四野,风吹草低见牛羊的意境。"

宛星幽然地说着,心意似乎也飘向了远方。

"是呀,那一直是我向往的一个地方。"俊杰应道。

"那么,"宛星像是下了一个决心似的说道,"就让我们一起去敕勒川吧,怎么样?我们不要再错过任何的机会了。"

"可是,你的病怎么办?不要治了吗?"俊杰吃惊地问。

"让我去和瓦格纳教授说一说,我要告诉他,这是我和你共同的心愿,在我和这病魔决战之前,我想先去完成这个心愿。"

"这,会不会太冒险了?我是怕耽误了病情。"

宛星淡然一笑。

"不是说,要相信奇迹吗?我权把这次旅行,当作是和上天的一次交流,希望他能听见我的倾诉。或许他会告诉我,在神的面前,爱和病魔,究竟哪个更有说服力。"

俊杰不再言语了。虽然他也算得上是一位科学家,但此时此刻,他更愿意相信真有这样的一位神灵,会倾听他们心灵里的声音。

第三十六章

　　风景，这世上有太多的风景了，并非个人所能看尽。如果人生是一幅画，那么，时间便是那画的框。它框住了我们的视野，框住了我们的心境，也框住了画中所能容纳的风景。我们的匆匆一日，便是往那画框里再缀入些新的色彩，或明亮，或晦暗，或鲜艳，或平淡。我们涂抹、遮盖、修饰、创造，试图让它看起来更加的赏心悦目或引人赞叹。可是，风景依然是风景，它静静地待在那儿，一脉横陈，千百年无知无觉，不管你是否想把它纳入画中。

　　如今，在宛星和俊杰眼前的，便是这样的风景：一带深褐色的远山，在笼盖万物的蓝天之下，肃穆而庄严。视界所及，尽是广袤浩荡的草原，如海一般无边无垠，在那碧绿的底色上，更点缀着千万种迷幻的色彩，也许是成片绽放的野花，也许是零落孤单的树影，也许是蜿蜒曲折的河流，所勾勒出的自然天成的美丽缎带，也许是晃动游移的牲畜群，在肥美的草丛间悠然自得地此出彼没，那点缀四处隐约的棕灰色，则像是牧人垒起的干草堆，而在阳光下熠熠闪烁亮丽白色的，则必定就是传说中的蒙古包了。

　　"真是太美了！"俊杰身旁的宛星叹道。

　　"怪不得你对敕勒川的草原，如此的情有独钟。"

　　俊杰却摇了摇头。

　　"其实，从前我对北方的草原，也是一无所知的。我之所以会一直想着来敕勒川草原看一看，除了和你一样，是因为那一首南北朝的乐府诗之外，还因为小时候看过的那一部电影——《牧马人》。"

　　宛星会意地点了点头。

　　"我也看过，那确是一部动人的电影。看来，我们要感谢谢晋导演，带我们来到这个美丽的地方。"

　　"我更应该谢谢你！"俊杰动情地说。

　　"是你陪我来到这里，让我实现了童年时的一个梦想。"

宛星微笑地看着他。

"其实,陪着你一起旅行,不但是我们共同的承诺和约定,也是我一直以来的梦想。如今,终于实现了!而且,面对如此壮美的景色,我想不管是谁,都会认为不虚此行的。"

"是啊。"俊杰指向前方。

"这敕勒川一带,不但是北朝时期鲜卑、匈奴等少数民族的聚居之所,也是古代丝绸之路的必经之地。在我们中华民族繁衍生息的历史长河中,扮演着不可或缺的重要角色。来到这里,不但让人的心胸骤然开阔了,而且,还平添出许多对历史和人生的感悟。"

"我觉得,在自然壮阔的景色面前,人显得多么的渺小啊。"听了俊杰的话,宛星也不由得感叹道。

"但是,"俊杰却接着说道,"人虽然渺小,却在这片土地上顽强地生活了上万年,经历了多少悲欢离合,演绎了多少爱恨情仇,又创造了多少流芳百世的灿烂文明。他们不但改变了自然界,也改变了人类自己的生活。现在,时光流转,历史终于来到了我们的面前,我们也应该像祖先一样,顽强地生存下去。"

宛星眼看着俊杰,深情地握起了他的手。

"俊杰,谢谢你说的话。我明白你的意思,我也会坚强地生活下去,不会让你失望的。"

两人正说着话,不知何时,头顶上已飘过来一大片乌云,遮蔽了原先灿烂的阳光,草原上的景物,忽然间就变得阴沉昏暗了。草原的天气,果然是转瞬即变,紧接着,雨水便开始淅淅沥沥地飘洒而下,而没过几秒,雨势就已经颇为浩大了。俊杰和宛星,急忙跑回那辆租来的吉普车里,略为商量之后,决定还是先回县城去。那里,他们已租好了旅店。俊杰开着车,在草原蜿蜒的小路上缓缓前行,不一会儿,来到一处不知名的小村落。俊杰忽然注意到路旁的一栋不起眼的农舍,白墙灰瓦,却在门前垒起了三面围墙。而在院落的两边,更可以望见各长着一株高耸挺拔的白杨树。他不禁在院门前停下了车。宛星好奇地问:

"你为什么在这里停车?"

俊杰指了指旁边的这栋农舍,应道:

"这房子,让我想起了《牧马人》里许灵均和秀芝住过的那个小屋,门前也是三面围墙,而墙内也是两棵白杨树。要不,我们先在这儿避避雨?"

宛星点了点头。

两人下了车，刚到院门口，就听见里面响起了激昂震耳的犬吠。随着一阵急促的脚步声，一位扎着白头巾的中年农妇出现在门口，那一条依然吠着的黄毛牧羊犬，则跟在她的脚边，晃动着尾巴，两眼警觉而凶狠地盯着这两位不速之客。未等那妇人发话，俊杰已和颜悦色地问道：

"我们是远方来的游客，可以在这里避避雨吗？"

那妇人见门口停着的吉普车旁，站着两位衣着时髦的年轻人，又不是本地人的口音，便知是城里来的游客。她喝止了犬吠，礼貌而热情地招呼他们进了屋，还端来两碗热腾腾的奶茶，给他们享用。宛星说了声谢谢，还问她多少钱一碗。那妇人嗔怪地看了他俩一眼，说道：

"你们刚淋了点雨，奶茶是给你们暖暖身子的。我又不是开旅店餐馆的，哪能收你们的钱呢？"

俊杰见她十分豪爽好客，便抱拳道：

"谢谢大妈的盛情，那我们就不客气了。"

他们一边喝着浓郁香糯的奶茶，一边和那大妈攀谈起来。从大妈的嘴里，他们了解到，这家的大叔也是一位放牧员，正在牧场上工作，现刚出去放牧了，要过好多天才能回家。而他们的孩子，则在县城里上高中，也要个把月才能回来一次。宛星听了，不禁赞道：

"您的孩子一定很优秀。从前我听说，农村的孩子，一般只能上到高小，能上到高中的，都非常了不起呢。"

大妈笑了笑说：

"现在，草原上牧民的生活比以前好多了。能供孩子上高中的，其实也不少。"

她又打量着他们两人，有些好奇地问：

"你们一定是从城里来的吧，怎么会想到到我们这边来旅游呢？"

俊杰便把早已烂熟于胸的那部电影、那首北朝乐府民歌，以及如何被大妈家门前的围墙和白杨树所吸引，而冒昧造访的缘由，滔滔不绝地说了一通。大妈听着，颇有些似是而非之感，不过还是频频地点头。

"牧马人？好像听说过。不过种白杨的人家，我们这儿还真不少呢。"

最后，俊杰不好意思地说：

"对不起，打扰您了。其实，我也不清楚，那电影里讲的，究竟是哪里的故事，不过发生在草原牧场，那是一定的，而且，和敕勒川有着千丝万缕的联系。"

"说哪里话,有什么打扰不打扰的?不过,听你这么一说,我还长了不少见识呢。大妈我就爱和有文化的年轻人聊天。"

他们在这儿亲切地说着话,那只黄毛牧羊犬,却也像是通人性似的,没一会儿就把俊杰、宛星两人当作了家人,在他们的脚旁摇头摆尾,这边闻闻,那边蹭蹭。宛星不由得摸了摸那狗的头,那狗竟温顺地趴伏在她的脚前。

"好可爱啊。"宛星赞道,"它叫什么名字?"

"小强。"大妈应道。

"小强?"宛星十分好奇,"它怎么会叫这名字?"

原来,大妈的孩子叫"大宝",而这只牧羊犬就像她的第二个孩子。不过,它之所以叫"小强",还有另外一个原因:这狗本是个早产儿,刚出生时,十分瘦弱,而且还有软骨病。好在草原牧场上牛、羊奶资源丰富,除了大妈夫妇悉心照料之外,这狗还颇为善解人意,许多次,当机能训练到了精疲力竭之时,它都能顽强坚持。故而,便给它起了这么个名字。长到如今,它的体格已很健硕,算得上草原牧羊犬中的佼佼者了。这时,宛星看了俊杰一眼,说道:

"这名字好,还很励志呢!看来,我得跟它多待些时间。"俊杰会意,便向大妈问道:

"我们能在这儿多待两天吗?"他指了指宛星。

"她很喜欢你家的这条牧羊犬。而且,我们也想多看看这里的草原。"

大妈笑眯眯地看着两人。

"那敢情好!只是,你们是小两口吗?"

未等俊杰答话,宛星已红着脸应道:

"是,我们刚……"

大妈已会意,一拍手道:

"那就没问题了。我家里只剩下一间小屋子还空着,原来是我家大宝住的。只要你们不嫌弃,我这就给你们准备被褥去。"

说完就要走,可俊杰一摆手道:

"大妈,不用了。我们只要有个睡的地方就行,我们自己都带了睡袋和盥洗用品了。谢谢您!"

"睡袋?那是啥玩意儿?"大妈不解地问。

"就是在野外活动时,睡觉用的啦。保证舒服、暖和。"宛星解释道。

大妈这才点了点头。俊杰便又接着问道:
"大妈,这草原上有什么好玩的活动吗?比如说,骑马。"
"是啊,"大妈应道,"骑马、射箭当然是草原上最常见的活动了。如果你们有兴趣的话,我家里就有马。不过,是匹老马。"
"那太好了!"俊杰兴奋地叫道。
此时,门外已是雨霁天晴。草原又恢复了那蓝天白云的灿烂景象。宛星和俊杰一起骑在那马背上,在村落附近的草场上,信马由缰地徜徉。那马虽老些,却依然善走,且步履稳健,不急不缓,正合了他俩的意。马上的宛星,依偎在俊杰的臂弯里,享受着阳光、微风和草原上特有的混合着花香草味的湿润的气息。
"那位大妈真是个热心的好人。"俊杰颇为感慨地说道。
"是啊,"宛星应道,"她和我们素不相识,却答应了你所有要求,有些还相当的过分。"
"可你还骗她说,我们是小两口呢。"
"我哪有骗她嘛。难道,你认为我们不是?"宛星反问道。
"是是是!宛星说是,就是了。"俊杰搂了搂宛星的肩膀道。
宛星则靠紧了俊杰的胸口,抬起头看着他说:
"俊杰呀,我爱你!现在我明白了,其实,自从第一次见到你,我就已经爱上你了。只是,从前这感情是模模糊糊的,自个儿都不甚明了。可是,这些年来的分分合合,却让它变得越来越清晰了。因为每当你远离我身边,我的心就会变得苦涩与牵挂;而当你回到我身边,我的心就会感到无比的舒适与安宁,就像现在这样。"
俊杰更搂紧了她。
"宛星呀,我又何尝不是呢?你第一次跟我说话,第一次对我笑,我第一次看见你哭,第一次牵起你的手,对我而言,都是独一无二的难忘经历。我觉得,人生就是一次漫长而寂寞的旅行,虽然沿途会遇见无数的人,有看不尽的风景,但只有一个人是不容错过的。只有陪着她一起看,风景才会生出隽永非凡的意义,风景才会成为生命中美妙而难忘的故事。"
宛星便赞许道:
"俊杰,你又要让我流泪了。不过,是高兴的眼泪。我又何尝不是呢?我又何尝不是呢?我的人生旅途中,已见过不少的风景了,有些只是一掠而过,留不下一丝一毫的痕迹,有些则像烙印,从此无法褪去。这些永不褪去的风景,便是我心中深藏的回忆了。那些弥足珍贵的印象，恐怕是我一生中最为宝贵的财富，甚至无法用有限的物质来衡量。"

马背上的情话绵绵，而日头也渐渐西斜了。夕阳的光，照着马背上已依偎成如同一人的情侣，在他们的身边，洒下一抹绚丽的彩影，而那茫茫无际的草原，此刻便成了画的背景，又仿佛在轻吟着一首人耳听不见，却在血液里流淌着的悠扬的牧歌，欲将这一幅画，演绎成一则动人心弦的故事。

夜晚时分，小屋里灯光昏黄。宛星将带来的睡袋解开，在温热的炕上，铺展成褥垫和盖被的样式，再将大妈为他们准备的一双枕头，紧挨着排在炕头。然后，开始轻解罗衫。见俊杰仍在那儿，直愣愣呆呆地望着她，便以含蓄着万千娇羞和温存的声线，轻柔地唤道：

"傻瓜！难道，你不喜欢你爱的女子，为你献出的第一次？"

俊杰这才如梦方醒，快步来到她的跟前，端详着她那无与伦比的美妙胴体。而宛星则顺势依偎在他的胸口，并将他的手，按到自己背上的那颗扣钮上，让俊杰轻轻解开了它。

"喜欢吗？"她问。

"岂止是喜欢，这……简直就是令人沉醉的梦境！"俊杰以颤抖的声音应道。

"这也是你的第一次吗？"她又问。

俊杰点着头，将宛星紧搂在怀中，一只手在她冰凉如丝绸般光滑的背上，来回地摩挲着，他低下了头，开始热烈地亲吻她的嘴唇。

"但愿，你我的第一次，对我们而言，都会是难忘的。"宛星一边吻着，一边也揽住了俊杰的脖颈，任凭他痴迷缠绵的爱抚，静静地说。

俊杰依然热吻着她，依然紧紧拥抱着她，一边也在她的耳边呢喃：

"一定的，这将会终生难忘！"

在宛星的帮助下，俊杰也褪去了身上的衣物。于是，爱如潮水，瞬间淹没了一切。世界消失了，时间停滞了，宇宙洪荒又回到其初始混沌的状态，只剩下炽热燃烧的火焰，翻涌沸腾。

当炙烈的热度缓缓退去，一切又慢慢地平静下来，昏黄的灯光，又渐渐变得清晰起来了。两人躺在炕上，在被窝里依偎着彼此，微微地喘着气。一时间，他们都默不作声，似乎还在回味着刚才那如痴如醉的缠绵时刻。

"现在，我们真的成了小两口子了。你真勇敢！"俊杰终于开口说道。

"这是我愿意的！我们相爱了这么久，而我，我不想再耽搁了。"宛星柔声应道。

"宛星，现在，你已是我的女人了。从今往后，不管世事如何变幻，不管在我们彼此的身上会发生什么，无论健康或疾病，无论富裕或贫穷，也无论顺境或逆境，我都会深深地爱你、疼你，照顾你一辈子的。"俊杰信誓旦旦。

"嗯。和你在一起，一直就是我的梦想，此刻，终于实现了！今天，就算是只有我们两个人的婚礼。"宛星答道。

接着，他们又沉默了。宛星似乎在想着什么心思，而俊杰仍紧紧地搂着她，将头俯在她的肩头，有些贪心地闻着她身上所散发出来的让人陶醉的气息。过了好一会儿，宛星突然问俊杰：

"俊杰，如果，我是说如果，上天真的没给我机会，你会怎样？"

俊杰一愣，摇了摇头道：

"我……还没仔细想过。"

"自从生了病，我却常常会想这件事，我会怎样？现在有点明白了。我想，人都会有那么一天，你怕，它要来，你不怕，它也要来，所以，我选择不怕。人活着，最要紧的是什么？我觉得是快乐。古人云：君子穷则独善其身，达则兼济天下。我的理解是，君子有别于常人的地方，是他拥有快乐的能力，无论在怎样的境地里，不怨天、不尤人，穷则自己快乐，达则予人快乐，我愿意做这样的人！"

俊杰抬起头，看着宛星那张沉静而安详的脸。

"关于这个问题，我相信，你的感悟一定远胜于我。虽然我也知道，一切都有尽头，而且，那尽头或许离我们并不那么遥远，我只是不愿意面对罢了。所以，我常常觉得，我能给你的安慰总是那么的软弱无力。而现在，你的一席话，却让我对人生有了新的感悟。"

宛星继续说道：

"因为我爱你，希望能和你厮守终身，所以，你不必安慰我，我必定会坚强地生活下去。但是，即使上天真的没给我机会，我也希望你不要悲伤。因为我希望，你我都能成为快乐的君子，好吗？"

俊杰郑重地点了点头，并因此深深地感动了。尚在病中的宛星，本应得到他悉心的照顾与安慰，却不但给了他全部的爱，还在思虑着他将来的快乐与悲伤。他觉得，他是多么的幸运，能遇上这样知心的女子，他的宛星所拥有的，不但是天仙般的容貌，更有一颗慈悲不凡的心灵。

他们又在这片草原上盘桓了几日，终于到了要离开的时候了。知道大妈肯定不会收，他们便把那几百块钱和一封写满了诚挚谢意的信，藏在了枕头下。临行之时，和大妈以及那条叫"小强"的牧羊犬，在小屋院落的门前合了影，说好了冲洗出来之后，再寄给她。于是，免不了互道珍重，依依惜别。然后，他们驾着那辆吉普上了路。经过几个小时的颠簸之后，终于回到了县城，回到了他们原先订好的、作为在敕勒川草原落脚的旅店。

那天晚上，俊杰发现宛星显得有些疲惫，只以为这几天在草原上的行程让她累着了，却没想到，晚餐后，宛星竟呕吐了一阵子，一摸额头，烧得厉害！俊杰想马上送她去医院，可宛星却一摆手道：

"不用了。送去也没有用，他们根本不知道这是什么病。瓦格纳教授已给我开了一些药，就是专治这些症状的。"

说完，便从她的包里，摸出一些五颜六色的药丸子。俊杰只得替她倒了些开水，让她吃了，然后照顾她躺下。那些药丸子果然神奇，没过多久，宛星的热度便退了，而且，她睡得十分的宁静安详。夜深了，俊杰也想去睡，可门外却忽然响起了一阵轻微的敲门声，开门一看，是旅店的工作人员送来了一份电报。俊杰展开一看，是在上海的文娟给宛星打来的，上面赫然写着八个大字：瓦教授令你速回沪！

当飞机降落在上海虹桥机场，在候机大厅的出口处，俊杰和宛星看见了文娟、倩筠和魏坤。自从宛星陪俊杰走后，魏坤和倩筠也回到了上海。他们听文娟说，宛星马上就要回来，便和她一起来接机了。宛星见了这些老朋友，不免百感交集，眼泪汪汪。文娟安慰她道：

"我们都知道你的情况了。别怕，你吉人天相，一定会有办法的。这次，瓦格纳教授要你回来，就是有要紧事跟你商量。"

魏坤驾车将他们送到了宾馆的套房里。文娟迫不及待地接上了电脑和互联网，瓦格纳教授的电子邮件，呈现在电脑的荧屏上。电邮大意是：最近以来，美国顶尖的脑神经科研机构和基因科学方面的专家合作，研究出了一种基因置换疗法。实验表明，对像宛星这样的病症，显示出了令人惊奇的疗效。但寻找合适的基因源，需要大量的血液样本，以及繁复冗长的匹配筛选，并不容易。所以，他们已发动全球范围的募集活动。因为亚裔的血样与宛星匹配的概率较高，希望在上海的朋友们，也能够帮忙募集更多的血液样本。同时，他敦促宛星尽快返回斯坦福医院，配合完成这一看来充满希望的治疗过程，以免耽误了最佳的治愈机会。

这消息让俊杰兴奋不已,他一个劲地对宛星说:
"太好了!宛星,我说过,你一定能再创奇迹的!我相信,你的病一定能治好!"
文娟也说:
"是啊。我们已发动了同学们献血,让你们这次就能带回去做匹配筛选。"
俊杰应道:
"那我也去!"
但魏坤却说:
"你不用着急,回美国后也可以做。而我们,则一定要在你们离开之前做好,让你带回去。"
倩筠和文娟都点头称是。临行之前,浩强、凯亮、圆圆和文武他们也都前来送行,他们无一例外地都为宛星献了血,样本就在俊杰提着的无菌保温盒中。宛星含着泪,与他们一一道别。
"谢谢!千言万语汇成一句,"她看着他们,动情地说,"此生与你们相知一场已无憾,望大家多珍重!"
回到美国后,宛星又住进了斯坦福医院。而俊杰,则马不停蹄地开始参与到玛丽亚基金会业已展开的募集血样的活动中。他四处奔波,除了在报纸、杂志上刊登广告,在电视上播放相关活动的内容,还在网络上创建了专门的网页,一时间,忙得不可开交。功夫不负有心人,一段时间下来,血样的数目,每天都在增加。但是,从现有的几万例样本中,却还没有找到任何匹配。这不禁让俊杰深感忧虑。向瓦格纳教授询问的结果是:宛星的血型,其实十分罕见,虽然基因匹配并不要求血型的完全一致,但相同血型者,匹配的概率却会高出许多。因此,要为宛星找到匹配,其概率就比一个普通血型的人,低了几十倍。按照现在收集血样的速度,想找到匹配,可能有相当的困难。
这消息,无异于给他的头上浇下了一盆冷水,但他又能怎样?他只有继续不停地奔波,不停地向每一位他能接触到的人,呼喊求助,并不停地祈祷上苍,能在这场近乎绝望的运动中,显示出他的慈爱、怜悯及浩瀚无边的神力。
日子一天一天地过去了。瓦格纳教授为宛星开出的药物,虽能在一定程度上控制病情的发展,却不能完全阻止它。俊杰目睹宛星一日日地憔悴下去,心如刀绞,却又束手无策。宛星原先光彩照人的肤色,开始变得晦暗了,她眼眸里那总是闪烁着的明亮,也日渐黯淡下去了,

但她依然表现豁达,总是对俊杰说:

"放轻松一些吧。尽人力、知天命!上天自有他的安排。我已说过的话,你还记得吗?让你我都能快乐地面对生死。"

俊杰含着泪点着头。

"我知道。"他说,"我也说过的,无论健康或疾病,无论富裕或贫穷,也无论顺境或逆境,我都会爱你、疼你、照顾你,直至生命的最后一天。所以,我绝不会放弃努力,我会继续寻找下去,直到找到和你匹配的血样。请你相信我!"

"我相信你!"宛星拉住了俊杰的手。

"可是,我已感觉到自己身体的虚弱了。现在,我有一个愿望。"

俊杰连忙说:

"什么愿望?你说,我一定尽全力帮你实现!"

"我想趁着我还能活动,样貌还不至于太难堪,和你举办一个婚礼。规模不必太大,只要家人和亲近的朋友参加就行了。我希望,他们能来见证我们的结合。那么,如果,我是说如果,我去了天堂,就不会有任何的遗憾了。你愿意吗?"

"你别说了。"宛星的话,让俊杰泣不成声。

"我答应你。但是,不是为了那个天堂。它不属于你。你知道,有你在的地方,才是我的天堂!我要和你一起,快乐地生活在我们自己的天堂。"

于是,俊杰除了继续他的募集血样的工作,现在,又多了一件筹备婚礼的任务。但他丝毫不觉得累,反而精神倍增。他像一台上足了发条的钟表,每时每刻都在滴答滴答强有力地向前推进着,没有什么能让它停止。因为他知道,他要和宛星一道,创造一个只属于他们的天堂。然而,世事总是那样的阻塞,像是乐于戏弄人类脆弱而敏感的神经似的,每一个血液样本,都得到了相同的测试结果,没有意外,更没有惊奇。于是,每一个夜晚,在一天的忙碌之后,俊杰都会坐在窗前,望着黑暗中像是蕴藏着无数秘密的天空,不知道该向那个遥远的神——如果他真在那儿的话——说些什么。

这一天也不例外,婚礼的筹备进展顺利,一切看来都已就绪,日子就定在这个周末,该做的似乎都已做了。俊杰坐在窗前,忽然有了一种茫然若失的感觉,他觉得,自己的身上有一股强大的力量,但却不知该往哪里去使用,便又觉得自己其实虚弱如游丝。他微微地叹了一口气,想起了宛星的那句"尽人力、知天命"的话来,不禁无奈地摇了摇头。又想起了从上海返美前的情景，他手里提着的那个装着血样的无菌保温盒，那时候，仿佛重若千斤，可现在想来，却又觉得轻如鸿毛了。人力究竟有多大？他不敢相信，但又不能不相信，因为他已许诺了宛星。如若不然，他又如何去说服宛星呢？正想着，临别时魏坤的话，忽然莫名地在他的耳畔响起：

"你不用着急，回美国后也可以做。"

是啊，自从回来后，一直忙着发动别人，自己却忘了去献血了，真没想到！若是人家问起，你有没有捐血，自己还真不知该如何回答呢。

第二天一大早，俊杰便起了床，匆匆赶到斯坦福医院去献了血，然后，又像往日一样，开始了他忙碌的一天。他将定制的婚纱带到了医院，看着宛星试穿了它，她仿佛一下子又恢复了从前的丰韵神采，成了世上最美的新娘。他忙着和国内的亲友们联络，安排好他们来美的接机和住宿。他还要跑到半月湾的婚礼现场，去确认一切。他不允许这场婚礼会有丝毫的差池。

半月湾位于旧金山的南端，而婚礼的举办地——劳拉卡梅尔酒店，则坐落在半月湾一处略向海面突出的岩岸边，一望无际的太平洋，以其深沉悠远的涛声，环伺在它的面前及左右。其后院宽阔碧绿的草坪，一直延伸至海岸的边缘，与背后深灰色的古典建筑，形成鲜明却协调的对比。清新而带着海水凉意的风，像是永不停歇地吹拂着，试图给每一位造访者，带来松弛与抚慰。终于到了婚礼的那一天，天空澄碧如洗，水天一色。近岸边翻涌起伏的白色浪花，和湛蓝的海面及碧绿的草坪，共同形成一幅悦人心目的画面，而阵阵传来的涛声，如歌之吟唱，又如诗之叹咏，让恬静怡然的景色里，平添出一股苍壮的生气。

俊杰和宛星，站在酒店二楼的露台上，望着楼下草坪上已布置妥当的婚礼场地。那里，玫瑰花瓣铺满了通向礼台的路径两旁，而两侧的草地上，则放置着一排排白色的座椅，客人们已纷纷落座。远处的礼台上，搭建着一座由白百合、康乃馨和君子兰等花卉妆饰而成的拱门，俊杰将在那里，迎接由她的父亲引领而来的他的新娘，在婚礼进行曲的伴随下，他们将面对面地互相凝视，然后深情地宣读那段互许终身的誓词。

此时，宛星身披着那件令她看来美若天仙的婚纱，她的脸上，荡漾着幸福的微笑。虽然多日以来疾病的折磨，让她的眼神中带着一丝慵懒与倦怠，但经过专业装扮的面庞，却显得容光焕发。较之她往日的柔美清纯，未逊分毫，甚至更加的烂漫娇艳了。就好似十多年来，在她身上成长并蕴蓄着的无与伦比的美丽青春，于今一日，全然地绽放了。

时间到了，俊杰牵着宛星的手，柔声说道：

"我先去了。"

宛星轻轻点了点头，目送着他的转身。忽然间，俊杰的口袋里，传出一阵嗡嗡的振动声，那声音虽然轻微，但足以引起两人的注意。那是俊杰的手机。他本应将它放在随身的包里的，因他不想在这重要的时刻，受到任何意外的打扰，但却在匆忙之中忘记了。那振动声一直响着，似乎没有停歇的意思。俊杰很不情愿地掏出手机，看了一眼，却马上将它贴近自己的耳畔。

"Hello?（喂？）"在应了一声之后，他便开始全神贯注地聆听。听着听着，宛星看见他的眼里，竟渐渐盈满了晶莹的泪珠，然后一颗一颗顺着脸颊滑落下来。她从未见过俊杰如此轻易地流泪，不免有些紧张起来。她以一种关切又不安的探询的眼光，注视着俊杰。俊杰注意到她投射过来的眼光，却一时无法分心，只是向她摆了摆手，又继续聆听话筒里的声音，弄得宛星反而更觉不安了。

"Really?（真的吗？）"他不断地如此回应着。宛星听见他声音里，带着异样的颤抖，看见他紧握着手机的手，也在微微地颤动。

终于，他放下了手机。然后，竟不顾一切地拥抱住宛星，将头埋在她的肩头，轻声抽泣起来，以至于将她精心佩戴上去的头纱都弄歪了。宛星被他惊异的举动弄得不知所措，正要发问，却听见俊杰哽咽的声音，在她的耳畔响起：

"找到了，找到了，他们终于找到了！"

"找到了什么？"

"和你匹配的血样呀！"俊杰无比激动地应道。

说完，他松开了紧抱着宛星的双手。还没等宛星继续发问，就已别转身去，快步走出了门。没过多久，宛星就已见他登上了那座礼台。此时，他身后映照着从海面上反射而来的天光，宛若一尊庄严凝重的雕像。他稳住自己的心神，通过别在他身上的微型话筒，用了他所能达致的最沉着浑厚的嗓音，向在座的宾客，宣布了这样的消息：

"我刚刚接到瓦格纳教授打来的电话，他告诉我一件堪称神奇的事。他说，经过严格的测验，他们发现，我的血型——说来有些可笑，我还从不知道我自己的血型——竟然和宛星的完全一样。不仅如此，相关的基因序列，也显示出完美的匹配。也就是说，可以作为她基因置换疗法的基因源!"

　　俊杰说完后,他看见坐在第一排的忆云,已经泪流满面了。他看见她站了起来,开始鼓起掌来。在座的全体宾客,也都不约而同地起立、鼓掌。紧接着,婚礼进行曲响了起来,俊杰看见程进德手挽着宛星,随着乐曲声,缓步从背后酒店的门里走了出来,走在铺满了玫瑰花瓣的小径上,向他走来,终于来到了他的面前。他看见宛星那本已美若天仙的脸上,此时在晨光的映照下,更洋溢起绚烂的光芒。

　　他从程进德的手中,牵过宛星的手,和她一起站在了礼台上。众人依然站立着,掌声依然在微风中飘荡着。俊杰深情地望着她。

　　"你都听见了?"

　　宛星轻轻地点着头,泪水和俊杰一样,盈满了眼眶。

　　"宛星,这是多么神奇的一天!我说过,你和我一定可以创造出新的奇迹!谢谢你答应嫁给我,既然我们已经创造了那么多的奇迹,我们未来的日子,又会是多么的梦幻呢?"

卷 终 题

　　轻如鸿羽,薄如残烟,淡淡的一抹,在天边。岁月就像迷雾,让我看不清晰。这便是我的风景,渐渐地模糊,渐渐地远去,渐渐地沉入到记忆的荒漠中去了。如此的无奈,如此的无力又无助,我因此——泪流满面。在生命有限的时空里,请留住我这一声轻轻的叹息;在浩瀚宇宙无限的荒寂,再化为空。